MIKE CAREY

Felix Castor

Ein Höllenhund kommt
selten allein

Über dieses Buch:

... ein paar Jahre, bevor das alte Jahrtausend endete, geschah etwas. Als wäre das kosmische Äquivalent eines großen, bösartigen Kindes dahergekommen und hätte mit einem Stock in den Friedhöfen der Welt herumgestochert, nur um zu sehen, was passiert. Die Toten schwärmten aus wie Ameisen – die Toten und noch ein paar andere Dinge ...

Es ist noch alles beim Alten: Der Exorzist Felix Castor steckt – mal wieder - in finanziellen Nöten. Doch das Blatt scheint sich zu seinen Gunsten zu wenden, als er den Auftrag erhält, den Geist eines verstorbenen Mädchens wiederzufinden. Die Eltern der Kleinen berichten, dass ein anderer Exorzist sie entführt hat und jetzt irgendwo in London festhält. Castor macht sich auf die Suche, doch je näher er dem toten Mädchen kommt, desto mehr scheint alles aus den Fugen zu geraten. Eine Welle der Gewalt sucht die Hauptstadt heim, und in einer Kirche verschanzt sich eine ungeheure Macht, die nichts Gutes im Schilde führt. Castor wird vom Jäger zum Gejagten. Eine im Untergrund agierende Gruppierung, die früher der katholischen Kirche angehört hat, heftet sich ihm an die Fersen, um ihn auszuschalten. Und auch die Polizei hat noch ein Wörtchen mitzureden. Aber was hat das alles mit dem Geist eines kleinen Kindes zu tun? Bei dem Versuch, die verschlungenen Fäden dieses Falles zu entwirren, tun sich immer schändlichere Abgründe auf. Und Castors Leben ist in tödlicher Gefahr ...

Über den Autor:

Mike Carey wurde in Liverpool geboren. Nach einem Englischstudium arbeitete er einige Jahre als Lehrer, um sich schließlich als Comic-Autor einen Namen zu machen. Mit der Felix-Castor-Serie gab er sein Debüt als Romanschriftsteller und landete gleich mit dem ersten Band einen großen Erfolg.

Die Felix-Castor-Reihe bei LYX:

- Den Teufel im Blick
- Ein Höllenhund kommt selten allein

Mike Carey

Felix Castor
Ein Höllenhund kommt selten allein

Roman

Ins Deutsche übertragen von
Michael Kubiak

LYX
EGMONT

Die Originalausgabe erschien 2006 unter dem Titel *Vicious Circle* bei Orbit, Great Britain.

Deutschsprachige Erstausgabe Mai 2013 bei LYX
verlegt durch EGMONT Verlagsgesellschaften mbH,
Gertrudenstraße 30–36, 50667 Köln

1. Auflage
Redaktion: Stephan Bellem
Satz: Greiner & Reichel, Köln
Printed in Germany (670421)
ISBN 978-3-8025-8360-5

www.egmont-lyx.de

In alphabetischer Reihenfolge: für Ben, Davey und Lou.
In chronologischer Reihenfolge: für Lou, Davey und Ben.
Gott sei Dank halten sie sich sowieso nicht
an meine Ordnung,
deshalb ist beides okay.
Möge die Welt es gut mit ihnen meinen.

1

Das Räucherstäbchen verbrannte mit orangefarbener Flamme und duftete nach *Cannabis sativa.*

In Südafrika wächst er wild, und man kann dort durch ganze Felder von hüfthohen Pflanzen wandern, wobei einen die fünfgliedrigen Blätter streicheln wie kleine Hände. Aber in London, wo ich lebe, findet man ihn meistens als zusammengepressten schwarzen Klumpen aus weichem, flockigem Harz. In diesem Zustand hat er einen Großteil seines Zaubers eingebüßt.

In dem höhlengleichen Innenraum des Lagerhauses kräuselten sich die Rauchfäden in die Höhe und verloren dabei ihren süßlichen Duft an die Masse von säuerlichem Staub. Inmitten dieser Szenerie warf mir Detective Sergeant Gary Coldwood einen unverhohlen feindseligen Blick zu. Das Lagerhaus stand in der Edgware Road auf dem zugemüllten Gelände eines ehemaligen Gewerbeparks. Den zerschmetterten Fenstern und den endlosen leeren Regalreihen im Inneren nach zu urteilen, wurde es seit Jahren nicht mehr benutzt. Aber Coldwood hatte mich gebeten, ihn und ein paar uniformierte Freunde bei einer gesetzlich autorisierten Durchsuchung zu begleiten, daher konnte man mit einiger Sicherheit davon ausgehen, dass der Schein trog.

»Haben Sie lange genug herumgegammelt, Castor?«, fragte er und wedelte sich verärgert mit einer Hand die Rauchschwaden aus dem Gesicht. Ich weiß nicht, ob er mit diesem ausgeprägten Sinn für Takt und Diplomatie geboren wurde oder ob er ihn sich auf der Polizeischule angeeignet hatte.

Ich nickte vage. »Fast«, sagte ich. »Ich muss das Mantra noch gut ein Dutzend Mal wiederholen.«

Mein Gott, was soll ich sagen? Es war Samstagabend, und ich hatte bereits mehr als genug Mist an den Hacken, mit dem ich mich herumschlagen musste. Wenn Scotland Yard rief, dann war ich zur Stelle, denn sie zahlten sofort, aber das hieß nicht, dass es mir gefallen musste. Und außerdem glaubte ich, dass man ihnen eine kleine Show bieten sollte. Umso beeindruckter waren sie, wenn man am Ende die gewünschte Ware lieferte. Getreu dem Motto: »Seht her, Jungs, *das* ist Magie.« Was sollte es sonst sein, wenn Rauch und Spiegel involviert waren?

Bislang war Coldwood der einzige Cop, der mich jemals anzweifelte, und das war wahrscheinlich der Grund, weshalb wir ganz gut miteinander auskamen. Ich respektierte jeden, der den Blödsinn durch den Weihrauch witterte.

Aber heute Abend war seine Laune ganz mies. Er hatte in dem Lagerhaus keine Leiche gefunden, und das bedeutete, dass er in diesem Moment noch nicht wusste, womit er es zu tun hatte. Es konnte ein Mord sein, es konnte auch sein, dass der Mann, den sie suchten, getürmt war. Und wenn es tatsächlich ein Mord war, dann wäre es entweder der nötige Beweis für die Verhaftung, oder sechs Monate verdeckter Überwachung hätten sich einfach in Rauch aufgelöst. Daher wollte er Antworten, und das reduzierte seine sonst schon geringe Toleranz für meinen Sinn von Theatralik erheblich.

Ich murmelte einige Variationen von *om mane padme om*, und er trat mir mit einem seiner schweren Scotland-Yard-eigenen Polizeistiefel im Takt gegen meinen Schuh. Ich saß mit angezogenen Knien vor ihm auf dem Boden, daher denke ich, es hätte durchaus auch schlimmer sein können.

»Sagen Sie mir bloß, ob Sie irgendetwas sehen können, Castor«, schlug er mir vor. »Dann können Sie summen, was und so viel Sie wollen.«

Ich stand langsam auf – langsam genug für Coldwood, dass er die Geduld verlor und sich entfernte, um nachzusehen, ob die Kriminaltechniker es geschafft hatten, irgendwelche Fingerabdrücke von einem ramponierten Schreibtisch in einer Ecke des Raums abzunehmen. Er war wirklich mies gelaunt. Ich konnte es an der Art und Weise erkennen, wie sein kantiges Gesicht – das an Dick Tracey erinnerte, wenn Dick Tracey zusammengewachsene Augenbrauen und ein Hautproblem gehabt hätte – auf seine Unterlippe herabgesackt war und sie zu einem trotzigen Wulst vorgestülpt hatte. Seine Körpersprache war ebenfalls ziemlich deutlich: Immer wenn er damit aufhörte, mit den Armen herumzufuchteln und -zudeuten, was er stets tat, wenn er Anweisungen gab, wanderte seine rechte Hand zu dem unauffälligen Schulterholster, das er unter seiner braunen Lederjacke trug, als wollte er nachprüfen, ob es sich noch dort befand. Coldwood hatte lange nicht mehr zu einer bewaffneten Einheit gehört, und man konnte erkennen, dass er sich noch nicht an sein neues Dienstutensil gewöhnt hatte.

Ich schlenderte durch das Lagerhaus zur Tür, durch die ich hereingekommen war, weg von den Kriminaltechnikern, wobei mich ein paar Streifenpolizisten beobachteten, die mitgekommen waren, um die Illusion einer Absperrung zu erzeugen. Coldwood kannte meine Tricks und nahm eine gewisse

Rücksicht darauf, aber für diese Jungs war ich offensichtlich so etwas wie eine Shownummer. Ich ignorierte sie demonstrativ und warf einen Blick hinter die Aktenschränke, die rechts von der Tür an der Wand entlang aufgereiht waren, klopfte gegen die Korkpinnwand, an der alte verstaubte Rechnungen klebten wie ein räudiges Tierfell, und drehte die Pin-up-Kalender hin und her, um das grau gestrichene Mauerwerk darunter zu betrachten. Enttäuschenderweise war dort nichts. Keine versteckten Türen, keine Wandsafes, noch nicht einmal alte Graffiti.

Ich blickte auf meine Füße. Der Fußboden des Lagerhauses bestand aus nacktem, grauem Zement, aber genau hier vor der Pinnwand und den Aktenschränken lag ein zerfranstes Rechteck roten Linoleums – mit einem psychedelischen sonnenfarbenen Muster mit einem gewissen Retro-Chic, es sei denn, es lag schon seit den 1970ern an dieser Stelle. Ich entdeckte ein weiteres Stück, mit dem gleichen Muster, unter dem Schreibtisch. Dort befanden sich jedoch Schleifspuren im Staub, wo das Linoleum vor Kurzem verschoben worden war. Ich trat probeweise mit einem Schuhabsatz auf den Boden. Unter meinen Fuß erklang ein hohler Ton.

»Coldwood?«, rief ich über die Schulter.

Er musste irgendetwas in meiner Stimme gehört haben – vielleicht hatte er aber auch den hohlen Ton mitgekriegt – denn er stand plötzlich neben mir. »Was ist?«, fragte er misstrauisch.

Ich deutete auf das Linoleum. »Irgendwas ist da«, sagte ich. »Hat dieser Schuppen einen Keller?«

Coldwoods Augen verengten sich ein wenig. »Laut den Plänen nicht«, sagte er. Er gab zwei Streifencops ein Zeichen, die fast im Laufschritt herüber kamen. »Heben Sie das hoch«, verlangte er von ihnen und deutete auf das Linoleum.

Sie mussten zuerst die vollen Aktenschränke wegschieben, womit sie einige Mühe hatten. Ich hätte ihnen helfen können, aber ich wollte nicht in eine Diskussion über das Verunreinigen von Tatorten verwickelt werden. Das Linoleum rollte sich fast von selbst zusammen, und Coldwood stieß einen halblauten Fluch aus, als sein Blick auf die Falltür darunter fiel. Offensichtlich war er der Meinung, dass dies etwas war, das eigentlich seine Jungs hätten als Erste finden sollen.

Die Klappe maß gut anderthalb Meter im Quadrat und schloss an drei Seiten genau mit dem umliegenden Fußboden ab. Auf der vierten Seite waren die Scharniere etwa einen Zentimeter in den Fußboden abgesenkt, aber es war professionell ausgeführt worden, so dass sich keine verräterischen Linien oder Falten im Linoleum darüber abzeichneten. Auf der linken Seite war ein Schlüsselloch zu sehen – rautenförmig, ohne Verbreiterung an einem Ende, daher wahrscheinlich ein Sargent-and-Greenleaf-Modell – nicht ganz einfach zu knacken.

Coldwood versuchte es gar nicht erst, sondern schickte zwei Uniformierte los, um Brecheisen zu holen. Nach umständlichem Herumhantieren, ein paar Fehlversuchen und einer Wolke Splitter, als das Holz protestierend kreischte und barst, gelang es ihnen schließlich, das Schloss samt Sicherungsblech aus seinem Gehäuse herauszuhebeln. Auch dann ließ sich der Bolzen kaum verbiegen. Das Blech ragte in einem Winkel von dreißig Grad aus der Falltür, wobei sternförmige Holzreste immer noch von den Eckschrauben festgehalten wurden. Das Schloss war wie ein verwundeter Wachtposten, der überlistet, aber nicht besiegt worden war. Nun, da sie ihren kurzen Moment im Scheinwerferlicht gehabt hatten, traten die Polizisten unterwürfig zurück, damit der Sergeant die Falltür eigenhändig öffnen konnte. Coldwood tat es mit einem mühevollen Ächzen, weil sich das Holz der Falltür als gut drei Zentimeter dick erwies.

Darunter verbarg sich ein circa dreißig Zentimeter tiefer doppelter Boden, der durch drei vertikale Trennwände in vier etwa gleich große Fächer aufgeteilt war. Drei davon waren mit identischen braunen Papiertüten, ungefähr so groß wie Zuckertüten von Tate and Lyle, gefüllt. Das vierte Fach enthielt vorwiegend schwarze DVD-Hüllen sowie zwei kleine Notizbücher mit Fettflecken auf den Umschlägen, die in einer Ecke lagen. Auf dem Umschlag des obersten war das mit schwarzem Filzstift in Großbuchstaben geschriebene Wort WAREN-EINGANG zu lesen. Was auf dem Umschlag des anderen Notizbuchs stand, konnte ich nicht erkennen.

Auf ein Kopfnicken des Detective Sergeant hin angelten die mit Staubpinseln und Tupfern bewehrten Jungs mit plastikbehandschuhten Händen eine der Tüten und die beiden Notizbücher aus dem Versteck und trugen alles zum Schreibtisch, wobei sie aussahen wie Kinder bei der Weihnachtsbescherung. Coldwood sah mich noch immer an – sein Blick sagte, dass die Zeit des Herumeierns vorbei war. Er wollte die ganze Geschichte hören.

Das wollte ich auch. Ich prostituierte meine Talente nicht für jeden, vor allem nicht für jemandem mit einem Dienstrang und einer Uniform, und wenn ich in eine Situation gebracht wurde, die mir völlig fremd war, dann hielt ich mich schon mal so lange zurück, bis ich halbwegs wusste, wo ich stand. Daher hatte ich anstelle einer Antwort eine Frage für ihn.

»Ist Ihr Mann etwa eins neunzig groß, stämmig, rothaarig, bekleidet mit einer Armani-Hose und einer dieser tuntigen kragenlosen Jacken in einem seltsamen Olivbraun?«

Coldwood gab einen kehligen Laut von sich, der ein Lachen

hätte sein können, falls Lachen zu seinem Repertoire gehörte. »Das ist er«, sagte er. »Jetzt hören Sie endlich damit auf, Uri Geller zu spielen, und verraten Sie mir, wo er ist.«

»Sagen Sie mir, *wer* er ist«, konterte ich.

»Fuck! Castor, Sie sind lediglich ein ziviler Berater, daher tun Sie gefälligst, wofür Sie bezahlt werden, okay? Ich lasse Sie ganz sicher keinen Blick auf meine verdammten Notizen zu diesem Fall werfen.«

Ich wartete. Dies war mein fünfter oder sechster Einsatz mit DS Coldwood, und wir hatten bereits so etwas wie eine Routine entwickelt. Aber wie ich schon sagte, er hatte zurzeit nicht gerade die beste Laune – daher sein Versuch, mich ins offene Wasser zu locken und unterzutunken.

»Ich könnte Sie wegen Zurückhaltens von Beweismitteln und Behinderung einer Ermittlung verhaften lassen«, sagte er drohend.

»Das könnten Sie«, stimmte ich zu. »Und ich würde Ihnen viel Spaß bei dem Versuch wünschen, es zu beweisen.«

Nach einer kurzen Pause atmete Coldwood explosionsartig aus. »Sein Name ist Leslie Sheehan«, sagte er mit monotoner Stimme und ausdruckslosem Gesicht. »Er handelt mit sämtlichen Drogen, die er in die Finger kriegen kann, und nebenbei sozusagen als Hobby mit ekligen Fetisch-Pornos. Das sind wahrscheinlich die DVDs. Er steht vielleicht zwei Stufen über den Kurieren und den Straßendealern, und er ist eigentlich völlig bedeutungslos. Aber er arbeitet für einen Mann namens Robin Pauley, den wir liebend gern in die Finger bekämen. Daher haben wir Sheehan während des letzten halben Jahres beschattet und Material gegen ihn gesammelt, weil wir glauben, dass wir ihn umdrehen können. Er war schon mal als Spitzel tätig, vor etwa zehn Jahren, um eine Anklage wegen Verschwörung zu einem Mord zu vermeiden. Tun sie's einmal, tun sie's wieder. Nur ist er jetzt verschwunden, und wir nehmen an, dass Pauley uns möglicherweise auf die Schliche gekommen ist.«

»Sheehan wird jetzt auf keinen Fall reden«, sagte ich ruhig und absolut überzeugt.

Coldwood reagierte entrüstet. »Castor, wenn ich mich für Ihre Meinung interessiere, dann …«, schnaubte er. Dann schnallte er es. »Oh«, murmelte er Sekunden später, gefolgt von einem bitteren »Fuck!«. Er wollte noch etwas anderes sagen, wahrscheinlich etwas ähnlich Drastisches, als ihn eine der Laborratten rief.

»Sergeant?«

Er wandte sich um, forsch und ausdruckslos.

Halte dich stets bereit für das, was gerade anliegt. Lass deine Phantasie im Holster stecken wie deine Waffe. Das macht den guten Cop aus.

»Es ist Heroin«, sagte der Techniker übertrieben formell. »Mehr oder weniger unverschnitten. Reinheit etwa fünfundneunzig bis sechsundneunzig Prozent.«

Coldwood nickte knapp, dann wandte er sich wieder mir zu.

»Ich nehme an, Sheehan ist hier irgendwo, nicht wahr?«, fragte er der Form halber.

Ich nickte, aber ich musste es ihm noch einmal ausführlich erklären für den Fall, dass er seine Hoffnungen zu hoch schraubte. »Sein Geist ist hier«, sagte ich. »Das heißt nicht, dass seine Leiche es auch ist. Ich habe Ihnen schon mal gesagt, wie es funktioniert.«

»Ich muss ihn sehen«, sagte Coldwood.

Ich nickte abermals. Natürlich musste er das.

Ich griff in meinen Paletot und holte meine Tin Whistle heraus. Normalerweise war es eine Clarke *Original* in D-Dur, aber auf Grund einiger aufregender Ereignisse auf einem Motorboot vor ein paar Monaten hatte ich zeitweise kein Instrument gehabt. Das fragliche Boot war eine schicke kleine Jacht namens *Mercedes*, aber wenn Sie an die Henley Regatta denken, liegen Sie ziemlich weit daneben. Eher sollten Sie sich das Wrack der *Hesperus* vorstellen. Oder vielleicht den *Fliegenden Holländer*.

Wie dem auch sei, infolge dieser kleinen Episode kaufte ich mir am Ende eine giftgrüne *Sweetone*, und sie war jetzt mein neues Standardinstrument. Sie sah ein wenig lächerlich aus und fühlte sich nicht so gut an wie meine alte *Original*, aber ich gewöhnte mich daran. Noch ein Jahr oder so und wir wären unzertrennlich.

Ich setzte die Flöte an die Lippen und blies G, C, A, um mich einzustimmen. Ich war mir bewusst, dass mittlerweile alle Augen im Raum auf mich gerichtet waren: die von Coldwood ausdruckslos, die meisten anderen mit sensationslüsternem Interesse – nur einer der uniformierten Polizisten konnte seine wachsende Nervosität nicht verbergen.

Das Problem bei dem, was ich zu tun beabsichtigte, war, dass es nicht immer funktionierte. Die Chance, dass es klappte, lag bei bestenfalls fünfzig-fünfzig.

Eine rationalistische Weltsicht wappnet einen dagegen, etwas zu sehen oder zu hören, was ihr widerspricht – wie zum Beispiel Meerjungfrauen oder fliegende Schweine oder Geister. Insgesamt betrachtet können zwei von drei Leuten einige der Toten sehen, aber auch das hängt sehr stark von der jeweiligen Stimmung und Situation ab, und in bestimmten Berufen sinkt dieser Anteil auf nahezu null. Polizisten und Wissenschaftler rangieren gewöhnlich am unteren Ende dieser Skala.

Ich wusste nicht, was ich spielen würde, ehe ich die ersten Töne blies. Es hätte nichts Besonderes sein müssen, lediglich das Skelett einer Melodie oder eine atonale Phrase mit einem groben Muster. Es entpuppte sich als eine Micah-Hinson-Nummer mit dem Titel: »The Day Texas Sank to the Bottom of the Sea«. Ich hatte Hinson bei einem Auftritt in einem Café in Hammersmith gesehen, und seine biegsame raue Stimme und der hämmernde, zwingende Rhythmus seiner Texte sprachen mich an. Aber auch ohne all dies gefiel mir der Song allein schon wegen seines Titels.

Anfangs tat sich anscheinend nichts, aber für mich würde sich ohnehin nichts verändern. Mit ein wenig Glück würde sich die Perspektive von Coldwoods Standort aus ein wenig verändern. Kurz bevor ich die zweite Strophe anstimmte, schnappte einer der Techniker am Schreibtisch hörbar nach Luft. Gut. Ein anderer rief etwas und deutete mit ausgestrecktem Arm, und ich wusste, dass die kleine eingängige Melodie ihre Wirkung entfaltet hatte.

Sie deuteten auf einen Mann, der sozusagen in der Luft stand, und zwar genau über dem Zentrum der Vertiefung, die die Falltür bedeckt hatte. Er war schon die ganze Zeit dort gewesen, für mich von dem Moment an deutlich zu sehen, als ich die Lagerhalle betreten hatte. Coldwoods Jungs hingegen waren an ihm vorbei- oder durch ihn hindurchgelaufen, ohne auch nur kurz zu erschauern oder ein Ave Maria zu murmeln, deshalb ging ich mit einiger Sicherheit davon aus, dass ich der Einzige war, der ihn sehen konnte.

Aber die Musik änderte all das. Diese Melodie – zu diesem Zeitpunkt, an diesem Ort, in diesem Tempo gespielt und so weiter – war für mich die Beschreibung des Geists.

Es ist ein spezielles Talent, das ich habe: die Toten nicht nur zu sehen, sondern sie mit einem Sinn wahrzunehmen, der zu neunzig Prozent Hören ist und zu zehn Prozent etwas, das ich nur *Anderes* nennen kann. Ich kann das Wesen eines Geists in Musik einfangen, und sobald ich ihn erfasst habe, gibt es andere Dinge, die ich mit ihm tun kann. Und wie ich vor Kurzem und ziemlich spektakulär festgestellt habe, ist eines davon, ihn auch für andere Leute sichtbar zu machen.

Nun holte die Musik diesen toten Mann in den Wahrnehmungsbereich Coldwoods und seiner Polizisten, und zwar dergestalt, dass sie sahen, wie Sheehans Geist sich aus jener sprichwörtlichen, allseits beliebten Substanz, dem Nichts, materialisierte. Die Polizisten glotzten, und die weiß bekittelten Männer rangen um ihre Beherrschung, als sie verfolgten, wie dieses Sinnbild von Aberglaube und Unvernunft vor ihren Augen Gestalt annahm. Coldwood war da um einiges pragmatischer eingestellt: Er ging sofort zu dem Geist hinüber und begann mit seiner Untersuchung. Der Geist starrte ihn mit traurigen, angstvollen Augen an.

Leslie Sheehan war noch nicht allzu lange tot, und er hatte noch nicht die Zeit gehabt, sich daran zu gewöhnen. Er war hierhergekommen, weil »hier« ein Ort war, zu dem er eine starke Bindung hatte – oder möglicherweise war er auch nur hiergeblieben, weil dies der Ort war, an dem er gestorben war. Doch in beiden Fällen schien die Tatsache, dass er sich hier materialisiert hatte, einstweilen die obere Grenze dessen darzustellen, wozu er fähig war. Er konnte nicht ins Leben zurückkehren, weil sein geisterhafter Körper keinerlei physische Objekte bewegen oder auch nur berühren konnte und noch nicht einmal sicher tun würde, was sein geisterhafter Wille ihm befahl. Einige Geister waren dazu verurteilt, ihren Tod bis in alle Ewigkeit immer wieder aufs Neue nachzuspielen; andere standen einfach da, so wie Sheehan in diesem Moment, und sahen verloren und ängstlich aus – geschlagen und zerbrochen durch die nicht mehr länger zu verleugnende Tatsache ihrer eigenen Sterblichkeit. Irgendwo war er sich unserer Anwesenheit bewusst, und sein Blick folgte Coldwood, als der Sergeant in die Hocke ging, um irgendein Detail, das ihm aufgefallen war, besser in Augenschein nehmen zu können. Aber es war, als sei Sheehan auf dem Punkt festgefroren. Er schaffte es nicht, die Entscheidung oder den Wunsch in die Tat umzusetzen, seinen augenblicklichen Aufenthaltsort zu verlassen.

Coldwood deutete auf die Ligatur um Sheehans nackten Unterarm. »Er hat gespritzt«, sagte er und klang missmutig. »Dieses dämliche Arschloch hat sich selbst über den Jordan geschossen. Warum hat er das nicht daheim in seinem stillen Kämmerlein getan?«

»Das habe ich mich auch gefragt«, pflichtete ich ihm bei. »Aber wenn Sie sich die Rückansicht anschauen, möchten Sie diese Diagnose möglicherweise überdenken.«

Coldwood bedankte sich für diesen Rat mit einem weiteren vielsagenden Blick. Aber er erhob sich immerhin und ging um die traurige Gestalt herum, um mit ziemlich überraschtem Ausdruck Sheehans Hinterkopf anzustarren – oder genauer, die Stelle, wo er sich befunden hätte. Er war größtenteils nicht mehr dort. Der Schatten Leslie Sheehans verlor jegliches Interesse an dem Sergeant, sobald er nicht mehr zu sehen war. Er hob die Hände und schaute sich prüfend um, als versuchte er sich daran zu erinnern, wo seine Wagenschlüssel lagen.

»Sie sind der Experte«, sagte ich, »aber ich tippe auf eine Schusswunde, erzeugt von einer Pistole, deren Mündung dicht vor dem Ohr gegen seine Schläfe gedrückt wurde und leicht nach hinten gerichtet war. Wenn er von hinten erschossen worden wäre, dürfte der größte Teil seines Gesichts die Austrittswunde sein.«

»Es war keine Pistole«, murmelte Coldwood. »Es war eines dieser Bolzenschussgeräte, mit denen Rinder getötet werden.« Er deutete mit dem Finger auf die Stelle. »Die gesamte linke Seite des Schädels wurde eingedrückt, und fast die gesamte Knochensubstanz ist in der Wunde geblieben. Ein solches Verletzungsmuster findet man nicht bei einem Hochgeschwindigkeits… hey, wenn Sie sich hier drin übergeben, kriegen Sie ein Disziplinarverfahren an den Hals!«

Die letzten Worte waren nicht an mich gerichtet, sondern an den Polizisten in Uniform, der schon vorher ein wenig angeschlagen ausgesehen hatte. Von dort, wo er stand, hatte der arme Teufel einen ungehinderten Blick auf einige von Sheehans intimsten Bereichen – nämlich die, die sich früher mal in seinem Schädel befunden hatten. Das schien ihm aber nicht sehr zu gefallen. Nach einem kurzen Kopfnicken Coldwoods rannte er zur Tür.

Coldwood wandte sich dann wieder mir zu. »Wo ist die Leiche?«, fragte er. »Die echte, physisch greifbare Leiche? Wo finden wir ihn?«

»Ich habe nicht die leiseste Ahnung«, antwortete ich wahrheitsgemäß. »Ich kann ihn fragen, wenn Sie wollen. Aber Sie können ihn auch selbst fragen. Er konnte Sie sehen, sogar als Sie ihn nicht sehen konnten.«

»Aber Sie sind der Experte«, äffte er mich spöttisch nach.

»Ein Exorzist ist nicht ganz das Gleiche wie ein Detective«, schoss ich todernst zurück. »Ich habe keine Dienstmarke, die ich ihm unter die Nase halten kann – und es ist ziemlich schwierig, einem Mann, der längst tot ist, die Würmer aus der Nase zu ziehen. Aber ich werd's versuchen, wenn Sie mich mit ihm allein lassen. Ich tue es nicht, wenn Ihr gesamter Verein dabei zusieht.«

Coldwood ließ sich das durch den Kopf gehen. »Okay«, sagte er, aber er drohte mir mit dem Finger. »Wenn Sie irgendein Beweisstück anfassen, mache ich Sie alle, Castor. Haben Sie verstanden?«

»Ich brauche keine Drogen«, erwiderte ich. »Mir reicht der Tod, für einen ordentlichen Trip.«

Während er etwas Obszönes murmelte, gab Coldwood seinem Team ein Zeichen, sich zurückzuziehen. Es war ruhig und friedlich, nachdem sie gegangen waren, und ich entschied, mir ein wenig Zeit zu lassen und dieser neuen Stimmung Gelegenheit zu geben, sich zu entfalten, ehe ich mich direkt an Mister Sheehan wandte. Ich verstaute die Flöte in ihrer Tasche, die ich eigens zu diesem Zweck ins Innenfutter meines Mantels eingenäht hatte – ich bevorzugte russische Armeemäntel, weil sie eine Menge Sünden verbergen konnten –, und fand in einer Tasche gleich daneben einen silbernen Flachmann, der mit einem extrem scharfen griechischen Brandy gefüllt war. Ich trank einen Schluck, und er breitete sich in meinen Eingeweiden aus wie ein Feuer in einem verfallenen Gebäude. Er war nicht gut. Eher widerlich. Aber in Momenten wie diesem half mir der Stoff, mich weiter zu konzentrieren.

Während ich einen zweiten Schluck in meinem Mund kreisen ließ, warf ich einen neuerlichen Blick auf die Wandkalender. Es war der übliche Softpornokram, wie man ihn in Herrenmagazinen antraf: Abbie Sowieso, Suzie Dingskirchen. Aber Sheehan fuhr auf Material ab, das weniger nullachtfünfzehn war, hatte Coldwood angedeutet. Nun, er hatte jetzt den Freuden des Fleisches entsagt, daran war nicht zu rütteln. Nachdem ich seit zehn Jahren diesen Job ausübte, wusste ich noch immer nicht viel über das Nachleben – aber ich war bereit, eine hohe Wette einzugehen, dass die Toten es nicht mehr allzu häufig trieben.

Es hatte keinen Sinn, sich weiterhin Illusionen zu machen: Sheehans Erinnerung war vermutlich genauso löcherig wie das, was von seinem Schädel noch übrig war, daher müsste er Coldwoods fröhliche Truppe mittlerweile längst vergessen haben. Ich steckte den Flachmann ein und ging dorthin, wo der Geist stand – die Füße ein paar Zentimeter über den braunen Tüten, etwa dort, wo sich der Fußboden, genauer, die Falltür befunden hatte. Ähnlich wie eine Psychotherapie enthüllte der Tod die tiefsten Instinkte: Er bewachte sein Versteck.

»Soso«, sagte ich im Plauderton zu ihm. »Sie sind also tot. Wie fühlt man sich dabei?«

Sein Blick richtete sich auf mich, verharrte dort einen Moment, dann glitt er wieder weiter. Er hatte Probleme, sich zu konzentrieren, was eigentlich nicht allzu überraschend war.

»Es muss ein ziemlicher Schock gewesen sein«, sagte ich. »Gerade spaziert man noch sorglos durch die Welt. Und im nächsten Moment nimmt einen irgendein Typ in den Schwitzkasten, schleift einen in eine Gasse und *rums!*, schon wird's hinter den Augen taghell.«

Sheehan runzelte die Stirn und machte mit der rechten Hand eine vage Geste. Seine Lippen bewegten sich.

»Es dauert eine Weile, bis man begreift, was mit einem passiert ist«, fuhr ich mitfühlend fort. »Man denkt, schön, das war schlimm, aber ich bin Gott sei Dank noch da. Und dann verstreichen die Stunden, und einem kommen die ersten Zweifel. Warum stehe ich noch immer hier? Wie bin ich überhaupt hierhergekommen? Was soll ich als Nächstes tun? Und Tatsache ist, Kumpel, Sie können gar nichts tun. Nie mehr. Dinge zu tun ist ein Luxus, der nur den Lebenden vergönnt ist. Die Toten – na ja, die können meistens nur zuschauen.«

Sheehans Augen weiteten sich. Ich hatte keine Ahnung, ob

es an meinen Worten lag, die ihn irgendwie erreicht hatten, oder ob es nur die schwachen Regungen der Erinnerung in dem waren, was immer er jetzt als Geist benutzte. Seine Hände zuckten wieder, und als er diesmal redete, konnte ich ein raschelndes Flüstern hören, das klang wie Wind, der durch hohes Gras strich.

»Armer – armer – «

Selbstmitleid trifft man sehr oft bei Toten an, und man kann es ihnen eigentlich nicht übel nehmen. Es ist ja nicht so, als seien ihre Optionen besonders reizvoll. Selbst der Himmel, wie er von den meisten gesehen wird, ist ein Zustand der Einheit mit Gott und ständiger Lobpreisung seiner Güte, der nach den ersten paar Stunden ziemlich langweilig werden dürfte, geschweige denn nach dem Rest der Ewigkeit, die noch vor einem liegt.

Andererseits war dieser Knabe ein Drogendealer und ein Pornohändler und wer weiß was sonst noch. Ich hatte nicht die Absicht, allzu viel Mitgefühl zu verschwenden, denn man wusste nie, wann man seinen Vorrat aufgebraucht hatte.

»Ja«, sagte ich. »Es ist wirklich totale Scheiße. Irgendein Mistkerl hat Sie tatsächlich kaltgemacht, Sheehan. Es lohnt sich fast, an die Hölle zu glauben, denn so können Sie sich mit der Vorstellung trösten, dass er dort schmort.«

»Armer – armer – armer – «

»Das sagten Sie schon. Und ich hab Ihnen recht gegeben.«

»Pauley!« Der Name war kaum zu hören, aber ich habe gute Ohren und lauschte auf sämtlichen Frequenzen.

»Pauley.« Ich wandte ihm den Rücken zu. Das Beste war, ihn so wenig wie möglich abzulenken, denn sein Aufmerksamkeitsdefizit würde sich wahrscheinlich noch steigern. »Pauley hat Sie allegemacht, nicht wahr? Nun, so ist das schon mal mit sogenannten Freunden. Hat es wehgetan, oder war es so schnell vorbei, dass Sie es gar nicht richtig mitbekommen haben?«

Längeres Schweigen, dann ein heiseres, nahezu lautloses Flüstern: »Weh-weh-getan. Hat mir wehgetan.«

»Geschah es dort, wo Sie wohnten?«, fragte ich mit einem derart ausdruckslosen Tonfall, dass ich geklungen haben musste, als langweilte mich die ganze Angelegenheit zu Tode. »Ein Klopfen an der Tür, und peng, du bist tot? Oder waren Sie irgendwo in der Stadt unterwegs?«

Erneutes Schweigen setzte ein. Ich drängte nicht. Es klang wie ein Schweigen, das sich am Ende auszahlen würde. »Bronze«, flüsterte Sheehan. »Bronze.« Er gab so etwas wie ein Seufzen von sich, ein Stöhnen, das lang gezogen wurde und zerfaserte – ein Stöhnen ohne Volumen, ohne Bass, denn die Toten hatten gewöhnlich Probleme, tiefe Töne hervorzubringen. Vielleicht sollte es auch ein Wort sein. Jedenfalls konnte ich es nicht verstehen.

Die Stille nach dem letzten Ausatmen war anders. Als ich mich umwandte, wusste ich, was ich sehen würde: Sheehan war verschwunden. Erschöpft von der Anstrengung, mittels Sprache zu kommunizieren, hatte sich seine physische Manifestation in beliebige, in der Luft treibende Staubflocken aufgelöst. Keine Materie, keine Energie, kein Irgendwas, das jemand hätte festhalten oder gar messen können. Er käme zurück, da es keinen anderen Ort gab, den er aufsuchen konnte. Aber es geschähe nicht sehr bald.

Ich ging zur Tür und trat hinaus auf den schmalen Asphaltstreifen, der das Lagerhaus von der Straße trennte. Die einzigen Fahrzeuge, die dort parkten, waren Coldwoods steuerabzugsfähiger Primera und drei reguläre Streifenwagen. Coldwood stand ein Stück abseits und hatte sein Mobiltelefon am Ohr.

Die Polizisten und die Techniker bildeten zwei getrennte Gruppen, als würden sie durch ihre gemeinsamen Pheromone zusammengehalten. Ein frischer Wind wehte von Norden, aber zumindest regnete es nicht mehr. Die Sonne ging hinter den nackten Betonfassaden der Hochhäuser der Colindeep Lane unter, und eine riesige Masse stahlgrauer Wolken ergoss sich über den Himmel dahinter wie Wasser aus einer Regenrinne.

Coldwood beendete sein Gespräch, steckte das Mobiltelefon ein und kam zu mir herüber. »Gibt es etwas?«, fragte er in einem Tonfall, als erwartete er so wenig, dass er kaum enttäuscht werden konnte.

»Er hat Pauley genannt«, sagte ich. Coldwoods Augenbrauen rutschten auf seiner Stirn hoch. »Zumindest nehme ich das an. Und als ich ihn fragte, wo er starb, sagte er ›Bronze‹. Und danach etwas, das ich nicht verstand.«

»Brondesbury«, übersetzte Coldwood. »Brondesbury Auto Parts. Lieber Himmel, das ist so etwas wie ein Wink des Himmels. Wenn die Leiche noch dort ist …« Er ging bereits mit eiligen Schritten zu seinem Wagen und tippte gleichzeitig auf seinem Mobiltelefon eine Nummer ein. Die uniformierten Polizisten folgten ihm mit ihren Blicken und warteten auf weitere Befehle mit jener Haltung schwerfälliger Dienstbereitschaft, die die Jungs in Blau auszeichnete, aber Coldwood telefonierte schon wieder. »Die Karosseriewerkstatt«, sagte er scharf. »Der Laden in Brondesbury Park. Fahrt sofort rüber. Ja. Besorgt euch einen Durchsuchungsbefehl. Aber wartet nicht. Umstellt den Betrieb und lasst niemanden rein oder raus!«

»Ich nehme an, es ist eine gute Nachricht«, sagte ich zu Coldwoods Rücken, als er die Wagentür aufriss. Während er sich auf den Fahrersitz faltete, schenkte er mir einen mikrosekundenlangen Blick. »Der Laden läuft auf Pauleys Namen«, sagte er mit einem bösartigen Lächeln. »Wir haben bereits einen hinreichenden Verdacht. Wenn wir einen Durchsuchungsbefehl kriegen und wenn die Leiche noch dort ist, können wir seine sämtlichen anderen Läden durchsuchen und finden vielleicht noch mehr.« Sein Blick sprang von mir zu einem uniformierten Polizisten, der soeben hinter mir erschienen war – es war der gleiche, der rausgerannt war, weil ihm schlecht wurde. »MacKay, nehmen Sie Castors Aussage auf und faxen Sie sie zu DC Tennant in der Luke Street.« Das Wagenfenster schloss sich bereits, während er redete, und machte jede Erwiderung überflüssig. Dann hatte Coldwood auch schon Gas gegeben und war verschwunden, und zurück blieb nur der Gestank von verbranntem Gummi.

Meine Aussagen aufzunehmen, machte alles nur noch schlimmer, aber es war eine Aufforderung, die man nur schwer ignorieren konnte. Ich beschrieb die Ereignisse des Abends, während Constable MacKay sie mühsam notierte, und endete mit dem, was Sheehans Geist gesagt hatte, als ich ihn in meiner offiziellen Funktion als leitender Geisterjäger befragte. Entweder wollte MacKay seinen vorherigen Mangel an professioneller Kaltblütigkeit wettmachen oder er war ein wenig schwer von Begriff, auf jeden Fall pflegte er eine derart geisttötend träge und methodische Art, seine Fragen zu stellen, dass man, wenn man ihn mit seinem eigenen Notizbuch totgeschlagen hätte, sich gewiss mit einigem Erfolg auf Notwehr berufen können würde. Außerdem schrieb er auch noch langsam und musste mich selbst die kürzesten Sätze mehrmals wiederholen lassen. Insgesamt betrachtet, hatte er wohl die besten Voraussetzungen für eine höhere Laufbahn.

Dafür ließ seine Beobachtungsgabe nichts zu wünschen übrig. Nach einer Weile bemerkte er, dass ich nervös wurde und dass sich ein unfreundlicher Ton in meine Stimme schlich, als ich zum dritten oder vierten Mal irgendein winziges Detail wie zum Beispiel, wo ich gestanden hatte, als ich dies oder das gesagt hatte, wiederholen musste.

»Werden Sie vielleicht noch woanders erwartet?«, fragte er herausfordernd.

»Ja«, gab ich zu. »Genau das ist der Fall.«

»Oh, schön. Ist sie so heiß?« Er belohnte mich mit jener Art von zweideutigem geilem Grinsen, das Cops und Soldaten sich an dem Tag angewöhnten, an dem sie ihre Dienstkleidung verpasst bekamen.

Ich war für solche Scherzchen nicht in der richtigen Stimmung. »Es ist ein Er«, sagte ich. »Und zwar ein von einem Dämon besessener Psychopath, und er hat eine Körpertemperatur, die um gut fünf Grad über den üblichen sechsunddreißig Komma sieben Grad liegt. Daher ja, ich glaube, man kann ihn durchaus als heiß bezeichnen.«

MacKay steckte sein Notizbuch weg und betrachtete mich mit einem Ausdruck trotzigen Misstrauens. Er hatte gespürt, dass irgendetwas dicht an ihm vorbeigewischt war, und das gefiel ihm gar nicht. »Nun, ich glaube nicht, dass wir im Augenblick noch mehr von Ihnen brauchen«, sagte er gewichtig. »Der Sergeant wird sich wahrscheinlich später noch einmal bei Ihnen melden, also halten Sie sich zur Verfügung, klar?«

»Ist schon okay«, sagte ich. »Ich werde mit ihm auf astraler Ebene Kontakt aufnehmen.«

»Wie?« Das Misstrauen war unverhohlener Angst gewichen.

»Vergessen Sie's«, murmelte ich über die Schulter, während ich mich entfernte. Es war nicht MacKays Schuld, dass mein Samstagabend total im Arsch war. Daran war nur ich selbst schuld, aber das konnte mich auch nicht mehr trösten.

Das Wochenende sollte eine Zeit sein, in der man sich vom Stress der vorangegangenen Woche erholen und seine Batterien für den Shitstorm der darauffolgenden Woche aufladen konnte. Aber nicht für mich, und nicht heute. Verglichen mit dem Ort, zu dem ich jetzt unterwegs war, erschien dieser Schuppen wie ein Hort der Gemütlichkeit.

2

Ich kann Auto fahren, wenn ich muss, aber ich besitze keinen Wagen. In London ist es keine große Hilfe, wenn man einen Wagen besitzt, es sei denn, man braucht etwas, wo man gemütlich sitzen und Sonne tanken kann, wenn man auf der M25 im Stau steckt.

Demnach würde es eine lange Fahrt mit der U-Bahn werden, um an mein Ziel zu kommen – in die Stadt hinein auf der einen Nebenstrecke Northern Line, aus der Stadt heraus auf der anderen.

Es war die Grauzone zwischen Samstagnachmittag und Samstagabend. Die Fußballfans hatten sich bereits verflüchtigt wie Feengold, und es war noch zu früh für die Clubbesucher und Theatergänger. Ich konnte fast während der gesamten Fahrt sitzen, auch wenn im Wagon noch der vage Geruch nach dem kalten Fett des Big Macs eines früheren Fahrgastes hing.

Der Typ neben mir las den *Guardian*, so dass ich in kurzen Passagen mitlesen konnte, sobald er umblätterte. Die Tories waren wieder mal im Begriff, ihren jüngsten Anführer öffentlich zu schlachten, was ich schon immer mit besonderem Vergnügen verfolgt habe; der Innenminister leugnete irgendeinen besonders auffälligen Missbrauch seines Amtes und weigerte sich gleichzeitig, eine einstweilige Verfügung zurückzunehmen, wodurch die Nachrichtenmedien hätten genauer beschreiben können, wie dieser Missbrauch aussah, und das Gesetz über Post-mortem-Rechte stand kurz vor seiner dritten, erwartungsgemäß heftig umkämpften Lesung vor dem Unterhaus.

So wurde es natürlich nicht genannt. Ich glaube, die offizielle Bezeichnung des vom Parlament zu verabschiedenden Papiers lautete: »Neudefinition des Rechtsstatus außerweltlicher Mächte Gesetz« – aber die Boulevardzeitungen hatten verschiedene griffige Kurzformen gefunden, und Post-mortem-Rechte war der Begriff, der schließlich hängen geblieben war. Ich für meinen Teil betrachtete es als das Lebendig-bis-zum-bewiesenen-Tod-Gesetz.

Im Grunde versuchte die Regierung nichts anderes, als das Gesetz am eigenen Schopf aus dem Sumpf zu ziehen, so dass sie jedem wichtigen Gesetz, das sie je beschlossen hatte, einen ziemlich grundlegenden Nachtrag hinzufügen konnte. Es ging nicht darum, wie das Gesetz anzuwenden war, sondern darum, auf wen es zutraf. Das Ziel bestand darin, den Toten einen gewissen gesetzlichen Schutz zu garantieren – und das war genau der Punkt, der Millionen von Anwälten eine solide Auftragsflut von heute bis in alle Ewigkeit verhieß. Weil es heutzutage von mehr unterschiedlichen Arten von toten oder untoten Wesenheiten wimmelte, als es Fische im Meer gab oder Reality-Shows auf Kanal 4. Wo zog man die Trennlinie? Wie viel physische Manifestation brauchte man, um als produktiver Bürger zu gelten?

Im Unter- und im Oberhaus hatten einige temperamentvolle Diskussionen über diese Fragen stattgefunden, und die Experten meinten, dass das Gesetz scheitern könnte, wenn eine freie Wahl stattfände. Aber selbst wenn es dazu kommen sollte, wäre es nur eine Frage der Zeit: Früher oder später müssten wir, wenn auch widerwillig, akzeptieren, dass unsere alten Definitionen von Leben und Tod nutzlos waren und dass Menschen, die sich weigerten, das Unausweichliche zu akzeptieren, wenn ihr Herz zu schlagen aufgehört hatte und ihre vergänglichen Teile sich zwei Meter unter der Erde befanden, wenigstens einen minimalen rechtlichen Schutz genossen.

Was für viele in meinem Gewerbe eine verdammt schlechte Nachricht war.

✪

Ich schätze, die Toten waren schon immer unter uns, nur hielten sie sich für lange Zeit ziemlich bedeckt. Oder vielleicht gab es bisher nicht sehr viele, die den Wunsch hatten zurückzukommen.

In meinen frühesten Erinnerungen gab es da kaum einen wesentlichen Unterschied. Einige Leute hatten einen Schoß, auf dem man sitzen konnte, Hände, die man halten konnte, während es andere gab, durch die man irgendwie hindurchfiel. Man stellte durch einfaches Ausprobieren fest, wer was war – und später lernte man, nicht darüber zu reden, denn Erwachsene konnten sie nicht immer sehen oder hören: die stumme Frau in der Kühlschrankabteilung bei Sainsbury's, das einsame Kind mitten auf der Straße, durch das der Verkehr hindurchfuhr, den Landstreicher mit den wilden Augen, der fluchend durch die Wohnzimmerwand hereinkam.

Es war keine besonders schwere Last, eher verwirrend als traumatisch. Ich erfuhr, dass Geister Angst einjagen sollten, als ich hörte, wie andere Kinder Geistergeschichten erzählten, und soweit ich mich erinnern kann, war meine Reaktion lediglich ein verblüfftes »Oh, so werden sie also genannt«.

Der erste Geist, der mich wirklich aus der Ruhe brachte, war meine Schwester Katie, und das lag daran, dass ich sie bereits kannte, als sie noch lebte. Ich war sogar dabei gewesen, als mein Vater ihren geschundenen Körper ins Haus gebracht hatte, haltlos weinend und die Hände abwehrend, die ihm helfen wollten, sie hinzulegen. Es war beim Seilspringen in einer sogenannten Spielstraße passiert, die für Automobile gesperrt war (VON 8.00 UHR MORGENS BIS ZUM EINBRUCH DER DÄMMERUNG. AUSGENOMMEN ANLIEGER). Ein Lieferwagen, der die schmale Straße eindeutig zu schnell befahren hatte, streifte sie und schleuderte sie etwa drei Meter weit durch die Luft. Soweit man feststellen konnte, war sie auf der Stelle tot. Der Lieferwagen ist jedoch weitergefahren. Mein Dad hatte danach noch für lange Zeit die Nachbarhäuser abgeklappert und die Leute gefragt, welche Art von Lieferwagen es gewesen war. Er hoffte, den Fahrer zu identifizieren und noch vor der Polizei an ihn heranzukommen. Zum Glück für beide erhielt er alle möglichen unterschiedlichen Antworten – Mother's Pride, Jacob's Biscuits, Metal Box Company Limited – und musste am Ende seine Bemühungen einstellen.

Ich war damals sechs Jahre alt. In diesem Alter trauert man eigentlich nicht richtig, sondern man sitzt herum und versucht zu begreifen, was verdammt noch mal passiert ist. Irgendwie raffte ich, dass Katie tot war, aber was es mit dem Tod an sich auf sich hatte, darüber war ich mir nicht richtig im Klaren. Es war ein Übergang, eine Änderung des Zustands, aber wie lange er dauerte und wo man am Ende landete, schien zu variieren, je nachdem, wen ich fragte.

Eines war sicher: Katie war nicht oben im Himmel bei Gott. An dem Tag, an dem sie beerdigt wurde, kam sie fünf Minuten nach Mitternacht in mein Zimmer und wollte zu mir ins Bett steigen – dort schlief sie normalerweise, weil wir nur ein Zimmer und zwei Betten für uns drei Kinder hatten. Ich war verstört wegen der breiten, blutigen Wunde an ihrer Stirn, ihrer zertrümmerten Schulter, ihrer vom Asphalt aufgeschrammten Körperseite, und sie ärgerte sich über mein Geschrei. Von da an ging es mit uns bergab.

Meine Mum und mein Dad lebten sich zu diesem Zeitpunkt ebenfalls auseinander, daher war von ihrer Seite nicht allzu viel Mitgefühl zu erwarten. Sie gingen mit mir zu einem Arzt, der meinte, Alpträume seien nach einem Trauma völlig normal – vor allem nach einem Trauma, das durch den Verlust eines Geschwisters ausgelöst wurde – und verschrieb große Mengen Beruhigungsmittel. Ich musste weiterhin alleine zusehen, wie ich damit fertig wurde.

Und so fand ich heraus, dass ich ein Exorzist war.

Nach zwei Wochen mit Katies nächtlichen Besuchen versuchte ich, sie zum Weggehen zu bewegen, indem ich die gesamte Skala abstoßenden Verhaltens durchspielte, das Sechsjährige an den Tag legen können. Katie reagierte nicht, sondern sah mich nur an. Aber als ich sang: »Build a bonfire, build a bonfire, put your sister on the top«, gab der stille, kleine Geist einen schluchzenden Laut von sich und begann zu flackern wie eine Glühbirne kurz vor dem Durchbrennen.

Als ich sah, dass ich doch noch einen Treffer gelandet hatte, versuchte ich es weiter mit meinem kleinen Repertoire an Kinderliedern. Katie versuchte, mit mir zu reden, aber immer, wenn sie etwas sagte, konnte ich es wegen meines eigenen lärmenden Gesangs nicht hören. Als meine Eltern schließlich hereinplatzten, weil sich ihre Geduld erschöpft hatte, war sie verschwunden.

Sie war verschwunden, und ich freute mich. Mein Bett gehörte mir wieder ganz allein. Ich war stärker als der Tod, und ich wusste, dass ganz gleich, was der Tod sein mochte, ich den Zauberstab hatte, der ihn jederzeit gefügig machen konnte – Musik. Das ganze Drum und Dran begann mich zu faszinieren. Indem ich alles Mögliche versuchte, stellte ich fest, dass Pfeifen besser als Singen war, und dass Querflöte oder Tin Whistle spielen am besten war. Jeder hatte da seine eigene Methode, aber Musik war der Kniff, der bei mir funktionierte.

Es dauerte Jahre, bis ich wieder an das schüchterne, magere kleine Mädchen dachte, das aus keinem ersichtlichen Grund Gummibänder sammelte und sie miteinander verknotete und umeinanderwickelte, bis sie eine große, feste Kugel bildeten, und die ihr Mittagessen mit mir teilte, wenn ich meine eigenen Kartoffelchips und Sandwiches gegen *Twilight Zone*-Kaugummikarten eingetauscht hatte. Das war Jahre bevor ich mich fragte, wohin sie verschwunden war, als ich sie verscheuchte.

Ich wuchs heran. Das tat auch mein Bruder Matthew. Wir hatten nie viel gemeinsam, und als wir älter wurden, schlugen wir total entgegengesetzte Richtungen ein. Er wechselte sofort von der Schule auf ein katholisches Seminar in Upholland – es war das gleiche, das auch Johnny Vegas besuchte, aber Matthew blieb dabei, während Vegas auf die Priesterweihe verzichtete, um Stand-up-Comedian zu werden. Andererseits wäre Matthew in dem Job völlig fehl am Platze gewesen, weil er einen derart verkümmerten Sinn für Humor hatte, dass er die *Goons* immer noch für lustig hielt.

Ich ging nach Oxford, um Englisch zu studieren, stieg jedoch während meines zweiten Jahrs aus und fand auf undurchsichtigen und verschlungenen Wegen Zugang zum Exorzismus. Sechs oder sieben Jahre lang verdiente ich meinen Lebensunterhalt damit, mit anderen Geistern gegen Bezahlung das zu tun, was ich mit Katie aus reinem Selbsterhaltungstrieb heraus getan hatte.

In jener Zeit waren Exorzisten gefragt. Irgendetwas war im Gange, während das alte Jahrhundert holpernd und knarrend bergab seinem Ende entgegenrutschte. Die Toten wachten in immer größerer Zahl auf bis hin zu dem Punkt, dass man sie plötzlich nicht mehr ignorieren konnte. Die meisten waren harmlos oder zumindest passiv, aber einige waren ganz offensichtlich mit dem falschen Fuß aus ihrem Grab auferstanden – und einige waren schlichtweg asozial. Die Immateriellen waren schlimm genug, aber einige Tote kehrten in fleischlicher Form, als Zombies, zurück, während andere Geister – bekannt als *loup-garous* oder *Werwesen* – tierische Wirte besetzen und sie in mehr oder weniger menschliche Gestalt umformen konnten. Und in einigen Fällen, wo sich Tote in großer Zahl an einem Ort versammelten, erschienen auch andere Dinge, Dinge, die offenbar mit dem korrespondierten, was in mittelalterlichen Zauberbüchern Dämonen genannt wurde. Es schien, als hätte in der Hölle das große Aufräumen begonnen und als dränge die gesamte wilde Bande gleichzeitig auf die Straßen. Es war irgendwie wie elf Uhr abends auf der Dock Road in Liverpool, nur begleitet von Schwefeldampf.

Und genauso plötzlich gab es Exorzisten. Oder vielleicht waren wir schon immer da gewesen. Vielleicht gehörte alles zusammen und sie traten erst als eigene Gruppe in Erscheinung, als es etwas gab, das sich zu exorzieren lohnte.

Wir sind ein abgedrehter, seltsamer Verein. Jeder von uns hat seine ganz eigene Art, seinen Job zu erledigen – der darin besteht, einen Geist einzufangen, ihn in irgendetwas einzusperren, aus dem er sich nicht befreien kann, und ihn dann zu verbannen.

Für mich ist dieses »Irgendetwas« offensichtlich Musik. Ich spiele auf meiner Tin Whistle eine Folge von Tönen, die für mich den Geist genau so beschreibt, wie wir ihn sehen – oder *modelliert* ist vielleicht ein besseres Wort. Und irgendwie verbindet sich die Musik mit dem Geist, oder wird sogar zu einem Teil von ihm, so dass der Geist, wenn die Musik aufhört, ebenfalls verstummt. Ich muss zugeben, dass ich in dieser Hinsicht nicht einmalig bin. Ich habe nicht wenige Leute getroffen, die Trommeln auf die gleiche Art und Weise benutzen, und ein total abgefahrener Typ, den ich einmal in Argentinien kennengelernt habe, trommelte einen Rhythmus auf seiner eigenen Wange. Andere Exorzisten, denen ich im Laufe der Zeit begegnet bin, benutzen Bilder, Worte, Tänze, sogar die Synkopierung des eigenen Atmens. Die religiösen benutzen natürlich Gebete, aber es läuft letztendlich immer auf dasselbe hinaus. Die meisten von uns haben keinen Grund, in dieser Hinsicht hochnäsig auf andere herabzuschauen.

Daher ging es mir dank der Gültigkeit und geschickten Anwendung der Gesetze von Angebot und Nachfrage verdammt gut. Ich verlangte Spitzenhonorare und bekam stets, was ich verlangte – und zwar im wahrsten Wort- und nicht im ironischen Sinn dieser Redewendung. Und wenn jemand die Frage stellte oder ich mir selbst erlaubte, mich zu fragen, wohin die Geister gingen, die ich verschwinden ließ, hatte ich immer eine schnelle Antwort parat.

Eigentlich sind es nur die westlichen Kulturen, sagte ich dann wie jemand, der ordnungsgemäß studiert hatte, in denen Geister als die Seelen und Persönlichkeiten Verstorbener betrachtet werden. In anderen Kulturen werden sie als etwas völlig anderes gesehen. Für die Navajos sind Geister etwas, das aus den schlechten Anteilen des jeweiligen Toten besteht, während der Rest gereinigt und in Topform in die nächste Welt übergeht. Im Orient werden sie als eine Art emotionale Verunreinigung empfunden, deren Erscheinung davon abhängt, wer sie sieht. Und so weiter.

Ja, ich weiß. Angesichts der Tatsache, dass die Geisterjagd mein Brotverdienst war und angesichts der Tatsache, dass ich damit bei meiner eigenen Schwester angefangen hatte, half es mir verdammt viel, wenn ich mir und allen anderen, die bereit waren, mir zuzuhören, einredete, dass Geister sich von den Leuten unterschieden, deren Aussehen sie hatten. Ich beruhigte lediglich mein Gewissen; und während es selig schlief, tat ich einige sehr schlimme Dinge.

Dazu gehörte auch Rafi Ditko.

✪

Das Charles Stanger Care Home steht unweit der North Circular in Muswell Hill am weit geschwungenen Bogen der Coppetts Road. Von außen und aus der Ferne betrachtet, sieht es aus wie das, was es einmal war – eine Reihe viktorianischer Arbeiterhäuser. Jahrhundertwende-Armut in geschmackvollem nostalgischem Gewand.

Nähert man sich dem Komplex, sieht man die direkt ins ursprüngliche Mauerwerk eingelassenen Gitterstäbe vor den Fenstern und den wuchtigen Anbau, der hinten in einem spitzen Winkel abzweigt und die alten Häuser zu erdrücken scheint. Wenn man ein Gespür für solche Dinge entwickelt hat, bemerkt man vielleicht auch noch die magischen Schutzvorrichtungen, die man neben dem Haupteingang angebracht hat, um die Toten abzuschrecken: einen Myrtenzweig für den Mai, einen nekromantischen Kreis mit den Worten *hoc fugere* – meide diesen Ort –, ein Kruzifix und eine kunstvolle, blau emaillierte Medusa. Auf die eine oder andere Art und Weise wird man aus einem viktorianischen Tagtraum in die unangenehme Gegenwart zurückgeholt.

Ich kam aus einer Nacht, die aufgeladen war mit frischen Regenmassen, die erst noch vom Himmel fallen mussten, und trat hinein auf dicken Teppich und in den fachmännisch konservierten Duft von Wildem Geißblatt. Aber das Stanger tut sich schwer, stets ein freundliches Gesicht zu zeigen. Schon als ich die zweite Tür öffnete und in die Lobby kam, konnte ich bereits von irgendwo weiter drinnen im Haus einen heftigen Tumult hören. Laute Stimmen, eine Frau – vielleicht auch ein Mann – weinte, Türen wurden aufgerissen und zugeschlagen. Es wollte irgendwie nicht zu der beruhigenden Musik Vivaldis passen, die pianissimo aus der Lautsprecheranlage drang. Die Krankenschwester am Empfang, Helen, starrte in den Korridor und sah aus, als wollte sie am liebsten davonrennen. Sie fuhr herum, als sie mich hörte, und ich begrüßte sie mit einem Kopfnicken.

»Mister Castor!«, rief sie und erholte sich ein wenig von ihrem Schrecken. »Felix – er ist es. Asmodeus. Er ist …« Sie deutete in den Korridor, brachte aber kein weiteres Wort mehr über die Lippen.

»Ich höre es«, sagte ich knapp. »Ich gehe durch.«

Ich verfiel in leichten Trab, als ich den Hauptflur hinuntereilte. Dies war mein wöchentlicher Routinebesuch. Ich nannte ihn noch immer so, obwohl sich mittlerweile die Zeitspanne zwischen ihnen auf einen Monat oder mehr ausgedehnt hatte. Ich war durch das leicht elastische Band alter Schuld an diesen Ort gebunden, und ab und zu wurde der Zug zu beharrlich, um ihn ignorieren zu können. Aber heute würde es eine deutliche

Abkehr von der Routine werden. Irgendetwas ging dort vor sich, und es war etwas Gewaltsames und Lautstarkes. Ich wollte auf keinen Fall auch nur in seine Nähe kommen, aber ich war für Rafi verantwortlich, und es war eindeutig mein Job, mich darum zu kümmern.

Rafis Zimmer befand sich im neuen Anbau. Manchmal dachte ich mit einem Anflug von Bitterkeit, dass Rafis Zimmer den gesamten Anbau finanziert hatte, denn es hatte ein mittleres Vermögen gekostet, die Wände, den Fußboden und die Decke mit Silber auskleiden zu lassen. Ich ging an den Stationen mit geringen Sicherheitsvorkehrungen vorbei und hörte aus jeder einzelnen von ihnen Weinen, Schreie und Flüche. Jedes laute Geräusch im Stanger erzeugt eine ganze Flut von Echos.

Als ich im Laufschritt um die Ecke bog, sah ich eine Schar Menschen etwa drei Meter von Rafis Tür entfernt, die anscheinend offen stand. Ich suchte Pen und sah sie daher als Erste. Sie rang mit zwei Krankenpflegern, einem Mann und einer Frau, und fluchte wie ein Kesselflicker. Wenn man Pen von vorn sah, wirkte sie immer viel größer, als sie tatsächlich war. Die Lebhaftigkeit ihrer grünen Augen und ihr rotes Haar vermittelten irgendwie den Eindruck imponierender Körpergröße, dabei maß sie in Wirklichkeit nur knapp über eins fünfzig. Die beiden Krankenpfleger hielten sie nicht richtig fest, sie versperrten ihr lediglich den Weg zur Tür und bewegten sich mit ihr, wenn sie versuchte, an ihnen vorbeizuschlüpfen – eine sehr wirkungsvolle menschliche Wand.

Der Rest der Szene glich einer Kneipenschlägerei, die nach Regeln ablief, die ich nicht kannte. Webb, der Direktor des Stanger Home, versuchte schwitzend und mit rot angelaufenem Gesicht, Pen festzuhalten und von der Tür wegzuziehen, bemühte sich jedoch gleichzeitig, nichts zu tun, was als Tätlichkeit ausgelegt werden könnte – und wurde jedes Mal, wenn er ihr zu nahe kam, von ihr weggestoßen. Das sich daraus ergebende Ballett aus flatternden Handbewegungen und unfreiwilligem Sich-Krümmen und Zurückweichen war überaus seltsam anzusehen. Ein halbes Dutzend Pfleger beiderlei Geschlechts drängte sich um sie, wobei keiner allzu viel Lust auf eine Auseinandersetzung mit jemandem verspürte, der kein Insasse war und vielleicht über die Geldmittel verfügte, um eine gerichtliche Klage anzustrengen. Zwei andere Angehörige des Stanger-Personals lagen auf dem Boden und rangen offenbar miteinander.

Ich konnte jetzt die Stimmen hören – jedenfalls einige –, die den Hintergrundlärm übertönten.

»Sie töten ihn! Sie bringen ihn um!« Das war Pen, schrill und drängend.

»– habe eine Verantwortung gegenüber der Öffentlichkeit und den anderen Insassen des Heims, und ich lasse mich nicht unter Druck setzen, etwas …« Das war Webb mitten in einem Satz, der schon seit einiger Zeit im Gange war und so bald sicher nicht enden würde.

Aber als ich mich in die Gruppe drängen wollte, wurde er abgebrochen, als ein Körper durch die Türöffnung geflogen kam und mit einem dumpfen, satten Laut gegen die gegenüberliegende Flurwand prallte, ehe er auf den mit Teppich bedeckten Fußboden stürzte. Das Gesicht war nach oben gewandt, so dass ich ihn erkennen konnte. Es war Paul, einer der Krankenpfleger und wahrscheinlich derjenige von den Angestellten, den ich am liebsten mochte. Er war bewusstlos, das Gesicht rot bis violett, und die Injektionsspritze, die aus seiner Hand rutschte, war durchgetrennt wie von einem Samuraischwert, so dass eine glasklare Flüssigkeit aus der sauber durchschnittenen Plastikampulle sickerte.

Jedermann starrte ihn mit unterschiedlich ausgeprägtem Staunen und Erschrecken an, aber niemand machte Anstalten, ihm zu helfen oder die Schwere seiner Verletzungen festzustellen. Ich nutzte die Gelegenheit, um mich zwischen den Gaffern hindurchzuschlängeln, und steuerte auf den freien Gangabschnitt vor der offenen Tür zu – das Niemandsland. Einer der beiden Pfleger, die Pen zurückhielten – es war der männliche –, wandte sich augenblicklich mir zu und legte mir eine schwere Hand auf die Schulter.

»Durchgang verboten«, verriet er mit drohender Stimme.

»Lassen Sie ihn!«, schnappte Webb. »Das ist Castor.«

»Oh, Gott sei Dank!«, sagte Pen, die mich zum ersten Mal sah. Sie warf sich in meine Arme, und ich drückte sie beruhigend. Gleichzeitig schaute ich nach unten und erkannte, dass die beiden Männer auf dem Fußboden gar nicht miteinander rangen, sondern der eine, der bei Bewusstsein war, schleifte den Bewusstlosen von der Tür weg und hinterließ dabei auf dem Teppichboden eine Blutspur, die von einer Wunde stammte, die ich nicht sehen konnte.

In Pens Augen glitzerten Tränen, als sie mich flehend ansah. »Fix, lass nicht zu, dass sie ihm etwas tun! Es ist nicht Rafi, es ist Asmodeus. Er kann nicht anders!«

»Das weiß ich. Es ist okay, Pen.« Ich legte in diese Worte so viel Überzeugungskraft, wie ich aufbringen konnte. »Ich bin jetzt da. Ich bringe alles in Ordnung.«

»Eine Angehörige meines Personals ist noch da drin«, klärte Webb mich auf und fiel Pen ins Wort, als sie wieder etwas sagen wollte. »Wir fürchten, dass sie tot ist, aber wir können nicht reingehen, um nachzuschauen. Ditko ist … rasend, in einem hypermanischen Zustand. Und wie Sie sehen können, ist er gewalttätig. Ich denke, wir müssen Gas einsetzen.«

Pen schrie bei dem Wort auf, und das überraschte mich nicht. Das Gas, von dem Webb sprach, war ein mildes Nervengift – ein Tabun-Derivat mit der Bezeichnung OPG.

Es wurde bei Porton Down für militärische Zwecke entwickelt, ist jedoch mittlerweile auf jedem Schlachtfeld der Erde gesetzlich verboten. Ironischerweise hat sich herausgestellt, dass es eine therapeutische Wirkung auf Alzheimerkranke entwickelt, wenn es in winzigen Dosierungen angewendet wird. Es blockiert den Zerfall von Acetylcholin im Gehirn und verzögert den Gedächtnisverlust. Dann fand jemand heraus, dass Zombies es in weitaus größeren Dosierungen benutzen können, um mehr oder weniger den gleichen Effekt zu erzielen – das Verlangsamen des unausweichlichen Zusammenbruchs ihres Geistes, in dem der Zerfall von Buttersäure elektrochemische Schwankungen in stinkenden Matsch verwandelt. Daher war der Einsatz des Gases im psychotherapeutischen Bereich erlaubt und wurde bei Toten und Untoten sogar empfohlen – ein Schlupfloch, auf Grund dessen sich die Bürgerrechtsanwälte der ganzen Welt wüste Schlachten vor Gericht lieferten. Die Tatsache, dass es eine beruhigende Nebenwirkung hatte, steigerte die allgemeine Verwirrung noch.

Es bei Rafi anzuwenden, war jedoch in jeder Hinsicht ein heikler Vorschlag. Er war kein Zombie, sondern ein ganz normaler lebendiger Mensch mit einem besonders hartnäckigen Passagier. Und wenn Asmodeus im Aufstieg begriffen war, dann war schon eine geballte Ladung nötig, um ihn zu bremsen, was sicherlich zur Folge hätte, dass die Nebenwirkungen schmerzhafter und extremer wären. Einige könnten sogar permanente Schäden verursachen.

»Lassen Sie mich erst einmal reingehen«, schlug ich vor. »Vielleicht kann ich ihn mit meiner Musik beruhigen.«

Webb schnaufte und keuchte, aber im Gegensatz zum großen bösen Wolf wollte er um jeden Preis vermeiden, dass sein Haus umgeblasen wurde. Er suchte einen Ausweg aus diesem Dilemma, der ihn nur einen Minimalschaden an Leben und Besitz kosten würde – vor allem an Besitz –, und war vernünftig genug zu erkennen, dass ich ihm diesen Ausweg bieten konnte. Immerhin war es nicht das erste Mal, dass Rafi Ärger machte. Ich hatte meine Nützlichkeit schon früher mehrmals unter Beweis gestellt. »Ich trage für Sie und Ihre Sicherheit keinerlei Verantwortung«, erinnerte er mich. »Sie haben eine entsprechende Erklärung unterschrieben, und die habe ich immer noch in den Akten. Sie gehen auf eigene Gefahr dort hinein, und wenn Ihnen irgendetwas zustößt …«

»… erklären Sie, von meinen Aktivitäten nichts gewusst zu haben«, beendete ich den Satz und nickte. »Und Sie stecken auch keinen Penny in die Sammelbüchse. Tun wir einfach so, als hätte ich den ganzen Mist durchgelesen, okay?«

Ich machte kehrt und steuerte auf Rafis Zelle zu.

»Ich komme mit«, rief Pen und drängte sich zwischen den beiden Pflegern hindurch, die nicht mehr ganz sicher waren, wie ihr Auftrag eigentlich lautete. Ich hob eine Hand, um sie aufzuhalten. »Lieber nicht, Pen«, murmelte ich. »Asmodeus braucht mich lebend, und das ist das Einzige, was mir hier helfen kann. Wie du schon sagtest, es ist nicht Rafi. Er wird sich nicht zurückhalten, wenn er dich sieht. Vielleicht greift er dich sogar aus purer Bosheit an.«

Sie zögerte, da sie von meinen Argumenten nicht ganz überzeugt war. Ich ließ sie stehen und ging weiter in der Hoffnung, dass sie zur Vernunft kam. Es hatte wirklich keinen Sinn, jetzt darüber zu diskutieren, während ich beobachten konnte, wie Webb offenbar im Begriff war, sich zu einem Gasangriff durchzuringen. Ich klopfte flüchtig an die Tür, als ich hindurchging. Es wäre wahrscheinlich sicherer gewesen, erst mal einen Blick durch die Türöffnung zu werfen, aber ich musste ohnehin hineingehen. Auf diese Art und Weise tat ich es mit einem gewissen Schwung, selbst wenn ich gleich wieder herausflöge und auf dem Hintern landete und mein Kopf mir separat folgte.

Die Schwelle zu überschreiten bedeutete, von weichem Teppichboden auf nacktes Metall zu treten – genauer, auf eine Legierung von Stahl und Silber im Mischungsverhältnis von zehn zu eins. Sie befand sich auch hinter den Gipskartonplatten der Wände und schien an ein paar Stellen durch, wo Rafi den Gips mit der Faust in einem Wutanfall durchlöchert hatte. Meine Schritte hallten dumpf auf der Metallplatte und kündigten mein Erscheinen weitaus nachdrücklicher an als das Klopfen. Doch Rafi schien mich überhaupt nicht zu bemerken. Er befand sich auf der anderen Seite der Zelle und bearbeitete eine längliche Form auf dem Fußboden mit Fußtritten. Nicht die Krankenschwester, Gott sei Dank, sie lag reglos gleich hinter der Tür auf dem Boden. Blut sickerte in einem dünnen Faden über ihre Stirn, und ihre Augen waren geschlossen. Was Rafi soeben zerstörte, war der Medizinwagen. Pillen in hundert Partyfarben waren auf dem Boden verstreut und knirschten bei jedem Schritt unter meinen Schuhsohlen.

Aus dem Augenwinkel sah ich, wie Pen in die Hocke ging, um den Puls der Krankenschwester zu prüfen. Ich holte die Tin Whistle aus der Tasche und setzte sie an die Lippen, doch ehe ich einen Ton spielen konnte, legte Rafi den Kopf in den Nacken und stieß einen qualvollen Schrei aus. Er reckte beide Hände in die Höhe und schlug sich dann mit geballten Fäusten gegen die Stirn, während er krampfartig zuckend hin und her schwankte. Dann, mit einem kehligen Fauchen, fuhr er mit den Händen vom Haaransatz bis hinab zum Kinn und grub dabei die Fingernägel so tief ein, dass er schließlich aus acht parallelen Risswunden blutete.

Ich musste ihm sofort in die Parade fahren. Ich legte die Finger auf die Grifflöcher und blies so leise wie möglich eine einleitende Tonfolge. Da Rafi mich bis zu diesem Moment vollkommen ignoriert hatte, hoffte ich, einigermaßen in Schwung gekommen zu sein, wenn er begriff, dass ich zugegen war. Aber schon beim ersten Flötenton wirbelte er zu mir herum. Von dieser Reaktion überrumpelt, verstummte ich unwillkürlich. Rafis bleiches, attraktiv asketisches Gesicht war angespannt, sein schwarzes Haar hatte sich zu schweißdurchtränkten Löckchen gekräuselt. Seine Augen – Pupillen, Augäpfel und alles andere – waren von einem derart intensiven Schwarz, dass sie sämtliches Licht aus dem Raum zu saugen schienen. Ich hatte diesen Effekt schon früher beobachtet, aber irgendwie war es dieses Mal schlimmer als bei allen anderen vorangegangenen Gelegenheiten. Es war, als brodelte diese Schwärze hinter Rafis Augen, jederzeit bereit, hervorzuquellen und mich zu verschlingen.

»CASTOR!«, dröhnte er mit einer Stimme, die lauter und rauer klang, als eine menschliche Kehle sie hervorzubringen vermochte. Es war eine Stimme, die sich wie das kreischende Luftansaugen einer Düsenturbine anhören. Für einen kurzen Moment wurde unter seinem Gesicht ein anderes sichtbar und drückte sich beinahe durch Schädel, Muskulatur und gerötete, zum Zerreißen gestraffte Haut. »ZU SCHÖN! ZU VERDAMMT SCHÖN!«

Wenn er sich vor seinem Sprung nicht gespannt hätte, wäre

das vielleicht der letzte Ton gewesen, den ich je hätte hören können. So hatte ich jedoch genügend Zeit, um mich fallen und zur Seite kippen zu lassen und außerhalb der Reichweite seiner zupackenden Finger zu gelangen. Gleichzeitig blies ich einen schrillen, modulierten Misston, mit dem ich schon früher bei Rafi eine nachhaltige und gewöhnlich unmittelbare Wirkung erzielt hatte.

Diesmal hingegen hätte ich genauso gut mit der Achselhöhle »God Save the Queen« spielen können. Er drehte sich in der Luft wie eine Katze und erwischte mich mit der Faust seitlich am Kopf. Zwar streifte er mich nur, aber für einen kurzen Moment erschien vor meinen Augen ein schwarz-weißes Flackern. Die Flöte rutschte aus meiner Hand und tanzte klappernd über den Boden in unerreichbare Ferne. Dann war Rafi gelandet, kam mit entschlossenen Schritten auf mich zu und grinste bis über beide Ohren. Pen drückte sich an die Wand, außer Sicht und unbemerkt, aber sie beobachtete genau, was geschah, und suchte eine Chance, um die Krankenschwester aus der Schusslinie zu schaffen. Ein toller Plan, auf jeden Fall besser als meiner. Ohne meine Flöte hätte ich alle Hände voll zu tun, überhaupt am Leben zu bleiben.

Ich wollte Rafi mit einem sorgfältig gezielten Boxhieb stoppen, doch er wischte meine Faust beiseite, ohne aus dem Tritt zu kommen. Sein Konter war vernichtend – seine offenen Hände, die Finger starr wie Stricknadeln, schossen so schnell vor, dass ich sie durch die Luft pfeifen hörte, ehe ich den Schmerz des Treffers spürte. Ich stolperte rückwärts, versuchte, so etwas wie eine Deckung aufzubauen, aber es war, als befände ich mich genau vor einer horizontalen Lawine. Ich stürzte rücklings in den Korridor, während Rafi auf meiner Brust hockte und die Hände um meinen Hals legte.

Ich blickte direkt in diese feuchtschwarzen Augen und sah dort kein Erbarmen. Ich lockerte seinen Griff, indem ich seine Handgelenke nach außen schlug, aber damit erzielte ich nicht die Wirkung, die ich mir erhofft hatte. Rafi ließ die Hände fliegen, so dass es mir vorkam, als wären sie an mehreren Stellen zugleich, und obgleich ich sie nach links und rechts weggedrückt hatte, blieben seine Hände mit nicht nachlassendem Druck um meinen Hals geklammert. Ich kämpfte verzweifelt darum, einzuatmen. Wenn ich atmen konnte, konnte ich auch flöten, sogar ohne mechanische Hilfe, aber daran war nicht zu denken. Er drückte fester zu, und in meinem Kopf brodelte die gleiche Dunkelheit hoch, die in den Augenhöhlen lauerte, in die ich hineinstarrte.

Über Rafis Schulter sah ich Pen auf mich zurennen. Sie packte Rafis rechten Arm und versuchte ihn wegzuzerren, aber er rutschte ihr irgendwie durch die Hände – vervielfachte sich und schien wieder an mehreren Stellen zugleich zu sein. Ein Ruck durchlief seine Schultern, und er wurde starr, während sein Kopf nach hinten zuckte und so hart gegen ihre Brust schlug, dass sie zurücktaumelte. Dann konzentrierte er sich wieder auf die wichtige Aufgabe, mich zu erwürgen.

Ich dürfte zwei Sekunden von der Bewusstlosigkeit entfernt gewesen sein, woraufhin alle Wetten beendet worden wären und ich zweifellos ebenfalls. Aber plötzlich erschien hinter Rafi eine größere, stämmigere Gestalt, und ein muskulöser schwarzer Arm legte sich um seinen Hals. Es war Paul. Er sah angespannt und blass aus, was kaum überraschte, aber seine Aktionen waren durchdacht und wirkungsvoll. Er setzte sein höheres Gewicht und seine größere Kraft ein, um Rafi nach hinten zu ziehen, bis sich sein Griff um meinen Hals lockerte. Rafi zischte und riss die Hände hoch, um sich zu befreien.

Schwach und benommen, wie ich war, zwang ich mich zu handeln, denn es sah nicht danach aus, als bekäme ich eine zweite Chance. Ich rollte mich zur Seite, verlagerte mein Gewicht, um Rafi noch mehr aus dem Gleichgewicht zu bringen, und schlug ihm gleichzeitig mit aller verfügbaren Kraft auf die Kinnspitze. Ins Schwanken gebracht, entglitt er seitwärts Pauls Händen, und wir wurden beide getrennt.

Ich wandte mich mit erhobenen Armen um, bereit, mich gegen einen erneuten Angriff zu verteidigen, aber was auch immer gerade mit Rafi geschah, bewirkte, dass er mich total vergaß. Er lag immer noch auf dem Fußboden, und ein ständiges auf und ab schwellendes Geheul der Qual und Verzweiflung drang aus seinem weit aufgerissenen Mund. Es war, als hätte er meinen Treffer überhaupt nicht wahrgenommen. Was immer ihm gerade Schmerzen zufügte, hatte absolut nichts mit mir zu tun.

Paul kniete neben Rafi und fühlte ihm den Puls. Er schob Rafis Lider hoch und inspizierte seine Augen, dann dehnte er die Untersuchung auch auf Zahnfleisch und Zähne aus – womit er ein Risiko einging, das ich um jeden Preis vermieden hätte. Rafi heulte Paul direkt ins Gesicht. Er schien unsere Anwesenheit vergessen zu haben.

Zwei weitere Krankenpfleger beugten sich über uns und betrachteten Rafi, als überlegten sie, wo es am ungefährlichsten wäre, ihn festzuhalten. Paul schaute hoch, erblickte sie und deutete in die Zelle. »Karen!«, rief er und übertönte Rafis unmenschlichen Klagegesang. »Sie ist noch dort drin. Holt sie raus!« Sie nahmen Haltung an wie Soldaten, machten kehrt und betraten die Zelle.

Von dort, wo ich kniete, hatte ich einen ungehinderten Blick durch die Türöffnung. Ich sah die beiden Männer neben der gestürzten Krankenschwester auf die Knie sinken. Einer von ihnen legte eine Hand auf ihre Stirn. Ich sah, wie sie sich bewegte und vor der Berührung zurückzuckte. Sie war verletzt, vielleicht sogar schwer, aber sie war nicht tot. Hin- und hergerissen zwischen Erleichterung und einem verzögerten Schock, machte sich in meinen Eingeweiden eine Übelkeit breit, die mich ausfüllte wie eine säuerliche Gaswolke. Ich knickte nach vorn ein und übergab mich. Danach dauerte es einige Sekunden, ehe ich wieder etwas von meiner Umgebung erkennen konnte.

Als Erstes stellte ich fest, dass Rafis durchdringendes Heulen abrupt verstummt war und totale Stille herrschte. Pen hielt ihn in den Armen, und Paul kniete neben ihr, hatte den Zeigefinger wieder auf Rafis nacktes Handgelenk gelegt und runzelte nachdenklich die Stirn.

Doktor Webb näherte sich uns mit einer gewissen Vorsicht und betrachtete die Schweinerei, die ich auf dem Teppich hinterlassen hatte. Dann wanderte sein Blick zu Rafi, dessen Kopf in Pens Schoß lag, während sie beruhigende Worte murmelte und ihm das schweißnasse Haar aus der Stirn strich. Rafi schien jetzt zu schlafen – es war ein Schlaf der Erschöpfung, und seine Brust hob und senkte sich unter seinen langen, tiefen Atemzügen. Trotzdem blickte Webb immer wieder misstrauisch zu ihm hinüber, während er seinem Personal knappe Befehle gab, aufzuräumen und die alte Ordnung wiederherzustellen.

Ich stand mit immer noch zitternden Beinen auf und zog meinen zerknautschten Hemdkragen zurecht, wofür sich mein ähnlich zerknautschter Hals mit heftigen Schmerzen bedankte. »Wodurch wurde das Ganze in Gang gesetzt?«, wollte ich von Webb wissen. Meine Stimme klang heiser und matt.

Er schnaubte verächtlich. »Durch nichts«, sagte er. »Durch

überhaupt nichts. Karen und Paul gingen hinein, um ihm sein Abendessen zu bringen, und er stürzte sich auf sie. Zuerst war er völlig ruhig, und plötzlich – nun ja, Sie haben es selbst gesehen. Er begann zu brüllen, und als Karen ihn beruhigen wollte, schlug er sie. Wir können von Glück reden, dass sie nicht getötet wurde.«

Ich nickte stumm. Ich wusste nicht, was ich darauf hätte erwidern sollen.

Webb erwartete auch keine Antwort. »Castor«, sagte er, »das bringt uns zu einem Gespräch, das wir ohnehin hätten führen müssen. Als wir Ditko aufnahmen, taten wir es in dem Glauben, dass wir ihm helfen könnten. Und das können wir nicht. Er braucht auf ihn abgestimmte Einrichtungen, die wir ihm nicht bieten können.«

Ich blickte auf Pen hinab. Glücklicherweise hatte sie ihn nicht gehört. »Es gibt keine speziell abgestimmten Einrichtungen für das, worunter Rafi leidet«, erklärte ich, aber das war totaler Quatsch, und das wusste er. Es gab einfach keine, in denen ich ihn hätte unterbringen wollen.

»Es gibt das MOU«, sagte Webb.

»Rafi ist keine Laborratte.«

»Er ist auch nicht geisteskrank. Er hat hier nichts verloren.«

»Wir haben einen Vertrag«, spielte ich mein Ass aus.

Webb übertrumpfte es. »Hinfällig, sobald das Wohlergehen von Personal und anderen Insassen in Mitleidenschaft gezogen wird«, zitierte er aus dem Gedächtnis. »Und ich glaube, das lässt sich wohl kaum bestreiten.«

Ich zuckte die Achseln. »Dann lassen Sie uns reden.«

Webb schüttelte den Kopf. »Nein. Treffen Sie gefälligst andere Arrangements, Castor. Sie haben achtundzwanzig Tage Zeit.«

»Sie sind zu gütig, Webb«, meinte ich krächzend. »Sie müssen ein wenig härter werden, sonst fangen die Leute an, Sie auszunutzen.«

Er bedachte mich mit einem strengen, herablassenden Blick. »Als wenn Sie das nicht schon längst versucht hätten«, sagte er eisig.

✪

Draußen stand eine Mondsichel wie ein Krummsäbel aus weißem Feuer am Himmel und verlieh allem das Aussehen einer Daguerreotypie. Ich nahm den Umweg durch den Rosengarten und genoss dessen Frieden und Stille. Letzteres war nur relativ. Aus dem Gebäude drangen noch immer einige Rufe und Schmerzenslaute, aber nach Rafis endlosem, qualvollem Nebelhorngebrüll kam es mir vor wie angenehme Stille. Rafi schlief jetzt, aber Pen würde vorerst niemanden an ihn heranlassen. Ich dachte, ich sollte ihnen eine halbe Stunde Zeit gönnen und dann wieder hineingehen und nachschauen, ob ich gebraucht wurde.

Ich lehnte mich gegen die Sonnenuhr und blickte einen mit Rankengittern gesäumten Gartenweg hinunter, der von einem Baldachin duftender Blüten überdeckt wurde. Der Anblick an seinem Ende war wenig einladend: lediglich ein hoher Zaun mit einer nach innen geneigten Krone aus Stacheldraht und dahinter die sechs Fahrspuren der North Circular Road, wo sogar noch um diese Uhrzeit eine ständige Flut von Scheinwerferpaaren vorbeiströmte.

Andere Arrangements. Es war für Webb sehr einfach, so etwas zu verlangen, vor allem wenn die Götter des Kleingedruckten eindeutig auf seiner Seite standen. Aber nicht so einfach in die Tat umzusetzen, es sei denn ich wählte den Weg, den Webb vorgeschlagen hatte, und überließ Rafi der liebevollen Obhut der Metamorphic Ontology Unit, kurz MOU, im Queen Mary's Hospital in Paddington. Aber das wäre eine letzte, aus Verzweiflung geborene Lösung, und ich dachte nicht, dass wir schon so weit waren. Sosehr ich meine alte Sparringspartnerin Jenna-Jane Mulbridge auf rein intellektueller Ebene respektierte, wusste ich besser als jeder andere, dass sie einige Defizite hatte, was den Umgang mit Kranken betraf. Und dass ihr Herz und ihre menschlichen Gefühle unter irgendeiner Wegkreuzung für lange Zeit auf Eis gelegt worden waren.

Während ich weiterhin die Sonnenuhr abstützte und die stimmungsvolle Ausgewogenheit des Ortes störte, kamen drei kleine Gestalten aus dem Gebüsch in etwa fünfzig Metern Entfernung und flitzten in absoluter Lautlosigkeit über den Rasen. Sie bewegten sich in Dreiecksformation, wobei die größte die Spitze bildete und die beiden anderen sie flankierten und ihr folgten. Auf der gegenüberliegenden Seite standen einige Bäume, aber Bäume hielten sie nicht auf. Sie rannten weiter und schlüpften mit ihren schlanken Körpern durch die Stämme, als wären sie kein Holz, sondern Luft. Als sie die Mauer erreichten, die das Stanger vom Coldfall Wood trennte, blieb das führende Mädchen – etwa dreizehn Jahre alt, oder zumindest war es so alt gewesen, als es starb – stehen und schaute zu mir herüber. Sie warf eine Flut aschblonden Haars mit einer anmutigen Kopfbewegung zurück und winkte mir. Ich winkte zurück. Dann wandte sie sich um und schritt durch die Mauer, die ihre beiden Gefährtinnen bereits überwunden hatten.

Dies waren die Geister der kleinen Mädchen, die der eigentliche Charles Stanger Ende der 1940er ermordet hatte – ehe man ihn zu lebenslänglich verurteilt und in die Institution gebracht hatte, die nun seinen Namen trug. Sie waren für die nächsten sechzig Jahre an die Steine der alten Hütten gekettet gewesen wie eingesperrte Wachhunde. Die meisten Geister waren an einen speziellen Ort gefesselt, meistens an den Ort, an dem sie starben. Es war eine grausame Ironie, dass sie in diesem Fall auch noch dazu verurteilt waren, sich für alle Ewigkeit den Platz mit geisteskranken Kriminellen teilen zu müssen – oder zumindest so lange, wie das Stanger existieren würde. Aber vor ungefähr einem Jahr hatte ich ihnen ein privates Konzert gegeben und ihnen auf meiner Tin Whistle ein Fragment eines Exorzismus' in diesem Garten vorgespielt, so dass sie, obgleich sie von dem Ort nicht verbannt worden waren, fähig waren, ihn jederzeit aus freiem Willen zu verlassen. Seitdem hatte ich Gerüchte von Sichtungen in Gegenden so weit ab vom Schuss wie Trocadero oder Shadwell Stair gehört, jedoch benutzten sie das Stanger immer noch als Basis. Ich vermute, sie hatten sich mittlerweile an den Ort gewöhnt. Nach einem halben Jahrhundert war er so etwas wie ihr Zuhause geworden. Ich erwartete ständig, dass sie weiterziehen würden – ich meine, an den Ort, der auf einen wartete, wenn diese Welt einen nicht mehr haben wollte –, aber offensichtlich hatten sie sich noch nicht zu diesem letzten unausweichlichen Schritt entschlossen.

Ich spazierte weiter durch die Gärten und gelangte dabei auf die andere Seite des Gebäudes, wo die Grünflächen in den Asphaltstreifen des Parkplatzes übergingen. Es war jetzt kurz nach Mitternacht, daher war der Platz leer bis auf ein paar Wagen der Angestellten und Pens alten Mondeo. Paul lehnte in einsamer Pracht an der Seitenwand eines Krankenwagens und rauchte einen etwas penetrant riechenden Zigarillo. Seine Miene war düster.

»Was macht das Leben?«, fragte ich und blieb stehen.

Er blies Rauch aus und schüttelte verärgert den Kopf. »Das hätten Sie mich fragen sollen, als ich verdammt noch mal eines hatte, Mann«, erwiderte er mürrisch. »Meine Alte verlangt ständig, dass ich endlich kündige, und ich will verdammt sein, wenn sie nicht recht hat. Wofür mache ich das? Mein Rücken fühlt sich an, als hätte ich zehn Runden mit Tyson hinter mir, und mein linkes Auge schwillt allmählich komplett zu. Karen hat wahrscheinlich eine Gehirnerschütterung. Und Rafael hat es richtig schlimm erwischt, den armen Teufel.«

Ich war beeindruckt, dass er sich noch immer wegen Rafi Sorgen machen konnte, nachdem Rafis höllischer Passagier uns beide beinahe erledigt hätte. Erneut wurde ich daran erinnert, was hinter dieser Kampfpanzerfassade im Gange war. »Nun, ich bin auf jeden Fall froh, dass Sie Ihren Ruhestand noch nicht angetreten haben«, sagte ich mit aufrichtiger Dankbarkeit. »Sie haben mir wahrscheinlich das Leben gerettet.«

»Ja, gern geschehen.«

»Ihr Boss ist trotzdem ein Arschloch.«

»Da könnten Sie recht haben.«

Ich lehnte mich neben ihm an den Krankenwagen, aber so, dass ich den Qualm seiner Zigarre nicht ins Gesicht bekam. »Und Rafi wird sich wieder erholen. Zumindest wird es ihm nach allem, was heute passiert ist, nicht schlechter gehen.«

Paul runzelte die Stirn bei dieser Feststellung. »Er hatte Schnitte überall im Gesicht«, meinte er. »Dazu zwei gebrochene Finger. Vielleicht auch einen gebrochenen Unterkiefer. Und diese Verletzungen auf seiner Brust sahen aus wie Brandblasen – als hätte er von innen Feuer gefangen.«

»Aber Sie wissen, dass ich recht habe. Die Finger werden heute zusammenwachsen und sich gerade richten. Der Unterkiefer ebenfalls, falls ich ihn wirklich gebrochen habe. Die

Risswunden und die Verbrennungen dürften längst verheilt sein. Wenn Sie ihn jetzt betrachten würden, würden Sie von den Kampfspuren bestimmt nichts mehr sehen. Rafi besitzt ein sehr starkes Immunsystem. Ich denke, das hat er der guten Verpflegung und den täglichen Leibesübungen zu verdanken.«

Paul musterte mich mit einem fischigen Blick, als suchte er nach einem Hinweis, ob ich mich vielleicht über ihn lustig machte. Dann schüttelte er abermals den Kopf, als er kapitulierte. »Ihre bessere Hälfte«, sagte er, nachdem er einen weiteren tiefen Zug an seinem Zigarillo genommen hatte, »sie ist wirklich große Klasse, Castor. Eigentlich winzig, aber sie hat sich total mutig auf Rafael gestürzt. Und sie hat sich auch mit Doktor Webb angelegt.« Er grinste boshaft. »Das war der Höhepunkt des ganzen verdammten Tags. Ehrlich.«

»Ja, Pen ist etwas ganz Besonderes«, pflichtete ich ihm bei. »Aber sie gehört nicht zu mir. Ich meine, sie ist wirklich nur eine gute Freundin.« Eine ganze Flut von Erinnerungen brandete in den weniger häufig frequentierten Bereichen meines Geistes hoch. Ich drängte sie gleich wieder zurück. »Sie ist – sie und Rafi waren mal – zusammen. Als wir alle auf der Universität waren, waren sie …« Ich suchte nach einer Formulierung, die Pens und Rafis Beziehung genau beschrieb, aber es gab keine. »… so etwas wie ein Paar«, endete ich lahm. »Aber es war nicht von Dauer. Rafi war eher der Typ, der von einer zur anderen zog.«

Für einige Sekunden schwiegen wir.

»Er war mein bester Freund«, fuhr ich fort und war mir dabei im Klaren, wie bizarr und krank das alles klingen musste. »Pens auch, vor und nach ihrer Affäre. Alle mochten ihn. Sie hätten ihn sicherlich auch gemocht, wenn Sie ihn damals getroffen hätten.«

»Wenn ich ihn getroffen hätte?« Pauls Worte klangen gequält.

»Sie wissen, was ich meine.«

»Ja«, gab er zu. »Ich denke schon. Irgendwie. Aber ich habe Sie das immer schon mal fragen wollen. Was genau ist dieses Ding in ihm?«

»Asmodeus. Ein Dämon. Und zwar ein verdammt großer. Es gibt sehr viel Literatur zu diesem Thema, und darin steht …«

»Literatur?« Paul schüttelte den Kopf und überlegte. »Was, wie *The Lancet*? Oder *Scientific American*?«

»Nicht ganz, nein. Ich rede von Büchern, die vor fünfhundert Jahren von teppichfressenden Naturphilosophen geschrieben wurden. Zauberbücher. Bücher über Magie. Wie dem auch sei, sie platzierten Asmodeus ziemlich weit oben an der Spitze der höllischen Hackordnung. Er ist jemand, dem man lieber nicht ins Gehege kommen sollte. Aber Rafi hat genau das getan. Er hat vor zwei Jahren versucht, Asmodeus heraufzubeschwören. Ich glaube, er wollte so etwas wie eine Faust-Nummer versuchen, sich verbotenes Wissen aus der Zeit aneignen, ehe die Welt erschaffen wurde. So funktionierte es jedoch nicht. Irgendwie ist es Asmodeus gelungen, in ihn einzudringen und ihn von innen heraus zu verbrennen.«

Die Worte, so banal und todernst sie auch klangen, weckten eine ganze Reihe unzusammenhängender Eindrücke in meinem Geist – einige entscheidende Teile einer Nacht, die ich noch immer nicht vergessen konnte. Auf Grund der Art und Weise, wie mein Geist funktioniert, waren es vorwiegend Laute und Geräusche, die mir im Gedächtnis geblieben waren. Rafis Atmen, zum Beispiel, rau und flach und mit zunehmend längeren Pausen zwischen den Atemzügen. Das klirrende Gelächter, das aus seiner Kehle drang und hervorbrach wie Blut aus dem nachtschwarzen Abgrund, der sich zeigte, sobald er den Mund öffnete. Das endlose Blubbern und Zischen von siedendem Wasser. Wir hatten Rafi in eine Badewanne voller Eis gelegt, weil Teile seiner Haut sich von rot zu schwarz verfärbten, aber nach ungefähr einer Minute war das Eis zu Wasser geschmolzen, und dieses Wasser siedete sprudelnd wie in einem Hexenkessel.

»Sie waren dabei?«, fragte Paul und klang – höflich ausgedrückt – ein wenig skeptisch.

Nicht nur die Cops tun es. Jeder zieht früher oder später seine Grenzen, und sobald sie gezogen wurden, ist es verdammt schwierig, sie zu verändern oder zu überschreiten.

»Seine Freundin rief mich mitten in der Nacht an. Sie hatte gehört, wie er meinen Namen nannte, und es klang wie seine eigene Stimme, nicht wie die Stimme dieses Dings in ihm, daher suchte sie meine Telefonnummer und fand sie hinten in seinem Tagebuch. Als ich dort eintraf, sah es aus, als wäre ich bereits zu spät gekommen, aber ich habe es trotzdem versucht.«

»Was genau haben Sie versucht?«

»Ich habe ihm eine Melodie vorgespielt.«

Paul nickte. Ich hatte ihm bereits bei ein paar Gläsern Bier erzählt, womit ich meinen Lebensunterhalt verdiene und wie diese Tätigkeit aussieht. »Sehen Sie«, fuhr ich zögernd fort, »ich dachte, in ihm stecke ein *menschliches* Wesen. Ein Geist. Ich war damals noch nie einem Dämon begegnet. Daher lauschte ich nach einem menschlichen Geist, und als ich ihn fand, begann ich für ihn zu spielen. Dann, nach etwa zehn Minuten, erkannte ich, dass das, was ich rief, Rafis eigene Seele war. Ich trennte ihn von seinem Körper – vollendete sozusagen, was

Asmodeus begonnen hatte. Ich versuchte, den Schaden, den ich angerichtet hatte, rückgängig zu machen. Ich veränderte die Melodie mitten im Fluss und spielte das Gegenteil von dem, was mein Instinkt mir zu spielen diktierte, in der Hoffnung, dass ich Rafi wieder in seinen eigenen Körper zurückholen könnte. Und irgendwie funktionierte es.«

»Irgendwie?«

Ich nickte niedergeschlagen. »Ja, irgendwie. Ich fügte Rafi wieder zusammen – und gleichzeitig verknüpfte ich Asmodeus mit Rafi, was nicht zu meinem Plan gehörte. Seitdem sind sie beide dort drin gefangen. Deshalb lässt Asmodeus mich in Ruhe, meistens jedenfalls – er weiß, dass er mich früher oder später braucht, wenn er jemals wieder frei sein möchte. Er wartet darauf, dass ich einen Weg finde, das zu bewerkstelligen.« Ich verzog mürrisch das Gesicht und betastete einen der Blutergüsse an meiner Schulter. »Ich weiß nicht, was zum Teufel heute schiefgelaufen ist. Er wusste, wer ich war, aber auf einmal schien es ihm völlig egal zu sein. Im Gegenteil, er schien sich sogar darüber zu freuen, mich durch die Mangel drehen zu können. Als ob er das gar nicht erwartet hätte.«

Ein längeres Schweigen setzte ein. Ich konnte erkennen, dass vieles davon Paul vorkommen musste wie totaler Schwachsinn, sogar nach dem, was er selbst gesehen hatte. Ich hätte es absolut lächerlich gefunden, wenn ich es nicht am eigenen Leib erlebt hätte und wenn mir seitdem nicht noch viel schlimmere Dinge begegnet wären. All diese Dinge zwischen Himmel und Erde, mit denen sich die Philosophie möglichst nicht befassen möchte.

Schließlich machte er Anstalten etwas zu sagen, wurde jedoch von dem Geräusch von High Heels auf nassem Asphalt unterbrochen. Pen kam aus dem Schatten des Gebäudes auf uns zu. Ich sah sie fragend an, und sie brachte den Anflug eines Lächelns zustande.

»Er schläft wie ein Baby«, sagte sie.

»Gut«, sagte ich. »Meiner Erfahrung nach dürfte er erst am späten Vormittag aufwachen. Immer wenn Asmodeus auf diese Art und Weise das Kommando übernimmt, verbrennt Rafi jede Menge Energie. Wenn wir ihn jetzt in Ruhe schlafen lassen, kommt er schnell darüber hinweg.«

Pen nickte, aber ich konnte ihrer Miene entnehmen, dass sie mir diese »Die Zeit heilt alle Wunden«-Philosophie nicht abnahm.

»So war es noch nie«, sagte sie. »Auf diese Art hat er ihn noch nie übernommen. Asmodeus ist grausam und bösartig und ein wenig wahnsinnig, aber das …« Sie beendete den Satz mit einem Achselzucken.

Sie hatte recht. Dieser Tobsuchtsanfall war auch für mich etwas Neues, und ich konnte nicht erkennen, was der Dämon dadurch gewinnen konnte. In der Vergangenheit hatte Asmodeus mir erklärt, dass er sich aufs Abwarten verlegt habe, da er genau wusste, dass ich früher oder später eine Möglichkeit fände, rückgängig zu machen, was ich getan hatte, und ihn und Rafi voneinander befreien könnte. Heute hingegen schien er die Geduld oder was immer Dämonen anstelle von Vernunft besitzen, verloren zu haben.

Ich suchte nach irgendetwas Beruhigendem, das ich hätte sagen können, doch Paul kam mir zuvor, indem er seinen noch nicht zu Ende gerauchten Zigarillo zu Boden warf, ihn austrat und seine Schultern reckte und streckte wie jemand, der sich für eine sportliche Übung aufwärmt.

»Ich muss mich von Ihnen verabschieden«, sagte er. »Ich habe bis zwei Uhr Dienst, und meine Pause ist vorbei. Ich rate

Ihnen, ein wenig zu schlafen. Sie sehen beide ziemlich mitgenommen aus.« Er verabschiedete sich mit einem Kopfnicken und kehrte ins Gebäude zurück.

»Noch einmal vielen Dank«, rief ich seinem sich entfernenden Rücken hinterher.

»Kein Problem. Ich schicke Ihnen die Rechnung.«

Ich wandte mich an Pen. »Für mich klingt das vernünftig«, sagte ich. »Es sei denn, du hast Lust auf eine Portion Chicken Vindaloo. Die exotischen Genüsse von East Finchley sind nur einen Steinwurf entfernt.«

Pen schüttelte den Kopf.

»Eigentlich wollte ich ausgehen«, sagte sie. »Mit Dylan.«

Dylan? Oh ja, Dylan Foster – Doctor Feelgood. Ihn hatte ich irgendwie vergessen. In Wahrheit hatte ich ihn jedes Mal vergessen, wenn Pen ihn erwähnte. Ich hatte schon vor langer Zeit jeden Gedanken daran aufgegeben, aufs Neue zu entfachen, was mal zwischen uns gewesen war, aber irgendwie störte es mich noch immer, mir vorzustellen, wie sie mit jemand anderem ausging. Sie war Teil eines Dreiecks, dessen beide anderen Ecken Rafi und ich waren. Ich wusste, wie unfair es war, und ich hasste mich dafür, dass es mich störte, wenn Pen versuchte, ein wenig Glück für sich selbst zu finden. Daher bemühte ich mich jedes Mal, wenn sie ihren neuen wohlhabenden, leidenschaftlichen, in der Druidenausbildung befindlichen, Lexus fahrenden »Vertrauen Sie mir, ich bin Arzt«-Freund erwähnte, positiver und begeisterter zu klingen, als ich mich fühlte.

»Nun, das ist ja noch besser«, sagte ich jetzt. »Versuch diesen Kram für ein paar Stunden zu verdrängen. Ich hoffe, er hat etwas Schönes vor.«

»Ich glaube nicht, dass er irgendetwas Besonderes geplant hatte. Er sagte nur, es würde ein mörderischer Tag und er müsse mich unbedingt sehen, um für den ganzen Mist einen Ausgleich zu haben. Ich sagte ihm, ich ginge zu Rafi, und er versprach, sich anschließend mit mir zu treffen.«

Sie umarmte mich kurz aber heftig und stieg in den Wagen.

»Soll ich dich irgendwo absetzen?«, fragte sie und hielt für einen Moment die Tür auf, damit wir uns weiter unterhalten konnten.

Ich überlegte, aber nicht sehr lange. Mein Geist hatte sich noch nicht von dem Schreck erholt, den ich empfunden hatte, als ich die Krankenschwester zerknautscht wie ein schmutziges Wäschestück auf dem Fußboden von Rafis Zelle liegen sah. In diesem Moment wollte ich mich für eine Weile im Freien aufhalten und allein sein.

Ich schüttelte den Kopf. »Danke, aber ich glaube, ich brauche jetzt einen kleinen Spaziergang«, sagte ich.

»Dann sehen wir uns morgen.« Sie schlug die Tür zu, gab Gas und fuhr davon, wobei der Mondeo ein wenig hin und her schaukelte, weil er allmählich in die Jahre kam und die Federung mehr oder weniger den Geist aufgegeben hatte.

Die Nacht gehörte mir. Juchhu.

✪

Wie sich herausstellte, brauchte ich mehr als nur einen Spaziergang. Die nächsten paar Stunden verbrachte ich mit dem Versuch, dieses Gefühl des Unbehagens in einer Reihe Pubs und Nachtasylen für chronisch Schlaflose von Kings Cross bis zur Finchley Road und weiter abzuschütteln. Irgendwo auf dieser Strecke, als ich meinen fünften oder sechsten Whisky in irgendeinem auf irisch getrimmten Laden in der Kentish Town Road hinunterstürzte, erkannte ich, dass das, was ich spürte, nichts mit dem zu tun hatte, was im Stanger passiert war. Irgendetwas lag in der Luft; es hing über der gesamten ahnungslosen Stadt wie eine ektoplasmische Lawine, die nur darauf wartete, zu ihrer unabwendbaren Rutschpartie zu starten.

Um kurz nach drei Uhr kam ich nach Hause. Pens Haus lag unweit der Turnpike Lane. Es war groß und alt, erbaut in einem namenlosen Fin-de-Siècle-Stil, der noch wuchtiger erschien als der klassische viktorianische Baustil. Es stand auf einem Berghang, so dass der Keller, in dem Pen wohnte, auf der Rückseite zum Parterre wurde und direkt in den Garten überging. Ich hielt wie immer Ausschau, ob bei ihr Licht brannte. Wenn sie noch wach gewesen wäre, hätte ich auf eine Flasche oder mindestens ein Glas Bier noch bei ihr vorbeigeschaut. Aber alles war dunkel und still. Wahrscheinlich blieb sie über Nacht bei Dylan in seiner Wohnung in der Pinner – ein Zeichen, wie verliebt sie sein musste, denn das Haus war weit mehr als nur ein Ort, wohin sie sich zurückzog, um sich zu entspannen. Es war außerdem die Basis ihrer eigenen, sehr persönlichen Religion, ihr Kraftzentrum, die Höhle, wo sie Hohepriesterin und Wahrsagerin war.

Mein Zimmer befand sich oben unterm Dach, so weit wie möglich entfernt von all diesem Mutter-Erde-Kram, was mir ganz recht war. Abgesehen von allem anderen waren es ganz schön viele Stufen, die jemand erklimmen musste, um zu mir zu kommen, und gewöhnlich hörte ich ihn schon lange vorher.

Ich schaffte es kaum noch, aus meinen Kleidern zu schlüpfen. Dann fiel ich aufs Bett und war bereits eingeschlafen, ehe ich noch einmal hochfederte.

Wie es mit Rafi war, wusste ich nicht, aber ich habe auf jeden Fall vom Sonntagmorgen nicht viel mitgekriegt. Ich wachte weit nach Mittag auf, als die Sonne wie ein Wahnsinniger mit einer Kettensäge durch eine Lücke in meinen Fenstervorhängen schnitt. Ich hatte einen pelzigen Geschmack im Mund und einen Kater, der sowohl psychologischer als auch physischer Natur war. Oder animistischer vielleicht – ein geistiger Kater sozusagen. Wie zum Teufel kurierte man so etwas? Mit einer Art spirituellem Katerbier?

Von Pen war noch immer nichts zu sehen. Ich frühstückte allein in der sonnendurchfluteten Küche, und alles kam mir ein wenig unwirklich vor. Die Nacht war so düster gewesen, die Ahnung bevorstehenden Unheils so real, dass es seltsam und fast ein wenig ärgerlich war, dass nichts Entsprechendes passiert war. Ich kam mir vor, als hätte es die Realität darauf angelegt, mir die Unzuverlässigkeit meines Bauchgefühls zu demonstrieren.

Aber falls tatsächlich ein scharfes Schwert über London hing, dann war es recht gut befestigt und entsprach vermutlich in jeder Hinsicht den in der EU gültigen Sicherheitsrichtlinien. Ich schlich den ganzen Tag durchs Haus wie ein von Hämorrhoiden geplagter Einsiedler und wartete darauf, dass sich dieses Weltuntergangsgefühl wieder einstellte. Aber das geschah nicht, und es fand auch keine Katastrophe statt. Am Ende blieb mir nichts anderes übrig, als mir ein paar alte Folgen von *Fawlty Towers* in einem Kabelkanal anzusehen, wobei ich jedoch zu lachen vergaß.

Pen trudelte am frühen Abend ein und traf mich im Keller, wo ich ihre beiden Raben, Edgar und Arthur, mit in Streifen geschnittener frischer Schafsleber fütterte …

»Das brauchtest du aber nicht zu tun, Fix«, sagte sie gerührt und drückte meine Hand – ein Fehler, da sie mit Blut und klebrigen Fleischfetzen besudelt war. »Es macht ihnen nichts aus, wenn ich mich ein wenig verspäte. Aber danke.«

»Ich habe immer Angst, dass ich ihnen irgendwann als Mahlzeit diene, wenn ich nicht darauf achte, dass sie glücklich und zufrieden sind«, maulte ich. »Sie sind ja schon fast so groß wie Aasgeier.«

Pen wirkte müde und nicht gerade glücklich. Gewöhnlich kam sie von den Rendezvous mit Doctor Feelgood zurück, als schwebte sie auf Wolken, daher war ich besorgt – und vielleicht auch ein wenig neugierig.

»Wie war deine Nacht?«, fragte ich und hob vielsagend die Augenbrauen.

Sie zuckte die Achseln und lächelte leicht. »Okay«, sagte sie. »Sie war … ja. Sie war okay.«

Ich wartete auf eine weitere Erklärung, und nachdem sie mir für ein oder zwei Sekunden in die Augen geschaut hatte, zuckte sie abermals die Achseln. »Dylan war müde«, sagte sie. »Er hatte eine anstrengende Schicht und musste in Ordnung bringen, was andere vermasselt hatten. Eigentlich hätte er heute gar keinen Dienst haben sollen, aber er sagte, er müsse arbeiten, nur für eine Stunde oder so – um einiges abzuschließen, was er gestern begonnen hatte. Er wollte sich nicht auf den Arzt verlassen, der ihn vertreten sollte. Daher ging ich auf dem Camden Market einkaufen, und er traf mich dort für ein spätes Mittagessen.«

»Warst du bei Rafi?«

»Ja. Wir waren heute Nachmittag dort. Aber er schlief noch.«

»Ich hab's dir gesagt. Er wird total fit wieder aufwachen.«

Pen nickte düster – dann hellte sich ihre Miene sichtlich auf, als ihr ein anderer Gedanke kam. »Dylan sagt, er könnte vielleicht etwas verschreiben, das dafür sorgt, dass Asmodeus länger unter Kontrolle bleibt. Er möchte, dass ich mit Webb darüber rede, ihm Zutritt zu gewähren, damit er mit Rafi einige Tests durchführen kann.«

Ich runzelte die Stirn. »Einen Versuch wäre es wert«, sagte ich. »Ich dachte, du hättest erwähnt, er sei ein Knochenklempner.«

»Knochen und Gelenke«, korrigierte sie und sah mich ernst an. »Aber er hat ein Praktikum in Endokrinologie absolviert.«

Pen folgte mir, als ich ihr enges, tortenstückgroßes Badezimmer aufsuchte und meine blutigen Hände im Waschbecken abspülte: Ich versuchte, einem weiteren Vortrag darüber zu entgehen, wie wunderbar Dylan war – während der letzten Wochen Pens Lieblingsthema –, aber es sollte nicht so einfach sein.

»Er ist wirklich lieb«, sagte sie. »Man sollte eigentlich erwarten, dass er sich von Rafi fernhält, wenn man bedenkt – du weißt schon –, was er mir bedeutet. Aber er möchte mich nur glücklich machen.«

»Bitte ihn um einen Blanko-Rezeptblock, ehe dieses Gefühl vergeht«, riet ich ihr. Sie boxte mich gegen die Schulter, und ich steckte den Treffer mannhaft weg.

Ich hatte bereits auf die harte Tour erfahren dürfen, dass sarkastische Bemerkungen über Doctor Feelgood schreckliche Vergeltungsmaßnahmen zur Folge haben konnten. Es war in einiger Hinsicht seltsam, dass Pen sich mit ihm traf. Sie wurde gewöhnlich nicht durch materielle Reize angezogen, und Reichtum war für sie eher ein Zeichen für spirituelle Armut als für etwas Erstrebenswertes. Aber Dylans Wohlstand und Erfolg und rauchfarbener Lexus wurden durch die Tatsache aufgewogen, dass er ein Ovaten war – eine Art Jung-Zeremonienmeister in einem druidischen Ausbildungssystem, der ein Hohepriester des Naturglaubens werden wollte. Dort hatte sie ihn kennengelernt – bei irgendeiner Sonnenwendfeier auf einem windumtosten Hügel in Pembrokeshire. Pens eigene Spielart des Paganismus kannte keine Rangfolgen oder Hierarchien, aber es gefiel ihr sehr, dass dieser gut situierte junge Arzt nach spiritueller Wahrheit suchte, anstatt nur an seinem Rückschwung zu arbeiten. Und er hatte Verständnis für Rafi, was die meisten Leute einfach nicht aufbringen konnten.

Ja, der Knabe war ganz eindeutig ein Heiliger. Es war vermutlich ganz gut, dass ich ihn nie kennengelernt hatte. Wenn sich Gegensätze anziehen, hätten wir uns wahrscheinlich Hals über Kopf ineinander verliebt und Pen draußen in der Kälte stehengelassen.

»Hast du nicht das Gefühl einer drohenden, würgenden Gefahr, die du dir nicht erklären kannst?«, fragte ich sie.

Es mochte unter bestimmten Umständen wie eine seltsame Frage erscheinen, aber da sie von mir kam, wusste Pen, dass es war wie bei einem Arzt, der sich erkundigt, ob man auch regelmäßig isst. Sie überlegte. Da ihr Geist sowohl weitläufig wie auch ziemlich seltsam strukturiert ist, dauerte es eine Weile. »Nein«, antwortete sie schließlich. »Da sind nur die üblichen drohenden Gefahren, und über die kann ich dir eine Menge erzählen. Warum, Fix?«

Ich trocknete die Hände ab und kehrte ins Wohnzimmer zurück. Arthur klapperte mit dem Schnabel und faltete seine Schwingen auseinander und wieder zusammen – es war seine Art, um mehr zu betteln, aber ich hatte ihm nichts Leckeres mehr anzubieten. Ich ging um ihn herum und hielt genügend Abstand zu ihm für den Fall, dass er auf die Idee kam, mich zu durchsuchen. Pen lehnte in der Türöffnung, hatte die Arme verschränkt und musterte mich mit einem Ausdruck von Besorgnis.

»Ich weiß nicht«, gab ich zu. »Ich empfange irgendetwas Düsteres und Bedrohliches. Vielleicht ist es auch gar nichts. Du weißt ja, wie so etwas manchmal läuft.«

Ein Blick in ihr Gesicht sagte mir, dass sie entschieden hatte, das Thema zu wechseln. »Grambas hat angerufen«, meinte sie. »Irgendwer hat gestern etwas im Büro abgeben wollen, aber du warst nicht dort. Er hat es im Schuppen hinter seinem Laden eingeschlossen.«

Ich verzog das Gesicht. Eine Pilgerfahrt hinaus nach Harlesden an einem Montagmorgen war keine besonders reizvolle Vorstellung. Andererseits befand sich dort mein Arbeitsplatz, und da ich Pen so viel an rückständiger Miete schuldig war, dass sie meine Nieren hätte amtlich pfänden lassen und nach Hongkong verkaufen können, war sie der Meinung, dass ich dort erheblich mehr Zeit verbringen sollte, als ich es üblicherweise tat.

Aber sie hatte Verständnis für meine miese Stimmung, und wie gewöhnlich nahm ihr Mitgefühl konkrete Form an. Sie räumte den Tisch frei – indem sie sämtliche Zeitungen, Magazine, Flugblätter und ungeöffnete Post einfach auf den Fußboden wischte – und holte ihre Tarotkarten.

»Pen«, sagte ich und bedauerte, dass ich mich überhaupt geäußert hatte, »du weißt, was ich von diesem Mist halte.«

»Es hat noch nie geschadet, sich eine zweite Meinung zu holen«, meinte sie.

»Von wem? Wessen Meinung erfahren wir? Karten aus laminierter Pappe haben nicht die geringste Ahnung, was in der Welt vor sich geht, Pen. Niemand erzählt ihnen irgendetwas.«

»Es sind nicht Karten, Fix. Du bist es, und ich bin es, und es ist der Geist in der Welt – der Weltgeist.«

Ich krümmte mich innerlich und bedeutete ihr mit einer

Geste zu schweigen. Der Weltgeist. Richtig, denn hinter dem Universum existierte ein Bewusstsein, und das liebte all seine Kinder. Den Beweis dafür erhielten wir tagtäglich in Gestalt von Hungersnöten, Seuchen und Überschwemmungen. Ich glaubte aus den gleichen Gründen nicht an das Tarot, aus denen ich nicht an die Religion glaubte. Die Hoffnungen und Ängste der einfachen Menschen ragten aus den Wundern heraus wie Knochen aus einem altersschwachen, ausrangierten Pferd. So funktionierte mein Universum nicht, und die einzigen Geister, die darin existierten, waren diejenigen, mit denen ich beruflich zu tun hatte.

Pen reichte mir die Karten, damit ich sie mischte. Ich überlegte, den Tod herauszuziehen und zuoberst abzulegen, während sie nicht hinsah, aber sie hasste es, wenn ich das tat, daher blieb ich fair.

Sie legte ein Triskele-Bild aus – drei Karten in einem Dreieck, zwei weitere über Kreuz in der Mitte. Gewöhnlich hätte sie sich für ein vollständiges Zehnerbild entschieden, aber sie kennt meine Grenzen, daher hielt sie die Sitzung kurz und überschaubar.

Sie drehte die Deck- und die Kreuzkarte – die beiden Karten in der Mitte – um. Zum Vorschein kamen ein auf dem Kopf stehendes Ass der Stäbe und der Gehängte. Pen blinzelte, offensichtlich überrascht und ein wenig beunruhigt über die Verbindung.

»Das ist wirklich seltsam«, sagte sie.

»Ein großer dunkler Fremder?«, riet ich.

»Red keinen Quatsch, Fix. Es sind nur diese beiden Karten, dass sie zusammenliegen … sie bedeuten genau das, was du gerade sagtest. Spirituelle Energie – negative spirituelle Energie – in einer Art Wartezustand. Blockiert. Erstarrt. Eingesperrt.«

Ich verkniff mir einen Kommentar, aber sie erwartete auch keinen. Sie drehte die Karte links unten um: der Bube der Schwerter, auch dieser auf dem Kopf stehend. »Eine Botschaft«, interpretierte Pen. »Neuigkeiten. Alle Buben-Karten bedeuten etwas Zukünftiges, etwas, das verkündet wird. Ich denke … weil die Karte auf dem Kopf steht … ist es ein Problem, das gar nicht oder auf falsche Art und Weise gelöst wird. Fix, wenn dich jemand bei irgendetwas um Hilfe bittet, dann sei vorsichtig. Überstürze nichts.«

Die Karte unten rechts war der Tod selbst, was, wie wir alle wissen, nicht den Tod bedeutet. Pen setzte zu ihrem Vortrag über Veränderung und Wandel an, und ich vollführte die typische Geste des Schlussmachens, die so gerne von Aufnahmeleitern beim Fernsehen benutzt wird. »Dies ist eine weitere schlechte Kombination«, fuhr sie eigensinnig fort und ließ sich nicht zur Eile treiben. »Der Bube der Stäbe und der Tod. Vergiss meine Warnung, vorsichtig zu sein: Du wirst stolpern und auf die Nase fallen. Aber es ist nur die Basiskarte, nicht die oberste.«

Pen drehte die Karte an der Spitze des Dreiecks um, und wir betrachteten sie. Gerechtigkeit. Immer wenn ich diese Waagschalen sehe, muss ich an Hamlet denken. »›Behandelt jeden Menschen nach seinem Verdienst, und wer ist vor Schlägen sicher?‹« Ich will keine Gerechtigkeit. Ich will mich schuldig bekennen, um endlich meine Ruhe zu haben.

Pen sah mich an, und ich schüttelte den Kopf – aber der Kläger darf niemals das letzte Wort haben, auch wenn es nur eine Geste ist.

»Die Dinge werden ins Lot kommen«, sagte sie. »Taten werden die Konsequenzen haben, die sie immer haben. Im Guten wie im Bösen.«

»Welche?«, fragte ich. »Gute oder böse?«

»Das wissen wir erst, wenn es geschehen ist.«

»Lieber Gott, ich hasse diese Karten.«

Pen verließ den spirituellen Weg und holte die Whiskyflasche hervor. Zumindest bei einigen Dingen waren wir einer Meinung.

3

Harlesden ist wie Kilburn ohne seine malerische Schönheit – es ist der Tummelplatz jamaikanischer Gangster, denen ständig der Finger am Abzug juckt, räuberischer Minitaxifahrer, die ihre Wagen als Büros benutzen, und eines Riesenvolks Wildkatzen. Und Zombies. Aus irgendeinem Grund sammeln sich anscheinend diejenigen, die körperlich auferstanden sind, in großer Zahl in den verlassenen Straßen des zum Abriss freigegebenen Stonehouse Estate. Es ist eine Umgebung, in der sie optisch sehr gut zur Geltung kommen.

Mein Büro befindet sich in der Craven Park Road gleich neben dem Grambas Kebab House – oder genauer, meine Tür befindet sich gleich neben deren Tür. Der eigentliche Raum, in dem ich meinem armseligen und gelegentlichen Gewerbe nachgehe, liegt im ersten Stock, direkt über Grambas' ständig blubbernden Fritteusen. An schlechten Tagen deute ich diesen Anblick als eine ziemlich authentische Vorahnung der Hölle.

An jenem Tag lautete die Aufschrift des Schilds über der Tür immer noch F. CASTOR ERADIKATIONEN, aber mittlerweile war das eine ziemlich dreiste Lüge. Ich war schon längst nicht mehr so frei und locker wie früher dabei, wenn es darum ging, Geister zu rösten. Ich konnte mich nicht einmal mehr daran erinnern, wann ich es das letzte Mal getan hatte, was insgesamt betrachtet, ja ganz gut war. Aber ein Mann braucht nun mal ein Handwerk, und Gott gab mir nicht die breiten Schultern oder das passende Gemüt für schwere Arbeit. Daher hatte ich einen Schritt gewagt, über den ich schon länger nachgedacht hatte – und es sah so aus, als sei dies der Tag, um es amtlich zu machen.

Um zehn Uhr an einem regennassen Maimorgen hatte Grambas noch nicht einmal den ersten Döner aufgespießt. Ich klopfte an seine Tür und wartete, wobei ich mich fragte, ob er überhaupt schon wach war. Ich erhielt meine Antwort, als das Fenster halb rechts über mir geöffnet wurde und ein glänzender kahler Schädel herausschaute. Ein Paar wässriger brauner Augen starrte auf mich herab und brauchte einige Zeit, um sich auf mich einzustellen. Bis zur Hüfte – dankenswerterweise die Grenze, bis zu der mein Blick reichte – war Grambas nackt.

»Scheiße«, sagte er schwerfällig. »Es hört niemals auf. Kommen Sie gegen Mittag zurück, Castor.«

»Werfen Sie die Schlüssel herunter«, schlug ich vor. »Ich muss nur ein Paket aus dem Schuppen holen.«

Er seufzte tief, nickte und zog sich zurück. Die Schlüssel kamen einen kurzen Moment später durchs Fenster geflogen, und ich geriet beinahe unter die Räder eines Eiswagens, als ich ein paar Schritte rückwärts machte, um sie aufzufangen. Ich ging in die Gasse neben dem Laden und gelangte durch eine Tür, deren Scharniere nur noch durch Rost zusammengehalten wurden, in den Hinterhof. Der Schuppen besaß jedoch eine stahlverstärkte Tür und drei Vorhängeschlösser. Grambas kannte seine Nachbarn recht gut, und obgleich er ihnen ihre Laster verzieh, hielt er es nicht für notwendig, sie auch zu finanzieren. Ich öffnete die Vorhängeschlösser und ließ sie offen in ihren Ösen hängen.

Es geschieht völlig automatisch, dass ich die Qualität der Schlösser bewerte, mit denen ich in Berührung komme. Ich erlernte das Schlösserknacken von einem Meister, und obgleich auf dieser Welt mittlerweile elektronische, codierte und doppelt gesicherte Kombinationsschlösser an der Tagesordnung sind, bereiten mir die Durchschnittsschlösser von Durchschnittsmenschen keine Probleme.

Eines der drei Schlösser war ein Nachbau ohne Herstellernamen; das zweite war ein ehrwürdiges Squire, und das dritte war ein scharfes kleines Biest aus der Titanium-Serie von Master Lock. Nummer eins und zwei hätte ich jederzeit ohne Schlüssel aufgekriegt, aber für Nummer drei hätte ich deutlich länger gebraucht. Ich sage nicht, dass ich es nicht geschafft hätte, aber ich hätte einen verdammt guten Grund haben müssen, um es zu versuchen.

Im Innern des Schuppens herrschte eine fast krankhaft makellose Sauberkeit. Vor einer Wand waren Kartons akkurat bis zur Decke aufgestapelt. Auf der anderen Seite standen drei Tiefkühltruhen wie Särge in einer Reihe. Mein Paket lag in der Mitte auf dem Fußboden, beschriftet mit dem einzigen Wort CASTOR in dicken schwarzen Filzmarkerlettern. Das Paket war fast zwei Meter lang, dreißig Zentimeter breit und nur knapp drei Zentimeter dick. Ich hob es auf und borgte mir beim Hinausgehen Grambas' Werkzeugkasten aus. Meiner enthielt drei Schraubenschlüssel und ein Knäuel Schnur, und ich habe ihn das letzte Mal 1998 gesehen. Ich ließ die Vorhängeschlösser hinter mir wieder zuschnappen und kehrte auf die Straße zurück.

Ich hatte ein neues Schild mit genau den gleichen Abmessungen wie das alte anfertigen lassen, daher war dies ein Job, den ich mit meinen dürftigen Do-it-yourself-Fähigkeiten bewältigen konnte. Ich konnte sogar dieselben Schrauben benutzen bis auf eine, die durchgerostet und daher abgebrochen war, als ich sie herausdrehen wollte. Trotz dieses geringfügigen Rückschlags und des Regens, der deutlich zunahm, während ich arbeitete, war F. CASTOR ERADIKATIONEN verschwunden und durch FELIX CASTOR SPIRITUELLER SERVICE ausgetauscht worden. Ich betrachtete das neue Schild mit einem gewissen Gefühl der Zufriedenheit. Es war eine Umschreibung, die ich einem Toten stahl, aber verdammt noch mal, er war bei dem Versuch, mich zu töten, ums Leben gekommen, und hatte mich gelegentlich sogar selbst bestohlen, daher würde ich mir deshalb keinerlei Vorwürfe machen. Der wesentliche Punkt war, dass ich damit nicht mehr gegen das Warenkennzeichnungsgesetz verstieß. Nun brauchte ich mich nur noch zurückzulehnen und darauf zu warten, dass die neuen Klienten sich die Türklinke in die Hand gaben.

Und darüber, was genau dieser spirituelle Service war, würde ich mir später den Kopf zerbrechen. Ich war überzeugt, es in dem Moment zu wissen, wenn es von mir verlangt würde.

Als ich Grambas' Werkzeugkasten in den Hinterhof zurückbrachte, kam er gerade aus dem Schuppen, in jeder Hand einen Fünfliterkanister Frittieröl. Er blieb stehen, als er mich sah, und stellte die Behälter ab. »Ich habe noch etwas vergessen«, sagte er. »Sie haben einen Kunden. Eigentlich sind es zwei.«

Ich runzelte die Stirn. Das war etwas völlig Neues. »Wann?«, wollte ich wissen.

»Heute Morgen. Etwa gegen sieben Uhr. Sie standen draußen im Regen, als Maya vom Großhändler zurückkam. Sie taten ihr leid. Sie wollten gar nicht aufhören, ihr leidzutun, und sie redete ständig über sie, so dass ich am Ende eine Hose anzog und hinunterging. Sie waren immer noch dort und warteten darauf, dass Sie endlich eintrudeln. Ich sagte ihnen, sie sollten mir ihre Telefonnummer dalassen, so dass ich sie anrufen könne, wenn Sie auftauchten.« Er kramte in seiner Hosentasche und zog eine Papierserviette heraus, die er mir reichte. Darauf war in Grambas' schräger, krakeliger Handschrift eine Telefonnummer notiert.

»Wie sahen sie aus?«, fragte ich.

»Nass.«

Im Büro nahm ich die übliche Selektion der Nebenkostenrechnungen und die rabiate Sortierung der restlichen Post vor, der man meistens schon, ohne den Umschlag zu öffnen, von außen ansehen konnte, ob es irgendeine Werbung oder ein Bußgeldbescheid wegen Geschwindigkeitsüberschreitung war. Den Anrufbeantworter abzuhören dauerte länger, und einige Nachrichten machten einen Rückruf meinerseits notwendig, aber es war nichts dabei, das man als Arbeit hätte bezeichnen können. Auf jeden Fall keine profitable Arbeit. Eine Nachricht von Coldwood war dabei, in der er mich bat, ihn anzurufen, aber das wollte ich erst später tun. Auch Pen hatte sich gemeldet, um mir mitzuteilen, dass Coldwood mich fünf Minuten nach Verlassen des Hauses angerufen habe.

Und ein Anruf von Juliet war dabei.

»Hallo, Felix.« Ich stöberte gerade in meinem Aktenschrank herum, aber diese Stimme – die an den Basssaiten meines Nervensystems zupfte – ließ mich regelrecht hochschießen und zum Telefon herumfahren, als wäre sie dort tatsächlich in Person erschienen. »Ich brauche deinen Rat in einer Angelegenheit. Sie ist ein wenig ungewöhnlich, und ich möchte, dass du es dir selbst einmal ansiehst. Du müsstest allerdings nach Acton kommen, daher würde ich verstehen, wenn du nein sagst. Ruf mich an.«

Das tat ich. Ich sollte hervorheben, dass dies nur eine rein berufliche Bekanntschaft ist. Sicher. Ich würde auf allen vieren nach Jerusalem kriechen, um diese geschäftliche Beziehung in etwas Heftigeres und Schweißtreibenderes zu verwandeln, aber das würde auch jeder andere Mann tun, der sie kennenlernt, und, wie ich vermute, auch die Hälfte aller Frauen. Sie ist ein Succubus im Ruhestand. Leute zu erregen und halbwegs um den Verstand zu bringen ist ihresgleichen Art, zu jagen und sich zu ernähren.

Der automatische Rückruf funktionierte nicht, aber ich hatte Juliets Nummer auf einer Karteikarte notiert, die ich in meiner Brieftasche hatte. Wie ich schon vorher andeutete, hatte ich sie bisher so gut wie nie benutzt, weil es fast nie einen besonderen Anlass gab. Sie wohnte – nominell – in einem Zimmer in einem Frauenhaus in Paddington. (Dies war mir anfangs seltsam vorgekommen, aber es ergab auf verrückte Art und Weise durchaus einen Sinn. Schließlich hatten Männer sie missbraucht und unterdrückt, bis sie sich als das entpuppte, was sie war, und sie mit Körper und Seele verschlang.) In Wirklichkeit war das Zimmer jedoch nur ein Ort, an dem sie ihre wenigen Besitztümer aufbewahrte. Sie brauchte keinen Schlaf, und sie liebte die freie Natur, daher verbrachte sie dort nicht allzu viel Zeit.

Ihr Telefon klingelte lange genug, um daran zu denken, den Versuch, sie zu erreichen, abzubrechen, aber es geschieht so selten, dass man einen Rufton und kein Besetztzeichen hört, dass ich es weiter versuchte. Es ist nicht ihr persönliches Telefon, sondern es steht in der Gemeinschaftsküche des Frauenhauses und wird von sämtlichen zwei Dutzend Bewohnerinnen benutzt. Nach ungefähr einer Minute wurde der Hörer abgenommen – von Juliet selbst. Das Glück war mir demnach wieder hold. Ich nahm mir vor, baldigst ein Lotterielos zu kaufen.

»Hallo?«

»Ich bin's«, meldete ich mich. »Was liegt an?«

»Oh, hallo, Felix. Danke, dass du dich bei mir meldest.«

»Nun, ich bin immer noch dein Sensei, oder? Ich kann dich doch nicht ohne meinen Schutz allein durch die Gegend rennen lassen.«

Dies war einer der verrücktesten Aspekte unserer Beziehung. Juliet – ihr richtiger Name lautet Ajulutsikael – war ursprünglich aus der Hölle aufgestiegen, um mich zu töten und zu verschlingen, weil ich peinliche Fragen stellte, die ein Zuhälter namens Damjohn nicht beantwortet haben wollte. Doch dann entschied sie, dass ein Leben auf der Erde der Rückkehr in den schlimmsten Teil der Hölle vorzuziehen war, daher quittierte sie ihren Job und ließ mich am Leben – unter der Bedingung, dass ich ihr das Exorzieren beibrachte. Also befand ich mich plötzlich in der Situation, einem mehrere tausend Jahre alten Wesen ein Betriebspraktikum zu ermöglichen und es in Steuerfragen zu beraten, das, wenn es während des Arbeitstages einen speziellen Heißhunger verspürte, meine Seele durch jede beliebige Körperöffnung oder ein Anhängsel ihrer Wahl aussaugen konnte. Es war höchst interessant gewesen. In einigen Jahren könnte ich vielleicht sogar mal wieder eine Nacht ungestört durchschlafen.

»Also geht es um Arbeit oder um was sonst?«, fragte ich und verdrängte diese Erinnerungen konsequent in das dumpfe Verlies meines Unterbewusstseins.

»Ich habe einen Auftrag«, sagte sie und wich meiner Frage aus. »In einer Kirche in West-London. Saint Michael's, in der Du Cane Road – sie steht genau gegenüber Wormwood Scrubs.«

»Und?«

»Und ich möchte eine zweite Meinung zu etwas.«

»Tust du ganz bewusst so vage und geheimnisvoll?«

»Ja.«

»In Ordnung. Ich komme rüber, wenn ich hier fertig bin. Ist sechs Uhr okay?«

»Perfekt. Danke, Felix. Es ist lange her. Ich freue mich darauf, dich zu sehen.«

»Ja«, sagte ich. »Ebenso. Bis später, Jules.«

Ich legte auf. Verdammt noch mal, ich schwitzte tatsächlich. Ich brauchte nur ihre Stimme zu hören, und schon wurde mir heiß.

Ich musste schnellstens auf andere Gedanken kommen. Mir fiel Grambas' Serviette ein, und ich holte sie aus der Tasche. Die Zahlen waren ein wenig vom Regen verschmiert worden, als er mir die Serviette auf dem Hof gegeben hatte, aber sie waren noch lesbar. Die ersten Ziffern lauteten 07968, daher war es offensichtlich ein Mobiltelefon.

Ich wählte.

»Hallo?« Eine Männerstimme, zögernd und übervorsichtig, als erwartete ihr Besitzer eine schlechte Nachricht.

»Hier ist Felix Castor«, sagte ich. »Sie waren heute Morgen vor meinem Büro.«

»Mister Castor!« Die plötzliche Erregung verlieh der Stimme des Typen eine völlig neue Skala von klanglichen Nuancen. Ich wünschte, ich hätte diese Wirkung auch auf einige von den Frauen, die ich gelegentlich kennenlerne. »Danke, dass Sie uns zurückrufen. Vielen herzlichen Dank. Sind Sie jetzt in Ihrem Büro?«

»Ja, das bin ich. Wenn Sie einen Termin vereinbaren wollen …«

»Wir sind gleich bei Ihnen. Entschuldigen Sie, ich meine,

können wir sofort zu Ihnen kommen? Wir wohnen ganz in der Nähe. Wäre Ihnen das recht?«

Ich suchte nach einer gesichtswahrenden Lüge. Es ist nie von Vorteil, einem Klienten zu zeigen, dass man sofort verfügbar ist, weil er dann sofort irgendwelche irreführenden Rückschlüsse auf den Auftragsbestand ziehen kann. Andererseits klang es nicht so, als müsste ich mich in diesem Fall besonders gut verkaufen.

Daher sagte ich: »Klar. Kommen Sie rüber.«

✪

Sie stellten sich als Melanie und Stephen Torrington vor – Mel und Steve. Nette Leute. Ich konnte erkennen, weshalb Grambas' Verlobte, Maya, sofort mit ihnen Mitleid gehabt hatte. Dem Aussehen nach waren sie beide Ende dreißig, gediegen gekleidet und ausgesprochen gepflegt, und sie waren allem Anschein nach wohlhabend, ohne es jedoch aufdringlich zur Schau zu stellen. Tatsächlich war es vermutlich etwas anderes, das dieses Mitgefühl ausgelöst hatte, und es überraschte mich, dass Grambas es mit keinem Wort erwähnt hatte. Die gesamte linke Seite von Melanies Gesicht war ein einziger dunkler Bluterguss, und das Auge war derart geschwollen, dass es halb aus der Augenhöhle herausragte.

Stephen war hochgewachsen und blond, und zu seiner Sonnenbräune war er wahrscheinlich auf natürliche Art gelangt, aber ganz gewiss nicht in Harlesden. Seine schiefergrauen Augen hätten seinem Gesicht eine gewisse Härte verleihen können, aber der Gesichtsausdruck – zurückhaltend, offen, ein wenig nervös – milderte sie nachhaltig. Er trug einen elegant geschnittenen dunkelgrauen Anzug – zu elegant und zu perfekt sitzend, um von der Stange zu kommen – und eine himmelblaue Krawatte mit einer emaillierten Krawattennadel in der Form eines Richterhammers. Er hielt einen schwarzen Müllsack, der mit irgendetwas gefüllt war, in beiden Händen, so dass er ihn abstellen musste, um mir zur Begrüßung die Hand zu schütteln. Der Müllsack passte irgendwie nicht zu seiner sonstigen Erscheinung, aber ich dachte mir, dass wir zu gegebener Zeit sicherlich darauf zu sprechen kämen. Und der Händedruck, von dem ich mir erhofft hatte, dass er mir irgendeinen Hinweis auf die Person unter der Sonnenbräune liefern würde, verriet mir so gut wie nichts. Manchmal ließ mich das, was immer mir ermöglichte, die Toten zu belauschen, durch Hautkontakt auch einen Blick auf die Emotionen der Lebenden werfen. Bei Stephen Torrington sah ich nichts als ein Feuer der Entschlossenheit, das alles andere überdeckte.

Melanie war ebenfalls blond und ebenfalls hochgewachsen – die beiden bildeten ein perfektes Paar, sei es durch Schicksal oder die geschickte Planung eines Country Clubs – und der intakten Seite nach zu urteilen, hatte sie ein wunderschönes Gesicht mit aristokratischen Wangenknochen und lebhaften blauen Augen mit Flecken in einem helleren Blau wie Lichtreflexe. Das hässliche geschwollene Gewebe auf der linken Seite verdarb irgendwie die Wirkung. Sie sah aus, als sei sie in einen schweren Verkehrsunfall verwickelt gewesen – oder als hätte sie jemand gegen eine Wand geschleudert.

Ebenso wie Steve war sie makellos gekleidet und strahlte Reichtum und Status aus. Ebenso wie er war sie anscheinend eingeschlossen in einen Sarkophag heftiger Emotionen, der wahrscheinlich einen lauten Ton von sich gegeben hätte, wenn ich mit einem Finger dagegengeklopft hätte. Sie schien sich regelrecht zu umarmen, als müsste sie sich selbst Trost spenden.

Der Händedruck hatte komplexe, einander überlagernde Stränge positiver und negativer Gemütsregungen enthüllt: Angst, Stolz, Scham, heftige Liebe, mehr Angst – ein Wirrwarr von Emotionen, die tunlichst nicht nebeneinander existieren sollten.

Steve erklärte, er sei eine Art juristischer Verfahrensbevollmächtigter eines Familienunternehmens in Stoke Newington – zwar noch kein vollwertiger Partner und Teilhaber, aber fast. Melanie war Rechtsanwältin, wodurch sie einander kennengelernt hatten. Sie seien seit achtzehn Jahren verheiratet. Diese Art oberflächlicher Konversation war so steif und unbeholfen, als fragte ich sie, wo und wie sie sich mit Syphilis angesteckt hatten.

Es lief auch auf andere Art und Weise schwerfällig und unbeholfen weiter. Mit drei Personen darin fühlte mein Büro sich bereits überfüllt an. Fügte man die Tatsache hinzu, dass die Milch, die im tragbaren Kühlschrank stand, sauer geworden war, sich dann grün verfärbt und in eine neue Lebensform verwandelt hatte, seitdem ich das letzte Mal hier gewesen war, und ich die mit einem dichten Pilzrasen zugewucherten Tassen hinter dem Aktenschrank verstecken musste, war meine professionelle Fassade um einiges löchriger als üblich. Sobald ich sie aufgefordert hatte, Platz zu nehmen, konnte ich ihnen noch nicht einmal eine Tasse Kaffee anbieten.

Dann eben sofort zum Geschäftlichen.

»Was kann ich für Sie tun?«, fragte ich.

»Unsere Tochter …«, murmelte Mel, wobei ihre Stimme durch die Schwellung auf der linken Seite ihres Unterkiefers leicht gedämpft wurde. Danach fehlten Mel anscheinend die Worte.

»Abbie«, nahm Steve den Faden auf. »Abigail. Sie ist verschwunden.« Während Mels Stimme kontrolliert neutral geklungen hatte, war seine derart angefüllt mit ungebändigter Emotion, dass sie mir wie halb erstickt vorkam. Er blätterte in seiner Brieftasche und holte etwas Kleines, Rechteckiges heraus, das er mir reichte. Ich nahm es und drehte es um, so dass ich es betrachten konnte. Es war ein Passbild von einem Mädchen. Dem Gesicht und der Statur nach zu urteilen dreizehn oder vierzehn Jahre alt, mit langem blondem Haar, wie man es von Werbefotos auf Shampooflaschen kennt, und einem verlegenen, zaghaften Lächeln. Um den Hals hing eine Kette mit einem goldenen Anhänger in Herzform. Etwas lag in den Augen der Kleinen … etwas Trauriges und Gequältes. Vielleicht aber auch nicht. Möglicherweise fügte meine Erinnerung im Licht der späteren Ereignisse diese Nuance nur hinzu.

»Das tut mir aufrichtig leid«, sagte ich und meinte es so ehrlich, wie jeder andere es unter den gegebenen Umständen getan hätte. Sie waren schließlich Fremde für mich, und Abigail war nur ein Name. »Seit wann?«

Das ist eine dumme Angewohnheit von mir. Wenn ich nicht weiß, was ich sagen soll, dann fange ich an zu fragen wie ein Arzt, der eine Diagnose erstellen will.

Steve sah Mel auffordernd an, damit sie antwortete, und abermals hatte sie offenbar Schwierigkeiten, die richtigen Worte zu finden. »Samstag«, sagte sie zögernd, als suchte sie sich einen Weg durch irgendein inneres Minenfeld. »Seit vorgestern. Da haben wir sie das letzte Mal gesehen, und da war – etwas anderes, das an diesem Tag geschah. Etwas, von dem wir glauben, dass es damit in Verbindung stehen könnte. »Ich registrierte das »könnte«, was mir ein wenig seltsam vorkam, und ich wollte gerade darauf eingehen, als Steve wieder das Wort ergriff.

»Wir wollen, dass Sie sie suchen, Mister Castor.«

Ich war bereits zu einer anderen Schlussfolgerung gelangt und hatte bereits zu einer Ansprache angesetzt, die ich schon an die hundert Mal vorher gehalten hatte, daher wurde ich ein wenig aus dem Konzept gebracht. Ich schloss den Mund, ließ meinen Blick zwischen dem Mann und der Frau hin- und herwandern, während ich überlegte, was ich ihnen stattdessen sagen könnte.

Die meisten Leute, die sich in der gleichen Lage befanden wie die Torringtons, wünschten sich gewöhnlich eine Art Bestätigung, dass Abigail sich immer noch auf der richtigen Seite des Grabs aufhielt. Das ist ein Service, den sehr viele Exorzisten anbieten, ganz gleich ob sie ihre Zusagen einhalten können oder nicht. Ich wollte schon zusagen. Ich wollte sagen ja, ich mache mich auf die Suche nach Abigails Geist, versuche in Erfahrung zu bringen, ob er sich noch in ihrem Körper befindet, allerdings mit einer ganzen Reihe von Vorbehalten und Einschränkungen – denn auch wenn ich den Wind im Rücken und das geeignete Zielobjekt hatte, konnte ich einen Geist nur dann finden, wenn er auch vorhanden war. Einige Leute verschwanden ziemlich schnell nach ihrem Tod und kamen niemals zurück, daher gingen nur die schlampigsten Vertreter meines Gewerbes von der Annahme aus, dass das Fehlen eines Geistes ein Beweis dafür war, dass jemand noch unter den Lebenden weilte.

Wie dem auch sei, das alles hatte sich zerschlagen. Jetzt hatte ich ein völlig anderes Angebot auf dem Tisch – und völlig andere Optionen. Ich konnte den Job annehmen, wenn ich wollte. Es gab Möglichkeiten, lebende Menschen zu suchen und zu finden, die, um es so neutral wie möglich auszudrücken, nur den Vertretern meines Gewerbes offenstanden, aber ich neigte nicht dazu, sie zu benutzen. Abgesehen von Rafi pflegte ich keinen Umgang mit Dämonen und holte auch nicht die Toten zurück, um ihnen irgendwelche Informationen zu entlocken: Ganz allgemein ausgedrückt, wenn jemand friedlich in seinem Grab schlummerte, dann ließ ich ihn dort in Ruhe liegen. Das ist das Mindeste an ethischen Grundsätzen, woran ich mich hielt. Blieb demnach die andere Option, nämlich die Torringtons so behutsam wie möglich abzuwimmeln.

»Normalerweise übernehme ich keine Vermisstensuche«, sagte ich. Ich wusste, es klang lahm und es klang kalt. Ich versuchte es anders. »Sicherlich haben Sie sich an die Polizei gewandt, und die hat bereits alles Machbare unternommen. Was ich tun könnte, wäre – minimal und ziemlich planlos und vom Zufall abhängig. Ich denke, Sie sollten abwarten, was die Polizei erreicht, ehe Sie selbst die Fühler ausstrecken. Oder zumindest sollten Sie sich darüber mit dem für Ihren Fall zuständigen Beamten unterhalten. Ich weiß, das ist kein Trost für Sie, aber die Polizei weiß, wie man in solchen Fällen vorgeht.«

In der danach einsetzenden Stille erzeugte Mel mit den Lippen jenes leise schmatzende Geräusch, das andeutet, das jemand etwas sagen möchte. Aber sie tat es nicht.

Steve füllte die Lücke. »Es gibt keine Meldung bei der Polizei«, sagte er, und seine Miene erweckte den Eindruck, als müsste er etwas ausgesprochen Bitteres schlucken.

Ich blinzelte verblüfft. »Nicht? Nun, dann würde ich empfehlen, dies als Erstes …«

»Abbie ist schon tot.«

Stets der perfekte Profi, ließ ich nicht zu, dass meine Kinnlade bis auf den Boden sackte. Es kostete mich trotzdem einige Mühe, und es trat eine angespannte Pause ein, in der die Feststellung beunruhigend und beinahe physisch greifbar in der Luft hing. »Das sollten Sie mir lieber mal genau erklären«, sagte ich schließlich.

Melanie schüttelte den Kopf, als weigerte sich ihr Geist automatisch – noch während sie redete – dieses Thema abermals aufzugreifen. »Sie starb bei einem Schulausflug nach Cumbria im letzten Sommer«, sagte sie, ihre Stimme wahrscheinlich noch lebloser und härter als zuvor. »Es war ein Unfall. Drei Mädchen stürzten in einen Fluss – Abbie und zwei ihrer Freundinnen. Der Fluss führte Hochwasser, und die Strömung war sehr stark.«

»Sie wurden mitgerissen, ehe jemand sie erreichen konnte«, setzte Steve den Bericht fort und klang dabei wütend. Aber es war eine alte Wut, oft empfunden und zum Ausdruck gebracht und ihrer selbst allmählich überdrüssig. »Sie hätten erst gar nicht so nah ans Wasser gehen dürfen. Sie hatten keine Chance. Nicht die geringste.«

Sie verfielen in Schweigen und schauten weder mich noch einander an. Ich konnte erkennen, dass der Schmerz noch ganz frisch war, selbst nach fast einem Jahr. Er wäre wahrscheinlich auch nach fast einem ganzen Leben immer noch frisch. »Aber sie kam zurück«, äußerte ich eine Vermutung. Allmählich nahm das Bild für mich Gestalt an. Es war ein düsteres und trauriges Bild, beherrscht von Grauschattierungen – aber andererseits bekam ich generell nicht viele Bilder in hellen Grundfarben zu sehen.

Steve nickte. »Ja, sie kam zurück. Etwa drei Monate später. Wir waren gerade in ihrem Zimmer.«

»Um ihre Dinge auszuräumen?«, fragte ich, aber er schüttelte heftig den Kopf. »Nein. Wir saßen nur da. In ihrem Zimmer. Und ich – ich spürte plötzlich, dass wir nicht allein waren. Dass jemand hereingekommen war und ganz nah bei uns stand. Ich konnte nichts sehen, aber ich wusste es.« Er brachte ein sehr schwaches, sehr müdes Lächeln zustande. »Ich wandte mich zu

Mel um und sagte, ›Spürst du es?‹. Etwas in dieser Richtung. Sie dachte, ich hätte den Verstand verloren. Aber dann nickte sie. Ja. Sie spürte es ebenfalls. Und genauso war es zuerst. Man musste sich auf einen bestimmten Punkt stellen, und man konnte sie wahrnehmen. Es war fast so, als könnte man ihren Atem riechen. Und etwa eine Woche danach konnten wir sie zum ersten Mal sehen. Anfangs immer nur aus dem Augenwinkel – niemals, wenn wir uns zu ihr umdrehten und direkt in ihre Richtung blickten. Es war, als käme sie nach und nach zu uns zurück, von weit her. Wir warteten, und sie kam näher. Dann konnten wir ihre Stimme hören, manchmal nachts, wenn sie uns aus ihrem Zimmer gute Nacht wünschte, während wir zu Bett gingen. Wir riefen dann ebenfalls gute Nacht, als ob …«

Er hielt inne, und Mel redete weiter. Für einen kurzen Moment hatte ich den Eindruck, als hätten sie diese Geschichte schon vorher erzählt, und ich fragte mich, ob sie ihr Glück schon bei vielen anderen Exorzisten versucht hatten, ehe sie zu mir kamen. »… sie noch am Leben wäre. Als ob nichts geschehen sei.«

»Es schien der beste Weg zu sein, um sie zum Bleiben zu bewegen«, sagte Steve. »Ich stand abends an der Spüle und säuberte das Geschirr vom Abendessen, und sie befand sich hinter mir und begann ein Gespräch. Ich drehte mich nicht um. Ich antwortete ihr nur, schwatzte mit ihr. Erzählte ihr, was ich am Tag an meiner Arbeitsstelle erlebt hatte, und – und was ihre Freunde und Freundinnen machten. Ich scherzte mit ihr.«

Er schloss die Augen für ein paar Sekunden, dann schlug er sie wieder auf und starrte mich an, als erwartete er von mir irgendeinen Widerspruch. Nach einem Moment rann eine einzelne Träne an seiner Wange herab. Er sah aus wie ein Mann, dem es schwerfiel zu weinen, und für einen kurzen Moment kam ich mir so schuldig vor wie ein unfreiwilliger Voyeur. »Ich weiß, wie seltsam das klingen muss, Mister Castor«, sagte Steve Torrington. »Aber dass sie wieder zurückgekommen war, verhinderte, dass wir uns trennten, nachdem wir sie verloren hatten. Wir wurden wieder zu einer Familie.« Er zuckte die Achseln – es war eine winzige Bewegung seiner Schultern, die Bände sprach. Ich wusste genau, wovon er sprach. Und angesichts all der anderen Orte, die Geister am Ende heimsuchten, befand sich der viel zitierte Busen der Familie in derartiger Nähe zum Himmel, dass es so gut wie keinen Unterschied mehr machte.

Was möglicherweise genau der Punkt war, sagte eine klinische, leidenschaftslose Stimme in meinem Hinterkopf. Für Geister ist Glück eine zweischneidige Angelegenheit.

Ich drückte es so sanft aus, wie ich konnte. »Manchmal – ich würde sogar behaupten oft – werden die Toten hier auf der Erde durch ein Gefühl festgehalten, dass es etwas gibt, das sie unbedingt noch erledigen müssen. In anderen Fällen ist es nur die Angst und der Schmerz des Übergangs oder irgendeine andere starke Emotion wie zum Beispiel Zorn.« Ich versuchte, es ihnen auf eine ganz bestimmte Art und Weise beizubringen, so dass sie es als das betrachten konnten, was es war – eine Art glückliches Ende. »Gewöhnlich wird es als etwas Negatives betrachtet. Die meisten Geister leiden auf irgendeiner Ebene. Ich denke – falls Sie Abbie ein Gefühl der Sicherheit und des Willkommenseins und der Liebe vermittelt haben, was Sie ganz sicher getan haben – ist sie zu dem weitergegangen, was als Nächstes auf sie wartet.« Ich wollte nicht den Himmel erwähnen. Ich selbst bin Atheist, wie ich glaube, bereits erwähnt zu haben – und zwar vorwiegend deshalb, weil ich mit dem Widerspruch nicht zurechtkomme, dass ein allmächtiger Gott eine derart schlampig zusammengeschusterte Welt wie diese geschaffen haben soll. Ein paar staatlich geprüfte Gasinstallateure hätten einen erheblich besseren Job abgeliefert. »Sie ist jetzt vielleicht irgendwo anders – an einem Ort, den sie gleich nach ihrem Tod hätte aufsuchen sollen. Die zusätzliche Zeit, die Sie mit ihr verbracht haben, war ein Geschenk und, wissen Sie, ein Trost – aber es sollte nicht ewig dauern. Die Toten sind meistens nicht so beständig.«

Ich verstummte. Steve schüttelte sehr heftig – beinahe zornig – den Kopf, aber er redete nicht. Stattdessen richtete er einen erwartungsvollen Blick auf Mel, die auf den Schreibtisch starrte. Offensichtlich war sie für diesen Teil der Geschichte zuständig; und offensichtlich war ihr das klar.

»Da ist noch etwas anderes«, sagte sie und schluckte krampfhaft. »Ich habe einen Mann kennengelernt. Vor drei Jahren.« Sie musterte mich mit einem schnellen Blick, um festzustellen, wie viel ich aus diesen wenigen Worten entnahm. Ich erwiderte ihren Blick völlig ausdruckslos. Mir war es lieber, wenn ich über alles genauestens ins Bild gesetzt wurde, anstatt mich auf meine Schlussfolgerungen verlassen zu müssen. »Er war ein ... Klient. Jemand, den ich vertrat.«

»Ein Mann aus Ihrer Branche«, lieferte Steve eine weitere Information.

»Ein Exorzist?«

»Ja, genau. Ein Exorzist.«

Mel sah Steve nun mit einem seltsamen Gesichtsausdruck an – angespannt, flehend, unterwürfig. Ich fragte mich, ob er ihr den Bluterguss im Verlauf einer eskalierten ehelichen Auseinandersetzung verpasst hatte. Vor drei Jahren ... zählte das in dieser Ehe als alte Geschichte oder als jüngste Affäre? Er sah nicht aus wie jemand, der seine Ehefrau schlägt. Aber den meisten Ehefrauenschlägern sieht man ihr hässliches Hobby nicht an.

Als wollte er mich beschämen, weil ich überhaupt einen solchen Verdacht zugelassen hatte, legte er einen Arm um ihre Schultern, zog sie an sich und küsste sie auf den Scheitel, weil die Seite ihres Gesichts, die ihm am nächsten war, die durch den Bluterguss verunstaltet war.

»Du musst das Ganze nicht noch einmal über dich ergehen lassen«, sagte er leise – so leise, dass ich ihn kaum hören konnte. »Ich mache dir keine Vorwürfe. Du weißt, dass ich das nicht tue.«

Mel nickte, den Blick starr auf den Fußboden gerichtet.

»Möchtest du nicht hinausgehen und unten im Wagen warten?«

Sie nickte abermals, und er zog seinen Arm weg und küsste sie noch einmal.

Mel stand auf. »Ich hoffe …«, sagte sie und sah mich verzweifelt an. »Ich hoffe, Sie können uns helfen, Mister Castor.« Dann hob sie hilflos die Schultern, verließ den Raum und schloss die Tür hinter sich.

Ein dumpfes Schweigen setzte ein. Ich entschied, Torrington die Gelegenheit zu geben, es zu brechen.

»Der Name des Mannes war Dennis Peace«, sagte er schließlich mit ruhiger Stimme – ruhig, aber mit einem harten Unterton. »Kennen Sie ihn möglicherweise?«

Ich schüttelte den Kopf. Vielleicht klingelte etwas, aber Geisterjäger hatten wenig Gemeinschaftssinn. Und selbst wenn wir uns mal trafen, dann tauschten wir gewöhnlich keine Namen aus oder beschnüffelten einander ausgiebig. Das Klingeln war jedoch interessant. Es hing irgendwie mit einem Streit oder Kampf zusammen, der ein schlimmes Ende genommen hatte.

Ich müsste diesem Hinweis später auf den Grund gehen, denn Steve redete weiter.

»Er wurde wegen eines Exorzismus verklagt, der schiefgegangen war. Der Geist wurde nicht ordnungsgemäß gefesselt, und er hat in dem Haus, in dem er sich befand, einigen Schaden angerichtet. Er sagte, dass so etwas zuweilen geschieht, ganz gleich wie sorgfältig man arbeitet.«

Das war wieder vertrautes Terrain. Ich begrüßte es wie einen alten Freund. »Deshalb wurde es in den Standardvertrag aufgenommen«, bestätigte ich. »Der Exorzist ist für jeden Schaden verantwortlich, den er direkt verursacht, aber nicht für den Schaden, den der Geist anrichtet, während er gebunden wird. Es hätte eigentlich eine klare Sache sein müssen, vorausgesetzt, er hat vorher einen Vertrag aufgesetzt und von beiden Seiten unterschreiben lassen.« Ich hatte gut reden. Ich hielt mich niemals mit diesem gesetzlich vorgeschriebenen Kleinkram auf, obgleich ich nur zu gut wusste, wie wichtig es war, ein solches Sicherheitsnetz zu haben, falls mal wirklich etwas schieflaufen sollte.

»Wenn ein Vertrag existiert hätte, wäre sicherlich alles zufriedenstellend ausgegangen, wie Sie sagen. Mister Peace zog es vor, per Handschlag tätig zu werden, vermute ich, daher war es um einiges schwieriger, als es auf den ersten Blick erschien. Jedenfalls übernahm Mel seine Vertretung und plädierte auf Gepflogenheiten und Praktiken. Der Kläger hatte vorher schon einen anderen Exorzisten engagiert und kannte die Bedingungen und so weiter. Sie gewann nicht. Aber sie verbrachte viel Zeit mit Peace, während sie den Fall vorbereitete.« Jetzt schlich sich eine hörbare Härte in Torringtons Stimme. »Nach dem, was sie seitdem erzählt hat, glaube ich, dass sie es sehr genossen hat, sich mit ihm zu unterhalten, da er aus einer Welt kam, die sie nie zuvor kennengelernt hatte. Er war für sie fast so etwas wie ein Held in einem Hollywoodfilm. Sie – fühlte sich zu ihm hingezogen, und sie hatten ein Verhältnis. Nur für kurze Zeit. Es war nur das eine Mal. Das einzige Mal. Dessen bin ich mir absolut sicher. Und sie wusste, während sie sich mit ihm traf, dass es nicht richtig war. Sie beendete die Affäre nach zwei Monaten. Es gab eine Szene – eine sehr unangenehme und traumatische –, aber am Ende akzeptierte Peace, dass sie ihn nie wiedersehen wollte. Und dann, als alles vorbei war und sie Zeit hatte, darüber nachzudenken, was sie getan hatte …« Eine längere Pause entstand. »… gestand sie mir alles und bat mich, ihr zu verzeihen. Und das tat ich. Voll und ganz. Denn sie war absolut ehrlich gewesen. Wir kamen überein, nie mehr darüber zu reden.«

Ich wartete. Vermutlich hatte die ganze Geschichte noch eine Pointe, jedoch konnte ich noch nicht erkennen, wie die hätte aussehen sollen.

»Nachdem Abbie gestorben war – ich meine, nachdem sie zurückkam …« Steves Stimme wurde wieder leiser, so dass ich genau hinhören musste, um ihn zu verstehen. »Nun, Mel machte den Fehler, Dennis anzurufen, um ihn zu fragen, was wir tun sollten.«

»Warum war das ein Fehler?«, wollte ich wissen.

»Weil er es als Zeichen ihrerseits verstand, dass sie wieder mit ihm zusammen sein wollte.« Steve lachte und schüttelte ungläubig den Kopf. »Unsere Tochter war soeben gestorben, und sie stand kurz vor einem Zusammenbruch, und er fragte sie, ob sie sich wieder mit ihm treffen könne. Er buchte ein Hotelzimmer in Paddington. Dann schlug er vor, Mel solle mir erzählen, er werde dort eine Séance für Abbie veranstalten, und sie solle dann dort die Nacht mit ihm verbringen. Sie meinte, er solle sich selbst ficken.« Die raue Härte in Steves Stimme kam wie aus dem Nichts, aber sie passte irgendwie zu der Stimmung dieses Moments. Er blinzelte mehrmals heftig, als kämpfte er mit den Tränen. »Aber er gab sich nicht mit einem Nein zufrieden. Er rief sie weiterhin an. Er vereinbarte Besuchstermine in der Kanzlei, die sie wieder streichen lassen musste. Dann wartete er mehrmals abends nach der Arbeit auf sie. Er sagte, sie müssten sich über ihre Beziehung unterhalten, wie es damit weitergehen solle. Sie erklärte ihm, sie hätten keine Beziehung. Sie meinte, er solle sie in Ruhe lassen. Er drohte ihr damit, mir zu erzählen, was sich zwischen ihnen abgespielt habe, aber das hatte sie natürlich längst getan.«

Steve schaute mir wieder in die Augen. »Im Laufe der Zeit hatte Mel schließlich die Befürchtung, dass Peace so etwas wie einen psychischen Zusammenbruch hatte«, sagte er, wobei seine Mundwinkel sich geringschätzig nach unten zogen. »Sie hatte Angst.«

In diesem Moment machte er etwas Seltsames. Er griff nach unten, öffnete den schwarzen Sack und schaute hinein, als ob ein Blick auf seinen Inhalt ihm ein Gefühl der Sicherheit vermittelte. Dann schloss er ihn wieder und setzte das Gespräch fort, als sei nichts geschehen.

»Mel hat nie etwas vor mir verheimlicht. Und als es so weit kam, bat ich einen meiner Kollegen, ihm einen Brief auf Kanzleipapier zu schicken, in dem ihm eine einstweilige Verfügung angedroht wurde, wenn er Mel nicht in Ruhe ließe. Früher wäre es auf einen Gerichtsbeschluss hinausgelaufen, aber ich war ziemlich sicher, ihn mit einer einstweiligen Verfügung auf Distanz halten zu können – was vermutlich eine Gefängnisstrafe zur Folge gehabt hätte, wenn er sich nicht weisungsgemäß verhielt. Aber er wollte nicht begreifen. Er rief Mel weiterhin an, auf ihrer Arbeitsstelle und zu Hause, und ich wusste, dass ich meinen Worten Taten folgen lassen musste. Wir hatten uns bereits an die Polizei gewandt, was uns letzten Endes keinen Deut weiter gebracht hatte, aber immerhin hatten wir ein Aktenzeichen. Damit und mit einem Ereignisprotokoll kann man selbst einen Gerichtsbeschluss beantragen, und genau das taten wir. Aber dann, am Samstag – also vor zwei Tagen – erschien er vor unserem Haus. Er war anscheinend betrunken. Und völlig außer Kontrolle. Aber die meisten Betrunkenen, die ich bisher gesehen hatte, waren eher träge und lethargisch, daher war er wahrscheinlich von etwas anderem berauscht. Als ich die Tür öffnete, drängte er sich an mir vorbei – er ist viel größer und schwerer als ich – und verlangte, mit Mel zu sprechen. Ich nahm den Telefonhörer ab, um die Polizei anzurufen. Er riss das Telefonkabel aus der Wand. Dann stürmte er zur Treppe. Damit hatte ich nicht gerechnet, und ich reagierte ein wenig zu langsam. Aber ich folgte ihm und griff ihn an. Mel war oben, im Schlafzimmer, und sie hörte den Tumult – Peaces Rufe, meine Rufe, das Getrampel und Gepolter. Sie kam heraus auf die Treppe und sah uns auf den Stufen miteinander ringen. Sie sah, wie ich zu Boden ging. Ich bin kein besonders guter Kämpfer, trotz meiner Statur, und selbst wenn ich ein guter Kämpfer gewesen wäre, hätte ich nicht genauso kämpfen können wie er. Er boxte mich in den Magen und versetzte mir dann einen Fußtritt, als ich zusammenbrach. Er trat mich immer wieder, bis meine Muskeln sich total verkrampften und ich nicht mehr atmen konnte. Und bei den Schmerzen … verlor ich wohl das Bewusstsein. Mel sagt, sie habe zu diesem Zeitpunkt nur noch geschrien, und Dennis schaute zu ihr hoch. Das hat mir wahrscheinlich das Leben gerettet, denn er vergaß mich und verfolgte sie. Er stieg über mich hinweg und die Treppe hinauf. Und er sagte – ich weiß das nur vom Hörensagen, Mister Castor, daher ist es kein richtiger Beweis, aber ich bezweifle, dass diese Angelegenheit jemals vor Gericht zur Sprache kommen wird – jedenfalls sagte er, ›Du kommst zu mir zurück, du Schlampe. Du wirst sogar noch darum betteln, zu mir zurückzukommen.‹ Sie rannte zurück in ihr Zimmer und verriegelte die Tür. Ihre Handtasche war in dem Zimmer und in der Handtasche steckte ihr Mobiltelefon, daher wollte sie die Polizei anrufen. Aber dazu kam sie nicht mehr. Peace stieß mit der Schulter die Tür auf – das Schloss war viel zu schwach und wurde aus dem Holz herausgebrochen. Er … er schlug …«

Während seines Berichts war Torrington immer erregter geworden. Nun verstummte er und zitterte am ganzen Körper. Ich stand auf und wollte ihm ein Glas Wasser anbieten, doch er winkte ab. Er wollte meine Fürsorge nicht.

»Er schlug sie«, sagte er. »Haben Sie ihr Gesicht gesehen? Ihr Rücken und die Seite und ihr linker Arm sind im gleichen Zustand. Und dann nahm er sich das Zimmer vor. Er zog Schubladen heraus und kippte ihren Inhalt auf den Fußboden und riss die Kleider aus den Schränken. Als Mel wieder nach dem Telefon greifen wollte, trat er darauf und zertrümmerte es. Wenn sie die Hand nicht rechtzeitig zurückgezogen hätte, wäre sie auch zerquetscht worden. Er suchte anscheinend irgendetwas und fand es nicht. Und er wurde immer wütender, geriet immer mehr außer Kontrolle. Schließlich machte er kehrt und verließ das Zimmer. Mel rannte hinter ihm her und sah ihn in Abbies Zimmer verschwinden. Wir haben darin nichts verändert. Mel griff ihn abermals an, als er anfing, Abbies Sachen zu zerstören, und er stürzte sich in seiner Raserei auf sie und begann sie zu würgen. Dann warf er sie auf das Bett, und sie dachte, dass er sie vergewaltigen würde. Aber das tat er nicht.

Er suchte weiter. Und diesmal musste er gefunden haben, was er suchte, denn er ging. Mel war mittlerweile zu verängstigt, um ein drittes Mal zu versuchen, ihn aufzuhalten. Aber sobald sie hörte, wie die Tür ins Schloss fiel, rief sie die Polizei an, und dann kam sie die Treppe herunter, um mir zu helfen.«

»Sie sagten, die Polizei sei in dieser Angelegenheit nicht tätig geworden«, erinnerte ich ihn.

Steve gab ein bitteres Schnauben von sich, das möglicherweise ein Lachen hätte sein sollen. »Ich sagte, die Polizei hat nicht nach Abbie gesucht«, korrigierte er mich. »Wir hatten nicht einmal begriffen … Wir berichteten von dem Überfall, von den Schäden, und wir sagten, wir könnten den Mann identifizieren, der es getan hatte. Sie meinten, sie würden einen Haftbefehl ausstellen und nach ihm fahnden, und wir würden in Kürze wieder von ihnen hören. Dann, als sie abgezogen waren und wir versuchten, wieder ein wenig Ordnung zu schaffen, stellten wir fest … dass Abbie nicht mehr da war. Aber wir nahmen an, sie sei durch den Lärm und die Gewalt abgeschreckt worden und würde sicherlich später zurückkommen. Am Abend begannen wir sie zu vermissen. Sie antwortete nicht, wenn wir sie riefen, und wir konnten sie nicht mehr wie sonst immer in unserer Nähe spüren. Denn sie war weg. Peace hatte Abbie gesucht. Und er hatte sie entführt. Irgendwie hatte er sie mitgenommen.«

Steve Torrington verstummte und umklammerte den Sack mit beiden Händen so heftig, dass seine Fingerknöchel weiß wurden. Und das Schweigen dauerte an, weil mir nichts einfiel, was ich hätte sagen können.

Ich hatte noch nie zuvor von einem Geist gehört, der entführt worden war. Es klang so unwahrscheinlich, so grotesk, dass ich mich allein schon gegen die Vorstellung wehrte. Geister konnten nicht wie irgendeine Ware verpackt und herumgeschickt oder wie ein Kleidungsstück oder irgendein modisches Accessoire getragen werden. Meistens konnten sie ein bestimmtes, genau fixiertes Umfeld gar nicht verlassen. Irgendjemand musste jetzt die Stimme der Vernunft erheben, und es wäre zu viel verlangt, einen solchen Grad von Sachlichkeit von Torrington selbst zu erwarten.

»Sie nehmen also an, dass er sie mitgenommen hat«, sagte ich so neutral wie möglich. »Es könnte sein, dass sie, wie ich angedeutet habe, diesen Ort verlassen hat, weil ihre Zeit …«

»Peace hat Mel angerufen.« Torringtons Stimme zitterte, und er starrte noch immer auf den schwarzen Plastiksack und umklammerte ihn weiterhin, als sei er so etwas wie eine Rettungsleine. »Etwa zwei Stunden später. Was er wollte, war nicht ganz klar, aber er sagte: ›Jetzt musst du zu mir zurückkommen, nicht wahr? Denn du kannst sie nicht haben, wenn du mich nicht hast. Wir werden wieder zusammen sein.‹ Sie wusste nicht, wovon er sprach. Sie antwortete nichts und legte einfach auf. Und nachher begriffen wir, was er meinte. Dann wussten wir Bescheid.«

Okay, das war ein ziemlich gewichtiges Indiz. Meine Gedanken schlugen eine unwiderstehliche Richtung ein. Konnte so etwas geschehen? War es wirklich möglich? Ein Einbruch mit anschließendem schwerem spirituellem Diebstahl? Geister – vorwiegend Geister – suchten stets einen speziellen Ort heim. Es konnte der Ort sein, an dem sie starben oder wo sie beerdigt wurden, oder es konnte ein Ort sein, zu dem sie zu Lebzeiten eine besonders enge Beziehung hatten. Das war ihr Anker. Sie konnten sich nicht allzu weit davon entfernen. In einigen Fällen vielleicht zweihundert Meter, aber außer in einigen ganz speziellen Fällen wie bei den Geistern der kleinen

Mädchen, die ich im Stanger befreit hatte, hatte ich nie erlebt, dass es mehr war. Wie sollte man dann einen Geist von seinem Anker trennen und mit ihm den Ort verlassen? Vielleicht … ja, vielleicht gab es einen Weg, den ich erkennen konnte. Aber ich wusste ganz genau, dass es etwas war, das ich selbst nicht schaffen würde.

Mein Interesse wurde auf gefährliche Art und Weise geweckt. Die seltsame Situation reizte meine umfassende und stets wache Neugier. Aber ich hielt mich im Allgemeinen an den Wahlspruch Dirty Harrys, dass ein Mann seine Grenzen kennen sollte.

»Ich denke noch immer, dass die Polizei die beste Option ist«, sagte ich. »Sie kann Peace sehr viel effizienter suchen als ich. Und ich denke, dass sie eine Anzeige ernst nehmen würden. Er ist schließlich in Ihr Haus eingebrochen und hat Sie bedroht.«

Torrington sah mich mit einem düsteren, ein wenig anklagenden Gesichtsausdruck an. Er bemerkte sehr wohl, wann jemand versuchte, ihn einzuwickeln.

»Und was ist, wenn sie ihn finden?«, fragte er mit rauer Stimme. »Werden sie dann auch Abbie finden? Können sie sie zu uns zurückbringen?«

Jetzt hatte er mich erwischt. Ich konnte nichts anderes tun, als die Achseln zu zucken. Okay, er hatte recht. Selbst ein relativ guter Cop wie Coldwood wäre, wenn ihm so etwas in den Schoß fiele, hilflos, müsste er doch eine Suche nach etwas anstrengen, das er nicht sehen, hören oder berühren konnte. Vor allem ein Cop, denn der folgte gewöhnlich dem Blind-taub-und-stumm-Pragmatismus, den ich bereits erwähnt habe. Wenn ich im Gegenzug in Abbies Nähe käme, wüsste ich es und könnte vielleicht sogar ihren Aufenthaltsort feststellen. Es bestand daher tatsächlich die Chance, dass ich diesen Leuten helfen konnte. Eine Chance, dass ich Peace zur Strecke brachte und dass ich wissen würde, wonach ich suchte, wenn ich es erst mal sah. Es war keine besonders große Chance, aber sie war vorhanden, und wenn das nicht als spiritueller Service zählte, was denn dann?

Andererseits war der Auftrag, Abbie zurückzubringen, viel schwieriger auszuführen, als sie zu suchen. Ich bezweifelte, dass ich erfolgreich an Peaces gute Seiten appellieren können würde, vorausgesetzt, er hatte überhaupt welche. Und da ich nicht genau wusste, wie man einen Geist entführt, wusste ich natürlich auch nicht, wie ich Abbie sicher nach Hause bringen könnte. Und dann waren da noch all die begleitenden Maßnahmen, die erledigt werden mussten. Zunächst einmal müsste ich die Darstellung der Torringtons auf ihren Wahrheitsgehalt überprüfen, ehe ich mich in dieses Abenteuer stürzte. Und ich müsste mir überlegen, was zum Teufel ich ihnen berechnen sollte, denn dies lag außerhalb meiner sonst üblichen Gebührenordnung.

Wenn ich solche vernunftbezogenen Argumente ins Feld führte, dann bedeutete es gewöhnlich, dass ich mich aus etwas herauszureden versuchte, das zu versuchen ich mich längst entschlossen hatte. Aber diesmal verhielt es sich anders. Es hatte keinen Sinn, einen Job zu übernehmen, den ich nicht ausführen konnte, und die Leiden der Torringtons noch zu steigern, indem ich ihnen Hoffnung machte und sie dann mit ihrem Unglück wieder alleinließ.

Steve Torrington sah mich noch immer erwartungsvoll an, daher musste ich etwas sagen.

»Nun«, versuchte ich, Zeit zu gewinnen, »wahrscheinlich haben Sie nicht ganz unrecht. Aber wenn es dazu kommt, weiß ich nicht, ob ich von größerem Nutzen sein kann als die Polizei.«

»Richtig«, pflichtete er mir bei. »Aber wie können Sie das wissen, ehe Sie es versucht haben?«

Womit er den Ball wieder in mein Feld zurückschmetterte. Ich versuchte, mit einem Lob zu kontern. »So einfach ist das nicht, Mister Torrington. Es ist nicht wie ein Reifenwechsel oder …« Ich schaute mich um auf der Suche nach einer Metapher und fand sie direkt vor meiner Nase. »… oder das Maßnehmen für einen Anzug. Vielleicht wenn ich einige von ihren persönlichen Dingen hätte. Ich meine, wenn ich mir ihr Zimmer ansehen könnte, oder …«

Als hätte er auf diesen Moment gewartet, hob Steve den schwarzen Müllsack hoch und stellte ihn zwischen uns auf den Schreibtisch. »Dies sind die Dinge, die ihr immer am wichtigsten waren«, sagte er und schaute mich mit einem Anflug von Selbstgefälligkeit an. Das war eigentlich keine Überraschung. Er war trotz allem Anwalt. Er dachte methodisch und achtete darauf, nach welchen Regeln das jeweilige Spiel ablief und wie die Fakten aussahen. Er hatte sich bestens vorbereitet.

Ich nickte, halb bewundernd, halb resignierend. Er leerte den Sack sorgfältig auf dem Schreibtisch aus.

Es kam eine ganze Menge zusammen. Genug, so dass ich mich fragte, wie viel sich noch in Abbies Zimmer befand. Bücher, CDs, Haargummis, T-Shirts; eine Cloisonné-Haarspange in Form eines keltischen Knotens; Teddybären und Puppen; ein Paar hochwertige Turnschuhe; einige Poster von männlichen Prominenten, die ich nicht kannte. Die Ecken, wo die Klebebänder nicht schnell genug nachgegeben hatten, waren abgerissen. Es war ein überreiches Angebot, Wünsche des vorzeitig abgebrochenen Lebens eines jungen Mädchens. Wenn ich in der richtigen Gemütsverfassung war, konnte ich wahrscheinlich die Gegenstände identifizieren, die Abbie am meisten bedeutet hatten – die die stärkste Verbindung zu ihr hatten. Aber diese Stimmung war ein trügerisches Ding, und mich in sie zu versetzen, fiel mir niemals leicht, wenn noch andere Leute in der Nähe waren.

Daher ergriff ich irgendetwas, allerdings nicht ganz zufällig. Eine viktorianische Puppe, deren Kopf aus Porzellan bestand, während der Körper geflickt und ausgestopft war und sein ziemlich unfertiges Aussehen sich unter einem aufgenähten Kleidchen versteckte. Sie strahlte die beunruhigende, unterschwellig aggressive Leere vieler alter Puppen aus, und sie befand sich in einem Zustand des endgültigen Verfalls. Der Kopf war mit dem Körper mit wenigen Fäden verbunden, von denen die meisten bereits gerissen waren. Wenn ich mich nicht vorsah, würde ich die Puppe enthaupten, ohne es zu wollen.

Ein Kinderspielzeug schien die besten Voraussetzungen zu bieten. Emotionen sind am stärksten, wenn man jung ist. Das soll nicht heißen, dass Abbie lange genug gelebt hatte, um alt zu werden.

Ich schloss die Augen und lauschte der Puppe. Ich kann es nicht anders beschreiben. Ich erwartete nicht, dass das Ding mit mir redete. Aber es ist eine Art Synästhesie, vermute ich. Ich habe kein geistiges Auge, sondern ich habe ein geistiges Ohr. Es dauert gewöhnlich eine Weile, aber wenn ich meinen Geist bündle und sämtliche Ablenkungen ausschalte und verdränge, dann haben die meisten Dinge eine eigene Melodie oder wenigsten ein oder zwei typische Töne, anhand derer man sie identifizieren kann.

Diesmal dauerte es keine Weile. Es gab überhaupt keine zeitliche Verzögerung. Nackte Emotionen überrollten mich wie eine Lawine. Ich musste heftig gekeucht haben, denn Steve schaute mich überrascht und besorgt an – und, vielleicht unterschwellig, mit einem Gefühl der Abneigung oder des Widerwillens.

Abbies Emotionen mussten, wenn sie ihre mit Lumpen ausgestopfte Freundin im Arm hielt, enorm stark gewesen sein. Stark genug, um wie eine Bandaufnahme erhalten zu bleiben, so dass ich sie hören konnte. Vielleicht gewannen sie ihre Intensität aber auch nur aus ihrer Einfachheit, denn es gab eigentlich nur einen einzigen Eindruck: verzweifeltes, qualvolles Unglücklichsein, so dunkel und bedrückend, als befände man sich auf dem Grund eines tiefen Brunnens, ohne zu wissen, wie man dort hingelangt war.

Es kostete mich einige Mühe, nicht den Kopf in den Nacken zu werfen und zu heulen. Wäre ich allein gewesen, hätte ich es wahrscheinlich getan, denn derart starke Emotionen, selbst wenn sie von jemand anderem stammen, bringen einen auf vielfältige überraschende Art und Weise aus dem Gleichgewicht, wenn man nicht irgendwie Dampf ablassen kann.

Es kostete ähnlich viel Mühe, die Puppe wieder zurückzulegen. Sie klebte irgendwie unlösbar an meinen Händen fest. Nachdem ich es geschafft hatte, brauchte ich ein paar Sekunden, um mich zu erholen, ehe ich wieder reden konnte.

Daher ergriff Torrington als Erster das Wort. »Ist dort irgendetwas?«, wollte er wissen.

Ich nickte wortlos.

»Eine … eine Spur, der Sie folgen können?«

»So funktioniert das nicht«, sagte ich. Es kam barscher als beabsichtigt über meine Lippen – wahrscheinlich war es die Nachwirkung all dieses schrecklichen Kummers, der auf meine Stimmung drückte, aber auf jeden Fall ließ mein Umgang mit Hilfesuchenden sehr zu wünschen übrig. Ich hasste es, jeden meiner Schritte erklären zu müssen, selbst wenn ich es mit intelligenten Leuten zu tun hatte, die halbwegs verstanden, wovon ich redete. Ich versuchte es trotzdem. »Ich lese alte Emotionen, keine aktuellen, gegenwärtigen. Ich versuche nicht, Abbie zu erreichen, wo immer sie sich zurzeit aufhalten mag, sondern ich … verschaffe mir nur ein Bild von ihr, wie sie zu Lebzeiten war. Aber ja, da ist etwas. Genug, um sie zu erkennen, falls ich sie sehe oder in ihre Nähe komme. Es ist ein Anfang.«

»Ein Anfang?«, wiederholte Steve. Anwälte kennen die Bedeutung eines Vertrags, selbst wenn er nur mündlich geschlossen wurde.

»Kann ich diese Sachen bis morgen hier behalten?«, fragte ich.

»Natürlich.«

Ich nickte und spürte, wie sich ein Gewicht auf meine Schultern legte, das sich deutlich von der Last der Emotionen Abbies unterschied. »Dann hören Sie sich mein Angebot an, falls Sie noch interessiert sind. Ich weiß nicht, ob ich Abbie zu Ihnen zurückbringen kann. Wie ich schon sagte, hängt es davon ab, wo sie ist. Wenn ihr Geist zur nächsten Station oder wie immer man das nennen will, weitergewandert ist, kann niemand sie finden, und niemand kann dorthin vordringen, wo sie dann ist. Aber ich könnte Ihnen vielleicht diese Frage beantworten – könnte Ihnen zumindest erklären, wie die Chancen stehen. Und wenn sie noch hier ist – sozusagen bei uns, im Diesseits – dann gibt es ein paar Dinge, die wir versuchen können. Wenn nicht …« Ich zuckte die Achseln. »Nun, zumindest wissen Sie dann, wo Sie stehen. Nützt Ihnen das etwas, oder wollen Sie Ihr Glück bei jemand anderem versuchen?«

Torrington schüttelte mit Nachdruck den Kopf und begann, über das Honorar zu reden – ein Thema, das die meisten angehenden Klienten zu einem viel früheren Zeitpunkt ansprachen. Ich beschloss, dieser Frage einstweilen auszuweichen, weil ich noch nicht wusste, wie weit ich in dieser Angelegenheit kommen würde. Falls ich vor eine Mauer lief, wollte ich ihn lediglich davon in Kenntnis setzen und das Ganze auf sich beruhen lassen. Eine Anzahlung zurückzugeben, würde eine Situation, die auch so schon unangenehm genug war, nur verschlimmern. »Sie können mich bezahlen, wenn ich mich entschließe, den Fall zu übernehmen«, sagte ich.

Torrington musterte mich erschrocken. »Aber Sie meinten …«

»Dieser erste Teil ist lediglich eine erste Sichtung des Sachverhalts. Eine Art – Bestandsaufnahme. Belassen wir es einstweilen auf dieser Basis. Es hat keinen Sinn, dass Sie irgendwelches Geld auf den Tisch legen, falls ich am Ende eine Niete ziehe. Aber wenn Sie mir die Sachen für einen Tag überlassen, können wir uns morgen unterhalten, nachdem ich die Gelegenheit hatte, mir alles ein wenig gründlicher anzusehen.«

Torrington verstand diesen Wink und erhob sich, um zu gehen.

»Soll ich Sie morgen früh anrufen?«, fragte er.

»Ich habe Ihre Telefonnummer«, entgegnete ich. »Ich melde mich bei Ihnen.« Als ich ihm in die Augen sah, gewahrte ich die tiefe Trauer und Qual in seinem Blick und empfand Mitleid mit ihm. »Heute Abend. Ich versuche, Sie heute Abend anzurufen. Bis dahin sollte ich eigentlich einige weitere Informationen für Sie haben.«

Ich brachte ihn zur Tür, und er ging die Treppe hinunter. Ehe er unten ankam, drehte er sich noch einmal um, als spürte er, dass ich ihm nachschaute. Ertappt schloss ich die Tür. Eine Tragödie hat stets etwas Verlockendes. Was ich im Augenblick tat, konnte man mit dem Abbremsen auf einer Schnellstraße vergleichen, um die Folgen eines Unfalls auf der Gegenfahrbahn zu begaffen. Für einen Moment empfand ich ein tiefes Unbehagen und Ekel vor mir selbst.

Ich verspürte auch noch etwas anderes, nämlich einen gewissen Grad von Verwirrtheit, die ich mir nicht erklären konnte. Die Torringtons hatten soeben so viel schmutzige Wäsche vor mir ausgebreitet und so viele Wunden offenbart – und zwar sowohl im übertragenen Sinn wie auch ganz real – dass ich in gewisser Hinsicht das Gefühl hatte, sie weitaus besser zu kennen, als mir lieb war. Gleichzeitig konnte ich jedoch das Gefühl nicht abschütteln, dass es in ihrer Beziehung etwas gab, das mir verborgen blieb. Einen Bereich, in dem ich zwei und zwei zusammenzählte und auf fünf kam. Vielleicht war es dieses verwickelte Knäuel von Emotionen, das ich bei Mel aufgefangen hatte, und die Tatsache, dass dort Angst das vorherrschende Gefühl war. Nicht nur eine Art von Angst, sondern alle möglichen verschiedenen Ängste, die sich miteinander vermischten. Die Liebe zu ihrem Mann war ebenfalls ausgeprägt und stark, und sie strahlte so klar und deutlich hervor, dass sie erschien wie eine Art religiöser Hingabe. Aber die Angst fesselte auch sie wie eine Art pathologische Schlingpflanze.

Nun, selbst wenn ich den Auftrag übernahm, ging ich keine gleichzeitige Verpflichtung ein, sie einer Paartherapie zu unterziehen. Es hatte keinen Sinn, sich darüber den Kopf zu zerbrechen.

Ich konzentrierte mich wieder auf die Ansammlung von Objekten auf meinem Schreibtisch, aber ich wusste, als ich sie betrachtete, dass ich dazu noch nicht bereit war. Ich musste mich für diese spezielle Reise sorgfältig wappnen.

✪

Grambas schaute von seinem Sudoku-Rätselheft hoch, als ich sein Café betrat. »Und«, rief er und klemmte sich den Bleistift hinters Ohr, »haben Sie jetzt einen Job, Castor?«

Ich zuckte die Achseln. »Vielleicht. Ich sagte ihnen, ich würde es mir überlegen.«

Er wischte sich die Hände an seiner schmuddeligen Schürze ab. »Na klar«, sagte er mitfühlend, »es muss hart sein, wo Ihr Terminplan ja so voll ist. Nicht zu wissen, ob Sie noch irgendetwas dazwischenschieben können …«

»Einen doppelten Kaffee«, knurrte ich. »Zum Mitnehmen. Und sparen Sie sich den Rest.«

Während er den dicken, schwarzen griechischen Kaffee in einen Plastikbecher füllte, kam Maya mit einer Plastikwaschschüssel voll frisch geschnittener Kartoffelscheiben herein. »Castor hat schlechte Laune«, klärte Grambas sie auf.

»Ja«, sagte Maya. »Das wusste ich schon.«

»Du wusstest das?«

»Klar.«

»Und woher?«

»Er war wach.«

Ich sah zu, dass ich rauskam, ehe sie anfingen, alte Varieténummern zum Besten zu geben. Der Regen ließ nach, deshalb marschierte ich mit meinem Kaffee und meinem Abbie-Kater zur Brücke auf der Acton Lane, wo eine Bank stand, von der aus man einen Blick sowohl auf den Bahneinschnitt und einen mit Unkraut überwucherten und mit Fabrikgebäuden gesäumten Abschnitt des Grand Union Canal hatte. Sie können mich ruhig einen hoffnungslosen Romantiker nennen, aber dieser Anblick gefiel mir irgendwie. London mit heruntergelassener Hose, aber immer noch darum bemüht, einen Teil seiner Würde zu erhalten.

Ich saß da und trank die Koffeinbombe und versuchte, meine düstere Stimmung zu überwinden und gleichzeitig die Ansprechbarkeit meiner Nerven so weit zu steigern, dass es gefährlich gewesen wäre, wenn ich mich ans Steuer eines Wagens gesetzt hätte. Die beiden Ziele schlossen einander eigentlich aus, aber da ich keinen Whisky in Reichweite hatte, war der Kaffee das, von dem ich annahm, dass ich es in genau diesem Moment dringend brauchte.

Die schmerzhafte Intensität von Abbies übrig gebliebenen Emotionen hatte mich total überrumpelt. Okay, psychologisch betrachtet sind Teenager wahre Gewitterstürme. Wenn sie traurig sind, sind sie sehr, sehr traurig. Aber dennoch … ein hübsches Mädchen aus einer wohlhabenden Mittelstandsfamilie? Eltern, die sie anscheinend vergötterten und offensichtlich mit ihrem Verlust nicht fertig wurden? Was war ihre Tragödie? Was hatte bewirkt, dass diese Woge von Kummer hochwallte, sich bis in ihr Spielzeug ergoss und Spuren zurückließ, die nicht mehr verschwinden wollten?

Das wollte ich wissen. Und ich denke, am Ende war dies der Grund, weshalb ich »vielleicht« anstatt »nein« gesagt hatte.

Ich trank den Rest Kaffee, der mir anscheinend nicht viel half, und kehrte in mein Büro zurück. Ich konnte mir damit Zeit lassen, aber es beschäftigte mich jetzt. Daher könnte ich auch gleich in Erfahrung bringen, wie weit Abbies verwaiste Schätze mich voranbrachten. Ich würde an nicht viel anderes denken können, ehe ich mir darüber Klarheit verschafft hätte.

Nachdem ich die Tür verriegelt und den Telefonstecker aus der Wand gezogen hatte, zog ich den Mantel aus und setzte mich an den Schreibtisch. Ich legte die Flöte auf die rechte Seite, war aber noch nicht bereit, darauf zu spielen. Zuerst musste ich mir klarmachen, nach was ich eigentlich suchte.

Ich berührte die Puppe ganz behutsam mit den Fingern und spitzte meine seelischen Ohren. Das Leid der toten Abbie war sofort wieder da. Es war wie die Endlosschleife eines Tonbands voll mit vor langer Zeit erfahrenem Kummer, versteckt hinter dem aufgemalten Lächeln und der seltsam abgeflachten Form, wozu Zeit und Umstände der mit Lumpen ausgestopften Puppe verholfen hatten. Diesmal konzentrierte ich mich längere Zeit darauf und achtete genauer auf die verschiedenen Nuancen und Ausdrucksformen. Mit der linken Hand ergriff ich gleichzeitig die Cloisonné-Haarspange, die um einiges jünger erschien als die Puppe. Zwar war ihre Ausstrahlung ein wenig anders, aber auch sie vermittelte den Eindruck unsäglichen Leids.

Nach ungefähr fünf Minuten legte ich beide Gegenstände beiseite, ergriff meine Tin Whistle und setzte sie an die Lippen.

Der erste Ton war leise, und ich hielt ihn längere Zeit. Ein zweiter Ton folgte, genauso verhalten, aber als man schon annehmen konnte, dass er verstummte, verstärkte er sich zu einem laut hallenden Triller, der schließlich die Melodie in Gang setzte. Es war keine Melodie, die ich schon mal gehört hatte oder die ich unbewusst komponierte, während ich spielte. Mein Geist war so passiv wie irgend möglich und reagierte spontan auf den Widerhall von Abbies Unglück, der meinen Kopf ausfüllte. Ich verwandelte sie in Musik. Beschrieb sie mit dem Medium, das ich im besten beherrschte: Musik. Sandte einen geistigen Fahndungsaufruf aus: *Wer hat dieses Mädchen gesehen?*

In Spiritistenkreisen wurde so etwas gewöhnlich als Beschwörung bezeichnet, aber die Angehörigen meines Gewerbes nannten es einfach magisches Lasso. Es war die erste Phase eines Exorzismus. Ehe man einen Geist entfernen konnte, musste man ihn binden. Man musste seinen Willen um ihn schlingen wie ein Klebeband, auch wenn das kein besonders schönes Bild war und ich mir wünschte, mir wäre es nicht eingefallen. Jedenfalls übermittelte ich Abbie, wo immer sie sich aufhielt, dass sie ab jetzt nach meiner Musik tanzen müsse. Ich befahl ihr, zu mir zu kommen.

Es gab zwei gute Gründe, weshalb dieser Weg möglicherweise nicht zum Ziel führte. Der erste war, dass ich sie nicht gut genug kannte. Ich war nie persönlich mit ihr zusammengetroffen, weder zu Lebzeiten noch nach ihrem Tod, daher war die Musik unvollständig – sie war lediglich eine Art unfertige Skizze, die auf den Emotionen basierte, die ich in den Dingen aufspürte, die ihr gehört hatten. Diese Emotionen waren ausgeprägt und stark, aber sie waren nur ein einziges Teil eines Puzzles. Was ich im Augenblick praktizierte, war der Versuch, aus diesem einen Teil ein vollständiges Bild zusammenzusetzen, ohne die Darstellung auf dem Kartondeckel zu kennen.

Der zweite Grund war, dass sie in jedem Fall zu weit entfernt war. Keine Beschwörung funktionierte, wenn der Geist sie nicht hörte, und ich hatte so etwas noch nie zuvor bei einem Geist versucht, der sich nicht mit mir im gleichen Raum befand.

Aber die Regeln ändern sich in vieler Hinsicht, sobald man tot ist. Was ist Raum? Was ist Entfernung? Nach ein paar Sekunden spürte ich eine Reaktion in Form eines leichten Zitterns – wie das Vibrieren an einem Strang des Netzes, das ich unsichtbar um mich herum in die Luft spann. Ich bemühte mich, meine eigenen Emotionen – Genugtuung, Erregung, Unbehagen – unter Kontrolle zu halten, während ich diese Reaktion in die Melodie einfügte und mich so näher an Abbie heranarbeitete, sie zu mir zog, sie herbeirief. Die Vibrationen wurden um einen kaum messbaren Grad deutlicher, beharrlicher.

Und dann, plötzlich und ohne Vorankündigung, waren sie verschwunden.

Tote, stille, leere Luft umgab mich wie in dem Moment, nachdem der Kühlschrank aufhört zu summen und man glaubt, die Stille hören zu können.

Ich kam aus dem Takt, stieß einen halblauten Fluch aus und begann von Neuem. Diesmal entstand die Musik deutlich schneller. Ich hatte jetzt ein besseres Gespür und konnte daher besser zielen. Ich hatte eine Ahnung, wo sie war.

Abermals ein behutsames und zögerndes Zupfen und Ziehen am Klangnetz – von irgendwo über meiner linken Schulter, also aus Südwesten. Ich vermute, Richtung ist nicht aussagekräftiger als Entfernung, aber das Gefühl, dass aus dieser bestimmbaren Richtung ein Zug ausgeübt wurde, war sehr stark.

Aber auch diesmal, als ich danach greifen, meinen Geist oder meine Seele in diesen Teil des Netzes verschieben wollte, erfolgte der unerwartete augenblickliche Kollaps – und danach jede Menge Nichts.

Ein Verdacht regte sich in einem Winkel meines Verstands wie ein Bär im Winterschlaf, der zu früh aufgewacht und ziemlich übler Laune war. Aber möge Gott verhüten, dass ich zu irgendwelchen vorschnellen Schlüssen kam. Ich ließ den Gedanken ruhen und heftete einige alte Papiere ab, um meinen Geist abzulenken und zurück auf normal zu schalten.

Eine halbe Stunde später versuchte ich mein Glück noch einmal, und zwar von Anfang an. Wie vorher begann ich mit der Puppe, wappnete mich, während ich mich darauf vorbereitete, zuerst mit der Zehenspitze und dann mit dem gesamten Rest in diesen eisigen Ozean der Traurigkeit einzutauchen – aber es herrschte totale Ebbe. Als ich diesmal das reizlose Spielzeug in die Hand nahm, spürte ich nichts, nicht eine einzige emotionale Regung. Erstaunt und verwirrt griff ich nach einem Teddybären, einem Paar Turnschuhe, einem Buch. Schließlich tauchte ich mit den Händen in die Kollektion von Teenager-Schätzen ein, spreizte die Finger, um möglichst viele verschiedene Dinge gleichzeitig zu berühren. Alle waren kalt und leblos.

Und jetzt waren es die Schlussfolgerungen, die überfallartig auf mich einstürzten.

Das war doch nicht möglich. Die Emotionsreste, die wir in Dingen hinterließen, die wir berührten, waren nicht mit Fingerabdrücken zu vergleichen. Sie konnten durchaus von späteren, stärkeren Eindrucken überlagert werden, aber sie konnten nicht weggewischt werden. Zumindest hatte ich das bisher immer angenommen. Aber genau das hatte jemand soeben getan. Er hatte die psychische Spur ausgelöscht, hatte mir den Teppich unter den Füßen weggezogen und mich mitten im absoluten Nichts auf dem Hintern landen lassen. Und auch diesmal musste ich mir eingestehen, dass ich nicht die geringste Ahnung hatte, wie das bewerkstelligt werden konnte.

Geister entführen. Sie unaufspürbar machen. Ich hatte es mit jemandem zu tun, der in meinem eigenen Spiel besser war als ich. Mein professioneller Stolz war angekratzt, und ich musste zusehen, dass ich ihn schnellstens wieder aufpolierte.

Ja, so banal waren in diesem Moment meine Motive.

Ich muss zugeben, an besonders schlechten Tagen habe ich es meistens verdient, wenn es mich knüppeldick erwischt.

4

Die Eingangstür der Saint Michael's Church war wuchtig, zweiteilig und hatte auf beiden Seiten ein Schloss. Altes Holz, zehn Zentimeter dick, eingefügt in eine niedrige, gewölbte Vorhalle, und sein Aussehen verriet mir, dass es vom Alter steinhart geworden war. Die Tür gab unter dem Druck meiner Hand höchstens einen Zentimeter nach, und ich verzichtete auf weitere Versuche. Ich hätte die Schlösser mit Kraft und aus reiner Sturheit aufhebeln können, aber es hätte keinen Sinn gehabt. So wie es sich anfühlte, waren die Türen auch noch im Boden gesichert. Auf der Innenseite befand sich offenbar ein entsprechender Stahlbolzen.

Es gibt Kirchen, die zu besichtigen Menschen tausende Kilometer weit reisen. Saint Michael's gehörte nicht dazu. Verstehen Sie mich nicht falsch – sie war alt und durchaus beeindruckend. Frühe Gotik – sehr früh, wie Abbé Suger sie zu seiner Zeit beschrieben und als Erster geschaffen hatte. Damit bestand sie vorwiegend aus aufstrebenden Linien und war ausgesprochen schlicht gehalten: eine riesige kirchliche Hundehütte, auf welcher der Heilige Geist wie Snoopy bis zum Tag des Jüngsten Gerichts schlafen konnte.

Einige Leute würden behaupten, dass er verschlafen hat.

Dort wollte sich Juliet mit mir treffen, aber sie war nirgendwo zu sehen. Ich konnte nichts anderes tun als warten – und währenddessen spürte ich eine sehr schwache Präsenz irgendwo in meiner Nähe. Etwas Körperloses und Wechselhaftes, so undeutlich, dass allein mein Versuch, mich darauf zu konzentrieren, es zurückweichen und außer Reichweite geraten ließ, als ob mein Geist ein Suchscheinwerfer wäre. Was es auch war, es weckte bei mir negative Reaktionen – wie das übersinnliche Äquivalent einer bitteren Medizin, die ich vor langer Zeit hatte einnehmen müssen und seitdem nie vergessen konnte.

Neugierig geworden, legte ich die Hände wieder auf die Kirchentür, schloss die Augen und lauschte mit meinem ganz speziellen Sinn.

Zuerst war da nichts – außer dem Unbehagen, als meine Handflächen das kalte Holz berührten. Vielleicht hatte ich mich von vornherein geirrt, und alles, was ich spürte, waren die Nachwirkungen des seelischen Katers, unter dem ich am Tag vorher gelitten hatte. Ich überlegte, ob ich meine Tin Whistle hervorholen und mich bemühen sollte, meine Suche ein wenig zu verfeinern, aber genau in diesem Moment erzeugten die Schritte einer Frau eine sich wiederholende Sinfonie von Echos auf den Steinplatten hinter mir. Ich wandte mich mit einer launigen und leicht obszönen Bemerkung auf der Zunge um. Aber sie erstarb bereits, ehe ich den Mund aufmachte, denn es war nicht Juliet, die auf mich zukam. Es war eine junge Frau mit Gelehrtenbrille und schulterlangem blondem Haar. Sie war klein und zierlich, hatte einen sehr hellen Teint und ging mit nach vorne gesunkenen Schultern, als wollte sie sich vor heftigem Regen schützen. Nur dass der Regen nach Westen weitergewandert war und wir einen schönen Spätfrühlingstag hatten. Und wenn es im Schatten der Kirche nicht ausgesprochen kühl gewesen wäre, hätte ich mich in einem schweren Mantel sogar ein wenig overdressed fühlen können. So wie es aussah, empfand sie ihr beigefarbenes Kostüm als zu dürftig, obgleich das Oberteil lange Ärmel hatte und der Rock sittsam weit über die Knie reichte. Sie rieb sich nervös die Arme, während sie sich näherte.

Wimpernlose schwarze Augen musterten mich durch diese Gelehrtenbrille.

»Mister Castor?«, sagte die Frau zögernd, als ob allein diese Frage schon als Beleidigung gewertet werden könnte.

»Der bin ich«, erwiderte ich.

»Ich bin Susan Book, die Küsterin. Hmm … Miss Salazar ist hinten, auf dem Friedhof. Sie bat mich, Ihnen den Weg zu zeigen.«

Ihre Stimme hatte diesen ansteigenden Tonfall, der jede Aussage wie eine Frage klingen ließ. Normalerweise irritiert mich das ein wenig, aber Susan Book war derart verzweifelt darum bemüht, sich beliebt zu machen, dass sich über sie zu ärgern, auch wenn es nur insgeheim geschah, einem vorgekommen wäre, als traktierte man einen Welpen mit einem Brandeisen. Sie streckte mir schüchtern die Hand entgegen. Ich ergriff und drückte sie und hielt sie lange genug fest, um mir einen Eindruck von ihren Gefühlen zu verschaffen. Sie waren düster und wirr, und irgendetwas lastete auf ihrem Gemüt. Ich ließ sie schnell wieder los. Davon hatte ich für diesen Tag genug.

»Ich bin ganz der Ihre«, sagte ich und machte mit dem Arm eine Geste, um ihr anzudeuten, dass sie vorausgehen solle. Sie zuckte zusammen und fuhr herum, als ob ich auf etwas deutete, das hinter ihr lauerte. Dann fing sie sich, errötete und bedachte mich mit einem schnellen, verwirrten Blick.

»Tut mir leid«, sagte sie. »Ich bin furchtbar nervös. Das Ganze hier …« Sie zuckte die Achseln und verzog das Gesicht.

Da ich nicht wusste, wovon sie redete, konnte ich nur mitfühlend nicken. Sie machte auf dem Absatz kehrt und ging dorthin zurück, woher sie gekommen war. Ich folgte ihr und schloss zu ihr auf.

»Sie ist erstaunlich, nicht wahr?«, sagte Susan Book mit einem Anflug von Sehnsucht.

»Juliet?«

»Ja, Jul… Miss Salazar. Sie ist so stark. Ich meine nicht physisch stark, ich meine spirituell. Sie hat diese Kraft des Glaubens. Man sieht ihr an, dass nichts sie erschüttern kann oder an sich selbst zweifeln lässt.« In ihrer Stimme lag etwas Ehrfürchtiges. »Das bewundere ich.«

»Ich auch«, sagte ich. »Bis zu einem gewissen Punkt zumindest. Selbstzweifel können auch sehr nützlich sein.«

»Wirklich?«

»Aber sicher. Zum Beispiel bewahren sie einen davor, von einer Klippe zu springen, weil man glaubt, dass man fliegen kann.«

Susan lachte unsicher, als könnte sie nicht entscheiden, ob ich einen Scherz machte oder nicht. »Im Kanon steht, dass Zweifel so etwas wie ein Krafttraining sind«, sagte sie. »Wenn das stimmt, müsste ich mittlerweile an die einhundert Kilo stemmen können. Anscheinend habe ich ständig Zweifel. Aber diesmal – vielleicht – vielleicht werde ich durch den Umgang mit all dem stärker. Alles Böse hat sein Gutes. So hat Er es gewollt.«

Mir fiel auf, wie sie das »Er« betonte. Mein Bruder Matthew tat es ebenfalls. Fast genauso stark lag die Betonung jedoch auf »all dem«, und ich hätte sie am liebsten gefragt, was zum Teufel denn hier geschehen war. Aber ich vermutete, dass es einen Grund gab, weshalb Juliet mich nicht im Voraus ins Bild gesetzt hatte, daher hielt ich den Mund. Ich äußerte mich auch nicht zu Juliet selbst, wobei ich mich fragte, was Susan wohl dächte, wenn sie wüsste, wie Miss Salazars richtiger Name lautete oder woher sie kam. Das Beste war wohl, ihre Illusionen zu erhalten.

Die Kirche stand auf einem sehr schmalen Grundstück in der Du Cane Road, beinahe genau gegenüber der Depressionen auslösenden Backsteinfestung von Wormwood Scrubs – zornrotes Mauerwerk, durchsetzt mit weißen Ziselierungen wie Knochen in einer offenen Wunde. Links von der Kirche, wohin Susan Book mich führte, befand sich ein überdachtes Tor, hinter dem ich einen kleinen Friedhof erkennen konnte, der aussah wie die Bühnenkulisse für eine Musical-Version von Thomas Grays *Elegy Written in a Country Churchyard*. Dieses Tor war ebenfalls verschlossen, und zwar mit Kette und Vorhängeschloss. Susan holte einen kleinen Schlüsselbund aus der Tasche, suchte für einen Moment und fand den richtigen. Nach einigen vergeblichen Versuchen ließ er sich schließlich drehen, und sie löste die Kette aus dem Bügel, so dass der Torflügel aufschwang und sie beiseitetrat, um mich hindurchgehen zu lassen.

»Ich schließe Ihnen die Tür zur Sakristei auf«, sagte sie. »Sie befindet sich da drüben neben dem westlichen Querschiff. Miss Salazar ist –« Sie deutete in die entsprechende Richtung, aber ich hatte Juliet bereits gesehen. Der Friedhof lag auf einem Abhang, und sie saß mit über Kreuz geschlagenen Beinen auf einer Art Monument aus Marmor als Silhouette vor dem Himmel im Hintergrund. Eine mächtige Eiche, sicherlich zweihundert Jahre alt, füllte den Himmel hinter ihr zur Hälfte.

»Danke«, sagte ich. »Wir kommen in ein paar Minuten zu Ihnen.«

Susan Book blieb für einen Moment stehen und schaute

die Anhöhe hinauf zu Juliets Silhouette. Dann entfernte sie sich eilig und warf mir noch einen schuldbewussten Blick über die Schulter zu, als hätte ich sie in einem Moment des Selbstzweifels ertappt. Ich winkte ihr zu – aufmunternd, wie ich hoffte – und stieg den Hügel hinauf. Sie hielt den Kopf gesenkt und schaute nicht hoch, während ich näher kam. Anscheinend bemerkte sie mich nicht, obwohl ich verdammt genau wusste, dass sie den Schlüssel im Schloss des Friedhofstors hatte klirren hören, mein Aftershave gerochen hatte, als ich eingetreten war, und meine Pheromone gekostet hatte, um festzustellen, was für einen Tag ich gehabt hatte. Sobald ich nahe genug gekommen war, so dass ich meine Stimme nicht mehr erheben musste, um mit ihr zu reden, fragte ich, was mir als Erstes in den Sinn kam.

»Warum eine Kirche? Wirst du etwa religiös?«

Ihr Kopf ruckte hoch, und sie musterte mich stirnrunzelnd, die Augen zu schmalen Schlitzen verengt. Ich reckte die Hände mit den Handflächen nach außen in einer Ich-will-gar-nichts-Böses-Pantomime in die Höhe. Manchmal gehe ich zu weit. Sie lässt es mich dann immer sehr deutlich wissen.

Wie gewöhnlich vergaß ich vorübergehend alles, sobald ich sie ansah. Juliet war geradezu widernatürlich und unbegreiflich schön. Ihre Haut war melaninfrei, alabasterglatt und so weiß wie jedes Klischee, das einem dazu einfallen mag. Wenn man den Standardvergleich – Schnee – heranzog, dann musste man sich ihre Augen wie zwei tiefe Eislöcher, schwarz wie die Nacht, vorstellen. Aber wenn irgendjemand angelte, dann von innerhalb dieser Löcher, und man spürte den Haken erst, wenn er ganz tief unten im Schlund steckte. Ihr Haar war schwarz und wie ein Wasserfall, der sich lückenlos glänzend über ihren Rücken fast bis zur Taille ergoss. Ihr Körper ... ich versuche gar nicht erst, ihn zu beschreiben. Man konnte sich darin verirren.

Das ist einigen Leuten passiert – Leuten, die stärker sind als Sie und ich – und die meisten sind nie wieder aufgetaucht.

Denn der Punkt ist – und ich weiß, dass ich bereits darauf hingewiesen habe –, Juliet war kein Mensch. Sie war ein Dämon aus der Familie der *succubi*, deren bevorzugte Ernährungsweise darin bestand, einen so weit zu erregen, dass das Nervensystem zu Schlacke verbrannte, und einem dann die Seele einfach durch die Haut auszusaugen. Selbst an diesem Tag, züchtig gekleidet in schwarzer langer Hose, Stiefeln und einem weit geschnittenen weißen Hemd mit einer gestickten roten Rose auf der linken Seite, konnte man nicht übersehen, was und wer sie tatsächlich war. Die Selbstsicherheit, die Susan Book in ihr erkannt hatte – sie erwuchs aus ihrer Position als führender Fleischfresser in einer Nahrungskette, die kein lebender Mensch, ganz gleich ob Mann oder Frau, sich auch nur annähernd vorstellen konnte. Außer dass *Fleischfresser* nicht ganz die richtige Bezeichnung war. Viel eher traf auf sie die Bezeichnung *Seelen-* oder *Geistfresser* zu. Und was noch wichtiger war, man sollte nicht unbedingt ihre Nähe suchen.

Gott sei Dank war sie auf unserer Seite. Und das sage ich als Atheist.

Und dann, indem ich einen weiteren Schritt machte, geriet ich in ihre Duftwolke. Sie traf mich wie immer in zwei Wellen. Mit dem ersten Atemzug nahm man die üppige faulige Witterung eines Fuchses wahr, süßlich und erdig. Mit dem zweiten Atemzug, den man wegen der erstickenden Schärfe des ersten nur sehr flach und behutsam ausführte, inhalierte man eine Mischung aus Düften so qualvoll süß und sinnlich, dass der Körper schlagartig in einen Zustand der Rundum-Bereitschaft versetzt wurde. Ich war daran gewöhnt und dagegen gewappnet, trotzdem verspürte ich eine Woge der Benommenheit, als sämtliches Blut in meinem Kopf in Richtung Lenden strömte für den Fall, dass es gebraucht wurde, um meine plötzlich schmerzhafte Erektion zu steigern. In Juliets Nähe pflegten Männer willenlos zu werden, und sie waren plötzlich so gut wie blind, weil den Blick auch nur für Sekunden von ihr zu lösen einem plötzlich vorkam wie die Vergeudung wertvoller Zeit.

Weshalb es wichtig war, niemals zu vergessen, was sie war. Auf diese Weise konnte man sich einen gewissen Grad altmodischer, die Hosen durchnässender Angst als Bollwerk gegen seine Begierde erhalten. Ich hatte dies stets als gesundes Gleichgewicht empfunden und mich bemüht, es zu bewahren. Denn falls ich tatsächlich mit Juliet einmal Sex haben sollte, wäre meine unsterbliche Seele die Zigarette danach. Dennoch war es nicht leicht, logisch zu denken, wenn sie direkt vor einem stand. Überhaupt zu denken war nicht leicht.

Juliet streckte die Beine und stieg mit natürlicher und völlig unbefangener Grazie von dem Marmorblock herab. Ich stellte fest, dass er der Deckel eines Familiengrabs war. Darauf waren Joseph und Caroline Rybandt sowie, in kleinerer Schrift, eine ganze Reihe nachfolgender Rybandts aufgelistet. Der Tod war keinen Deut demokratischer als das Leben. Ich sah auch, dass Juliet eine graue, halb mit Wasser gefüllte Plastikschüssel trug. Sie hatte sie auf dem Schoß gehabt und musste die ganze Zeit hineingeschaut haben.

»Und wie steht's?«, wollte ich von ihr wissen.

»Gut«, sagte sie unbestimmt. »Im Großen und Ganzen.«

»Heißt …?«

»Es geht ganz gut, wenn ich nicht an den Hunger denke. Es liegt jetzt ein Jahr zurück, seit ich richtige Nahrung aufgenommen habe. Nahrung in Form eines menschlichen Wesens, seines Körper und seiner Seele. Manchmal fällt es mir sehr schwer, den Geschmack – und den damit einhergehenden Genuss – aus meinem Denken zu verdrängen.«

Ich suchte nach einer angemessenen Erwiderung, aber mir fiel nichts ein. »Ja«, sagte ich nach einer etwas zu langen Pause. »Ich dachte schon, dass du ein wenig mager aussiehst. Betrachte es als eine Entgiftungsdiät.«

Juliet runzelte die Stirn, da sie die Anspielung nicht verstand. Jetzt schien mir nicht der geeignete Moment zu sein, sie ihr näher zu erläutern.

»Hast du es mit einem Spuk zu tun?«, fragte ich, um zum Grund meiner Anwesenheit zu kommen. »Mit einem Friedhofsgeist?« Es war eines der häufigsten Szenarios, denen wir in unserem Gewerbe begegneten: Geister, die sich dort herumtrieben, wo noch ihre sterblichen Überreste ruhten, verankert in ihrem eigenen Fleisch und nicht fähig, sich davon zu lösen und weiterzuziehen. Einige von ihnen fanden Gefallen an dieser Art von Bindung und standen als Zombies wieder auf. Die meisten blieben einfach, wo sie waren, und wurden im Laufe der Jahre schwächer und elender.

Juliet musterte mich ernst. »Auf diesem Friedhof? Hier wurde seit Jahrhunderten niemand mehr beerdigt, Castor – sieh dir die Daten an.«

Ich tat es. Joseph hatte 1782 ins Gras gebissen und Caroline drei Jahre später. Wichtiger noch, alle Grabsteine standen mehr oder weniger malerisch schief, und die meisten waren grün und mit dichten Moospolstern überwuchert. Einige waren bereits im Begriff, im Erdreich zu versinken, und die unteren Zeilen ihrer verwitterten Botschaften von Trauer und frommer Hoffnung waren unter dem hohen Gras verborgen.

»Hier gibt es keine Geister«, stellte Juliet überflüssigerweise fest.

»Was dann?«, fragte ich und war ein wenig peinlich berührt und verärgert, von meiner eigenen Azubine auf einen derart grundlegenden Punkt aufmerksam gemacht worden zu sein. Nur wenige Geister hielten sich länger als ein Jahrzehnt an einem festen Ort auf – fast keiner länger als fünfzig oder sechzig Jahre.

Es gab nur einen nachgewiesenen Fall, dass eine Seele länger als ein Jahrhundert überdauert hatte, und sie residierte zurzeit ein paar Meilen östlich von uns. Sie hieß Rosie und war so etwas wie eine Freundin von mir.

»Etwas Größeres«, sagte Juliet.

»Dann wird Weihwasser es maximal wütend machen«, sagte ich und deutete mit einem Kopfnicken auf die Schüssel. Sie sah mich vielsagend an und drückte mir die Schüssel in die Hände. Reflexartig packte ich sie, um zu vermeiden, dass ihr Inhalt auf meinen Mantel schwappte.

»Ich habe nicht gesagt, dass es geweiht ist«, meinte Juliet.

»Hast du dir dann die Haare gewaschen? Weißt du, menschliche Frauen tun so etwas gerne, wenn sie völlig ungestört sind und –«

»Dreh dich um.« Sie deutete auf die Kirche.

»Im Uhrzeigersinn oder dagegen?«

»Dreh dich einfach um.« Juliet legte die Hände auf meine Schultern, nahm mir die Arbeit ab und drehte mich ohne die geringste Mühe um einhundertachtzig Grad. Die Berührung schüttelte mich durch wie ein sinnlicher Stromschlag und erinnerte mich abermals daran – als hätte ich es nötig gehabt –, dass Juliet sowohl über unerschöpfliche physische Kraft wie auch spirituelle Kraft von der Art verfügte, über die Susan Book sich bewundernd geäußert hatte. Ich blickte zu der aufragenden Masse von Saint Michael's, die nun die untergehende Sonne abschirmte und nur noch ein monolithischer Klotz tintenschwarzen Schattens war.

»Meinesgleichen hat ein Talent für Tarnung«, murmelte Juliet, und ihre kehlige Stimme klang plötzlich eher bedrohlich als erregend. »Wir benutzen es, wenn wir auf der Jagd sind. Wir setzen falsche Gesichter auf, die hübsch oder völlig harmlos erscheinen, und projizieren sie in die Augen derer, die uns ansehen.« Sie tippte auf den Rand der Schüssel, und auf dem Wasser rollte eine kreisrunde Welle zur Mitte und wieder zurück zum Rand. »Wenn man uns sehen will, ist es daher am besten, uns nicht direkt anzuschauen.«

Ich blickte in die Schüssel, während sich die Wellen verliefen und glätteten. Ich sah das umgekehrte Spiegelbild der Saint Michael's Kirche. Auf dem Kopf erschien sie keinen Deut besser. Im Gegenteil, eigentlich bot sie einen schlimmeren Anblick. Schwarzer Qualm oder Dampf wallte in Wellen von ihr abwärts in den Himmel unter ihr. Es sah aus, als brenne sie – in einem Feuer ohne Flammen.

Erschrocken hob ich den Kopf und sah das Gebäude direkt an. Stumm und erhaben stand es da. Kein Rauch, keine lodernden Flammen.

Aber als ich wieder in die Schüssel blickte, wurde das Spiegelbild der Kirche erneut von schwarzem Dampf umwabert. Saint Michael's stand eindeutig im Zentrum eines Schatteninfernos.

Ich schaute Juliet fragend an, und sie zuckte nur die Achseln.

»Irgendjemand, den du kennst?«, fragte ich, bemühte mich um einen scherzhaften, beiläufigen Tonfall und lag etwa eine Startbahnlänge daneben.

»Das ist eine gute Frage«, gab sie zu. »Aber dazu später. Komm erst einmal herein. Du musst dir alles ansehen.«

Ich hatte das Gefühl, das sei das Letzte, was ich tun sollte.

Aber ich folgte ihr, als sie den kleinen Hügel zur Kirche hinabging und die gleiche Richtung einschlug wie Susan Book kurz vorher.

Die Küsterin wartete auf uns an der Tür zur Sakristei, einer viel kleineren, aus Stein gemauerten Hundehütte, die an der rückwärtigen Außenmauer der Kirche klebte. Susan Book hatte bereits die Tür geöffnet, war aber noch nicht hineingegangen. Sie erschien nervöser und unglücklicher als vorher – und sie sah Juliet auf weitere Instruktionen hoffend und mit der gleichen schmerzlichen Sehnsucht an, die mir schon vorher bei ihr aufgefallen war.

»Sie können hier warten«, sagte Juliet zu ihr und klang beinahe liebevoll behutsam. »Wir brauchen fünf Minuten. Ich denke, es ist besser, wenn Castor sich selbst einmal umschaut.«

Susan schüttelte den Kopf. »Ich komme mit«, sagte sie. »Falls Sie irgendwelche Fragen haben. Der Kapitular bat mich, Ihnen in jeder Weise behilflich zu sein.« Sie gab sich einen Ruck, straffte sich und trat als Erste über die Schwelle. Juliet ließ mich mit einem Kopfnicken vorgehen, daher folgte ich als Nächster, während sie die Nachhut bildete.

Die Sakristei hatte etwa die Ausmaße eines größeren Badezimmers, und sie war leer bis auf einen Schrank für kirchliche Gewänder und ein halbes Dutzend in die Wand geschraubte Haken. Wir gingen hindurch und gelangten durch eine zweite, weit offene Tür ins nördliche Querschiff der Kirche, einen niedrigen dunklen Tunnel, an dessen Ende das Mittelschiff wartete. Er war vollkommen unbeleuchtet, abgesehen von ein paar roten Lichtstrahlen, die durch das bunte Glasfenster zu unserer Linken hereindrangen. Dadurch entstand eine ziemlich abweisende Atmosphäre. Man konnte sich nur schwer vorstellen, dass jemand dadurch zu besonderer Andacht animiert würde. Wohlgemerkt, ich würde nicht mal ein Vaterunser sprechen, wenn mir jemand eine Pistole an den Kopf halten würde, daher kann man mich nicht gerade als unvoreingenommenen Zeugen betrachten.

Ich spürte es, ehe ich drei Schritte gemacht hatte: die Kälte. Sie passte eher zu Dezember als zu Mai und eher zu den Anden als East Acton. Sie fraß sich bis in die Knochen. Kein Wunder, dass ich gefroren hatte, als ich mein Glück draußen an der Tür versucht hatte. Die Kälte musste sogar durch die Mauern gedrungen sein. Ich unterdrückte ein Frösteln und ging weiter.

Aber nach ein paar Schritten erwartete mich eine noch größere Überraschung. Ich fuhr herum und sah Juliet erstaunt an. Sie erwiderte meinen Blick gespannt. »Erzähl, was du jetzt fühlst«, sagte sie.

Ich wollte erst meinen Eindruck erhärten. Ich ging nach links, nach rechts, dann vorwärts.

»Es verändert sich«, murmelte ich. »Verdammt noch mal. Es ist wie – da sind kalte Blasen in der Luft, die sich nicht bewegen.«

»Was hier auch geschehen sein mag, es ist sehr schnell passiert. Ich glaube, deshalb hat es sich auch nicht –«

Sie zögerte, suchte das richtige Wort.

»Hat sich was nicht?«

»Gleichmäßig ausgebreitet.«

Mein Lachen fiel ungläubig und leicht gequält aus.

Susan Book wartete am Ende des Querschiffs auf uns, und sie beobachtete uns, nicht erwartungsvoll, sondern mit einem Ausdruck nervöser Anspannung. Sie würde ohne uns keinen einzigen Schritt mehr wagen. Daher kehrten wir zu ihr zurück.

Die Schatten im Mittelschiff waren dunkler, weil nur durch das Fenster am anderen Ende Licht hereinfiel. Der Rest des

Kirchenraums war formlose, schwarze Leere. Die grauen Steinplatten unter unseren Füßen verschwanden drei, vier Meter von dort entfernt, wo wir uns befanden, als stünden wir auf einem Felsvorsprung am oberen Rand einer hohen Klippe.

Da sich in diesem Moment keiner von uns bewegte, nahm ich plötzlich einen Laut wahr. Er war sehr leise und tief, völlig anders als die murmelnden Echos, die unsere Schritte erzeugt hatten. Er stieg an und sank ab, stieg und sank während einer Zeitspanne von mehreren Sekunden und erstarb dann so langsam, dass ich mich am Ende fragte, ob ich mir das Ganze nicht nur eingebildet hatte.

Ehe ich diese Frage beantworten konnte, setzte Juliet ihren Weg fort. Sie durchquerte das Mittelschiff, drang ins Dunkel der Kirche ein und kam wenige Sekunden später mit einer Kerze zurück. Wie sie hatte sehen können, wonach sie suchte, war mir schleierhaft.

Die Kerze war schlicht und weiß, etwa zehn Zentimeter lang und lief am Dochtende spitz zu. Susan betrachtete sie mit einem Ausdruck strengen Missfallens. Juliet holte ein Feuerzeug aus der Hosentasche und hielt es über den Docht. »Das ist eine Votivkerze«, sagte Susan ein wenig vorwurfsvoll. »Man darf sie nur anzünden, wenn man ein Gebet spricht.«

»Dann sprechen Sie eins«, schlug Juliet vor.

Sie berührte mit dem Docht die Feuerzeugflamme, und nach einem kurzen Moment loderte er auf und brannte.

Ich erwartete, dass sie uns durchs Mittelschiff zum Altar führen würde, aber sie hielt inne, wölbte eine Hand um die Kerzenflamme, um sie vor Zugluft von der offenen Tür hinter uns zu schützen. Aber die Luft war so still wie im Innern eines Sargs. Die Flamme brannte gerade und ohne zu zittern, und ein winziger Rauchfaden stieg senkrecht in die Höhe.

Dann flackerte sie und erlosch beinahe. Sie schrumpfte, so weit man so etwas von einer Flamme sagen kann, und sank in sich zusammen. Es war, als würden Dunkelheit und Kälte sie verzehren, indem sie an dieser winzigen Wärme- und Lichtquelle saugten, um sie am Ende zum Verlöschen zu bringen. Als die Flamme vor diesem Ansturm klein beigab und sich zurückzog, kehrten die Schatten dunkler und noch undurchschaubarer zurück, und die Kälte nahm anscheinend zu. In der Totenstille hörte ich den Laut wieder: das zweimal an- und abschwellende, kehlige Murmeln knapp über meiner Hörgrenze.

»Hast du das erwartet?«, fragte ich Juliet und ließ die um ihr Überleben kämpfende Kerzenflamme nicht aus den Augen.

»Es war das Erste, das ich ausprobierte. Und das war das Zweite.« Sie deutete auf die Wand rechts von mir. Ich sah davor sechs würfelförmige Gebilde, die sich, als ich einen Schritt darauf zu machte, als schwarze Blumentöpfe aus Kunststoff entpuppten.

In jedem Topf befand sich etwas Verdorrtes, Abgestorbenes. Blattlose Stängel; herabhängende, von der Kälte verbrannte Blüten; vertrocknete Wurzelknollen.

»Die Kälte bewirkt so etwas«, meinte ich. »Dazu braucht man nichts Übernatürliches.«

»Das stimmt«, gab Juliet zu. »Aber nicht in einem Zeitraum von fünf Minuten. Sieh auf deine Hand. Die Haut an deinem Handgelenk.«

Ich gehorchte ihrer Aufforderung. Die Haut begann bereits, sich zu kräuseln und zu vertrocknen. Als ich mit dem Finger darüberstrich, verspürte ich einen dumpfen Schmerz.

»Je länger du dich hier drin aufhältst, desto schlimmer wird es. Wenn du es lange genug aushältst, dann denke ich, dass …« Juliets Blick sprang zu den Blumentöpfen mit ihrem gefriergetrockneten, graugrünen Inhalt. Sie brauchte den Satz nicht zu beenden. Abermals erklang in der Pause, nachdem sie ihren Satz beendet hatte, ein tiefes Rumpeln in der Luft oder im Gestein oder in der Dunkelheit selbst, wurde lauter und leiser, stieg wieder an und fiel ab und verstummte schließlich ganz.

»Was zum Teufel ist das?«, fragte ich. »Dieses Geräusch?«

Juliet war offensichtlich überrascht. »Du meinst, du hast es nicht erkannt?«

»Bis jetzt nicht.«

»Es wird dir schon einfallen.«

»Ja, ganz bestimmt«, sagte ich ein wenig pikiert. »Aber wahrscheinlich nicht, bevor ich völlig verwelkt bin und meine Blätter abwerfe.«

Ich blies die Kerzenflamme aus, ehe sie von selbst erlosch, und ging zum Ausgang.

✪

Es sei während der Abendandacht geschehen, erzählte Susan Book, vorgestern.

Saint Michael's hatte keinen ständig anwesenden Geistlichen, und unter der Woche fanden keine Gottesdienste statt. Die Kirche war nur an Samstagen und Sonntagen geöffnet, wenn Pater Ben Coombes von Hammersmith herüberkam, um Messen für eine Gemeinde abzuhalten, die nur noch halb so groß war wie zehn Jahre zuvor. Die restliche Zeit teilte Susan sich die Aufsicht mit einem Kirchendiener namens Patrick, der sich vorwiegend um die Grabpflege kümmerte und gelegentlich gebeten wurde, die Graffiti von den Kirchenmauern zu entfernen.

Die Abendandacht war ihr Lieblingsgottesdienst. Sie liebte

die Choräle, die stets mit »Lead us, Heavenly Father, lead us« begannen, und die Lobgesänge, die sie mit ihrer Schönheit manchmal zu Tränen rührten. Und sie liebte den Glanz der Kerzen, vor allem um diese Jahreszeit, wenn sie die Arbeit der Sonne übernahmen, sobald deren Licht verblasste. Wie das Licht des Geistes, der die Führung des fehlbaren, schuldbeladenen Fleisches übernimmt.

Wir waren wieder zu den Grabsteinen zurückgekehrt und ließen uns nach der Mitternachtskälte der Kirche von den letzten roten Strahlen der untergehenden Sonne wärmen. Ich hatte es mir auf MICHAEL MACLEAN SCHMERZLICH VERMISSTER EHEMANN UND VATER mehr oder weniger gemütlich gemacht. Juliet thronte in stolzer Haltung auf ELAINE FARRAH-BEAUMONT, DIE UNS VIEL ZU FRÜH GENOMMEN WURDE. Und Susan saß zwischen uns im Gras, weil sie die Ruhe der teuren Dahingeschiedenen nicht stören wollte. Unter den gegebenen Umständen sah ich darin keine Geste hohler Sentimentalität. Ich nahm es auch nicht persönlich, dass ihr Blick ständig auf Juliets Gesicht gerichtet war.

Etwa achtzig Leute seien in der Kirche gewesen, fuhr sie fort. »Ein volles Haus«, hatte der Pater scherzhaft gesagt, während Susan ihm in seine Gewänder geholfen hatte, »dann sollten wir ihnen auch eine gute Show bieten.« Er sprach im Wechsel mit den Versammelten die Fürbitten und las einen Psalm vor – so wie er es jede Woche tat. Sie hatten gerade den ersten der beiden Lobgesänge angestimmt; es war die *cantate domino*: »O sing unto the Lord a new song: for He hath done marvelous things …«

Susan starrte auf den Boden, als die Erinnerung lebendig wurde.

»In dem Lied ist eine Stelle«, murmelte sie, »da bittet der Chor das Meer und die Erde, ein freudiges Lied zu singen …« Ich erinnerte mich, als sie es erwähnte, und dachte ohne große Begeisterung an meine ziemlich konfuse religiöse Erziehung. Sie hatte für mich eigentlich nie irgendeinen Sinn ergeben. »Let the floods clap their hands?« Wie genau sollte das aussehen? »And let the hills be joyful.« Woran sollte man das erkennen?

Aber Susan redete weiter, und ich verdrängte meine Verbitterung.

Als Pater Coombes zu »Let the sea make a noise« kam, ertönte tatsächlich draußen, auf der Straße, ein Geräusch. Kreischende Bremsen, sehr laut, gefolgt vom Lärm eines Zusammenpralls, Knirschen von Metall gegen Metall oder gegen etwas anderes. Die Andacht war gestört. Sogar der Chor verstummte nach und nach, und alle Augen blickten zur Tür.

Pater Coombes räusperte sich, und die Gemeinde schaute wieder nach vorn zum Altar. Er nickte dem Chor zu und erwartete, dass er dort weitermachte, wo er abgebrochen hatte. Aber obgleich die Sänger Luft holten und die Münder öffneten, brachten sie keinen Ton hervor.

»Es wurde kalt«, sagte Susan, und ihre Stimme klang ein wenig brüchig. »Plötzlich und unvermittelt einfach nur … schrecklich, entsetzlich kalt. Ich hörte Leute seufzen, stöhnen, und jeder starrte jeden an oder sprang auf. Geschockt. Verängstigt. Verständnislos, weil es so schnell geschah. Und dann passierte etwas noch viel Schlimmeres.«

Ich wartete, aber sie wollte anscheinend nicht weiterreden. Sie blickte zu Juliet, als brauchte sie ihre Aufforderung, auch noch den Rest zu schildern. Aber Juliet erwiderte den Blick nur auf ihre eigene undeutbare Art und Weise, bis Susan verlegen zu Boden schaute.

»Etwas lachte über uns«, sagte sie.

Es war so unpassend, so fehl am Platze, dass ich meinen Ohren nicht traute. »Lachte über …?«

»Etwas lachte«, wiederholte Susan hartnäckig, in einem Ton, als müsste sie sich verteidigen. »Es kam von hoch oben, vom Dach, weit über unseren Köpfen. Und es war laut. Es war sehr, sehr laut. Es füllte die gesamte Kirche aus.« Sie warf mir einen Blick zu, ihre Miene entschlossen, als sei sie fest davon überzeugt, dass ich ihr nicht glaubte und annahm, sie würde lügen. »Aber ich kann den Klang nicht beschreiben. Ich kann nicht vermitteln, wie es sich anfühlte. Die Leute begannen zu flüchten, wegzurennen. Oder sie … brachen dort zusammen, wo sie gerade waren. Einige schienen Anfälle zu haben, denn ihre Arme und Beine zuckten und ihre Münder standen weit offen.

Es war grässlich! Alle wollten sich vor diesem schrecklichen Lachen in Sicherheit bringen, aber ich konnte nicht denken. Ich rannte los, ohne eigentlich zu wissen wohin. Ich prallte gegen Ben – Pater Coombes –, aber er sah mich nicht, und er ist so viel größer und schwerer als ich, dass ich einfach beiseitegeschleudert wurde. Ich fand am Altargeländer Halt, so dass ich nicht stürzte, und dann konnte ich es plötzlich nicht mehr loslassen. Es war so kalt – die Kälte drang in mich ein und raubte mir jegliche Kraft. Sie haben sicherlich schon einmal auf einer Eisbahn Schlittschuhläufer gesehen, die sich an der Seite festhalten, weil sie Angst haben, sich aufs Eis hinaus zu wagen, oder? So in etwa muss ich ausgesehen haben. Ich lehnte am Geländer, in meinem Kopf drehte sich alles, und ringsum wimmelte es von Leuten, die nur umherrannten und schrien.

Dann schaffte ich es wieder, mich zu rühren, und stolperte beinahe über eine Frau, die im Mittelgang direkt vor mir zu Boden gestürzt war. Sie war bewusstlos und hatte sich wahrscheinlich irgendwo den Kopf gestoßen. Ich konnte sie dort nicht liegen lassen. Aber sie war viel zu schwer, als dass ich sie hätte tragen können, daher schleifte ich sie zur Tür, immer nur ein kleines Stück mit Pausen dazwischen. Das Gelächter hatte mittlerweile aufgehört, aber da war immer noch ein Gefühl … angestarrt, beobachtet zu werden. Ich hatte Angst, hochzuschauen. Es fühlte sich an, als habe irgendetwas Großes – ein riesiges Monster – das Dach der Kirche abgenommen, um uns zu betrachten.«

Susan schluckte krampfhaft und schüttelte den Kopf. »Ich kann mich nicht daran erinnern, die Tür erreicht zu haben, aber ich habe es wohl geschafft, denn plötzlich stand ich draußen auf der Straße. Die Frau, die ich mitgeschleift hatte, war immer noch bewusstlos und lag vor mir auf dem Pflaster, und ich erkannte, dass ihre weiße Bluse mit Blut besudelt war. Ich dachte, sie sei schon tot – dass dieses lachende Ding es irgendwie geschafft hatte, sie umzubringen. Aber dann begriff ich …«

Sie streckte die Hände aus und hielt sie hoch, damit wir sie betrachten konnten. Auf beiden Handflächen befand sich schuppige Haut. Es war jeweils ein breiter gerader Streifen, der sich quer darüber spannte, wund und feuerrot am oberen wie am unteren Rand.

»Es war mein Blut, nicht ihres. Es musste passiert sein, als ich das Altargeländer angefasst habe. Das Metall war so kalt, dass meine Haut daran kleben geblieben ist. Deshalb fiel es mir auch so schwer loszulassen.«

Es war eine ziemlich eindrucksvolle Demonstration. Ich hörte schweigend zu, als sie ihre Geschichte abschloss. Alle gelangten lebend hinaus, obgleich einige auf Händen und Knien krochen. Unglaublicherweise gab es nur wenige Verletzungen außer abgeschürften Ellbogen und der ein oder anderen blutenden Kopfwunde. Diejenigen, die von Anfällen heimgesucht worden waren, erholten sich sehr schnell, außer dass sie immer noch sehr blass waren und zitterten. Pater Coombes hatte die Kirche sofort abgeschlossen und Susan gebeten, den Sonntagsgottesdienst abzusagen. Danach war er geflüchtet und hatte es ganz allein ihr überlassen, Krankenwagen für die Verletzten und Traumatisierten zu rufen – wobei sie rote Blutflecken auf den Tasten ihres Mobiltelefons hinterließ – und diejenigen zu beruhigen, die immer noch hysterisch waren.

Am Sonntag hatte er sie zu Hause angerufen. Er habe mit der Diözese gesprochen, und sie hätten ihm gestattet, einen Exorzisten zu engagieren – solange es einer war, der von der Kirche anerkannt wurde. Er hatte Susan gebeten, jemanden aus dem Branchentelefonbuch herauszusuchen.

Aber Susan besaß kein Branchentelefonbuch, daher war sie stattdessen ins Internet gegangen, und Juliets Website sei als erste erschienen. Das überraschte mich nicht. Sie kam manchmal sogar als erste, wenn man als Suchbegriff »Chinesisches Restaurant« oder »Installateur« eingab. Ich war ziemlich sicher, dass sie irgendetwas mit Google gemacht hatte, das sowohl illegal wie auch irgendwie übernatürlichen Ursprungs war.

Auf der Site wurden die Erteilung von Juliets kirchlichen Zulassungen – anglikanisch und katholisch – als unmittelbar bevorstehend genannt. Susan meinte, das reiche völlig aus, und rief sie an.

»Und jetzt sind Sie hier«, schloss sie fröhlich. »Zwei für den Preis von einem.« Sie lächelte uns beide zaghaft an und musste dazu den Kopf nach links und nach rechts drehen. Es war das erste Mal, seit sie begonnen hatte, ihre Geschichte zu erzählen, dass sie meine Anwesenheit offiziell zur Kenntnis nahm.

»Ja, da sind wir«, bestätigte ich. Ich stand auf. »Ich denke, wir sollten uns über diesen Fall am besten in Ruhe beraten. Könnten Sie uns für einen Moment entschuldigen?«

»Natürlich«, sagte Susan und hatte plötzlich abermals diese hektische Röte im Gesicht. »Ich muss sowieso wieder abschließen.«

Sie stand auf und entfernte sich eilig mit klirrenden Schlüsseln. Juliet und ich stiegen den Hügel zum Rybrandt-Grabmal hinauf, während die Nacht hereinbrach.

»Meinst du, es ist ein Dämon und keine menschliche Seele?«, fragte ich, als ich sicher war, dass man uns nicht belauschen konnte.

Juliet ließ sich mit einer Antwort Zeit. Als sie schließlich redete, hatte ich den Eindruck, dass sie ihre Worte sehr sorgfältig wählte. »Die Geschöpfe der Hölle«, sagte sie, »erkenne ich an ihren Gewohnheiten und an der Spur, die sie hinterlassen. Es ist höchst unwahrscheinlich, dass ein solches Wesen mir derart nahe kommt, ohne dass ich es bemerke. Das schaffen auf geheiligtem Boden nur einige der älteren Mächte. So wie es mich meine gesamte Kraft kostet, einen solchen Ort zu betreten und keinen Schaden davonzutragen. Ich muss mich vorbereiten, muss einen Schutz aufbauen – und ich darf mich nicht sehr lange dort aufhalten.«

»Was dann? Für was hältst du es?«

Sie wandte sich zu mir um, und ich konnte erkennen, dass sie beunruhigt war. Was bedeutete, dass sie es mich sehen ließ, weil Juliet ihre Körpersprache auf die gleiche Art und Weise kontrollieren kann wie ein Fliegenfischer seinen Köder aufs Wasser setzen kann. »Wären da nicht diese Kälte«, sagte sie, »und die anderen Zeichen, würde ich schwören, dass hier nichts ist. Was immer es sein mag, es hat keinen Geruch. Keinen Körper. Keinen Kern.« Sie suchte nach Worten und verzog ungehalten das Gesicht, als gefielen ihr die Worte nicht, die sie gefunden hatte. »Es hat Schwere ohne echte Präsenz.«

»Womit hast du es versucht?«, fragte ich und behielt einen professionellen Ton bei.

»Mit einigen Dingen. Mit mehreren Fragen und Ansagen, von denen jede hätte dafür sorgen müssen, dass mir das, was immer in diesen Steinen verborgen ist, sein wahres Gesicht zeigt. Aber dabei kam nicht das Geringste heraus. Ich habe nichts als heiße Luft.«

Ich erinnerte mich an die wogenden Schatten in der Wasserschüssel und nickte. Es war wohl kaum eine Metapher.

»Und dennoch –«, murmelte Juliet und hielt inne. Ich hatte sie noch nie bei irgendetwas derart zögerlich erlebt. Um ehrlich zu sein, es war ein wenig beunruhigend, als ob eine Lawine plötzlich die Richtung änderte.

»Was?«

»Gelegentlich spüre ich eine ganz schwache Präsenz. Nicht in den Steinen, sondern irgendwo in der Nähe. Sehr nah und in Bewegung, gleichgerichtet und gegenläufig, wie ein Mückenschwarm. Was es auch ist, ich glaube, es steht mit dem in Verbindung, was sich in der Kirche befindet – aber sobald ich den Blick darauf richte, verbirgt es sich vor mir.«

Mir fiel ein, was ich empfunden hatte, als ich vor der Kirchentür gewartet hatte. »Ja«, stimmte ich zu. »Ich glaube, das habe ich auch gespürt. Eine Art Geruch, eine Witterung, meine ich, aber nicht stark genug, um sie zu identifizieren.«

Ich schaute zum Friedhofstor. Susan Book wartete dort auf uns, ihr Gesicht ein deutlich zu erkennender heller Fleck in der zunehmenden Dunkelheit.

»Willst du, dass ich es versuche?«, fragte ich. Das, wovon Juliet redete, war vermutlich Totenbeschwörung – schwarze

Magie –, die ich größtenteils als einen riesigen Haufen Quacksalberei und Unfug mit einigen wenigen Körnchen Wahrheit dazwischen betrachte. Was ich tat, sah ein wenig anders aus. Ich bediente mich eines Talents, das in mir steckte, ohne Rezitationen oder Rituale und ohne steganografische Geheimnisse. Es war ein ernsthaftes Angebot, aber Juliet schüttelte den Kopf. Sie bat mich nicht, ihren Job zu übernehmen.

»Ich möchte, dass du mir sagst, ob ich irgendetwas versäumt habe«, bat sie. »Du bist schließlich schon viel länger als ich in diesem Gewerbe tätig.«

So weit stimmte das. Nach dem, was sie mir erzählt hatte, war Juliet gut ein paar tausend Jahre alt, lebte jedoch erst seit anderthalb Jahren auf der Erde. Es gab Dinge im Zusammenwirken der Lebenden, der Toten und der Untoten auf sterblicher Ebene, von denen sie keine Ahnung hatte oder die ihr nie in den Sinn gekommen wären.

Aber wenn dies ein Dämon war, dann zählte ihre Erfahrung verdammt viel mehr als meine. Was konnte ich ihr über die Bewohner der Hölle erzählen, wenn für sie die Hölle eine alltägliche Nachbarschaft gewesen war?

Ich ließ mir das durch den Kopf gehen. Es gefiel mir, dass Juliet mich zu Hilfe rief, wenn sie ratlos war – es gefiel mir sogar sehr –, und ich wollte nicht nur meine Taschen umstülpen und ihr zeigen, dass sie leer waren. Aber dies war etwas, das mir noch nie begegnet war.

»Lass mich darüber nachdenken«, versuchte ich Zeit zu gewinnen. »Und ein paar Freunde fragen. Im Augenblick fällt mir nichts ein, was du vergessen oder übersehen haben könntest.«

»Danke, Castor. Ich teile natürlich das Honorar mit dir – wenn sich herausstellen sollte, dass wir dieses Rätsel nur gemeinsam lösen können.«

»Das Lächeln in deinen Augen ist mir Belohnung genug. Obgleich du mir, da ich nun schon mal hier bin, einen Gefallen tun kannst.«

»Lass hören.«

»In deiner – hmm – professionellen Funktion –«

»*Dies* hier ist meine professionelle Funktion.«

»Nun ja. Offensichtlich. Aber in früheren Zeiten, als du auf der Jagd warst, auf der Jagd nach etwas ganz Speziellem, meine ich, und sie wussten, dass du kamst, und versucht haben, sich zu verstecken. Hast du – wie hast du –?« Es war schwierig, es auf elegante Art und Weise auszudrücken, aber Juliet lächelte und fand es höchst amüsant. Dämonen haben wirklich einen seltsamen Sinn für Humor.

»Du meinst, wenn ich aus der Hölle aufstieg, um mir eine menschliche Seele als Nahrung zu suchen – deine, zum Beispiel – wie ich dich gefunden habe?«

Ich nickte. »Du hast es auf den Punkt gebracht.«

»Ich folge dem Duft, der Witterung.«

»Das wusste ich. Was ich wissen wollte, war, *welchem* Duft? Hast du die Seele oder den Körper verfolgt?«

»Beides.«

Das war schon ein Fortschritt. »Okay«, sagte ich. »Hast du jemals eine Situation erlebt, in der deine –«

»Beute?«

»– ich wollte es Zielperson nennen, aber ja. In der deine Beute wusste, dass du ihr auf den Fersen warst, und es geschafft hat, ihre Spur zu verwischen. So dass du sie nicht mehr riechen konntest?«

Juliet überlegte eine oder zwei Sekunden lang, und man konnte sehen, wie sie den Gedanken hin und her wälzte.

»Es gibt Dinge, die den Geruch des Körpers verdecken«,

sagte sie. »Sehr viele Dinge. Für die Seele gibt es nur wenige. Fließendes Wasser verbirgt beides.«

Ich nickte. So viel wusste ich. »Aber hast du es jemals erlebt, dass du einer Spur gefolgt bist und der Geruch sehr stark war und dann einfach verschwand? Plötzlich wie weggewischt war?«

Sie schüttelte den Kopf, ohne auch nur einen winzigen Moment zu zögern. »Nein. So etwas konnte nicht passieren.«

»Nun, jemand hat das mit mir vor Kurzem gemacht.«

»Nein«, sagte Juliet abermals. »So mag es dir vielleicht vorgekommen sein, aber tatsächlich dürfte etwas anderes geschehen sein.«

Das reichte mir. Und ich hatte etwas, worüber ich nachdenken konnte. »Danke«, sagte ich. »Ich schaue morgen noch einmal vorbei, um zu sehen, wie du weiterkommst.«

»Komm abends«, schlug sie vor. »Dann können wir zusammen essen.«

Das war eine reizvolle Aussicht. »Du zahlst?«

»Ich zahle.«

»Dann ist es abgemacht. Wo sollen wir uns treffen?«

»Hier, denke ich. Wir suchen uns etwas in der Nähe – vielleicht in White City. Ich erwarte dich um halb neun.«

Ich wandte mich zum Gehen, doch dann erinnerte ich mich an etwas, das mir völlig entfallen war. Dieses wechselhafte Geräusch des Anschwellens und Abfallens, Anschwellens und dann Verstummens wie die Wellen einer geronnenen Flüssigkeit an irgendeiner imaginären Küste. Ich machte kehrt.

»Es ist mir nicht eingefallen«, sagte ich.

»Was?«

»Dieses Geräusch in der Kirche. Du meintest, es würde mir einfallen, aber das ist es nicht. Weißt du, was es ist?«

»Oh.« Juliet sah mich ein wenig enttäuscht an, als bäte ich

sie um die Antworten für einen Test, der zu simpel war, um daran einen weiteren Gedanken zu verschwenden. Ich zuckte die Achseln, teils als wollte ich mich für meine Dummheit entschuldigen, jedoch hauptsächlich um sie zu bitten, endlich auf den Punkt zu kommen.

»Es ist ein Herzschlag«, sagte. »Einmal pro Minute.«

5

Ich kehrte zum Wagen zurück, den ich auf dem Parkplatz hinter einer Weinhandlung abgestellt hatte, die montags schon früher die Pforten schloss. Es war Pens Mondeo, den sie mir immer lieh, wenn sie ihn nicht selbst brauchte. Da sie derzeit fast alle Transportaufgaben mit Dylans Lexus lösen konnte, stand mir ihr Wagen so gut wie ständig zur Verfügung.

Ich stieg ein und verriegelte die Türen für den Fall, dass meine Aufmerksamkeit abgelenkt würde. Abbies Puppe lag in einer Sainsbury-Einkaufstüte auf dem Beifahrersitz. Ich nahm sie heraus, hielt sie in beiden Händen und schloss die Augen.

Und erschauerte. Da war schon wieder dieser unergründliche Schmerzeindruck von Abbies vor langer Zeit erlebtem und lange ertragenem Leid, das immer noch in der schwachen, mit Lumpen ausgestopften Musselinhülle erhalten geblieben war. Hab ich dich doch noch erwischt, du Bastard, dachte ich mit einem Gefühl kühler Zufriedenheit. Du kannst mich von deiner Spur ablenken und mich abschütteln, aber nur wenn du weißt, dass ich sie aufgenommen habe. Du kannst unmöglich die ganze verdammte Zeit auf Schleichfahrt sein.

Ich legte die Puppe wie einen kleinen Ixion auf das Lenkrad, holte die Flöte heraus und spielte die ersten Töne von Abbies Melodie, die noch ganz frisch in meinem Gedächtnis war.

Innerhalb von Sekunden erhielt ich die gleiche Antwort wie zuvor, den gleichen Eindruck von etwas, das von außen mit der Musik Kontakt aufnimmt, als würde ich ein physisch greifbares Netz über West-London ausbreiten. Nur war es diesmal stärker. Ich befand mich kaum eine Viertelmeile östlich meines Büros in Harlesden, jedoch gut anderthalb Meilen weiter südlich. Und ja, die Richtung war eine andere – der leichte Zug am Klangteppich erfolgte nicht über meine linke Schulter, sondern genau von vorn, wo erst vor Kurzem die Sonne untergegangen war. Dadurch fiel es mir leichter, mich auf diesen Bereich zu konzentrieren. Die Berührung war nur schwach, eigentlich kaum wahrnehmbar, aber ich öffnete mich dafür, blendete sämtliche Ablenkungen aus und lauschte angespannt auf diesem einen Kanal, den ich mit dem leisen, klagenden Lied der Tin Whistle schuf und offen hielt. Sie schien sich zurückzuziehen. Ich spielte einen einzelnen Ton, so leise, dass er fast nicht zu hören war, hauchte nur noch ins Mundstück, und langsam, unendlich langsam –

Plötzlich fraß sich eine schrille Dissonanz wie eine Black & Decker Bohrmaschine in meinen Geist. Sie kam aus dem Nichts, schnitt durch meine Nerven und unterbrach Denken, Fühlen und Musik, so dass die zuckenden Enden nur noch Chaos und Qual meldeten. Ich schrie laut auf, mein Rücken spannte sich, so dass ich mit dem Kopf gegen die Nackenstütze des Fahrersitzes knallte, und meine Füße rammten die Pedale aufs Bodenblech, als ob ich den bereits stehenden Wagen zu einem abrupten Halt bringen wollte.

Es dauerte nur eine Sekunde lang, vielleicht sogar weniger. Noch während ich schrie, ließ die wahnsinnige Intensität des Schmerzes nach, und ich sackte nach vorn wie eine Marionette, deren Schnüre durchtrennt worden waren, und mein Kopf schlug auf den Körper der Puppe, die immer noch vor mir auf dem Lenkrad lag.

Geschwächt und benommen lag ich ein paar Sekunden lang da, während elektrische Funken zwischen meinen Nervensträngen hin und her sprangen, und versuchte, mir darüber klar zu werden, wo ich war und weshalb blutiger Speichel aus meinem Mund auf ein ausgestopftes Kinderspielzeug troff. Meine Zunge pulsierte im gleichen Rhythmus wie mein Herz und schien für meinen Mund viel zu groß zu sein. Ich hatte tief hineingebissen, und der bittere Geschmack stammte von meinem eigenen Blut. Ich wischte es mit dem Handrücken ab und berappelte mich. Dies war ein Job, den ich nur in kleinen Schritten erledigen konnte.

Ich holte meine Taschenflasche mit dem geheimen Brandy-Vorrat hervor und schraubte sie mit zitternden Händen auf. Der erste Schluck war rein medizinischer Natur. Ich spülte damit meine durchbissene Zunge, bemühte mich, mir die Schmerzen nicht anmerken zu lassen, drehte das Fenster nach unten und spuckte das Blut aus. Der zweite Schluck war für meine flatternden Nerven. Ebenso der dritte und vierte.

Plötzlich wurde mir bewusst, dass mich, als ich nach unten zwischen meine Füße schaute, ein anderes Augenpaar anstarrte. Nachdem meine Magengrube sich von dem Schreck erholt hatte, hob ich den Kopf von Abbies Puppe vom Wagenboden auf. Er musste sich vom Körper getrennt haben, als mein Kopf dagegengeprallt war, und es war ziemlich erstaunlich, dass er beim Herabfallen nicht zersprungen war. Ich steckte ihn automatisch in die Manteltasche. Brav wie jeder Serienmörder mit ausgeprägtem Reinlichkeitsgefühl stopfte ich den enthaupteten Körper zurück in den Sainsbury-Beutel.

Ich denke, in diesem Moment wurde es zu einer förmlichen

Herausforderung, zumindest für mich. Ich befand mich in einem geistigen Duell und lag drei Punkte zurück. Der Mann war gut, ohne Zweifel, und um ihm beizukommen, müsste ich mir etwas einfallen lassen. Aber bekanntlich führen viele Wege nach Rom, wie Sie sicher wissen, wenn Reisen Ihr Hobby ist.

Ich konnte es kaum erwarten, mit ihm zusammenzutreffen.

Und ihm die Zähne einzuschlagen.

Immer noch ein wenig zittrig startete ich und lenkte den Wagen durch die Nebenstraßen zurück in die Du Cane Road. Ich passierte die Kirche, fuhr nach Osten und entdeckte ein Stück voraus sofort eine vertraute Gestalt auf dem Bürgersteig. Es war Susan Book, nun in einen langen, rehbraunen Dufflecoat gehüllt, aber immer noch zu erkennen, weil sie auf die Kapuze verzichtet hatte und sich ständig umschaute, als glaubte sie zu hören, dass jemand ihren Namen rief.

Ich brachte den Wagen ein paar Meter vor ihr zum Stehen und drehte das Seitenfenster nach unten. Sie schickte sich an, dem Wagen auszuweichen, dann sah sie, dass ich darin saß.

»Soll ich Sie mitnehmen?«, fragte ich.

Sie schien überrascht und ein wenig verwirrt zu sein. »Nun, ich wohne nur ungefähr eine Meile von hier«, sagte sie. »In Royal Oak. Der Bus fährt dorthin.«

»Ich auch«, sagte ich. »Jedenfalls fahre ich hindurch. Es macht mir nichts aus, Sie dort abzusetzen.«

Susan focht einen kurzen, beinahe spaßigen Kampf mit sich aus. Ich konnte erkennen, dass ihr die Vorstellung, von einem Fremden mitgenommen zu werden, nicht behagte, was völlig okay war. Auch dass sie sich nicht gerade darauf freute, an der Bushaltestelle zu warten, während die Nacht hereinbrach.

»Na schön«, gab sie sich geschlagen. »Vielen Dank.«

Ich öffnete die Tür, und sie stieg ein. Für eine Weile fuhren und schwiegen wir – es war eine Art geladenes Schweigen. Sie war derart angespannt, dass es im Wagen beinahe summte wie in einem Elektrizitätswerk.

»Kennen Sie Miss Salazar schon lange?«, fragte sie schließlich mit sehr leiser Stimme, die ich bei dem Motorenlärm kaum hören konnte.

»Juliet? Nein«, gab ich zu. »Sie ... wohnt noch nicht lange hier. Aber sie ist jemand, der schon bei der ersten Begegnung einen tiefen Eindruck hinterlässt.«

Sie nickte heftig und verstehend. »Und sind Sie ... so etwas wie Partner«, fragte sie und fügte schnell hinzu, »im rein beruflichen Sinn, meine ich? Arbeiten Sie zusammen?«

»Nicht wirklich«, antwortete ich und hatte das Gefühl, als würde ich mit jeder Antwort in Susans Wertschätzung tiefer sinken. »Wir taten es nur für kurze Zeit, während Juliet die Grundlagen erlernte. Sie arbeitete eine Zeit lang neben mir, damit sie sehen konnte, wie der Job auf täglicher Basis abläuft. Sie arbeitet jetzt selbständig, daher war das heute eher so etwas wie eine ... nennen wir es Beratung.«

»Ja. Ich verstehe«, sagte Susan und nickte abermals. »Das muss beruhigend sein. Sich gegenseitig um einen Gefallen bitten zu können. Zu wissen, dass jemand ...« Sie verstummte, als suchte sie nach den richtigen Worten.

»... einem den Rücken stärkt?«, bot ich an.

»Ja. Genau. Dass jemand einem den Rücken stärkt.«

Wir hatten Royal Oak bereits erreicht, und ich verließ den Westway und gelangte auf das Ende der Harrow Road, ohne dass sie es offenbar bewusst mitbekam.

»Wo genau wohnen Sie?«, fragte ich.

Susan schreckte hoch und sah sich überrascht um.

»Bourne Terrace«, sagte sie und deutete in die entsprechende Richtung. »Dort entlang. Dann die erste links und gleich wieder links.«

Ich folgte ihren Anweisungen, und wir stoppten vor einem kleinen, in Terrassen angelegten Haus, das bis auf eine einzige Lampe im obersten Stockwerk völlig im Dunkeln lag. Ein Garten mit den Ausmaßen einer Badematte trennte es von der Straße. Das Tor war krankenhausgrün lackiert und mit einem Schild HAUSIEREN VERBOTEN versehen.

»Ich würde Sie gerne zu einem Tee einladen«, sagte Susan so steif, dass sie beinahe verängstigt erschien. »Oder zu einer Tasse Kaffee. Aber ich wohne bei meiner Mutter, und sie würde es sicher nicht für angemessen halten. Sie vertritt in solchen Dingen sehr altmodische Ansichten. Es würde ihr noch nicht einmal gefallen, dass ich mich von Ihnen habe mitnehmen lassen.«

»Dann bleibt das unser Geheimnis«, sagte ich und wartete, dass sie ausstieg. Das tat sie jedoch nicht. Sie saß da und starrte mit großen Augen nach vorn durch die Windschutzscheibe. Dann, mit einer abrupten Bewegung, schlug sie die Hände vors Gesicht und stieß einen zitternden und lang anhaltenden Wehlaut aus, der schließlich in ein haltloses, untröstliches Schluchzen überging.

Es geschah so völlig unerwartet, dass ich sie für ein paar Sekunden nur wortlos anstarren konnte. Dann begann ich mit einigen tröstenden Lauten und schaffte es sogar, ihr beruhigend auf den Rücken zu klopfen. Aber sie irrte durch eine ganz eigene Welt persönlichen Leids, in der es mich nicht gab. Nach etwa einer Minute konnte ich bruchstückhaft Worte verstehen, die ihr nahezu atemlos gehaucht über die Lippen kamen.

»Ich … ich bin … ich bin nicht …«

»Was sind Sie nicht, Susan?«, fragte ich so sanft ich konnte.

Ich kannte sie nicht gut genug, um auch nur erraten zu können, was sie quälte, aber was es auch war, es musste sie tief getroffen haben.

»Ich bin keine – nein, das bin ich nicht. Ich bin keine, keine Les… keine Lesb…« Die Worte gingen im bodenlosen Sumpf ihres Schluchzens unter, aber dieses kurze Auftauchen hatte mir alles verraten, was ich wissen musste.

»Nein«, sagte ich. »Das sind Sie nicht.« Ich griff an ihr vorbei, um das Handschuhfach zu öffnen, fand dort ein Päckchen Papiertaschentücher und reichte ihr eines. »So läuft das nicht. Das ist es, was Juliet mit den Menschen macht. Man kann sich nicht dagegen wehren. Man verliebt sich in sie, ob man es will oder nicht.«

Susan vergrub das Gesicht im Taschentuch und schüttelte heftig den Kopf. »Nicht Liebe«, schluchzte sie. »Es ist keine Liebe. Ich habe ein fleischliches … ich habe Phantasien … Oh Gott, was passiert da? Was geschieht mit mir?«

»Egal, wie man es nennt«, sagte ich sachlich, »wenn man Juliet nur ansieht, fängt man es sich ein wie eine Grippe. Ich spüre es ebenfalls. Die meisten Leute, die ihr nahekommen, spüren es. Und egal was, es ist nichts Sündiges.«

Mir fiel nichts ein, was ich dem hätte hinzufügen können. Vielleicht gehörte Susan Book zu der Sorte Christen, die überzeugt waren, dass gleichgeschlechtliche Liebe immer eine Sünde ist. In diesem Fall musste sie selbst damit zurechtkommen. Aber ob hetero, schwul oder agnostisch, was Juliet bei einem auslöste, war stets mit einem Schock verbunden. Ich könnte Susan erklären, was Miss Salazar in Wirklichkeit war – rein prophylaktisch sozusagen –, aber es stand mir nicht zu, dieses Geheimnis zu enthüllen, und unter den gegebenen Umständen hätte es alles nur noch schlimmer anstatt besser machen können. Fleischliches Verlangen nach einem Dämon des gleichen Geschlechts? Susan war ganz eindeutig nicht in der Verfassung, diesen Schlag unbeschadet zu verdauen.

Ich gab mir alle Mühe, sie zu beruhigen, und irgendwann stieg sie aus dem Wagen und ließ das nasse Taschentuch auf dem Beifahrersitz liegen. Sie murmelte etwas, das wohl ein Dankeschön fürs Mitnehmen sein sollte, und fügte hinzu: »Erzählen Sie ihr nichts! Bitte, bitte erzählen Sie es ihr nicht!« Dann flüchtete sie ins Haus.

Wahrscheinlich gab es nichts, was ich hätte sagen können, das ihr geholfen hätte. Liebe ist eine Droge, wie es so schön heißt. Aber die härteste Wahrheit liegt eher im Evangelium nach Steppenwolf als nach Roxy Music: Dem Dealer ist es egal, ob sein Kunde lebt oder stirbt.

✪

Ich rief aus dem Wagen die Torringtons an, während ich quer durch die Stadt zurück nach Osten fuhr. Natürlich per Freisprechanlage. Sie sollen auf keinen Fall denken, dass für mich Sicherheit nicht an erster Stelle steht. Steve nahm bereits nach dem ersten Klingeln ab, was mich vermuten ließ, dass er mit dem Telefon in der Hand gewartet hatte.

»Mister Castor«, sagte er und klang ein wenig atemlos. »Irgendwelche Neuigkeiten?«

»Gute, soweit sich erkennen lässt«, sagte ich. »Sie hatten recht, und ich habe mich geirrt.«

»Heißt …?«

»Abbie ist nicht im Himmel. Sie ist in London.«

Er atmete aus, lange und laut. Ich wartete, dass er weiterredete.

»Können Sie mich für einen Moment entschuldigen?«

»Natürlich.«

Vielleicht deckte er die Sprechmuschel zu oder vielleicht waren die Stimmen auch zu leise, so dass ich sie bei dem Motorenlärm nicht hören konnte. Für etwa eine halbe Minute herrschte Stille. Dann meldete er sich wieder. Seine Stimme schwankte – wie die Stimme eines Mannes, der mit den Tränen kämpfte.

»Wir können Ihnen gar nicht genug danken, Mister Castor. Meinen Sie, Sie könnten sie finden?«

»Ich will es auf jeden Fall versuchen.«

Er lachte erleichtert, rau und inbrünstig und abrupt abgebrochen wie durch einen psychischen Scherwind. »Das sind hervorragende Neuigkeiten! Wirklich phantastisch! Wir haben zu Ihnen vollstes Vertrauen.«

»Mister Torrington …«

»Steve.«

»Steve, ich will Ihnen keine falschen Hoffnungen machen. Das Ganze ist trotzdem nicht gerade einfach, auch wenn ich es schaffen sollte. Und ich brauche Geld, weil ich einige Ausgaben habe. Wenn Sie mir vielleicht zwei- oder dreihundert Pfund überweisen können, dann könnte ich anfangen …«

Er unterbrach mich. »Mister Castor, meine Frau und ich gelten nach allgemeinen Maßstäben als wohlhabend. Sie treten zu behutsam auf, wenn ich so sagen darf. Egal wie viel Sie brauchen, wir können es uns leisten. Wahrscheinlich haben Sie das Gefühl, unsere Trauer für sich auszunutzen. Das empfinden wir überhaupt nicht so. Wir haben gehört, dass Sie der Beste sind, und wir sind dankbar, dass Sie bereit sind, uns zu helfen.« Ein Rascheln erklang und dann das Kratzen eines Füllfederhalters auf Papier. »Ich fülle soeben einen Scheck aus«, fuhr er fort.

»Über eintausend Pfund. Ich stecke ihn heute noch in den Briefkasten. Nein, besser – ich bringe ihn zu Ihnen ins Büro. Ich lege auch noch ein wenig Bargeld dazu, damit Sie über die Runden kommen, ehe er gutgeschrieben ist. Wenn es mehr ist, als Sie im Sinn hatten, und wenn es Ihnen unangenehm ist, dann spenden Sie den Rest einer wohltätigen Organisation Ihrer Wahl.«

Das gefiel mir. Ich sollte mehr Kunden haben, die dergestalt Rücksicht auf meine Sensibilitäten nehmen. Ich fragte ihn nach Peaces Adresse, die sich, wie sich herausstellte, in East Sheen befand, kein Teil der Stadt, in dem ich mich einigermaßen auskannte, und viel weiter südlich als erwartet.

»Ich melde mich«, sagte ich und unterbrach die Verbindung.

Völlig automatisch war ich auf den Westway zurückgekehrt und durch Marylebone und an Madame Tussauds und am Planetarium vorbeigefahren – in dem heute nur noch Stars auftraten, die ihren Ruhm dem Fernsehtagesprogramm verdankten. Ich wollte schon nach Norden in die Albany Street abbiegen. Ich musste jedoch noch einen anderen Besuch machen, und dazu musste ich in den Osten der Stadt anstatt in den Norden. Also fuhr ich weiter – immer schön nach Osten in Richtung des abgelegenen Walthamstow.

Ich war müde und hatte immer noch Kopfschmerzen von diesem psychischen Überraschungsangriff, aber ich gewann nichts, wenn ich diese Angelegenheit auf den nächsten Tag verschob. Die Nacht war immer die beste Zeit, um Nicky aufzusuchen, wenn man irgendetwas Zusammenhängendes und Vernünftiges von ihm hören wollte.

Ich parkte den Wagen am oberen Ende der Hoe Street. Von dort war es noch ein gutes Stück zu Fuß, aber der Wagen würde immer noch dort stehen, wenn ich zurückkam, und wahrscheinlich sogar komplett mit Motor und Rädern. Da lohnte es sich durchaus, eine kleine körperliche Strapaze auf sich zu nehmen.

Nach ein paar Minuten Fußmarsch vorbei an der U-Bahn-Station folgte ein Gebäude mit einer Cecil-Masey-Fassade, die trotz des Drecks und der abblätternden Farbe und der Graffiti ihre ursprüngliche Schönheit nicht eingebüßt hatte. Der Baustil war unübersehbar maurisch wie bei sämtlichen seiner schönsten Bauten. Die Mitte wurde von einem hohen, schlanken, oben abgerundeten Fenster beherrscht, das in seiner Form entfernt an einen Phallus erinnerte und von zwei kleineren, genauso geformten Fenstern flankiert wurde. Die gleichen Formen erschienen im oberen Bereich der Mauern wie Zinnen oder wie zu Mauerwerk erstarrte Wellen. Das Innere bestand dank Sidney Bernstein oder einem seiner unterbezahlten Assistenten aus Marmor, Spiegeln und vergoldeten Engeln.

Der Bau öffnete seine Tore im Jahr 1931 als ein Gaumont-Kino, erlebte eine lange Blütezeit und einen langsamen Abstieg wie alle anderen feudalen Filmpaläste der Vorkriegszeit. Aber dann hatte irgendein Leichenfledderer es im Jahr 1963 exhumiert und zu einem nur für Mitglieder reservierten Etablissement mit einem grandiosen Namen wie Majestic oder Royal umgebaut. Während der nächsten dreiundzwanzig Jahre waren dort Softpornos für abgespannte Bankmanager zu Preisen vorgeführt worden, die hoch genug gewesen waren, um das Gesindel abzuschrecken. Nun war es wieder tot. Niemand empfand darüber auch nur einen Anflug von Trauer, und Nicky hatte es zu einem Spottpreis erworben.

Es war für ihn das perfekte Zuhause. Auch er war auferstanden und drehte seine zweite Runde.

Ich ging nach hinten, kletterte am Regenrohr hoch und durch ein unverriegeltes Fenster, da die Vorderseite vollkommen mit Holzbrettern verrammelt war. Die Stadtverwaltung hatte seinerzeit die Holzplatten anbringen lassen, aber Nicky hatte noch einige weitere Sperren hinzugefügt. Man konnte Nickys Dienste in Anspruch nehmen, wenn man seinen Preis kannte, aber er hatte für Laufkundschaft nicht viel übrig.

Drinnen war es dunkel und kalt, da auch Wärme etwas ist, womit Nicky nichts zu tun haben wollte. Als ich durch den breiten, kahlen Korridor zur Projektionskabine ging, fächelte mir ein Luftzug arktischer Herkunft um die Fußknöchel. Ich klopfte an die Tür, und nach ein paar Sekunden drehte sich die Überwachungskamera über mir, um ein besseres Bild zu erhalten. Ich war unterwegs natürlich an drei anderen Kameras vorbeigekommen, daher wusste er verdammt genau, dass ich es war, aber Nicky liebte es, einen daran zu erinnern, dass der Große Bruder einen ständig im Auge hatte. Es ging ihm nicht so sehr um Sicherheit – obgleich er Sicherheitsmaßnahmen noch ernster nahm als Imelda Marcos ihre Schuhe –, sondern es war eher so etwas wie die Demonstration eines philosophischen Standpunkts.

Die Tür öffnete sich, ohne zu knarren, jedoch begleitet von wogendem Dunst in Fußbodenhöhe ähnlich dem Raucheffekt einer mit geringer Leistung laufenden Trockeneismaschine. Entweder war es eine Nebenwirkung von Nickys extrem aufgemotzter Klimaanlage, oder es gehörte zu seiner Selbstinszenierung.

Ich drückte vorsichtig gegen die Tür, trat jedoch nicht sofort ein. Ich platzte ungern ohne ausdrückliche Einladung herein, denn dies war der Wohnturm von Nickys kleiner Burg – und er dachte wirklich in solchen Begriffen. Er hatte alle möglichen Todesfallen und Hinterhalte installiert, um Leute davon abzuhalten, seine Privatsphäre zu verletzen. Einige waren genial, wenn nicht gar sadistisch. Nach meiner Erfahrung gab es niemanden außer einem Zombie, der sich mehr unterschiedliche und interessante Möglichkeiten ausdenken konnte, lebendiges Fleisch zu misshandeln.

»Nicky?«, rief ich und öffnete die Tür mit der Fußspitze ein wenig weiter.

Keine Antwort. Nun, irgendjemand musste die Tür aufgeschlossen haben, und jemand musste die Kameras bedienen. Indem ich mein Leben – oder zumindest die Integrität meiner Eier – in die Hand nahm, trat ich in eine Kälte, die man vernünftigerweise nur als grabesgleich bezeichnen konnte.

Ich schaute mich um, von Nicky jedoch keine Spur. Die Vorführkabine war größer, als diese Bezeichnung vermuten ließ. Im Grunde war es eine Halle im ersten Stock mit einer sehr hohen Decke, die offensichtlich für den Wärmeaustausch förderlich war. Nicky lebte hier oben mit seinen Computern und allem anderen, woran sein kaltes, kaltes Herz hing. Seinerzeit gehörte dazu ein hydroponischer Garten, der trotz der klirrend kalten Temperaturen bestens zu gedeihen schien. Unterteilt wurde der Raum durch einen Schirm aus unterernährten Bambuspflanzen, die in Eimern mit einer giftig aussehenden, braunen Brühe standen. Die höchsten Pflanzen streckten sich bis zur Decke und breiteten sich mit ihrem Laub darunter aus – sie griffen nach den Sternen, nur um sich geschlagen zu geben, wie Leonard Cohen einmal in einem seiner Titel gesungen hat. Sie waren so weit gewachsen, wie sie konnten, ohne sich zu bücken und horizontal weiterzuwuchern, und balancierten, wie es aussah, sehr unsicher in den Plastikeimern, die ihr armseliges Zuhause darstellten.

Normalerweise saß Nicky am Computer-Terminal auf der anderen Seite des Raums – oder er stand vielleicht, auf die

Ellbogen gestützt, vor dem Kartenschrank rechts von mir und studierte Pläne und Karten von London und der Welt, die über und über mit seinen eigenen rätselhaften Symbolen vollgekritzelt waren. Aber beide Plätze waren in diesem Moment verwaist.

»Hey, Nicky«, rief ich ein wenig ungehalten. »Wo du auch gerade bist, mach auf. Die Taxiuhr läuft.«

»Knöpf den Mantel auf, Castor.« Nickys Stimme reichte nicht besonders weit, daher war es kein lauter Ruf – lediglich eine Art unterschwelliges, drängendes Murmeln, das aus keiner bestimmten Richtung zu mir drang, sondern zusammen mit den winzigen Schwaden Wasserdampf über den Fußboden kroch. Ich entdeckte ihn trotzdem. Er stand hinter einer Reihe dürrer Bambusstängel und sah aus wie Davy Crockett im Alamo – nur dass die Pistole in seiner Hand kein Museumsstück war, sondern eine massive Dienstwaffe mit einer Menge Meilen auf dem Tacho, aber einem trotzdem immer noch ganz schön gefährlichen Aussehen. Nicky wirkte ebenfalls entschlossen. Gewöhnlich ließ ihn die künstliche Bräune, die er sich immer ins Gesicht schmierte, ein wenig aussehen wie einen Clown, aber die Pistole, die er in der Hand hatte, verlieh ihm eine Ernsthaftigkeit, die einem jedes Lachen im Hals steckenbleiben ließ.

»Hast du verdammt noch mal den Verstand verloren?«, fragte ich ihn.

»Nee. Da draußen in der großen Stadt ist eine verdammt miese Scheiße im Gang, und ich habe nicht die Absicht, darin verwickelt zu werden. Knöpf einfach deinen Mantel auf, damit ich sehen kann, ob du eine Waffe bei dir hast.«

»Nur das Übliche, Nicky. Es sei denn, es ist eine neckische Umschreibung für …«

»Tu es, Castor. Ich frage zum letzten Mal.« Diesmal ein wenig lauter, was bedeutete, dass er eigens aus diesem Anlass einen tiefen Atemzug gemacht hatte. Wenn er nicht redete, vergaß er es gewöhnlich.

Während ich einige unfreundliche Worte hinunterschluckte, knöpfte ich meinen Paletot auf und drehte mich nach links und rechts. »Da siehst du es«, sagte ich. »Kein Schulterholster. Keine Patronengurte. Noch nicht mal eine Machete im Gürtel. Ich muss dich leider enttäuschen.«

»Wenn du mich enttäuscht hättest, würdest du es wissen. Dreh die Taschen um.«

»Lieber Gott, Nicky.«

»Ich sagte doch – es ist nichts Persönliches. Wir sind Freunde, soweit man das so nennen kann. Wenn ich jemandem vertrauen würde, dann wärst du es. Aber wir bewegen uns heute auf unbekanntem Terrain, und ich werde verdammt noch mal kein Risiko eingehen.« Seine Hand wischte über die Pistole in seiner Hand, einmal vor, einmal zurück, und ich hörte ein Geräusch, das ich aus zahllosen Kinofilmen kannte und vielleicht zweimal in der Realität gehört hatte. Es war der Klang vom Zurückziehen und Vorschieben des Schlittens beim Spannen einer automatischen Pistole.

Ich schenkte mir weitere Einwände. So viel schleppte ich auch nicht in meinen äußeren Taschen herum. Was ich dort fand – Schlüssel, Portemonnaie, ein Schweizer Armeemesser mit einem Werkzeug, um Steine aus Pferdehufen zu entfernen –, holte ich heraus und ließ es auf den Boden fallen. Jedoch war ein zweiter Satz Taschen in das Innenfutter meines Mantels eingenäht, und mit den Dingen, die dort aufbewahrt wurden, ging ich ein wenig behutsamer um: ein antikes Messer mit einem mit Intarsien verzierten Griff; ein kleiner Kelch aus angelaufenem und stark oxidiertem Silber; der Porzellankopf von Abbies Puppe. All dies legte ich vorsichtig nacheinander auf den Fußboden. Zuletzt kam die Tin Whistle. »Mit nur einer Hand«, warnte Nicky, während ich die Flöte hervorholte und hochhielt. Wenn es nach ihm ging, *war* dies eine Waffe – und sie trug seinen Namen.

Allmählich reichte mir dieses Theater, und ich hatte Lust, dem ziemlich heftig ein Ende zu machen. Langsam, mit sorgfältig abgezirkelten und übertrieben harmlosen Bewegungen bückte ich mich und legte die Flöte auf den kahlen Zementboden. Gleichzeitig versetzte ich ihr mit dem Daumen einen leichten Stups, so dass sie ein Stück rollte. Ich wusste, dass Nickys Blick ihr folgen würde, so wie man einer Granate ohne Sicherungsstift nachschaut. Dann ging ich ein wenig tiefer in die Knie. Der Plastikeimer mit der Bambuspflanze am Ende der Topfreihe befand sich in Reichweite meiner linken Hand. Ich streckte sie aus und legte die Finger unter den Rand des Eimers.

Dann stand ich in einer fließenden Bewegung auf, und der Eimer kippte um. Mit ihm natürlich die Pflanze darin. Sie stieß gegen die benachbarte Pflanze und startete eine Kettenreaktion, die klang wie ein Wind, der durch einen Bambuswald fuhr. Und Nicky stand in der Reihe, als wartete er auf eine Strafe. Ohne einen Seufzer oder ein Stöhnen oder einen Schrei – weil er dazu nicht genügend Luft eingeatmet hatte – ging er zu Boden. Sein Kopf prallte mit einem dumpfen Laut gegen die Wand, aber das würde ihn kaum beeinträchtigen. Rechts von mir erklang jedoch ein anderes Geräusch: ein Klappern von Metall auf Stein, das schnell verstummte. Ich witterte dort eine bessere Chance und machte einen Satz, ehe ich auch nur sehen konnte, wo die Pistole in der sich ausbreitenden Pfütze brauner Brühe aus den umgekippten Eimern gelandet war. Nicky hatte es geschafft, sich aus dem Bambusdickicht zu befreien, und krabbelte auf allen vieren in dieselbe Richtung. Da er sich bereits auf Bodenniveau befand, erreichte er unser gemeinsames Ziel als Erster, aber dann landete mein Fuß auf seinem Handgelenk, während sich seine Finger um die Waffe krümmten.

»Ich stehe nicht mit meinem gesamten Gewicht darauf«, erklärte ich ihm. »Wenn ich es tue, wird irgendetwas brechen.«

Nicky hatte eine krankhafte Angst vor physischen Schäden. Da er bereits tot war, fehlte ihm die Fähigkeit, sich davon zu erholen. Sämtliche Systeme, die in einem lebendigen Körper Fleisch und Knochen zusammenwachsen ließen und Infektionen neutralisierten, kamen in einem wandelnden Leichnam nicht zum Einsatz. Er lockerte hastig den Griff um die Waffe, und ich hob sie auf. Sie war alt und schwer, aber jemand hatte sie gepflegt, und ich bezweifelte nicht, dass sie funktionierte, auch wenn sie wie jetzt mit zähflüssigem braunem Matsch bedeckt war. Ich wusste nicht, wie man den Sicherungshebel umlegte oder das Magazin herausnahm, und richtete sie stattdessen auf Nicky. Er reckte die Hände in die Luft und rutschte auf dem Rücken liegend auf dem Boden von mir weg.

»Vorsicht! Ganz ruhig, Castor! Wenn ich getroffen werde, heilt die Wunde nicht!«

»Ganz ruhig? Du wolltest mich kaltmachen, du verdammter Irrer!«

»Ich wollte nur sichergehen, dass du mich nicht tötest.«

»Was?« Genervt und zugleich entrüstet ließ ich die Waffe sinken. »Nicky, du bist schon tot. Hast du das vergessen? Dich töten zu wollen, wäre vergebliche Liebesmüh.«

»Dann wenigstens, dass du mir keinen Schaden zufügst.« Er versuchte, die Beine anzuziehen und aufzustehen, ohne die Hände zu benutzen, die er immer noch zur Decke streckte.

»Dir Schaden zufügen. Richtig.« Ich ging zum Fenster und versuchte es zu öffnen. Nichts zu machen, der Rahmen war festgenagelt. Stattdessen zertrümmerte ich es, wogegen Nicky lautstark protestierte, und schleuderte die Pistole hinaus auf die von Unkraut überwucherte Asphaltfläche, die früher als Parkplatz des Kinos gedient hatte – ein kleines Präsent für das nächste Liebespaar, das sich ein stilles Plätzchen im hohen Gras suchte.

Dann wandte ich mich wieder zu Nicky um. Er ließ die Hände sinken und kam herüber, um aus dem Fenster zu schauen, dann musterte er mich mit finsterer Miene. Zum ersten Mal bemerkte ich, dass er über seinem gewohnten Zegna-Anzug eine Metzgerschürze trug. Es war eine seltsame und beunruhigende Kombination, selbst wenn die Flecken darauf mulchgrün und erdbraun anstatt blutrot waren.

Meistens wusste man, woran man bei Nicky war. Er litt bereits unter Verfolgungswahn, ehe er starb, und wenn überhaupt etwas, dann hat dieses Ereignis ihn in seiner Überzeugung bestärkt, dass das gesamte Universum hinter ihm her war. Daher war ich von all dem nicht besonders überrascht, sondern allenfalls auf eine morbide Art und Weise neugierig, was dieses Verhalten ausgelöst hatte.

»Weshalb, zum Teufel, sollte ich dir irgendwelchen Schaden zufügen wollen?«, wollte ich von ihm wissen. »Nein, lass es mich anders formulieren. Ich will dir ständig Schaden zufügen – aber warum sollte ich ausgerechnet den heutigen Tag auswählen, diesem Drang nachzugeben?«

Er war mürrisch und verteidigte sich. »Warum sollte jemand einen speziellen Moment aussuchen, um durchzudrehen? Ich weiß nur, dass eine Menge Leute gerade diesen Moment jetzt gewählt haben. Ist dir das irgendwie entgangen? Ich dachte, du hättest diese enge Verbindung zu London. Dieses Gespür für … Zeitgeist. Citygeist. Was auch immer. Wenn sich also jede Menge Londoner mit dem vergiften, was sie an Nahrung zu sich nehmen, und den Verstand verlieren, dachte ich, es sei möglich, dass auch du verrückt spielen würdest. Aber ich vermute, dass dein Empfänger heute auf eine andere Wellenlänge eingestellt war.« Er konnte erkennen, dass nichts von dem, was er sagte, für mich einen Sinn ergab – und auch, dass ich ziemlich sauer war –, daher versuchte er es mit anderen, klareren Argumenten. »Weißt du, wie viele Morde alljährlich in London begangen werden, Castor?«

»Nein, weiß ich nicht. Ich weiß nur, dass wir hinter New York liegen, uns aber alle Mühe geben aufzuholen.«

Aus dem Nichts erschien plötzlich ein überheblicher Ausdruck in seinem Gesicht. Ich erkannte ihn sofort. So sah er immer aus, wenn er im Begriff war, obskures Wissen aus undurchsichtigen Quellen kundzutun. »Rund einhundertfünfzig. Im schlimmsten Jahr waren es einhundertdreiundneunzig. Im vergangenen Jahr gab es eine kleine Spitze, aber im Allgemeinen liegt die Rate bei stabilen zwei Komma vier Prozent pro Jahr und pro einhunderttausend Einwohner. Also alle zwei Tage einen oder etwas mehr. Weißt du, wie viele es gestern waren?«

»Auch diesmal, nein.«

»Sieben. Plus zwei, über die man sich streiten kann, und sechs klassische Versuche. Und dabei sind die Vergewaltigungen, die Misshandlungen, die gewalttätigen Angriffe nicht mitgezählt. Scheiße für die ganze Familie in einem Dutzend Geschmacksrichtungen. Ich sage dir, Castor, wir stehen ganz schön weit rechts von der Glockenkurve.« Er blickte durch den Raum und deutete mit einem Kopfnicken auf das Computerterminal. »Sieh selbst.«

Ich schickte ihm einen misstrauischen Blick, aber wenigstens war er nicht mehr bewaffnet. Und wir bewegten uns wieder auf bekanntem Terrain – wilde Verschwörungstheorien und zurechtgebogene Statistiken. Ich ging zum Computer und warf einen Blick auf die beiden Monitore, die er einander gegenüber in einer Ecke des Raums aufgestellt hatte. Eine Anzahl Dateien waren auf dem Desktop geöffnet, und die meisten enthielten Meldungen von Internet-Nachrichtendiensten.

MANN IN UXBRIDGE MIT EIGENER KRAWATTE ERDROSSELT
FRAU IM REGENT'S CANAL WURDE ERMORDET, MELDET POLIZEI
EHEPAAR ERMORDET, ES WAR EINE HINRICHTUNG
SCHIESSEREI IN U-BAHN-STATION TESCO

Anscheinend war es ein schlechter Tag gewesen – vor allem wenn man bedachte, dass Sonntag war und die meisten Leute entweder ihren Wochenendrausch ausschliefen oder ihre Autos wuschen. Ich nahm die Maus zur Hand und verkleinerte einige Fenster. Dahinter erschienen weitere Meldungen, aufeinandergestapelt in einer endlosen Folge von Grässlichkeiten.

»Verstehst du jetzt?«, fragte Nicky. »Wenn man vernünftig ist, trifft man seine Vorsichtsmaßnahmen.«

»Und das schließt dich mit ein?«, konterte ich. »Na und, glaubst du etwa, dass London gestern seinen kollektiven Verstand verloren hat?«

»Nun, zumindest hat die Stadt einen Blick in den Abgrund geworfen. Und der Abgrund blickt zurück, wenn du weißt, was ich meine.«

»In Ordnung. Du hast dir also eine Pistole besorgt. Aber woher weißt du, dass du ein Teil der Lösung und nicht ein Teil des Problems bist, Nicky?«

Er runzelte die Stirn und starrte mich an. »Wie bitte?«

»Es gibt eine Welle von Morden und Gewalt. Du bekommst es mit der Angst zu tun, entschließt dich, dafür zu sorgen, dass du nicht davon überrollt wirst, und schon fuchtelst du mit einer Pistole deinen besten Freunden vor der Nase herum. So etwas nennt man Eigenbeschuss, du Schwachkopf.«

»Eigen…?« Er dachte darüber nach und sah dabei aus, als hätte er in eine Zitrone gebissen und festgestellt, dass er noch immer einige intakte Geschmacksknospen besaß. Er wurde wieder mürrisch und wehrte sich. »Hey, mach mich bloß nicht konfus, Castor – das ist nicht lustig. Egal, was verdammt noch mal hier passiert ist, diese Morde haben sich auf einen Ort konzentriert, okay? Also haben wir es mit irgendeinem chemischen oder bakteriologischen Kampfstoff oder etwas Ähnlichem zu tun – mit etwas, das der Luft oder dem Wasser zugesetzt wurde. Ich trinke kein Wasser. Und ich brauche keinen Sauerstoff. Ich kann mich also demnach unmöglich infiziert haben.«

Ich nickte hauptsächlich deshalb zustimmend, um ihn zum Schweigen zu bringen. »Nicky, sieben Morde in einer Nacht sind etwas für die Rekord-Listen – aber nur bis irgendein besonders fleißiger Zeitgenosse die Zahl auf acht erhöht. Es ist so wie mit jedem Sommer, der zum heißesten aller Zeiten erklärt wird.«

»Das liegt doch nur an der globalen Erwärmung.«

»Richtig. Und dies hier ist eine Folge der globalen Tollwut. So ist das nun mal mit Rekorden, Nicky. Sie steigern sich, weil sie nicht kleiner werden können. Aber vergessen wir diesen Blödsinn mal für eine Weile, du musst mir einen Gefallen tun.«

Er wurde nicht lockerer. Meine Bemerkung über den »Teil des Problems« hatte ihn offensichtlich in seinem Stolz getroffen. »Ich bin nicht in der Stimmung, dir irgendeinen Gefallen zu tun, Castor. Du hast mir auf die Hand getreten. Ist dir klar, was ich durchmachen muss, um einen Knochen zu reparieren? Ich habe keine Antikörper. Keine verdammten weißen Blutkörperchen. Ich habe nur meine beiden Hände.«

»Ich habe dir ein Geschenk mitgebracht.«

»Als ob mich das interessiert.« Ich wollte anfangen die Sekunden zu zählen, aber die Pause war zu kurz. »Was ist es?«

Die Grundlage meiner Beziehung mit Nicky war ein System verschiedener Ausdrucksformen eines gnadenlosen Pragmatismus. Da er tot und rein fleischlich wiederauferstanden war – ich vermeide den umstrittenen Begriff »Zombie«, der neuerdings von der Regierung als Hasswort verurteilt wurde –, kam Nicky nicht mehr so weit herum wie früher. Viel lieber kühlte er seinen Körper auf eine Temperatur herunter, bei welcher der Vorgang der organischen Verwesung bis auf ein kontrollierbares Minimum verlangsamt werden konnte. Ihn umgab nach wie vor ein Aroma aus Formaldehyd und Gänseleberpastete, aber das milderte er mit Old-Spice-Aftershave, und da die meisten anderen lebenden Toten, denen ich bisher begegnet war, rochen wie eine Kühltruhe voll verdorbenen Fleisches, war das ziemlich beeindruckend.

Aber seine begrenzte Mobilität hatte zur Folge, dass er in einigen Dingen auf das Entgegenkommen und die Hilfe von Fremden angewiesen war – nämlich jenen vergleichsweise wenigen Fremden, denen die Gesellschaft von Toten nicht unangenehm war. Daher brachte ich ihm, wann immer ich etwas von ihm wollte, ein Geschenk mit, um den Handel zu versüßen. Er liebte edle französische Rotweine kleiner, unbekannter Weingüter – er inhalierte ihren Duft wie einer von Henry Butler Yeats' Geistern – und seltene Jazzschallplatten. Dieses Zeug in die Finger zu bekommen, ohne mich dabei finanziell zu ruinieren, war ein ständiger Kampf. Heute hatte ich jedoch ein absolutes Highlight. Wortlos reichte ich es ihm – eine Ebonitplatte in einer stabilen Papphülle, auf einer Seite mit Briefmarken im Wert von drei Cents beklebt. Nicky drehte sie um, las den Text auf der Rückseite und sagte für eine Weile gar nichts. Dann gab er sich einen Ruck. »Verdammt, Castor, wie groß ist der Gefallen, den ich dir tun soll?«

Es war eine absolute Rarität, nämlich eine Schallplattenaufnahme von Buddy Bolden, dem schon in frühen Jahren dem Wahnsinn verfallenen Kornettisten, der – jedenfalls einigen Berichten zufolge – praktisch im Alleingang den New Orleans Ragtime in Jazz verwandelte. Auf der A-Seite befand sich »Make Me a Pallet«. Eine B-Seite gab es nicht, was unter den gegebenen Umständen nicht von Bedeutung war. Allgemein wurde angenommen, dass Bolden keine Aufnahme von seinen Werken hinterlassen hatte, aber ich hatte Quellen, die ein Nein nicht als Antwort gelten ließen.

»Es sind zwei Gefallen.«

»Lass hören.«

»Nummer eins ist einfach. Du musst mir ein paar Informationen über einen tödlichen Unfall verschaffen. Ein Mädchen namens Abigail Torrington – Zeitrahmen irgendwann im Sommer des vergangenen Jahres. Sie ist während eines Schulausflugs ertrunken. Andere Kinder sind dabei ebenfalls ums Leben gekommen.«

Er setzte sich an den Tisch und tippte ein paar Details in ein Notiz-Programm.

»Okay. Bis jetzt ist es ein Gefallen für ein Exemplar von *Ronco*

Twenty Golden Greats. Was macht das Ganze zu einem Buddy-Bolden-Gefallen? Scheiße, ich glaube, du hast tatsächlich einen meiner Handknochen gebrochen, du übernervöser Bastard.«

»Nummer zwei ist ein wenig schwieriger. Ich suche jemanden, der nicht gefunden werden will. Einen Mann namens Dennis Peace.«

»Wie wird ›Peace‹ geschrieben?«

»So wie das, von dem John Lennon in seinem Song fordert, dass man ihm eine Chance geben soll. Der Typ ist Exorzist, und nach dem, was ich bisher schon weiß, soll er verdammt gut sein. Alles, was du über ihn herauskriegst, verbessert meine Chancen gegen ihn – und glaub mir ruhig, wenn ich sage, dass ich jede Hilfe brauche, die ich kriegen kann.«

»Hast du noch mehr für mich? Seine letzte bekannte Adresse? NHI-Nummer? Bekannte Geschäftspartner?«

Ich nannte ihm die East-Sheen-Adresse, die Steve Torrington mir per Telefon mitgeteilt hatte. »Das ist so ziemlich alles, was ich habe. Außer dass er vor ein paar Jahren in einen Behandlungsfehlerprozess verwickelt war – als Opfer.« Ich zögerte und überlegte, ob ich ihm erzählen sollte, was geschehen war, als ich Peace mittels Abbies Spielzeug aufzuspüren versucht hatte. Aber dazu hätte ich ihm weitaus mehr Erklärungen liefern müssen, als mir zu diesem Zeitpunkt recht gewesen wäre.

»Ich komme morgen wieder vorbei«, sagte ich. »Dann kannst du mir entweder einen Zwischenbericht geben oder mir eine Kanone vor die Nase halten. Wenn du schon vorher irgendwas Interessantes erfährst, ruf mich an, okay?«

»Klar. Ich ruf dich an.«

»Oh, noch eine Sache, da wir gerade bei diesem Thema sind. Wo hat dieser schäbige Abklatsch des Oriflamme seine Pforten geöffnet?«

»Die Exorzistenbar?«, meinte Nicky spöttisch. »Dorthin würde ich mich noch nicht einmal als Toter verirren.« Es war ein müder Scherz, und ich tat nichts, um ihn zu weiteren zu animieren. »Drüben im West End«, sagte Nicky, als er feststellen musste, dass ich nicht nach diesem Köder schnappte. »Am Soho Square.« Er kritzelte die Adresse auf einen Bogen Ausdruckpapier und drückte ihn mir in die Hand. »Hast du nicht mal erzählt, das Oriflamme sei eine Busfahrerkneipe?«

»Ja, habe ich. Ich bin zurzeit hinter einem Busschaffner her.«

Ich beließ es dabei und empfahl mich. Unter den gegebenen Umständen fühlte ich mich schon auf der Gewinnerstraße, weil ich mir keine frischen Löcher in meinem Fell geholt hatte.

Ich kehrte zu Pens Hütte zurück, wo ich auf meinem Bett eine Notiz von ihr fand, in der sie mir mitteilte, dass Coldwood wieder angerufen habe, und mich bat, die Tiere zu füttern. Sie habe die Absicht, Rafi zu besuchen, und wolle anschließend zu Dylan fahren und ihm dabei helfen, sich nach einer weiteren Nachtschicht zu entspannen. Nun, dachte ich schicksalsergeben, wenn du so sehr auf Doktorspiele stehst, dann hast du dir mit einem Orthopäden genau den Richtigen geangelt.

Leber an die Raben und Harlan Teklad an die Ratten zu verteilen, dauerte etwa eine halbe Stunde. Als ich fertig war und aufgeräumt hatte, rief ich Coldwood unter der Mobilfunknummer an, die er mir gegeben hatte – ein weitaus besserer Weg, als mich von der Telefonzentrale mit ihm verbinden zu lassen.

Er meldete sich sofort und hielt sich nicht mit Small Talk auf. »Ich versuche schon den ganzen verdammten Tag, Sie zu erreichen«, sagte er. »Brondesbury Auto Parts. Alles war mit Blut besudelt, und es stimmte mit Sheehans überein.«

Brondesbury Auto Parts? Sheehan? Ich brauchte einen Moment, um zu begreifen, wovon er redete. Dann erinnerte ich mich an das triste, leere Lagerhaus in der Edgeware Road und an den bedauernswerten Geist, dem der halbe Schädel fehlte.

»Oh«, sagte ich. »Richtig. Nun. Herzlichen Glückwunsch.«

»Dazu ist es noch ein wenig zu früh. Wir haben Pauley verhaftet, aber er ist auf Kaution wieder draußen. Deshalb habe ich angerufen. Ihr Name wurde nirgendwo erwähnt, aber es war Ihre Aussage, die uns zu dem Haftbefehl verholfen hat. Pauley hat sehr große Ohren und Freunde in allen möglichen Positionen. Daher passen Sie auf sich auf, okay?«

»Ernsthaft?« Ich war überrascht, und nicht gerade angenehm. Es wurde schon einige Male versucht, aber Informationen und Beweise aus spirituellen Befragungen wurden noch nie bei Gerichtsprozessen zugelassen. Zumindest nicht in England. Ich hätte niemals auch nur im Traum angenommen, dass dieser Drogenbaron ein Interesse daran haben könnte, mich aus dem Weg zu räumen.

»Ernsthaft. Wenn er es schafft, den Haftbefehl außer Kraft setzen zu lassen, kann er auch verhindern, dass der Fall vor Gericht kommt. Eine Möglichkeit wäre, Sie aus dem Verkehr zu ziehen und der Polizei eine Verschwörung zu unterstellen.«

»Verschwörung?«

»Um das Recht zu beugen. Es ist eine Frage des Ausdrucks. Er behauptet, Sie hätten mit uns gemeinsame Sache gemacht, ein Richter überprüft die Begründung des Haftbefehls, sie kriegen ein Urteil. Wenn es zu deren Gunsten ausfällt, kommt er sofort auf freien Fuß, weil dann nämlich sämtliche unserer Scheiß-Beweise unzulässig sind.«

»Das ist toll. Schicken Sie mir jetzt ein paar Leibwächter?«

»Na klar, Castor. Sie werden aus dem gleichen Etat bezahlt wie Ihr Dienstwagen und Ihre Krankenversicherung. Sehen Sie, ich sage nicht, dass es wirklich so weit kommen wird. Ich sage nur, passen Sie auf sich auf. Es ist möglich, dass er versucht, Sie einzuschüchtern. Sind Sie morgen zu erreichen?«

»Es kommt drauf an. Weshalb?«

»Ich will, dass Sie irgendwann noch einmal in dieses Lagerhaus kommen. Ich möchte Schritt für Schritt rekonstruieren, wie Sheehan unserer Meinung nach gestorben ist, und sehen, ob der Geist auf irgendeine Art und Weise darauf reagiert.«

»Wie eilig ist das?«, fragte ich.

»Zurzeit? Nicht sehr, denke ich. Wir warten noch immer auf einige Ergebnisse aus dem Kriminallabor. Warum? Haben Sie die Absicht, in der Versenkung zu verschwinden?«

»Ich habe einen anderen Auftrag.«

Coldwoods Lachen war knapp und laut. »Dann stehen wir tatsächlich kurz vor dem Weltuntergang. Was für ein Fall ist es?«

»Ein Mädchen ist verschwunden.«

»Übernehmen Sie jetzt auch die Suche nach Vermissten?«

»Nein, es ist ein totes Mädchen. Der Name ist Abigail Torrington. Es ist eine lange Geschichte.«

»Dann behalten Sie sie für sich. Ich hasse lange Geschichten. Rufen Sie mich an, wenn Sie frei sind.«

Er beendete das Gespräch genauso abrupt, wie er es begonnen hatte. Ich holte Pens altes Straßenverzeichnis von London aus einem Wandregal und legte es aufgeschlagen auf den Küchentisch. Ich fand außerdem einen Markerstift, der genau das war, was ich jetzt brauchte. Ich blätterte bis zu der Seite, auf der Harlesden zu sehen war, knickte mitleidlos den Buchrücken, damit es flach auf dem Tisch lag. Es war sowieso seit fünf Jahren überholt. Ich würde ihr ein neues kaufen, sobald ich Steve Torringtons hilfreichen Umschlag voller Bargeld und Schecks in Händen hätte.

Ich zeichnete in der Craven Park Road dort, wo sich etwa mein Büro befand, ein Kreuz ein. Dort hatte ich Abbies Puppe zum ersten Mal in die Hand genommen und dabei mit dem Gesicht zum Fenster gestanden … also nach Norden. Zumindest in nördlicher Richtung. Die Spur – den Eindruck, dass irgendeine Reaktion erfolgte, als ich meine kleine Melodie spielte – hatte ich halblinks hinter mir wahrgenommen. Ich zeichnete mit dem Marker eine breite, krakelige Linie, die Park Royal, ein langes Stück der Western Avenue, Hanger Hill und Ealing umschloss … ich musste irgendwo Schluss machen, daher entschied ich mich für den als Hochstraße geführten Abschnitt der M4 als grobe Grenze.

Dann fand ich die Du Cane Road und das kleine Kreuz, das den Standort von Saint Michael's markierte. Der Parkplatz, wo ich ein wenig früher heute Abend meinen zweiten Versuch unternommen hatte, lag etwa einhundert Meter entfernt an der Straße. Ich hatte in die untergehende Sonne geblickt, und aus dieser Richtung war die Antwort erfolgt – bis ich von dieser kleinen psychischen Splitterbombe getroffen wurde, die mir zu einem Loch in der Zunge und einem Klingeln in den Ohren wie von den Glocken der Hölle verholfen hatte.

Genau von Westen. Ich zeichnete eine zweite Linie durch Acton, Ealing und Drayton Green bis zur Hügellandschaft des Brent Valley Golf Course. Peace würde Abbie ganz gewiss nicht dort verstecken. Die Golfplatzgebühren waren astronomisch.

Die beiden Linien kreuzten sich über einem breiten Landstrich von Acton und North Ealing. Ich hatte sie mit Absicht so großzügig eingezeichnet, denn dies war keine Raketen- oder sonst irgendeine verdammte Wissenschaft, die diesen Namen verdiente. Hier geschah nichts anderes, als dass ich versuchte, aus ungenauen und unvollständigen Daten halbwegs zuverlässige Informationen zu extrapolieren.

Und in diesem Zusammenhang musste ich wieder an Nicky denken.

Woraufhin mir der zerknüllte Bogen Ausdruckpapier in meiner Tasche mit seiner handschriftlichen Notiz darauf einfiel.

Das Oriflamme.

Ich schaute auf die Uhr. Erst elf, daher wäre in dem Laden sicherlich noch Hochbetrieb. Und vielleicht glaubte Peace, dass er mich mit seinem kleinen psychischen Überfall schlimmer zugerichtet hatte als tatsächlich geschehen. Es gab nichts Schöneres, als der Gegenseite zuvorzukommen.

6

Eine breite Treppe führte hinauf zum Eingang. Zur Straße war sie durch ein schmiedeeisernes Gitter abgetrennt, in welches das Wappen des Stadtbezirks Camden eingearbeitet worden war mitsamt dem frommen Motto *Non sibi sed toti*, gewöhnlich übersetzt mit: »Keiner gebe nur für sich, sondern für alle«. Ich vermute, zu irgendeiner Zeit hatte dieses Gebäude der Regierung gehört.

Jetzt hingegen war das ganz eindeutig nicht mehr der Fall. Die beiden Schlägertypen, die mich am Ende der Treppe kontrollierten, hatten weder das Aussehen noch das Modebewusstsein irgendeines öffentlichen Bediensteten, den ich bisher kennengelernt hatte. Wahrscheinlich hätten sie auch keine besonders rosige Zukunft in der Bezirksverwaltung gehabt, es sei denn, Camden hätte sich irgendwann entschlossen, eine Behörde zu gründen, die für Gorillas zuständig war.

Sie überprüften mich nicht auf Waffen oder versteckt mitgeführten Schnaps, obgleich sie auch meine Taschen und das Innenfutter meines Mantels flüchtig abtasteten. Ihnen ging es im Wesentlichen darum festzustellen, dass ich der Messlatte entsprechend, nach der sie sich bei dieser Prozedur richteten, lebendig und mehr oder weniger menschlicher Natur war. Zuerst nötigten sie mich, für ein paar Sekunden eine Silbermünze ganz fest in die Hand zu nehmen, und warteten, ob sich bei mir irgendeine Reaktion zeigte. Dann tasteten sie ziemlich grob an Handgelenk und Hals nach meinem Puls.

Es verdirbt ein wenig die Laune, wenn jemand, der zehn Zentimeter größer ist als man selbst und die Statur eines Berufsringers hat, einem seinen Daumen in den Hals bohrt. Das ist einer der Gründe, weshalb ich mich nicht häufiger in Exorzistenkneipen blicken lasse.

Ein anderer Grund ist, dass ich ein ungeselliger Bastard bin, der Fachsimpelei noch mehr hasst als eine Zahnbehandlung.

Das Oriflamme war der Feierabendtreffpunkt für Exorzisten schlechthin, falls Sie das nicht längst geschnallt haben. Oder zumindest war es das in seiner ersten Version. Damals stand es in der Mitte eines Verkehrskreisels auf dem Castlebar Hill. Es war ein Gebäude, in dem früher ein Museum untergebracht war und das mehrmals den Besitzer gewechselt hatte, bis es dem berühmten Peckham Steiner in den Schoß gefallen war, einer Vaterfigur für alle Londoner Exorzisten, solange man einen trunksüchtigen, dem Kindesmissbrauch frönenden Vater hatte, der den Zustand der geistigen Normalität nur vom Hörensagen kannte.

Steiner machte dann den Laden seinem guten Freund Bill Bryant, besser bekannt unter seinem halb liebevollen Spitznamen »Bourbon«, zum Geschenk. Der Laden war völlig abgelegen, aber er hatte eine ganz eigene düstere, bedrückende Atmosphäre und einen Ruf als Ort, an dem man sich unbedingt zeigen sollte, wenn man darauf aus war, in der Szene Fuß zu fassen und sich einen Namen zu machen, daher schleppte es sich trotz seiner lausigen Lage von Jahr zu Jahr so einigermaßen dahin. Aber dann, vor etwa drei Jahren, fackelte jemand es bis auf die Grundmauern ab. Es war ein Brandbombenattentat – zum Glück hatte das Etablissement zu diesem Zeitpunkt geschlossen – und es leistete ganze Arbeit. Die Katze des Barkeepers überlebte das Feuer, aber abgesehen davon blieb noch nicht einmal ein Aschenbecher übrig.

Nicky hatte einen ganzen Haufen Theorien darüber, wer es getan hatte und weshalb, und von Zeit zu Zeit versuchte er, mir einige davon vorzustellen. Gewöhnlich schaffte ich es, mich aus dem Staub zu machen, ehe er davon anfing, dass die Satanisten im Begriff waren die Regierung zu übernehmen, aber manchmal war es verdammt knapp.

Mittlerweile war das Oriflamme im Zuge einer dieser seltsamen Ironien, die zu unserem Gewerbe gehörten, von den Toten auferstanden – oder zumindest traf das auf seinen Namen zu. Ein Typ namens McPhail, der, soweit ich weiß, niemals etwas mit dem Laden auf dem Castlebar Hill zu tun hatte, stellte sich ein Etablissement vor, das die Exorzistenvision von einem Herrenclub sein könnte – mit einer Bar, einem Salon, persönlichen Postfächern, einer Möglichkeit zu übernachten, wenn man sich für ein paar Tage in der Stadt aufhielt, eben allem, was dazugehörte.

McPhail hatte keine Räumlichkeiten – oder verpfändbare Sicherheiten –, aber er hatte jene Anpackermentalität, die man gewöhnlich Serienmördern und korrupten Politikern zuordnete. Er stahl den Namen von Bourbon Bryant – der mit einer Klage drohte, aber nicht mal so viel Geld hatte, um das Taxi zum Gerichtsgebäude, geschweige denn einen Anwalt zu bezahlen – und eröffnete seinen Laden am Soho Square.

Es wurde gemunkelt, dass er ein Haus besetzte, anstatt Miete oder Pacht zu bezahlen, und ich glaubte es durchaus. Die Mieten in Soho waren mittlerweile derart hoch, dass sogar die

Obdachlosen, die in Hauseingängen nächtigten, dafür monatlich einen Riesen abdrückten.

Ich stieg die Treppe hinauf, nachdem ich die Musterung als lebenswarmer Körper ohne unliebsame Mitreisende hinter mich gebracht hatte, und ging durch eine Tür, die genauso üppig mit Bannsprüchen und Sigillen dekoriert war wie ein Hochzeitswagen mit bunten Bändern und leeren Konservendosen. Ich gelangte in eine geräumige Bar, die wahrscheinlich mehr Atmosphäre gehabt hatte, als der Raum noch als Büro vermietet wurde. Die Beleuchtung bestand aus ungefähr einem Dutzend indirekten Spotlights im Fußboden an den Rändern des Saales, welche die Decke anstrahlten. Es war eine nette Idee, die jedoch dadurch beeinträchtigt wurde, dass die meisten Leute im Raum in der Nähe der Scheinwerfer standen oder saßen und einen Großteil des Lichts abschirmten. Riesige Schatten kamen und gingen an der Decke, und die Lichtintensität schwankte von einer Sekunde zur anderen, wenn Leute sich auf ihren Plätzen bewegten oder aufstanden, um die nächste Runde von der Bar zu holen.

Die Bartheke bestand aus einer derben Barrikade Packkisten mit darübergelegten Abdeckplanen in einer Ecke des Raums. Angeboten wurden Bier in Flaschen sowie Wein und Spirituosen glasweise nach Augenmaß – was allein schon für eine Schließung des Betriebs ausreichte, falls jemand vom Zoll oder der Gewerbeaufsicht auf einen Drink vorbeischaute. Natürlich haben die meisten Steuerbeamten einen derart schwachen Puls, dass sie wahrscheinlich gar nicht erst an den Rausschmeißern vorbeigekommen wären.

Die Klientel war bunt gemischt. In der wogenden Masse an der Bar entdeckte ich ein halbes Dutzend Leute, die ich flüchtig kannte, und ein paar mehr in stillen Winkeln und Nischen in Gespräche mit Fremden – möglicherweise Kunden, Partner oder bezahlte Informanten – vertieft. Ich suchte jedoch jemand Bestimmten, und ich sah ihn schließlich allein am anderen Ende des Raums stehen, wo er sich an einen Pfeiler lehnte. Es war Bourbon Bill persönlich, der Eigentümer des ursprünglichen Oriflamme, das in den Flammen gestorben und als dieses un-Phoenix-hafte Dreckloch wiederauferstanden war. Er trug eine Lederjacke zu einem roten Oberhemd und schwarzen Denimjeans, die aussahen, als stammten sie aus dem amerikanischen Bürgerkrieg. Wahrscheinlich ebenso alte Doc Martens zierten seine Füße. Er hatte ein leeres Schnapsglas in der Hand und trank gelegentlich einen Schluck aus einem Flachmann, den er in der Innentasche seiner Lederjacke versteckte. Ich ging an der Bar vorbei, wo ich zwei gut zugemessene Gläser Whisky kaufte, und näherte mich ihm von hinten.

Ich drückte ihm eines der Gläser in die freie Hand und stieß mit ihm an. »Cheers, Bill«, sagte ich, als er sich umdrehte.

»Felix Castor.« Er klang überrascht. »Welche unerwartete Ehre. Du kommst anscheinend kaum noch unter Leute.« Er hob das Glas und leerte es in einem Zug. Er trank Whisky wie andere Menschen Wasser, und soweit ich wusste, benutzte er Wasser nur zum Zähneputzen. Er konnte durchaus schon eine halbe Flasche intus haben, je nachdem, wie früh er angefangen hatte, aber davon war ihm in seiner Stimme oder in seiner Körperhaltung nichts anzumerken. Sein Hang zum Alkohol war für einen Barbesitzer nicht gerade von Vorteil – ich sollte eher früherer Barbesitzer sagen –, aber seine unvergleichliche Fähigkeit, mit ihm umzugehen, war es ganz gewiss. Mehr als ein Gast, der versucht hatte, ihn unter den Tisch zu trinken, war anschließend auf Besagtem hinausgetragen worden.

»Ich komme so häufig unter Leute wie eh und je, Bourbon«,

sagte ich. »Es ist nur so, dass ich mich nicht so gerne in der Gesellschaft von Geisterjägern besaufe. Irgendwie komme ich mir dabei immer vor, als wäre ich noch im Dienst.«

»Wenn das deine Meinung ist, Fix.« Er grinste, aber nicht lange. Sein Gesicht nahm gleich wieder seinen gewohnten säuerlichen Ausdruck an. Er war jemand, dem das Leben kräftig in die Eier getreten hatte, und er hatte immer noch den Gesichtsausdruck, der sich einstellt, wenn der erste Schmerz nachgelassen hat. Seine Miene hatte schon immer der eines Bassets geglichen. Jetzt war sein Gesicht noch faltiger als je zuvor, und seine Farbe glich mehr und mehr dem Graubraun seines Haars. »Früher hast du dich aber öfter im echten Oriflamme blicken lassen. Mindestens zweimal in der Woche, wenn ich mich recht entsinne.«

Ich nickte. »Und dann mietete ich ein Büro. Der größte Fehler, den ich je gemacht habe.«

»Du sagst es, Bruder.« Bourbon lachte wehmütig und schüttelte den Kopf. »Mein größter Fehler war, damals zur Hochzeit meines Bruders nach Schottland zu fahren. Als ich zurückkam, erwartete mich nur noch ein Haufen Asche und eine Rechnung der Feuerwehr. Drei Jahre sind mittlerweile verstrichen und ich habe noch immer nicht den blassesten Schimmer, wer es getan hat.«

»Irgendwelche Fortschritte an dieser Front?«

»Nicht in jüngster Zeit. Hatte vor zwei Monaten ein paar Spuren und Hinweise, aus denen sich etwas ergeben könnte. Höchstwahrscheinlich aber nicht. Ich bin geduldig. Hab mittlerweile so etwas wie eine Zen-Mentalität entwickelt. Ich lasse mich treiben und warte darauf, was mir begegnet.«

»Das ist nicht Zen, das ist Tao.«

»Wie auch immer. Ich lasse mich davon nicht verrückt machen. Aber wenn ich diesen Bastard finde, reiße ich ihm jeden verdammten Zahn mit der Zange einzeln aus dem Maul.« Bourbons Gesichtsausdruck verändert sich und wurde plötzlich auf eine leicht ungesunde Art und Weise lebhafter. »Weshalb fragst du überhaupt? Hast du irgendetwas gehört? Ich zahle für Informationen eine Belohnung, weißt du.«

»Wenn ich etwas höre, gebe ich es gleich weiter«, versicherte ich ihm hastig. »Scheiß auf die Belohnung. Nein, ich bin hierhergekommen, weil ich jemanden suche. Vielleicht kannst du ihn mir zeigen, wenn er hier ist.«

»Schieß los.«

»Dennis Peace.«

»Ja, ich kenne Peace.« Deshalb war ich direkt zu Bourbon rübergegangen, als ich ihn gesehen hatte. Er kannte jeden. »Es scheint, als sei er plötzlich richtig in Mode gekommen. Willst du mit ihm irgendwelche Geschäfte machen?«

»So könnte man es nicht nennen, nein.«

»Was dann?«

»Ich muss ihn im Zusammenhang mit einem Klienten sprechen. Es könnte sein, dass er etwas an sich genommen hat, das ihm nicht gehört.«

»Hah.« Bourbon schien über diese Andeutung nicht im Mindesten überrascht zu sein. »Nun, möglich ist das schon. Wäre nicht das erste Mal, wie ich zugeben muss. Er war schon immer ein ziemlich wilder Kerl. Ich erinnere mich, wie er eines Abends in die Bar kam und etwas über Messerkämpfe faselte. Ich stellte ihn wegen seiner Geschichte zur Rede, weil sie klang, als erzähle er Scheiß. Deshalb zog er sein Hemd hoch und zeigte mir seine Narben. Da wären sogar dem lieben Gott die Tränen gekommen. Er sah aus, als habe Boris Karloff ihn tranchiert und anschließend wieder zusammengeflickt.«

»Hatte er sich mit jemandem angelegt und verloren?«, fragte ich und versuchte, dieses Echo irgendwie einzuordnen.

»Er hat sich mit Stig Matthews geprügelt. Beide haben verloren. Beide landeten im Krankenhaus.«

Ja, das hatte ich gehört. Zwei Männer schlugen aufeinander ein, bis beide mit gebrochenen Nasen und zermanschten Gesichtern umfielen. So etwas ließ einen Macho immer schlecht aussehen.

»Ich dachte, er würde sich neuerdings ein wenig zusammenreißen«, sagte Bourbon nachdenklich. »Ein wenig ruhiger werden. Jedenfalls ist es das, was die Leute mir erzählen. Er kam als völlig anderer Mensch aus Amerika zurück. Aber ich kann dir sowieso nicht helfen, Fix. Er ist nicht hier.«

»Du bist dir offenbar ziemlich sicher.«

»Nun ja, ich habe ihn vor etwa einer halben Stunde hinausgehen sehen. Sah ein wenig mitgenommen aus, muss ich zugeben – als hätte er längere Zeit nicht geschlafen. Er hat sich von Carla ein paar FFs geholt und gleich an Ort und Stelle zwei Stück eingeworfen. Dann ist er sofort wieder verschwunden. Hat sich noch nicht einmal Zeit für einen Drink genommen.«

Verdammt. Da war ich ihm verdammt nahe gewesen. Aber knapp daneben ist auch vorbei. »Ist Carla noch hier?«, fragte ich. Bourbon schaute sich ein paar Sekunden lang um, dann deutete er auf eine Respekt einflößende Rothaarige in der Nähe der Bar. Sie unterhielt sich angeregt mit einem Typen mit nackten Armen, der so dicht tätowiert war, dass es schwer war, seinen Gesichtsausdruck zu erkennen. In anderer Gesellschaft hätte er einen nervös machen können. Neben Carla verblasste er jedoch und verschmolz mit dem Hintergrund.

»Danke, Bourbon. Demnach war Peace also Stammgast im alten Laden. Weißt du sonst noch etwas von ihm?«

»Es gibt einen Unterschied zwischen dem, was ich höre, und dem, was ich weiß, Fix. Peace ist der Typ Mann, über den die Leute sich gern Geschichten erzählen – aber du weißt ja, wie es ist. Viele dieser Geschichten hat man schon von anderen Leuten gehört, und man wird sie auch in Zukunft immer wieder hören. Die Leute wechseln, aber die Geschichten bleiben gleich. Alles, was ich weiß – und das mit einiger Sicherheit – ist, dass er vor längerer Zeit eine Gummiente war. Dass er zur *Collective* gehörte. Jetzt ist er allerdings nicht mehr dabei. Er hatte von den ständigen Streitigkeiten genug. Und ich glaube, er meinte mal zu mir, er sei ein Freund von Rosie Crucis, obwohl er, soweit mir bekannt ist, nicht zu dem Team gehörte, das sie zurückgeholt hat.«

»Da hast du recht. Er war nicht dabei.«

»Ach ja, das waren du und Jenna-Jane Mulbridge, nicht wahr? Die Wiedererwecker von Sussex Gardens. Das ist alles, was mir einfällt. Ich habe ihn noch nie mit jemand anderem gesehen, immer nur allein. Er ist fast genauso ungesellig wie du.«

»Dann erzähl mir einige von den Geschichten.«

Er verzog das Gesicht. »Das werde ich ganz bestimmt nicht tun, Fix, wenn es dir nichts ausmacht. Das ist nicht mein Stil.«

»Entschuldige, dass ich gefragt habe. Danke, Bourbon. Dafür bin ich dir einen schuldig.«

»Du hast mir gerade einen spendiert. Sei bloß vorsichtig und halt die Augen offen, okay? Peace ist in einiger Hinsicht ein ganz übler Bursche, aber so wie ich ihn kenne, ist er zu anderen Leuten korrekt, wenn sie zu ihm korrekt sind. Andererseits, wenn du ihn verärgerst, kann er ziemlich gemein werden.«

»Scheiße, dann ist er wirklich genauso wie ich. Lass es dir gut gehen, Bourbon.«

»Du dir auch, Fix.«

Ich schlenderte zum Ende der Bar, in dessen Nähe Carla saß, und beobachtete sie aus den Augenwinkeln, während ich einen weiteren Drink bestellte. Ich mag es nicht, Leute um irgendetwas zu bitten, wenn ich sie nicht kenne. In solchen Fällen gilt das Gesetz unbeabsichtigter Folgen mit all seinen gelegentlich schmerzhaften Nebenwirkungen. Ich hätte Bourbon bitten können, uns miteinander bekannt zu machen, aber weshalb, zum Teufel, sollte ich ihn in meinen Scheiß hineinziehen, wenn er selbst schon genug eigenen Scheiß am Bein hatte?

Ich ließ mir Zeit und bestellte den nächsten Drink. Schließlich war es so weit. Carla hatte ihr Gespräch mit dem wandelnden Kunstwerk beendet. Geld war von Hand zu Hand gewandert, desgleichen eine kleine Tüte aus braunem Papier, die mehrmals zusammengefaltet und mit Klebeband umwickelt worden war. Der Typ verschwand in Richtung Straße, glücklich und aufgeregt – zumindest soweit ich es unter seiner Fassadenmalerei erkennen konnte.

FFs, hatte Bourbon gesagt. Damit meinte er wohl eher *Fast-forwards* als, sagen wir mal, alte Ausgaben der *Fantastic Four*-Comics. Demnach hatte Peace eine Vorliebe für Amphetamine. Nun ja, er wäre nicht der erste Exorzist, der sein Werkzeug mit chemischer Hilfe stets geschärft erhält – und gewiss nicht der letzte. Interessant, dass er trotzdem so fertig ausgesehen hatte. Könnte sein, dass dies die Folge der Abwehr meiner verschiedenen Versuche war, Abbies Geist zu wecken, wie auch seines Angriffs auf mich früher am Tag. Wenn ich dort den Druck aufrechterhielt, schaffte ich es vielleicht, seinen Schutzschild zu durchbrechen.

Oder der nächste Querschläger, der mich traf, weichte mein Gehirn auf, bis es mir aus den Ohren rann.

Ich ging hinüber zu Carlas Tisch und ließ mich auf dem

soeben frei gewordenen Stuhl nieder. Sie war bereits im Begriff aufzustehen. Dabei musterte sie mich durchaus überrascht, aber nicht sehr erfreut. Aus der Nähe betrachtet war sie eine weitaus eindrucksvollere Erscheinung als von der Bar aus. Nicht groß, aber sehr kompakt. Sah man sie von Weitem, konnte man sich einreden, dass einiges von ihrer Masse Fett war, aber aus diesem Abstand konnte ich deutlich erkennen, dass sie aus etwas erheblich Härterem und weniger Nachgiebigem bestand. Sie musste um die vierzig sein, und ihr grobes Gesicht sah unter dem mehrschichtig aufgetragenen Make-up aus wie eine rote Ziegelsteinmauer. Ihre völlig unpassenden sanften braunen Augen waren wie ein Verbrechenstatort mit breiten Mascarastreifen abgeriegelt. Die restlichen Gesichtszüge wollten nichts mit ihnen zu tun haben. Sie hatte die völlig falsche Figur für ein bauchfreies Shirt, aber genau das trug sie. Das Hemdchen war ein weiteres Ablenkungsmanöver, aber ich hatte das Gefühl, dass die Ringerstiefel eine ehrliche Absichtserklärung darstellten.

»Ich habe geschlossen«, war alles, was sie sagte.

Ich zuckte die Achseln, als sei mir beides recht. »Ich kaufe nichts«, erwiderte ich.

»Dann verpiss dich.« Nicht erbost, nicht persönlich gemeint. Aber auch nicht besonders umgänglich.

»Ich suche jemanden, den Sie kennen. Dennis –«

»Ich sagte, verpiss dich.« Sie wackelte warnend mit dem Finger vor meiner Nase hin und her. »Ich kenne dich nicht.«

»Nun, das stimmt. Ich heiße Castor. Felix Castor. Meine Freunde nennen mich Fix.« Ich streckte ihr die Hand entgegen, die sie noch nicht einmal mit einem Blick würdigte. Stattdessen stand sie auf und schickte sich an, um den Tisch herum und an mir vorbei zur Bar zu gehen. Da ich um einiges hartnäckiger als vernünftig war, sprang ich auf und stellte mich ihr in den Weg.

Sie war wirklich nicht groß. Ihr Kopf befand sich gerade mal in Höhe meiner vierten Rippe.

Sie blieb stehen. Stille setzte ein, die von ihr ausging und sich dann bis zur Bar hin ausbreitete. Ohne mich umzudrehen, wusste ich, dass wir soeben in den Mittelpunkt des allgemeinen Interesses gerückt waren.

»Freundchen«, sagte sie im gleichen eisigen Tonfall, »das willst du wirklich nicht ernsthaft versuchen.«

»Vielleicht nicht«, räumte ich ein. »Ich möchte eigentlich Dennis Peace sprechen. Vielleicht könnten Sie ihm bestellen, dass ich ihn suche. Felix Castor. Er kann sich meine Telefonnummer bei Bourbon Bryant holen oder mir hier eine Nachricht hinterlassen.«

»Du solltest jetzt lieber Platz machen«, war alles, was Carla darauf erwiderte.

Ich trat beiseite. Sie schaute einmal zu mir hoch – es war ein harter, undeutbarer Blick. Dann schob sie sich an mir vorbei und ging zur Bar. Gleichzeitig war ein vielstimmiges kollektives Ausatmen zu hören.

Okay, damit war meine beabsichtigte Charme-Offensive verpufft. Nun ja, was den Charme anging, jedenfalls. Den offensiven Teil hatte ich ganz gut gemeistert. Aber egal. Bourbon hatte mir etwas zum Nachdenken und einige Spuren geliefert. Das reichte mir fürs Erste, um weiterzumachen.

✪

Der Regen fiel jetzt dichter, und der nasse schwarze Asphalt des Soho Square reflektierte das zersplitterte Glitzern der wenigen Autoscheinwerfer wie Sternschnuppen an einem wolkenlosen Himmel. Es war jedoch nicht kalt. Tatsächlich fühlte es sich angenehm an nach der konservierten Luft in der kryptaähnlichen Bar. Ich schlug noch nicht einmal meinen Mantelkragen hoch, während ich losmarschierte.

Mittlerweile war es weit nach Mitternacht, und es waren nicht mehr viele Leute unterwegs. Zwei massige Typen – einer von ihnen sehr, sehr groß – unterhielten sich murmelnd am Bordstein. Sie wichen nach rechts und links auseinander, um mich zwischen ihnen hindurchzulassen, wobei einer der beiden einen Zigarettenstummel über seine Schulter schnippte.

Mein Wagen stand auf der anderen Seite des Platzes, daher führte der kürzeste Weg dorthin durch den dichten kleinen Park in der Mitte. Ich umrundete den Tudor-Pavillon, der als Eiskrembude benutzt wurde, und das Tor am anderen Ende kam in Sicht. Es war geschlossen – kein gutes Zeichen. Nach ein paar Schritten hatte ich es erreicht, und ich zog daran. Nichts zu machen. Es war für die Nacht verriegelt.

Ich wandte mich um und sah, dass die beiden Männer, an denen ich soeben vorbeigegangen war, direkt auf mich zukamen. »Das Tor ist zu«, sagte ich freundlich. Ich suchte keinen Ärger, und ich nahm nicht automatisch an, dass sie es taten. Sicher, sie kamen weiter auf mich zu, obgleich sie wussten, dass es in dieser Richtung nicht weiterging. Aber vielleicht hörten sie schlecht. Für die meisten Dinge gab es eine harmlose Erklärung, wenn man arglos in die Welt blickte.

»Gut«, sagte der Typ auf der linken Seite kehlig. Er zog in einer glatten, oft geübten Bewegung ein Messer aus dem Gürtel. Der Kerl auf der rechten Seite, der größere der beiden, der Augenbrauen hatte so dicht wie Flaschenbürsten, schlug sich klatschend mit einer Faust in die Handfläche. Na schön, ich hatte gesagt, die *meisten* Dinge. Ich denke, dies war die berühmte Ausnahme von der Regel.

Sie kamen näher. Über ihre Schultern hinweg konnte ich die Straße sehen, die in beiden Richtungen vollkommen leer war. Von dort würde keine Hilfe kommen. Ich wappnete mich, um mich so teuer wie möglich zu verkaufen – aber sie waren sowohl schneller als auch geschickter, als ich erwartet hatte. Sie verließen den Weg nach links und rechts und entfernten sich ein Stück, so dass ich die beiden nicht gleichzeitig im Auge behalten konnte. Ich wich zurück, um zu vermeiden, dass ich in die Zange genommen wurde, aber das verschlossene Tor befand sich direkt hinter mir, und zwei Schritte waren alles als Rückzugsraum, das mir zur Verfügung stand. Ich schaute immer wieder zu dem größeren Kerl hin, sobald er sich bewegte, denn er sah für mich aus wie der gefährlichere der beiden, obgleich er kein Messer in der Hand hatte. Das war die Chance, die der andere brauchte. Er machte unvermittelt einen Satz, rammte mich und holte mich von den Beinen.

Ich knallte gegen das Tor, seine Schulter gegen meine Brust gedrückt. Er legte sein gesamtes Gewicht dahinter, so dass die Luft schmerzhaft aus meinen Lungen gepresst wurde. Ich rutschte kraftlos auf das Pflaster, und sie stürzten sich beide auf mich, ehe ich wieder aufstehen konnte. Ich warf mich wild hin und her in der Hoffnung, dass sich das Messer im dicken Stoff meines Mantels verfing oder blind hineinstach und all die vielen lebenswichtigen Organe verfehlte, die die Natur so reichhaltig auf unsere Körperhöhlungen verteilt hat – aber aus irgendeinem Grund erfolgte der Stoß nicht. Ich wälzte mich weiterhin zappelnd herum, und der Messerheld stolperte beinahe über seinen Kollegen, während wir uns gemeinsam auf den kalten nassen Steinen hin und her schlängelten.

Der Messer-Mann fluchte, und irgendetwas, das aus seiner oder meiner Tasche herausgefallen war, flog klappernd gegen den Zaun und rollte klirrend auf dem regennassen Steinweg weiter. Ich stieß einen Ellbogen gegen seinen Hals, aber ohne nennenswerte Kraft – und dort befanden sich genügend Muskeln, um zu verhindern, dass die Aktion mehr war als nur ein harmloses Störmanöver. Er boxte mich zweimal auf den Mund, um sich meiner Aufmerksamkeit zu versichern, und ein drittes Mal rein zum Vergnügen. Danach hievte mich der Bursche mit den dicken Augenbrauen auf die Füße und legte eine massige Faust um meine Kehle. Während ich hochkam, schloss sich meine Hand jedoch um einen kurzen, dicken Metallzylinder, der zwischen meinem Arm und meinem Körper auf den Boden gefallen war. Ich nahm ihn mit.

Der große Knabe war noch größer, als ich vorher hatte erkennen können. Er hob mich vom Boden hoch, so dass mein eigenes Gewicht mich erheblich wirkungsvoller würgte als seine zupackenden Finger. Sein grobflächiges Gesicht befand sich auf gleicher Höhe mit meinem. Er hatte einen sehr breiten Mund mit zu vielen Zähnen darin.

»Lass es bleiben, Po. Du bringst ihn um«, schnappte der Messer-Mann. Seine Stimme war tief und rau und klang, als ob er mit Rasierklingen gurgelte.

»Ich dachte, darauf sollte es hinauslaufen«, grummelte der große Bursche. Mit zusammengepresster Kehle konnte ich nicht einatmen. Als der Atem des großen Mannes in einer heißen, stinkenden Woge über mich hinwegwehte, wusste ich die Vorteile meiner Lage durchaus zu schätzen.

»Lass ihn runter. Ich sag dir dann, wann du ihn verdammt noch mal töten kannst.«

Mit einem raubtierhaften Schnauben ließ der große Mann seinen Unterarm ein paar Zentimeter sinken, so dass meine Schuhspitzen den Boden berührten.

Die Stirn vor Konzentration in tiefe Falten gelegt, korrigierte der Messer-Mann bedachtsam die Höhe des ausgestreckten Arms seines Kollegen – einen Millimeter hierhin, ein winziges Stück dorthin –, so dass ich mich nicht selbst erwürgte, solange ich nicht versuchte, mich zu bewegen. Ich fühlte mich an einen Zahnarzt beim Einstellen des Patientensessels erinnert. Ich wünschte, diese Erinnerung wäre mir erspart geblieben.

Ich gehörte nicht zu denen, die ein Buch nach seinem Umschlag beurteilten, aber er war ein verdammt hässlicher Hurensohn. Er strahlte nicht diese nackte physische Bedrohung aus wie sein Freund mit den buschigen Augenbrauen, aber irgendetwas stimmte mit seinem Gesicht nicht, und zwar mit den Proportionen. Das Kinn war ein winziges Stück zu lang, die Augen saßen zu tief. Es war wie ein Gesicht, an dessen Gestaltung jemand auf halbem Weg die Lust verloren und das er deswegen weggeworfen hatte. Und dann war dieser Typ gekommen, hatte es aus dem Abfalleimer geangelt und weiterbenutzt.

»Jetzt reden wir«, sagte er schließlich mit dem gleichen rasselnden Knurren.

»Sie … zuerst …«, murmelte ich schwerfällig. Der Bastard hatte mir die Lippe aufgeschlagen.

»Ja«, stimmte er zu. »Ich zuerst. Mein Name ist Zucker. Mein Freund hier heißt Po. Und ich habe traurige Neuigkeiten für dich, Castor. Mein Freund ist nicht dein Freund. Mein Freund möchte dir die Kehle zerfetzen.«

»Tut mir leid … das zu hören«, brachte ich zustande.

»Das glaube ich dir glatt«, zischte er mit seinem Mund ganz dicht an meinem Ohr. Sein Atem stank säuerlich. Warum konnte ich nicht mal zur Abwechslung von Leuten mit anständiger persönlicher Hygiene eingeschüchtert werden?

»Weißt du, weshalb Po dir wehtun möchte?«, fragte Zucker.

»Keine Ahnung …«, keuchte ich.

»Nein«, bestätigte er. »Du hast keine Ahnung. Deshalb werde ich es dir verraten. Du gibst dich mit den falschen Leuten ab. Bietest dich wie eine Hure jedem an, der mit einer Bitte zu dir kommt. Und lädst dir dabei jede Menge Ärger auf den Hals.«

Ironischerweise kam ich etwa in diesem Moment zu dem Schluss, dass ich eine Chance hatte. Aus irgendeinem Grund wollte dieser Verrückte mich nicht töten – oder zumindest nicht bevor er mir eine strenge Lektion erteilt oder eine Tracht Prügel verabreicht hatte. Wenn ihn diese Zurückhaltung zögern ließ, während er und sein Freund mich völlig in ihrer Gewalt hatten, dann bestand die vage Chance, dass ich mich eines Tages in einer Position befände, in der ich mich an all das erinnern und darüber lachen konnte.

Ganz egal wie, ich konnte auf den Vorwurf sowieso nicht reagieren, während die Hand des größeren Mannes – Po? – noch immer meine Luftröhre zusammenpresste. Zucker erkannte dies anscheinend. Er tippte auffordernd auf Pos Handgelenk, und Po lockerte seinen Griff ein wenig.

»Nun«, sagte ich und schluckte unbehaglich, »verraten Sie mir, wer die falschen Leute sind, dann kann ich ihnen in Zukunft vielleicht aus dem Weg gehen.« Ich sprach die Worte undeutlicher aus, als meine anschwellende Lippe verlangte, und ließ auch ein wenig blutigen Speichel aus dem Mundwinkel sickern. Wahrscheinlich wäre es ganz gut, wenn sie glaubten, ich sei angeschlagener, als ich es tatsächlich war.

»Irgendetwas in deinem Tonfall klingt nach Sarkasmus.« Zucker fuchtelte mit dem Messer vor meiner Nase herum. Die beiden Seiten der Schneide hatten einen unterschiedlichen Glanz und deuteten auf stundenlange liebevolle Arbeit mit einem Streichriemen und einem Scotch-Brite-Kissen hin. Wahrscheinlich würde ich es noch nicht einmal spüren, wenn das Messer in mich eindrang. »Du glaubst gar nicht, wie ungesund Sarkasmus in diesem Moment für dich sein kann. Du solltest lieber an Demut, Reue und uneingeschränkte Kooperationsbereitschaft denken. Wir erwarten nichts anderes.«

Ich hob beschwichtigend die Hände. »Ich mache nur meinen Job genauso wie Sie«, sagte ich. »Okay? Kein Grund für heftige Drohungen.«

»Wie ich?« Der Vergleich schien Zucker sauer aufzustoßen. »Wie ich? Sag das noch einmal, und ich schneide dir die Zunge raus.« Ich dachte, dass Wut die Augenwischerei eines Sadisten sein könnte, aber das Glitzern in seinen Augen war echt. Ich hatte bei ihm eine empfindliche Stelle berührt, und er war bereit, sich dafür zu revanchieren. Gut. Das war ein weiterer Punkt zu meinen Gunsten. Wenn er wütend war, dann reagierte er höchstwahrscheinlich dumm und überhastet und deutete meine Aktion falsch, wenn ich sie ausführte. Unglücklicherweise war auch damit zu rechnen, dass er seine Ankündigung wahr machte und mir die Zunge herausschnitt. Ich bewegte mich auf einem verdammt schmalen Grat.

»Sorry«, sagte ich und senkte meine Stimme zu einem unterwürfigen Murmeln herab. »Tut mir leid, Kumpel. Nichts für ungut.«

Mittlerweile wurde mein zusätzlicher Sinneskanal, den man am ehesten mit Hören vergleichen konnte, mit betäubenden Missklängen verstopft. Diese Kerle sahen durchaus menschlich aus, wenn man sich die Augenbrauen wegdachte, aber sie waren *loup-garous*: tote menschliche Seelen, die in Tierkörper eingedrungen waren, sie besetzten und so weit umformten, dass man nicht mehr erkennen konnte, was sie ursprünglich gewesen waren. Jedenfalls nicht bevor der Mond aufging – dann war alles möglich. Als ich erkannte, womit ich es zu tun hatte, richtete ich den Blick zu Boden. Einige Wer-Menschen reagierten auf direkten Augenkontakt genauso wie männliche Silberrückengorillas. Wenn ich es mir recht überlege, könnte Po irgendwann in seiner Post-mortem-Phase durchaus ein Gorilla gewesen sein. Vielleicht war das jedoch für London ein wenig zu exotisch. Die auferstandenen Toten bedienten sich gewöhnlich von dem, was die unmittelbare Nachbarschaft hergab.

»Nun, vielleicht willst du uns demonstrieren, wie leid es dir wirklich tut«, schlug Zucker süffisant vor. »Vielleicht hast du Lust, die Seiten zu wechseln. Wie klingt das für dich?«

»Würde ich liebend gern. Auf welcher Seite bin ich denn jetzt? Ich meine, auf wessen Seite war ich, ehe ich auf Ihre hinüberwechselte? Weil ich bereits gewechselt habe, als Sie es vorschlugen. Ungelogen. Sie müssen mir nur sagen, wem ich von hinten eins drüberziehen soll, und ich tu's. Sagen Sie, was Sie sich wünschen, okay?«

Zucker zögerte. Ich wusste auch warum. Wenn man derjenige war, der sozusagen seinen Gegner bei den Eiern gepackt hatte, ging es einem gegen den Strich, eine direkte Frage beantworten zu müssen. Es war fast genauso, als verschenkte man einen Vorteil. Dazu konnte er sich nicht durchringen. »Denk mal nach«, empfahl er mir. »Wer hat dich in letzter Zeit um einen Gefallen gebeten?«

Ja, wer? Juliet. Die Torringtons. Die Londoner Polizei. Wenn dies das überreiche Angebot war, aus dem ich schöpfen sollte, dann konnte ich ganz gut darauf verzichten. Aber ich hätte wirklich gerne gewusst, wem ich diese spezielle Form von Aufmerksamkeit zu verdanken hatte, daher beschloss ich, das Thema noch ein wenig zu vertiefen.

»Ich bin mächtig gefragt«, sagte ich. Po hatte unbewusst den Griff ein wenig gelockert, so dass ich wieder ein wenig mehr Luft bekam. »Sie müssen mir einen Hinweis geben. Sie arbeiten doch nicht für einen Drogendealer, oder? Für einen Typen namens Pauley? Nein? Weil mein Bekannter im Dezernat für Schwerverbrechen meint, dass ich bei sogenannten ›Einschüchterern‹, wie er sie bezeichnet, auf der Liste stehen könnte. Sind Sie solche Einschüchterer, oder gehören Sie eher zur Gruppe der Weichmacher, die zum Einsatz kommen, ehe die Einschüchterer aktiv werden? So wie damals bei Johannes dem Täufer, wenn Sie verstehen, was ich meine.«

Sie starrten mich verwirrt an. Doch dann gaben sie den Versuch auf, mich zu verstehen, und kamen wieder zur Sache. Die Messerschneide berührte meine Wange auf eine Art und Weise, die unangenehm bedrohlich war. Währenddessen drehte ich jedoch in der Hand das Objekt, das ich ergriffen hatte, als sie mich auf die Füße hievten, hin und her. Metallisch, das war sicher. Rund wie ein Zylinder, aber an einem Ende ausgehöhlt und am anderen geschlossen und spitz zulaufend. Der Kelch. Ich hatte den Kelch aufgehoben, den ich für die seltenen Gelegenheiten mit mir herumschleppte, wenn ich mich dazu verleiten ließ, es mit schwarzer Magie zu versuchen.

»Wir brauchen Informationen«, sagte Zucker. »Und du musst uns davon überzeugen, dass wir dir nicht alle möglichen Teile abschneiden sollten. Also hör gut zu, okay? Wir wissen, wie weit sie gekommen sind, und wir wissen, weshalb sie gestoppt haben. Jemand hat den Kreis nicht geschlossen, nicht wahr? Ein kleiner Vogel ist aus dem Nest geflüchtet, oder? Aber wenn es auch nur eine teilweise Unterbrechung gab, könnten wir gegenseitig knietief in unseren Eingeweiden herumwaten, ehe der verdammte Tag vorbei ist. Haben sie dir Immunität versprochen? Du bist doch nicht so blöde, um auf einen solchen Quatsch hereinzufallen, oder etwa doch?«

All das ergab für mich in etwa genauso viel Sinn wie die Qumran-Schriften.

»Vielleicht bin ich viel naiver, als Sie annehmen«, sagte ich. Es klang hinreichend unverbindlich.

An diesem Punkt beteiligte Po sich wieder an dem Gespräch. »Lass mich eins seiner Ohren abreißen und fressen«, bat er.

Zucker ignorierte den Vorschlag. »Du glaubst sicher, aus dieser Situation irgendeinen Vorteil herausholen zu können«, sagte er. »Typen wie du tun das immer. Ich kann dir eins versichern, Castor, hier gibt es für niemanden einen Vorteil. Nur den Tod, und danach all die Dinge, die noch schlimmer sind als der Tod.«

»Sie wollen mich töten und erst *danach* vergewaltigen?«

Po hielt seine freie Hand über meinen Kopf und ballte sie zur Faust, aber Zucker schüttelte den Kopf nur einmal, und Po hielt abrupt inne.

»Sie schließen den Kreis«, knurrte er und brachte sein Gesicht dicht vor meines, »und fangen ganz von vorne an. Dann wird es schlimm. Sehr schlimm, und das sehr schnell. Und sie werden dich nicht mehr brauchen. Glaubst du, dass sämtliche Versicherungen, die sie dir gegeben haben, danach immer noch Geltung haben? Glaubst du, sie behalten dich als Schoßtier?«

Zucker streckte eine Hand aus und drückte mit dem Zeigefinger gegen meine Schläfe. Sein Fingernagel war so scharf und spitz wie eine Klaue, aber er verletzte nicht die Haut. Da Po immer noch meine Kehle umklammerte, konnte ich nicht zurückweichen, als der Fingernagel über mein Gesicht glitt, bis er auf der linken Wange, einen Millimeter von meinem Auge entfernt, zu Ruhe kam.

»Wenn du für uns arbeitest«, sagte er mit einer totalen Ruhe, die weitaus Furcht einflößender war als Pos leicht durchgeknallte Wut, »dann hätte es einen gewissen Sinn, dich am Leben zu lassen. Wenn du nicht willst, vergeuden wir unsere Zeit.«

Ich setzte eine nachdenkliche Miene auf. Und ich dachte tatsächlich intensiv nach. Und zwar dachte ich Folgendes: Da ich nicht die leiseste Ahnung hatte, wovon diese beiden entflohenen Irren sprachen, war die Wahrscheinlichkeit gering, dass ich ihnen ausreden könnte, mir den Kopf abzureißen und mir sämtliche Säfte mit einem Strohhalm auszusaugen. Daher war für mich der Moment gekommen, mein Ass aus dem Ärmel zu zaubern.

»Na schön«, murmelte ich und senkte wieder den Blick. »Na schön. Ich gebe es zu, sie haben mir ein gutes Angebot gemacht. Verdammt, was hätte ich denn tun sollen?« Während ich es sagte, hob ich die Hände in einer Verständnis heischenden Geste – und holte gleichzeitig mit der rechten Hand aus und knallte das, was sich in ihr befand, beim Sinkenlassen in Pos Gesicht.

Ehrlich gesagt, hätte ich lieber den Dolch zur Verfügung gehabt – aber der Kelch bestand ebenfalls aus Silber, und sein Fuß hatte einen scharfkantigen Rand. Diesen hämmerte ich so kräftig gegen den Wangenknochen des Kerls, dass Blut zu fließen begann, denn das war der entscheidende Punkt. Als er das glänzende Metall in meiner Hand sah, machte der andere Wer-Mann einen hastigen Schritt zurück und riss die Hände hoch, um seine Brust und sein Gesicht zu schützen, ehe er überhaupt erkannte, welche Gefahr ihm drohte.

Loup-garous mögen kein Silber. Sie sind dagegen allergisch, was offenbar dazugehört, wenn die Seele keine Ruhe findet und sich einer fremden fleischlichen Hülle bedient. Po schrie gequält auf, sobald sein rinnendes Blut das jungfräuliche Metall berührte, und als er sich beide Hände vors Gesicht schlug, ließ er mich fallen.

Ich duckte mich unter seinen ausgestreckten Armen weg und landete, als ich wieder hochkam, einen mächtigen Haken genau auf Zuckers Kinnspitze. Nicht unbedingt der Treffer, den ich mir gewünscht hätte – man kann sich sehr leicht die Hand an einem Kieferknochen brechen, und in neun von zehn Fällen erzielt man mit einer gestochenen Geraden in die Magengrube eine größere Wirkung –, aber so nutzte ich den Winkel und die Tatsache, dass ich bereits in Bewegung war, am besten. Das Messer rutschte ihm aus der Hand, während er rückwärts stolperte, und ich fing es im Fluge auf. Glücklicherweise erwischte ich es am Griff. Wenn ich meine Faust um die Klinge geschlossen hätte, wären sicherlich ein paar Finger auf der Strecke geblieben.

Dann startete ich durch und rannte los. Pos wütendes Brüllen blieb hinter mir zurück. Ich schlug die Richtung zum offenen Tor ein, durch das ich in den Park gelangt war, doch sobald ich den Pavillon umrundet hatte und er sich zwischen mir und den *loup-garous* befand, verließ ich den Weg und drang ins Unterholz ein. Dabei schickte ich dem Gott, an den ich nicht glaube, ein inständiges gemurmeltes Stoßgebet, dass ich in der Dunkelheit nicht über einen Wurzelstrang stolperte oder in ein tiefes Erdloch trat.

Vor mir erschien der Zaun. Ich warf das Messer hinüber, legte die Hände zwischen die dekorativen schlanken Speerspitzen des oberen Rands und schwang mich mit einem eleganten Satz hinauf. Mit mehr Glück als Verstand schaffte ich es, erst einen Fuß in einen der Zwischenräume zwischen den Spitzen zu setzen und dann den anderen.

Während ich dort oben balancierte, unschlüssig und nach einer Möglichkeit suchend, das Hindernis zu überwinden, ohne mich selbst aufzuspießen, prallte etwas hart und kalt gegen meine linke Schulter. Das nahm mir die Entscheidung ab. Ich verlor das Gleichgewicht und stürzte in die Straße hinunter. Dabei blieb mein Mantel lange genug an einer Eisenspitze hängen, um mich zur Seite zu zerren, ehe er riss und ich mit dem Gesicht auf dem Pflaster landete.

Ein brennender Schmerz strahlte von meiner Schulter in den Körper aus, aber mein Arm funktionierte anscheinend noch, daher musste ich dieses Handicap einstweilen ignorieren. Ich kämpfte mich auf die Füße, hob gleichzeitig das Messer auf und schaute mich um. Das war die nächste Hürde: Ich hatte nicht den blassesten Schimmer, wo ich mich befand und wie ich zu meinem Wagen kommen sollte. Ich drehte mich um und wünschte, es nicht getan zu haben. Die beiden dunklen Gestalten auf der anderen Seite des Zauns trabten auf allen vieren durchs Unterholz und holten rasend schnell auf. Einer von ihnen – ich tippte auf Po, da er etwa so groß war wie ein Rhinozeros – spannte sich für den Sprung, und ich wusste verdammt genau, dass er über den Zaun fliegen würde wie ein Grand-National-Sieger.

Ich rannte, ohne nachzudenken, orientierte mich, während ich rannte, und stellte fest, dass der Wagen vor mir war und in etwa fünfzig Metern Entfernung auf dieser Straßenseite stand. Hinter mir erklang das Geräusch von etwas Schwerem, das auf dem Boden landete. Fingernägel oder Klauen oder etwas in dieser Richtung kratzten über das nasse Pflaster, als Po seine Landung abbremste und die Verfolgung fortsetzte.

Ich suchte in meiner Hosentasche nach den Wagenschlüsseln und drückte immer wieder auf den Knopf am Schlüsselring, bis mir ein fröhlicher Piepton ein Stück voraus meldete, dass sich die Türschlösser des Wagens geöffnet hatten. Gleichzeitig leuchteten die Blinklichter dreimal auf, ein Vorgang, der mir bis zu diesem Moment, als mein Leben davon abhing, noch nie zuvor aufgefallen war.

Ich riss die Tür auf, faltete mich in den Fahrersitz und zog sie gleich wieder hinter mir zu. Etwas krachte gleichzeitig gegen die Tür, als ich auf den anderen Knopf rechts neben dem Schlüsselanhänger drückte, um sie zu verriegeln. Er gab nicht nach. Das Messer, das ich noch immer in der Hand hielt, ohne dass es mir bewusst gewesen war, fiel klappernd auf den Wagenboden. Ich ließ es dort liegen. Mich kämpfend aus dieser Lage zu befreien, hätte mich sicherlich sehr schnell das Leben gekostet.

Am ganzen Leib zitternd wie ein Schweißtropfen im Dekolleté einer Bauchtänzerin schaffte ich es irgendwie, den Schlüssel ins Zündschloss zu bugsieren. Doch dann legte ich bereits den Gang ein, während ich den Schlüssel drehte, und würgte den Motor ab. Etwas knallte gegen das Fenster auf der Fahrerseite, und ein Spinnennetz von Rissen breitete sich darin aus. Unwillkürlich schaute ich in die Richtung.

Es war Po. Zumindest vermutete ich es. Im Augenblick sah ich eine Kreatur aus einem Alptraum: Fleischmassen, die eine Erscheinung halb Mensch, halb Raubkatze formten. Sie müssen verstehen, dass ich mich in meinem Urteil hauptsächlich nach den Zähnen richtete, denn aus irgendeinem Grund war es der aufgerissene Mund, von dem mein Blick angezogen wurde.

Der Motor startete in dem Moment, als das Ding da draußen zurückwich für einen zweiten Versuch, bei dem seine Faust sicherlich die Glasscheibe vollkommen zertrümmert hätte und in meinem Gesicht gelandet wäre. Der Wagen machte einen

Satz, streifte die Stoßstange des BMW vor mir mit einem durchdringenden Knirschen, ehe er quer über die Straße segelte. Die Reifen radierten quietschend über den Asphalt, aber glücklicherweise verfehlte ich die Außenmauer der Bank of Scotland um Haaresbreite. Po stürmte über die Straße hinter mir her, aber ich trat das Gaspedal durch und ließ ihn stehen.

Hab tausend Dank, nicht existierender Gott. Ich glaube, ich bin dir einiges schuldig.

7

In Pens Badezimmerspiegel aus dem Augenwinkel betrachtet, weil ich den Kopf so weit herumdrehen musste, dass ich damit Linda Blair ernsthaft hätte Konkurrenz machen können, sah die ausgefranste Schnittwunde in meiner linken Schulter richtig hässlich aus.

»Was in Gottes Namen hast du mit dir angestellt?«, fragte Pen mit einem Anflug von Ehrfurcht.

»Ich hatte dabei tatkräftige Hilfe«, murmelte ich mit zusammengebissenen Zähnen. Schmerzen machen mich immer reizbar. Ich bin ganz sicher nicht aus dem Holz, aus dem Märtyrer geschnitzt werden.

Während ich fuhr, war mein Arm nach und nach steif geworden, begleitet von gelegentlichen blitzartigen Schmerzattacken, die von der Schulter bis hinunter in die Fingerspitzen schossen. Nach einiger Zeit lenkte ich nur noch mit der rechten Hand und benutzte die linke – wenn es sich nicht vermeiden ließ – zum Schalten. Und mich aus dem Mantel zu schlängeln, nachdem ich es endlich geschafft hatte den Wagen zu parken, und die Schlüssel zuerst in der falschen Tasche zu suchen, ehe ich das Haus betrat, hatte besonders viel Spaß gemacht. Glücklicherweise war Pen zu Hause, da Dylan wieder Nachtschicht hatte. Mit ihrer Hilfe konnte ich den Mantel über die

Wunde schieben und gab einen unterdrückten Scherzensschrei von mir, als sie wieder aufbrach. Mein Hemd hatten wir kurz vorher aufgeschnitten und in den Abfall geworfen. Nicht einmal Persil würde das Weiß wieder zurückbringen. Dann saß ich auf dem Badewannenrand, umklammerte krampfhaft ein Glas Whisky und unterdrückte den ein oder anderen saftigen Fluch, während Pen die Ränder der Schnittwunde säuberte.

Nun, da ich die Ergebnisse in ihrer vom Spiegel reflektierten Pracht betrachtete, musste ich zugeben, dass die Wunde auf makabre und grässliche Art beeindruckend war. Es war ein breiter und etwa acht Zentimeter langer Schnitt auf meiner Schulter, genau in der Mitte zwischen Arm und Hals. Kleine Fleischfetzen hingen von den Wundrändern herab, als ob eine gezahnte Klinge oder ein Gegenstand mit zahlreichen separaten scharfen Spitzen und Kanten benutzt worden sei. Ein Wurfstern vielleicht, obgleich mir diese *loup-garous* nicht gerade wie Ninja-Kämpfer vorgekommen waren. Als solche hätten sie weitaus unauffälliger auftreten müssen, um nur den offensichtlichsten Unterschied zu nennen.

Insgesamt sah es jedoch nicht allzu schlimm aus. Die Tatsache, dass die Wundränder nicht glatt, sondern leicht gezackt waren, hätte zur Folge, dass sie viel schneller zusammenwuchsen, und Pen hatte beim Säubern der Wunde wirklich hervorragende Arbeit geleistet. Das Einzige was jetzt fehlte, war ein Verband, und schon wäre die Heimmannschaft wieder im Spiel.

Pen war nicht davon überzeugt. »Du solltest dich mal von Dylan untersuchen lassen«, sagte sie. »Wenn die Wunde zu eitern beginnt, Fix, sieht es ganz übel aus.«

»Das ist ja nicht gerade das, was man einer Versicherung in Rechnung stellen kann«, sagte ich mit kaum verhohlenem Spott. Dann, indem ich mich an meine gute Kinderstube erinnerte: »Danke, dass du mich zusammengeflickt hast. Aber wir wollen Dylan lieber nicht in diese Geschichte hineinziehen. Er könnte falsche Schlüsse über die Kreise ziehen, in denen du dich bewegst.«

»Wurdest du damit verletzt?«, fragte Pen und hielt das Messer hoch. Ich hatte es vorher so weit wie möglich außer Reichweite neben die Badewanne gelegt. Ich konnte es nicht mitansehen, wie sie es in der Hand hielt. Die Schneide war einfach zu scharf, und Pen gestikulierte viel zu heftig herum, wenn sie erregt war. Ich nahm es ihr schnell, aber behutsam weg.

»Nein«, antwortete ich. »Dann wäre es ein glatter Schnitt gewesen. Ein absolut sauberer Schnitt. Hast du dir mal die Schneide angesehen?« Ich drehte das Messer, so dass sie die Schneide in all ihrer beängstigenden Schönheit bewundern konnte. Daher schaute ich jetzt auf die flache Seite der Klinge und entdeckte darauf ein Blumenmuster. Paarweise in den Stahl geätzte Blumenblätter erstreckten sich vom Heft fast bis zur Spitze.

Pen bedachte das Messer mit einem hässlichen Blick, als ich es wieder beiseitelegte, diesmal auf den Waschbeckenrand. Dann hatte ich eine bessere Idee. Ich fand den Pappzylinder einer verbrauchten Rolle Toilettenpapier, der aussah, als hätte er den richtigen Durchmesser, und schob das Messer hinein. Die breite Angel dehnte den Zylinder, so dass die Klinge fixiert wurde. So verringerte sich die Wahrscheinlichkeit beträchtlich, dass ich durch einen falschen Griff einen Finger verlor.

»Ich hasse es, wenn sowas passiert«, murmelte Pen und warf einige mit Blut getränkte Wattebäusche in den Abfalleimer. »Warum nimmst du immer Aufträge an, bei deren Ausführung du verprügelt oder angestochen oder von Dächern gestürzt und was sonst noch alles wirst? Gibt es nicht genug andere?«

»Was für andere?«

»Du weißt genau, was ich meine. ›Vertreiben Sie den bösen schwarzen Mann aus meinem Kleiderschrank. Holen Sie Großmutter zurück, damit sie uns verraten kann, wo sie das Mietbuch versteckt hat. Machen Sie meinem Sydney klar, dass ich wieder geheiratet habe und in meinem Bett für ihn kein Platz mehr ist.‹«

Sie wandte mir den Rücken zu, um sich die Hände zu waschen. Es wirkte nervtötend symbolisch.

»Ich kann nicht immer erkennen, wie der jeweilige Auftrag sich entwickelt«, verteidigte ich mich. »Ich kann nicht behaupten, dass mir das alles besonders viel Spaß macht.«

»Nein«, meinte sie einlenkend. »Das glaube ich auch nicht.«

»Wie geht es Rafi?«, fragte ich, um das Thema zu wechseln.

»Er schläft noch.« Sie wandte sich wieder zu mir um, die nassen Arme verschränkt und die Miene sorgenvoll. »Das ist mein Ernst, Fix. Du solltest schnellstens aus dieser Sache aussteigen, solange du dazu noch die Möglichkeit hast.«

Das war beunruhigend. Wenn ich Rafi erwähnte, lenkte das gewöhnlich von unserem jeweiligen Gesprächsthema lange genug ab, so dass ich verschwinden konnte. Offensichtlich kannten wir einander mittlerweile zu gut.

»Das Problem ist, Pen, dass ich zurzeit an verschiedenen Dingen arbeite. Ich kann mich nicht so einfach aus allem zurückziehen.« Das war wenigstens mal die reine Wahrheit. Ich hatte wirklich keine Ahnung, von welchem Auftrag meine beiden Freunde aus dem Park mich hatten abhalten sollen. Die Antwort konnte in dem zu finden sein, was sie zu mir gesagt hatten, aber ich hatte wirklich nicht die geringste Ahnung, was es sein konnte. »Jemand hat den Kreis nicht geschlossen, und ein kleiner Vogel ist aus dem Nest geflüchtet.« Das klang nicht nach Coldwoods Drogenbaronen. Es könnte sich auf das Ereignis in der Kirche beziehen, aber es gab nichts Vogelartiges – oder Kleines und Zierliches, was das betrifft – in der Erscheinung, die ich dort wahrgenommen hatte. Abigail Torrington? Das konnte sein. Aber sie war nirgendwohin geflogen. Sie war, platt ausgedrückt, gestohlen worden.

Letztendlich lief es darauf hinaus, dass ich nicht genug Informationen hatte, um auch nur zu raten, wer mich tot sehen wollte, und noch weniger, weshalb. Aber das war auf jeden Fall absolut bedeutungslos, weil ein Teil von mir, der verbissen und eigensinnig und hartnäckig war – und das war kein kleiner Teil – entschlossen war, an dieser Sache dranzubleiben, bis ich wusste, um was es wirklich ging. Pen las diese Absicht in meinem Gesicht, zuckte die Achseln, und gab sich geschlagen.

»Vergiss nur nicht, dass ich dich gewarnt habe«, sagte sie. »Damit ich es nicht später wiederholen muss, wenn dir etwas noch viel Schlimmeres zustoßen sollte.«

»Ich werde drüber schlafen«, sagte ich. Dann umarmte ich sie und zog mich in mein Zimmer unterm Dach des Hauses zurück, von wo aus ich gewöhnlich die Welt aus einer ganz anderen Perspektive betrachte.

An diesem Abend war ich zu müde und ausgelaugt, um lange nachzudenken. Aber ehe ich der Schwerkraft und meinem Schlafbedürfnis nachgab, rief ich Nicky an. Er klang nicht sehr glücklich, als er meine Stimme hörte.

»Lieber Himmel, Castor. Wie lange ist es her – drei Stunden? Nicht einmal Buddy Bolden gibt dir das Recht, ein verdammtes Wunder zu verlangen.«

»Ich erwarte keinen Zwischenbericht, Nicky. Mir kam nur der Gedanke, dass du vielleicht weißt, wo die *Collective* zurzeit vertäut ist.«

»Thamesmead«, sagte er wie aus der Pistole geschossen. »Thamesmead West. Pier 17, nicht weit vom Artillery Museum.« Ja, das war genau die Art von Information, die ein paranoider Zombie sofort parat hatte.

»Und wer ist an Bord?«

»Ich bin keine wandelnde Klatschspalte, Castor. Soweit ich weiß, war Reggie Tang dort. Und ein paar Typen aus South London, von denen ich nicht die geringste Ahnung habe, wer sie sind. Es ist zu neun Zehnteln leer – wie immer.«

»Danke, Nicky.«

»Ja, gern geschehen. Wir leben, um zu dienen. Da du schon mal am Apparat bist, kann ich dir auch ein oder zwei Dinge über deinen Freund Peace verraten.«

Ich spitzte die Ohren. »Dann lass mal hören.«

»Wenn ich versuche, mir von jemandem, den ich nicht kenne, ein Bild zu machen, dann gehe ich nach dem Prinzip *cherchez le schmutz* vor. Und im Falle Peaces kann ich dir sagen, dass es für eine ausgewachsene Schweinefarm reicht.«

»Erzähl.«

»Nun, fangen wir damit an, dass er mal gesessen hat.«

»Ach ja?« Ich war ein wenig enttäuscht, aber es war etwas. Jedenfalls wenn es in jüngster Zeit gewesen war. Ex-Knackis haben in der realen Welt ihre eigenen Netzwerke, und man kann in sie eindringen, wenn man weiß, wo man ansetzen muss. »Wie lange hat er denn Ihrer Majestät Freude gemacht und weshalb?«

»Hm-hm. Falsche Zeit. Oder eher falscher Ort. Es geschah in Burkina Faso – Französisch Westafrika. Er wurde wegen Drogenbesitzes geschnappt, brachte den Richter in Rage und kriegte zwei Jahre aufgebrummt. Dann schmierte er die richtigen Leute, was ihn vor der Verurteilung höchstens die Hälfte gekostet hätte, und kam wegen eines Verfahrensfehlers frei. Er war nur für ungefähr eine Woche hinter Gittern.«

»Und das war – ?«

»1992. In dem Jahr, in dem *Erbarmungslos* den Oscar als bester Film erhielt – aber dieser Hurensohn Al Pacino schnappte sich den Titel als bester Schauspieler, und wofür? *Der Duft der Frauen*, um Gottes willen!«

»Danke, Nicky.« Ich unterbrach ihn, ehe er die Liste der erfolgreichsten Kinofilme herunterrasseln konnte – was unweigerlich in irgendeine Verschwörungstheorie münden würde, die er gerade entwickelte. Nichts von all dem hatte irgendeinen Nutzen für mich. Es lag zu lange zurück. Selbst wenn Peace im Ouagadougou State Prison irgendwelche Freundschaften geschlossen hatte und die ganze Bande nach ihrer Entlassung nach London gegangen war, konnte ich keine Spur aufnehmen, die mehr als zehn Jahre alt war. Es war eine Sackgasse. »Hast du sonst noch was?«

»Ich habe eine Menge.« Nicky klang beleidigt – als ob ich die Qualität seiner Informationen infrage stellte. »Diese Westafrika-Geschichte ist nur die Spitze des Eisbergs. Dieser Typ war in seiner Jugend ein echtes Früchtchen – war an jedem Scheiß beteiligt und steckte ständig bis zum Hals in allen möglichen Schwierigkeiten. Absolvierte ein kurzes Gastspiel beim Militär – Royal Artillery –, dann quittierte er praktisch einen Tag vor seiner unehrenhaften Entlassung den Dienst und verdiente sich danach eine Zeitlang seinen Lebensunterhalt auf der Straße. Dabei fügte er der Liste seiner diversen Vergehen ein paar neue Posten hinzu – Einbruchdiebstahl, Hausfriedensbruch, Körperverletzung. Manchmal blieb etwas hängen, manchmal nicht.«

»Aber keine weiteren Gefängnisstrafen?«

»Nein. Dafür war er zu viel auf Achse. Lebte seine Form von Jetset. Trieb sich auf der ganzen Welt herum. Für einige Zeit war er in den Staaten und kam dort mit Anton Fankes Verein in Kontakt.«

»Anton Fanke? Wer ist das?«

»Was, du hast noch nie etwas von der Satanic Church of America gehört?«, fragte Nicky ungläubig.

»Offensichtlich nicht«, antwortete ich.

»Fanke ist einer von diesen religiösen Gurus wie Bhagwan oder Sun Myung Moon. Nur wird in dieser Religion dem Teufel gehuldigt. Du kennst diese Typen – sie schicken ihre Millionen Anhänger auf die Straßen, um den Passanten Blumen zu verkaufen, damit sie sich Luxusautos und teure Apartments leisten können.«

»Hab schon verstanden. Ist Peace demnach ein Satanist?«

»Keine Ahnung. Vielleicht. Ich sage nur, dass sein und Fankes Name in einem Atemzug genannt wurden. Damals gab es irgendein Gerichtsverfahren, in das beide verwickelt waren. Die Einzelheiten habe ich bisher noch nicht ausgraben können.«

Es war eine beunruhigende Vorstellung. Wenn die Vermutung der Torringtons zutraf, benutzte Peace Abbies Geist, um eine beendete Beziehung wieder aufleben zu lassen. Aber wenn er sich mit Geisterbeschwörung und Nekromantie beschäftigte, dann war alles möglich.

»Danke, Nicky«, sagte ich. »Mach nur so weiter.«

»Tue ich, klar, du hast ja auch eine Menge bezahlt. Ist mal was anderes.« Er legte auf.

Ich wollte in diesem Moment wirklich nicht über die möglichen Folgen dessen nachdenken, was er mir erzählt hatte, oder über die bizarren, weitschweifigen Drohungen und Warnungen, die die Werwölfe ausgestoßen hatten. Um ganz ehrlich zu sein, war dies einer der stressigsten Montage, die ich je erlebt hatte. Halb weggetreten ließ ich mich ins Bett fallen und schlief sofort ein.

✪

Ich hatte einige wirklich hässliche Träume mit Männern, die wie Katzen miauten und mich aus allen möglichen Richtungen ansprangen, und von einem kleinen Mädchen, das begleitet von lautem Glockengeläut durch ein Labyrinth aus grauen Steinen wanderte. Glücklicherweise blieben die Details nicht in meinem Gedächtnis haften, als ich aufwachte.

Dafür blieben jedoch die Kopfschmerzen erhalten. Sie fühlten sich an wie ein schlimmer Kater, aber wenn ich mir den Vorabend in Erinnerung rief, kam es mir nicht so vor, als ob ich über die Stränge geschlagen hätte. Ich konnte mich nur an den Whisky entsinnen, den ich getrunken hatte, um die Schmerzen zu betäuben, während Pen die Stichwunde mit TCP und Lavendelseife säuberte.

Die Wunde. Sie fühlte sich unangenehm heiß an, war jedoch nicht sehr schmerzhaft. Ich betastete sie behutsam und beugte meinen Arm in verschiedene Richtungen, um zu überprüfen, wie gut er sich bewegen ließ. Zwar war er noch ein wenig steif, aber alles in allem war es bei Weitem nicht so schlimm wie am Vortag. Als Konzertpianist hätte ich mir wahrscheinlich Sorgen gemacht. Doch als menschliches Wrack, das ich war, hoffte ich, dass keine schlimmeren Schäden zurückblieben.

Es war etwa sechs Uhr morgens, und Pen schlief noch. Zumindest war aus dem Keller außer einem gelegentlichen Knarren und Rascheln, wenn Edgar oder Arthur auf ihren Schlafplätzen herumrutschten oder die knochigen Schultern bewegten, nichts weiter zu hören. Ebenso wie Rost schlafen Raben nie. Ich ging in die Küche und brühte Kaffee auf. Dann trank ich drei Tassen, während ich in Pens Stadtplan blätterte und eine Route nach Thamesmead zusammensuchte. Mit dem Wagen hinzufahren hätte keinen Sinn – ich müsste den Blackwall Tunnel oder die Woolwich Ferry nehmen, beides ein überflüssiger Aufwand, auf den ich jederzeit gern verzichten konnte. Die kluge Lösung bestand darin, mit der U-Bahn nach Waterloo zu gelangen und die letzte Etappe zum Woolwich Dockyard mit einer Bahn oberirdisch zu bewältigen. Von dort wäre es nur noch ein kurzer Fußweg.

Ein kräftiger Wind war im Laufe der Nacht aufgekommen und hatte die Gewitterwolken vertrieben, daher war es sonnig, aber frisch, als ich zur U-Bahn-Station Turnpike Lane ging, und mein Geist klarte allmählich auf. Ich war auch noch aus einem anderen Grund froh über den Wetterumschwung. Am Saum und an der Schulter ziemlich zerfetzt und an der linken Kragenseite mit Blut verkrustet, war mein Paletot vorübergehend *hors de combat*. Ich trug daher den einzigen anderen Mantel in meinem Besitz, der genügend Taschen für all meine Utensilien besaß. Es war ein hellbrauner Trenchcoat mit einem abknöpfbaren Schultercape, in dem ich mir immer vorkam wie ein Exponat in einer Museumsausstellung zum Thema »Der Privatdetektiv im Wandel der Zeiten«.

Da ich schon sehr früh am Tag auf den Beinen war, konnte ich keine Travelcard benutzen, sondern musste einen Einzelfahrschein lösen. Ich hatte noch keine Vorstellung, wohin mich mein weiterer Weg nach Verlassen der *Collective* führen würde. Vielleicht nach Paddington und zu Rosie Crucis. Es hing davon ab, ob ich irgendwelche Hinweise fände, denen zu folgen sich lohnen würde.

Bourbon hatte erwähnt, dass Dennis Peace eine Gummiente gewesen war. Im Berufsjargon war damit nur eines gemeint: ein Exorzist, der sich aus beruflichen Gründen entschieden hatte, auf dem Wasser zu leben anstatt auf dem Trockenen. Wir alle probierten das irgendwann einmal aus, und wenn auch nur um eine Nacht ungestört durchschlafen zu können. Geister waren unfähig, fließendes Wasser zu überqueren, und jene morbide Sensibilitätsvariante, die uns erst ermöglicht, unserem Gewerbe nachzugehen, war vorübergehend betäubt. Um auf Dauer ein solches Leben zu führen, musste man jedoch eine ganz spezielle Persönlichkeit haben. Ich hatte immer das Gefühl, als sei ich in einem Kunststoffsack gefangen, in dem sich mein eigener Atem als kalter Schweiß auf meiner Haut niederschlug.

Die *Collective* war eine Art Hausboot und Basis einer speziellen Gemeinschaft auf der Themse. Jeder in meinem Gewerbe kannte sie, jeder war schon mal dort, aber das hieß nicht, dass man sie so leicht fand, wenn man dorthin wollte. Ebenso wie das Oriflamme zeichnete sich die *Collective* durch Mobilität aus. Schließlich gab es auch noch eine andere Verbindung zwischen beiden, obgleich sie rein zufällig war und allenfalls ein Beweis für die Richtigkeit des »Kleine-Welt-Prinzips«, das durch die Frage »Um wie viele Stellen ist man von Kevin Bacon entfernt?« ausgedrückt wurde. Nur musste man »Kevin Bacon« durch »Peckham Steiner« ersetzen.

Steiner war eine der wenigen schillernden Legenden unserer Profession. Er war Exorzist, ehe es richtig in Mode kam. Damit meine ich, ehe der plötzliche Anstieg von Erscheinungen und Manifestationen Leute wie mich zu einer Schlüsselindustrie machten. Indem er sich auf spirituelle Eradikationen für die Reichen und Berühmten spezialisierte, gelangte er zu einigem Ruhm oder zumindest zu einiger Bekanntheit – sowie einem

Riesenhaufen Schotter. Wenn ich mich recht erinnere, war auch irgendeine amerikanische Erbin daran beteiligt. Ihre verstorbenen Ex-Ehemänner hatten ihr jede Menge Ärger gemacht, ehe Steiner sie vollends ins Jenseits schickte, und aus Dankbarkeit hinterließ sie ihm den größten Teil ihres Vermögens, als sie starb. Ihre Kinder aus allen drei Ehen klagten dagegen, und das Verfahren zog sich über Jahre hin, aber soweit ich weiß, schaffte es keiner, ihm gerichtlich an den Karren zu fahren. Zu diesem Zeitpunkt hatte er ohnehin längst drei Bücher auf dem Markt, einen Vertrag für die Verfilmung seines Lebens in der Tasche und die Aktienmehrheit an ENSURE™, einer Firma, die Gerätschaften und Verbrauchsmaterial für die Geistervertreibung herstellte. Mit sechsundvierzig setzte er sich, reicher als Gott, zur Ruhe.

Unglücklicherweise war er auch wahnsinniger als eine Kanalratte. Vielleicht war diese Instabilität schon immer da gewesen. Vielleicht war es auch der ständige Druck, den der Job mit sich brachte, und die dann explosionsartig erfolgte Druckentladung, von einem auf den anderen Tag über genügend Kohle zu verfügen, um sich neu zu erfinden und die Welt entsprechend der eigenen Erwartungen umzuformen. Ich meine, man braucht sich nur anzusehen, was das aus Michael Jackson gemacht hatte.

Ich bin ihm ein Mal begegnet – Steiner, meine ich, nicht Jacko –, und es war geradezu beängstigend. Ich hatte seinerzeit bereits zwei seiner Bücher gelesen und bewunderte – von mögen konnte allerdings keine Rede sein – den kalten, klaren Geist, der sich darin offenbarte. Aber als ich mit ihm reden konnte, war es, als ob dieser Geist zerfallen und sich in einer anderen, insgesamt nicht funktionalen Form wieder zusammengefügt hätte.

Es war bei irgendeiner bizarren Party in einem Londoner Hotel, in dem eine Konferenz zum Thema *Perspektiven des Nachlebens* stattfand. Jenna-Jane Mulbridge, eine als Exorzistin praktizierende Akademikerin, die mir eine Menge Tricks beigebracht hatte, als ich noch feucht hinter den Ohren war, hatte eine Eintrittskarte für mich ergattert und darauf bestanden, dass ich sie begleite. Die Chance, mit Steiner persönlich zusammenzutreffen, hatte mich einwilligen lassen.

Nach dem, woran ich mich von dieser Unterhaltung erinnern kann, war er bereits auf dem besten Weg zu jenem mürrischen, verrückten Einsiedler, als den ihn heute jeder in Erinnerung hat. Er redete über die Toten und die Lebenden, als seien sie verfeindete Armeen, die sich auf einem Schlachtfeld gegenüberstanden, mit ihm selbst als Anführer der Streitmacht der Warmblütigen. Ich muss zugeben, dass er, was sein Aussehen betraf, der Rolle in jeder Hinsicht gerecht wurde: geistig wach, unbeugsam wie Granit, das graue Haar kurz geschoren. Und wenn Steiner ein General war, dann betrachtete er die Exorzisten als seine Kampftruppe: eine Eliteeinheit, darauf trainiert, mit allem fertig zu werden, was der Feind gegen uns aufbieten konnte. Der Feind? Anfangs zögerte ich, darauf einzugehen. Sicherlich war mir irgendeine Anspielung, ein Doppelsinn entgangen. Aber das war nicht der Fall. »Die Toten«, sagte er. »Und die Untoten. Diejenigen, die uns verdrängen und uns die Welt wegnehmen wollen.«

Schon damals, als ich ruhelose Geister ohne Skrupel oder Gewissensbisse vernichtete, konnte ich seine Sichtweise nicht teilen. Abgesehen von allen anderen Implikationen wartete anscheinend am Ende nur eine einzige Tür mit der Aufschrift »Es gibt keine Hoffnung«. Im halbherzigen Bemühen, meinen Standpunkt in dieser Unterhaltung zu verteidigen, wollte ich von Steiner wissen, wie man in einem Kampf bestehen solle, in dem jeder Gefallene der eigenen Streitkräfte ein Rekrut für die Gegenseite würde.

»Was meinen Sie?«, fragte er und musterte mich stirnrunzelnd über den Rand eines Champagnerglases, das er derart heftig umklammerte, dass es jeden Moment zu zerspringen drohte.

Ich argumentierte so gut ich konnte, was mir jedoch nicht allzu erfolgreich gelang, da ich meine Konzentration im Wesentlichen darauf verwendete, mich aus dieser Situation herauszustehlen. Ich war mindestens genauso desillusioniert und enttäuscht wie ein Kind, das erfahren muss, dass der Weihnachtsmann nur deshalb wie Johnny Walker riecht, weil sich sein eigener Vater hinter dem weißen Rauschebart und dem roten Mantel verbirgt. »Ich meine, wir werden doch alle irgendwann sterben, Mister Steiner. Wenn die Toten die Lebenden hassen, brauchen sie doch gar nicht gegen uns zu kämpfen. Sie müssen nur lange genug abwarten. Am Ende geht doch jeder denselben Weg, nicht wahr? Wenn das Leben eine Armee ist, wird am Ende jeder zum Deserteur, oder …«

Steiners stechender Blick ließ mich verstummen. Als ich in diese vom Wahnsinn funkelnden, gnadenlosen babyblauen Augen blickte, wusste ich verdammt genau, dass, wenn wir tatsächlich an einem Kriegsschauplatz gewesen wären, er mich an Ort und Stelle hätte erschießen lassen, weil ich mich für eine Schonung des Feindes ausgesprochen hatte. Da wir jedoch Gäste einer Party waren, stand ihm diese Option nicht zur Verfügung. Ihm war deutlich anzusehen, dass er seine Alternativen abwog.

»Verpissen Sie sich und bringen Sie sich selbst um«, knurrte er schließlich. Dann machte er kehrt und entfernte sich, wobei er mit der Schulter einige der Wichtigen und Prominenten aus dem Weg schob, die sich um uns drängten, um gesehen und vielleicht sogar mit ihm zusammen fotografiert zu werden.

Danach wurden die Stadien von Steiners Abstieg von der Geister jagenden Gemeinde mit endloser Faszination verfolgt. Betrachtete er sich anfangs noch als General und Kriegsherr, sah er sich mehr und mehr als prominentes Angriffsziel. Wenn die Geister – und ihre Diener und Satrapen, die Werwesen, die Dämonen und Zombies – einen Krieg gegen die Lebenden führten, dann würden sie früher oder später die Leute angreifen, die die gegnerischen Truppen anführten: die Exorzisten. Er begann, Vorsichtsmaßnahmen für seine eigene Sicherheit zu ergreifen, und der erste – öffentlich angekündigte – Schritt war der Kauf einer Jacht. Da die Toten gewöhnlich keine fließenden Gewässer überqueren konnten, hatte Steiner sich entschlossen, dafür zu sorgen, dass er die meiste Zeit von fließendem Wasser umgeben war und festes Land nur betrat, wenn es sich absolut nicht vermeiden ließ. Er äußerte in einigen Interviews, dass dies die Lebensform der Zukunft sein könnte. Er sprach von umherziehenden Volksgruppen, von schwimmenden Städten, die auf ausrangierten Flugzeugträgern und Supertankern eingerichtet würden.

Er mochte völlig verrückt erscheinen, aber ich vermute, dass er irgendwann erkannte, dass sich seine Vorstellung von einer Umsiedlung ganzer Stadtbevölkerungen auf Hausboote nur sehr schwer verkaufen lassen würde. Etwas anderes – irgendeine andere Maßnahme, durchführbar, aber zugleich wirkungsvoll – musste gefunden werden, so dass die Lebenden, wenn der Angriff der Gegenseite stattfände und die übel gesinnten Toten in Massen auftraten, einen Ort hätten, an den sie sich zurückziehen könnten. Einmal Visionär, immer Visionär, empfahl Steiner eine Serie von Unterschlupfmöglichkeiten, genial konstruiert, die »auf allen vier Seiten von geweihtem Boden umgeben wären und hinter Befestigungsmauern aus Erde, Luft und Wasser« stehen sollten. Die nach diesen Plänen erbauten Häuser, erklärte er, würden die Augen der Toten blenden und ihre Streitmacht schwächen. Die ersten Entwürfe wurden mit regelrechten Burggräben versehen. Die späteren hatten doppelte Wände, zwischen denen für den Betrachter unsichtbar Wasser in speziellen Stahltanks floss. Wie er sich das mit der Erde und der Luft als Schutz dachte, weiß ich nicht mehr so genau. Er schickte die Entwürfe an die Bauämter sämtlicher Londoner Stadtbezirke und bot seine Dienste als kostenloser Berater an, falls man sich zu einem entsprechenden Neubauprogramm entschließen sollte.

Soweit ich weiß, reagierte keine der Bezirksverwaltungen – nicht einmal mit einem dürren »Wir bestätigen den Eingang Ihres Schreibens und werden uns nach eingehender Prüfung desselben mit Ihnen in Verbindung setzen«. Steiner tobte vor hilfloser Wut. Trotz seiner Millionen hatte er nicht die geringste Möglichkeit, dieses Projekt aus eigener Kraft zu realisieren.

In seinem Wahnsinn lag jedoch auch ein positiver Aspekt. Er betrachtete die Exorzisten – vor allem die in London ansässigen – als seine Jungs, seine persönlichen Schutzbefohlenen. Er überließ Bourbon Bryant die Räumlichkeiten, die später das Oriflamme beherbergten, weil er von einem Ort träumte, an dem die Geisterjäger sich treffen und fachsimpeln könnten. (Wahrscheinlich vertrat er außerdem das »Zusammen-sind-wir-stark«-Prinzip.) Und als er starb, hinterließ er seine Jacht einer Stiftung, der Bryant als erster Präsident vorstand, und verfügte in seinem Testament, dass ihr Name in *Thames Col-*

lective geändert wurde. Gelder aus seiner Erbmasse waren dafür bestimmt, sie seetüchtig und in bewohnbarem Zustand zu erhalten, und jeder Londoner Exorzist hatte das Recht, dort so lange zu wohnen, wie er wollte, wobei die Kabinen nach einem strengen Wechselturnus vergeben wurden, falls zu viele Gäste zur gleichen Zeit das Angebot nutzen wollten.

Anfangs sah es so aus, als könne genau das sich zu einem Problem entwickeln. Einer Menge Leute gefiel die Vorstellung, kostenfrei auf einer Luxusjacht wohnen zu können. Aber die *Collective* war alles andere als luxuriös. Um die Anzahl der Kabinen zu erhöhen, hatte Steiner die großen Kabinen mit Gipskartonplatten unterteilen lassen, so dass der Wohnraum ziemlich knapp war und eher spartanisch aussah. Es hatte auch Probleme mit der Verwaltung der Stiftung gegeben. Vorgesehen war, dass in London ansässige Exorzisten die Verwaltung abwechselnd für jeweils ein oder zwei Jahre übernehmen sollten, so dass sich der damit verbundene Arbeitsaufwand auf zahlreiche Schultern verteilte. Aber nicht einmal die Leute, die auf der *Collective* wohnen wollten, waren davon begeistert, einen Teil ihrer Zeit zu opfern, um einen reibungslosen Betrieb zu gewährleisten. Außerdem war es schwierig, genau zu definieren, wer wohnberechtigt war, denn jeder konnte behaupten, Exorzist zu sein, und brauchte als Beweis nicht mehr als einen Briefkopf oder ein Praxisschild. In einem Durcheinander von gegenseitigen Anfeindungen, Beschuldigungen und heftigen Intrigen fiel die Stiftung in sich zusammen. Die *Collective* existierte noch, aber die Gelder, mit denen sie instand gehalten werden sollte, waren per Gerichtsbeschluss eingefroren, und sie verfiel zum Leidwesen aller Beteiligten langsam aber sicher. Sie wanderte auf der Themse von Liegeplatz zu Liegeplatz, büßte mit jedem Stopp ein wenig von ihrem Nimbus ein und war stets unwillkommen, obgleich die Jacht für ihren eigenen Unterhalt sorgen konnte. Die Klientel, die sie benutzte, bestand zunehmend aus Leuten, die sich nur für kurze Zeit in der Stadt aufhielten, oder solchen, die keine andere Bleibe hatten.

Was wusste ich über Reggie Tang? So gut wie nichts. Er war jener Typ von aufgehendem Stern, den alte Hasen wie ich stets misstrauisch und aus sicherer Entfernung beobachteten: Gerüchten zufolge schnell von Begriff, ein wenig jähzornig und Prügeleien nicht abgeneigt. Sein Dad war in Hongkong vor der Rückgabe eine Art Börsenmakler gewesen; er selbst war Buddhist – zumindest hatte ich etwas Entsprechendes gehört – und in der Schwulenszene aktiv. Das war so ziemlich alles. Ich war ihm nur ein einziges Mal persönlich begegnet, und bei dieser Gelegenheit hatte ein ziemlich heftiger und lautstarker Meinungsaustausch darüber stattgefunden, welche mittelalterlichen Zauberbücher hinsichtlich der Beschreibung von Namen und Eigenschaften von Dämonen keinen Pfifferling wert waren. Reggie hielt das *Liber Juratus Honorii* für erste Sahne. Für mich war es das schwachsinnigste Machwerk, das mir je unter die Augen gekommen war. Wir kamen bei dieser Diskussion allerdings nicht viel weiter als bis zum klassischen »Ist es doch – ist es nicht – ist es doch«-Stadium, weil wir am Ende sturzbetrunken waren. Ich hoffte, dass er den Abend in freundlicher Erinnerung hatte oder zumindest eine vage Vorstellung hatte, wer ich war. Ansonsten war das Beste, das ich mir erhoffen konnte, dass er mir die kalte Schulter zeigte.

Ich fand die *Collective* genau an der Stelle, die Nicky mir genannt hatte, am Ende eines Piers unweit des Artillery Museum – aber an Bord zu gelangen, erwies sich als ein wenig problematischer, da man, um den Pier zu betreten, ein verriegeltes Tor mit einer Dornenkrone aus rasiermesserscharfem Stacheldraht überwinden musste. Ich inspizierte das Schloss. Das Schlüsselloch hatte eine unverwechselbare Form. Es glich einem Stern mit sieben Strahlen, die allesamt gleich lang und breit waren bis auf den Strahl, der senkrecht nach unten gerichtet war. Dieser war länger und ein wenig breiter als die anderen. Es war ein französisches Modell, und ich würde es wahrscheinlich niemals vergessen, seit ich es das erste Mal gesehen hatte, denn die Firma, die es herstellte, nannte sich Pollux – und Castor und Pollux sind die beiden Figuren, die das Sternbild Zwillinge symbolisieren. Wichtiger war jedoch, dass ich es innerhalb einer Minute knacken konnte.

Aber als ich die Taschen des Trenchcoats durchstöberte, zog ich eine Niete. Ich hatte zwar die Flöte und ein paar andere Utensilien, die meine hautnahe Begegnung mit den beiden *loup-garous* am Vortag überstanden hatten, umgepackt. Aber ich hatte dabei meine Dietriche vergessen.

Daher konnte ich nichts anderes tun, als gegen das Tor zu hämmern und laut zu rufen und zu warten, bis mich jemand hörte. Es war ein schwerer Dämpfer für meinen professionellen Stolz.

Irgendwann erfolgte eine Reaktion. Schritte näherten sich, und dann schepperte das Tor, als jemand es von der anderen Seite aufschloss. Es öffnete sich ein Stück, und in dem Spalt erschien ein Gesicht, das mir völlig unbekannt war.

Es war ein Gesicht, mit dem sich nicht viel anfangen ließ. Man konnte es mögen oder nicht, vielleicht auch noch seinen Besitzer bedauern. Es war blass und flach und hatte die graue Farbe von nicht ausgebackenem Teig. Das strubbeligste Gewirr von stachligem, hellbraunem Haar, das ich je gesehen hatte, wucherte darüber wie Strandhafer auf einer Sanddüne. Man konnte nicht erkennen, ob der Körper, der zu einem solchen Gesicht gehörte, jung, alt oder irgendwo dazwischen war. Das Äußerste, wozu man sich hinreißen lassen konnte, war festzustellen, dass es – aller Wahrscheinlichkeit nach – männlich war.

»Guten Morgen«, sagte ich mit einem gewinnenden Lächeln. »Ist Reggie da?«

Das Gesicht starrte mich wortlos an. Ich ließ mir die Möglichkeit durch den Kopf gehen, dass es auf einer Stange saß anstatt auf einem Hals. Doch dann öffnete der Typ das Tor ein wenig weiter, und ich konnte erkennen, dass er lebendig war und offensichtlich unversehrt und vollständig. Er hatte etwa meine Größe, war jedoch hager wie ein Kleiderständer. Bekleidet war er mit einer zerlumpten Jeans und einem mit Farbklecksen bedruckten T-Shirt. Seine Füße steckten in Pantoffeln, die aussahen wie Gromit der Hund. »Reggie?«, sagte er und klang dabei leicht verwirrt, als ob er den Namen zum ersten Mal hörte. Es war zwar nur ein Wort, aber der Akzent war nicht zu überhören. Er klang nach Essex.

»Ja, Reggie Tang. Sie gehören doch zur *Collective*, nicht wahr? Wie ich hörte, soll er zurzeit dort wohnen.«

Der Typ beantwortete meine Frage lediglich mit einem Kopfnicken. Nach einer kurzen angespannten Pause sagte er: »Wer sind Sie?«

»Ich bin Felix Castor.« Ich streckte die Hand aus. Er ergriff sie rein automatisch und eher gleichgültig, aber der emotionale Eindruck, den ich gewann, als sich unsere Hände berührten, war seltsam gemischt: Unbehagen, Ablehnung und etwas wie Erschrecken.

Nichts davon schwang in seiner Stimme mit, die entrückt, wenn nicht gar schwermütig klang. »Greg Lockyear«, erwiderte er. »Sie sind also Castor. Habe hier und da schon mal Ihren

Namen gehört. Anscheinend kennen viele Leute Sie.« Sein Blick wanderte zu meinen Füßen, während er das sagte, als wollte er überprüfen, dass meine Schuhe den Sicherheits- und Gesundheitsvorschriften entsprachen, und hob dann den Kopf, um meinen Blick zu erwidern.

»Reggie ist drinnen«, sagte er fast resignierend. »Kommen Sie rein.«

Er machte kehrt und ging über den Pier voraus zur Gangway der *Collective*. Das Schiff war früher eine schwimmende Villa gewesen, jetzt war es ein Wrack. Ich hatte die *Collective* sechs Jahre lang nicht mehr gesehen und konnte erkennen, dass sich entsprechend viel Schmutz an ihrem Rumpf festgesetzt hatte. Etwas tiefer klebte ein schmieriger Ring faulender Algen und darunter, mir durch das Wasser, das gegen den Rumpf schwappte, rötlich zuzwinkernd, ein wenig Rost. Bei diesem Tempo des Verfalls würde die *Collective* nicht mehr allzu viele Jahre überdauern.

Lockyear ging an Bord, und ich folgte ihm – über einen schmalen Laufgang und dann scharf nach links zu einer Treppe, die zur untersten Etage des Deckhauses hinabführte. »Nehmen Sie sich in Acht«, rief er, ohne sich umzudrehen. »Eine Stufe ist lose.« Die Warnung kam den Bruchteil einer Sekunde zu spät. Ein Brett gab unter meinem Fuß nach, und ich schaffte es knapp, nicht aufs Gesicht zu fallen. Ich kam mir ein wenig vor wie ein ägyptischer Grabräuber.

Das Deckhaus war ungefähr die einzige Räumlichkeit an Bord der *Collective*, die noch die gleiche Größe und den gleichen Grundriss hatte wie zu Beginn ihrer Existenz. Der Aufbau bestand aus zwei Stockwerken, die durch eine Wendeltreppe aus gediegenem dunklem Holz miteinander verbunden waren, und er vermittelte immer noch den Eindruck einer verblichenen

Eleganz. Einer sehr verblichenen allerdings: Die ursprünglichen Einbautische und Ledersofas wurden in gewisser Weise von Truhen und Einbauschränken verdrängt, die offenbar aus der Fundgrube von IKEA stammten, und in der Luft lag der Geruch von ranzigem Bratfett aus der kleinen Kochnische in der Ecke, über deren Herd sich eine rauchgeschwärzte Decke wölbte wie der kollektive Geist vor langer Zeit zubereiteter und verzehrter Mahlzeiten. Dort befand sich auch die einzige andere Tür, die aus dem Raum herausführte, und sie war halb aus den Angeln gerissen. Das Balkongeländer, das die obere Etage des Deckhauses knapp drei Meter über unseren Köpfen säumte, war an einigen Stelle weggebrochen, so dass sich ein gemütlicher Rundgang sehr schnell zu einem Abenteuer auf Leben und Tod entwickeln konnte, wenn man nicht darauf achtete, wohin man trat.

Unweit der Kochnische wartete eine Frühstücksbar. Sie bestand aus einer langen, an der Wand verschraubten Tischplatte und ein paar hohen Hockern, die sich davor aufreihten. Die gleiche geschmackvoll gestaltete Wandtäfelung aus Kirschholz und Nussbaum verzierte den Bereich um die Bar und unterstrich den verkommenen Zustand, in dem sich der restliche Raum befand. Der Typ, der dort saß und ein Frühstück aus Rührei und Würstchen verzehrte, war Reggie Tang. Eigentlich verzehrte er es nicht, sondern er spielte eher damit. Er schaute hoch, als ich hereinkam, und nickte mir eisig zu, während er den Teller mit einer endgültigen Geste von sich wegschob. Die Eis-Nummer gelang ihm ganz gut, und er glich in diesem Moment Bruce Lee in *Der Mann mit der Todeskralle* aufs Haar. Da er nur mit einer Weste und Boxershorts bekleidet war, konnte ich erkennen, dass er drahtig und in bester körperlicher Verfassung war.

»Sorry«, sagte er und erhob sich. »Ich kenne das Gesicht, daher nehme ich an, dass wir uns schon mal begegnet sind. Aber Ihr Name will mir nicht einfallen.« Ich hatte seine Stimme völlig vergessen, bis ich sie jetzt wieder hörte. Sie war tief und kräftig mit einem beinahe musikalischen Tonfall.

»Es gibt keinen Grund, weshalb er Ihnen einfallen sollte«, sagte ich. »Wir hatten nur ein einziges Mal das Vergnügen. Ich bin Felix Castor. Tut mir leid, wenn ich in Ihr Frühstück hineingeplatzt bin.«

Reggie zuckte die Achseln. »Der Laden ist für unsereins rund um die Uhr geöffnet. Das gehört zum Service. Castor, ja, jetzt kommt es langsam wieder. Sie stammen aus Liverpool, nicht wahr? Und gehören offenbar zur Nord-Süd-Abwanderungswelle. Schön, Sie mal wiederzusehen.«

Er ergriff meine Hand, die ich ihm entgegenstreckte, und schüttelte sie mit kräftigem Druck. Es gab nichts wahrzunehmen, aber das hatte ich auch nicht erwartet. Er sah aus wie jemand, der seine Emotionen konsequent für sich behielt. Er deutete mit einem Kopfnicken auf eine Couch, die mit alten Zeitungen, Illustrierten und ungeöffneter Post belegt war. »Nehmen Sie Platz. Wollen Sie hier einziehen?«

Ich schob ein paar alte Briefe zur Seite und setzte mich. Hinter mir ging Lockyear zur Küche. Ich beobachtete aus den Augenwinkeln, wie er eine brennende Zigarette aus einem Aschenbecher nahm, sie halb zu den Lippen führte, es sich dann offenbar anders überlegte und sie ausdrückte, ohne einmal daran zu ziehen. »Nicht in diesem Moment«, antwortete ich. »Eigentlich hatte ich gehofft, mir hier einen kostenlosen Rat zu holen.«

»Einen Rat?«

»Ja. Sie wissen schon, von Kollege zu Kollege.«

Reggie quittierte meine vertrauliche Formulierung mit einem Lächeln. »Dann schießen Sie mal los. Wir freuen uns immer, wenn wir helfen können, ist es nicht so, Greg?«

»Klar. Wir freuen uns immer«, wiederholte Lockyear. Er setzte sich ein gutes Stück von Reggies unbeendeter Mahlzeit entfernt an die Frühstücksbar.

»Danke. Tatsache ist, dass ich jemanden suche.«

»Jemanden, den ich kenne?«

Ich nickte. »Könnte sein, ja. Es ist jemand, der mal hier gewohnt hat, aber wahrscheinlich nicht während Ihrer Zeit. Ein Knabe namens Dennis Peace.«

Reggie runzelte nachdenklich die Stirn, als ließe er den Namen durch seine Datenbänke laufen. »Peace. Nein, da klingelt nichts bei mir. Kennst du einen Dennis Peace, Greg?«

Lockyear drehte sich beim Klang seines Namens um und guckte genauso überrascht wie kurz vorher draußen an der Tür. Er erinnerte mich an Stan Laurel, aber das lag wahrscheinlich nur an den Haaren. Er drückte geistesabwesend abermals die Zigarette aus, obgleich sie längst kalt war. »Ja«, sagte er. »Ich kenne Peace. Nun ja, ich kannte ihn, um genau zu sein. Er wohnte im vergangenen Jahr etwa sechs Monate hier. Der Bastard hat nicht ein einziges Mal gekocht. Warum? Was hat er getan?«

Diese Frage war an Reggie gerichtet, doch Reggie schaute mich auffordernd an, weil offensichtlich ich derjenige war, der sie beantworten musste, wenn überhaupt jemand.

Ich beschloss, die Wahrheit zu sagen, zumindest soweit ich es konnte. Es ist nicht so, dass Exorzismus als Gewerbe so etwas wie ein Gefühl der Kollegialität erzeugt, aber ich wollte diesen Typen keine Informationen aus der Nase ziehen, indem ich ihnen irgendeine halbgare Story von wegen Peace schulde mir noch Geld oder was auch immer auftischte. Solche Geschichten fliegen früher oder später unweigerlich auf und beißen einem in den eigenen Hintern. »Jemand hat mich engagiert, ihn zu suchen«, sagte ich. »Er soll ein Kind bei sich haben. Ein kleines Mädchen, das, nun ja, das nicht zu ihm gehört. Die Kleine wurde aus dem Haus ihrer Eltern entführt. Als es geschah, war Peace dort, jedenfalls hat man mir das versichert. Daher nehmen die Eltern an, dass er das Kind möglicherweise mitgenommen hat. Ich will mich vergewissern, ob es tatsächlich so passiert ist. Und wenn ja, dann werde ich dafür bezahlt, das Kind wieder zurückzubringen.«

Reggie sagte gar nichts, sondern starrte mich nur mit der ausdruckslosen Miene eines Pokerspielers an.

»Nun, ich habe den Mann nie persönlich getroffen«, gab ich zu, als ich seinen skeptischen Blick sah. »Das Ganze ist nur ein Job, und es kann alles totaler Blödsinn sein. Je eher ich ihn finde, desto eher weiß ich Bescheid.«

»Es klingt, als sei das eine Angelegenheit für die Polizei«, stellte Reggie fest. Er stand vor mir und betrachtete mich eingehender, als es die Situation erforderlich machte. Zwar hatte er mir einen Platz angeboten, jedoch selbst keine Anstalten gemacht, sich hinzusetzen.

»Ja, das wäre sie ganz sicher, wenn das Mädchen noch lebte. Aber es ist tot.«

»Ein Grund mehr ...«

»Ich meine, es war bereits tot, als er es mitnahm.«

Reggie nickte beiläufig, als wollte er sagen »tolle Geschichte«. »Es gibt schon verdammt seltsame Leute da draußen«, meinte er. »Da muss eine anständige Lady sich verdammt in Acht nehmen.«

Ich erkannte das Zitat und schenkte mir einen Kommentar. »Notiert hier irgendjemand die neue Adresse, wenn ein Bewohner auszieht?«, fragte ich und tippte prüfend auf den schwankenden Stapel Briefumschläge.

»Das tut die Stiftung. Aber wir sind nicht die Stiftung.«

Allmählich schlich sich ein schärferer Unterton in Reggies Stimme. Ich erkannte, dass wir uns einem Punkt näherten, an dem er den ungleichen Widerstreit zwischen Laune und Manieren aufgeben und mir erklären würde, ich solle mich verpissen. Aber auch ich war auf Krawall gebürstet – vielleicht wegen der Kopfschmerzen, die sich schlimmer als zuvor zurückmeldeten – und ich war noch nicht bereit, einen Rückzieher zu machen. Ich schaute hinüber zu Greg Lockyear, der sich jetzt mit den Ellbogen auf den Tresen stützte und über die Themse hinweg zum Bootshafen am Gallions Point blickte, als wäre es der fesselndste Anblick, der sich ihm je geboten hatte. In mir verfestigte sich ein Verdacht zur Gewissheit.

»Greg«, sagte ich und lehnte mich zur Seite, um an Reggie vorbeizuschauen. »Sind Sie mit Peace in Verbindung geblieben, nachdem er ausgezogen ist?«

Reggie gefiel es gar nicht, dass ich ihn plötzlich im wahrsten Sinne des Wortes links liegen beziehungsweise stehen ließ, und Greg – der mich wieder mit seinen glänzenden schockstarren Kaninchenaugen ansah – war auch nicht gerade glücklich, wieder in die Unterhaltung mit einbezogen zu werden. Das war die bewährte Felix-Castor-Methode, neue Freunde zu gewinnen und Menschen zu beeinflussen. »Nein«, sagte Greg und schüttelte heftig den Kopf. »Nein, ich bin mit ihm sowieso nie besonders gut ausgekommen. War froh, ihn verschwinden zu sehen, wenn ich ganz ehrlich bin.«

»Irgendeine Ahnung, wohin er gegangen sein könnte? Oder hat ihn jemand besucht, während er hier wohnte? Jemand, der ihm nachher vielleicht in irgendeiner Weise geholfen hat, meine ich?«

Greg blickte erneut aus dem Fenster, als müsste er einen Teleprompter zu Rate ziehen, dann wieder zu mir. »Nein.«

Ich konzentrierte meine Aufmerksamkeit wieder auf Tang. »Wer wohnt sonst noch hier, Reggie?«, fragte ich. »Ich meine, außer Ihnen beiden.«

Reggie verschränkte die Arme. »Niemand.«

»Und Sie wohnen hier seit …?«

»Castor, Sie sagten, Sie seien hergekommen, um sich einen Rat zu holen. Glauben Sie, dass es Ihnen weiterhilft, wenn Sie auftreten wie ein Cop?«

»Nun, Sie meinten doch, es wäre Ihnen eine Freude, mir zu helfen. Ich nehme Sie nur beim Wort.«

»Okay, ich glaube, wir haben Ihnen genug geholfen. Daher lautet mein neues Wort jetzt, verpissen Sie sich, und halten Sie sich lieber aus der Sache heraus.«

»Das ist aber mehr als nur ein Wort. Das ist schon ein ganzer Satz«, erwiderte ich vorwurfsvoll. »Ich bin kein Polizist, Reggie.«

»Halten Sie mich für dämlich? Ich meinte, Sie *benehmen* sich wie einer.«

»Noch nicht einmal das. Ein Cop würde Ihnen den ganzen Mist, den Sie von sich geben, dorthin zurückschieben, wo er herausgekommen ist, und abwarten, wie Sie darauf reagieren.«

Für einen Moment – oder vielleicht nur einen halben – herrschte angespanntes Schweigen. »Welchen Mist?«, wollte Reggie dann wissen.

»Nun, mal sehen. Sie sind Buddhist, aber als ich reinkam, saßen Sie vor einem Teller mit Würstchen, Eiern und Speck. Sie konnten sich nicht überwinden, etwas von dem Zeug zu kosten, aber Sie gaben sich alle Mühe so zu tun, als sei es Ihr Frühstück. Und Mister Kartoffelfresse da drüben hatte die gleichen Probleme mit der Kippe, daher kann man durchaus annehmen, dass sich irgendwo in der Nähe ein kettenrauchender, fleischfressender Kumpel von Ihnen herumdrückt, der aus irgendeinem unerklärlichen Grund nicht mit mir zusammentreffen …«

Dies war der Moment, als Reggies Blick nach oben zuckte. Wie ein Idiot hatte ich die Tür in der Küche im Auge behalten, aber als ich den verräterischen Blick Reggies bemerkte, rollte ich mich von der Couch herunter und schaffte es den Bruchteil einer Sekunde bevor eine massige Gestalt mit den Füßen zuerst von oben herabrauschte und zwei Schuhe Größe 45 genau auf der Stelle landeten, wo ich soeben noch gesessen hatte.

Ich prallte unsanft auf den Fußboden und rollte mich weiter, bis ich von Reggies Füßen gestoppt wurde. Er machte einen hastigen Satz rückwärts und lieferte den Beweis, dass sein Bruce-Lee-Gehabe nichts als Fassade war, aber der Typ mit dem geräumigen Schuhwerk war um einiges aggressiver. Er kam zu mir herüber, hob mich mit überraschend wenig Mühe an den Revers meines Mantels hoch und schleuderte mich gegen die Wand.

»Haltet ihn fest!«, brüllte er.

Reggie und Greg beeilten sich, seinem Befehl zu gehorchen, und ergriffen jeweils einen meiner Arme. Ich hätte mich wehren können, aber nur um den Preis einiger weiterer harter Treffer. Ich dachte, dass sich dazu gewiss noch eine Chance ergeben würde.

Der Mann, der vor mir stand und sich mit der rechten Faust in die linke Hand schlug, sah aus, als sei die harte Gangart sein Alltagsgeschäft. Er war so groß, dass man auf ihn durchaus die städtischen Bauvorschriften hätte anwenden können, und sein hartes, zerfurchtes Gesicht trug den Schatten eines Zweitagebarts. Sein Haar war sandfarben, sein Teint sandpapierrau. Tiefe Schatten, so dunkel wie Blutergüsse, lagen unter seinen Augen. Er musste früher einmal durchaus attraktiv gewesen sein, und zwar auf eine wettergegerbte, grobschlächtige, überdimensionale Art und Weise. Nun, im vorgerückten Alter, sah er aus wie jemand, der gerade anfing, die Wirkung der Schwerkraft zu spüren, und sich ihr geschlagen gab – und zwar in psychologischer, wenn nicht gar physiologischer Hinsicht. Er trug eine dieser in verschiedenen Grautönen gefleckten städtischen Kampfjacken über einem grünen Rollkragenpulli sowie eine olivfarbene Hose, deren Beine in jene Furcht einflößenden *Dixon of Dock Green*-Stiefel gestopft waren. Mir fiel ein goldenes Funkeln an seinem Handgelenk ins Auge. Es war tatsächlich ein Armband. Aber ehe ich irgendwelche Einzelheiten erkennen konnte, streckte er die Hand aus, fasste mich unterm Kinn und zog meinen Kopf hoch, so dass sich unsere Blicke trafen.

Er fixierte mich warnend.

»Ich hab deine Nachricht erhalten«, sagte er. »Die kam doch von dir, oder? Im Oriflamme? Du wolltest also mit mir reden. Nun, hier bin ich. Worüber willst du sprechen?«

»Abbie Torrington«, schlug ich vor.

Eigentlich sollte das nur eine Einleitung sein, aber ich rief damit eine viel heftigere Reaktion hervor, als ich erwartet hatte. Dennis Peace stieß so etwas wie einen Urschrei aus und boxte mich in den Magen. Ich sah den Hieb kommen und warf mich so weit es ging nach hinten gegen Reggie und Greg und versuchte, ihm die Wucht zu nehmen. Trotzdem war es fast so, als versuchte ich, eine Kanonenkugel aufzufangen. Der Schmerz war unfassbar, und ich klappte zusammen, nachdem sämtliche Luft explosionsartig mit einem Japsen aus meinem Leib entwichen war. Ich sackte zusammen, aber Reggie und Greg hielten mich fest, so dass ich nicht zu Boden stürzte.

»Untersteh dich – wage nicht, ihren Namen in den verdammten Mund zu nehmen!«, röhrte Peace. »Du darfst noch nicht einmal – du Bastard, glaubst du, ich lasse dich …? Wer bezahlt dich? Wer hat dich verdammt noch mal hergeschickt?«

Er packte meine Haare und riss meinen Kopf wieder hoch – aber nicht bevor ich einen genaueren Blick auf das Armband geworfen hatte und es erkannte: ein herzförmiges Medaillon an einer goldenen Kette, die zweimal um sein muskulöses Handgelenk geschlungen war.

»Wer hat dich hergeschickt?«, fragte er abermals.

»Ihre – ihre Mutter«, keuchte ich.

»Nun, dann bestell dieser Schlampe, dass sie Abbie weder in dieser noch in irgendeiner verdammten anderen Welt je wiedersehen wird. Damit ist es vorbei. Und zwar endgültig! Eher würde ich – ich würde – ich würde sie eher töten, als diesem kaltherzigen Bastard gestatten …«

Ihm gingen die Worte aus, und sein Gesicht war tiefrot angelaufen, dass es so aussah, als würde jeden Moment bei ihm eine wichtige Ader platzen. Er drohte mir erneut mit der Faust, schlug aber nicht wieder zu. Er machte einen langen, zitternden Atemzug und bemühte sich sichtlich, wenigstens teilweise die Kontrolle über sich zurückzugewinnen. Ich erinnerte mich daran, dass er Pillen schluckte. Das ist für Momente, in denen nüchternes Nachdenken gefragt ist, nicht gerade förderlich.

Dann nahm das Ganze eine noch schlimmere Wendung. Peace schlug auf der linken Seite seine Jacke zurück und angelte eine Pistole aus seinem Hosenbund. Er presste sie mit der Mündung gegen meine Wange.

»Immer mit der Ruhe, Den«, murmelte Reggie Tang nervös.

»Halt die Klappe, Reggie«, knurrte Peace. Er sah mich mit einem Ausdruck gequälten Hasses an. Er schien sich in irgendetwas hineinzusteigern, und ich öffnete den Mund, um ihn zur Explosion zu bringen. Ehe ich ein Wort über die Lippen brachte, schoss seine freie Hand zur Faust geballt vor. Ich hatte nicht mehr die Zeit, mich zu bewegen – ich konnte nur die Augen schließen. Ein splitterndes, durchdringendes Geräusch erklang links neben mir. Ich schlug die Augen auf, drehte den Kopf ein wenig und sah das klaffende Loch, das Peace soeben in die dekorative Wandverkleidung über der Frühstücksbar gerammt hatte. Er spreizte und krümmte die Finger dreimal. Soweit ich erkennen konnte, hatte nicht einmal seine Haut einen Kratzer abbekommen.

»Wenn du mir noch einmal über den Weg läufst«, sagte er, nun ein wenig ruhiger, »töte ich dich. Das meine ich ernst. Ich bringe dich um. Wage dich ja nicht in meine Nähe, es sei denn, du bist bereit, mir im Schlaf die Kehle durchzuschneiden, denn das wäre deine einzige Möglichkeit, an sie heranzukommen und sie mir wegzunehmen. Und glaube bloß nicht, dass ich schlafe, nur weil ich die verdammten Augen geschlossen habe.«

Er unterstrich die letzten drei Worte, indem er mir dreimal den Pistolenlauf ins Gesicht stieß. Er schaute kurz zu Reggie, dann zu Greg. »Gebt mir fünf Minuten Vorsprung«, sagte er, »dann könnt ihr ihn loslassen.«

Reggie nickte. Greg blinzelte nur. Peace folgte bereits dem Ruf der grenzenlosen Weite, verstaute die Pistole wieder in seinem Hosenbund und drehte sich nicht mehr um, während er sich duckte, um durch die niedrige Tür zu verschwinden.

Nun, jetzt gefiel mir das Kräfteverhältnis schon viel besser.

Ich ließ mich ein wenig in Reggies und Gregs Griff sacken, damit sie mehr Gewicht festhalten mussten. Verärgert hievten sie mich hoch, so dass sie keinen sicheren Stand hatten, als ich mit ihnen hochkam und einen Schritt rückwärts machte. Wir taumelten gemeinsam gegen die Wand hinter uns. Ich befreite meinen Arm aus Gregs Griff und schmetterte Reggie die Faust gegen den Hals. Er gab ein ersticktes Gurgeln von sich, stolperte seitwärts gegen die Frühstücksbar und ließ meinen anderen Arm los, um sich mit beiden Händen an den Hals zu greifen. Ich brauchte den Arm nicht mehr, denn ich schaltete Greg bereits mit einem wuchtigen Volltreffer auf die Nase aus.

Ich war schon durch die Tür, ehe einer von ihnen sich so weit erholt hatte, um einen Gegenangriff einzuleiten, aber als ich die Treppe überwunden und den Niedergang erreicht hatte, trabte Peace bereits über die Gangway. Auf dem Kai drehte er sich zu mir um.

Er versetzte der Gangway einen kräftigen Tritt, als ich sie erreichte, und das Brett stürzte sich überschlagend in die Themse, prallte mehrmals gegen den Rumpf der *Collective* und entlockte ihm ein metallisches Dröhnen ähnlich dem einer Uhr, die im Innern eines Sarges die Stunde schlägt. Der Abstand bis zum Ufer betrug nicht mehr als drei Meter, aber ich musste ein paar Schritte rückwärts machen, um Anlauf zu nehmen, während der Kerl im Begriff war, den Schauplatz des Geschehens weit hinter sich zu lassen.

Ich wagte den Sprung und landete auch mit beiden Füßen – aber dann ließ mich ein kurzer Anfall von Benommenheit stolpern und beinahe rückwärts in den Fluss kippen. Ich fing mich im letzten Moment und heftete mich an die Fersen des derzeitigen Objekts meiner Begierde, das mittlerweile das Tor zum Pier erreicht hatte und es aufriss.

Zu meinem Schrecken beobachtete ich, wie er den Schlüssel aus dem diesseitigen Schlüsselloch zog und in Richtung Wasser schleuderte. Dann ging er durch das Tor und zog es eine Sekunde, ehe ich es ereichte, hinter sich zu. Ich zerrte am Griff, aber das verdammte Ding rührte sich nicht.

Verdammt, verdammt, verdammt, verdammt, verdammt! Kein Werkzeug zum Öffnen, keine Zeit, und der rasiermesserscharfe Stacheldraht auf der Oberkante des Tors sah lebensgefährlich aus. Ich schaute mich um auf der Suche nach irgendeinem Gegenstand, mit dem ich das Schloss gewaltsam aufbrechen könnte, und entdeckte den Schlüssel. Er war am Rand des Piers gelandet, ein paar Zentimeter vom Wasser entfernt.

Ich hob ihn auf, rammte ihn ins Schloss und drehte. Auf der Straße schaute ich zuerst nach links und sah, wie Peaces massige Gestalt fünfzig Meter weiter um eine Häuserecke verschwand. Als ich startete, um ihn zu verfolgen, raste ein Wagen an mir vorbei, der in die gleiche Richtung wollte und es offenbar eilig hatte. Es war ein zerbeulter, mit getrocknetem Schlamm bedeckter Grand Cherokee, der irgendwie nach Militär aussah. Mit nicht gelindem Erschrecken stellte ich fest, das zwei Männer darin saßen, der Beifahrer war so groß, dass er sich regelrecht in den Wagen gefaltet hatte und seine Knie durchs Fenster zu sehen waren. Selbst auf diese Entfernung war Po unverwechselbar.

Ich legte einen Zwischenspurt ein, aber sie erreichten trotzdem die Straßenecke lange vor mir und nahmen sie in rasanter Fahrt, so dass ein lautes Ächzen ertönte, als Stoßdämpfer und Federung bis an ihre Grenzen beansprucht wurden. Als ich die Einmündung erreichte, sah ich Peace schnell wie der Blitz über einen schmalen Straßenabschnitt rennen, auf dem sich der Asphalt nahezu vollständig aufgelöst hatte. Gesichtslose niedrige Bürohäuser ohne Gassen oder Lücken dazwischen, in die er hätte abbiegen können, säumten die Straße auf beiden Seiten. In einiger Entfernung vor ihm endete die Häuserreihe vor der weiten asphaltierten Fläche eines Parkplatzes. Er war teilweise durch Ketten miteinander verbundene, ungefähr einen halben Meter hohe Betonpoller aufgeteilt.

Der Jeep befand sich nur wenige Meter hinter Peace, als er die ersten Poller erreichte. Er setzte hinüber wie ein Hürdenläufer und rannte weiter. Der Jeep war gezwungen, auszuweichen und auf die Fahrbahn zurückzukehren, blieb zuerst mit ihm auf gleicher Höhe und steigerte dann sein Tempo und überholte ihn. Als er das Ende des Parkplatzes erreichte, bremste er scharf, stellte sich quer, und die Beifahrertür wurde aufgestoßen.

Po kletterte heraus, zuerst noch in menschlicher Gestalt, doch dann verwandelte er sich in etwas, das aussah, als hätte es nie eine Mutter gehabt. Seine Arme wurden länger und dicker, und er beugte sich vor, um sich damit auf den Erdboden zu stützen. Sein Mund klaffte auf und formte sich zu dem mit Fangzähnen gesäumten Maul eines Haifisches. Ich hatte mit meiner Vermutung, dass er eine exotische Erscheinung war, durchaus recht, aber er war kein Gorilla. Eher glich er einer Hyäne oder einem Tier, das mit einer Hyäne verwandt war. So wie dieses Wesen jetzt dastand, hatte es die Schulterhöhe eines ausgewachsenen Menschen.

Peace erkannte, dass ihm der Weg abgeschnitten war, rutschte ein Stück, als er abrupt stoppte, und schaltete mit rudernden Armen und Beinen in den Rückwärtsgang. Po galoppierte hinter ihm her, zuerst langsam, aber dann stetig schneller werdend. Unterdessen wendete der Jeep, die Beifahrertür noch immer geöffnet und gegen die Karosserie schlagend, und kam auf der Straße auf mich zu. Abermals setzte er sich neben Peace und überholte ihn. Wären die Poller nicht gewesen, hätte der Wagen ihm auch jetzt den Weg versperren können. So jedoch musste der Fahrer wieder bremsen und selbst aussteigen. Es war der andere Mann, den ich am Vortag kennengelernt hatte – Zucker, der mit der tiefen, rauen Stimme und der Vorliebe für scharfe Messer. Ich war kaum zwanzig Meter von ihm entfernt, aber er hatte nur Augen für seine Beute. Er trabte Peace entgegen und vollendete die Zangenbewegung.

Aber Peace beschrieb einen weiten Bogen und steuerte auf die Rückseite des Parkplatzes zu, wo ein hoher Holzzaun ihn von einem Wassersportgeschäft trennte, für dessen Kunden er wahrscheinlich angelegt worden war. Der Zaun sah aus, als sei er zu hoch, um ihn kletternd zu überwinden, aber Peaces beide Verfolger witterten die Gefahr, dass er ihnen irgendwie entschlüpfen könnte, intensivierten ihre Anstrengungen und verkürzten seinen Vorsprung.

Ich erreichte den Jeep und erkannte am leichten Vibrieren der Kühlerhaube, dass der Motor noch lief. Ohne lange darüber nachzudenken, was ich tat, schwang ich mich hinein und setzte rückwärts auf die Fahrbahn.

Peace hatte den Zaun fast erreicht. Die beiden Werwesen waren nur noch ein paar Meter hinter ihm. Ich ließ den Motor aufheulen, legte den zweiten Gang ein und startete durch. Zwischen den beiden Pollern vor mir spannte sich eine der Ketten. Ich erwischte sie genau in der Mitte, und sie zerbrach mit einem Knirschen, wobei die losen Enden zur Seite flogen wie stählerne Peitschen. Ich fuhr weiter, wich den Barrieren so gut es ging aus oder lenkte den Wagen durch sie hindurch, wenn es keine andere Möglichkeit gab. Irgendetwas blockierte kurz eins der Vorderräder, und der Jeep lehnte sich gefährlich nach rechts. Ich kurbelte hektisch am Lenkrad, um den Wagen wieder aufzurichten.

Vor mir stand Peace endlich vor dem Zaun, und er spannte sich für einen Sprung, der ihn ein gutes Stück den Zaun hinauf katapultieren würde. Doch ehe er seine Absicht ausführen konnte, hatte Po ihn eingeholt und stürzte sich mit seinen messerscharfen Klauen auf ihn. Beide gingen zu Boden. Zwei Pistolenschüsse fielen so dicht hintereinander, dass der zweite klang wie das Echo des ersten. Peace befreite sich mit einem Fußtritt von Po – allein das schon eine ziemlich erstaunliche Leistung – und kroch unter ihm hervor. Das Werwesen war verletzt, Blut rann über sein Gesicht und blendete es, so dass es, als es mit einem klauenbewehrten Vorderlauf zuschlug, sein Ziel um einige Zentimeter verfehlte.

Zucker holte zügig auf. Als er erkannte, wie rapide sich seine Chancen verschlechterten, wirbelte Peace herum und vollführte einen kraftvollen Sprung. Er kam am Zaun gut anderthalb Meter hoch und zog sich mit den Händen weiter aufwärts. Dicht hinter ihm kauerte Po sich auf seine Hinterläufe, um das Gleiche zu tun – aber mit seinem Sprung würde er Peace von der Holzwand pflücken ähnlich einer Katze, die mit einem Schlag ihrer Pfote einen Vogel aus der Luft fängt. Gleichzeitig suchte Zucker in seiner Tasche offensichtlich nach dem Messer. So oder so hatte Peace nicht den Hauch einer Chance, die Oberkante des Zauns zu erreichen.

Ich stützte mich mit der Hand auf den Hupknopf. Das laute durchdringende Blöken ließ die *loup-garous* herumfahren, und sie sahen, wie ihr eigener Wagen auf sie zuraste: An die viertausend Pfund Metall befanden sich im Anflug, als ich das Fahrzeug im zweiten Gang auf gut siebzig Sachen hochprügelte.

Jetzt war es für Po zu spät, Peace anzugreifen. Stattdessen flitzten er und Zucker, als ich sie überholte, rechts und links von mir über den Asphalt. Im letzten Moment riss ich das Lenkrad herum. Ich rammte den Zaun frontal etwa drei Meter links von der Stelle, an der Peace an ihm hochkletterte. Ich rammte und durchbrach ihn und gelangte auf einen gepflasterten Hof, auf den die Überreste des Zauns wie ein Treibholzregen um mich herum niederprasselten.

Die Vorderreifen platzten, und der Jeep brach in die Knie wie ein tödlich getroffener Kampfstier. Die vordere Stoßstange schrammte Funken sprühend über das Pflaster. Dies schluckte ein Gutteil meiner Geschwindigkeit, die immer noch ganz beträchtlich war, aber eine Sekunde später blies sich der Airbag auf, stieß mich nach hinten in meinen Sitz und nagelte meine Arme fest. Ein zweiter heftiger Ruck danach signalisierte mir, dass ich mit etwas kollidiert war, das ich noch nicht einmal gesehen hatte.

Benommen lag ich da. Lautes Geheul gellte in meinen Ohren, und für einen grässlichen Moment glaubte ich, jemanden überfahren zu haben – doch dann begriff ich, dass es lediglich irgendeine Alarmsirene war.

Indem ich mich zwang, trotz der Schmerzen und des Aufprallschocks aktiv zu werden, schaffte ich es, mit der Hand in meine Hosentasche zu greifen und darin herumzusuchen, bis ich mein Taschenmesser fand. Beim dritten Versuch gelang es mir dann, den Airbag anzustechen. Danach musste ich warten, bis er genügend Luft verloren hatte, so dass ich darunter hervorkriechen konnte.

Nachdem ich mich aus den Überresten des Jeeps befreit hatte, sah ich, dass ich tatsächlich einen anderen Wagen erwischt hatte, der auf dem Parkplatz des Sportgeschäfts stand. Es war mal ein sehr hübscher neonblauer BMW gewesen. Er war es noch immer bis auf sein vorderes Drittel, das nunmehr nur noch Schrott war.

Erstaunlicherweise kam niemand heraus, um nachzusehen, was der Lärm zu bedeuten hatte. Der Laden hatte noch nicht geöffnet, und auch die Büros in der Straße hinter mir waren noch verwaist.

Von Peace und den beiden *loup-garous* war nichts zu sehen. Das wertete ich als gutes Zeichen, denn wenn sie ihn erwischt hätten, würden sie ihn hier an Ort und Stelle sicher noch ausfragen oder verprügeln oder seine sterblichen Überreste verzehren. Es gab für mich nichts anderes zu tun, als mich rar zu machen, ehe jemand erschien, um nach der Ursache des Lärms zu forschen und den zertrümmerten Zaun zu untersuchen. Ich kehrte zur *Collective* zurück. Ich war jetzt in der richtigen Stimmung, um mir diesen Bastard Reggie Tang und seinen dämlichen kleinen Freund zur Brust zu nehmen und weitere Informationen aus ihnen herauszuholen.

Aber als ich zum Pier 17 zurückkam, erstarben sämtliche wohl ausgedachten Worte auf meiner Zunge, während ich verblüfft über den breiter werdenden Streifen Wasser auf das sich entfernende Heck der *Collective* starrte. Der Abstand betrug bereits gut drei Meter, und das Schiff schwenkte mit stampfenden zwei Knoten in die Flussmitte.

Reggie stand auf dem Deck, eine schwarze Seidenjacke über seiner Weste und seiner Hose, die Hände tief in den Taschen vergraben. Er bedachte mich mit einem unfreundlichen, abschätzigen Blick.

»Gehen Sie nach Hause, Mann«, sagte er und klang ernst und betrübt. »Bewahren Sie sich ein wenig Selbstachtung und gehen Sie nach Hause.«

Für einen verrückten Moment zog ich ernsthaft in Erwägung, diesen Sprung zu wagen. Ich wäre im klebrigen Themseschlamm gelandet und dort stecken geblieben, bis jemand mit einem Flaschenzug und einer Abschleppstange gekommen wäre, um mich herauszuziehen. Stattdessen blieb ich auf dem Pier stehen und beobachtete das Boot, bis es an der nächsten Flussbiegung außer Sicht geriet. Reggie blieb die ganze Zeit an Deck und behielt mich im Auge, als wollte er sich versichern, dass ich nicht irgendetwas versuchte. Nach einer Weile erschien Greg Lockyear, trat neben ihn und legte ihm eine Hand auf die Schulter. Dann schob sich die reizlose Krümmung des Ferry Approach dazwischen, die *Collective* verschwand dahinter, und ich stand allein auf dem Pier und sah aus – wenn ich es einmal drastisch ausdrücken darf – wie ein kompletter Flachwichser.

8

Ich kehrte wieder in den Westen Londons zurück. Mit der Jubilee Line kam ich nur einen Steinwurf entfernt an Paddington vorbei – zumindest wenn der Stein mit einem Granatwerfer abgefeuert wurde. Irgendwann müsste ich für ein kurzes Schwätzchen mit Rosie Crucis dort noch einmal vorbeischauen. Aber dies war dafür nicht der geeignete Zeitpunkt. Ich fühlte mich noch immer ein wenig schmuddelig und verkatert, und man musste im Vollbesitz seiner Sinne und Kräfte sein, um gegen Jenna-Jane Mulbridge einigermaßen bestehen zu können. Außerdem liebte Rosie die Nacht sogar noch mehr als Nicky.

Ja, vielleicht schob ich das Unvermeidliche nur vor mir her, aber im Augenblick war es für mich der günstigste Weg.

Daher machte ich einen Abstecher zum Büro und holte meine Notration aus der untersten Schublade des Aktenschranks. Es war lediglich ein mit Alufolie verschweißter Blister mit acht ein wenig seltsam aussehenden Tabletten darauf – weiße Quadrate mit abgerundeten Ecken, mit einem großen D in Kursivschrift gekennzeichnet. Ursprünglich hatte die Packung zwölf Tabletten enthalten, aber vier waren bereits verbraucht. Die Arzthelferin, die sie mir im Verlauf einer kurzen, stürmischen Beziehung schenkte, hatte erklärt, das D stehe für

Diclofenac, obgleich die Tabletten auch noch einige andere Wirksubstanzen enthielten. »Sie sind geradezu magisch«, sagte sie und schob sie mit einem hinterhältigen Grinsen in meine Brusttasche. »Das stärkste Schmerzmittel, das du je eingenommen hast, und dabei bleibst du wach und aufmerksam, als hättest du eine Handvoll Dexedrins eingeworfen. Nur achte darauf, nicht zu viel Alkohol dazu zu trinken. Oder … hmm … dich direkt in die Sonne zu setzen, denn mit diesem Zeug intus verbrennst du wie eine Bratwurst auf dem Grill.«

Es war wahrscheinlich das fürsorglichste Geschenk, das mir je gemacht wurde – wie ich herausfinden konnte, als ich die anderen vier schluckte. Jetzt schluckte ich zwei, und die Schmerzen und die Steifheit in meiner Schulter ließen fast augenblicklich nach. Ich war zurück im Rennen.

Mit Nicky noch ganz frisch im Gedächtnis hörte ich den Anrufbeantworter in meinem Büro sowie die Nachrichten auf meinem Mobiltelefon ab. Beide Überprüfungen ergaben nichts, daher war ich, was das betraf, immer noch auf mich allein gestellt. Die gute Nachricht war jedoch, dass sich zwischen all den Rechnungen und anderen Liebesbriefen der Bezirksverwaltung und der nationalen Energieversorgung ein herzerwärmend fetter Umschlag ohne Poststempel und nur mit meinem Namen in schwungvoller Handschrift darauf befand.

Ich öffnete ihn und fand darin eine kurze Nachricht von Stephen Torrington sowie einen Scheck über eintausend Pfund und weitere fünfhundert Pfund in bar. Aus der Nachricht ging hervor, dass ich diesen Betrag als Vorauszahlung betrachten solle und dass ich eine Rechnung schicken könne, wann immer es mir genehm sei. Mir kam in den Sinn, dass dies ziemlich schwierig würde, weil ich, was meine Kontaktmöglichkeiten mit den Torringtons betraf, bisher lediglich über Steves Mobiltelefonnummer verfügte. Diese wählte ich jetzt, und er meldete sich nach dem ersten Klingeln. Entweder hatte er sensationell schnelle Reflexe oder er hatte das Ding ständig am Ohr.

»Torrington.«

»Castor«, sagte ich genauso knapp. »Ich habe das Geld erhalten. Danke.«

»Mister Castor. Kein Problem. Wie ich schon sagte, wir besitzen mehr Geld, als wir nötig haben, und es gibt wahrscheinlich nichts Besseres als dies, wofür wir es ausgeben können.«

»Sie haben um eine Rechnung gebeten. Leider kenne ich Ihre Adresse nicht.«

Er lachte selbstkritisch. »In Zeiten wie diesen vergisst man schon mal die Grundformen der Höflichkeit. Es tut mir leid. Ich hätte Ihnen meine Visitenkarte geben sollen. Und Mels, natürlich, für den Fall, dass ich in einer Besprechung oder sonst wie verhindert bin. Schicken Sie uns die Rechnung ins Haus. Wir wohnen in der Bishop's Avenue Nummer 62.«

Eine nette Adresse. Londons erste bewachte Wohnanlage, wenn auch nicht dem Namen nach. Dort wohnten ausschließlich Millionäre und ehemalige Minister, und wenn man die Stereoanlage zu laut aufdrehte, störte das niemanden, weil man mindestens zweihundert Meter Garten ums Haus besaß und die Nachbarn ebenfalls. Der Nachteil war, dass man ewig laufen musste, um sich nebenan eine Tasse Zucker zu leihen. »Ich schicke sie heute noch mit der Post«, sagte ich.

»Keine Eile. Gibt es was Neues zu berichten?«

Ich überlegte, ob ich lügen sollte, aber das ging mir gegen den Strich. Wenn dieser Typ mich schon bezahlte, war das Mindeste, was ich ihm für sein Geld liefern konnte, die Wahrheit. »Ich glaube, ich habe heute Morgen unseren Mister Peace getroffen«, gab ich zu.

»Sie haben ihn getroffen? Aber …«

»Es war nur eine kurze Begegnung. Er rannte wie ein geölter Blitz, und ich konnte nicht ganz mit ihm Schritt halten.«

Torrington atmete geräuschvoll aus. »Mein Gott. So dicht dran! Wo? Wo hat er sich versteckt?«

»Auf der *Thames Collective.* Es ist ein Hausboot auf dem Fluss, wo Londoner Exorzisten gelegentlich ihr Domizil aufschlagen. Ich glaube jedoch nicht, dass Peace dort wohnte. Es ist viel zu auffällig. Höchstwahrscheinlich war er dort nur zu Besuch. Um sich Geld zu leihen oder was weiß ich. Er wurde auch in einem anderen Exorzistentreff in Soho gesehen, daher vermute ich, dass er irgendetwas sucht – etwas, wofür es sich lohnt, das Risiko einzugehen, gesehen zu werden. Wie dem auch sei, Tatsache ist, dass die *Collective*, selbst wenn er dort wohnen sollte, abgelegt hat und verschwunden ist. Bis sie woanders anlegt und ich herauskriege wo, kann ich mich dort nicht umsehen.«

»Aber sind Sie tatsächlich bei ihm hereingeplatzt? Haben Sie ihn gesehen?«

»War mit ihm sogar auf Tuchfühlung – zumindest mit seiner Schuhspitze. Es tut mir wirklich leid. Das nächste Mal bin ich um einiges …«

»Nein.« Torrington schnitt mir das Wort ab. »Sie sind so gut, wie man Sie uns geschildert hat, Mister Castor. Sie haben den Mann innerhalb von achtundvierzig Stunden gefunden, obwohl sie von ihm kaum mehr wussten, als seinen Namen – das allein ist schon fast unglaublich. Ich weiß, dass es nicht allzu lange dauern wird, bis Sie ihn erneut aufstöbern, und ich weiß, dass Sie sich diesmal nicht überrumpeln lassen. Danke. Danke für alles, das Sie für uns tun. Und wenn es irgendetwas gibt, das ich beisteuern kann, um Ihnen den Job zu erleichtern, dann melden Sie sich. Und zwar zu jeder Tages- und Nachtzeit.«

Nach einigen weiteren halbherzigen Höflichkeiten legten wir auf. Ich wünschte, ich könnte dem rührenden Vertrauen, das die Torringtons in mich setzten, einigermaßen gerecht werden, aber in diesem Moment kam ich mir vor wie einer dieser armen Teufel in Platons Höhle und versuchte, in den Dingen, die ich nicht direkt sehen konnte, einen Sinn zu erkennen, indem ich die Schatten betrachtete, die das Feuer an die Höhlenwand warf. Und um das Ganze noch zu erschweren, stand ich in dem gottverdammten Feuer.

Ich dachte an Reggie Tangs Abschiedsworte und die Schlussfolgerungen, die sich aus ihnen ergaben. Peace war ein schlimmer Finger, hatte Bourbon Bryant gesagt – ziemlich wild und unberechenbar –, gleichwohl schien er in der Londoner Geisterjäger-Szene mehr Freunde zu haben als ich zurzeit. Mit Sicherheit genug, so dass viele Kanäle, die ich normalerweise hätte benutzen können, in diesem Moment lieber gemieden werden sollten. Nicky hatte mir noch nicht mehr liefern können als einige aufregende Geschichten aus der kriminellen Vergangenheit des Knaben, und Rosie wäre erst gegen Mitternacht ansprechbar. Ich war natürlich mit Juliet zum Abendessen verabredet, aber bis dahin dauerte es noch länger als acht Stunden, daher erwartete mich ein vergeudeter Tag, es sei denn, es gab etwas, dem ich ganz allein in der Zwischenzeit nachgehen konnte.

Und es gab etwas. Es mochte vielleicht für den Torrington-Fall nicht von Bedeutung sein, aber es war für mich verdammt wichtig, also konnte ich es genauso gut jetzt gleich in Angriff nehmen.

Ich fuhr mit der U-Bahn nach Kensington und machte mich auf die Suche nach jemandem, der sich mit Messern auskannte.

✪

»Es ist nicht so alt, wie es aussieht«, sagte Caldessa mit zittriger Stimme, in der ein Unterton von gehärtetem Stahl mitschwang. Insgesamt klang diese banale Feststellung aus ihrem Mund ziemlich vernichtend. Aber in ihrem Gewerbe war alt gleichbedeutend mit gut, und neue Dinge, die aussehen wollten, als seien sie alt, waren es nicht wert, dass man sich mit ihnen ernsthaft befasste. Jung auf alt getrimmt war total out. Als ich die Hand ausstreckte, um das Messer wieder an mich zu nehmen, gab sie es mir jedoch nicht. Sie drehte es abermals hin und her und blickte auf eine Weise an der Klinge entlang, die für so eine ehrbare ältere Mitbürgerin in gediegenem Tweed ausgesprochen verwirrend erschien.

Mein Messer-Experte war, wie sich herausgestellt hatte, eine Frau. Das war für mich okay. Als ich in der Kensington Church Street aufkreuzte, hatte ich nur eine vage Vorstellung, was ich suchte – aber ich war ziemlich sicher, dass dies der beste Ort war, um es zu finden. Man ging die Knightsbridge hinunter, vorbei an Kensington Gardens, und wendete sich nach rechts, und schon befand man sich – durchaus vorhersehbar angesichts der Preise und der Erscheinung der Immobilien ringsum – inmitten der dichtesten Ansammlung von Antiquitätenläden, die man in der zivilisierten Welt antreffen konnte. Okay, einige dieser Geschäftsbetriebe waren darauf spezialisiert, den Touristen auf schmerzlose Art und Weise das Geld aus der Tasche zu ziehen, was bedeutete, dass sie viktorianische Butterfässer für eintausend Pfund pro Stück verhökerten. Doch unter den Lieferanten überteuerten, eleganten Plunders gab es einige wenige Leute, die kennenzulernen sich durchaus lohnte. Es waren Fanatiker, die sich auf exotische Objekte wie belgische Teewärmer aus der Merowingerzeit oder obskure Feldaltäre aus dem Spanischen Bürgerkrieg spezialisiert hatten.

Einer der größten Läden war Antik Ost, der von einem entfernten Verwandten Pens betrieben wurde, dessen Namen ich jedes Mal nachschlagen und auswendig lernen musste, weil er so verdammt lang war: Haviland Burgerman. Er war meine erste Anlaufstelle, und er machte das launige Geständnis, dass er über Messer nicht mehr wusste, als mit welchem Ende man damit Zigarren abschnitt. Er schickte mich über die Straße zu Evelyn Caldessa's, und Caldessa hatte, was ich suchte.

Sie war selbst so etwas wie eine Antiquität. Ihre Haut hatte jenen von hohem Alter kündenden matten, perlweißen Schimmer, ihre Gesichtszüge wirkten wie kunstvoll ziseliert, und ihre Statur war von zerbrechlicher Feinheit. Wenn man sie betrachtete, war man auf Anhieb überzeugt, dass sie klingen würde wie Knochenporzellan, wenn man sie mit dem Daumen anschnippte. Der Schal, den sie nach bäuerlicher Art über ihr graues Haar drapiert hatte, verlieh ihr ein osteuropäisches Aussehen, doch ihr Akzent war unverkennbar der einer Roedean-Absolventin.

Ich gab ihr zu verstehen, dass ich etwas zu verkaufen hatte, das in ihr Fachgebiet fiel. »Ein Messer. Ich fand es zwischen einigen Objekten, die meinem Onkel gehörten.«

»Gehörten?«

»Er ist verstorben.«

»Oh, Sie Armer.« Und nur einen Herzschlag später: »Lassen Sie mal sehen.«

Ich holte die Pappröhre hervor, ließ das Messer vorsichtig auf meine Handfläche gleiten und reichte es ihr mit dem Griff zuerst. Caldessa gab einen unterdrückten Laut des Erstaunens von sich, als sie es erblickte, dann hielt sie es mit gestrecktem Arm von sich weg, um es besser betrachten zu können. Die Klinge sah bei Tageslicht keinen Deut netter aus als im Soho Square nach Mitternacht. Es war eine Waffe, die möglichst effektiv stechen und schneiden sollte, allerdings in alles andere als den Sonntagsbraten.

»Die Klinge ist hohlgeschliffen«, sagte sie. »Deshalb ist sie so dünn und scharf – und das ist auch einer der Gründe, weshalb das Messer älter aussieht als es ist. Ein Hohlschliff opfert alles dem einzigen Ziel, eine möglichst scharfe Schneide zu erhalten. Daher nutzt es sich sehr schnell ab, wenn es nicht vorher zerbricht. Der andere Grund, weshalb es alt aussieht, ist der, dass es im Gegensatz zu den meisten modernen Messern keinen Kropf hat.«

»Einen Kropf?«

»Das ist das verdickte Stück direkt über dem Griff.«

»Es wurde jedoch nicht maschinell hergestellt«, hob ich hervor.

Sie schaute hoch und musterte mich mit einem kühlen, fragenden Blick. »Wie kommen Sie darauf?«, wollte sie wissen.

Ich zeigte ihr, was ich meinte. »Wenn man es ins Licht dreht, erkennt man an den Reflexen die Schleifspuren auf dem Stahl. Sie sind nicht gleichmäßig.«

Caldessa nickte wie eine Lehrerin, die mich dafür lobte, dass ich trotz meines begrenzten Wissens die richtigen Schlüsse gezogen hatte. »Das ist richtig«, sagte sie. »Obgleich einige maschinell hergestellte Klingen anschließend aus verschiedenen Gründen von Hand nachbearbeitet werden.«

»Und die wären?«

»Zum Beispiel um dem Käufer vorzugaukeln, dass er ein von Hand gefertigtes Objekt erwirbt.« Ich schlug mir mit der Hand Homer-Simpson-mäßig vor die Stirn, und sie lächelte knapp. »Ja, es ist ein schmutziges Geschäft. Meiden Sie es, mein Lieber, wenn Sie sich Ihre Illusionen über die menschliche Natur erhalten wollen.« Sie strich sehr vorsichtig mit dem Daumen über die Schneide. »Es könnte durchaus von Hand hergestellt worden sein, wobei es, wenn es das wäre, von jemandem angefertigt wurde, der ein extrem gutes Auge gehabt haben muss. Achten Sie auf die Dicke. Nicht die geringste Unregelmäßigkeit über die gesamte Länge der Klinge. Das ist zwar von Hand zu schaffen, aber erheblich einfacher mit einer elektrischen Schleifmaschine.

Nun zum Holz …« Sie rieb anerkennend den Griff. »Das ist schön. Sehr schön. Amboinamaserung. Südostasiatisch. Wenn man den lebenden Baum betrachtet, würde man nie vermuten, dass sein Kernholz einen solchen roten Schimmer hat. Die Borke ist so grau wie mein Haar.

Aber hieran erkennt man es.« Caldessa tippte auf die Zeichnung an der Angel der Klinge – das kunstvolle Blumenmuster, dem mein größtes Interesse galt. »Maschinell geätzt«, sagte sie. »Die Elektrolytlösung hinterlässt auf dem Stahl winzige Farbspuren, die im Laufe weniger Jahre an Intensität zunehmen und sich dann stabilisieren, es sei denn, der Stahl selbst ist fehlerhaft oder sie wurde nicht fachgerecht neutralisiert. In diesem Fall erscheint ein grünlicher Schimmer auf dem Grund der stärkeren Linien – wie hier, zum Beispiel. Dies wurde mit einer industriellen Ätzvorrichtung ausgeführt. Benutzt wurden dazu ein Kupfer- und ein Bronzeelektrolyt sowie eine Neutralisation auf Natriumbasis. Es ist eigentlich enttäuschend, weil das Messer insgesamt ein schönes Exemplar ist. Aber …«, sie legte das Messer auf die Theke, drehte es um und schob es mit dem Griff voraus zu mir herüber, »… nicht mehr als fünfzig Jahre alt, wenn Sie mich fragen. Und jetzt bei Weitem nicht mehr so viel wert wie in völlig neuem Zustand.«

Ich tippte auf die Angelwurzel der Klinge. »Haben Sie diese Zeichnung irgendwo schon mal gesehen?«, fragte ich sie.

Sie runzelte die Stirn. Möglicherweise erschien ihr die Frage aus dem Mund eines trauernden Neffen ungewöhnlich. »Nein«, meinte sie. »Auf jeden Fall nicht auf einer Messerklinge. Ich erkenne jedoch die Pflanze, die dargestellt wurde.«

»Tatsächlich?« Ich war beeindruckt. »Warum?«

»Weil ich mit Antiquitäten handle, mein Lieber. Es gibt bei Blumenmotiven immer einen speziellen Stil, so dass sie einem ganz gut im Gedächtnis haften bleiben. Und sie sind für die Identifikation nützlich, daher lohnt sich die Mühe, sich damit intensiv zu beschäftigen. Dies ist eine Belladonna – eine Tollkirsche, um der Blume einen poetischeren Namen zu geben. Man erkennt es an der asymmetrischen Anordnung der Blattpaare. Und die Blüte kommt aus dem größeren Blatt. Sehen Sie?«

Es war ganz deutlich zu erkennen, jetzt wo sie es erwähnte. Und sehr schön. »Aber hat es irgendeine Bedeutung?«, wollte ich wissen und fixierte sie.

Caldessa erwiderte den Blick, der Welt überdrüssig und ein wenig missbilligend. »Sie sind doch nicht etwa ein Polizist, oder, junger Mann? Ich verabscheue Polizisten. Sie sind wie tollwütige Ratten, die meisten jedenfalls.«

»Ich bin kein Polizist, Mrs. Caldessa.«

»Einfach Caldessa reicht. Vielen Dank. Na schön. Ich hole mein Buch.«

Das Buch trug den Titel *Marken- und Herstellerzeichen von Schneide- und Metallwaren* von Jackson und Pollard. Als Erscheinungsjahr war 1976 angegeben, und es war dicker als ein Telefonverzeichnis. Caldessa blätterte mit einer Hand darin, hielt das Messer in der anderen Hand und murmelte die ganze Zeit halblaut vor sich hin. Anscheinend gab es keinen Index, allerdings befanden sich Überschriften auf jeder Seite, die im

Wesentlichen aus Begriffen wie »Infloreszenz« und »lanzenförmig« und Zahlen bestanden, bei denen es sich möglicherweise um Zeitabschnitte handelte.

Schließlich tippte sie auf eine spezielle Darstellung, ließ den Blick mehrmals zwischen der Buchseite und dem Messer hin- und herwandern und hob dann den Kopf, um mich verwirrt anzusehen.

»Erzählen Sie mir mehr über Ihren Onkel«, forderte sie mich auf.

Ich zuckte entschuldigend die Schultern. »Es gibt keinen Onkel«, gestand ich und teilte ihr mit, was sie wahrscheinlich längst wusste. »Ich habe dieses Messer zwei Männern abgenommen, die damit an mir einen laienhaften chirurgischen Eingriff vornehmen wollten. Ich würde gerne wissen, wer sie waren.«

»Anathemata Curialis.«

»Keine Tollkirsche? Ich dachte, Sie hätten gemeint …«

»Nein, nein. Die Organisation, die dieses Zeichen benutzt. Sie wird Anathemata Curialis genannt. Konnten Sie sich die Männer, die Sie töten wollten, genau ansehen?«

»Sie waren keine Menschen«, erwiderte ich und erinnerte mich an die raubtierhafte Gestalt, die mich über den Soho Square verfolgt hatte, und erschauerte unwillkürlich.

»Das ist ein sehr hartes Urteil«, sagte Caldessa ernst. »Ich selbst bin nicht gläubig, aber ich respektiere die Meinungen anderer. Meistens jedenfalls. Es sei denn, es geht um so alberne Dinge wie die weibliche Beschneidung.«

»Hey! Einen Moment mal. Was wollen Sie damit sagen? Dass dies …?«

»Ein religiöses Symbol ist. Genau genommen ja. Wenn dieses Messer tatsächlich den beiden Männern, die Sie erwähnt haben, gehörte, dann waren sie Katholiken. Laut Jackman und Pollard, auf deren Meinung ich oft meinen guten Ruf gesetzt habe, sind die Anathemata Curialis ein Ableger der katholischen Kirche.«

Caldessa winkte mich zu sich auf die andere Seite der Theke, so dass sie mir den betreffenden Eintrag im Buch zeigen konnte. Aber es schwarz auf weiß zu sehen, half mir nicht viel. Es ergab für mich keinen Sinn, ganz gleich, ob ich es von unten nach oben, quer oder diagonal las. Die Katholiken hassten und fürchteten die Untoten mit der gleichen Leidenschaft und Hingabe, die sie einst für die Leute reserviert hatten, die erklärten, die Welt sei rund. Zu den wenigen Dingen, die ich mit einiger Sicherheit über diese beiden *loup-garous* sagen konnte, gehörte, dass sie ganz sicher keine gläubigen und engagierten Anhänger der römisch-katholischen Kirche waren.

Aber Bilder lügen nicht. Und wenn sie es tun, dann nicht so unverblümt und nachdrücklich. Ich ließ den Blick die Liste abwärts wandern. Unter den Namen von Oxforder Colleges, von Regimentern ausgelöschter Kolonialheere und von zahlreichen zu Bedeutung gelangten Adligen, deren Vorfahren unter längst verstorbenen Königen zu finden waren, befand sich ein einziger Eintrag in Kursivschrift: *Anathemata Curialis, Katholischer Orden, aufgel. 1882.*

»Aufgel?«, fragte ich laut.

»Aufgelöst«, sagte Caldessa. »Seit 1882 hat niemand mehr Messer mit dieser Beschriftung hergestellt.«

»Nun, dann wissen wir jetzt etwas, das Jackman und Pollard nicht wissen«, sinnierte ich grimmig. Caldessa hob eine Augenbraue und nickte zustimmend.

Ich besann mich auf meine guten Manieren und fragte sie, ob ich sie für ihre Zeit honorieren könne, aber sie winkte ab.

»Ich bezweifle, dass Sie mir eine Summe anbieten können, die hoch genug ist, um nicht als Beleidigung empfunden zu werden, mein Lieber. Ich bin ein Luxusartikel. Wenn Sie jemals etwas wirklich Wertvolles verkaufen wollen, dann wissen Sie, wo Sie mich finden. Und in der Zwischenzeit seien Sie doch so nett und entfernen dieses kitschige kleine Machwerk aus meinen Augen.«

Ich schob das Messer zurück in seine Pappröhre und ging hinaus auf die Straße. Der Nachmittag war vorgerückt, und der Touristenstrom auf den Straßen war dichter als zuvor. Während ich in Richtung Notting Hill Gate marschierte, dachte ich über meinen nächsten logischen Schritt nach – meinen großen Bruder Matthew – und suchte nach Gründen, darauf verzichten zu können. Wenn mir jemand eine genaue Beschreibung der Strukturen der katholischen Hierarchie liefern konnte, dann war er es. Schließlich war er Priester und liebte seine Arbeit. Von meiner hielt er allerdings herzlich wenig, und unsere Gespräche mündeten gewöhnlich in einen heftigen Austausch von Beschimpfungen, noch ehe wir uns nach unserem gegenseitigen Wohlbefinden erkundigen konnten.

Weil ich an Matthew dachte und weil an ihn zu denken bei mir stets andere, düstere Gedanken weckte, achtete ich nur am Rande auf meine Umgebung. Daher dauerte es eine Weile, bis ich bemerkte, dass ich verfolgt wurde. Ich war mir noch nicht einmal sicher, was diese Erkenntnis auslöste. Ich bemerkte lediglich aus den Augenwinkeln eine Bewegung und verfiel beinahe unbewusst in ein spezielles Verhaltensmuster. Ich musste dem Drang widerstehen, mich umzudrehen. Stattdessen steuerte ich auf ein Schaufenster zu, das ich als Spiegel benutzte – ein uralter Trick, der höchstens bei jedem dritten Versuch, ihn anzuwenden, funktioniert.

Diesmal funktionierte er nur halb. Ich gewahrte einen hochgewachsenen Mann in einem schweren schwarzen Mantel etwa zwanzig Meter hinter mir für eine Sekunde, als die Menschenmenge auf dem Bürgersteig sich kurz teilte, dann war er wieder verschwunden. Aber er hatte die Schultern hochgezogen und den Kopf gesenkt, so dass ich nicht feststellen konnte, wer er war, und der spitze Winkel, unter dem ich ins Schaufenster starrte, bewirkte, dass er in diesem Sekundenbruchteil schon wieder aus meinem Gesichtsfeld verschwunden war.

Ich betrat den Laden und schaute mich schnell um. Ich sah mehr oder weniger das gleiche Warensortiment wie in all den anderen Läden, an denen ich vorbeigegangen war, zumindest soweit ich meinen ungeübten Augen trauen konnte. Unzählige Zaumzeugbeschläge neben alten schweren Möbeln, die als trist zu beschreiben noch zu wohlwollend gewesen wäre, alte Pub-Schilder und schmiedeeiserne Schuhabstreifer. Keine anderen Kunden. Der Verkäufer, ein junger Mann in den Zwanzigern, ausstaffiert mit der seltsamen Kombination eines straßenzugelassenen Messerhaarschnitts und einer seidenen Nehru-Jacke, las in *Miller's Price Guide*, um sich die Langeweile zu vertreiben. Dazu herrschte eine Atmosphäre aus Modergeruch, vollkommener Stille und kirchengleicher Ruhe. Zeit für einen zweiten uralten Trick. Ich ging zur Theke, und der Verkäufer schaute hoch und setzte ein professionelles Lächeln – freundlich und zugleich geschäftstüchtig – auf.

»Gibt es hier eine Hintertür, durch die man verschwinden kann?«, fragte ich.

Das Lächeln erstarrte zu einem beleidigten Schafsgesicht. »Der Zutritt zu den Werkstätten ist für Kunden verboten, fürchte ich.«

»Ich werde verfolgt.« Ich beschloss, mein Anliegen näher zu

erläutern, und improvisierte eine Geschichte, die bei einem auf Exklusivität bedachten Lumpensammler die richtigen Knöpfe betätigte. »Von Kredithaien. Sie wollen mir die Seele aus dem Leib prügeln. Mir wäre es lieber, dass es nicht dazu kommt, und Ihnen wäre es wahrscheinlich auch lieber, wenn es nicht hier geschieht. Es ist allein Ihre Entscheidung.«

Der Verkäufer reagierte erschrocken und empört zugleich. Er fixierte mich drohend, angelte sein Mobiltelefon von der Theke und umklammerte es, als sei es das Allheilmittel gegen alles Leid der Welt. »Ja«, ermunterte ich ihn. »Sie können ruhig die Polizei anrufen. Und während wir auf ihr Erscheinen warten, können Sie mir zeigen, was alles nicht mit meinem Blut in Berührung kommen darf.«

Die Werkstätten waren beeindruckend, und es roch dort durchdringend nach Bienenwachs und Schellack, aber ich hatte nicht die Zeit für eine ausgedehnte Führung. Der Verkäufer ging voraus und blickte bei jedem zweiten Schritt hinter sich, um sich zu vergewissern, dass ich noch da war. Nach einem Korridor, an dessen Wänden Holzkisten aufgestapelt waren, gelangten wir in einen Raum, der von einer einzelnen wuchtigen Werkbank, Stühlen und einigen Tischen beherrscht wurde, die an Gestellen darüber hingen und den Eindruck einer Folterkammer für frevelhafte Möbel erweckten. Danach folgte ein Vorratsraum voller Farbdosen, Drahtwolle in dicken Ballen und tellergroßen Schüsseln Metallpolitur.

Am Ende des Vorratsraums befand sich eine Tür, die der Verkäufer mit einem Schlüssel aus seiner Tasche öffnen und oben und unten entriegeln musste. Er riss sie auf und starrte mich an, als hätte er irgendeinen teuflischen Trick auf Lager. Ich untersuchte den Schutzzauber am Türsturz, als ich hindurchging: Haselnuss. »Der ist längst abgelaufen«, informierte ich ihn und schnippte mit dem Zeigefinger dagegen. »Wir haben fast Juni. Wenn sie nicht mit Poltergeistern Bekanntschaft machen wollen, sollten sie einen Myrtenzweig anbringen.«

Er erwiderte nichts. Die Tür fiel hinter mir ins Schloss, und ich war allein in einer Gasse, die breit genug war für einen Lieferwagen. Nur geringe Deckungsmöglichkeiten, und offensichtlich führte sie direkt zurück zur Straße. Trotzdem peilte ich erst mal die Lage.

Ich ging wachsam bis zur Ecke und schaute hinaus. Es gingen genügend Leute in beiden Richtungen vorbei, um zu gewährleisten, dass man, solange niemand darauf achtete, dass ich an genau diesem Punkt herauskam, einige Zeit brauchen würde, um mich zu bemerken. Daher hatte ich den Luxus, die Straße in ihrer gesamten Länge überblicken zu können, ohne gleichzeitig darauf achten zu müssen, was in meinem Rücken geschah.

Niemand lauerte in der Nähe des Eingangs zu dem Laden, in dem ich verschwunden war. Niemand schlich suchend an den Schaufenstern der Läden auf beiden Seiten entlang. Ich schaute auf die andere Straßenseite eingedenk der Tatsache, dass wenn dieser Kerl halbwegs gut war, er sich einen Platz ausgesucht hätte, wo er auf den ersten flüchtigen Blick nicht auffallen würde.

Auf den ersten Blick nicht. Aber auf den zweiten, denn BINGO!, da war er. Genau gegenüber dem Laden, den ich betreten hatte, befand sich ein Stand, an dem geröstete Nüsse verkauft wurden. Es war jene Art von Straßenhandel, vor dem amerikanische Touristen sich mit besonderer Vorliebe fotografieren lassen in der irrigen Meinung, dass dies ein Teil des reichhaltigen kulturellen Londoner Erbes ist, weil man dort sowohl fades Essen wie auch einen dummdreisten, fröhlichen

Cockney antraf. Der Mann im schwarzen Mantel hatte sich einen Platz hinter dem Verkaufsstand gesucht, wo er von zwei Seiten nicht zu sehen war und von der anderen Seite das Bild eines Mannes bot, der geduldig auf seine Portion frisch gerösteter Nüsse wartete. Er wandte sich zu drei Vierteln von mir ab, so dass ich hauptsächlich seinen Nacken sah und noch immer nicht feststellen konnte, ob ich ihn früher schon mal gesehen hatte.

In genau diesem Moment, als ich ihn beobachtete und ihn in Gedanken aufforderte, sich umzudrehen, machte sich das Mobiltelefon in meiner Tasche bemerkbar wie ein lebendiges Wesen. Kein Laut ertönte. Ich hatte vor einer Weile, als aus irgendeinem Grund Lautlosigkeit geboten war, den Vibrationsalarm eingeschaltet, und irrte jetzt ziellos durch die Menüs, als ich versuchte, den Tonalarm wieder zu aktivieren. Aber ganz gleich, ob der Alarm eingeschaltet war oder nicht, der Ruf kam aus dem Nichts und ließ mich zusammenzucken. Und es war, als hätte diese winzige Bewegung meinen Verfolger aufmerksam gemacht, obgleich er in eine völlig andere Richtung blickte. Sein Kopf ruckte hoch und herum, auf irgendein Signal hin, dessen Herkunft mir völlig schleierhaft war, und dann drehte sich sein Körper ebenfalls, so dass er genau in meine Richtung blickte.

Es war gespenstisch und beängstigend. Das war auch sein Gesicht, nun da ich es deutlich sehen konnte, denn es war Zucker.

Verdammte Scheiße! Diese Typen folgten mir mit unverschämter Leichtigkeit quer durch London. Das könnte ich verstehen, wenn ich eine Reklametafel trüge wie der durchgedrehte Vegetarier, der immer am Oxford Circus herumhing (OHNE PROTEIN KEIN SEX), aber Unauffälligkeit ist meine zweite Natur, und ich bin stolz auf die absolute Zuverlässigkeit meines professionellen Radars. Hatten sie das Büro überwacht? Oder die *Collective*? Wo hatte ich sie auf mich aufmerksam gemacht, und wie waren sie zweimal so dicht an mich herangekommen – oder sogar dreimal, wenn ich das Oriflamme mitzählte –, ohne dass ich sie bemerkt hatte?

Das war ein Rätsel für einen ruhigeren Moment. Im Augenblick starrte Zucker mich quer über die Straße an, und selbst wenn sich der Menschenstrom immer wieder zwischen uns schob, war es ein Ding der Unmöglichkeit, dass er mich nicht entdeckt hatte. Ich machte auf dem Absatz kehrt und ergriff die Flucht.

Wenn man »Jagt den Anführer« in einer Umgebung spielt, die man beim Militär als »unebenes Gelände« kennt, liegen sämtliche Vorteile auf Seiten des Anführers, solange er die Nerven behält. Indem ich mich mit gesenktem Kopf durch die wogenden Menschenmassen schlängelte, kam ich schnell voran, bis ich die Mündung einer weiteren Gasse erreichte. Dann löste ich mich aus dem Gedränge, sprintete hindurch und gelangte auf die Brunswick Gardens. Hier war der Menschenstrom noch dichter, denn ein Straßenmarkt war im Gange, und die Straße war für den Durchgangsverkehr gesperrt worden. Blecherne Musik drang aus einem basslautsprecherlosen Ghettoblaster und hallte durch die Luft, die mit dem Duft von gebrannten Mandeln und Vanilleschoten geschwängert war. Die Stände und Buden, in denen vorwiegend Antiquitäten und Sammlerstücke, aber auch T-Shirts, Süßwaren, Gewürze und raubkopierte DVDs angeboten wurden, besetzten die Bordsteine auf beiden Seiten und ließen den Passanten die Wahl zwischen den schmalen, mit Hindernissen übersäten Gehsteigen und dem hektischen Gedränge der Kauflustigen in der Fahrbahnmitte.

Perfekt.

Ich zwängte mich zwischen zwei Buden hindurch, überquerte die Straße und ging auf der anderen Seite weiter. Dann, nach fünfzig Metern, wechselte ich wieder die Straßenseite und eilte, die Knie gebeugt, um den Kopf so tief wie möglich unten zu halten, hinunter zur Straßenecke, wo die Kensington Church Street nach einer lang gestreckten Kurve wieder zurückschwenkte und die Fortsetzung der Marktstraße bildete. Dort mischte ich mich wieder unter die ein wenig gesittetere Schar der Antiquitätenjäger. Okay, ich hatte einen Richtungswechsel von einhundertachtzig Grad vollzogen und müsste eine andere Route benutzen, um nach Hause zu kommen, aber ich ging davon aus, dass niemand auf Gottes schöner Erde mich während dieses Manövers ständig hatte im Auge behalten können.

Daher war es wie ein Tritt in die Magengrube, als ich in der Station High Street Kensington in einen U-Bahn-Zug nach Osten einstieg und auf der anderen Seite der Barriere den mittlerweile vertrauten schwarzen Mantel und den schlurfenden, gebückten Gang entdeckte. Der Zug wartete, die Türen geöffnet, darauf, dass ein Signal die Fahrt freigab, oder auf irgendein spezielles Zeichen der Londoner U-Bahn. Eingekeilt in einen Trupp Stehplatzinhaber und ihre interessanten Kollektionen von Achselhöhlen, konnte ich nichts anderes tun, als still zu stehen und zu beobachten. Zucker ging draußen an mir vorbei, den Kopf gesenkt und ohne irgendwelche sichtbare Eile. Dann, genauso wie vorher auf der Straße, schaute er hoch – erst nach links, dann nach rechts und mir dann direkt in die Augen, während sich die Türen mit einem Zischen schlossen.

Unsere Blicke trafen sich. Er hätte wütend oder belämmert oder verblüfft sein können, aber er war nichts von all dem. Er lächelte nur und entblößte ein Gebiss, das anscheinend ein paar Fangzähne zu viel enthielt. Ich erwiderte das Lächeln, spöttisch triumphierend. Dann glitten die Türen wieder auf, und das Lächeln rutschte aus meinem Gesicht abwärts wie klumpige Vanillesauce.

Zucker machte einen einzigen Schritt auf mich zu. Er schaffte keinen zweiten, denn mit der Kraft aufbrandender Panik packte ich den Kerl, der neben mir stand – seinem schicken Anzug nach zu schließen einer dieser jungen Wilden, wie man sie zahlreich in der City antrifft – an den Schultern und stieß ihn aus dem Zug. Er kollidierte mit Zucker. Der junge Mann stolperte und kämpfte mit rudernden Armen um sein Gleichgewicht. Zucker wollte zuerst um ihn herum gehen, fegte ihn dann jedoch mit einer einzigen Handbewegung beiseite. Dieses Handgemenge dauerte nur ein oder zwei Sekunden, dann lag der elegante Alfieri-Zwirn im Dreck, und Zucker kam ungehindert auf mich zu.

Aber diese Sekunden zu gewinnen, hatte sich gelohnt. Die Türen schlugen wieder vor seiner Nase zu, und der Zug rollte aus dem Bahnhof. Sekunden später wurde die Tunneleinfahrt hinter dem Zug immer kleiner und schloss die Szene wie ein magischer Vorhang.

✪

Ich war Jäger, und ich wurde gejagt. Irgendetwas fehlte. Und wenn diese Typen Katholiken waren, dann wollte ich meine Tin Whistle fressen und das *Halleluja* von Händel furzen. Um die Wahrheit zu sagen, die ganze Angelegenheit schlug mir allmählich aufs Gemüt.

Desgleichen die Stehplatzfahrt im Zug – zuerst mit der

Circle Line, dann mit der Piccadilly – zur Turnpike Lane. Ich war mittlerweile hundemüde, und hinter meinen Augen machte sich eine juckende Hitze bemerkbar, die, wie ich aus Erfahrung wusste, einen Fieberschub ankündigte. Meine linke Schulter schmerzte wieder, so dass ich mich die ganze Zeit mit der Rechten am Handlauf festhalten musste. An der Station Caledonian Street meldete sich auch noch ein Krampf im rechten Arm. Kein Zweifel, ich war angeschlagen. Ich musste mich schnellstens in einem dunklen Zimmer hinlegen, bis mein Körper sich entschied, mich nicht weiter für den Missbrauch zu bestrafen, den ich ihm in den letzten beiden Tagen zugemutet hatte.

Stattdessen erwartete mich eine Verabredung zum Abendessen mit Juliet und danach eine Tasse Tee und Biskuits mit Rosie Crucis. Beidem fühlte ich mich nicht gewachsen.

Wie sich jedoch herausstellte, machte ich mir unnötige Sorgen, denn der Abend sollte einen völlig anderen Verlauf nehmen. Ich kehrte zu Pen zurück und fand das Haus verlassen vor, was mich nicht überraschte – wahrscheinlich war sie unterwegs und genoss ihr Leben. Ich duschte, um mich von Schweiß und Schmerzen zu befreien und etwas anzuziehen, das besser zu einem freundschaftlichen Treffen mit der erotisch aufregendsten, liebenswürdigsten Höllenbrut der Stadt passte. Ich entschied mich für ein schlichtes weißes Oberhemd, eine burgunderrote Krawatte und eine schwarze Cargohose. Oh, und einen frischen Verband für meine Schulterwunde, die leicht zu nässen begonnen hatte. Eitergelb und Burgunderrot war eine Farbkombination, mit der ich mich kaum in der Öffentlichkeit zeigen konnte.

Schließlich erinnerte ich mich an den Telefonanruf, den ich früher erhalten hatte, und hörte den Anrufbeantworter ab. Es gab keine Nachrichten, aber die Anzeige für entgangene Anrufe lieferte mir Pens Mobilfunknummer. Ich rief zurück, aber sie meldete sich nicht, daher hinterließ ich ihr eine Nachricht, dass ich sie angerufen hatte und in der nächsten Stunde erreichbar sei. Das Telefon klingelte etwa zehn Sekunden später.

»Fix, ich bin's.« Pens Stimme klang beinahe hysterisch. »Ich bin im Stanger. Du musst sofort rüberkommen. Es geht um Rafi, Fix!«

»Was ist mit Rafi?«, fragte ich, während mir das Herz in die Schuhe sackte.

»Nichts!«, sagte sie. »Nichts!« Und dann ging ihre Stimme für einige Minuten in einer Tränenflut unter.

9

Rafi weinte lange, und es war eine Qual, ihm dabei zuzuschauen – aber seine augenblickliche Ruhe war auf gewisse Art und Weise noch schlimmer. Sie hatte einen Beigeschmack von Granatenschock.

»Zwei Jahre! Zwei verdammte Jahre! Nein, das ist nicht – das ist noch nicht einmal lustig.« Er schüttelte den Kopf und rannte wieder vor diese solide Mauer des Nichtbegreifens – er konnte es einfach nicht glauben.

Pen saß neben ihm auf dem verblichenen Sofa: eng umschlungen mit ihm und sich an ihn klammernd, als sei er eine Rettungsweste und als treibe sie in einem stürmischen Ozean. Sie weinte ebenfalls und wiederholte seinen Namen, sobald sie zwischen heftigen Schluchzern kurz Luft holen konnte. Er sah mich über ihren Kopf mit einem Blick an, in dem stummes Grauen und verzweifeltes Flehen lagen.

»Es fühlt sich an, als sei ich eingeschlafen und dann aufgewacht«, murmelte er. »Ich war in dieser grässlichen Wohnung in der Seven Sisters Road. Du warst dort, Fix, ich habe mit dir geredet, und aus irgendeinem Grund habe ich mich … ich glaube, hingelegt oder so. Auf jeden Fall warst du über mir und hast auf mich runtergeschaut. Dann schloss ich die Augen und … ich hatte wirklich schlimme Träume. Als sei es ein Film, aus dem man schreiend aufwacht, aber wenn man es versucht, kann man ihm nicht entfliehen.« Ihm kam ein neuer Gedanke. »Ginny. Hat Ginny all das gesehen? Wo ist sie? Ist sie draußen?«

»War sie das Mädchen?«, fragte ich, und er nickte. Ich erinnerte mich an eine weißblonde, spindeldürre Erscheinung, die in jener Nacht stundenlang neben mir arbeitete und Eiswürfel, die wir aus einem Spirituosenladen hatten liefern lassen, in die Wanne schaufelte, in der Rafi lag, um zu verhindern, dass das Wasser, das seine Temperatur unten hielt, nicht verkochte. Rafi hatte recht, es war wie ein Traum gewesen – und sie war eines der Dinge, die mit dem Tagesanbruch verblassten. Ich hatte sie nie wiedergesehen, und es stellte sich heraus, dass die Wohnung auf Rafis Namen gemietet war, so dass es keine Möglichkeit gab, mit ihr Kontakt aufzunehmen. »Ich habe sie aus den Augen verloren«, murmelte ich – was den Vorzug hatte, den Tatsachen zu entsprechen, ohne ihm unverblümt vor den Latz zu knallen, wie schnell seine Freundin ihn im Stich gelassen hatte.

Er konnte jedoch zwischen den Zeilen lesen. Und zwei Jahre als Asmodeus' Puppe hatten ihn ein wenig der Fähigkeit beraubt, gute Miene zum bösen Spiel zu machen. Ich konnte den nackten Schmerz in seinen Augen nicht ertragen und musste wegschauen.

Ich war zutiefst dankbar, dass sich diese Szene nicht in Rafis Zelle abspielte. Doktor Webb hatte uns – trotz der immer noch frischen Erinnerung an die Prügelei vom Samstag – gestattet, einen der Gesprächsräume zu benutzen, und nur darauf bestanden, dass ein Krankenpfleger zugegen war und wir alle uns einschließen ließen, bis wir meldeten, dass der Besuch beendet war. Der Krankenpfleger – ein humorloser Waliser namens Kenneth mit der Statur und dem Auftreten eines Bulldozers – stand in der Zimmerecke und verfolgte eine Folge von *Coronation Street*, die auf einem stumm geschalteten, an der Wand befestigten Fernseher lief. Das war das Optimum an Privatsphäre, welches das Stanger seinen Besuchern bieten konnte.

»Ich war besessen«, sagte Rafi und klang, als würde er abermals versuchen, sich dieser Erkenntnis zu unterwerfen, nur um festzustellen, dass allein diese Möglichkeit in Erwägung zu ziehen ihm nicht möglich war. »Asmodeus hat die Macht über mich ergriffen und sich in meinem Körper breitgemacht.«

»Rafi, Liebster«, sagte Pen und trocknete ihre verweinten Augen, »du solltest jetzt nicht daran denken. Erst einmal musst du dich erholen und wieder auf die Beine kommen. Später dann, wenn du …«

Sie verstummte, denn Rafi schüttelte den Kopf langsam und mit Nachdruck. »Nein«, sagte er. »Ich muss wissen, was passiert ist. Man kann nicht einfach aus dem Bett aufstehen, gähnen und sich recken und sein Leben wie gehabt fortsetzen. Nicht nach zwei Jahren.«

»Es wird auf keinen Fall einfach«, sagte ich und empfand es als meine Pflicht, das Arschloch vom Dienst zu spielen und seine Hoffnungen zu dämpfen, ehe sie sich allzu hochschraubten. »Dein Leben fortzusetzen, meine ich. Du bist nicht aus eigenem Antrieb hier. Du wurdest eingewiesen. Dich herauszuholen, wird einige Zeit dauern. Du musst eine ganze Menge Leute davon überzeugen, dass du wieder geistig normal bist.«

Pen starrte mich an, als sei das eine Entscheidung, die ich treffen müsste. »Er war nie wahnsinnig, Fix«, sagte sie, wobei ihre Stimme, vom Weinen noch zittrig, sie beinahe im Stich ließ. »Das weißt du.«

»Ja«, gab ich zu. »Das tue ich. Aber es macht nicht das Geringste aus, was ich weiß, Pen. Rafi ist nicht hier, weil jemand wirklich angenommen hat, dass er geisteskrank ist. Er ist hier, weil von einem Dämon besessen zu sein rein rechtlich nicht definierbar ist – und weil man Asmodeus nicht einfach frei auf der Straße herumlaufen lassen kann, um den traditionellen dämonischen Freizeitaktivitäten wie Folter, Verstümmelung und Mord zu frönen. Wir haben getan, was wir tun mussten. Und unglücklicherweise lässt sich das, was einmal getan wurde, nicht so leicht rückgängig machen.«

Pen stand auf, ballte die Fäuste und starrte mich wütend an. Nur für diesen einen Moment, so schien es, war ich der Feind – der Wortführer all jener Unvernunft und scheinheiliger Sicherheitsbedenken, der Rafi hierhergebracht hatte und jetzt froh war, ihn hier verrotten zu lassen.

»Ich denke, wir wären jetzt gern für eine Weile allein«, sagte sie spitz. Ich hob die Hände in einer beschwichtigenden Geste und ging zur Tür.

»Warte, Fix.«

Als ich mich umwandte, schaute Rafi zu Boden – oder vielleicht hatte er seinen Blick auch nur nach unten gerichtet, während er angestrengt nachdachte, was er als Nächstes sagen sollte. Diese Überlegung nahm offenbar seine gesamte Aufmerksamkeit in Anspruch.

»Was ist?«, fragte ich ein wenig schroff. Ich war mit Pen in diesem Punkt einer Meinung. Ich wollte raus. Wollte sie allein lassen, um nach zwei Jahren, in denen Pen ihr eigenes Leben geführt und Rafi in einer Gummizelle gesessen hatte, wieder zueinanderzufinden und sich aufeinander einzustimmen. Und ich musste – und zwar dringendst – weit weg sein, wenn sie auf Dylan zu sprechen kämen.

»Es ist nicht … rückgängig gemacht«, sagte er. Eine lange,

unheilvolle Stille folgte. Dann, als ich mich anschickte, ihn um eine Übersetzung dieser Bemerkung zu bitten, schaute Rafi auf und musterte mich mit einer Intensität, die mir die Worte im Halse steckenbleiben ließ. »Ich meine, Asmodeus ist noch immer hier. Ein Teil von ihm. Er ist nicht einfach so verschwunden. Es ist eher so ...«, seine Lippen bewegten sich für einen Moment stumm, »... als ob er sich zurückgezogen hätte, um sich umzuschauen und andere Dinge zu tun. Aber ich kann ihn noch spüren, und er spürt mich. Wir sind immer noch miteinander verbunden.«

»Nein!«, protestierte Pen in einem Tonfall, der fast einem Stöhnen glich. Weder Rafi noch ich reagierten auf diese traurige, einsame kleine Silbe.

»Vielleicht verschafft dir das ein Fenster«, meinte ich unbehaglich. »Vielleicht kann jetzt jemand bei dir eine Dämonektomie durchführen. Wenn er seinen Griff gelockert hat ...«

»Jemand«, sagte Rafi. »Nicht du?«

»Du erinnerst dich nicht«, sagte ich düster. »Wenn du es tätest, würdest du mich nicht fragen. Ich habe es einmal versucht, Rafi, und es vermasselt – total. Deshalb sind seine und deine Seele ineinander verschlungen wie ein Liebesknoten.«

»Das ist nicht der einzige Grund. Angefangen hat es damit, dass ich ihn gerufen habe.«

Ich spürte, wie unwillkürlich mein Interesse geweckt wurde. Ich hatte mich schon immer gefragt, was zum Teufel Rafi an jenem Abend getrieben hatte. »War es Asmodeus, den du in jener Nacht gesucht hast?«, fragte ich. »War es am Ende gar kein Unfall?«

Rafi lachte – es war ein Lachen mit einem wahnsinnigen Unterton. »Ein Unfall? Es war ein Unfall, dass ich in meiner Wachsamkeit nachgelassen habe. Aber man kann nicht von einem Unfall sprechen, wenn man sich seine Zigarette mit einem Schweißbrenner anzündet und dabei seine Augenbrauen verbrennt. Ich war gezielt hinter Asmodeus her, Fix. In den Büchern heißt es, er sei einer der mächtigsten Dämonen der Hölle. Und einer der ältesten. Ich sah keinen Sinn darin, mich von ganz unten nach oben zu arbeiten. Ich wollte alles, und ich wollte es schnell. Daher mach ich dir wegen dem, was passiert ist, keinen Vorwurf, Fix. Ich gebe allein mir die Schuld. Und ich nehme in diesem Moment jede Hilfe an, die ich kriegen kann.«

Ich schüttelte den Kopf. »Nein. Du brauchst jemanden, der ein wenig behutsamer vorgeht. Oder eine ruhigere Hand hat.« Man konnte es Feigheit oder Skrupel oder wer weiß wie nennen, aber ich wünschte mir inständig, dass dieser Kelch an mir vorüberging. Ich hatte Rafi schon einmal ruiniert. Ich glaubte nicht, dass ich damit weiterleben könnte, wenn ich es noch einmal tat.

»Hast du jemand Bestimmten im Sinn?«

Ich dachte an Juliet. »Vielleicht. Zumindest kenne ich jemanden, der herkommen und uns eine fundierte Bewertung geben könnte.«

Rafi zeigte mir das am wenigsten überzeugende Lächeln, das ich je gesehen hatte. »Danke, Fix. Du bist eine Wucht.«

»Bitte keine Vorschusslorbeeren«, wehrte ich noch kraftloser ab.

Pen sah mich noch immer hasserfüllt und vernichtend an. Die beiden hatten noch eine Menge aufzuarbeiten, daher wäre ich erst später an der Reihe. Ich ging hinaus auf den Korridor, wo Webb sich bereits lauernd herumdrückte, um mich abzufangen, als ich erschien. Ein weiterer Krankenpfleger wartete im Hintergrund – wahrscheinlich für den Fall, dass ich gewalttätig wurde und ruhiggestellt werden müsste.

»Sie sehen ein wenig angespannt aus«, sagte ich zu Webb. »Bedrückt Sie etwas?«

»Ich muss wissen, womit ich es hier zu tun habe, Castor«, schnappte er, nachdem mein besorgter Tonfall es nicht geschafft hatte, seine Stimmung zu heben.

»Mit einer Wunderheilung?«

»Ist das Ihre Meinung?«

»Ich weiß es nicht«, wich ich aus. »Was meinen Sie denn?«

»Ich denke, dass Ditko – oder dieses Ding in ihm – ein neues Spiel spielt. Es wäre nicht das erste Mal. Ich habe Professor Mulbridge informiert.«

Diese Worte wirkten auf mich wie intravenös verabreichte Eiswürfel. »Sie hatten kein Recht ...«, setzte ich an. Aber Webb wollte sich nicht stoppen lassen, ehe er richtig losgelegt hatte.

»Ich habe jedes Recht, einen Kollegen zurate zu ziehen«, unterbrach er mich. »Professor Mulbridge ist eine anerkannte Expertin auf diesem Gebiet.«

»Auf welchem Gebiet?«, fragte ich und nagelte ihn fest.

Er zögerte und versuchte, die Falle zu wittern, ehe er hineintappte.

»Auf welchem Gebiet?«, wiederholte ich. »Metamorphische Ontologie? Weil Sie Rafi als schizophren diagnostiziert haben. Wollen Sie damit andeuten, dass Sie Ihre Einschätzung geändert haben?«

»Wir wissen beide ...«

»Wir wissen beide«, sagte ich und musste fast schreien, um seine deutlich erhobene Stimme zu übertönen, »dass Sie so sehr darauf erpicht sind, Rafi loszuwerden, dass Sie dafür alles versuchen würden. Und jetzt zu erklären, dass er in eine fachlich anders ausgerichtete Einrichtung verlegt werden soll, erscheint als deutlich schneller umzusetzende Option, anstatt die vom MHA vorgeschriebene Untersuchung durchzuführen und ihn von einem unabhängigen Gremium beurteilen zu lassen.«

»Er muss tatsächlich in einer seinem Zustand angemessenen Einrichtung untergebracht werden«, erwiderte Webb ebenfalls in lautem Tonfall. »Er ist eine Gefahr für jeden, der mit ihm in Kontakt kommt.«

»Das war vergangene Woche«, sagte ich in einem Ton, der beinahe ein raubtierhaftes Knurren war. »Und glauben Sie mir, Webb – wenn Sie anfangen, mit Jenna-Jane zu liebäugeln, werden Sie vor Gericht erklären müssen, wann genau Sie Ihre professionelle Einschätzung hinsichtlich Rafi Ditkos Zustand geändert haben – und weshalb Sie es nicht für angebracht hielten, seine Freunde oder seine Familie darüber zu informieren.«

Webbs Gesicht nahm eine sehr attraktive ziegelrote Schattierung an, die mit seinem blassgelben Oberhemd sehr hübsch kontrastierte. »Castor, Sie ergehen sich in Haarspaltereien«, fauchte er, »und ich lasse mich von Ihnen nicht einschüchtern. Ich muss tun, was für diese therapeutische Einrichtung das Beste ist, und ich glaube, dass meine Tätigkeit auch der strengen Überprüfung durch …«

Ich ging einfach und ließ ihn aufgebracht hinter mir her brüllen. Ich musste mich schnellstens von ihm entfernen, ehe ich handgreiflich wurde und ihm seine moralische und rechtliche Überlegenheit auf dem Präsentierteller servierte.

Außerdem brauchte ich Antworten, und ich hatte keine Lust zu warten, bis ich wusste, wie die Fragen lauteten.

✪

»Schön, dich mal wiederzusehen, Felix«, sagte mein Bruder Matt, während ich mich ihm gegenüber in die Nische zwängte. »Ich schließe dich oft in meine Gebete ein.«

»Ich würde mich wohler fühlen, wenn ich wüsste, um was du betest«, entgegnete ich mit einem eisigen Lächeln. Ihm eine solche Bemerkung unerwidert durchgehen zu lassen, wäre ein schlechter Anfang für unser Gespräch.

Wir saßen in einem kleinen Café unweit des Muswell Hill Broadway mit fragwürdiger Inneneinrichtung, die entfernt an Art nouveau erinnerte – aber wirklich nur ganz entfernt. Figurenbilder von Mucha und Hodler zierten die Wände, und rechteckige Lampenschirme im Tiffany-Stil hingen gefährlich tief über jedem Tisch. Lebhafter Jazz aus den Zwanzigerjahren erklang leise im Hintergrund, um auch akustisch die Epoche lebendig zu machen – aber unpassenderweise lief auf einem Wandbrett hinter der Theke auch ein Fernseher mit ausgeschaltetem Ton. Zurzeit zeigte er einen Reporter mit ernster Miene, der vor einer Ladenreihe stand und lautlos in die Kamera redete. Von meinem Platz aus betrachtet, stand der Reporter auf Matts rechter Schulter, als sei er die Stimme seines Gewissens.

Mein Bruder hatte bereits bestellt, was ganz in Ordnung war. Was ich in diesem Moment am liebsten getrunken hätte, stand hier sowieso nicht auf der Karte. Wenn ich in dieser Gegend war, ging ich am liebsten in den O'Neill's Pub auf dem Broadway, der sich in den Räumlichkeiten einer säkularisierten Kirche breitgemacht hatte. Aber Matty teilte nicht meinen Sinn für Humor, und ich wollte zu einer geselligen Atmosphäre beitragen, daher hatten wir uns für das Café entschieden.

Ich hatte Matty vom Stanger aus angerufen und ihn gebeten, sich mit mir zu treffen. Als er fragte, weshalb, sagte ich, es gehe um mein Seelenheil, und legte auf. Er wusste, dass ich höchstwahrscheinlich scherzte, aber war nie bereit, die Hoffnung zu verlieren, dass ich irgendwann das Licht sehen würde. Wobei es fast egal ist, welches Licht genau.

Er war in Zivil, womit ich meine, dass er seinen Kragen nicht trug. Wenn man ihn jetzt betrachtete, sah man einen schlanken, leicht gelehrt aussehenden Mann kurz vor den Vierzigern in dunklem Pullover und Jeans, die alt aussahen, ohne schäbig zu wirken, mit schütterem mittelbraunem Haar und sehr harten blaugrauen Augen. Alles an Matty war hart. Er hatte eine Schwäche für moralische Gewissheiten. Er hatte auch einen wachen Blick für Details und musterte mich prüfend.

»Du siehst nicht gut aus«, stellte er fest. »Dein Gesicht wirkt irgendwie hektisch. Und deine Lippe ist geschwollen. Hattest du einen Unfall?«

»Ich wurde auf offener Straße überfallen«, sagte ich.

»In Ausübung deiner Tätigkeit?« Matts Lippen verzogen sich missbilligend. Er fand überhaupt nicht gut, womit ich meinen Lebensunterhalt verdiente.

»So könnte man es ausdrücken. Wie geht es Mum?«

»Gut. Sie hatte vor ein paar Wochen eine Brustkorbinfektion, aber man hat ihr Antibiotika verschrieben, und sie hat sich wieder ganz gut erholt. Sie haben ihr auch einen Inhalator gegeben.« Er runzelte die Stirn. »Sie will nicht mit dem Rauchen aufhören, trotz des Emphysems, daher ist das Wichtigste, ihre Atemwege frei zu halten. Ich dachte, du hättest vor, sie zu besuchen.«

»Das tue ich auch«, sagte ich. »Ich muss vorher nur noch ein paar Dinge klären, mehr nicht.«

»Na schön.«

Er trank einen Schluck Kaffee und hielt den Blick gesenkt wie jemand, der sich bemühte, still zu sein.

Ich füllte die Pause, holte Zuckers Messer aus der Tasche und legte es zwischen uns auf den Tisch.

»Hast du so etwas schon mal gesehen?«, wollte ich von Matty wissen.

Matty starrte auf das Messer, und seine Augen weiteten sich ein wenig. »Dieser Gegenstand gehört zu deinem Leben und nicht zu meinem«, sagte er leise. Zu leise. Er lernte es niemals, genauso mit seinem Gesicht zu lügen wie mit seiner Stimme.

»Seltsam, dass du das meinst«, sinnierte ich. »Denn der Typ, der es bei mir benutzen wollte, war ganz eindeutig ein Mitglied deiner Truppe.«

»Ein Priester?«, fragte Matty verächtlich.

»Ja, auf gewisse Weise. Vielleicht. Ein Funktionsträger deiner Kirche.«

»Meine Kirche beschäftigt keine bewaffneten Männer.«

»Wirklich nicht? Haben dann die Kreuzritter euer Markenzeichen ohne Erlaubnis benutzt?«

Matt seufzte tief. »Der letzte Kreuzzug endete im dreizehnten Jahrhundert, Felix. Ich habe die Gegenwartsform benutzt.«

Ich tippte gegen den Messergriff. »Dieses Ding ist ein Geschenk, Matty. Und es macht mir für uns beide Angst. Erzähl etwas über die Anathemata.«

Er schwieg.

»Sie versuchen, mich umzubringen«, fuhr ich fort. »Es würde mir verdammt helfen, wenn ich wüsste weshalb.«

»Sie – töten – nicht wahllos«, sagte Matty schließlich. »Und sie sind keine Repräsentanten der Kirche.«

»Warum werden sie dann als eine Kirchenorganisation geführt?«

»Das sind sie nicht. Es sei denn, du hast in einem alten Buch nachgeschlagen.«

Abermals wartete ich, und schließlich brach Matty widerstrebend das Schweigen.

»Sie sind eine sehr alte Sekte«, sagte er. »Aber ihre Geschichte ist durchwachsen. Unter einigen Päpsten existierten sie kaum. Zu anderen Zeiten waren sie auf ihre Art genauso mächtig wie die Societas Jesu oder die Inquisition. Sie hatten sich zur Aufgabe gemacht, sich mit den Dingen zu befassen, die die Mutter Kirche als Abscheulichkeiten bewertet, *anathema*, wie es auf Griechisch heißt. Anathemata ist nur der Plural. In jüngerer Zeit – während der letzten zehn Jahre ungefähr – waren das die auferstandenen Toten.«

Ein trübes Licht, wie Biolumineszenz bei einer Leiche, begann zu dämmern.

»Was genau bedeutet ›sich damit beschäftigen‹ in diesem Zusammenhang?«, fragte ich.

»Ich habe keine Ahnung«, gab Matty zu. »Ich war niemals Mitglied, obgleich ich als Student der Kirchengeschichte von ihrer Existenz wusste.«

»Willst du mir weismachen, dass nach den Beichten am Sonntagabend nicht darüber geredet wurde?«

Er runzelte die Stirn. »Es gab offenbar Gerüchte. Widersprüchlich und auf nicht mehr als Hörensagen beruhend. Felix, die katholische Kirche ist keine umfangreiche, geheime Verschwörung, egal, wie du darüber denkst – was die Informationsfreiheit angeht, schneidet sie im Vergleich mit den meisten Regierungen recht gut ab.«

»Leg die Latte ein wenig höher«, empfahl ich ihm säuerlich. »Matty, ich rede nicht von den kleinen Schwestern der Maria Assumpta – ich rede von eine Gruppierung innerhalb deiner Kirche, die Werwölfe benutzt, um ihre Aufträge auszuführen. Haben sie es auf unsere haarigeren Brüder abgesehen? Ist ›sich befassen‹ eine höfliche Umschreibung für ›rekrutieren‹? Und sie haben Dolche nach ihren eigenen Entwürfen anfertigen lassen. Glaubst du, sie gebrauchen sie als Brieföffner? Oder dass sie damit Kuchen schneiden? Was meinst du?«

»Ich weiß nicht, was sie tun«, wiederholte Matty geduldig und weigerte sich wie immer, wegen mir die Beherrschung zu verlieren. »Ich werde dir jedoch erklären, weshalb die Anathemata nicht in ein aktuelles Verzeichnis von kirchlichen Gruppierungen aufgenommen werden.«

»Rede weiter«, sagte ich. Ich wurde durch die Fernsehbilder über seiner Schulter abgelenkt. Geborstene Fenster und Polizisten in Schutzausrüstung, die in einer dichten Linie vordrangen.

»Weil sie aufgelöst wurden«, sagte Matty mit einem Anflug von Selbstgefälligkeit. »Der neue Papst hat Zweifel an ihren Methoden und ihrer Nützlichkeit geäußert. Er hat den Vorstehern des Ordens befohlen zurückzutreten, nachdem sie ihre Mitglieder anderen Gruppen und Aufgaben zugeteilt haben. Das alles ist vor nicht allzu langer Zeit geschehen – vor nicht mal einem Jahr.«

»Und ist es wirklich geschehen?«, bohrte ich nach. Ich blickte auf das Messer. »Denn mit diesem Ding auf dem Tisch wurde ich vor Kurzem angegriffen.«

Seine alte Zurückhaltung brach wieder durch. »Die Prälaten des Ordens erhoben Widerspruch gegen Seine Heiligkeit. Ich nehme an, sie brachten Einwände vor …« Er zögerte und dann schien er nicht zu wissen, wie er wieder anfangen sollte.

»Welche Einwände …«, drängte ich.

Matty nickte kurz. »Versuch nicht, mich unter Druck zu setzen, Felix, bitte. Ich versuche, es so auszudrücken, dass es nicht zu reißerisch klingt. Sie argumentierten, dass das Auferstehen der Toten und das Erscheinen höllischer Kreaturen als Hüter der Toten ein Hinweis darauf seien, dass die Endzeit begonnen habe. Sie meinten – viele von ihnen, jedenfalls –, dass ihre geforderte Auflösung der Hölle Tür und Tor öffnen würde und dass sie ihre spirituellen Pflichten vernachlässigen würden, wenn sie es zuließen.«

Er hatte die ganze Zeit das Messer betrachtet. Jetzt blickte er hoch und schaute mir in die Augen. Er hatte sich dazu hinreißen lassen, genau das zu äußern, was er nicht hatte aussprechen wollen, und ich war beeindruckt, wie gut er diese bittere Pille schluckte.

»Also weigerten sie sich. In Scharen. Und sie wurden exkommuniziert.«

Ich stieß einen langen, leisen Pfiff aus. »Das ist starker Tobak«, sagte ich.

»Ja, Felix, das ist starker Tobak. Damit gingen ihre Seelen und ihre Leiber der kirchlichen Gemeinschaft und ihrer Fürsorge und ihres Schutzes verloren. Ihnen wurde die Möglichkeit verweigert, einen Platz im Himmel zu erlangen.«

»Damit hatten sie nichts zu verlieren«, zog ich das Fazit aus dem Gehörten.

Matty wollte etwas sagen, aber ich brachte ihn mit einer Handbewegung zum Schweigen. »Matty, weißt du, wo diese Leute ihre Operationsbasis haben?«

»Nein.«

Ich dachte über diese einsilbige Antwort nach. Mir schien, als verbarg sich dahinter zumindest eine gewisse Anzahl von Sünden.

»Wüsstest du, wie du mit ihnen in Verbindung treten kannst, wenn du es müsstest?«, fragte ich.

Matt atmete lange und heftig durch die Nase aus. »Die Anathemata stehen historisch dem Douglas Ignatieff Biblical Research Trust in Woolwich nahe«, sagte er. »Ich sage historisch, weil es schon lange zurückliegt, seit jemand aus der Bewegung irgendwelche Schriften veröffentlicht oder an einer religiösen Debatte teilgenommen hat. Ich bezweifle, dass die Verbindung überhaupt noch besteht.«

»Aber gibt es denn dort irgendjemanden, der …«

Ich brach mitten im Satz ab, als mein Gehirn aufnahm, was meine Augen sahen, und lehnte mich nach rechts, um bessere Sicht auf den Fernseher an der Wand hinter meinem Bruder zu haben. Er zeigte eine chaotische Szene auf der nächtlichen Straße einer City: rennende Menschen; gelbliches Flackern eines weiter entfernten Feuers, und im Vordergrund die Ecke eines Gebäudes – eine Wand aus Backstein, die andere aus Glas mit einem großen Loch in der Mitte wie ein Maul voll schartiger Zähne. Die Bilder stammten von einer Handkamera, und das Licht war nicht sehr gut, aber es sah aus wie ein niedriges Bürogebäude, mit drei weiteren Stockwerken oberhalb der Ladenfront.

»Warte.« Ich stand auf und ging zum Fernseher. »Können Sie das lauter drehen?«, rief ich dem Kellner zu. Das Bild war noch immer verschwommen, aber ich konnte die Nachrichtenzeile am unteren Bildschirmrand deutlich lesen. Sie lautete: BELAGERUNG IN WHITE CITY.

Der Kellner wirkte ein wenig ungehalten. »Wir lassen den Ton weg, damit die anderen Gäste nicht gestört werden.«

»Ja, ich weiß. Nur ganz kurz. Es ist wichtig.«

Er wartete für einen weiteren Moment, aber ich sah ihn bittend an, und er gab nach. Er fand irgendwo die Fernbedienung und richtete sie auf den Apparat. Aus dem Flüstern wurde ein leises Murmeln. »… Man befürchtet, dass sie tot sind, obgleich es offenbar die Geiseln sind, deren Schicksal zurzeit im Vordergrund steht. Die Polizei hat das Einkaufsviertel von Whiteleaf umstellt, und sie hat die Bloemfontein Road am nördlichen und am südlichen Ende abgeriegelt. Jetzt wartet man ab, ob es irgendwelche Forderungen gibt. Aber da niemand weiß, mit wem wir es zu tun haben oder ob ihre Motive politischer Natur sind und ob sie eine völlig andere Absicht verfolgen, ist es noch zu früh, um sich ein Bild davon machen zu können, was weiterhin zu erwarten ist …«

Mir entging der Rest des Satzes, weil ich plötzlich einen Blick auf etwas erhaschte, was ich schon mal gesehen zu haben glaubte: Ein bleiches vertrautes Gesicht in dem gezackten Loch im Glas – es lehnte sich aus einem anonymen, mit Neonröhren erleuchteten Raum, hinter ihm die Gesichter zweier Männer, von denen einer anscheinend ein Küchenmesser in der Hand hielt.

Es war Susan Book, die Küsterin der Saint Michael's Church.

Ich wandte mich zu Matty um.

»Ich brauche eine Fahrgelegenheit«, sagte ich. »Bist du mit dem Wagen hergekommen?«

Zu meiner Überraschung griff er in die Tasche und reichte mir die Schlüssel. Er hatte mein Gesicht gesehen, während ich auf den Bildschirm starrte, und ich vermutete, dass er nicht mehr nachzufragen brauchte.

»Es ist ein Honda Civic«, sagte er. »Dunkelblau. Auf der Prince's Avenue.«

»Danke.« Ich nickte ihm zu, froh, dass er meine Zeit nicht mit der Aufforderung zu weiteren Erklärungen vergeudete. »Für die Leihgabe und für die Informationen. Soll ich den Wagen wieder hierher zurückbringen oder …?«

»Drüben in Hadley Wood gibt es ein Karmeliterinnenkloster. Du kannst ihn dort hinstellen. Die Schwestern kennen mich.«

Ein vorhersagbarer Scherz über den biblischen Sinn dieses Wortes erstarb mir auf den Lippen, während ich in Matts ernstes, besorgtes Gesicht blickte.

»Oder lass ihn irgendwo anders stehen, wenn du musst«, sagte er. »Erklären kannst du mir später alles, Felix. Wenn es etwas Wichtiges ist, dann solltest du lieber sofort gehen.«

Ich ging.

10

Ich fuhr wie ein geölter Blitz durch die Colney Hatch Lane, bog in einem haarsträubenden Manöver nach links auf die North Circular ab und beschleunigte auf achtzig Sachen. Ich kam am Stanger vorbei und dachte flüchtig an die unglaubliche Veränderung, die mit Rafi stattgefunden hatte.

Warum jetzt? Was war geschehen, um sie auszulösen? Waren die Mächte, die anscheinend so viele Londoner in den mörderischen Wahnsinn getrieben hatten, nur eine Hälfte irgendeiner kosmischen Wippe, die Rafi wieder in den Normalzustand katapultiert hatten? Und war eines der Enden dieser Wippe der Auslöser für das plötzliche Interesse an mir, das die Anathemata bekundeten? Die Verbindung war Peace. Ich suchte ihn, und das taten sie ebenfalls. Folgten sie mir nur, damit ich sie zu ihm führte, oder gab es irgendeinen anderen Grund, weshalb ich nicht einfach ausspucken konnte, ohne sie zu treffen? Und wenn zutraf, was Matty über ihre Haltung zu den Untoten hatte verlauten lassen, was beabsichtigten sie damit, dass sie Typen wie Po und Zucker auf mich angesetzt hatten?

Ich konzentrierte mich wieder auf das, was unmittelbar vor mir lag. Ganz gleich, was in White City im Gange war, ich brauchte weitere Informationen, ehe ich mich dort hineinstürzte, das war verdammt noch mal völlig klar, denn sonst könnte das, was ich nicht wusste, schlimme Folgen für mich haben. Ich wusste noch nicht einmal, was ich tun sollte, wenn ich dort ankam – ich hatte nur so ein vages Gefühl, vielleicht geweckt durch Susan Books Anblick inmitten dieses Wahnsinns, dass diese Geschichte irgendwie mit dem zusammenhing, was Nicky beschrieben hatte: die Welle von Mord und Totschlag, die am Samstagabend durch West-London gebrandet war. Dieser Teil der Stadt war das Epizentrum von etwas sehr Hässlichem, etwas Unterirdischem, das als Mord hier und als Vergewaltigung dort zu Tage trat – und nun als Aufruhr. Ich konnte nicht glauben, dass es dort keine Verbindung geben sollte.

Ich schaltete das Radio ein und fand nach einigem Herumstochern mit einem Finger in der Dunkelheit die Taste für die Sendersuche. Fetzen von Pop, Reggae, Funkwerbung und die gelegentliche sachliche BBC-Stimme spülten mir in die Ohren, als mir schlagartig klar wurde, dass ich gar nicht genau wusste, wohin ich unterwegs war. Bloemfontein Road. Ich kannte sie überhaupt nicht, aber der Nachrichtensprecher im Fernsehen hatte gesagt, dass sie ein nördliches und ein südliches Ende hatte, daher zweigte sie entweder vom Westway ab oder sie befand sich irgendwo im Straßenlabyrinth rund um das Stadion. Ich konnte nur hoffen, dass ich sie, sobald ich nahe genug herangekommen war, anhand des Feuers und der Sirenen finden würde.

Die Straße war anfangs einigermaßen frei, und ich kam zügig voran – aber der Verkehr würde sicherlich zähflüssiger, wenn ich zur Hanger Lane käme, und auf jeden Fall gab es eine schnellere Route durch Willesden zur Scrubs Lane. Als ich von der Harrow Road abbog, wurde mir bewusst, dass es bis zu meinem Büro höchstens nur noch einhundert Meter wären. Nun, Pen sagte mir ständig, ich sollte dort mehr Zeit verbringen.

»…was schnell zu einer Belagerung eskalierte.« Endlich! Der Tonfall sowie die Worte verrieten mir, dass ich gefunden hatte, wonach ich suchte. Ich stoppte die Sendersuche mit weiterem blindem Herumfummeln und drehte die Lautstärke auf. Ich schaltete den Heckscheibenwischer und die Warnblinkanlage ein, aber dies war nicht der Zeitpunkt, um sich über Details den Kopf zu zerbrechen. Eine Männerstimme, ernst, aber mit einem erregten Unterton, plärrte aus den Lautsprechern der billigen Stereoanlage des Wagens, die ihr zu einem blechernen Timbre verhalf. »Man nimmt an, dass sich noch an die zwanzig Personen im Einkaufszentrum befinden, aber wir haben keine Ahnung, wie viele gegen ihren Willen dort festgehalten werden oder wer die Leute sind, in deren Gewalt sie sich befinden. Die Brände sind mittlerweile weitgehend gelöscht worden, und die unmittelbare Gefahr ist gebannt, aber diese bewaffneten Männer und Frauen haben bislang keine Forderungen gestellt und sich auch nicht zu ihren weiteren Plänen geäußert. Die anfänglichen Zerstörungen erscheinen eher zufällig, und den Geräuschen nach zu urteilen, die wir hören können, sind sie im Innern des Einkaufszentrums immer noch im Gange. Erst vor fünf Minuten flog eine Trainingsmaschine durch ein Fenster im obersten Stockwerk und landete auf einem Streifenwagen, der auf der Straße darunter geparkt war. Zum Glück wurde niemand verletzt, aber die Lage hier ist nach wie vor äußerst angespannt, und es ist nicht davon auszugehen, dass sie sich in absehbarer Zeit verbessert.«

Das plötzliche Verstummen von Straßenlärm im Hintergrund signalisierte, dass man wieder ins Studio zurückgeschaltet hatte, während eine zweite Stimme, diesmal weiblich, aber mit dem gleichen dramatischen Ernst, den Bericht fortsetzte – oder sich in vagen Spekulationen über Terroristenzellen und leicht angreifbare wirtschaftliche Ziele erging. Ich blendete die Stimme in meinem Bewusstsein weg. Hier ging es nicht um Terrorismus, das fühlte ich instinktiv. Es ging um Nickys glockenförmige Kurve. Und man sollte lieber nicht danach fragen, wem die verdammte Stunde schlug, weil einem die Antwort wahrscheinlich gar nicht gefallen hätte.

Mein Telefon meldete sich, und ich nahm den Anruf an für den Fall, dass Pen am anderen Ende war und wissen wollte, wohin ich so eilig abgerauscht war. Aber sie war es nicht.

»Hey«, sagte Nicky. »Habe ich dich in einem ungünstigen Moment erwischt?«

Der Civic hatte ein automatisches Getriebe. Ich konnte ihn mit einer Hand fahren, aber ich hatte genug damit zu tun, mich auf den Verkehr zu konzentrieren, ohne auch noch mit Nicky ein Schwätzchen zu halten.

»Ja«, sagte ich. »Kann ich dich zurückrufen?«

»Klar. Siehst du gerade fern?«

»Vorhin. Jetzt höre ich Radio.«

»Interessant, nicht wahr? Ruf mich an, wenn du einen Moment Zeit hast. Aber beeil dich. Diesen Scheiß musst du dir anhören. Eigentlich ruf mich nicht an, denn ich gehe zu Ice-Makers. Du kannst mich dort treffen.«

»Peckham? Nicky, ich hatte einen langen Tag …«

»Schön. Dann warte bis morgen. Es ist deine Entscheidung. Aber wenn ich du wäre, würde ich zusehen, dass ich diese Geschichte brühwarm erfahre.«

»Ich sehe, was ich tun kann.«

Ich warf das Mobiltelefon auf den Beifahrersitz. Mittlerweile hatte ich den Westway fast erreicht, was bedeutete, dass ich jetzt in unmittelbarer Nähe des Geschehens war. Ich wurde ein wenig langsamer, als ich durch die Unterführung kam, für den Fall, dass ich auf eine dieser Polizeisperren traf. Nichts zu sehen, aber als ich das White City Stadion passierte, bemerkte ich die Blaulichter der Polizeiwagen knapp zweihundert Meter weiter die Straße hinauf. Okay, hier war ich vermutlich richtig. Ich nahm die Erste links, dann wieder rechts – vorbei an einem geschlossenen Kindergarten, dessen verwaiste Schaukeln und Klettergerüste in die Kegel meiner Scheinwerfer sprangen. Im grellen Licht waren sie ihrer Funktion auf eine Art und Weise enthoben, die offen gesagt unheimlich war, indem sie mehr oder weniger aussahen wie Gerätschaften einer Folterkammer.

Ich addierte im Geiste die zurückgelegte Strecke, aber lange bevor ich die nächste Kreuzung erreichte, konnte ich genau erkennen, wohin ich unterwegs war. Vor mir erhob sich eine Wand aus Backstein, die ich bereits aus den Fernsehnachrichten kannte. Der entscheidende Hinweis war jedoch ein breites Spruchband über der Straße, das in schnörkelreicher Kursivschrift Whiteleaf Shopping Centre verkündete. Dichte Qualmwolken hingen wie ein Begrüßungskomitee darüber in der stillen Frühlingsluft.

Ich schaltete die Scheinwerfer aus und lenkte an den Straßenrand. Vor mir auf der Straße wimmelte es von Menschen: Polizisten in Uniform, Rettungssanitäter, Passanten, die sich das Drama nicht entgehen lassen wollten. Ich ging auf den Menschenauflauf zu und suchte nach einer Möglichkeit, näher heranzukommen, ohne unerwünschtes Aufsehen zu erregen. Zu diesem Zeitpunkt hatte ich keinen festen Plan, außer dass ich irgendwie ins Gebäude gelangen und mir selbst einen Eindruck von dem ablaufenden Geschehen verschaffen wollte. Und dass ich mir wünschte, dass Susan, die Küsterin mit all ihren Zweifeln und Hemmungen, heil aus dieser Geschichte herauskäme. Ein bescheidener Wunsch, dachte ich. Die Polizei konnte den Rest aufklären. Dafür wurde sie schließlich bezahlt.

Aber die Menge war wie eine solide Masse, und selbst wenn ich an ihr vorbeigelangt wäre, war da noch die Polizeisperre um diese Seite des Gebäudes. Nach rechts setzte sich dieses Aufgebot die Straße hinauf fort, so weit ich blicken konnte – wahrscheinlich bis zur Straßensperre auf dem Westway. Auf der anderen Seite stießen die Häuser fast an die Außenmauer des Einkaufszentrums. Das letzte bildete mit der Mauer einen schiefen Winkel wie ein kleines Boot, das mit einem Ozeandampfer kollidiert und ins Trudeln geraten war. Ich müsste mein Glück woanders versuchen.

Das letzte Haus bot jedoch eine Möglichkeit. Es hatte an der Seite einen schmalen Garten und grenzte direkt an die Mauer des Einkaufszentrums. Ich schlüpfte durch das Tor, tat so, als wohnte ich dort, und spazierte hinüber zur Hausseite. Hinter dem Haus befand sich ein Zaun, der niedrig genug war, um ihn mit einem Satz zu überwinden. Dann folgte ein zweiter schmaler Streifen Gartengelände, der dankenswerterweise von dem Haus, zu dem er gehörte, durch eine Leine voller Wäsche abgeschirmt wurde. Unglücklicherweise bewegte sich eine korpulente Frau mit Raubvogelgesicht inmitten der Trockenwäsche und wollte sie vermutlich ins Haus holen. Sie hatte zwei oder drei Wäscheklammern im Mund, aber dieser klappte auf, als sie mich sah, und die Klammern fielen heraus. Ihr Aufschrei, eine Mischung aus Überraschung und Protest, verfolgte mich über den Rasenstreifen zu der höheren Backsteinmauer auf der anderen Seite. Ich nahm Anlauf, sprang und kletterte an ihr empor.

Oben angekommen stellte ich fest, dass ich auf einen Hof blickte, in dem ungefähr ein Dutzend Lastwagen in roter und silberner Farbe parkten. Keine Spur von Streifenwagen oder Aufrührern. Direkt vor mir befand sich eine Laderampe, deren Wellblechtor nur zu drei Vierteln geschlossen war. Eine unverblümte Einladung für einen Dieb. Ich sprang leise auf der anderen Seite hinab und hörte die Stimme der Frau hinter mir kreischen: »Da war ein Mann, Arthur! Da war ein Mann im Hof!«, und eine männliche Stimme antworten: »Was für ein verdammter Mann? Ich kann keinen Mann sehen.«

Ich ließ den Blick in die Runde schweifen, um sicherzugehen, dass niemand in Sicht war, dann sprintete ich zur Laderampe. Ein Lastwagen stand dort, die Hecktüren weit offen, die eigene Laderampe herabgelassen. Braune Pappkartons von einer umgekippten Palette bedeckten den Zementboden vor dem Rolltor. Wer hier zum Arbeiten eingeteilt war, hatte das Werkzeug ziemlich plötzlich fallen lassen. Günstigstenfalls waren die Betreffenden geflohen, als der Aufruhr losbrach, aber es war auch möglich, dass sie sich unter den Geiseln im Gebäude befanden. Ich fragte mich reichlich verspätet, in welchen Schlamassel ich mich wieder hineinritt, aber jetzt schien der richtige Zeitpunkt längst verstrichen zu sein, um das Ganze noch einmal kritisch zu überdenken. Wahrscheinlich bestand der Trick darin, solche Risikonummern bereits bei den ersten Überlegungen auszuschließen.

Das Rolltor würde wahrscheinlich aufgehen, wenn ich die Hände unter die Kante schob und zog, aber niemand wusste, wie viel Lärm es dabei verursachen würde. Stattdessen ging ich auf Hände und Knie hinunter und kroch hindurch.

Falls jemand auf der anderen Seite des Tors gewartet hätte, wäre ich ein leichtes Ziel gewesen, während ich mich auf allen vieren über den Zement schob und auf der anderen Seite aufrichtete. Das war nicht gerade das, was man als »verdeckte Infiltration« bezeichnen würde. Doch der Raum, in dem ich mich wiederfand, war lang und schmal, gefüllt mit deckenhohen Karton- und Kistenstapeln, und dankenswerterweise frei von blutrünstigen Irren, die mit abgebrochenen Möbeltrümmern bewaffnet waren. Für ein oder zwei Sekunden rührte ich mich nicht und lauschte, aber es herrschte weiterhin völlige Stille. Das Geschehen fand offensichtlich ganz woanders statt.

Aber als ich tiefer in den Raum vordrang, nahm ich eine Vielfalt von Geräuschen fast unterhalb meiner Hörgrenze wahr: dumpfe Schläge und erstickte Schreie, gedämpft durch die Entfernung, so dass man sich, wenn man die Augen schloss, einreden konnte, dass man einem Kricketspiel auf der Dorfwiese lauschte.

Am Ende des Raums gab es keine Tür, sondern nur einen quadratischen Durchgang, der in einen größeren Lagerraum führte. Durch diesen schlich ich wachsam hindurch, wobei ich jedes Mal, wenn ich einen dunklen Quergang passierte, ein Kribbeln im Nacken verspürte. Ich stieß auf einen Fahrstuhlschacht, dessen Durchmesser für mich und den Civic, mit dem ich hergekommen war, ausreichte, aber der Fahrstuhl selbst befand sich woanders. Die Türen gaben den Blick auf einen vertikalen Korridor aus grauem Porenbeton frei, bis auf dessen Grund ich nicht sehen konnte. Ich ging weiter, bis mich ein Paar Schwingtüren aus Kautschuk in einen gefliesten Korridor einließen. Die Plakate an der Wand, die für Designerjeans zum halben Preis und dreihundert Freiminuten zu jedem neuen Mobiltelefon warben, verrieten mir, dass ich mich nicht mehr in der Kulisse befand, sondern die Bühne betreten hatte. Dies war das eigentliche Kaufhaus.

Ich erwartete, dass der Korridor mich in die zentrale Verkaufshalle führte, aber ich wurde irgendwie umgeleitet und landete in einer Sackgasse bei den Toiletten und einer sprechenden Körperwaage. Die Geräusche waren leiser geworden, aber als ich kehrtmachte, um auf dem Weg zurückzugehen, auf dem ich gekommen war, drehte mein anderer Sinn – der, den ich in der Ausübung meines Berufs benutzte – total durch. Etwas kam den Korridor herunter, und ich brauchte kein Prickeln in den Daumen, um zu erkennen, dass es übel war. Es war tot oder untot oder vielleicht sogar etwas noch Schlimmeres. Und egal, was es war, es kam direkt auf mich zu. Nur noch eine Sekunde, und es käme um die Biegung und geriete in mein Blickfeld.

Da es nichts gab, wohin ich mich hätte wenden können, machte ich einen Schritt rückwärts, stieß die Tür zur Damentoilette auf und schlüpfte hinein. Falls das Ding bereits meine Spur aufgenommen hatte, würde es mir ganz sicher folgen – aber zumindest hatte ich ein paar Sekunden gewonnen, um mich angemessen auf die Begegnung vorzubereiten.

Mein eigener Silberdolch war kaum mehr als ein Obstmesser. Ich führte ihn, wie den Kelch, vorwiegend für rituelle Gelegenheiten mit mir. Aber das Messer, dass der *loup-garou* am Vorabend hatte fallen lassen, steckte noch in meiner Außentasche. Ich holte es heraus und entfernte die Papphülle von der höllisch scharfen Klinge. Dann ging ich hinter der Tür in Stellung und wartete.

Schritte hallten hohl von den gefliesten Wänden draußen wider, kamen auf mich zu und stoppten dann. Stille setzte ein und dehnte sich quälend. Ich stellte mir vor, wie das Ding, was immer es war, im Korridor auf der anderen Seite der Tür stand, seine eigenen Sinne anstrengte, während es überlegte, ob ich mich für »Herren« oder für die weibliche Seite entschieden hatte.

Dann ging die Tür auf, und ich spannte mich, um anzugreifen, was immer in Sicht käme, wenn sich die Tür wieder schloss. Das Einzige, das mich stoppte, war ein Seufzen, das zugleich leidend und ein wenig enttäuscht klang.

»Castor.«

Auf dem falschen Fuß erwischt, ließ ich das Messer sinken. Juliet zog die Tür halb zu und starrte mich um die Kante herum an. Unter einem bodenlangen Mantel aus schwarzem Leder war sie in blutrote Seide gehüllt: eine Rose in einer geballten Faust. Im mittelalterlichen *Der Name der Rose* wurden Blumenmetaphern benutzt, um Schweinkram an den wachsamen Augen der Kirche vorbeizuschmuggeln. Ich dachte an sich öffnende Rosenknospen und musste mich mit Gewalt von gedanklichen Ausflügen abbringen, die zu viel Zeit in Anspruch nähmen und mich zu sehr aus dem Gleichgewicht brächten.

»Ich hab's mir gedacht«, sagte Juliet.

Wie immer, wenn ich mir vorkam wie ein Idiot, ging ich in die Offensive. »Du hast es dir gedacht? Was ist mit deinem unfehlbaren Geruchssinn? Du hättest mich schon auf eine Meile Abstand kommen sehen müssen.«

»Hier sind zu viele andere Witterungen«, murmelte Juliet, schloss die Augen und atmete tief ein, als wollte sie ihre Feststellung unterstreichen. »Etwas anderes läuft in diesem Gebäude herum, und es ist viel größer und penetranter als du.«

»Ich vermute, das sollte ich als Kompliment verstehen.«

»Versteh es, wie du willst.« Ich erkannte plötzlich, dass sie total angespannt war. Die Muskeln an ihrem Hals zeichneten sich wie fein geflochtene Stricke unter ihrer Alabasterhaut ab, und ihre Haltung drückte wachsame Bereitschaft aus. Als ich sie das letzte Mal in diesem Zustand gesehen hatte, war sie hinter mir her gewesen. Was immer sie jetzt jagte, beides tat mir jetzt schon leid, ihr Ziel und jeder andere, der ihr in die Quere geriet.

»Wo sind sie?«, wollte ich von ihr wissen. Sie sah mich an, als sei sie überrascht, dass ich noch immer da war. »Die Geiseln«, präzisierte ich. »Und die Aufrührer.«

Juliet blickte zur Decke. »Da oben«, sagte sie. »Fast genau über uns.«

»Wie willst du vorgehen? Und was hast du hier überhaupt zu suchen? Hast du Susan Book in den Fernsehnachrichten gesehen?«

Sie schüttelte den Kopf und runzelte für einen kurzen Moment die Stirn, als ob ich sie beschuldigte, etwas andeutungsweise Unanständiges getan zu haben. »Nein«, sagte sie gepresst. »Aber wenn ich es hätte, dann wäre es eine noch klarere Bestätigung. Dies alles steht mit dem in Verbindung, was in St. Michael's geschehen ist. Dessen bin ich mir sicher. Ich spüre hier das Gleiche wie dort – den Geruch, der verflog, als ich versuchte, mich auf ihn zu konzentrieren. Dieses Ding hat seine Deckung verlassen. Wenn ich nahe genug herankomme, werde ich es als das erkennen können, was es ist.«

Ich hatte einige Schwierigkeiten, diese Feststellung zu schlucken, aber ich wollte nicht mit ihr diskutieren. Tiefschürfende Gespräche auf der Toilette sind reine Frauensache.

»Sieh mal«, sagte ich, »wir haben nicht die geringste Ahnung, was hier vor sich geht.« Sie machte Anstalten, mich zu unterbrechen, aber ich redete weiter. »Alles, was wir wissen, ist, dass einige Leute im Obergeschoss diesen Laden auseinandernehmen und dass ihnen einige andere Leute in die Quere gekommen sind. Du könntest recht haben. Vielleicht gibt es etwas, das all dies in Gang gesetzt hat, und vielleicht ist es das Gleiche, das sich drüben in der Kirche festgesetzt hat. Das ist jedoch nicht von Bedeutung. Nun, da wir hier sind, sollten wir zusehen, dass wir unsere kleine Freundin aus der Schusslinie holen und schnellstens von hier verschwinden, ehe die Polizei anfängt, Tränengasgranaten zu werfen.«

Juliet schüttelte ungehalten den Kopf. »Ich will nur das Ding finden, das mich hergelockt hat. Das Ding, das ich rieche. Von mir aus rette Book, wenn du unbedingt willst. Ich wüsste nicht, inwiefern sie von Bedeutung sein sollte.«

»Sie ist in dich verliebt«, sagte ich.

»Wie bitte?«

»Nun, sie ist scharf auf dich, meine ich. Sie hat jedenfalls eine heftige Dosis von dem mitbekommen, das du ausstrahlst, und da sie gläubig und hetero ist, hat sie keine Ahnung, wie sie damit umgehen soll. Willst du behaupten, du hättest nicht bemerkt, wie sie dich ansieht?«

»Solche Dinge blende ich aus«, sagte Juliet, aber sie erschien ein wenig verwirrt. »Du erwartest doch wohl nicht, dass ich mich deswegen – egal, wie man es nennt – schuldig fühle, oder etwa doch?«

»Nein.« Jetzt wurde ich ungeduldig. »Aber denk darüber nach. Sie wäre möglicherweise nicht in diese Geschichte hineingeraten, wenn sie nicht verträumt herumgelaufen wäre und sich unanständige Gedanken über dich gemacht hätte. Ich würde mich ganz einfach nicht wohlfühlen, wenn ich sie hier zurückließe.«

»Ihre Gefühle gehen dich – oder mich – nichts an.«

»Schön. Ich bitte dich nicht, dich schuldig zu fühlen. Ich sage nur, dass ich mich ein wenig für sie verantwortlich fühle.«

Juliet äußerte sich nicht dazu, was mir ziemlich deutlich zeigte, dass ich sie nachdenklich gemacht hatte. Sie nahm die Bemühungen, menschlich zu sein, sehr ernst. Sie fand immer noch sehr viel rätselhaft und unfassbar, aber sie war erpicht darauf, alles genau kennenzulernen und zu begreifen, und ihr blieb eine Ewigkeit, um daran zu arbeiten.

»Pass mal auf«, sagte ich, »ich habe eine Idee, wie wir beide das kriegen können, was wir wollen. Ich will dir mal etwas zeigen.«

Ich ging an ihr vorbei, zog die Tür auf und kehrte in den Korridor zurück. Sie folgte mir, während ich zum Lagerhaus zurückging, und ich zeigte ihr den offenen Fahrstuhlschacht.

»Mir nutzt er nichts«, sagte ich. »Ich dachte jedoch, dass du vielleicht …«

»Ja«, sagte Juliet. »Das könnte ich. Aber warum sollte ich?«

»Du möchtest deinen Dämon suchen, und du möchtest dich nicht ständig umdrehen müssen für den Fall, dass einer dieser Verrückten dir ein Messer in den Rücken jagt – vor allem dann nicht, wenn die Belagerung sich jeden Moment in eine wilde Schießerei verwandeln kann. Daher macht es Sinn, wenn wir erst einmal aufräumen und uns anschließend umschauen.«

»Dann verrate mir, was ich tun soll, Castor.«

»Du kommst von oben, und ich versuche es von unten. Während sie mich im Auge haben, schleichst du dich von hinten an und löschst sie mit deiner üblichen Mischung aus Eleganz und Brutalität aus. Dann sehen wir uns um.«

Ich war von meinem Auftritt tief beeindruckt. Meine Stimme bebte nicht im Mindesten. Man hätte meinen können, dass ich jeden Tag der Woche in irgendeinen Tumult verwickelt war – dabei habe ich diese Gewohnheit seit meiner Studentenzeit mehr oder weniger aufgegeben.

Ich hätte von Juliet mehr Widerspruch erwartet, aber sie machte nur eine lässige Geste mit einer Hand, die ausdrückte, dass sie das Thema leid war. Sie schlüpfte aus ihrem Mantel und ließ ihn zu Boden sinken. Ich sah aufblühende Rosen. »In Ordnung«, sagte sie. »Ich klettere durch den Aufzugschacht. Und du …«

»Ich benutze die Rolltreppe. Ich möchte zwischendurch noch in der Herrenabteilung vorbeischauen.«

Ehe sie es sich anders überlegen konnte, machte ich mich auf den Weg und bemühte mich, nicht an Rosen zu denken.

Das andere Ende des Korridors mündete direkt in die Haupthalle, in der es aussah, als hätte hier ein Wirbelsturm getobt, während sie noch dabei war, sich von einem Erdbeben zu erholen. Der Fußboden war mit einem Teppich aus Glasscherben der Ladenfenster bedeckt. Schaufensterpuppen lagen herum wie Platzhalter für die Toten. Jemand hatte auf den Kopf einer Puppe getreten und ihn zertrümmert. Aus irgendeinem Grund dachte ich an Abbies Porzellanpuppe und erschauerte in einer Art unheilvoller Vorahnung. Kleiderstangen, die als Rammböcke benutzt worden waren, lagen halb innerhalb, halb außerhalb der Fenster, die sie zerschmettert hatten, und vor einer Wand rieselten Münzen wie geronnenes Blut aus einer geborstenen Registrierkasse. Dies sah jedoch nicht nach Plünderung aus. Nicht dass Plünderer irgendwelche Achtung vor der Ladeneinrichtung hätten, aber der knirschende Müll unter meinen Schuhen schloss Armbanduhren und funkelnde goldene Armbänder von einem Drehständer der Schmuckabteilung ein, über den ich bereits hatte hinwegsteigen müssen. An irgendeinem Punkt hatte sich die reine Zerstörungswut gegen rein söldnerische Absichten durchgesetzt. Das verriet mir ein wenig mehr über das, womit ich zu rechnen hatte –

in diesem Moment tatsächlich mehr, als ich darüber wissen wollte.

Die Rolltreppen befanden sich im Zentrum der unteren Halle, wodurch ich ausreichend Zeit hatte, zu den Galerien im ersten und zweiten Stock hinaufzublicken, als ich mich ihnen näherte. Der erste Stock war allem Anschein nach verwaist, aber oben im zweiten Stock kämpften drei Männer mit einem vierten in einer, wie ich zuerst annahm, freundschaftlichen Rangelei. Dann erkannte ich, dass ich die Situation falsch gedeutet hatte. Sie erschien nur freundschaftlich, weil drei Männer lachten. Der vierte gab überhaupt keinen Ton von sich, weil sie ihn geknebelt hatten, ehe sie ihm die Schlinge um den Hals legten. Im Augenblick knoteten sie das andere Ende des Stricks um das Geländer. Es war nicht schwer zu erraten, was der nächste Schritt sein würde.

Okay, es wurde Zeit, aktiv zu werden. Ich betrat die Rolltreppe, die sich nicht bewegte, und setzte die Flöte an die Lippen. Während ich langsam die Stufen hinaufstieg und wegen ihrer unterschiedlichen Höhe beinahe ins Straucheln geriet, spielte ich eine schrille, näselnde Sequenz, die sich anhörte wie der Schrei eines liebeskranken Dudelsacks. Das Einkaufszentrum hatte eine ziemlich gute Akustik, zumindest wenn es so relativ menschenleer war wie jetzt. Über mir hielten die Verrückten in ihrer Freizeitbeschäftigung inne, um sich umzuschauen, wer die Katze massakrierte.

Sie wichen auseinander und standen auf, so dass ich sie besser erkennen konnte. Sie sahen erschreckend durchschnittlich aus. Einer war ein Brillenträger in den mittleren Jahren mit beginnender Glatze und mit einem Oberhemd und einer Anzughose bekleidet. Die anderen beiden waren viel jünger – einer sicher nicht älter als ein Student – und in Freizeitkleidung.

Man konnte sich nicht vorstellen, dass sie gemeinsam einen Mord begingen. Man konnte sich noch nicht einmal vorstellen, dass sie gemeinsam auf den Bus warteten.

Aber dies war nicht der geeignete Augenblick, um darüber zu spekulieren, wie sie sich getroffen und ein gemeinsames Interesse für den Tod durch Hängen entdeckt hatten. Nein, jetzt war Showtime. Theatralik war das Gebot der Stunde. Ich wollte, dass sie mich beobachteten, anstatt ihre bisherige Tätigkeit wieder aufzunehmen. Ich tippte mit den Füßen auf die Stufen und erzeugte einen Rhythmus zu den grellen Tönen, die ich aus meiner Flöte entließ. Linker Fuß, dann rechter, die Knie hoch und mit dem Oberkörper hin und her schwingend wie ein geistesgestörter Schlangenbeschwörer, der versuchte, seine Nummer allein durchzuziehen, nachdem seine Kobra ihn verlassen hatte.

All das rief die gewünschte Wirkung hervor. Die drei Männer ließen von ihrem gefesselten und geknebelten Opfer ab und drängten sich ans Geländer, um zu verfolgen, wie ich zu ihnen heraufkam. Dann erschienen zahlreiche andere Gesichter hinter ihnen, Männer und Frauen, und kamen ebenfalls zum Geländer, um an ihnen teils erschreckt, teils neugierig und teils verständnislos vorbeizuschauen. Ich hatte diese Leute vorher nicht gesehen, weil sie im hinteren Bereich der Galerie gestanden hatten, wahrscheinlich ängstlich zusammengedrängt.

Ich bekam eine Gänsehaut. Irgendwie erschien die beabsichtigte Hinrichtung auf Grund der Tatsache, dass sie vor einem Publikum stattgefunden hätte, noch grässlicher. Falls ich noch irgendwelche Zweifel gehabt hätte, ob ich mich in Kansas oder im freundlich-fröhlichen Land Oz befand, verwarf ich sie jetzt: Was immer hier im Gange war, es war nicht naturgegeben.

Ich verließ die erste Rolltreppe, bog ab und überquerte die

kurze steingeflieste Fläche, die sie von der zweiten trennte. Damit bot ich den Irren meinen Rücken dar, was mir ganz und gar nicht gefiel, aber andererseits hatte es den Vorteil, dass ich auf diesem Weg auf die ihnen gegenüberliegende Seite der Galerie gelangte. Etwas Großes und Schweres krachte direkt vor mir auf den Boden und überschüttete mich mit Glasscherben und Kunststoffsplittern. Es war eine Stereoanlage, Lautsprecher exklusive, und einer der Trümmer dicht neben meinem Fuß trug das Logo von Bang & Olufsen: nicht gerade ein Wurfgeschoss, das man jeden Tag zu Gesicht bekam. Ich stieg darüber hinweg und ging weiter.

Über mir auf der Galerie ertönte lautes Gejohle und Geschrei, gefolgt von einem Schauer kleinerer Gegenstände, die ich nicht beachtete. Einer traf mich am Rücken, aber er war nicht scharfkantig oder schwer genug, um einen Knochen zu verletzen. Vielleicht ließ ich vor Schreck einen Ton aus, aber es war ja nicht so, dass ich Beethovens Neunte spielte. Es ging mir nur um den Lärm, laut und disharmonisch und unmöglich zu überhören.

Während ich Stufe für Stufe zur obersten Etage hinaufstieg, rannten die Verrückten über die Galerie, um mich abzufangen. Das war insofern gut, weil sie damit von dem Mann weggelockt wurden, den sie hatten töten wollen, aber schlecht, weil ich keine Spur von Juliet entdecken konnte, und ich glaubte nicht im Ernst, dass sie sich beeilten, um sich von mir ein Autogramm geben zu lassen. Ich erreichte das obere Ende der Rolltreppe, als sie um die letzte Ecke bogen und wie eine solide Wand auf mich zustürmten. Ich wollte schlucken, musste jedoch feststellen, dass in meinem Mund absolute Trockenheit herrschte. Dies war der Augenblick der Wahrheit, und ich bevorzugte in solchen Situationen normalerweise elegante Tatsachenverdrehungen. Ich schickte einen letzten verzweifelten Blick rund um die Galerie in der Hoffnung, dass meine kurvenreiche, dämonische Kavallerie im letzten Moment erschien, aber ich hatte kein Glück. Mit einem gemurmelten Fluch verstaute ich die Flöte in meiner Innentasche, so dass sie nicht zu Schaden käme, ballte die Fäuste und wappnete mich für den Zusammenprall.

Der erste der Aufrührer, der mich erreichte, war eine Frau in einem pastellfarbenen zweiteiligen Bürokostüm und Schuhen mit gemäßigt hohen Absätzen. Das Einzige, das die elegante Wirkung des Complets verdarb, war der Klauenhammer, den sie über dem Kopf schwang. Ich brachte mich mit einem unbeholfenen Sprung aus der Schlagrichtung, als er abwärts sauste. Dann, da sie dem Hammer mit dem ganzen Körper folgte und in der Hüfte abknickte, um mehr Gewicht hinter den Schlag zu legen, konnte ich sie mit einem Schwinger am Hinterkopf erwischen. Sie ging wie ein Sack Kartoffeln zu Boden, während der Hammer über die Steinfliesen rutschte. Ich fühlte mich nicht besonders gut, aber dies war nicht der Zeitpunkt für galantes Benehmen.

Eigentlich war es der Zeitpunkt, um zu verschwinden, aber ich war von der Aussicht, von hinten umgerannt und zertrampelt zu werden, nicht besonders angetan. Als zwei stämmige Männer mich gleichzeitig ansprangen, zog ich den Kopf ein und tauchte unter ihnen hindurch, so dass ihr Schwung einen von ihnen an mir vorbeitrug und den anderen in einem ungraziösen Salto über meinen Kopf segeln ließ.

Damit war das Thema Taktik erledigt. Viele Arme streckten sich nach mir aus, viele Fäuste trommelten auf meine Schultern und auf meinen Nacken. Ich wurde auf die Füße gezerrt, dann wieder zu Boden gestreckt, als die Verrückten sich gegenseitig in die Quere kamen in ihrem Eifer, sich ein Stück von mir zu sichern.

In diesem Moment explodierte das Schaufenster – eins der wenigen, die noch heil waren – hinter ihnen in einer schnell aufblühenden Blume aus Glassplittern, der, wie durch ein Wunder, Juliet entstieg. Sie tauchte mit dem Kopf voraus durch das Fenster, aber rollte sich in der Luft herum und landete, sich kaum merklich mit den Knien abfedernd, auf den Füßen. Dann, nachdem sie ihren Auftritt absolviert und auf sich aufmerksam gemacht hatte, kam sie in stolzer Haltung heran, während Glassplitter wie Wasser von ihr herabrieselten.

Die Verrückten war bei dem Geräusch herumgefahren, so dass ihre Attacke für einen kurzen Moment nachließ, als sie registrierten, was geschah – und dann für einen weiteren Moment, als sie Juliet anstarrten und den Anblick ihrer beinahe perfekten Schönheit verarbeiteten.

Dann holte der ihr am nächsten stehende Mann mit einer Metallstange aus und zielte nach ihrem Kopf. Es war keine richtige Stange. Sie sah aus, als sei sie von irgendeinem Kleiderständer abgebrochen worden, und sie war vermutlich hohl, so dass sie bei Juliet ohnehin keinen nennenswerten Schaden angerichtet hätte. Aber wir bekamen nicht die Chance, dies herauszufinden. Sie duckte sich und wich ihr elegant aus, packte Handgelenk und Ellbogen des Mannes und schleuderte ihn über die Schulter durch das Fenster, das sie soeben zertrümmert hatte. Ein anderer Mann schaffte es, einen Treffer zu landen – mit der nackten Faust an ihrer Kinnspitze. Sie steckte den Schlag kommentarlos ein und trat ihm in den Bauch, woraufhin er sich mit einem unangenehm matschigen Gurgeln zusammenfaltete.

Ohne langsamer zu werden, begab sie sich mitten zwischen die Aufrührer, eine Katze unter schwer gestörten Tauben. Sie drangen auf sie ein, Hände und Waffen erhoben, was nur bewies, dass sie gar nicht richtig hingeschaut hatten, als sie durch das Schaufenster hereinkam. Es war einiges nötig, um Juliet zu verletzen, und eine ganze Menge mehr, um sie stoppen. Zu hören war der Klang organischer Kollisionen von Fleisch und Knochen, abgehackter Stöhn- und Ächzlaute, dann das dumpfe Dröhnen zusammenbrechender Körper, als die Leute um sie herum wie gemähter Weizen umsanken.

Das Ganze übte eine hypnotische Faszination aus, die es einem schwermachte, den Blick abzuwenden. Aber da der Druck von mir genommen war, dachte ich, dass es besser sei, meine Zeit produktiv zu nutzen. Indem ich der Szene schnell nachlassender Verstümmelung den Rücken zuwandte, rannte ich über die Galerie zu dem Abschnitt des Geländers, der zu einem improvisierten Galgen umfunktioniert worden war. Der Mann, den sie hatten aufhängen wollen, lag bäuchlings auf dem Boden, die Hände und Füße stramm gefesselt und mit einem zusätzlichen Strick fixiert, so dass die Beine nach hinten gebogen wurden und die Füße in die Luft ragten. Ich benutzte das Messer des *loup-garou*, um diese letzte Fessel zu durchtrennen, aber die Klinge war zu scharf, um sie so dicht an seinen Hand- und Fußgelenken einzusetzen. Ich rollte ihn auf den Rücken und zog den Knebel aus seinem Mund. Er war bleich und schwitzte, das Haar war verklebt, und seine Augen traten weit hervor. Die Tatsache, dass er eine Krawatte trug, kam mir ein wenig grotesk vor. Wer geht schon mit Schlips und Kragen zu einem Aufruhr?

»Die Geiseln«, fragte ich. »Wo sind sie?«

Er spuckte mir ins Gesicht. »Du bist ein verdammtes Stück Scheiße«, brüllte er. »Satan reißt dir die Kehle raus, du verkommener Mistkerl! Er rammt dir die Faust ins …«

In diesem Stil wäre es sicherlich noch für einige Zeit weitergegangen. Daher stopfte ich ihm den Knebel wieder in den Mund und wischte den Speichel ab, während er mich wütend anstarrte und anknurrte. »Nicht bei unserem ersten Date, Kumpel«, murmelte ich.

Geiseln, Geiseln. Wer hatte die Geiseln? Ich schaute mich auf der Suche nach einer Erleuchtung um. Der Bericht in den Fernsehnachrichten war auf der Straße vor dem Gebäude gedreht worden, und dabei hatte ich Susan Books Gesicht im zerschmetterten Fenster gesehen. Ich versuchte, mich zu orientieren, erinnerte mich, auf welchem Weg ich hereingekommen war und in welcher Richtung die Haupthalle unter mir verlief. Es schien, dass sich die Gebäudefront zu meiner Linken befand, wo fußhohe rote Großbuchstaben T.K. MAXX in die Welt strahlten.

»Wohin jetzt?«, fragte Juliet und erschien leise und beängstigend dicht neben mir.

Ich rappelte mich hoch und deutete in die Richtung. Sie überquerte lautlos die Galerie und betrat den Laden. Ich richtete einen letzten Blick auf den Schauplatz des soeben überstandenen Gefechts. Körper bedeckten den Boden, und keiner davon stand oder machte Anstalten sich zu erheben.

Ich beeilte mich, sie einzuholen. »Hast du jemanden getötet?«, wollte ich wissen.

»Nein. Eine Frau könnte an ihren Verletzungen sterben – einer ihrer Kameraden hat ihren Hals und ihre Schulter mit einem Messer aufgeschlitzt bei dem Versuch, an mich heranzukommen. Die anderen bleiben am Leben.«

»Gott sei Dank«, sagte ich trocken. »Ich hatte gedacht, dass du ihre Libido anheizt und ihre Gehirne in Pudding verwandelst. Das gerade war ein wenig … direkter, als ich erwartet hatte.«

»Ich hab's versucht«, schnappte Juliet. »Sie hätten zu jeglicher Aggression unfähig sein müssen, als sie mich sahen. Sie hätten zu nichts anderem fähig sein dürfen als zu einem unfreiwilligen Orgasmus.«

»Oh. Was ist schiefgelaufen?«

»Vielleicht lasse ich nach.«

Das war es nicht. Auch ohne sie anzusehen, spürte ich, wie ihre Sexualität mich wie eine warme, liebkosende Welle umspülte. Und ich wusste aus eigener erschreckender Erfahrung, wie stark die Unterströmung in solchen Gewässern sein kann. Aber ich denke, wir kannten beide die Antwort. Das dämonische Miasma umgab uns auf allen Seiten, und das tat es schon, seit wir diese Etage erreicht hatten. Die armen Schweine waren besessen.

Da wir nicht über Taktiken diskutieren mussten, hielten wir ab diesem Punkt den Mund. Wir gingen durch das Kaufhaus, in dem es gespenstisch still war, abgesehen von den klagenden Echos der Polizeimegaphone draußen auf der Straße. Unsere eigenen Schritte wurden sehr wirkungsvoll von den Kleidern erstickt, die von ihren Ständern heruntergerissen und auf den Fußboden geworfen worden waren. Die Stangen und Regale waren nicht höher als anderthalb Meter, daher hatten wir eine gute Übersicht über den weiten, offenen Bereich, in den wir gelangt waren, aber vor uns knickte der Laden, der einen L-förmigen Grundriss hatte, ab, was wir jedoch erst erkennen konnten, als wir das Ende des breiten Mittelgangs erreicht hatten. Wir gaben uns keine besondere Mühe, leise zu sein – Juliet hatte für derlei Geheimnistuerei nicht viel übrig – aber wir wollten nicht, dass unsere Unterhaltung ein mögliches Warnsignal vor einem Hinterhalt übertönte.

Als wir um die Ecke bogen, befanden wir uns plötzlich

mitten in der Party. Die Wand vor uns war die Fassade des Einkaufszentrums. Die Fenster reichten vom Boden bis zur Decke, und die Nacht drang durch das gezackte Loch in der mittleren Scheibe ein, das ich von seiner anderen Seite in der Nachrichtensendung gesehen hatte. Auf beiden Seiten hatten drei oder vier Männer Stellung bezogen, knieten oder drückten sich an die Wand und blickten auf das Polizeiaufgebot auf der Straße hinunter, als hätten sie noch nie etwas von Scharfschützen gehört. Ein Stück weiter entfernt von uns befand sich eine runde Ausstellungsfläche mit Spiegeln in Bodenhöhe, die offenbar beim Schuhkauf behilflich sein sollten. In diesem bescheidenen Amphitheater bewachten zwei weitere Männer, einer mit einem Baseballschläger bewaffnet, eine kleine, verängstigte Gruppe von vermutlich unschuldigen Kaufhauskunden. Das war alles – und es sah aus, als seien unsere Gewinnchancen sehr gut, außer dass einer der Männer am Fenster ein Gewehr besaß. Während er das Schloss öffnete und die erste Patrone in die Kammer steckte, sah er mit seinen langen Haaren und seinem dichten Bart aus wie jemand, der zufälligerweise die Dreharbeiten für *Deliverance* verlassen hatte und sich plötzlich in einer Episode der *East Enders* wiederfand.

Alle Köpfe fuhren zu uns herum. Und ich erblickte Susan Book zwischen den Geiseln. Ich sah auch einen Mann, der ausgestreckt auf dem Boden lag und dort ein blutiges Loch hatte, wo sein Gesicht hätte sein sollen. Susan saß direkt neben diesem armen Teufel. Ihre Augen weiteten sich, als sie mich sah, und sie öffnete den Mund, als wollte sie etwas sagen.

Ich redete zuerst. »Hey, Leute«, sagte ich. »Wir haben euch in den Neun-Uhr-Nachrichten gesehen. Wo müssen wir uns eintragen?«

Wir gingen dabei ständig weiter, aber dann schwang der

Mann mit dem Gewehr seine Waffe herum, um uns ins Visier zu nehmen. »Das braucht ihr nicht«, sagte er kalt. »Geht nur zu diesen dämlichen Arschlöchern da drüben und haltet die Fresse.«

Wir kamen nicht aus dem Tritt. »Was für eine Waffe ist das?«, fragte Juliet halblaut neben mir.

»Eine Sportflinte«, raunte ich zurück und klang weitaus kundiger, als ich es tatsächlich war. »Halbautomatisch – das heißt, immer nur eine Kugel.« Die Wahrheit ist, dass ich so gut wie nichts über Waffen weiß, obwohl ich über ein Jahr lang mit einem süßen Mädchen zusammengelebt habe, das *Arms and Ammo* abonniert hatte, aber dieses Ding bestand aus dunkelrotem Holz und eleganten Rundungen. Keine Schusswaffe, die sich derart auftakelt, wird jemals zu einer echten Schießerei gebeten. Außerdem hatte das Gewehr ein winzig kleines Magazin, nicht größer als ein Mobiltelefon. Wenn die Schussfolge auf automatisch eingestellt war, wäre es in der kurzen Zeit, die man braucht, um »Stirb, Mutter …« zu brüllen, leer geschossen. Andererseits und angenommen, der Kerl hatte eine ruhige Hand, wäre das lange genug, um mich und Juliet gründlich durchzulüften. Sie würde es wahrscheinlich überleben, es sei denn, die Kugeln wären aus Silber. Bei mir stünden die Chancen ein wenig schlechter.

Glücklicherweise hatten diese Typen nicht alle das gleiche Gesangsbuch. Die anderen drei Männer, die verschiedene Behelfsknüppel und -totschläger schwangen, nutzten diesen Moment, um uns anzugreifen, und halfen uns ungewollt, indem sie damit ihren Freund total überraschten. Juliet beschleunigte ihre Schritte, damit die Angreifer zuerst auf sie trafen, und schaltete zwei von ihnen mit Aktionen aus, die ich zu meiner Freude als chirurgisch bezeichnen kann, weil die meisten Eingriffe dieser Art zur Folge haben, dass man eine Zeitlang nicht laufen kann und das ein oder andere Körperteil verschmerzen muss.

Den dritten Mann fällte ich mit einem Hechtsprung, was wahrscheinlich das Beste war, was ich mir unter den gegebenen Umständen hatte erhoffen können. Wir gingen gemeinsam zu Boden, aber ich als Oberster, und obgleich er mit einem schartigen Blechteil, das er als Messer einsetzte, nach mir stocherte, vereitelte mein Ellbogen in seinem Gesicht seine Absicht und schmetterte seinen Kopf hart auf den Boden. Aber er bewegte sich noch, und ein glücklicher Schnitt mit diesem Ding würde mich garantiert verbluten lassen, daher zog ich mein Knie zwischen seinen Beinen hoch und machte ihn mit dem Projekt geplanter Elternschaft mit unmittelbarer und verheerender Wirkung bekannt. Indem ich ihn seinem Schmerz und dessen Verarbeitung überließ, kämpfte ich mich auf die Füße, als das Gewehr feuerte.

Es hatte natürlich nicht auf mich gezielt. Diese Typen mochten verrückt sein, aber es wäre schon eine ganz besondere Form von Wahnsinn, wenn jemand mit dem Gewehr woanders hinzielen würde, während Juliet ihn mit ihrer Killermiene angriff. Der Rücken ihrer Jacke öffnete sich in Brusthöhe, als die Kugel hindurchdrang, und ein feiner roter Sprühregen benässte mein Gesicht und meinen Oberkörper.

Das Gewehr war halbautomatisch. Es konnte nichts anderes sein, denn der Mann schaffte einen zweiten Schuss, noch während Juliet ihn mit einem Tritt rückwärts durchs Fenster beförderte. Er stürzte mit einem Schrei, der eher wütend als entsetzt klang, und das war alles, was er in der Kategorie »Berühmte letzte Worte« zustande brachte. Ich hörte das dumpfe Klatschen, als er auf dem Straßenpflaster aufschlug.

»Juliet!«, rief ich. »Verdammte Scheiße, sie sind besessen! Irgendetwas steuert sie!«

Anscheinend hörte sie mich nicht. Sie wandte sich um, ein wenig vornübergebeugt, aber viel zu langsam, während die beiden Kerle, die die Geiseln bewacht hatten, sie von der Seite angriffen.

Einer von ihnen hatte ein Messer, und er verpasste ihr einen Schnitt am Bauch. Der andere schwang seinen Baseballschläger und traf sie mitten ins Gesicht. Der Treffer schüttelte sie durch, dann stieß sie die linke Hand nach vorn und bohrte Daumen und Zeigefinger in die Augen des zweiten Mannes.

Übrig blieb der Messer-Mann, und als er zu einem zweiten Stoß ausholte, zwang ich mich, ziemlich verspätet, zu reagieren. Ich konzentrierte mich auf seine Messerhand, packte sie mit beiden Händen und drehte sie mit brutaler Gewalt nach hinten. Er ließ das Messer fallen, und Juliet, die über die Schulter blickte und mich offenbar zum ersten Mal wahrnahm, zog die Faust in einem Uppercut hoch, der ihm fast den Kopf von den Schultern trennte. Er sackte bewusstlos zwischen uns zu Boden.

»Bist du okay?«, wollte ich von Juliet wissen, während sich meine Brust in dem Bemühen, Luft zu holen, heftig hob und senkte und ich gegen die aufsteigende Übelkeit ankämpfte, die mich überkam, als das Adrenalin meinen Magen revoltieren ließ.

»Alles in Ordnung«, murmelte sie, aber hinter den Worten erklang ein Gurgeln, das mir wahnsinnige Angst machte. Ihre Schultern waren eingefallen. Sie inspizierte die blutige Front ihrer Seidenbluse, und ihre Füße scharrten ein wenig über den Boden, als hätte sie große Probleme, das Gleichgewicht zu halten.

Ich zog einen voreiligen Schluss. Eine ganze Generation von Unternehmern hatte ihr erstes Vermögen mit der Angst gemacht, die die Lebenden vor den lebenden Toten empfanden. Silberbeschichtete Munition war nur eine der Novitäten, die sich daraus ergaben. »Juliet, war die Kugel …?«

Ich konnte ihre Antwort kaum verstehen. »Versilbert. Ja. Aber sie ging durch meine Lunge. Ich glaube … ich komme … damit …«

Ihre Stimme versiegte, aber sie fiel nicht. Ihre gesamte Aufmerksamkeit war nach innen gerichtet, und wo immer sie sich befand, ich wusste, dass sie für eine Weile von ihrer Umgebung nichts mitbekam. Draußen auf der Straße erklangen laute Befehle und das Heulen einer einzigen Sirene. Die Polizei würde nicht mehr lange damit warten, das Gebäude zu stürmen. Dafür flogen zu viele Körper aus den Fenstern.

Ich schaute zu den Geiseln hinüber. Susan Book kam bereits auf mich zu, aber die anderen drängten sich noch immer vor der Wand zusammen. Einige Kinder weinten, und niemand wagte sich zu rühren. Ich wollte etwas sagen – wahrscheinlich etwas wie »Sie sind jetzt in Sicherheit«. Susans Hand schoss vor, und als ich sie reflexartig parierte, flog etwas Rotes aus ihren Fingern, prallte gegen meine Brust und landete vor meinen Füßen auf dem Boden. Ich sah ihre andere Hand nicht hochkommen. Ihre Fingernägel schnitten tief in meine Wangen, und ich taumelte total überrumpelt zurück. Sie folgte mir, schlug auf mich ein, während sie mir Schimpfworte ins Gesicht schleuderte. Es waren die gleichen Obszönitäten, die ich bereits von dem beinahe Gehängten draußen gehört hatte: Sie bezogen sich vorwiegend auf meine sexuelle Beziehung zu meinen Eltern und darauf, wem ich in der Hölle den Schwanz lutschen solle. Es musste so etwas wie ein Virus sein.

Ich wehrte Susan ab und nutzte meine Größe und meine Reichweite, um ihren wilden, unkoordinierten Angriff abzublocken. Ich wollte ihr jedoch nicht wehtun, daher wich ich zurück und rief dabei ständig ihren Namen, um sie aus ihrer offensichtlichen Trance zu wecken. Dann spürte ich ein Regal im Rücken und musste anhalten, wodurch sie endlich nahe an mich herankommen konnte. In Ermangelung anderer Möglichkeiten schlug ich ihre Hände beiseite und versetzte ihr einen Kinnhaken genau auf die Spitze. Sie kippte nach hinten, und ein erschreckendes Krachen erklang, als ihr Kopf auf den Steinfliesen aufschlug.

Dem folgte nur Sekunden später ein Explosionsknall, und ein weiteres Fenster sprang aus dem Rahmen, als etwas Hartes und Metallisches hindurchflog, durch die Luft wirbelte und eine dünne Rauchfahne hinter sich herzog. Während es landete, platzte ein weiteres Fenster und dann ein drittes, und die Schreie der Geiseln übertönten jedes andere Geräusch – sogar das Zischen der Tränengasgranaten, die ihre Ladungen verströmten.

Ich stolperte dorthin zurück, wo Juliet immer noch stand, wobei ich beinahe ausrutschte, als mein Fuß auf etwas Glattes und Hartes trat. Ich schaute nach unten. Es war ein Schweizer Armeemesser, dessen multifunktionalen Klingen an beiden Enden ausgeklappt waren. Susans Waffe: Ich war um Haaresbreite daran vorbeigeschrammt, durch einen Korkenzieher vom Leben zum Tode befördert zu werden.

Juliet kniete über dem Körper eines der gefallenen Aufrührer und hatte eine Hand auf seine Brust gelegt. Ich dachte, dass sie seinen Herzschlag prüfte, doch dann erkannte ich, dass sie in seinen Taschen etwas suchte. Ich ergriff ihren Arm, und ihr Kopf zuckte hoch. Ihre dunklen Augen starrten mich an.

Meine eigenen Augen begannen zu tränen, als CS-Gaswolken durch das Kaufhaus trieben.

»Wir müssen hier raus«, brullte ich, um die schrillen Schreie zu übertönen. »Damit wollen sie den Gegner weichkochen. Sie werden jeden Moment den Laden stürmen.«

Juliet erhob sich mühsam. »Ich muss mich auf dich stützen«, krächzte sie und sank mir fast in die Arme, während ich sie auf dem Weg zurückführte, auf dem wir hergekommen waren. Den Geiseln würde nichts passieren, dachte ich. Sie würden zwar noch für einige Zeit unter den Nachwirkungen der Gasattacke leiden, aber in wenigen Minuten würde es von Polizisten wimmeln, daher war der Aufruhr vorbei. Es gab nichts, das wir hätten für sie tun können, was die Sanitäter nicht besser gekonnt hätten.

Dennoch fühlte ich mich eher hohl als heldenhaft, während ich die stillstehenden Rolltreppen hinunterstolperte und Juliet sich schwer an meine Brust lehnte und das raue Gurgeln ihres Atems meine Ohren füllte. Sie hatte recht, irgendetwas war hier unterwegs, und es hatte uns auf dem Kieker. Es verwandelte mit einer magischen Geste seiner unsichtbaren Hände Opfer in Angreifer, und umwaberte uns wie eine Wolke spiritueller Pockenerreger, die alles infizierten, das mit ihnen in Berührung kam.

Über die Trümmer in der Erdgeschosshalle zu gehen war um einiges schwieriger, weil ich jetzt einen Weg für zwei suchen musste. Als wir zum Korridor eilten, wo sich die Toiletten befanden, hörte ich das laute Krachen der Eingangstüren links von uns und das Knirschen eiliger gestiefelter Füße auf dem Glasscherbenteppich. Ich legte einen Schritt zu und riskierte einen Fehltritt, der uns beide mit dem Gesicht voran hätte stürzen lassen. Wir gelangten in den Korridor, und die widerhallenden Schritte bewegten sich geradeaus weiter. Ich erwartete jeden Moment, hinter mir eine Stimme rufen zu hören: »Bleiben Sie stehen, wo Sie sind. Legen sie den Succubus auf den Boden – aber langsam.« Aber nichts dergleichen geschah.

Der Ladebereich war noch immer verwaist. Ich brachte Juliet zum Rand der Rampe, setzte sie ab, dann sprang ich hinunter und lud sie mir wieder auf. Erstaunlicher- und ärgerlicherweise, trotz allem, was soeben geschehen war, und trotz des Schreckens, der immer noch in meinem Kopf pulsierte, reagierte ich noch immer körperlich auf ihre Nähe – ich atmete immer noch heftig und mühsam und spürte, dass sich in meiner Hose etwas rührte, als ich ihren schwülen Odem inhalierte.

Sie konnte nicht über die Mauer klettern, sie konnte kaum laufen. Aber am Ende des Hofs befand sich ein Tor, und es war nur mit einem Riegel gesichert und nicht abgeschlossen. Ich schob den Riegel zurück und wir humpelten hindurch, beide ramponiert und erschöpft und blutbesudelt wie die letzten noch aktiven Teilnehmer an einem Tanzmarathon in der Hölle.

Ich musste das Tempo drosseln, sobald wir auf die Straße gelangten. Es war dunkel, daher würde niemand die zahlreichen Wunden und Verunstaltungen sehen, wenn wir uns von den Straßenlaternen fernhielten, aber die Art und Weise, wie wir vorwärtsschwankten und -stolperten, würde überall auffallen. Ich zog Juliet dicht an mich und versuchte so zu tun, als seien wir ein betrunkenes Liebespaar und nur mit unseren Hormonen beschäftigt – und ja, ehe jemand fragt, diese Rolle zu spielen fiel mir leicht. Jede Stelle, an der unsere Körper einander berührten, war eine Stelle, die ich qualvoll deutlich spürte.

Die Straße, in der wir uns befanden, führte zu der Straße, wo ich geparkt hatte, und brachte uns wieder in den Rücken der gaffenden Menschenmenge. Dort war jetzt einiges mehr im Gange, und niemand hatte Zeit, auf uns zu achten. Polizisten drängten die Schaulustigen zurück, während andere Beamte mit Schutzschildern und in Schutzkleidung über die Straße zum Vordereingang des Einkaufszentrums stürmten. Sanitäter in weißen Kitteln bildeten die Nachhut. Der Angriff hatte begonnen, und wir waren ihm um Sekunden entkommen.

Ich lehnte Juliet gegen den Wagen und öffnete die Beifahrertür. Sie erwachte langsam aus ihrem Dämmerzustand oder erholte sich zumindest so weit, dass sie wieder halbwegs die Kontrolle über sich zurückgewann, und sie konnte sich aus eigener Kraft und ohne nennenswerte Hilfe von mir auf den Sitz gleiten lassen. Ich schloss die Tür, wobei ich es vermied, sie zuzuschlagen, ging um den Wagen herum zur Fahrerseite, schlängelte mich hinein und startete den Motor.

Da die Straße gesperrt war, musste ich in einem dreiphasigen Manöver wenden. Glücklicherweise war ausreichend Straßentheater im Gange, so dass niemand auf uns achtete. Wir fuhren zurück zum White City Stadion, wo ich anhielt, weil meine Hände so heftig zitterten, dass ich nicht mehr vollkommen fahrtüchtig war.

Juliet atmete ganz flach, aber gleichmäßig, und sie musterte mich wieder mit einem Anflug ihrer üblichen kühlen Arroganz in den Augen.

Dieser Blick ließ eine Menge möglicher Worte in meiner Kehle verstummen. Schließlich sagte ich: »Es tut mir leid, dass ich dich in diese Geschichte hineingezogen habe.«

»Es ist schon in Ordnung«, erwiderte sie, und ihre Stimme war immer noch ein raues Krächzen. »Es war … interessant.«

»Nein, ich meine, es tut mir wirklich leid, dass du dort warst. Du hast einen Mann getötet und wahrscheinlich einen anderen geblendet. Wenn ich gewusst hätte, dass du deinen inneren Dämon herauslässt …«

Sie unterbrach mich reuelos. »Ein Mann war bereits tot. Was meinst du, wie viele außer ihm gestorben wären, wenn ich nicht gehandelt hätte?«

»Das können wir nicht wissen.«

»Nein«, räumte sie ein und klang beinahe verächtlich. »Das können wir nicht.«

»War es das wert?«, fragte ich, immer noch unter Schock stehend. »Hast du irgendeine Ahnung, mit was wir es hier zu tun haben?«

»Oh ja. Du nicht?«

»Nein«, gestand ich. »Obgleich …« Ich verstummte. Es war etwas Vertrautes in der Art und Weise gewesen, wie sich dieses formlose Etwas meinem sechsten Sinn mitgeteilt hatte. Aber es war mit vielem gemischt, das völlig fremd war, und der Gestalt-Effekt war nichts, worauf ich mich allzu lange hatte konzentrieren können – es war wie der Versuch, die Punkte miteinander zu verbinden, wenn sie voneinander getrennt in einem Strudel herumwirbelten. Ich beendete den Satz nicht. Ich wusste nicht, wie ich einigermaßen verständlich hätte erklären können, was ich empfunden hatte. »Lass hören«, sagte ich. »Gib mir einen Hinweis.«

»Bald«, sagte Juliet. »Noch nicht. Und nicht hier.« Sie schwieg lange. Dann sah sie mich an. »Castor …« In ihrer Stimme lag noch immer ein leises Rasseln, das verriet, dass sie den Schaden in ihrer Lunge noch nicht vollständig regeneriert hatte.

»Was ist?«

»Ist das dein üblicher Aufzug, wenn du zum Dinner verabredet bist?«

11

Oben in der Nähe von Old Oak Common war ein thailändisches Restaurant, in dem ich schon einige Male gegessen hatte. Es war perfekt für einen Imbiss und Cocktails nach der Arbeit – oder nach der Sammelexekution durchgedrehter Schießwütiger in ausgebrannten Einkaufszentren. Und da es dort keinerlei Bekleidungsvorschriften gab, machte es auch nichts aus, ob man ein Einschussloch in der Brust hatte und eine große Austrittswunde die Silhouette des Sakkos ruinierte.

Um fair zu bleiben: Als wir dort eintrafen, sah Juliet fast genauso frisch und wohlriechend aus, als wäre sie soeben aus der Dusche gekommen. Ein Bild, das ich sofort wegschalten musste, ehe meine Phantasie außer Kontrolle geriet. Das Blut, das die Vorderseite ihrer Bluse getränkt hatte, war verschwunden, und die Blutergüsse an ihrem Kinn waren fast bis zur Unsichtbarkeit verblasst. Ich hatte gesehen, wie Asmodeus etwas Ähnliches mit Rafis Körper gemacht hatte, als er bei einem seiner Amokläufe verletzt worden war, aber dies hier war extremer und geschah erheblich schneller – ich vermute, weil Rafis Körper immer noch aus echtem Fleisch und Blut bestand, während Juliets – nun, er bestand aus etwas anderem. Ich habe nie gewusst, wie ich sie danach fragen soll.

Ein Oberkellner, dessen betont zuvorkommende, geschliffene Fassade durch Juliets schwarzäugigen Blick leichte Risse bekam, platzierte uns an einen Fenstertisch – zweifellos weil er erkannte, welche Wirkung ihr Anblick auf die Laufkundschaft haben würde. Sobald er sich zurückgezogen hatte, griff sie in eine Tasche und holte einen dicken Stapel Papier hervor, den sie auseinanderfaltete und zwischen uns auf den Tisch legte.

»Patterson, Alfred«, sagte sie und fächerte die einzelnen Blätter auseinander. »Heffer, Laurence. Heffer, John. Jones, Kenneth. Montgomery, Lilly.«

Es war ein Stapel fotokopierter Seiten, alle im gleichen Format. Auf jeder befand sich in der rechten oberen Ecke ein Passfoto. Vorwiegend Männer, ein paar Frauen, allesamt durchschnittlich bis langweilig. Die Gesichter starrten mich mit jener verschreckten Ernsthaftigkeit an, die man von Leuten erwartete, deren Leben soeben sämtlicher gewohnten Grundlagen entrissen und in Wahnsinn und Verzweiflung umgeleitet worden war.

»Das sind Polizeiberichte.«

Juliet nickte und blätterte in der Speisekarte.

»Wie bist an die herangekommen?«

»Ein netter junger Constable in der Oldfield Lane hat sie für mich abgezweigt.«

Ich legte mir die Formulierung der nächsten Frage sehr sorgfältig zurecht. »Hast du ihn bestochen oder …?«

»Er durfte meine Hand halten.«

Ein Kellner schlich um unseren Tisch herum. Er war nicht mehr als ein Jungspund mit fuchsroten Locken und runden, mit Sommersprossen übersäten Wangen. Er konnte den Blick nicht von Juliet abwenden. Natürlich, bessere Männer als ich waren vor dieser Hürde gestürzt. Ich schaute hoch und klopfte mit einer Fingerspitze auf den Tisch. Nach einem kurzen Moment drehte er sich halb zu mir um und sah mich an, als wäre er keinesfalls gewillt, meine Anwesenheit zur Kenntnis zu nehmen. »Kann ich Ihnen schon etwas zu trinken bringen?«, fragte er in einem gewollt aufgeräumten Tonfall.

»Ich nehme einen Whisky«, sagte ich. »Einen Bourbon, wenn Sie so etwas haben.«

»Wir haben Jack Daniels und Blanton's.«

»Dann einen Blanton's. Danke. Mit Eis.«

»Eine Bloody Mary«, bestellte Juliet erwartungsgemäß. Der Kellner riss sich nur mühsam von uns los und trottete davon. Dabei drehte er sich noch zweimal nach ihr um, ehe er aus unseren Augen verschwand.

Ich kehrte wieder zu den Berichtsformularen zurück. Einige erkannte ich vage von den Nachrichtenmeldungen, die ich am Vorabend auf Nickys PC gesehen hatte. Alfred Patterson wurde beschuldigt, einen völlig Fremden mit seiner eigenen Krawatte in einem Büro in der Uxbridge Road, wo er arbeitete, erwürgt zu haben. Die beiden Heffers, Vater und Sohn, hatten offenbar eine achtzig Jahre alte Frau vergewaltigt und ermordet und anschließend in den Regent's Canal geworfen. Einige Fälle waren jedoch neu. Lily Montgomery wurde verhaftet und kam in Untersuchungshaft, nachdem die Polizei zu einem lauten häuslichen Streit gerufen worden war. Sie fanden sie auf dem Sofa sitzend vor, wo sie strickend neben ihrem toten Ehemann saß. Er war an seinem eigenen Blut erstickt, da sein Hals mit zwei spitzen Gegenständen von beiden Seiten durchstochen worden war. Von ihren Stricknadeln tropfte halb geronnenes Blut auf die Babyschuhe, die sie für ihre elf Monate alte Nichte, Samantha, strickte, aber sie hatte es anscheinend gar nicht bemerkt.

Es gab noch mehr Fälle. Zwei Dutzend mindestens. Nach einer Weile warf ich nur noch einen kurzen Blick darauf, achtete nur auf den Ort und das Datum und ersparte mir die hässlichen, herzzerreißenden Details, die in der Rubrik *Tathergang* geschildert wurden.

Der Kellner kam mit unseren Getränken. Mir schüttete er beinahe den Bourbon in den Schoß, weil er mit seinen Augen ein Problem hatte, die immer wieder Juliets Gesicht und Figur fixierten, sobald seine Konzentration für ein oder zwei Sekunden nachließ. Wir bestellten unser Essen, wobei wir auf das Prinzip Hoffnung setzten, denn der Junge schrieb sich nichts auf, und nichts würde in seinem Kopf haften bleiben außer der Wölbung von Juliets Brust, die teilweise durch den ausgefransten Riss in ihrer Bluse hervorlugte.

Er schleppte sich mühsam davon, und ich sah sie kopfschüttelnd an. »Kannst du ihn nicht vom Haken lassen?«, fragte ich.

Sie runzelte ein wenig pikiert die Stirn. »Er ist achtzehn«, sagte sie. »Ich tue gar nichts – das ist alles völlig natürlich.«

»Oh. Na schön, kannst du dann vielleicht mal den Rückwärtsgang einlegen? Ihm eine psychische kalte Dusche verpassen? Das würde zumindest den Service um einiges verbessern.«

»In den Rückwärtsgang gehen.« Juliets Stimme troff vor Hohn. »Du meinst, Begierde zu unterdrücken anstatt sie zu wecken?«

»Genau das meine ich.«

»Das überlasse ich lieber dir.«

»Oh.« Ich formte mit der rechten Hand eine Pistole und schoss mir ins Herz. Die brutale Direktheit, die leicht mit Sadismus verwechselt wird, war unter anderem das, was ich bei Juliet am meisten liebte. Sie war ein gutes Korrektiv für meine eigene natürliche Gefühlsduselei und Vertrauensseligkeit.

Ich wandte meine Aufmerksamkeit wieder den Polizeiberichten zu und ging sie ein wenig aufmerksamer durch.

»Okay«, sagte ich. »Ich verstehe. Alle sind Einheimische, und die Wahrscheinlichkeit, dass so viele gewalttätige Vorfälle in derart kurzer Zeit ...«

Ich verstummte, weil sie heftig den Kopf schüttelte.

»Nun, was ist?«

»Hier.« Sie tippte auf das unterste Blatt, das mir irgendwie entgangen war, weil es ein anderes Format hatte und lediglich eine Namensliste enthielt. Ich hatte es für eine Art Index gehalten, weil einige Namen enthalten waren, die ich bereits in den Polizeiakten gelesen hatte. Jetzt schaute ich noch einmal hin, und der Groschen fiel. Wenn der Bourbon nicht bereits ausnehmend sauer gewesen wäre, wäre er spätestens jetzt in meinem Magen zu einem schmerzhaften Klumpen geronnen.

Die Liste, die auf einer altmodischen mechanischen Schreibmaschine getippt und großzügig mit Tipp-Ex korrigiert worden war, trug als Überschrift nur ein einziges Wort: *Kirchgänger*.

»Heilige Scheiße«, murmelte ich.

»Nein, Castor. *Un*heilige Scheiße. Das ist der Punkt.«

»Gehen all diese Leute in die Saint Michael's?«

Juliet nickte.

»Und jetzt haben sich alle in gemeingefährliche Irre verwandelt.«

»Das ist eine Frage der Semantik.«

»Wirklich?«

»Wenn du es Irresein nennst, unterstellst du, dass sie ihre moralische Urteilsfähigkeit verloren haben.«

»Pensionäre vergewaltigen? Zwei rechts, zwei links stricken und dann eine Luftröhre durchbohren? Was haben sie *deiner* Meinung nach verloren?«

»Ihr Gewissen. Das Böse, das bereits in ihnen steckte, hatte freie Bahn. Sämtliche Begierden befriedigen sie auf die direkteste und simpelste Art, die sie finden. Wenn es Wollust ist, vergewaltigen sie. Ist es Zorn, morden sie. Und wenn es Habgier ist, plündern sie eine Mall.«

»Demnach nimmst du an, dass diese Leute in der Whiteleaf …?«

»Ich nehme es nicht an. Ich habe es überprüft.«

Juliet griff wieder in ihre unergründliche Tasche und holte eine kleine Kollektion Portemonnaies und Brieftaschen hervor und ließ sie auf den Tisch fallen. Ich erinnerte mich plötzlich, wie sie neben einem der Männer kniete, die sie ausgeschaltet hatte. Ich hatte angenommen, dass sie seinen Puls fühlte, stattdessen hatte sie ihn offenbar gefilzt.

»Jason Mills«, sagte sie. »Howard Loughbridge. Ellen Roederer.«

Ich schaute auf die Liste, aber ich wusste längst, was ich dort finden würde.

»Und Susan Book«, fügte ich hinzu, um ihr zu zeigen, dass ich mitdachte.

»Und Susan Book. Natürlich.«

Unser Essen kam. Der Kellner dehnte den Akt des Servierens so lange aus, wie er konnte, und starrte dabei Juliet aus jedem Blickwinkel an, den sein Anstand ihm gerade noch gestattete. Ich zügelte meine Ungeduld, bis er sich endlich getrollt hatte.

»Was willst du damit sagen?«, fragte ich. »Dass all diese Leute am Samstag in der Kirche waren, als … nun, als geschah, was immer geschehen ist? Und dass es irgendwie all ihre Hemmungen beseitigt hat? All ihre zivilisierten Skrupel? Dass es sie zu Marionetten gemacht hat, die nur noch darauf aus sind, ihre eigenen Wünsche und Begierden zu befriedigen?«

Während sie sich von dem Mie Goreng bediente, das sie nicht bestellt hatte, nickte Juliet kurz. »Sie sind besessen«, sagte sie.

»Was, alle?«

»Alle. Liest du öfter in der Bibel, Castor?«

»Nicht wenn was Gutes im Fernsehen läuft.«

»Kommentare und Bibelkonkordanzen? Textauslegungen?«

»Bis heute niemals.«

»Weißt du, welche Position die Juden zu Christus einnehmen?«

Ich zuckte die Achseln und hatte wirklich nicht den Wunsch, mir irgendwelche weitschweifigen Analogien anzuhören. »Keine Ahnung«, sagte ich. »Wahrscheinlich meinen sie, dass er sich mit den falschen Leuten eingelassen hat.«

»Ich meine, als was betrachten sie ihn? Was für eine Art von Wesen ist er für sie?«

»Ich kapituliere. Erzähl's mir.«

»Sie glauben, dass er ein Prophet war. Wie Elias oder Moses. Nicht mehr und nicht weniger. Einer in einer langen Reihe. Jemand, der von Gott erleuchtet wurde und im Namen Gottes reden konnte, der aber nicht Gottes Sohn war.«

»Und?«

»Aber die Christen denken, dass Gottes Einwohnung in Christus sich von seiner Einwohnung bei den Propheten unterscheidet.«

Ich trank einen tiefen Schluck von meinem Whisky, um nicht den Stichwortgeber zu spielen. Wahrscheinlich würde Juliet zum Punkt kommen, ohne mir weitere Fragen zu stellen.

»Es ist im Himmel genauso wie in der Hölle«, fuhr sie fort. »Wenn Dämonen in menschliche Seelen eindringen, können sie das auf unterschiedliche Art und Weise.« Eine Pause entstand, in der sie aß, und zwar mit einem geradezu animalischen Eifer, als gäbe es in diesem Moment nichts Wichtigeres. Dann leckte sie sich ausgiebig die Mundwinkel mit einer langen, biegsamen, gespaltenen Zunge. Als ich dies das erste Mal sah, habe ich mir fast vor Angst in die Hose geschissen. Mittlerweile fragte ich mich, was sie außer persönlicher Körperpflege mit dieser Zunge sonst noch anstellen konnte.

Juliet hob eine elegante Hand und zählte an den Fingern auf. Ihre Fingernägel waren kupferrot lackiert, vielleicht bestanden sie aber auch anlässlich dieses Abends tatsächlich aus Kupfer. »Die erste und einfachste Methode ist die vollständige Inbesitznahme, bei der die menschliche Wirtsseele überwältigt und verschlungen wird und der Körper so lange zum Werkzeug des Dämons wird, wie er sich seiner bedienen will. Dass es auf diese Art und Weise geschieht, kommt viel häufiger vor, als du glaubst, aber es kann gewöhnlich nur mit Einwilligung geschehen.«

»Du meinst, dass Menschen darum *bitten*, dass ihre Seelen verschlungen werden?«

»Im Prinzip ja. Sie schließen eine Art Handel ab. Dabei akzeptieren sie die Bedingungen, und dazu gehört, dass sie ihre Seele verlieren. Offensichtlich verstehen sie nicht hundertprozentig, was das bedeutet. Ein ewiges Schmoren in der Hölle oder ewige Ferne von Gott oder was immer zurzeit in orthodoxen Glaubenskreisen als Verdammnis betrachtet wird. Für uns hingegen hat es nur eine Bedeutung: Die Betreffenden sind zum Abschuss freigegeben. Wir können sie verspeisen.«

Ich habe zwar einen starken Magen, aber allmählich drohte mir der Appetit zu vergehen. Juliet fand für meinen Geschmack an diesem Thema viel zu viel Gefallen.

»Wer bestimmt die Regeln?«, wollte ich wissen. »Deine

Formulierung ›zum Abschuss freigegeben‹ impliziert, dass es jemanden geben muss, der die Jagdlizenzen verteilt. Ist das …?«

»Es gibt einige Dinge, die ich dir nicht verraten darf«, unterbrach sie mich und fuhr mit der Hand durch die Luft, als wollte sie die Kamera eines Paparazzo verscheuchen. »Dies ist eines davon. Aber wenn du ›Ist das Gott?‹ sagen wolltest, dann lautet die Antwort nein. Es ist … vertrackter.«

»Vertrackter?«

»Komplizierter. Dinge entwickeln sich auf eine bestimmte Art und Weise, und die jeweiligen Begleitumstände bestimmen die Verhaltensregeln. Aber auf jeden Fall kann dies eine Form der Inbesitznahme sein – die extremste Form. Der Dämon verschlingt den menschlichen Wirt und schlüpft in seine Hülle.«

»Okay«, sagte ich. »Rede weiter.«

»Möglichkeit Nummer zwei ist ein Hausarrest. Es ist möglich, dass ein Dämon eine Seele überwältigen und gefangen halten kann. Auch das würde ihm gestatten, den Körper zu benutzen, als ob es sein eigener sei, aber die menschliche Seele steckte noch immer drin, wäre Zeuge ihrer Aktionen und wäre auch an ihnen beteiligt, jedoch eher als Passagier anstatt als Lenker.«

»Verdammt.« Ich ließ meine beladenen Essstäbchen in mein Pad Thai zurückfallen. Das war es, was Asmodeus mit Rafi machte. Er hatte den Bus entführt und zwang ihn zuzusehen, während er damit eine Vergnügungsfahrt veranstaltete, die mittlerweile schon zwei Jahre dauerte.

»Die erste und die zweite Möglichkeit haben sehr viel gemeinsam«, sagte Juliet und ignorierte mein Unbehagen. »Bei beiden dringt der Dämon im wahrsten Sinne des Wortes in den menschlichen Wirt ein. Aber es gibt auch noch andere Möglichkeiten, wie Mensch und Dämon miteinander verbunden werden können. Andere Grade und Abstufungen, könnte man sagen. Im gegenteiligen Extremfall kann ein Dämon einen Mann oder eine Frau mit einem winzigen Teil seiner eigenen Essenz beschenken.«

»Beschenken?«

»Infizieren, wenn dir dieser Ausdruck lieber ist. Sie ihm übermitteln. Oder aufzwingen. Streite mit mir nicht über Begriffe, Castor. Du kannst nicht von mir erwarten, in dieser Angelegenheit die gleiche moralische Auffassung zu vertreten wie du.«

»Ich denke nicht«, gab ich zu. »Und trotzdem bist du hier.«

Juliet hob die Augenbrauen. »Es ist ein Job.«

»Richtig. Als wäre die Beulenpest eine Frau, die als Stationsschwester in einem Krankenhaus arbeitet.«

Sie fand den Vergleich tatsächlich spaßig und lachte. »Ja. Genauso. Wie dem auch sei, das Interessante an diesem Spenden ist, dass wir es tun können, sooft wir wollen. Es mindert uns ein wenig, daher gibt es eine gewisse Grenze. Ein starker Dämon kann zweihundert Leute auf einmal beschenken, wäre jedoch nachher erheblich geschwächt. Um seine alte Stärke zu erlangen, müsste er sich irgendwann alles wieder zurückholen.«

»Aber bis dahin …«

»Bis dahin wäre es so, als hätte jede dieser Personen einen eigenen Dämon in sich – der sie nicht kontrolliert, sondern bewirkt, dass sie alles aus einer teuflischeren Perspektive betrachtet. Und auch hier gilt, je stärker der Dämon, desto stärker sein Einfluss. Man erfährt es durch eine leichte Veränderung der Perspektive – indem man sich plötzlich bewusst wird, dass man, wenn man von einem Verkehrspolizisten zu einer Kontrolle herausgewunken wird, nur einen kleinen Schlenker zu machen und ihn mit dem Kotflügel zu erwischen brauchte und ihm zu einem völlig anderen Problem verhelfen könnte. Oder dass, wenn die neue Freundin nicht schon beim ersten Date bereit ist, sich küssen zu lassen, sie unter Drogen zu setzen und zu vergewaltigen eine Option wäre.«

»Kann ich Ihnen noch etwas bringen?« Der Kellner war wieder erschienen, dienstbeflissen wie eh und je, wie ein Hund, für den Sie einen Stock werfen müssen, um ihn davon abzuhalten, sich lüstern an Ihrem Bein zu reiben. Ich bat ihn, mir einen zweiten Whisky zu bringen, aber Juliet wollte nichts.

»Okay«, sagte ich, als er sich zurückgezogen hatte, »du hast deine Theorie geäußert und begründet. Saint Michael's wurde von einem Dämon aufgesucht, und kleine Stücke des Dämons regneten auf alle Leute herab, die dort zu diesem Zeitpunkt versammelt waren. Aber der Dämon hat sie nicht vollständig besessen, sondern er ist noch dort, in der Kirche, in irgendeiner Form, was als Erklärung für die Kälte und den langsamen Herzschlag und all die anderen Erscheinungen dienen kann.«

»Das habe ich nicht gesagt«, wehrte Juliet ab.

»Ich habe nur die Punkte miteinander verbunden. Ist es nicht das, was du gemeint hast?«

Juliet kippte ihre Bloody Mary in einem Zug. »Es ist eine Möglichkeit«, sagte sie. »Aber ich habe nur ein Beispiel gegeben, keine Erklärung. Irgendetwas hat die Kirchengemeinde von Saint Michael's besessen, ja. Etwas, das stark genug war, um in jeden von ihnen ein Stück von sich einzupflanzen. Es könnte ein Dämon sein, muss aber nicht. Menschliche Geister können ebenfalls lebendige Dinge besetzen – du bist den Werwesen bereits begegnet.«

Ich nickte widerstrebend, aber ich war mit dieser Erklärung nicht glücklich. »Ja«, gab ich zu, »das bin ich. Aber eines weiß ich über *loup-garous*, nämlich dass sie einen ganz bestimmten

Grund haben, weshalb sie sich immer ein Tier als Wirt suchen. Menschliche Geister bieten zu viel Widerstand – viel zu viel. Man hört immer wieder Geschichten von dieser Art Besessenheit, aber mir ist noch nie so ein Fall begegnet, bei dem das nachweisbar geschehen ist.«

»Dann gehe ich damit vielleicht in die Geschichte ein.«

Juliets Tonfall störte mich irgendwie. »Ich dachte, wir wollten uns über die weitere Vorgehensweise unterhalten«, sagte ich. »Das sollte so eine Art Strategiediskussion sein, dabei sieht es für mich so aus, als hättest du längst einen eigenen Plan entwickelt.«

»Ich werde reingehen«, sagte sie.

Ein Whisky stand plötzlich neben meinem Ellbogen. Ich nahm ihn, ohne hinzuschauen. Der Anblick der eifrigen Hundeaugen des Kellners hätte meinen Geist noch mehr durcheinandergebracht.

»Wo genau willst du reingehen?«, fragte ich, obgleich ich schon eine recht genaue Vorstellung hatte.

»Ich werde die Saint Michael's Church behandeln wie ein lebendiges Wesen«, sagte Juliet, »und versuchen, sie zu besetzen. Falls dort irgendetwas eingedrungen ist, ganz gleich, ob es ein Geist im Sinne von Gespenst oder ein Dämon ist, sollte es durch mein Erscheinen vertrieben werden.«

»Das könntest du tun?«

»Ja. Das entspricht zwar nicht meiner üblichen Arbeitsweise, aber ich wurde in der Hölle geboren und großgezogen, Castor. Natürlich kann ich das tun.«

Ganz und gar nicht glücklich ließ ich mir ihr Vorhaben durch den Kopf gehen. Irgendetwas daran weckte in mir eine dunkle Vorahnung, aber ich brauchte ein oder zwei Sekunden, um zu erkennen, was es war. Dann sah ich die Schwachstelle.

»Du meintest, nur ein ziemlich starker Akteur sei zu so etwas fähig«, erinnerte ich sie. »Du weißt schon, so viele Leute zur gleichen Zeit zu besetzen. Egal ob es ein Dämon oder ein Geist oder was zum Teufel ist, was tust du, wenn dieses Etwas stärker ist als du? Ich meine, angenommen du verfällst in deine Trance oder was auch immer und du schickst deine Seele hinaus in die Kirche … Haben Dämonen eigentlich Seelen?«

»Nein. Dämonen *sind* Seelen. Wenn es stärker ist als ich, wird es mich aussperren. Wenn ich einzudringen versuche, lässt die Kirche mich nicht rein. Dann ist sie solide und dicht anstatt porös. Auf jeden Fall gibt es für mich kein nennenswertes Risiko. Entweder habe ich Erfolg oder nicht. Und wenn ich Erfolg habe, hilft mir das vielleicht bei diesem Essproblem, über das wir gesprochen haben.«

»Könntest du dich von diesem Ding ernähren?«

»Ich könnte es absorbieren. Das wäre nicht das Gleiche wie essen, denn das tue ich, wenn ich ficke. Es wäre eher so etwas wie Nahrungsaufnahme über einen intravenösen Tropf.«

»Was besser ist, als zu verhungern«, meinte ich ohne große Begeisterung. Ich versuchte, mich beim Kellner bemerkbar zu machen, hatte keinen Erfolg und erzielte stattdessen beim Oberkellner eine Reaktion. »Aber das Problem bleibt das gleiche. Wenn du dich mit diesem Ding anlegst und es ist größer und stärker als du, dann bist du es vielleicht, die auf der Speisekarte endet.«

»Ja«, räumte Juliet ein. »Vielleicht. Macht dir das Sorgen, Castor?«

Ich wählte meine Worte mit Bedacht.

»Es ist ein Job«, rief ich ihr in Erinnerung. »Du wolltest mich am Honorar beteiligen. Wenn du von der Kirche gefressen wirst, fehlt mir am Ende etwas in der Kasse.«

Sie musterte mich mit einem geradezu schalkhaften Ausdruck. »Meinst du, es wäre ein Verlust?«, fragte sie. »Wenn ich aufgefressen werde? Oder möchtest du dich für diesen Job freiwillig melden?«

Ich stützte mein Kinn auf die Faust und tat so, als würde ich nachdenken. »Ich habe ein Gelübde abgelegt«, sagte ich schließlich. »Keine andere Frau kommt mir je über die Lippen.«

»Ein Mann mit Prinzipien. Das hasse ich. Es ist schlecht fürs Geschäft.«

»Wann wolltest du dein Glück versuchen?«, fragte ich und machte dem Wortgeplänkel ein Ende. Es verursachte mir Unbehagen, weil die physische Begierde, die Juliet weckte, sehr real und sehr akut war. Und weil ich genau wusste, wohin die Begierde bei jemandem wie ihr führte. Diese Tatsache ließ Scherze über oralen Sex ein wenig hohl erscheinen.

»Morgen«, sagte sie. »Fünf Minuten vor Mitternacht.«

»Warum so genau? Was geschieht dann?«

»Mondaufgang – außer dass morgen kein Mond am Himmel steht. Es ist der günstigste Zeitpunkt.«

»Ich möchte morgen dabei sein. Als Verstärkung, falls etwas schiefgeht.«

Juliet war sichtlich verblüfft. »Was könntest du tun, um zu helfen, falls etwas schiefgeht?«

»Vielleicht nichts«, sagte ich. »Aber diese Party im Einkaufszentrum hat mir einen vagen Eindruck von diesem Ding verschafft. Vielleicht könnte ich es in deinem Sinn beeinflussen.« Ich zog die Tin Whistle halb aus der Manteltasche und ließ sie wieder zurückrutschen.

Juliets Augen verengten sich ein wenig, was ich durchaus verstehen konnte. Die Flöte zu zeigen, war in etwa das Gleiche, wie Superman ein Kryptonit-Sandwich anzubieten. Aber ihr Tonfall blieb völlig cool, wenn nicht sogar ein wenig gelangweilt. »Du weißt, wo ich bin«, sagte sie. »Und wann. Wenn du hinkommen und es dir ansehen willst, bist du herzlich eingeladen. Aber lass die Flöte zu Hause. Oder wenn du sie mitbringst, lass sie in der Tasche stecken. Du bist bei Weitem nicht so treffsicher, wie du glaubst.«

Es war schwierig für mich, dem zu widersprechen, während mir Rafi durch den Kopf ging. Das war ganz sicher eine Demonstration, wie gefährlich sogenannter Eigenbeschuss sein konnte. Ich wusste, dass ich jetzt besser war als damals, aber ich konnte auch begreifen, weshalb Juliet von meiner Idee nicht angetan war.

Ich stand auf und legte die Zeche auf den Tisch.

»Das geht auf meine Rechnung«, sagte ich. »Ich habe ein wenig Geld gekriegt.«

»Mackie«, zitierte Juliet, »welches war dein Preis?«

»Lustig. Ich hab doch immer gewusst, dass in der Hölle Bobby Darin gespielt wird.«

»Kurt Weill«, korrigierte Juliet.

»Sag bloß«, sagte ich mit todernster Miene.

Der Kellner war sichtlich getroffen, als er uns gehen sah. Falls Juliet jemals ihre Essgewohnheiten aufgeben sollte, würde sie hier immer bestens bedient werden.

Wir verabschiedeten uns auf der Straße voneinander, ohne viele Worte zu wechseln, und Juliet entfernte sich mit ihrem üblichen raumgreifenden Schritt, ohne sich noch einmal umzudrehen. Der Anblick der Flöte hatte ihr offenbar die Laune verdorben. Wahrscheinlich weil er sie daran erinnerte, dass ich am ehesten dem entsprach, was die menschliche Rasse als Antikörper gegen Vertreter ihrer Art aufbieten konnte. Ich sollte bei nächster Gelegenheit daran denken und ein wenig taktvoller sein.

Ich war total kaputt, aber Nicky hatte gemeint, er habe wichtige Neuigkeiten für mich, und ich hatte eingewilligt, mich mit ihm im Ice-Maker-Etablissement südlich des Flusses zu treffen. Das war eine ziemlich weite Strecke, aber wenigstens wären jetzt die Straßen frei. Ich dachte daran, Mattys Wagen dort stehen zu lassen, wo er gerade stand, und die U-Bahn zu nehmen – da ich mich nicht mehr damit entschuldigen konnte, bei mir läge ein Notfall vor –, aber das hieße, irgendwie hierher zurückzukehren, wahrscheinlich erst nach Mitternacht, und dann den weiten Weg nach Osten zu fahren. Und das war keine besonders verlockende Aussicht.

Also fuhr ich nach Süden durch die Wood Lane und wollte dann durch Hammersmith und Fulham und den Fluss in Battersea überqueren. Aber in meiner derzeitigen Stimmung und über die verschiedenen Dinge nachgrübelnd, die ich gar nicht oder nur unvollständig erledigt hatte, dauerte es nicht lange, bis sich in meinem Kopf der große, verschlungene Kreis schloss und ich zu den Torringtons und zu Dennis Peace zurückkehrte. Ich hatte ihn auf der *Collective* fast erwischt, dachte ich verärgert – aber das war nur eine beschönigende Beschreibung dessen, was wirklich passiert war. Es wäre ehrlicher gewesen zu sagen, dass er beinahe mich erwischt hatte. Ich konnte ganz sicher von Glück reden, dass ich seinem Kamikaze-Angriff aus der Luft um Haaresbreite entgangen war. Und dann waren Itchy und Scratchy aufgetaucht, und das Ganze hatte sich zu einem völlig anderen Spiel entwickelt – und plötzlich sollte es Peace an den Kragen gehen, zumindest schien es so. Warum? Was hatte er, das diese abtrünnigen Religionsfanatiker so dringend haben wollten, dass sie Werwölfe anheuerten, um es zu suchen und ihm abzunehmen? Das Einzige, von dem ich wusste, dass er es mit Sicherheit hatte, war Abbies Geist. Und das war ganz gewiss nicht das Gesuchte.

Nein, ich tappte immer noch völlig im Dunkeln, sosehr es mich schmerzte, das einzugestehen. Okay, ich hatte Rosie Crucis als Ass in der Hinterhand, aber angesichts ihrer legendären Verdrehtheit und der wenig reizvollen Aussicht, dass ich mich an Jenna-Jane Mulbridge wenden musste, um an sie heranzukommen, war vielleicht in diesem Moment der richtige Zeitpunkt gekommen, um zu Plan A zurückzukehren – nämlich mit Abbies Geist direkt Kontakt aufzunehmen. Ich hatte immer noch den Kopf der Puppe und eine lebhafte Erinnerung an die Melodie, zu der er mich inspiriert hatte.

Zur Hölle, einen Versuch war es wert. Ich lenkte den Wagen auf einen breiten Streifen frischen Asphalts auf den steilen, abgeschrägten Ausläufern der Hammersmith-Überführung und stieg aus. Es war nicht so, dass der Empfang außerhalb des Wagens besser gewesen wäre. Ich hatte nur das Gefühl, dass ich den direkten Kontakt mit der kühlen Nachtluft brauchte.

Ich schlenderte über die Straße zu einer Leitplanke, von der aus man einen ungehinderten Blick auf die nach Westen führende Fahrbahn hatte, und lehnte mich dagegen, um für einen Moment das Panorama zu betrachten, während ich mich in Stimmung brachte. Der Tag war ziemlich verrückt gewesen, und der Abend war sogar noch verrückter. Eigentlich hätte ich in diesem Moment innige Zwiesprache mit einer halbleeren Whiskyflasche halten sollen, aber hier war ich, hatte noch »weit zu wandern bis zum Ruh'n und hatte noch mein Teil zu tun«, wie es so schön in Robert Frosts berühmtem Wintergedicht hieß. Der dumpfe Schmerz in meinem Kopf und meinem Nacken war ebenfalls zurückgekehrt, und hinter meinen Augen spürte ich ein heißes Jucken. Ich hatte irgendetwas in den Knochen, und ich wünschte, ich hätte gewusst, was es war.

Der schwache Geruch von Holzrauch lag in der Luft, als hätte jemand in einem der Gärten in der Nähe ein Feuer angezündet – eigentlich seltsam, so etwas im Mai zu tun, doch für einen kurzen Moment vermittelte es mir das Gefühl, in der Zeit vorauszueilen. So als wäre ich erst fünf Minuten dort gewesen und der Herbst wäre bereits angebrochen.

Ich angelte den Puppenkopf aus meiner Manteltasche. Behutsam fuhr ich mit dem kleinen Finger an der Kinnlinie entlang und spürte den rauen Widerstand, wo der Lack erste Risse aufwies. Wenn man bedachte, was für einen Tag ich hinter mir hatte, war es ein Wunder, dass der Kopf immer noch in einem Stück war. Sobald ich ihn berührte, brandete Abbies Traurigkeit auf, strömte über meine Hand und wanderte mit Hilfe einer Art psychischen Kapillartransports an meinem Arm aufwärts, bis sie meinen Kopf ausfüllte. Das war wirklich alles, was ich brauchte. Nur eine Auffrischung, so dass ich genau wusste, was ich eigentlich wollte.

Ich verstaute den Puppenkopf wieder und holte die Flöte heraus. Die kontrapunktischen Linien weißer Frontscheinwerfer und roter Rücklichter lenkten mich ein wenig ab, daher schloss ich die Augen, ertastete die Grifflöcher und ließ den ersten Ton in die Nacht flattern.

Lange Zeit war da nichts. Nur die langsame, traurige Sequenz endlos absteigender Töne wie eine Treppe in einem Gemälde von M.C. Escher, die niemals dort endet, wohin sie führt.

Dann antwortete Abbie mir. Wie bei den zwei vorangegangenen Gelegenheiten spürte ich ihre ferne Präsenz am Rand meines Wahrnehmungsfeldes – ein Tropismus, ein blindes Hinwenden zur Musik, die sie selbst war. Vielleicht weil meine

Augen geschlossen waren, spürte ich es diesmal viel stärker, oder vielleicht haben Geister gezeitengleiche Rhythmen, die genauso auf sie einwirken wie der Mond auf das Meer. Sie war dort, weit entfernt, in der Dunkelheit, aber von mir durch nichts anderes als diese Entfernung getrennt. Es war, als könnte ich die Hand ausstrecken, die Stadt nach rechts und links wie einen Vorhang beiseiteschieben und sie zu mir heranziehen.

Als es zur Trennung kam, erfolgte sie abrupt. Aber diesmal war ich bereit, und von einem Instinkt geleitet, den ich nicht hätte erklären können, steigerte ich die Musik zu einem Crescendo, sobald der Kontakt abbrach. Ich kann nicht sagen, ob das irgendeinen Unterschied machte, aber es fühlte sich an, als schleuderte man einen Speer, nachdem der Fisch sich selbst vom Haken befreit hatte. Die Vorstellung von einer Richtung, die ich bereits hatte, verdichtete sich zu etwas beinahe schmerzhaft Konkretem. Abbie und ich, Jäger und Gejagte, an beiden Enden aufgespießt vom selben Klangsplitter.

Für lange Zeit, nachdem ich mein Spiel beendet hatte, hielt ich die Augen fest geschlossen und lauschte den Echos in meinem Geist. Sie waren immer noch deutlich wahrzunehmen. Diesmal war ich sehr nahe herangekommen, und ich hatte keinen Zweifel, dass Abbie mich nicht nur gehört, sondern auch gesehen hatte. Durch die Nacht, über die Stadt hinweg, hatten wir einander in die Augen geblickt.

»Ich komme zu dir«, murmelte ich. »Hab keine Angst. Ganz gleich, was du durchgemacht hast, kleines Mädchen, es ist fast vorbei. Ich suche und finde dich.«

»Wie reizend«, sagte die Stimme eines Mannes dicht neben mir. »Darf ich Sie zitieren?« Mein Kopf fuhr so heftig herum, dass er mir fast von den Schultern geflogen wäre – zumindest fühlte es sich so an. Der Schmerz schien stärker geworden zu sein und sich ausgebreitet zu haben.

Der Mann, der sich neben mir über die Leitplanke lehnte, hatte ein schmales Raubvogelgesicht, schwarzes Haar, so glatt wie ein Otterfell, und den säuerlichen, indignierten Gesichtsausdruck eines Richters für Kapitalverbrechen, der sich als Ermittlungsrichter an einem Samstagabend mit betrunkenen Hooligans befassen muss. Er hatte jene Art von Figur, die gern als drahtig bezeichnet wird – hager, aber so stramm wie ein Stock, der zu irgendeinem gefährlichen Zweck zugespitzt worden war, nicht wie etwas, dessen welkes Aussehen auf mangelhafte Ernährung zurückzuführen war. Sein weißer Regenmantel war makellos, und er bildete einen scharfen Kontrast zu dem schwarzen Anzug darunter, dass ich unwillkürlich an ein Priestergewand denken musste. Ja, das war er, kein Richter – ein Priester, der nach einer lückenhaften Beichte die Absolution verweigert. Deine Sünden wurden aufgeschrieben und als Beweis gegen dich verwendet.

»Felix Castor«, sagte er. Seine Stimme klang sanft und kultiviert und derart emotionslos, dass sie mich für einen Moment an die programmierte Stimme von Stephen Hawkings Vocoder erinnerte.

»Hey, ich auch«, antwortete ich und streckte ihm die Hand entgegen. »Das nenne ich wirklich einen Zufall.«

Er betrachtete für einen Moment meine Hand, dann schaute er demonstrativ weg. Schade. Ein Hautkontakt hätte mir vielleicht eine Menge verraten, und so etwas wie ein Spickzettel hätte mir in diesem Moment ganz gut weitergeholfen.

»Stets einen guten Witz auf den Lippen«, stellte er fest. »Nun ja, warum auch nicht? Lachen bereichert das Leben. Nein, Sie können mich Gwillam nennen, wenn Sie mich überhaupt irgendwie anreden wollen. Und mein Humor erstreckt sich vorwiegend auf Dinge, die Sie zum Weinen bringen würden.«

Bei dem blutlosen Gesicht und der ausdruckslosen Stimme war schwer zu glauben, dass er überhaupt Sinn für Humor hatte, aber ich spielte mit und nickte, als verstünde und akzeptierte ich es. Und auf gewisse Art und Weise akzeptierte ich es wirklich. Wenn einem jemand erzählte, wie taff er war, dann, so hat mich die Erfahrung gelehrt, spielte er einem etwas vor und hatte in Wirklichkeit die Persönlichkeit eines Puddings und wollte verhindern, dass man ihn auf Anhieb durchschaute. Zumindest hatte ich jetzt etwas, worauf ich aufbauen konnte.

»Dann erzählen *Sie* mir doch mal einen Witz«, schlug ich vor.

»Vielleicht.« Sein Blick sprang über meine Schulter, und ich wusste, ohne mich umdrehen zu müssen, dass er nicht allein gekommen war. Eine Sekunde später wurde diese Vermutung durch das Scharren einer Schuhsohle auf Kies ein paar Schritte hinter mir bestätigt. »Ich habe in den letzten beiden Tagen eine Menge über Sie in Erfahrung gebracht«, stellte Gwillam beinahe geistesabwesend fest. Er schaute wieder über den Verkehrsstrom hinweg und kniff die Augen zusammen, als ihm der rauchige Wind ins Gesicht wehte. »Sie haben sich so etwas wie einen Namen gemacht, und nach dem, was ich so höre, lautet dieser Name *nicht* ›Trottel‹. Daher frage ich mich, warum genau Sie das alles tun.«

Seine Worte weckten die Erinnerung an eine frühere Unterhaltung, und ich hatte plötzlich eine Ahnung, wen ich zu Gesicht bekäme, wenn ich mich umdrehte und hinter mich schaute.

»Warum ich was genau tue?«, fragte ich und spielte den Ahnungslosen.

Gwillam runzelte die Stirn und atmete schnaubend aus, aber sein Tonfall veränderte sich keinen Deut. »Ich bin auch kein Trottel, Castor. Es hebt meine Laune kein bisschen, wenn Sie versuchen, mich trotzdem für dumm zu verkaufen.«

»Okay«, sagte ich. »Das werde ich mir merken.« Ich hatte selbst in meinen besten Zeiten noch nie die Geduld zum Angeln aufgebracht. Ich würde niemals stundenlang vor einem Eisloch sitzen, wenn ich stattdessen einfach eine Handgranate hineinwerfen und kurzen Prozess machen könnte. »Sie wollen wissen, was ich drüben in der Kirche zu suchen habe und wessen Herz dort schlägt. Sie fragen sich, was dieser Herzschlag mit all dem Scheiß zu tun hat, der zurzeit in West-London abgeht, inklusive dem heutigen Aufruhr. Vielleicht möchten Sie auch wissen, wer Juliet Salazar ist und was sie mit all dem zu schaffen hat. So weit richtig?«

Gwillam bedachte mich mit jener Art von gequältem, verwundertem Blick, mit dem man einen greisen Angehörigen betrachtete, der soeben versucht hatte, sich die Unterhose über den Kopf zu ziehen.

»Ich rede von dem Mädchen«, sagte er sehr ruhig. »Von dem Mädchen, dem Sie soeben ihr inniges Versprechen gegeben haben. Es sei denn, es war ein anderes Mädchen. Vielleicht ist das eines Ihrer Hobbys.«

Nur für einen kurzen Moment hatte ich das Gefühl, als würden sich die Ereignisse beschleunigen und sich in eine Richtung von mir wegbewegen, für die ich nicht gewappnet war – als sei ich im Begriff, aufs Gesicht zu fallen und den letzten Rest meiner Würde zu verlieren. Ich fühlte mich jetzt wirklich nicht allzu gut. In meinem Kopf drehte sich alles, und ich hatte in meiner Nase einen Geruch, der entfernt an verfaultes Fleisch erinnerte.

»Das Mädchen?«, wiederholte ich.

Gwillam wirkte ein wenig verärgert, als ginge seine Geduld allmählich zu Neige. Verglichen mit der roboterhaften Ruhe, die er bis jetzt an den Tag gelegt hatte, eine fast sympathische Gefühlsäußerung. »Abigail Torrington«, sagte er. »Oder Abigail Jeffers. Was immer Sie vorziehen.«

»Oh, *dieses* Mädchen.« Ich tat so, als begriffe ich erst jetzt, was er meinte, dabei kam ich mir vor, als würde ich mit bleigefüllten Schuhen wassertreten. Ich merkte mir den anderen Namen, um später darauf zurückzukommen. Das war schon mal etwas. »Aber das ist nur ein Vermisstenfall. Es sei denn, Sie haben noch einen anderen Grund, Dennis Peace zu suchen, hm? Geht es darum? Ist Abbie nur ein Mittel zum Zweck?«

Gwillam musterte mich streng, zwei schnurgerade Linien mitten auf seiner Stirn. »Peace ist völlig unbedeutend«, sagte er. »Offenbar wissen wir beide zu würdigen, was er tat, aber angesichts seiner Motive können wir nicht darauf vertrauen, dass er auf diese Weise weitermacht. Nein, wir müssen Abigail finden. Und wir müssen sie finden, ehe jemand anderes es tut. Eine andere Möglichkeit dürfen wir nicht mal in Erwägung ziehen. Nach allem, was Sie seit Samstag gesehen und erlebt haben, dürfte Ihnen klar sein, was auf dem Spiel steht.«

Ich spielte seine Worte in meinem Bewusstsein mit verschiedenen Geschwindigkeiten ab, jedoch nur mit allenfalls mäßigem Erfolg. »Es ist seltsam«, sagte ich und kapitulierte. »Alle Worte, die Sie aussprechen, ergeben einen klaren Sinn, aber wenn man sie zusammenfügt, dann kommt nur Scheiße heraus. Warum sollte Abbie für jemand anderen außer ihren Eltern wichtig sein? Oder ist es mit ihr wie mit dem Spatz, den Gott nicht vom Baum fallen lässt? Haltet ihr Typen nach jeder verlorenen Seele Ausschau, die gerade die Straße runterkommt? Ich meine, das ist sehr inspirierend, aber auch ein wenig schwer zu …«

Ich verstummte, weil sich eine schwere Hand auf meine Schulter legte und ich um etwa neunzig Grand nach links gedreht wurde. Dann starrte ich in ein feindseliges Gesicht, das von einem massiven Wall Augenbrauen beherrscht wurde.

»Zeige gefälligst Respekt«, verlangte der *loup-garou* streng und fletschte die Zähne.

»Po.« Gwillams Tonfall war milde, aber sehr wirkungsvoll. Der große *loup-garou* ließ meine Schulter los und trat zurück, fast wie ein Soldat, der zum Strammstehen aufgefordert wurde. Dann konnte ich Zucker drüben beim Civic stehen sehen, als glaubten sie, dass ich die Flucht ergreifen würde, und als würden sie sich für diesen Fall bereithalten. Ihr eigener Wagen – ein anderes Geländefahrzeug, sogar noch größer als der Jeep – stand etwa einhundert Meter weiter unten. Sie hatten den restlichen Weg zu Fuß zurückgelegt, während ich durch mein Flötenspiel abgelenkt gewesen war.

Gwillam sah nicht sehr besorgt aus, weder um mein Wohlergehen noch wegen der Möglichkeit, dass ich mich aus dem Staub machte. Ich vermutete, ihm war wichtiger loszuwerden, was er zu sagen hatte, als Zeuge zu sein, wie mir die Kehle zerfetzt wurde.

Er nickte dem *loup-garou* neben mir zu und lobte mit dieser Geste seinen bedingungslosen Gehorsam, dann wandte er sich wieder zu mir um.

»Pythagoras soll eine kluge Bemerkung über Hebel gemacht haben«, murmelte er. »Über Hebel und darüber, dass man damit die Welt aus den Angeln heben kann. Ich war davon nie richtig überzeugt – das Ganze klingt für mich zu nachaufklärerisch. Aber ich bin sicher, Sie wissen, was ich meine.« Er musterte mich für einen Moment gespannt. Da ich nicht in der Stimmung war, für ihn den Stichwortgeber zu spielen, erwiderte ich stumm seinen Blick. »Nun«, fuhr Gwillam fort, »genau das ist dieses kleine tote Mädchen. Ein Hebel, der groß genug ist, um diese Welt zu bewegen. Eine beunruhigende Vorstellung, für mich zumindest. Weil die Welt ruhig dort bleiben kann, wo sie ist, wenn Sie mich fragen.«

Das alles war für mich etwa genauso klar wie Themsewasser. Zeit für die nächste Granate, dachte ich.

»Sprechen Sie nur für sich selbst?«, fragte ich ihn. »Oder für die katholische Kirche als Ganzes? Was, nebenbei bemerkt, um einiges katholischer klingen müsste, als das, was ich bisher gehört habe, wenn man betrachtet, wer Ihre Brötchen bezahlt.«

Für einen Moment herrschte Stille, während Gwillam mich ziemlich perplex anstarrte. Dann nickte er, nicht in meine Richtung, sondern in Pos. Anschließend ließ mich eine Schmerzexplosion in meiner linken Körperhälfte in die Knie gehen und zusammenbrechen, wobei ich auch noch auf dem Weg nach unten gegen die Leitplanke prallte. Ein Nierenhaken, verabreicht mit wohldosierter Wucht, um grässliche Schmerzen zu erzeugen, jedoch einen Nierenriss zu vermeiden.

Es dauerte lange, ehe ich an meiner Umgebung wieder Anteil nehmen konnte – eine halbe Minute vielleicht, aber ich bin da nicht sehr zuverlässig. Angesichts der Tatsache, dass ich die meiste Zeit damit verbrachte, einzuatmen, ohne einen Muskel in meiner linken Körperhälfte zu bewegen, kam es mir um einiges länger vor.

»Sie wurden gewarnt«, sagte Gwillam mit hohler und ferner Stimme. »Aber nach dem zu urteilen, was Zucker und Po erzählt haben, hatte ich befürchtet, dass Sie die Warnung nicht ernst genug genommen haben.«

Ich bekam noch immer nicht genug Luft, um antworten zu können – was vielleicht ganz gut war, weil die Worte, die mir als Erstes durch den Sinn gingen, wie »Fick dich« geklungen hätten. Als ich dort kniete, zusammengekrümmt und gegen meine Schmerzen ankämpfend, wurde mir etwas Kaltes und Hartes gegen den Nacken gepresst.

»Wir meinen es ernst«, sagte Gwillam leise, aber mit präzisem, beinahe gestelztem Nachdruck. »Wir töten nicht so einfach, aber wir sind ermächtigt, es zu tun, wenn es sich als notwendig erweist. Sie zu töten erscheint mir in diesem Moment als das kleinere Übel.«

»Und trotzdem …«, ächzte ich und krümmte mich, als die mühsam geformten Worte Muskeln beanspruchten, die noch nicht bereit waren, ihre gewohnte Arbeit wieder aufzunehmen, »… komme ich nicht umhin … festzustellen … dass ich noch lebe.«

»Ja.«

Der Druck auf meinen Nacken verschwand, und einen Moment später war das unverwechselbare Geräusch eines Sicherungshebels zu hören, der zurückgeklappt wurde und ein leises Knacken von sich gab, als er in der »Ein«-Position einrastete. Der Hurensohn hatte die Waffe gespannt gehabt. Wenn ich im falschen Moment geniest hätte, wäre mir wahrscheinlich der Schädel weggeblasen worden. Ich schaute hoch, drehte dabei den Kopf so wenig wie möglich, und sah, wie Gwillam die Pistole ins Schulterholster zurückschob. Er fing meinen Blick auf und schüttelte den Kopf.

»Wir haben Sie in der Mall beobachtet«, sagte er. »Zu diesem Zeitpunkt war Sie zu töten Teil meines Tagwerks. Aber dann sah ich, wie Sie und die Frau – ist sie überhaupt eine Frau? – mit den Besessenen verfuhren und die Geiseln retteten. Ich gebe zu, dass ich das nicht erwartet hatte – und es verursachte mir ein wenig Unbehagen. Wissen Sie, wenn ich Zucker und Po auf Sie loslasse, möchte ich das lieber mit reinem Gewissen tun.«

»Letzte Nacht waren sie offensichtlich nicht angeleint«, keuchte ich.

»Zu diesem Zeitpunkt hatten sie den Befehl, Sie *nicht* zu töten. Sie zu jagen war ihnen nicht ausdrücklich verboten, Castor. Ich frage Sie noch einmal, und das wahrscheinlich ein letztes Mal, auf wessen Seite stehen Sie?«

Wenn ich mich mit dieser Frage hätte ausgiebiger auseinandersetzen können, wäre mir wahrscheinlich eine schlauere, doppeldeutigere Antwort eingefallen. So jedoch zögerte ich keine Sekunde.

»Auf Abbie Torringtons Seite.«

Gwillam gab einen Laut, halb Schnauben, halb Kichern, von sich. »Das ist tatsächlich möglich«, sagte er. »Wenn ja, dann entsprechen die Geschichten, die man über Sie erzählt, nämlich dass Sie kein Trottel seien, vielleicht der Wahrheit. Obgleich es eher wahrscheinlich ist, dass jemand Sie nach seiner Pfeife tanzen lässt, so wie Sie es mit dieser Flöte praktizieren.«

Er schwieg so lange, dass ich schon glaubte, er sei fertig.

»Wenn ich aufstehe«, fragte ich und riskierte einen sehr langsamen und sehr vorsichtigen Blick über meine Schulter, »wird mich dieses Arschloch dann wieder auf die Bretter schicken?«

Gwillam fuhr fort, als hätte ich gar nicht gesprochen. »Sie waren uns auf der *Collective* voraus«, sagte er. »Das war … beeindruckend. Haben Sie noch irgendwelche anderen Spuren oder Hinweise, wo Peace das Mädchen versteckt haben könnte?«

Nun, ich hatte so etwas wie eine halbe Spur, und die wollte ich für mich behalten. Ich legte eine Hand auf die Leitplanke und begann, mich auf die Füße hochzuziehen. Dabei biss ich vor Anstrengung die Zähne zusammen, so dass ich Gwillams Frage natürlich nicht beantworten konnte.

Er seufzte abermals und klang wie jemand, der das Gewicht der ganzen Welt auf seinen Schultern trug.

»Wenn ich Sie auffordere, in den Rückwärtsgang zu schalten und sich aus der Sache zurückzuziehen – sagen wir, bis nach China –, besteht die Chance, dass Sie es tun?«

Wahrscheinlich ist es eine Sünde, einen Priester anzulügen, und ich hatte schon genug Sünden auf mein Gewissen geladen, sodass ich keine neuen brauchte. Daher schüttelte ich einmal den Kopf. Mehr als einmal wäre übertrieben gewesen, da ich gerade erst dabei war, mich wieder in die Vertikale zu bringen.

»Das hatte ich mir gedacht«, sagte Gwillam traurig. »Aber ich bitte Sie trotzdem. Ich tue es in Anerkennung dessen, was Sie heute getan haben. Nennen Sie es eine kollegiale Geste. Sie ist die letzte, die Sie erwarten können. Gute Nacht, Castor – und leben Sie wohl.«

Er machte über meinem Kopf ein Kreuzzeichen – nicht drohend oder ironisch, sondern todernst. Dann gab er den beiden Werwölfen ein Zeichen, und sie fielen rechts und links neben ihm in Gleichschritt, um mit ihm zum Wagen zurückzugehen.

Als sie losfuhren, war Zucker im Eifer des Gefechts ein wenig unachtsam – vielleicht geschah es aber auch mit Absicht – und schrammte an der Beifahrerseite von Matts Civic entlang, so dass dieser einen Schmerzlaut von sich gab, der wie der Schrei eines kastrierten Elefanten klang. Dann fädelte er sich in den nach Osten fließenden Verkehr ein, und schon nach wenigen Sekunden waren ihre Rücklichter im Strom der anderen Fahrzeuge untergegangen.

✪

Imelda Probert, besser bekannt unter ihrem Szenenamen Ice-Maker, wohnte in einer kleinen, verwahrlosten Wohnung im dritten Stock einer Mietskaserne in Peckham, deren Mauerwerk im Zuge eines fehlgeschlagenen Experiments, die Tarnkappen-Technologie auch zivil nutzbar zu machen, schwarz gestrichen worden war. Die Tür zur Straße war mit Brettern verrammelt, daher musste man um das Haus herum und durch einen Hinterhof gehen, der aussah wie ein städtischer Elefantenfriedhof und mit verrosteten, radlosen Kadavern ausrangierter Automobile übersät war. Das Ganze erschien ziemlich rätselhaft, wenn man bedachte, wie viel Bargeld Madame Ice-Maker Woche für Woche zusammenraffte. Schließlich bot sie einen ganz speziellen und gefragten Service an. Aber andererseits, vermutete ich, brauchte sie sich nicht um Laufkundschaft zu bemühen. Die Leute, die sie brauchten, fanden auch ohne besonderen Hinweis zu ihr.

Ehe ich hineinging, überprüfte ich ein zusätzliches Hilfsmittel, das ich unterwegs besorgt hatte. Es war ein Myrtenzweig, den ich mir auf einem Friedhof ausgeliehen hatte. Myrte für Mai. Wenn ich auf Draht gewesen wäre, hätte ich mir schon längst einen besorgt und hätte nicht nach Mitternacht über Friedhofsmauern klettern müssen. Ich hauchte einen Segensspruch darauf und kam mir wie immer, wenn ich mit Dingen herumhantiere, die Laien Magie nennen würden, wie ein Betrüger vor.

Im Treppenhaus stank es nach Pisse und schalem Bier – zwei Zustände in einer Verbindung, die gewöhnlich auf »Stockbesoffener, der mit dem Gesicht in seiner eigenen Kotze liegt« hinausliefen. Aber ich traf niemanden auf meinem Weg nach oben, und als ich im dritten Stock an die Tür klopfte – die einzige Tür, die nicht mit Sperrholzlatten bedeckt und zugenagelt war – wanderte das Pochen als vielfältiges Echo durch die verräterische Leere des Gebäudes.

Nach ein paar Sekunden wurde die Tür von einem mageren farbigen Mädchen von etwa sechzehn Jahren geöffnet, dessen Augen jedes für sich größer waren als das ganze Gesicht. Dass ich ein Mädchen vor mir hatte, erkannte ich lediglich an den Zöpfen. Das harte, ausgemergelte Gesicht entsprach der Einheitsnorm, und die schwarzen Jeans und das mangabedruckte T-Shirt waren geschlechtsneutral.

»Ja?«, fragte sie.

»Bin ein Freund von Nicky«, sagte ich.

Sie musterte mich stirnrunzelnd mit einem Ausdruck trotzigen Misstrauens. »Haben Sie 'nen Puls?«

Ich prüfte es. »Habe ich, aber er ist sehr langsam. Ist das ein Hindernis?«

Sie drehte den Kopf und schaute hinter sich in die Wohnung. »Mum«, rief sie. »Hier ist ein Lebendiger!«

»Polizei?«, antwortete eine viel tiefere Stimme von irgendwo. »Wenn er von der Polizei ist, Lisa, dann sag ihm, er soll sich ins Knie ficken, denn ich hab' schon bezahlt.«

Das Püppchen drehte sich wieder zu mir um. »Mum sagt, wenn Sie von der Polizei sind, sollen Sie ...«

»Ja«, unterbrach ich sie. »Ich hab's verstanden. Ich bin nicht von der Polizei. Ich heiße Castor. Wenn Nicky Heath da drin ist, bestell ihm, ich bin gekommen, um ihn abzuholen und nach Hause zu bringen.«

Lisa gab das über die Schulter weiter und behielt mich die ganze Zeit im Auge für den Fall, dass ich irgendetwas stehlen wollte. Das hätte höchstens die Tür oder eine der Wände sein können, denn es gab nichts anderes auf dem Treppenabsatz, noch nicht einmal Teppichboden, um die verbogenen Fußbodenbretter zuzudecken. »Er sagt, er sei Castor und wolle Nicky nach Hause fahren.«

»Oh, Castor.« In der Stimme lag gereizte Missbilligung, und ich wusste genau, weshalb. »Okay, bring ihn in ins Besuchszimmer, Lisa. Dort kann er warten, bis ich hier fertig bin.«

Indem sie mit den Augen rollte, um zu signalisieren, was sie von diesen Anweisungen hielt, riss Lisa die Tür auf. Mich ins Besuchszimmer zu bringen bestand darin, dass sie auf eine Tür links in der schmalen Diele deutete und sich selbst in die entgegengesetzte Richtung entfernte. Am Ende des Flurs befand sich eine Tür, durch die ich Imeldas Rücken sehen konnte, während sie ihren aktuellen Patienten behandelte. Sie sang leise vor sich hin, höchstwahrscheinlich ein Gospellied, aber sie sang sehr leise, und aus dieser Entfernung konnte ich weder den Text noch die Melodie erkennen.

Ich war schon mal dort, vor etwa zwei Jahren, daher wusste ich, was lief. Ich wusste auch, dass Imelda mich nicht besonders mochte. Exorzisten waren schlecht für ihr Geschäft. Mich ins Besuchszimmer zu schicken und warten zu lassen, war genau kalkulierter Sadismus, aber es gab nicht viel, was ich dagegen tun konnte, daher atmete ich tief durch, hielt die Luft an und ging hinein.

Madame Ice-Maker war im Grunde nichts anderes als eine Wunderheilerin mit einer ganz speziellen Klientel. Eine Klientel, die kein Arzt, ganz gleich ob alternativ oder nullachtfuffzehn, von ihr abwerben würde. Sie behandelte ausschließlich Zombies, und sie behauptete, durch Handauflegen den Prozess der Verwesung nahezu zum Stillstand zu bringen. Ich habe das immer für totalen Quatsch gehalten, aber Nicky ging konsequent zweimal im Monat dorthin – und er war nun schon eine ganze Weile tot, daher respektierte ich sein Urteil in

Sachen physischer Verfall. Ihr Spitzname – Ice-Maker – entsprang ihrer Prahlerei, dass ihre Hände so gut wie eine Tiefkühltruhe seien, wenn es darum ging, totes Fleisch frisch zu halten.

Ich muss jedoch sagen, dass der säuerlich-süße Geruch im Wartezimmer eindeutig von Fäulnis und Verwesung kündete. Wie ich schon erwähnte, dies war nicht mein erster Besuch, daher wusste ich, was ich zu erwarten hatte, aber es traf mich immer noch wie eine massive Mauer und ließ mich beinahe in die Knie gehen. Ich ging ganz hinein, und sechs oder sieben wandelnde Tote schauten hoch, um den Neuankömmling zu taxieren. Eigentlich waren es ja sitzende Tote, da der Raum eingerichtet war wie das Wartezimmer eines Arztes mit Stühlen vor drei Wänden und die meisten Stühle besetzt waren. Es gab sogar einen Tisch mit Illustrierten. In einer Ecke saß eine kreidebleiche Frau mit einem kleinen Loch im Fleisch ihrer Wange und blätterte in einem alten *Cosmo*-Magazin.

Zombies atmen nicht, daher kam ein scharfes Luftholen nicht in Frage. Und es gab auch kein Piano, das leise ein paar letzte Töne klimperte, ehe es geschockt verstummte, während ich eintrat. Trotzdem konnte ich die herrschende Spannung spüren. Die Zombies, die bereits aufgeschaut hatten, um mich einzuschätzen, starrten mich weiterhin an. Die anderen, die die Stimmung mitbekamen, blickten nun ebenfalls hoch, um zu sehen, was im Gange war.

Ich setzte mich auf einen Stuhl gleich neben der Tür und griff nach einer Ausgabe des *Readers' Digest*. Ich blätterte darin, fand einen Artikel über die zunehmende Bedeutung von Walnüssen bei der Behandlung von Dickdarmkrebs und begann zu lesen. Das Tolle am *Reader's Digest* war, dass er jenseits von Zeit und Raum, so wie wir beides kennen, existierte. Mystiker und

Ekstatiker lasen ihn, um einen Trancezustand zu erreichen, der tiefer war, als herkömmliche meditative Techniken zuließen.

Leider war es mir jedoch an diesem Tag nicht vergönnt, einen niedrigeren Bewusstseinszustand zu erreichen. Über den Rand des Magazins sah ich, wie sich der breite Oberkörper eines Mannes in mein Gesichtsfeld schob.

»Du bist lebendig«, sagte eine raue Stimme, begleitet von einem rasselnden Atemstrom.

»Ja«, bestätigte ich, ohne hochzuschauen. »Aber ich arbeite weiter daran. Sie wissen ja, wie es ist.«

»Was zur verdammten Hölle hast du hier zu suchen, du blutwarmes Stück Scheiße?« Das wurde ein wenig heftiger ausgesprochen, und der Schwall faulig stinkenden Atems erzeugte bei mir beinahe ein krampfhaftes Würgen.

»Ich warte auf einen Freund«, sagte ich friedlich.

Eine kurze Pause entstand, dann: »Warte draußen.«

Ich schaute hoch. Der Knabe musste damals, als er noch zu den Lebenden zählte, ein wahrer Schrecken gewesen sein, und jetzt, als Toter, war er noch beängstigender. Er maß etwa eins fünfundachtzig und bestand hauptsächlich aus Muskeln, und zwar jener Art scharf konturierter, überdeutlich definierter Muskulatur, die man durch intensives Training erwarb. Seine Arme waren nackt, und sein T-Shirt war hauteng, daher konnte man, wenn er sich bewegte, die Muskeln hin und her gleiten sehen wie tektonische Platten. Sein kahler Schädel glänzte – offensichtlich nicht von Schweiß, daher tippte ich auf irgendein Öl. Er war ein Thanato-Narzisst, verliebt in sein eigenes abgestorbenes Fleisch, das er pflegte und aufpolierte wie ein Museumsstück.

Aber ich war für einen Tag genug herumgeschubst worden. Und nicht nur genug, sondern mehr als genug.

»Ich denke, ich bin hier genau richtig«, sagte ich und widmete mich wieder der guten Nachricht über Walnüsse.

Er schlug mir das Magazin aus der Hand. »Nein«, knurrte er. »Das bist du nicht. Denn wenn du hierbleibst, reiße ich dir die Zunge aus dem Hals.«

Ich schaute mich um und registrierte die Reaktionen der restlichen toten Klienten Imeldas. Ihnen schien nicht zu gefallen, was geschah – aber Imeldas Dienste waren nicht billig. Die meisten sahen aus, als seien sie um einiges wohlhabender als dieses armselige Stück Wurmfutter, und sie hatten wahrscheinlich jene für den Mittelstand typischen Hemmungen, eine Szene zu machen. Das war gut für mich. Es bedeutete, dass sie sich höchstwahrscheinlich nicht auf mich stürzen und mir Arme und Beine abreißen würden, wenn das Ganze schiefgehen sollte.

»Okay, Kumpel«, murmelte ich. Ich stand auf, und er ging sofort in Position und wartete darauf, dass ich den ersten Schlag ausführte. Er war sich seiner eigenen Kraft sicher genug, um zu wissen, dass ihn nichts, was ich gegen ihn aufbieten konnte, ausschalten würde, und dass er mich, nachdem er mir einen wirkungslosen Treffer an sein Kinn gestattet hätte, nach Lust und Laune in meine Einzelteile zerlegen konnte.

Ich hatte den Myrtenzweig zweimal um meine Hand gewickelt. Ich schlug damit gegen seine Stirn und stieß die Worte »Hoc fugere!« hervor. Er flog so schnell nach hinten, als hätte ich ihm die Mündung einer Schrotflinte in den Mund gerammt und abgedrückt.

Es war kein Exorzismus – nichts dergleichen. Es war einfach nur die schlichteste und grundlegendste Form Naturmagie, eine Elementarabwehr, die nur etwa drei Wochen im Jahr wirksam war, solange der Zweig fachgerecht geschnitten und geweiht wurde. Wenn die Toten, ganz gleich ob sie sich im Körper oder außerhalb befanden, einem solchen Schutzzauber zu nahe kamen, ist es genauso, als hätten sie ein Hochspannungskabel berührt. Es tat verdammt weh.

Der Zombie landete ziemlich hart auf dem Boden und blieb dort mit spastischen Zuckungen und weit aufgerissenen Augen liegen. Mit einem seiner Arme, die wild in der Luft herumfuchtelten, traf er das Bein der Frau, die die ganze Zeit im *Cosmo*-Magazin gelesen hatte. Sie wich zur Seite aus, um jeden weiteren Kontakt zu vermeiden.

»Ich wollte wirklich keinen Ärger«, entschuldigte ich mich allgemein bei den im Raum Wartenden.

»Ja«, sagte Nicky von der Tür. »Das ist verdammt noch mal deutlich zu sehen.«

Hinter ihm erschien Imelda, knurrte wütend, stürmte an ihm vorbei ins Wartezimmer und stieß ihn beiseite. Sie war eine große Frau mit Fäusten so groß wie Schinken. Um sie außer Gefecht zu setzen, wäre erheblich mehr nötig als ein Myrtenzweig. »Castor!«, brüllte sie. »Was fällt Ihnen ein? Dazu haben Sie kein Recht! Verschwinden Sie sofort aus meinem Haus, sonst rufe ich die Polizei!«

»Hey, er hat angefangen«, verteidigte ich mich. »Ich habe friedlich im *Reader's Digest* gelesen.«

Während sie sich neben den immer noch zitternden Zombie kniete, legte sie eine Hand auf seine Stirn und schickte mir einen hasserfüllten Blick. Er beruhigte sich unter ihrer Hand.

»Dann kämpfen Sie gefälligst wie ein Mann«, sagte sie. »Und nicht wie eine Kakerlake.«

»Ich habe nur einen …«, setzte ich an.

»Ich weiß, was Sie benutzt haben«, schnappte Imelda. »Sie haben ihn mit einem billigen Zauber geschlagen wie ein lästiges Insekt, weil Sie auf andere Art und Weise nicht gewinnen konnten. Sie sind ein verdammter Feigling. Und jetzt verziehen Sie sich aus meinem Haus, ehe ich Sie rauswerfen lasse.«

Das war eine viel ernstere Drohung als die Ankündigung, die Polizei zu rufen. Imelda hätte niemals zugelassen, dass die Polizei für sie in die Schlacht zog. Aber sie konnte mich wirklich am Kragen packen und hinauswerfen, und so wie ich mich in diesem Moment fühlte, hätte ich das wahrscheinlich nicht überlebt. Ich hob beschwichtigend die Hände und ging hinaus, während sich Nicky hinter mir für mich entschuldigte und versicherte, dass ich mich dort garantiert nie mehr blicken ließe.

Lisa, das Püppchen, stand draußen in der Diele und lehnte an der Wand. Sie grinste mich an und schien sich köstlich zu amüsieren.

»Was ist so spaßig?«, fragte ich.

»Sie haben diesen großen Lich-Mann plattgemacht«, sagte sie spöttisch, »aber meine Mum würden Sie niemals schaffen.«

»Schaffst du sie?«, fragte ich.

Sie schüttelte heftig den Kopf. »Verdammt, nein.«

»Da hast du's.«

Ich wartete auf dem Hof auf Nicky, aber als er herauskam, ging er schnurstracks an mir vorbei. »Der Wagen steht auf der Straße«, sagte ich, als ich ihn eingeholt hatte und neben ihm herging.

»Verdammt, Castor«, schnappte er und wurde schneller. »Ich nehme ein Scheißtaxi.«

»Sieh mal, der Typ war im Begriff, mich zu einem Papierflugzeug zu falten, Nicky. Tut mir leid, aber ich musste tun, was ich getan habe.«

»Weißt du, was es für mich bedeutet, wenn Imelda auf die Idee kommt, dass ich ihr auf die Nerven gehe? Der einzige andere Typ, von dem ich weiß, dass er das Gleiche tun kann wie sie, wohnt in Glasgow. Ich hänge ganz schön am Fliegenfänger, wenn sie auf mich sauer ist. Ich wünschte bei Gott, ich hätte dich gebeten, bis morgen zu warten.«

»Okay«, sagte ich. »Tut mir leid. Aber das habe ich schon mal gesagt. Was hattest du mir überhaupt zu erzählen? Was war so dringend, dass es nicht warten konnte?«

Mittlerweile standen wir draußen auf der Straße. Nicky schlug die Hoftür mit einem Knall hinter sich zu, der über die Straße hallte – in dieser Nachbarschaft keine sonderlich gute Idee.

»Was nicht warten konnte?«, äffte er mich sarkastisch nach. »Du wurdest an der Nase herumgeführt, das konnte nicht warten. Ich wollte dich nur informieren, dass man dich mit absolutem Unfug auf Trab gebracht hat. Dieses Kind, Abbie Torrington – du sagtest, ihre Eltern hätten dich angeheuert, um es zu suchen?«

»Richtig«, sagte ich ein wenig verunsichert wegen seiner heftigen Reaktion. »Komm auf den Punkt, Nicky.«

Er drehte sich zu mir um und kam mit seinem Gesicht ganz nah an meines heran.

»Der Punkt ist, du hast mich auf eine völlig unsinnige Suche geschickt, hast mich in den Verzeichnissen von Leichenschauhäusern und in Autopsieberichten und in wer weiß was sonst noch herumwühlen lassen. Und es war alles reine Zeitverschwendung, denn die Kleine ist nicht tot.«

Nicky lieferte die Pointe mit einem Ausdruck grimmiger Genugtuung.

»Die Kleine wird nur vermisst. Es sind die *Eltern*, die tot sind.«

12

Als ich elf Jahre alt war und mein zwölfter Geburtstag vor der Tür stand, ließ ich eine ganze Reihe von Bemerkungen über ein neues Fahrrad fallen. Es war ein ziemlich vermessener Wunsch, auch wenn es nur ein Gebrauchtrad sein sollte, da mein Vater soeben von der Metal Box Fabrik in Breeze Hill entlassen worden war und wir an einem Punkt angelangt waren, an dem wir entweder im wahrsten Sinne des Wortes Dreck fressen oder zu einem der Kredithaie gehen und es im übertragenen Sinn tun mussten.

Während der große Tag näher rückte, wurde deutlich, dass es ein großes Geheimnis gab, von dem ich keine Ahnung hatte. Gespräche zwischen meinen Eltern verstummten, wenn ich ins Zimmer kam, und es gab eine allgemeine Atmosphäre von Verschwiegenheit und Anspannung. Wenn ich meinen großen Bruder Matt fragte, was im Gange sei und ob das Ganze mit mir zu tun habe, meinte er, sich solle mich verpissen, weil er seine Hausaufgaben machen müsse. Ich schloss daraus, dass das Fahrrad gekauft worden war und dass es wahrscheinlich die finanzielle Belastung, unter der unsere Familie bereits zu leiden hatte, um einiges verschlimmert haben dürfte. Als selbstsüchtiger kleiner Scheißkerl, der ich damals war, wertete ich dies als gute Nachricht.

Dann, etwa drei Tage vor meinem Geburtstag, verließ meine Mutter unser trautes Heim: Mein Dad, John, hatte sie schließlich hinausgeworfen, nachdem er sie mit seinem Arbeitskollegen Big Terry (so genannt, um eine Verwechslung mit dem kaum mittelgroßen Terry Seddon zu vermeiden) im Bett erwischt hatte. Sie verschwand mitten in der Nacht, daher bemerkten wir erst am nächsten Morgen, als wir aufwachten, dass sie nicht da war. Dad erzählte uns, sie sei ausgezogen und wohne in Zukunft bei Grandma Lunt in Skelmersdale, was nur die halbe Wahrheit war. Ihre eigene Mutter warf sie ebenfalls raus, da sie keinen Job hatte und nicht für ihren Unterhalt aufkommen konnte. Am Ende ging sie nach London, um sich eine Arbeit zu suchen, und wir hörten und sahen drei Jahre lang nichts von ihr.

Daher bin ich durchaus bereit zuzugeben, dass ich manchmal ignorierte, was sich genau vor meiner Nase abspielte. Was die intuitiven Gedankenverbindungen und Schlussfolgerungen betraf, war ich nicht immer auf dem Laufenden. Es ist sicher nicht zu hoch gegriffen, wenn ich behaupte, dass ich – so clever ich zweifellos bin – manchmal den Wald vor lauter Bäumen nicht sah.

Aber diesmal lag die Schuld auf der anderen Seite, sozusagen außerhalb meiner Person. Diesmal überfiel mich die Realität mit einer Entwicklung, die ich unmöglich hatte voraussehen können.

Zuerst versuchte ich, Nickys hässliche kleine Enthüllung mit dem in Einklang zu bringen, was ich bereits wusste. »Wann?«, fragte ich. »Wann sind sie gestorben?«

»Vergangenen Samstag. Am sechsten Mai. Irgendwann zwischen Mittag und sechs Uhr abends nach Schätzung des Pathologen. Der Mann – Stephen – wurde aus kürzester Entfernung ins Gesicht geschossen, und zwar kniete er zu diesem Zeitpunkt. Keine Anzeichen für einen Kampf. Er sah es kommen und hat es bereitwillig zugelassen. Offensichtlich ein anständiger Kerl. Mit der Frau lief es ein wenig hässlicher ab. Sie wurde gefesselt, mit einem Stuhlbein verprügelt und dann in den Bauch geschossen. Und der Mörder hat sich Zeit gelassen, denn der Gerichtsmediziner datierte ihren Tod auf gut drei Stunden nach dem des Mannes.«

»Aber …«, brachte ich mühsam hervor. »Ich habe sie zwei Tage danach getroffen – am Montag. Das ergibt keinen Sinn. Willst du mir erzählen …?«

Ich verstummte, als ich bemerkte, wie hinter zwei Fenstern auf der gegenüberliegenden Straßenseite Licht anging. Dies war eindeutig nicht der beste Ort für eine ausgedehnte Unterhaltung. Ich ging in Richtung Straßenecke. »Der Wagen steht dort«, sagte ich. »Du kannst mir alles während der Fahrt erzählen.«

Nicky rührte sich nicht. »Ich hab's dir doch gesagt, Castor, ich nehme ein Taxi. Je weniger ich im Augenblick mit dir zusammen bin, desto besser. Wenn du dir alles anhören willst, musst du es hier tun.«

Ich drehte mich zu ihm um. »Können wir wenigstens von der offenen Straße runter?«, fragte ich und warf die Arme in einem Schulterzucken nach oben.

Nicky zögerte. »Ich gebe dir fünf Minuten«, sagte er nach einigen Sekunden. »In der Troy Town gibt es eine Bar. Dort bedient man Warm und Kalt, zumindest tat man es, als ich das letzte Mal dort war. Komm mit.«

Er ging missmutig schweigend voraus. Ich entschied abzuwarten, bis er sich ein wenig abgeregt hatte, ehe ich das Thema erneut ansprach. Auf diese Art und Weise könnte ich mehr aus ihm herausholen. Aber die Räder in meinem Kopf drehten sich reibungslos weiter, wobei die Gänge so laut quietschten, dass ich sie fast hören zu können glaubte. Mel und Steve waren zwei Tage, bevor ich sie traf, gestorben. Demnach hatte ich es entweder mit zwei richtig guten Schauspielern zu tun, oder die Toten waren falsch identifiziert worden.

Aber jetzt war Dienstag – oder genauer, Mittwochmorgen. Wenn die Cops am Samstagabend eine falsche Identifikation vorgenommen hatten, hätten sie bis Montag reichlich Zeit gehabt, die Torringtons aufzusuchen, das Missverständnis aufzuklären und sich freundlich von ihnen zu verabschieden. Und das wäre in den Akten vermerkt. Und Nicky hätte es sicherlich dort gesehen.

Daraus ergab sich die andere Möglichkeit – dass die Personen, die ich getroffen hatte und die sich Mel und Steve Torrington nannten, jemand ganz anderer waren. Woraus sich die Frage ergab, weshalb taten sie so als ob? Weshalb stellten sie sich als jemand vor, der soeben gestorben war und dessen Ermordung am nächsten Tag die Schlagzeilen beherrschen konnte?

Weil es niemand anderen gab, dem ich meine Hilfe zugesagt hätte. Sie brauchten mich, um Abbies Geist zu suchen, und diese Lüge war die einzige, die Erfolg versprach.

Wir bogen um die Ecke in die Troy Town ein – an der bis auf den Namen nichts Episches oder Auffälliges zu finden war. Nicky überquerte die Straße, und ich folgte ihm. Auf der anderen Seite stand eine kurze Reihe georgianischer Terrassenhäuser. Jedes Haus besaß eine Treppe hinter einem schmiedeeisernen Gitter, die ins Kellergeschoss unterhalb des Straßenniveaus führte. Eine dieser Treppen stieg Nicky hinunter, und als ich seinem Beispiel folgte, hörte ich vor mir Stimmen und Musik, obgleich alles dunkel war. Dann öffnete er eine Tür, und Licht ergoss sich nach draußen. Nicht sehr viel, muss ich zugeben, und nicht sehr hell. »Heraussickern« ist vielleicht ein besseres Wort als »ergießen«.

Die Bar befand sich eigentlich im Keller eines Hauses. Sie hieß The Level und wurde in der Tat von Warm und Kalt frequentiert, wie Nicky angedeutet hatte. Das hieß, dass Lebende und Tote gleichermaßen willkommen waren. Den toten Gästeanteil konnte man bereits riechen, wenn man von der Straße hereinkam. Es war ein leicht säuerliches Aroma wie von vermodertem Herbstlaub, gemischt mit dem scharfen chirurgischen Geruch von Formaldehyd. Sie zu sehen, war nicht so einfach. Das einzige Licht im Raum stammte von Kerzen in Flaschenhälsen, die strategisch günstig auf Tischen und Regalbrettern entlang den Wänden aufgestellt worden waren. Eine ansehnliche Anzahl von Gästen drückte sich in den tiefen Schatten herum und an einer winzigen Bartheke, die so eben eine Ecke des Gastraums ausfüllte. Ich bestellte einen Whisky, während Nicky verzichtete. Sein System mit fremdartigen organischen Stoffen in Berührung zu bringen, vermied Nicky tunlichst. »Wenn man tot ist, hat das körpereigene Immunsystem mehr oder weniger seinen Dienst quittiert«, erklärte er mir einmal. »Es fließt kein Blut mehr, klar? Daher werden keine Antibiotika, Phagozyten und der andere Mist transportiert. Wenn man dann infektiöse Wirkstoffe reinlässt, ist man schlicht und einfach im Arsch.« Wenn dies ein etwas gediegener Laden gewesen wäre, hätte er wahrscheinlich Rotwein bestellt und dessen Duft inhaliert. Aber das, was dieser Schuppen an Rotwein zu bieten hatte, konnte ihn nicht locken.

Wir setzten uns an den abgelegensten Tisch, den wir finden konnten – jedoch wurde Privatsphäre auf jeden Fall durch andere Gespräche gewährleistet, die ringsum lebhaft geführt wurden. Alles, was wir sagten, würde im allgemeinen Lärm untergehen. Die Tapeten waren giftig rot und sahen aus wie beflockt. Ich streckte eine Hand aus und fuhr mit einem Finger darüber. Mein Eindruck war richtig gewesen. Vielleicht hatte sich hier früher ein indisches Restaurant befunden.

»Du kannst weiterreden, wenn du willst«, sagte ich und trank einen Schluck Whisky, um mich zu wappnen.

Nicky hatte sich einigermaßen beruhigt. Er war noch immer sauer auf mich, aber er liebte es mindestens genauso, sich als unerschöpfliche Quelle geheimen Wissens in Szene zu setzen, wie er gerne Jazz hörte. »Ich hätte es schon eher bemerkt«, sagte er, »nur hatten wir, wie ich schon mal erwähnt habe, was Morde betrifft in letzter Zeit ein überreiches Angebot.«

Natürlich. Die Spitze der glockenförmigen Kurve. Plötzlich erinnerte ich mich auch an eine der Schlagzeilen. EHEPAAR ERMORDET, ES WAR EINE HINRICHTUNG. Verdammt noch mal, es befand sich direkt vor meinen Augen, und ich hatte nicht darauf geachtet.

»Sie wurden in ihrem Haus gefunden«, fuhr Nicky fort. »Irgendwo draußen in Maida Vale.«

»Maida Vale?«, unterbrach ich ihn. »Der Steve Torrington, den ich kennengelernt habe, nannte mir eine Adresse auf der Bishop's Avenue.«

»Welche Hausnummer?«

Ich kramte in meinem Gedächtnis. »Irgendwas mit sechzig. Zweiundsechzig, glaube ich.«

»Das ist das besetzte Haus, du verdammter Schwachkopf. Und weshalb hat er dir überhaupt die Adresse gegeben? Hat er dich auf einen Cocktail eingeladen?«

»Er gab sie mir, damit ich ihm eine Rechnung schicken könnte«, gestand ich.

»Genau. Als ob es ihn einen Dreck interessiert hätte, wo die ankäme. Wie dem auch sei, der echte Steve Torrington wohnte in Maida Vale – und dort wohnt er verdammt noch mal ganz bestimmt nicht mehr. Ich habe die Adresse, falls du sie wissen möchtest, aber ich rate dir, dich von dort fernzuhalten.

Der Tatort war das Wohnzimmer. Einige Möbel waren beiseitegeschoben, um reichlich Platz zu schaffen – der Mörder hatte Sinn für Theatralik. Das gesamte Haus war durchwühlt worden. Jede Schublade, jeder Wandschrank wurde geleert und alles auf den Fußboden gestreut. Als hätte eine Suche stattgefunden, steht in den Polizeiakten, aber das ist nur eine Vermutung der Ermittlungsbehörden. Bei dem Durcheinander, das dort herrschte, konnten sie nicht einmal feststellen, ob irgendetwas fehlte. Und sie konnten keinen Hinweis darauf finden, was mit dem Mädchen passiert war.«

»Abbie«, warf ich leise ein.

»Ja, die meine ich. Sie wussten, dass es dort ein Kind gegeben hatte, ohne sich eingehend über die Torringtons zu informieren, denn es gab ein Zimmer, das offensichtlich von einem Kind bewohnt wurde. Auch das war auf den Kopf gestellt worden, ebenso wie der Rest des Hauses.«

Natürlich war es das. Und einige Dinge sind dabei mitgenommen worden. Ich wusste es, denn außer dem Puppenkopf in meiner verdammten Manteltasche stand in meinem Büro ein großer schwarzer Müllsack voller Kram – ein Geschenk von einem Typen, der sich Steve Torrington nannte. Ich stellte mir vor, wie er in Abbies Sachen herumwühlte, während ihre Eltern ermordet im Zimmer darunter lagen, und ich verspürte eine völlig sinnlose Wut über meine eigene Naivität. Kein Wunder, dass er die Frau zum Wagen geschickt hatte. Wer immer sie gewesen sein mochte, er wusste, dass seine schauspielerischen Fähigkeiten für den Job bei Weitem ausreichten, aber er wollte sich nicht auf ihre verlassen. Und er hatte recht. Er konnte ganz gut den Leidenden und Besorgten mimen – nur dass sich jemand, der in Trauer ist, niemals derart geschliffen und geordnet ausdrückt. Ich hätte es wissen müssen. Irgendeine Ahnung hätte ich haben müssen.

Aber wenn ich etwas geahnt hätte, was hätte ich daraufhin getan? Mich geweigert, den Auftrag anzunehmen? Abbie war tot – so viel wusste ich, denn ich hatte ihren Geist in der Londoner Nacht berührt. Und ich hatte diese abgrundtiefe Traurigkeit gespürt, die alles war, das sie kennengelernt hatte, als sie noch am Leben war.

Ganz gleich ob Lüge oder nicht, ich hatte den Auftrag wegen ihr angenommen. Daher sollte ich den Auftrag auch für sie erfüllen. In jenem Moment hoffte ich, dass ich dabei irgendwann und irgendwo möglicherweise auf den *soi-disant* Steve Torrington treffen würde, so dass ich einen Teil meiner Selbstachtung mit Hilfe des sorgfältig gezielten Einsatzes eines massiven Wagenhebers zurückgewinnen konnte.

Das erinnerte mich an »Mels« Blessuren. Sie waren reine Effekthascherei gewesen, war ich mir sicher. Eine Bühnenrequisite, um mein Mitgefühl zu wecken und vielleicht von ihrer relativen Unbeholfenheit und von dem Mangel an Ausdruck in ihrer Stimme abzulenken. Dieser Bastard ließ keinen Trick aus – und es war ihm egal, wer darunter leiden musste.

»Was vermuten denn die Cops, was geschehen ist?«, fragte ich und empfand einen Anflug von Unbehagen, als ich mich zwang, diesen Gedankengang nicht weiterzuverfolgen.

Nicky hob eine Schulter. »Sie wissen nichts«, sagte er. »Zumindest steht bis jetzt nichts Derartiges in den Akten. Sie haben die Kugeln von allen Seiten untersucht, daher werden sie die Pistole sofort erkennen, wenn sie sie finden. Pistolen, entschuldige – es waren zwei verschiedene Waffen. Sie haben jedoch nichts in ihrer ballistischen Datenbank, woraus hervorgeht, dass eine davon bei irgendeinem anderen Verbrechen benutzt wurde, daher ist auch das vorerst eine Sackgasse. Sie haben das ganze Haus nach Fingerabdrücken abgesucht und keine anderen außer denen gefunden, die dort ohnehin zu erwarten waren – noch nicht einmal virtuelle. Sie haben wohl ein paar Fußabdrücke gesichert, aber auch mit denen können sie die Täter nur überführen, wenn sie sie geschnappt haben.«

»Was sagen die Nachbarn?«

»Niemand hat etwas gesehen oder gehört. Allerdings gibt es einige Gerüchte. Einige Leute meinten, es sei nur eine Frage der Zeit gewesen, dass so etwas geschah. Die Torringtons haben offenbar dem Ruf der Gegend geschadet. Alle möglichen unerwünschten Besucher müssen sich dort Tag und Nacht die Türklinke in die Hand gegeben haben. Vor allem ein spezieller Knabe wurde immer wieder dort beobachtet: hochgewachsen, sportliche Figur, in einem langen Ledermantel mit zwei Schlägern als Begleiter, die um ihn herumscharwenzelten, als sei er der liebe Gott persönlich. Sie tippten entweder auf einen Gangster oder einen Schallplattenproduzenten. Vielleicht beides. Es gab eine Beschwerde beim Sozialdienst. Einer der Nachbarn machte sich wegen des ständigen Kommens und Gehens Sorgen, dass die Torringtons vielleicht zu einem Pädophilen-Ring gehören und Abbie zum Missbrauch an Interessenten vermieten.«

Ich hatte mein Glas zum Mund erhoben und erstarrte mitten in der Bewegung. Das wäre eine Erklärung für Abbies Kummer gewesen.

»Und?«, fragte ich und wusste nicht recht, ob ich die Antwort überhaupt hören wollte.

»Es gab wohl einen Hausbesuch und entsprechende Einträge in eine Akte. Ich hatte nicht auf alles Zugriff, aber ich denke, dass Abbie ein gesundes normales Mädchen war. Ein wenig ernst und verträumt vielleicht, aber wohlgenährt und in keiner Weise vernachlässigt. Das Zimmer war freundlich, die Kleider stets sauber und gepflegt, und beim Gespräch hinterließ sie einen positiven Eindruck, du kennst dieses Spiel. ›Demonstrierte keinerlei altersmäßig verfrühten Kenntnisse in sexuellen Dingen.‹ Keine rauchende Pistole, nicht einmal Pulverspuren. Tut mir leid, Sie gestört zu haben, auf Wiedersehen, das war's.«

»Aber irgendetwas war dort im Gange«, meinte ich nachdenklich und verbissen. »Eine Menge Besucher. Einige sogar regelmäßig. Tauchen oft genug auf, um den Nachbarn aufzufallen, die sie daraufhin beobachten und sich Notizen machen. Was haben die Torringtons getrieben?«

»Drogen verkauft?«, sagte Nicky. »Verbotene Schönheitsoperationen durchgeführt? Ich handle mit Daten, Castor, und bin kein verdammter Hellseher. Du weißt jetzt alles, was ich in Erfahrung gebracht habe. Und das ist bis jetzt auch alles, was die Polizei seit Samstagabend ermittelt hat. Abbie gilt offiziell als vermisst, ihre Eltern sind unbestreitbar tot. Ich weiß, dass du in deinem Job eine ganze Menge Geister triffst. Bis du schon mal von einem engagiert worden?«

Dieses eine Mal lachte Nicky mal nicht über seinen eigenen Witz. Ihm war meine düstere Stimmung nicht verborgen geblieben, und natürlich war er immer noch wütend, dass ich seine Beziehung zu Imelda ziemlich gründlich erschüttert hatte.

Ich trank einen weiteren Schluck Whisky, ohne ihn zu schmecken.

»Was ist mit Peace?«, fragte ich. »Konntest du über ihn noch etwas zutage fördern?«

Nicky zierte sich – so wie er es immer tat, wenn er mir etwas wirklich Aufregendes zu erzählen hatte. »Ja«, gestand er schließlich, »ein wenig. Ich weiß aber nicht, was davon wirklich von Bedeutung ist.«

»Heißt …?«

»Heißt, dass es vorwiegend alter Kram ist. Lebensgewohnheiten und so weiter. Nicht die Art von Material, die dir helfen könnte, sie zu finden.«

»Erzähl's mir trotzdem«, bat ich.

Nicky brauste auf, als sein Zorn, der offenbar noch nicht erloschen war, durchbrach. »Castor, ich gehöre zurzeit nicht unbedingt zu deinen treuesten Fans. Es pisst mich an, wenn du mit mir redest, als sei ich dein Lakai, den du einfach …«

»Bitte«, flehte ich. »Bitte, bitte. Untertänigst bitte mit ganz dickem Zuckerguss und einem Sahnehäubchen.«

»Das ist schon besser. Nun, man könnte sagen, je tiefer man gräbt, desto mehr findet man. Das Strafregister, das ich erwähnte, ist mehr als eine Seite lang – wo immer Peace sich niederlässt, macht er Ärger. Nach diesem Gastspiel bei der Army, von dem ich dir erzählt habe, fand er eine Möglichkeit, sich mit Hilfe seiner Ausbildung profitabel zu vermarkten. Er wurde Söldner – er unterschrieb bei einer privaten Sicherheitsfirma im Mittleren Osten, die einen ziemlich üblen Namen hatte, doch dann wurde der halbe Firmenvorstand verhaftet, weil die Leute einen Regierungsumsturz in Libyen auslösen wollten, und er stand wieder auf der Straße.«

Irgendetwas in Nickys Augen sagte mir, dass er sich das Beste bis zum Schluss aufgespart hatte. Unter anderen Umständen wäre meine Geduld ausreichend strapaziert gewesen, um ihn deshalb zu beschimpfen. Diesmal hingegen entschied ich, ihm lieber seinen Willen zu lassen.

»Sonst noch was?«, fragte ich und machte den Stichwortgeber.

»Ja. Wo du fragst, da ist tatsächlich etwas.«

»Rede weiter.«

»Peace hat 1999 im Staat New York eine Klage eingereicht. Gegen Anton Fanke – du erinnerst dich, er ist dieser Satanist, von dem ich dir erzählt habe – und gegen eine Frau, deren Name auf der eidesstattlichen Erklärung als Melanie Carla Jeffers alias Melanie Carla Silver alias Melanie Carla Torrington erscheint.«

Ich fluchte laut, und Nicky nickte zustimmend. »Ja, das ist ein Knaller, nicht wahr? Nur ist das nicht der Punkt, der mich die Ohren spitzen ließ. Hör dir das an: Es ist eine Sorgerechtsklage. Der Kläger beschuldigt die Beklagte, nicht fähig zu sein, ihren elterlichen Pflichten nachzukommen, und verlangt vom Gericht die Übertragung des Sorgerechts für … nun, du weißt sowieso, was jetzt kommt, daher hat es keinen Sinn, das Ganze spannend hinauszuzögern.«

In meinen Ohren war plötzlich ein Rauschen. Ich hatte keine Ahnung, was davon ein Fieberschub war und wie viel Adrenalin beteiligt war, als meine Gedanken dorthin vorauseilten, wo Nick hinwollte.

»Ein kleines Mädchen namens Abigail?«, fragte ich, und meine Stimme klang in meinen Ohren hohl und brüchig.

»Du hast es genau getroffen. Abigail Fanke hieß sie zu diesem Zeitpunkt.«

»Ist sie die Tochter von Peace?«

»Nun, er nimmt es an. Und die Gerichtsunterlagen bestätigen das weitestgehend, denn ungeachtet des Nachnamens existiert eine Geburtsurkunde für sie, ausgestellt am dreizehnten März 1993 in Burkina Faso. Mutter: Melanie Carla Jeffers. Vater: Dennis Peace.«

»Da war er aber noch nicht lange aus dem Gefängnis«, sagte ich.

»Gut zu wissen, dass du zuhörst. Ja, das stimmt. Und in Kenntnis dieses kleinen Details habe ich mir noch einmal die Gerichtsakten angesehen. Was verdammt mühselig war, weil ich wohl kaum hervorheben muss, dass sie handgeschrieben sind. Ich musste um die ein oder andere Gefälligkeit bitten, aber am Ende wurde ich fündig. Melanie Wie-immer-sie-heißen-mag hat Peace durch Kaution aus dem Knast geholt und vermutlich auch die Schmiergelder verteilt. Das ergibt mehr Sinn, denke ich. Wie ich schon vorher meinte, wenn er selbst das Geld gehabt hätte, wäre es ihm ein Leichtes gewesen, den Richter zu kaufen, ehe er verurteilt wurde, und das auch noch höchstens zum halben Preis. Aber vielleicht hatte er das Geld nicht. Vielleicht brauchte er einen wohltätigen Engel.«

»Einen Engel. Richtig.«

»Dann haben sie in der Nacht leidenschaftlich seine Freilassung gefeiert, und neun Monate später wird die kleine Abbie geboren. Irgendwie klingt das einleuchtend. Und jetzt ist er mit ihr auf der Flucht – ob tot oder lebendig, ist uns offiziell nicht bekannt.«

»Ich weiß.«

»Natürlich weißt du das. Nur was du nicht wusstest, war, dass er auf seinem Weg einen Zwischenstopp eingelegt hat, um ihre Mutter und deren augenblicklichen Freund zu töten. Und dass jemand derart scharf darauf ist, an ihn heranzukommen, dass er sich all diesen Blödsinn ausdenkt, um dich mit an Bord zu nehmen.«

Ich schüttelte den Kopf, der mittlerweile derart schmerzte, dass ich das Gefühl hatte, er könne jeden Moment abfallen. Nicky war sichtlich pikiert. »Was ist? Habe ich etwa deinen professionellen Stolz verletzt?«

»Nein. Aber du sagtest, dass sie hinter Peace her sind. In dieser Sache geht es nicht um Peace, Nicky – es geht um Abbie.«

»Nun ja, von seinem Standpunkt geht es offensichtlich um Abbie. Ich meine, es sieht aus, als hätte er zwei Leute getötet, um sich ihrer zu bemächtigen. Aber die Typen, die ihn suchen …«

»Wenn sie so sehr an Peace interessiert sind, warum heuern sie dann nicht einen fähigen Privatdetektiv an? Weshalb kamen sie zu mir?«

Nicky wollte etwas sagen, öffnete bereits den Mund, dann blinzelte er irritiert und schloss ihn wieder.

»Siehst du? Es gibt jede Menge Leute, die viel eher in der Lage sind, jemanden aufzustöbern, der nicht gefunden werden will. Aber ihn zu finden, bedeutet nicht gleichzeitig, dass auch Abbie gefunden wird. Nein, um einen Geist zu suchen und zu finden, braucht man einen Exorzisten. Und genau das ist es, was sie wollen.«

Ich stand auf und geriet leicht ins Schwanken.

»Bist du etwa betrunken?«, fragte Nicky mit der selbstgerechten Strenge des überzeugten Abstinenzlers.

»Nein, ich glaube, ich habe mir irgendetwas eingefangen.«

»Das wundert mich kein bisschen bei all dem Mist, den du ständig in dich reinschüttest. Dein Körper mag kein Tempel sein, Castor, aber er ist auch kein Müllcontainer. Lass dir von mir gesagt sein, wenn du alt werden willst, dann musst …«

»Merk dir, was du sagen willst, und schick's mir per E-Mail, Nicky. Ich bin jetzt nicht in der Stimmung. War es dir ernst mit dem Taxi?«

»Todernst.«

»Alter Phrasendrescher.«

»Ich find's lustig.«

»Wie du meinst. Danke für deine Hilfe. Das Taxi geht auf mich.«

Ich legte zwei Zehner auf den Tisch und schlurfte zur Tür. In diesem Moment musste ich ausgesehen haben wie einer der untoten Gäste des Level. Auf jeden Fall fühlte ich mich so.

Als ich von der falschen Seite aufs Matts Wagen zuging, konnte ich sehen, wie gründlich die katholischen Werwölfe die Beifahrerseite demoliert hatten. Ich hatte ein schlechtes Gewissen. Es war eine schlechte Belohnung für das Vertrauen meines Bruders. Möglicherweise bekam er sogar Schwierigkeiten mit seiner Versicherung, wenn er mich als Fahrer nannte. Der einzige Trost war – für einen zutiefst religiösen Menschen –, dass ein solches Missgeschick als Prüfung Gottes betrachten werden konnte, die man bestehen musste.

Ich stieg ein und versuchte mich beim Fahren auf die vor mir liegende Straße zu konzentrieren, während schwarze Schleier mein Gesichtsfeld einengten. Was immer ich mir zugezogen hatte, schien sich noch zu verschlimmern, anstatt besser zu werden. Andererseits war es ein verdammt anstrengender Tag gewesen, was möglicherweise zur Folge hatte, dass ich nicht mehr hundertprozentig funktionierte.

Ich musste wirklich genau auf die Straße achten, aber meine Gedanken glitten immer wieder ab und kehrten zu dem zurück, was Nicky mir soeben erzählt hatte. Die kleine Abbie hatte in ihrem Leben sicher nicht sehr viel Glück gefunden, aber sie hatte verdammt viele Eltern. Zwei, die am Samstag gestorben waren; zwei weitere, die am Montagmorgen in meinem Büro erschienen waren – und eine fünfte Person, Dennis Peace, die zu keinem der Paare passte. Und dann waren da die Katholiken. Ich dachte an die Anathemata, die das Mädchen ebenfalls in ihre Gewalt bekommen wollte – und zwar um jeden Preis, wie es schien. Das Ganze kam mir vor wie ein kompliziertes Räderwerk, wie ein System kleiner Feuer, die hochzüngelten und größere Brände entfachten. Egal, was im Gange war, Abbie war der Schlüssel zu irgendetwas Großem. Dessen war ich mir absolut sicher. Unglücklicherweise war ich der Antwort auf die Frage, was dieses Große sein könnte, keinen Deut näher gekommen. »Jemand hat den Kreis nicht geschlossen«, hatte der Werwolf Zucker gesagt und amüsant mit den Metaphern herumjongliert, »und ein kleiner Vogel ist aus dem Nest geflüchtet«. Es klang immer noch wie totaler Unfug, egal von welcher Seite man es betrachtete, aber ich war plötzlich überzeugt, dass Abbie Torrington dieser kleine Vogel war. Sie musste vor etwas weggelaufen sein, das so schrecklich war, dass einen noch nicht einmal der Tod davon befreite.

Es war halb zwei, als ich den Wagen in Pens Zufahrt lenkte. Das Haus war dunkel, was jedoch nichts bedeutete, weil die Zimmer von Pens Souterrainwohnung zum Garten hinausgingen und nicht zur Straße. Ich hoffte, dass sie vielleicht noch wach war, damit wir wieder Frieden schließen und ein oder zwei Glas Brandy kippen konnten und ich ihr vielleicht ein wenig von dem erzählen konnte, was Nicky mir soeben aufgetischt hatte – um zu prüfen, ob ihre Leichtgläubigkeit noch elastischer war als meine.

Ich kriegte nicht die Chance, das herauszufinden. Ich hatte etwa drei Schritte in Richtung Tür gemacht, als auf der anderen

Straßenseite Scheinwerfer aufflammten und mich festnagelten wie einen Schmetterling auf einem Holzbrett. Türen schlugen, und rechts und links von mir erklangen gleichzeitig Schritte. Ich ballte die Fäuste und bereitete mich darauf vor, kämpfend unterzugehen.

»Entspannen Sie sich, Castor.«

Ich tat es, aber nur andeutungsweise. Es war Gary Coldwoods Stimme. Einen Moment später tauchte er wie eine Art Nosferatu-Negativ aus dem Licht auf und legte – ein wenig zu dicht an meinem Hals – eine Hand auf meine Schulter. Ich zuckte zusammen. Mein Kopf schmerzte jetzt so heftig, dass sogar diese übertrieben freundliche Berührung brennende Pfeile hindurchjagte.

»Ihre Kerze brennt wohl an beiden Enden«, sagte Coldwood. »Sie sehen beschissen aus.«

»Ich fühle mich auch beschissen«, sagte ich. »Beides gehört zusammen.«

Er musterte mich einige Sekunden lang schweigend. Er wollte offenbar etwas sagen, und es musste etwas sein, wozu ein Anlauf nötig war.

»Geht es um Pauley?«, fragte ich.

Er sah mich verständnislos an. »Um wen?«

»Robin Pauley. Drogenbaron und Mörder. Ich soll als Zeuge bei seinem Prozess aussagen, erinnern Sie sich? Sie rieten mir, die Augen offen zu halten, weil man mich vielleicht einschüchtern will.«

Coldwood nickte und wischte dieses Thema mit einer heftigen Geste beiseite.

»Pauley ist tot«, sagte er. »Drei seiner Leutnants ebenfalls. Wir haben sie heute Morgen aus der Themse gefischt. Wir glauben jetzt, dass Sheehans Ermordung der erste Akt eines

Bandenkriegs war. Tut mir leid, Fix. Ich hätte es Ihnen mitteilen sollen.«

»Ja«, pflichtete ich ihm todernst bei. »Hätten Sie. Und jetzt haben Sie es. Nächstes Mal reicht es mir, wenn Sie mir eine E-Mail schicken. Streifenwagen mitten in der Nacht vor der Tür bringen mich bei den Nachbarn ins Gerede.«

Er rührte sich nicht. Er schien mir nicht zuzuhören. »Wir kennen uns schon ziemlich lange, Fix«, sagte er.

»Nein«, erwiderte ich. »Tun wir nicht.«

Er lachte unsicher. »Verdammt, Sie haben recht. Das tun wir nicht, oder? Aber irgendwie vertraue ich Ihnen. Ich meine, bis zu einem gewissen Punkt. Allen Unfug beiseite – und Sie sind ein wahrer Meister in Sachen Unfug –, glaube ich nicht, dass Sie mich jemals angelogen haben.«

Erneutes Schweigen. »Und nun?«, sagte ich. »Sind Sie den weiten Weg hierhergekommen, um mich an Ihr Herz zu drücken?«

Coldwood schüttelte den Kopf. Eine Frau und ein Mann waren rechts und links von ihm erschienen, während wir redeten, und jetzt streifte er beide mit einem kurzen Seitenblick. Ich machte mir die Mühe, genauer hinzuschauen. Im grellen Licht der Scheinwerfer konnte ich sowieso nicht viel von ihnen erkennen. »Fix, dies sind Detective Sergeant Basquiat und Detective Constable Fields. Sie arbeiten gerade an einem neuen Fall und möchten, dass Sie sich mit ihnen einen Tatort ansehen. Da ich Ihr offizieller Verbindungsmann bin, haben sie sich an mich gewandt. Ich meinte, Sie seien einverstanden. Ich meinte außerdem, da es schon ziemlich spät sei, müssten wir Sie vielleicht bitten, am Morgen mitzukommen.«

Coldwoods Tonfall hatte sich verändert. Er klang jetzt knapp und formell, wählte seine Worte sorgfältig fürs Protokoll. Es war vor allem dieser Tonfall, der mich zustimmend nicken ließ – ebenfalls vorsichtig, um die Gefahr zu minimieren, dass mein Kopf doch noch explodierte oder herunterfiel. Das Ganze klang nach jener Art von Scheiße, die unangenehme Nachwirkungen hatte. Ich musste wissen, um was es ging.

✪

Wir fuhren nach Westen, was irgendwie unausweichlich erschien. Durch Muswell Hill und Finchley und weiter nach Hendon. Wir waren auf zwei Wagen verteilt. In einem hatte Coldwood mich auf den Rücksitz gepackt und sich neben mich gesetzt, am Steuer saß ein Polizist in Uniform. Fields und Basquiat folgten im zweiten Wagen.

»Wollen Sie mir nicht etwas mehr darüber erzählen?«, fragte ich nach einer Minute eisernen Schweigens.

Coldwood sah mich kurz an. »Nein, vorerst nicht«, war alles, was er erwiderte.

Es war keine lange Fahrt, aber mir kam sie ewig vor. Ich war jetzt so müde, dass meine Augen von selbst zufielen, und der Schmerz hatte sich zu einer Art schmerzhaften Rauschens in meinen Augen entwickelt. Es musste so etwas wie eine schwere Grippe sein, und sie konnte mich kaum zu einem ungünstigeren Zeitpunkt erwischen. Pen las gelegentlich die Zukunft aus Teeblättern, was bestenfalls ziemlich unsicher war. Die Körpersprache eines Cops hingegen konnte ein sehr zuverlässiger Hinweis darauf sein, wie sich die unmittelbare Zukunft seines Gegenübers entwickelte, und wenn ich mich nicht sehr irrte, steckte ich tief in der Scheiße.

Unsere Reise endete irgendwo in der Hendon Lane. Coldwood stieg aus und hielt mir die Tür auf. Ich stieg ebenfalls aus und erkannte vorerst nur, wie überheizt der Wagen gewesen war, als die kalte Nachluft über den Schweiß in meinem Gesicht fächelte.

»Dort drin«, sagte Coldwood und deutete geradeaus.

Wir standen vor einem Bau aus gelbem Klinker, der aussah wie ein Gemeindesaal. Der Wagen hatte die Straße verlassen und stand auf einem schmalen, ebenfalls gepflasterten Streifen, der offensichtlich als Parkplatz diente – aber polizeiliches Absperrband mit der Aufschrift KEEP OUT trennte ihn zu drei Vierteln ab. Das Gebäude selbst war eindeutig außer Betrieb, wie die zugenagelten Fenster und fußhohe Unkrautbüsche vor den Außenmauern verkündeten. Auf einer Seite stand ein Hinweisschild, und als ich dorthin schaute, glitten die Scheinwerferstrahlen des zweiten Streifenwagens, der ebenfalls die Fahrbahn verließ und mit einem gedämpften Ächzen seiner hydraulischen Federung zum Stehen kam, kurz darüber hinweg: *Friends' Meeting House*. Na prima, es ist immer schön, unter Freunden zu sein. Die restliche Straße war mit Fabrikgebäuden und Lagerhäusern gesäumt, alles dunkel, abgesehen von den Straßenlampen, und sogar einige davon brannten nicht, zweifellos zertrümmert von Kindern, die gut zielen konnten, über einen ausreichenden Vorrat an halbierten Ziegelsteinen verfügten und zu viel Freizeit hatten.

Zwei Polizeibeamte rahmten die Tür ein und grüßten mit einem respektvollen Kopfnicken, als Coldwood an ihnen vorbei ins Haus ging. Er ignorierte sie.

Im Flur gab es keine Lampen. Aber der hellgelbe Schein tragbarer Scheinwerfer drang aus einem Raum im Innern des Gebäudes. Wir gingen weiter hindurch und schirmten die Augen vor dem grellen Licht ab. Das Echo meiner Schritte deutete sofort auf einen größeren Raum hin, noch bevor sich meine Augen ausreichend an die Helligkeit angepasst hatten, um meine Umgebung halbwegs zu erkennen. Dunkle Gestalten gingen auf einer freien Fläche hin und her. Ihre Schuhe raschelten und knisterten auf dickem Kunststoffbelag.

»Hier ist noch eine Kugel, Len«, sagte eine Stimme.

»Im Fußboden?«, fragte eine zweite Stimme laut zurück. Sie gehörte jemandem, der entweder zu viel rauchte oder unter der schlimmsten chronischen Bronchitis litt, die mir je begegnet war.

»Nein, in diesem Pfeiler hier – ein totaler Irrläufer. Der Schütze wurde offenbar angerempelt, ehe er mit seiner Waffe richtig zielen konnte.«

»Okay. Messen Sie den Aufschlagwinkel und markieren Sie die Stelle.«

Der Raum fügte sich vor mir stückweise zusammen, da meine Müdigkeit den normalen Prozess der visuellen Anpassung um das Doppelte verlängerte. Er war noch größer, als ich angenommen hatte, denn ich hatte zuerst nur den Teil gesehen, der von den Scheinwerfern erhellt wurde. Weitere Schattenbereiche lauerten am Rand des Lichtkreises und verbargen weitere Nischen und Winkel.

Es war ein typischer, im modernen Stil gehaltener kirchlicher Gemeindesaal. Ihm fehlte die erdrückende Erhabenheit, die man bei vielen älteren Kirchen antreffen kann, aber er war auf seine Art durchaus gefällig. Viel helles Holz, vorwiegend in Gestalt von Deckenbalken, Stützpfeilern und Fensterrahmen; dazu ein symmetrischer Grundriss mit zahlreichen Nischen, so dass die Grundform quadratisch erschien und an ein Origamiobjekt mit freier Mittelfläche erinnerte, die sich nach außen auffaltete. Ein typisches Beispiel für die spießige Transzendenz des IKEA-Zeitalters. Nur das, was jetzt hier vor sich ging, widersprach all dem: forensische Wissenschaft und der Triumph der rationalistischen Weltsicht. Männer und Frauen in weißen Kitteln, bewaffnet mit Wischtüchern, Tupfern und Maßbändern, bewegten sich in dieser Zone, tippten Notizen in PDAs und verständigten sich durch knappe, unfreundliche Zurufe.

Hinter mir schlug eine Tür zu und veranlasste mich, über die Schulter zu blicken. Die Detectives Basquiat und Fields kamen, begleitet von einem Schwall kalter Luft, wie ein böses Omen aus der Nacht herein. Zum ersten Mal konnte ich sie deutlich sehen. Basquiat war eine Blondine mit harten Gesichtszügen, deren Kleidung sämtliche Blauschattierungen aufwies – von klinisch bis hin zu konservativ. Ihr Haar – kurz und glatt – war an den Seiten nach kontinentaler Mode hochfrisiert und ließ die Konturen ihres Gesichts noch schärfer und unnachgiebiger erscheinen. Fields war mittleren Alters mit einem Hang zur Fettleibigkeit, aber mit einem Rest mediterraner Attraktivität, die in seinen dunklen Augen und dem krausgelockten schwarzen Haar erhalten geblieben war. Dass er in seinem Alter nicht mehr als den Rang eines Detective Constable innehatte, deutete entweder auf ein dienstliches Desaster in seiner Vergangenheit oder auf einen monumentalen Mangel an Ehrgeiz hin.

»Wollen Sie ihn nicht über alles ins Bild setzen, oder was?«, fragte Coldwood.

Fields sah Basquiat an und wartete auf Anweisungen. »Warum tun Sie das nicht?«, fragte Basquiat an Coldwood gewandt. »Er ist Ihr Mann.«

Coldwood schüttelte den Kopf. »Nein, nein, nein. Es ist Ihr Tatort«, sagte er mit ausdrucksloser Miene. »Kommen Sie mir bloß nicht mit einem solchen Scheiß.«

Basquiat seufzte und verdrehte die Augen. Sie schickte Coldwood einen gequälten Blick, der deutlicher als mit Worten ausdrückte: »Müssen wir uns tatsächlich an die verdammten Vorschriften halten?« Coldwood erwiderte ihren Blick und gab keinen Deut nach. Ich erkannte jetzt, worauf das Ganze hinauslief – oder zumindest ein Teil davon. Jemand litt hier unter akutem Zuständigkeitsfrust. Ich stellte mich jedoch völlig dumm. Cops hassen nichts mehr als einen klugscheißerischen Durchschnittsbürger.

»Hier drüben«, sagte Basquiat mit einer gebieterischen Geste, als riefe sie einen Hund bei Fuß.

»Danke, dass Sie an mich gedacht haben, Gary«, meinte ich murmelnd zu Coldwood und achtete darauf, meine Stimme von jedem Anflug von Sarkasmus frei zu halten.

»Hey, Sie haben ja keine Ahnung, was ich für Sie getan und nicht getan habe«, erwiderte Coldwood, ebenfalls murmelnd, mit zorniger Miene. »Ich habe vorher die ganze Zeit versucht, Sie anzurufen, aber Sie waren den ganzen Tag unterwegs, und Ihr Mobiltelefon war besetzt. Und ich weiß nicht, ob Sie es schon bemerkt haben, Fix, da draußen ist die Hölle los. Es gab drüben in White City einen Riesentumult.«

»Ich habe davon gehört.«

»Die Unschuldigen brauchen keine Angst zu haben. Nun machen Sie schon, und überraschen Sie mich.«

Ich ging zu Basquiat hinüber, die mehr oder weniger in der Mitte des Raums – und der Kunststoffabdeckung – stand. Sie wartete auf mich. Unter ihrer professionellen Frisur und äußeren Aufmachung sah sie wirklich sehr gut aus; und sie mochte mich ganz und gar nicht. Ich schaute auf den Boden und sah, dass ich auf Tote trat, oder zumindest auf die Plastikmarken, die die Stellen bezeichneten, wo Menschen gestorben waren. Eins. Zwei. Drei. Jemand war hier fleißig gewesen – und nicht sehr wählerisch.

Als ich Basquiat erreichte, deutete sie nach unten auf ihre Füße. Unter der Kunststofffolie war mit dicker, weißer Kreide ein Kreis von knapp zwei Metern Durchmesser auf den Fußboden gezeichnet worden. Innerhalb dieses Kreises befand sich ein kleinerer Kreis, und zwischen diesen beiden befand sich ein Ring aus präzise abgezirkelten Buchstaben, die die Worte VERHIEL SERAGON IRDE SABAOTH REDOCTIN bildeten. In der Mitte des Kreises befand sich ein Pentagramm, jener fünfzackige Stern, der bei bestimmten Ritualen schwarzer Magie benutzt wird, weil er – angeblich – die vier materiellen Elemente mit dem Geist verbindet. Außerdem ist es ein hübscher Schmuck für Gothic-Girls, aber das ist nur ein netter Zufall. Darüber hinaus befanden sich in jedem Kreissegment zwischen den fünf Zacken des Pentagramms weitere verschnörkelte Zeichen. Sie basierten auf griechischen Buchstaben, die jedoch durch zahlreiche zusätzliche Striche verfremdet waren.

Was mir jedoch auffiel, war, dass die Zeichnung, so sorgfältig sie ausgeführt wurde, ziemlich gründlich ruiniert worden war. Die Fußbodenbretter waren in einer langen Linie zersplittert, die durch ein Kreissegment schnitt, und etwas Braunes war in der Mitte verschüttet worden und dann zum gegenüberliegenden Rand gesickert und hatte einen Teil des Pentagramms zugedeckt. Dort befand sich eine weitere Plastikmarkierung. Sie war rot und trug die Zahl 1 in fleckenlosem Weiß.

Jemand hat den Kreis nicht geschlossen …

»Samstagabend«, sagte Basquiat rechts neben mir. »Irgendwann nach acht Uhr und vor, sagen wir, zwei Uhr morgens. Eine ganze Reihe Leute waren hier. Wir haben auf dem Vorplatz draußen Reifenspuren, Fußabdrücke, Schleifspuren und so weiter gefunden. Wir schätzen, dass es insgesamt zwei Dutzend Personen waren, aber das ist noch eine reine Vermutung.

Wir wissen jedoch mit Sicherheit, dass sie nicht alle von der Straße hereinkamen. Einige von ihnen lebten schon seit einiger Zeit hier, da hinten irgendwo.« Sie deutete in die Dunkelheit. »Dort liegen sechs Schlafsäcke, eine tragbare Toilette, eine Menge Lebensmittelkonserven und ungefähr ein Dutzend schwarze Säcke voller Hausmüll. Also nehmen wir an, dass es hier eine Kerntruppe gab, die Hausmeisterdienste versah – die das Gebäude in Schuss hielt und darauf achtete, dass es kein unerwünschtes Aufsehen erregte. Dann gibt es auch noch eine größere Gruppe, die sich am Samstagabend anlässlich der Party hier einfand.«

Sie ging auf die Knie hinunter und fuhr mit einer ausgesprochen gepflegten Hand an den Umrissen des Kreises entlang. »Wir können uns denken, was für eine Party das war. Dies ist ein pseudo-paracelsischer magischer Kreis, der auf dem Original im *Archidoxis Magicae* basiert. Geisterbeschwörung. Jemand hat hier schwarze Magie praktiziert und …«, ihre Finger verharrten über dem dunkelbraunen Fleck in der Kreismitte, »… dazu gehörte, dass ein Opfer dargebracht wurde.«

Basquiat erhob sich wieder. »Und an diesem Punkt wird es interessant«, sagte sie, obgleich ihre Stimme sich keinen Deut veränderte und weiterhin totale Gleichgültigkeit signalisierte. Mit einem Kopfnicken deutete sie auf einen Teil des Raums, dem ich bisher keinerlei Aufmerksamkeit geschenkt hatte. Es war eine der Nischen, ebenso dunkel wie die anderen Winkel und Ecken des Raums außerhalb des Lichtkreises der Polizeischeinwerfer. »Ein ungebetener Gast«, sagte sie. »Er kam dort herein – oder er war schon die ganze Zeit dort, und wartete auf den richtigen Moment. Dahinter befindet sich ein Fenster, zugenagelt, aber jemand hat ein Brett aufgestemmt, an die Mauer gelehnt und stehen lassen. Er war leise, daher haben sie ihn nicht kommen hören. Vielleicht haben sie auch gesungen oder gebetet. Egal wie oder was, er schleicht sich ganz dicht heran, ohne dass jemand auf ihn aufmerksam wird. Wir wissen das, weil den Personen, die hier, dort und an dieser Stelle standen …«, sie zählte sie an den Fingern auf und runzelte dabei die Stirn, als müsste sie in ihrem Gedächtnis nachforschen, obgleich die dunklen Flecken unter der Plastikfolie die Punkte deutlich genug markierten, »… in den Rücken geschossen wurde.«

Sie drehte sich zu mir um und musterte mich für einen kurzen Moment mit einem eisigen, abschätzenden Blick, dann deutete sie an mir vorbei in den hinteren Teil des Raums. »Die anderen Teilnehmer der magischen Party rannten los – aber sie flüchteten nicht vor dem Mann mit dem Gewehr, sondern sie stürmten auf ihn zu. Sie selbst waren nicht bewaffnet. Oder zumindest wurden keine anderen Schusswaffen abgefeuert, soweit wir feststellen konnten. Alle Kugeln, die wir geborgen haben, stammten aus derselben Waffe, einem IMI Tavor Sturmgewehr, wie es vom israelischen Militär benutzt wird. Es ist eine Waffe mit halbautomatischer und vollautomatischer Funktion, allerdings fasst das Magazin – wie mir erklärt wurde – nur dreißig Patronen. Aber das ist egal. Dieser Mann vergeudet sie nicht, und er schießt nicht daneben.«

Basquiat ging an mir vorbei und zwang mich, kehrtzumachen und ihr zu folgen, während sie ihren Vortrag fortsetzte. Diese Art, jemanden mit Fakten, Zahlen und wie einen Tanzbären herumzudirigieren, war die übliche Polizistenprozedur. Ich hörte zu, aber auf einer Bewusstseinsebene darunter gab es eine Frage, die ich mit zunehmendem Schrecken in Gedanken im gleichen Rhythmus des schmerzhaften Pochens in meinem Schädel ständig wiederholte: Was – oder wer – hatte im Mittelpunkt des Kreises gestanden?

»Aber er hat keine Zeit mehr nachzuladen«, sagte Basquiat wie eine Mathematiklehrerin, die ihre Schüler auffordert: »Berechnet den Winkel.« Ihre Stimme klang noch immer ausdruckslos, aber in ihrem Gesicht erschien ein Anflug von Erregung oder zumindest belebte es sich ein wenig. Ich erkannte, dass sie ihren Job liebte. Und ich fragte mich, ob ein Fall wie dieser der Karriere eines weiblichen, jungen, aufstrebenden Detective Sergeant zuträglich sein konnte.

»Und er hat etwa sechs Kugeln verbraucht, um auf sich aufmerksam zu machen und sich vorzustellen«, fuhr sie fort, »daher hat er unter der Voraussetzung, dass er über ein volles Magazin verfügte, als er hereinkam, noch zwei Dutzend Schuss übrig. Wenn sie ihn angreifen, was sie offenbar tun, kriegt er Probleme. Automatisches Feuer würde die Angreifer zerstreuen, aber er hat nicht mehr die Zeit zum Umschalten, und auf jeden Fall dürfte sich jeder, der nicht bei diesem ersten Feuerstoß ausgeschaltet wird, auf ihn stürzen, und er hätte nichts mehr zur Verfügung als seine bloßen Hände, um sich zu wehren.«

Sie ließ den Blick über den Boden wandern, als könnte sie die Geschichte dort ablesen. »Vielleicht hatte er erwartet, dass sie losrennen. Vielleicht ist er aber auch überrascht, dass sie die Botschaft nicht verstehen. Er hat jedoch keine Angst, das ist ganz sicher, denn er geht ihnen entgegen. Eins – zwei – drei.« Sie deutete auf die Schleifspuren zwischen zwei Kunststofffolien auf dem Boden. »Hier bleibt er stehen. Und dann tut er etwas sehr Seltsames.«

»Er schießt in den Boden«, sagte ich. Meine Kehle war unangenehm trocken, und meine Worte kamen als undeutliches Krächzen heraus.

Basquiat sah mich mit einem seltsamen Ausdruck an. »Das

stimmt«, sagte sie und unterstrich die Feststellung mit einem Kopfnicken. »Das tut er. Und warum, Mister Castor?«

Ich zuckte wenig überzeugend die Achseln. Ich kannte die Antwort, hoffte aber immer noch, dass ich mich irrte. »Ein Warnschuss?«

»Nachdem er drei Leute in den Rücken geschossen hat? Das glaube ich nicht.«

Okay, zur Hölle damit. Wenn sie die Absicht hatte, mich nach ihrer Pfeife tanzen zu lassen. »Der Kreis«, sagte ich müde. »Er hat ein Loch in den Kreis geschossen.«

»Ich frage noch immer weshalb«, sagte Basquiat. »So etwas zu tun, erscheint mir äußerst seltsam. Können Sie irgendwelches Licht in die Frage nach dem Grund bringen?«

»Vielleicht«, erwiderte ich und erwiderte ihren Blick so fest und entschlossen ich es vermochte. »Aber vielleicht verraten Sie mir, weshalb ich eigentlich hier bin? Das zu wissen, würde mir erheblich weiterhelfen.«

Basquiat biss die Zähne zusammen, so dass ich für eine Sekunde ihre sämtlichen Halsmuskeln sehen konnte. »Ich wundere mich, dass Sie fragen müssen.« Als die Worte herauskamen, klangen sie wütend, fast hasserfüllt. »Sie sind einer von DS Coldwoods offiziellen Informanten – jedenfalls erzählt er es. Und er setzt Sie sehr oft in solchen Situationen ein, nicht wahr? Sie erzählen ihm, wo jemand gestorben ist und auf welche Art und Weise und wie es den Betreffenden seitdem ergangen ist.«

»Ja«, sagte ich. »So könnte man es beschreiben. Wollen Sie eine solche Deutung, Detective?«

»Nicht zu diesem Zeitpunkt, Mister Castor, nein. Vielleicht später. Was ich mir jetzt wünsche, ist eine Antwort. Woher wussten Sie, dass Abbie Torrington tot ist?«

Jetzt war es draußen. Es öffnete sich in meinem Magen wie eine Grube, die auf ein weiteres Wort von Basquiat wartete, um gefüllt zu werden.

»Ich bin Exorzist«, sagte ich.

»Na und, ist das etwa so wie mit dem Spatz, der vom Baum fällt?«, zischte sie und wiederholte, was ich zu Gwillam gesagt hatte. »Bekommen Sie sofort Bescheid, wenn irgendjemand stirbt? Wie geht es meinem Großvater? Als ich das letzte Mal mit ihm sprach, ging es ihm noch gut, aber vielleicht können Sie mir ein Update liefern.«

Sie starrte mich abermals wütend an. Ich überlegte noch immer, was ich ihr sagen sollte, als DC Fields herankam und ihr einen Zettel reichte, ohne auch nur einmal in meine Richtung zu schauen. Sie nahm den Zettel, las ihn und gab ihn mit einem knappen Kopfnicken zurück. DC Fields entfernte sich.

»Ein Mann und eine Frau kamen vor zwei Tagen in mein Büro«, berichtete ich, als Basquiat sich wieder zu mir umwandte. »Sie behaupteten, sie seien Abbies Eltern. Und sie baten mich, sie zu suchen.«

»Sie sollten ihre Leiche suchen?« Die Stimme der Detektivin klang ungläubig.

»Nein. Ihren Geist.«

Das klang nicht viel besser. Ehe Basquiat etwas darauf erwidern konnte, hob ich die Hand in einer beschwichtigenden Geste. »Verraten Sie mir nur eins, Sergeant, ist Abbie Torrington in diesem Kreis gestorben?«

»Ja«, antwortete Basquiat eisig. »Das ist sie. Ins Herz gestochen von ein paar Geisteskranken, die sich als Hexen und Zauberer aufspielten.« Sie kam ganz nah auf mich zu und ließ die Stimme sinken, so dass nur wir beide ihre nächsten Worte verstehen konnten. »Ihre Leiche liegt in diesem Moment im

Leichenschauhaus, und Sie können sich darauf verlassen, dass wir sie genauestens untersuchen. Und wenn ich herauskriegen sollte, dass Sie einer von denen waren, die sie getötet haben, Castor, dann wird keine Macht der Erde mich davon abhalten können, Ihnen die Eier abzureißen. Und Ihnen dann ausführlich und in aller Breite Ihre Rechte vorzulesen, während Sie in Ihrem Blut schwimmen.«

Die Grube füllte sich. Ich dachte, mit Trauer – Trauer um die kleine Abbie, aufgeschlitzt wie ein Stück Fleisch bei einem Satanistenritual –, aber es war nackte Wut.

»Lassen Sie mich die Szene in mich aufnehmen und prüfen«, sagte ich zu ihr und unterdrückte eine Menge anderer Worte, die sich hinter meinen Zähnen drängten und hinauswollten.

»Sie träumen, mein Freund«, schnaubte Basquiat und schüttelte den Kopf. »Ganz gleich, welchen Eindruck ich Ihnen vorher vermittelt habe, Sie sind ein Verdächtiger. Ich bat Coldwood, Sie hierherzuholen, für den Fall, dass Sie sich als einer von den Waschlappen entpuppen, die an einem Verbrechenstatort zusammenbrechen und gestehen. Das könnte uns vielleicht einige Zeit ersparen. Aber da Sie das nicht tun, muss ich sehen, was sich aus den Beweisen ablesen lässt. Der einzige Grund, weshalb ich Sie nicht sofort einbuchte und mitnehme, ist der, dass Gary für Sie bürgt – oder, genauer, dass er Sie als Informanten führt, was zur Folge hätte, dass jede Menge interner Papierkram zu bewältigen wäre, ehe ich Fields bitten kann, Ihnen die Zähne einzuschlagen.«

»Sie lassen Fields die schmutzige Arbeit erledigen?«, sagte ich. »Das enttäuscht mich aber. Früher war es so, dass wenn man einen Cop herausforderte, man zumindest mit seiner persönlichen Reaktion rechnen konnte.«

Basquiat war im Begriff gewesen, sich zu entfernen, und

hatte mir bereits den Rücken zugewandt. Sie wirbelte auf dem Absatz herum und verpasste mir einen sensenartigen Schwinger seitlich gegen den Kopf. Da mein Kopf kurz davor war, den Dienst völlig zu quittieren, und mein Gleichgewicht ziemlich wacklig war, ging ich zu Boden. Ich hörte ein tonloses Pfeifen des Beifalls von einer Seite des Raums und eilige Schritte von der anderen. Mit tränenden Augen hochschauend sah ich, wie Gary Coldwood sich über mich beugte.

»Mister Castor ist über die Schutzfolie gestolpert«, sagte Basquiat zu ihm.

»Ja, das habe ich gesehen. Aber ich denke, er hat sich wieder gefangen. Ich sehe ihn nicht mehr stolpern.«

»Es hängt davon ab, ob er in meiner Nähe bleibt«, sagte Basquiat. Sie ging auf ein Knie herunter und starrte mich an. »Ich benutze Fields zum Weichklopfen«, sagte sie. »Die Kleinarbeit erledige ich dann selbst.«

Sie entfernte sich, und Coldwood half mir, mich in die Senkrechte zu bringen – oder wenigstens halbwegs dorthin.

»Gehen wir raus an die frische Luft«, murmelte er.

Wir gingen durch den Flur auf die Straße. Ich lehnte mich an die Hauswand und hatte das Gefühl, als würde sich die ganze Welt wie ein Karussell um mich drehen.

»Sie hat eine Schwäche für Kinder«, erklärte Coldwood. »Sie nimmt es persönlich, wenn sie zu Schaden kommen. Es gab draußen in Kingston mal einen Pädophilen – er hatte wegen Missbrauchs eines kleinen Jungen gesessen, und es sah aus, als würde er wieder in alte Gewohnheiten zurückfallen. Er stürzte in seinem Haus einige Treppenstufen hinunter, als Basquiat dort war, um ihm ein paar Fragen zu stellen. Er brach sich den Arm und irgendetwas im Rücken, wovon er sich wahrscheinlich nie mehr erholt. Sie verhaftete ihn wegen tätlichen

Angriffs gegen einen Polizeibeamten. Sie erklärte, er habe sie attackiert und sei die Treppe hinuntergefallen, als sie sich mit einem Judogriff verteidigte. Die Geschichte stank zum Himmel, aber wen störte es? Er saß weitere sechs Monate ab, und alle waren glücklich und zufrieden.«

Ich sagte kein Wort. Ich nahm es ebenfalls persönlich, aber ich hatte nicht die Absicht, in Anwesenheit irgendeines Polizeibeamten einen Racheschwur abzulegen. Fürs Auftreten in der Öffentlichkeit gelten nun mal andere Regeln.

»Besorgen Sie sich einen Anwalt, Fix«, sagte Coldwood traurig. »Und zwar einen guten. Früher oder später kommen wir mit einem Haftbefehl zu Ihnen und holen Sie, und wenn Sie dann einen schlechten Anwalt haben, könnte es sein, dass Sie am Ende ganz alt aussehen, egal wie es läuft.«

»Ich brauche jemanden ... der mich nach Hause bringt«, sagte ich und hatte Mühe, die Worte deutlich auszusprechen.

Coldwood betrachtete mich einige Sekunden lang prüfend, dann wandte er sich an einen der Polizisten in Uniform, die an der Tür standen und so taten, als hörten sie nicht zu.

»Fahren Sie ihn heim«, sagte er.

»Ja, Sir.«

»Und schreiben Sie die Nummer des Wagens auf, den er benutzt hat. Nur für die Akten.«

Coldwood ging ins Gebäude zurück, ohne gute Nacht zu sagen. Ich vermute, er hatte das Gefühl, sich mir gegenüber ausreichend erkenntlich gezeigt zu haben.

13

Ich kann mich nicht erinnern, ob ich in dieser Nacht träumte oder nicht. Der Schlaf war wie eine Bleikiste, in die ich hineinfiel und deren Deckel sich über meinem Kopf schloss. In der Kiste herrschte Grabeskälte und gnädige Stille.

Aber irgendwann im Laufe der Nacht musste jemand die Seitenteile der Kiste entfernt haben, denn durch meine Augenlider drang Licht. Zuerst nur wenig, aber diese ersten Splitter Helligkeit wuchsen an zu Brecheisen, die sich einen Weg hinein bahnten und mich für einen Tag aufhebelten, mit dem ich eigentlich nichts zu tun haben wollte. Außerdem war da ein Klopfen wie von Hammer und Meißel, die sich in die Risse und Spalten meines Bewusstseins gruben.

Ich versuchte mich von dem Licht und den zudringlichen Geräuschen zurückzuziehen, ihnen zu entfliehen, aber sie schienen von allen Seiten auf mich einzudringen. Und mich zu bewegen war ohnehin schwierig, da meine Muskeln völlig verkrampft waren und vehement protestierten.

Ich schlug die Augen auf, die sich anfühlten, als seien sie mit Silikon dicht verschlossen worden. Ich befand mich in einem Automobil – es war Matts Wagen, stellte ich fest, als ich den Lufterfrischer in Tannenzapfenform wie einen Mistelzweig über meinem Kopf hängen sah. Was zum Teufel machte ich dort? Ich hatte den Wagen vor Pens Haus geparkt, und dann hatten Coldwood und seine kleinen Freunde mich abgefangen und nach Hendon entführt. Und da ich bei meiner Heimfahrt eine Polizeieskorte gehabt hatte … Nein, die Details passten nicht zusammen. Das Fieber dürfte mittlerweile gestiegen sein. Ich musste unter dem vagen Eindruck, immer noch nach Hause fahren zu müssen, in den Wagen zurückgekrochen und hinterm Lenkrad eingeschlafen sein. Glück gehabt. Wenn ich die Kiste auf die Straße gelenkt hätte, wäre ich irgendwo in einer Leichenhalle aufgewacht und hätte aus erster Hand erfahren dürfen, was es mit außerkörperlicher Erfahrung auf sich hat.

Das Klopfen wiederholte sich, wurde lauter und erklang dicht hinter meinem Kopf. Mit einiger Mühe wälzte ich mich im Fahrersitz herum, ohne den Kopf zu drehen, der sich anfühlte, als würde er eher abbrechen als irgendeine Bewegung ausführen. Pen stand neben dem Wagen und betrachtete mich mit einem Ausdruck verwirrter Besorgnis.

Ich entriegelte die Tür, öffnete sie und stieg aus, wobei ich beinahe das Gleichgewicht verlor. Pen machte einen schnellen Schritt vorwärts, um mich aufzufangen und aufzurichten.

»Danke«, murmelte ich. »Ich fühle mich nicht so toll, um ehrlich zu sein.«

Sie zuckte zurück, als der Geruch meines Atems ihre völlig unvorbereiteten Geruchsnerven erreichte. Dem Geschmack in meinem Mund nach zu urteilen, konnte ich ihr das nachfühlen.

»Fix«, ermahnte sie mich, allerdings um vieles sanfter, als ich erwartet hatte, »hast du getrunken?« Ich konnte die Frage verstehen. Ich versuchte, den Wagen abzuschließen, und hatte Probleme, den Schlüssel ins Türschloss zu schieben. Pen nahm mir die Schlüssel ab und verriegelte die Tür mit dem Pieper am Schlüsselring.

»Nein«, antwortete ich. »Nicht mehr als sonst. Dies ist – etwas anderes. Ich habe irgendeinen Virus eingefangen.«

Pen dirigierte mich zum Haus. »Was hast du mit dem Wagen gemacht?«, fragte sie und klang immer noch besorgt. »Und wem gehört er?«

»Der Wagen?«, wiederholte ich leicht irritiert. Mein Geist war wie eine Ansammlung schlaffer Finger, die sich nicht zu einer Faust zusammenfügen wollten. Dann erinnerte ich mich an die Breitseite meiner »Freunde« auf der Straßenbrücke in Hammersmith. »Ach ja. Das war ich nicht. Das waren katholische Werwölfe.«

Bis zu Pens Haustür waren es nur fünf Stufen. Irgendwie dauerte es eine Ewigkeit, um sie zu überwinden, und oben kam es beinahe zu einer Katastrophe, als ich das Gleichgewicht verlor und Pan mich vorwärts in den Hausflur stoßen musste, um zu vermeiden, dass ich auf den Hintern fiel und die Treppe wieder hinunterrutschte.

»Ich rufe einen Arzt«, nuschelte Pen mit zusammengebissenen Zähnen, während sie mich ins Wohnzimmer schleifte und unsanft aufs Sofa wuchtete.

»Ich glaube«, sagte ich, »ich muss mich nur mal hinlegen. Hatte gestern einen Scheißtag. Wurde in White City in einen Straßenkampf verwickelt, danach holten mich die Cops ab, damit ich den Hauptverdächtigen in ihrer Ermittlung spielen kann.«

»Mein Gott, Fix!« Pen war sichtlich beunruhigt. »Was glauben sie, dass du getan hast?«

»Mord.« Ich starrte auf den Fußboden und versuchte die Erinnerung an den eingetrockneten Blutspritzer und das Plastikschild – es glich einer Garderobenmarke –, das den Ort markierte, an dem Abbie Torrington gestorben war, zu verdrängen. Vergebliche Liebesmüh – es gelang mir nicht. »Sie glauben, ich hätte jemanden ermordet.«

Stille setzte sein, die sich auszudehnen schien wie weißes Licht, bis sie den gesamten Raum ausfüllte. Mir war schwindelig, und ich trieb auf dieser weißen Woge zurück in die Bewusstlosigkeit. Ich hatte zu viel zu tun, daher wehrte ich mich gegen meinen eigenen Körper, und der Raum kam wieder in Sicht. Ich glaubte nicht, dass dieses stumme Geplänkel überhaupt Zeit in Anspruch genommen hatte, aber als ich den Kopf wieder hob, war Pen verschwunden.

Samstag. Samstagabend. Etwas Großes, Bedeutendes, geschah – etwas, dessen Konturen ich zwischen den vielen verschiedenen Dingen, mit denen ich in Berührung gekommen war, nur ganz vage ausmachen konnte. Am Samstag wurden Stephen und Mel Torrington misshandelt und dann in ihrem eigenen Haus erschossen. Sie wehrten sich nicht. Sie versuchten nicht zu fliehen. Sie starben einfach. Später geschah das Gleiche mit Abbie – als Opferlamm bei irgendeiner Satanistenfeier. Dann, nachdem sie das Mädchen getötet hatten, kam jemand herein und beendete die Party mit einem Sturmgewehr, zielte jedoch nicht auf die Satanisten – zumindest nicht nach den ersten aufregenden Sekunden –, sondern auf den magischen Kreis, in dem immer noch Abbies sterbliche Hülle lag. War Dennis Peace dieser Besucher? War dies der Moment, in dem er Abbies Geist an sich nahm und in dem Glauben verschwand, sein Ziel erreicht zu haben? Und wenn er sie tatsächlich mitnahm, war es dann eine Entführung oder eine Rettungsaktion?

Unterdessen wurde drei Meilen entfernt die Saint Michael's Church von einem Wesen heimgesucht, das so mächtig war, dass allein nur in seine Nähe zu geraten Geist und Seele aller in dem Gebäude Anwesenden vergiftete und sie mit Mord und

Totschlag gepflasterte Bahnen durch die Stadt ziehen ließ wie ein Bündel Klavierdraht durch einen reifen Weichkäse.

Und noch etwas anderes war im Gange. Etwas, das mir entging.

Pens Stimme, leise und drängend, erklang draußen im Flur. Keine andere Stimme, nur ihre. Ich wandte mich um und sah sie durch die Türöffnung am Fuß der Treppe stehen, ganz allein, und erregt und hektisch reden. Sie telefonierte natürlich mit ihrem Mobiltelefon, aber in diesem Moment kam es mir so vor, als stünde irgendeine spektrale Gestalt neben ihr, stumm und unsichtbar. Als ob sie sich im Himmel zurückmeldete, denn eine Lichtwolke umgab ihren Kopf wie ein Heiligenschein. Aber nein, es war nur das Sonnenlicht, das durch das Fenster über der Einganstür hereindrang. Es war ein wunderschöner Tag. Und schon spät. Sehr spät. Aber wenn das Sonnenlicht wüsste, worauf es hier fiel, würde es sich dann die Mühe dieser langen Reise machen?

Pen kam ins Wohnzimmer zurück und blieb vor mir stehen. Sie wirkte unentschlossen. »Ich muss los, Fix«, sagte sie. »Rafi bekommt heute Vormittag zwecks Begutachtung und anschließender Voranhörung Besuch von einem Psychiater, und ich möchte nicht, dass er das allein durchstehen muss. Ich habe Dylan angerufen und ihn gebeten, nach dir zu schauen, aber er ist bereits im Dienst. Er schickt jedoch jemand anderen – einen Freund. Bleib einfach hier, bis er kommt, okay?«

»Ja«, murmelte ich. »Ich gehe nirgendwohin. Ich komme schon zurecht.«

»Na schön.« Sie ging auf die Knie herunter und umarmte mich unbeholfen. »Gute Besserung. Ich grüße Rafi von dir.«

Und während sie sich wieder aufrichtete, schoss ein Gedanke kreuz und quer durch mein Gehirn auf der Suche nach einem intakten Neuron, an dem er andocken konnte. Pen redete immer noch, aber ich konnte bei dem Klingeln in meinen Ohren kein Wort verstehen.

Ging es um Pen? Oder um Rafi? Ich sollte bei ihm sein. Ich war bei ihm gewesen. Das war das Problem. Deshalb befand er sich jetzt in diesem desolaten Zustand.

Die Tür schlug und schreckte mich aus meinem Halbschlaf. Ich versuchte, mich aufzurichten, schaffte es jedoch nicht. Ich öffnete den Mund, um zu sagen: »Ich komme mit dir«, aber Pen war nicht mehr da. Natürlich, deshalb hatte die Tür geschlagen. Sie hatte mich bereits verlassen.

Aber das war jetzt nicht das Thema, oder? Pen ging es gut, denn sie war unterwegs, um Rafi zu besuchen, und Asmodeus – der größte Teil von Asmodeus – hielt sich woanders auf. Also was war das Problem? Weshalb hatte ich das Gefühl, als gebe es etwas, das ich zu tun unterlassen hatte, das ich jedoch schnellstens erledigen musste, ohne weitere Zeit zu vergeuden? Und wenn ich mir dieses Gefühl der Dringlichkeit bewusst machte, weshalb saß und lag ich noch immer halb auf der Couch, während mein Kopf wie ein nutzloses Gewicht von meinen Schultern herabhing und den Fußboden anstarrte?

Diesmal gelang es mir, mich aufzurichten, obgleich der Fußboden in alle Richtung gleichzeitig zu kippen schien und versuchte, mich erneut umzuwerfen. Ich suchte in den Taschen nach Matts Autoschlüsseln. Sie waren nicht dort. Vielleicht hatte ich sie im Wagen gelassen. Wo hatte ich den Wagen abgestellt? Ich musste jemanden treffen. Juliet. Ich musste mich mit Juliet treffen und ihr mitteilen, wo sie Rafi an einem Samstag antreffen könnte.

Raus in die Diele. Wohin jetzt? Entweder nach links oder nach rechts, denn andere Richtungen standen nicht zur Auswahl. Außer abwärts, das hatte ich vergessen. Aber gegen abwärts gab es ein unerklärliches Vorurteil. Abwärts war erstaunlich. Sobald man es einmal versucht hatte, war es verdammt schwierig, wieder nach oben zu kommen.

Ich lag ausgestreckt auf der Treppe, gekreuzigt auf einem Teppich, der kein Muster mehr besaß, weil die Sonne die Fäden zu einem einheitlichen blassen Goldton ausgeblichen hatte. Er roch nach Schimmel und ganz schwach nach Estragon, nicht gerade eine Mischung, die mir gefallen hätte. Ich konnte mich noch nicht einmal daran erinnern, mich entschlossen zu haben, nach oben zu steigen, daher richtete ich mich wieder auf, lehnte mich so weit wie möglich zurück und fiel wieder die Treppe hinab. In Krisenzeiten muss man Entschlusskraft beweisen, sonst laufen die Leute über einen hinweg.

Während ich auf dem Rücken im Flur lag, sah ich, wie die Tür aufging und ein Paar glänzender schwarzer Schuhe auf mich zukam, offensichtlich liefen sie an der Decke. Eine Männerstimme sagte ein einziges Wort. Scheibe? Scheiße? Scheitel? Dann drängte sich ein großes Gesicht in meinen Sehbereich wie ein Mond, der mitten am Tag aufging. Es war ein nettes Gesicht, aber keines, das ich kannte.

»Tut irgendetwas weh?«, fragten seine Lippen. Ein oder zwei Sekunden später überrollte mich der Ton wie eine träge dahingleitende Woge. Ich schüttelte nahezu unmerklich den Kopf.

»Gibt es irgendein Teil an Ihnen, das Sie nicht bewegen können?«

Das hätte mich zum Lachen gebracht, wenn ich mich daran hätte erinnern können, wie Lachen funktionierte. Es gab nichts, was ich in diesem Moment hätte bewegen können. Vielleicht einen Finger, ich versuchte es krampfhaft.

Der Typ fing an, mich auf unangemessene Weise anzufassen.

Er betastete meinen Hals und meine Wangen, zog die Augenlider herunter, damit er mir in die Augen schauen konnte, und öffnete schließlich meinen Mund und blickte mir mit Hilfe einer Taschenlampe in den Hals. Es war keine Arztlampe, sondern eine Mag-Lite-Taschenlampe, fast einen halben Meter lang, die er irgendwo unter Pens Küchenspüle oder an irgendeinem anderen ungesunden Ort gefunden hatte.

»Verdammtes Arschloch«, sagte ich. Oder ich versuchte, es zu sagen. Wahrscheinlich brachte ich es nicht zustande, weil er in keiner Weise reagierte, als hätte er mich auch nur vage verstanden. Er entfernte sich und kam wieder zurück, ein- oder zweimal. Dann stellte er neben mir eine Tasche auf den Teppich und beugte sich wieder über mich.

»Haben Sie irgendwelche alten Verletzungen?«, wollte er von mir wissen. »Wunden, meine ich. Wunden, die vielleicht noch frisch und offen sind?«

Nun, das fiel unter die ärztliche Schweigepflicht, daher war es okay, wenn ich darauf antwortete. Aber meine Zähne pressten sich aufeinander und wollten sich nicht voneinander lösen. Gleich kommt er, gleich ist er da, dachte ich. Ein zusammenhängender Satz entstand und wollte raus. Aber die Worte fielen nicht auf den Bluff herein, und nichts geschah. Ich schaffte es, die Augen in Richtung meiner Schulter zu verdrehen. Es war ein minimalistischer Hinweis, aber er schien ihn zu verstehen. Er knöpfte meinen Mantel auf, dann öffnete er die obersten drei Knöpfe meines Hemdes und schlug es zurück. Er betrachtete mit einem Kopfnicken, was er dort vorfand.

»Sie haben eine Infektion«, sagte er, und in seiner Stimme lag ein pfeifendes Echo, das klang wie eine verzerrte Elektrogitarre. »Ich werde …«

Seine Stimme wurde zu einem Band aus Luft, eine schnelle Bewegung, die wie ein in Zeitlupe ablaufender Peitschenhieb von einem Ende zum anderen wanderte. Als sie das andere Ende erreichte, ging sie in totaler Stille unter.

✪

Ich erwachte nur halb. Mein Mund war so trocken, dass es sich anfühlte, als sei er voller Reißzwecken. Ich versuchte zu reden, und etwas Kaltes und Nasses wurde auf mein Gesicht gedrückt. Ich konnte meine Zunge damit in Berührung bringen und ein wenig von der Nässe aufnehmen. Der Schmerz ließ gnädigerweise nach, und ich tauchte sofort wieder ab.

Das Nächste, was ich bewusst wahrnahm, war der *River Kwai Marsch*, der von einer Autohupe gespielt wurde. Ich dachte an den Text, der gerne dazu gesungen wurde, und fragte mich verträumt, wer damals wohl die Idee gehabt hatte, zu dichten, dass Hitler nur ein Ei hatte. Und weiter, wer nahe genug an ihn herangekommen war, um nachzuzählen?

Dann stürmte von allen Seiten die Erinnerung auf mich ein, und ich richtete mich abrupt auf, als stünde ich unter einer starken Federspannung. Ich befand mich in meinem Zimmer, lag in meinem Bett, und das Fenster stand offen. Erschreckenderweise und völlig außerhalb jeder Ordnung war draußen der Abend angebrochen.

»Scheiße!«, krächzte ich. »Scheiße, Scheiße, Scheiße, Scheiße, Scheiße!«

Ich schleuderte die Bettdecke beiseite und stellte dabei fest, dass ich nackt und glitschig von kaltem Schweiß war. Mein Fieber war abgeklungen, während ich schlief, und jetzt fühlte ich mich schlapp, hatte aber einen weitgehend klaren Kopf.

Klar genug, um mich zu erinnern … an irgendetwas. Irgendeine Erkenntnis hatte mich aus dem Nebel meines nur unzureichend funktionierenden Gehirns erreicht und mich kurz wie ein Scheinwerfer angestrahlt, ehe ich zusammenbrach. Noch war ich nicht wach genug, um mich genau zu erinnern, was es war.

Juliet. Es war etwas, das mit Juliet und ihren Plänen für diesen Abend zu tun hatte. Aus irgendeinem Grund hatte ich ein Gefühl – nein, war ich absolut todsicher –, dass es keine gute Idee von ihr wäre, ihren Geist in die Mauern der Saint Michael's Church zu schicken. Ich war mir nicht sicher weshalb, aber ich musste dort sein und sie daran hindern.

Ich fand meine Kleidung säuberlich zusammengefaltet auf der Schubladenkommode direkt an der Zimmertür. Mein Mantel war über eine Stuhllehne drapiert. Mein Mobiltelefon steckte in der Tasche, aber als ich es einschalten wollte, stellte ich fest, dass der Akku leer war. Das war mein Berufsrisiko. Ich hatte mich erst spät mit dieser Technologie angefreundet und war von ihrem Wert nie ganz überzeugt gewesen. Ich drehte jede Tasche um, aber Matts Autoschlüssel blieb verschwunden.

Ich schlüpfte in der Reihenfolge in meine Kleider, in der ich sie vom Stapel nahm. Ich brauchte dringend eine Dusche, aber dazu hatte ich jetzt keine Zeit. Ich stolperte die Treppe hinunter, wobei meine Beine noch immer ein wenig zitterten.

Ich fand das Telefon in der Küche, desgleichen einen nicht sehr großen untersetzten Mann mit beachtlichem Bierbauch. Er saß am Küchentisch und blätterte in einer sehr alten *Cosmo*-Ausgabe, die er jedoch zuklappte, als ich hereinkam, und erhob sich. Er trug ein braunes Cordsakko, das ein wenig zerschlissen aussah, und eine Brille mit Kassengestell, die für sein rotes, pockennarbiges Gesicht nichts anderes tat, als seine uninteressantesten Teile zu vergrößern. Sein Schädel war kahl, aber um seine Ohren wucherten kleine Haarbüschel wie schüttere Sträucher auf trügerischem Geröll. Ich nickte ihm zu, aber mir ging zu viel durch den Kopf, um mich in ein belangloses Gespräch verwickeln zu lassen. Ich nahm den Hörer des Wandtelefons von der Gabel. Der Mann schaute aufmerksam zu, wie ich wählte.

»Wie fühlen Sie sich?«, fragte er. Er hatte einen leichten schottischen Akzent.

»Ganz gut«, antwortete ich. »Können Sie einen Moment warten?«

Das Gemeinschaftstelefon im Frauenhaus klingelte zwei Dutzend Mal, ohne dass sich jemand meldete. Ich wollte schon aufgeben, als schließlich doch noch jemand den Hörer abnahm. »Hallo, hier ist Emma, wer bist du?« Die Stimme eines kleinen Mädchens mit der betont formellen Telefonstimme, die Kinder schon mal von Erwachsenen übernehmen, ohne genau zu wissen, was dahintersteckt.

»Mein Name ist Castor«, sagte ich. »Kann ich Juliet sprechen? Ist sie da?«

Am anderen Ende der Leitung war eine gemurmelte Unterhaltung zu hören. Dann: »Sie ist weggegangen«, sagte Emma. »Wenn Sie wollen, können Sie eine Nachricht hinterlassen.«

»Danke. Die Nachricht lautet, dass sie mich anrufen soll.« Ich überlegte kurz. Nicht gut. Ich wäre auf dem Weg nach Westen. »Eigentlich«, sagte ich dann, »lautet die Nachricht, dass sie nicht in die Kirche gehen soll. Ich erkläre es ihr, wenn ich sie treffe.«

»Ich gebe die Nachricht weiter«, sagte Emma mit ihrer Piepsstimme.

Ich legte auf und wandte mich ein wenig verspätet zu dem kleinen Mann um, der mich immer noch schweigend beobachtete. »Ich weiß nicht, was Sie mit mir gemacht haben, aber es hat geholfen«, sagte ich. »Danke.«

Er zuckte die Achseln – eine wirklich großmütige Geste, wenn man bedachte, dass ich ihn soeben ziemlich nachlässig behandelt hatte, nachdem er mich vermutlich im letzten Moment vor irgendetwas gerettet hatte. Ich musste gehen, aber ich musste auch Bescheid wissen. »Was war es denn?«, fragte ich. »Was habe ich mir eingefangen?«

»*Clostridium tetani*, im Wesentlichen«, erwiderte er.

»*Clostridium* …?«

»Sie hatten eine schwere Tetanusinfektion. Sie hätten sich regelmäßig impfen lassen sollen. Sagen Sie mal, hatten Sie in letzter Zeit mit Werwölfen zu tun?«

Ich zögerte kurz, dann nickte ich. »Warum?«, wollte ich wissen.

»Nun, ich dachte es mir schon.« Er kratzte sich am Kinn und musterte mich, als wolle er mich eingehender untersuchen und vielleicht einen Bericht über mich im *The Lancet* veröffentlichen. »Da war etwas, das ich früher schon mal gesehen hatte – und es war so auffällig, dass ich versucht habe, mich eingehender zu informieren. Die Wunde in Ihrer Schulter stammte von einer Art Krähenfuß oder einem Wurfstern. Wer immer diese Waffe benutzt hat, war ein *loup-garou*, und er hatte vorher die Schneideflächen abgeleckt und reichlich mit seinem Speichel benetzt. Sicherlich wissen Sie, dass die Bösen in Spionageromanen den Wagen oder die Schuhsohlen oder wer weiß was des Helden mit einer Wanze präparieren, damit sie ihn verfolgen können, oder? Nun, dies ist sozusagen die nichttechnische Version einer solchen Wanze. Ein *loup-garou* kann die Pheromone seines eigenen Speichels wittern. Und zwar meilenweit, wie eine Studie ergeben hat. Sie konnten Sie durch halb London verfolgen. Natürlich können sie einen auch mit Tollwut oder HIV infizieren. Alles in allem sind Sie wahrscheinlich noch glimpflich davongekommen.«

Das erklärte vieles – und meine Gefühle waren offenbar in meinem Gesicht abzulesen, denn der kleine Mann versuchte hastig, mich zu beruhigen. »Oh, machen Sie sich deshalb keine Sorgen. Ich habe Sie mit Vacomycin vollgepumpt. In Ihrem Körper hat nichts überlebt, das sich nicht dort aufhalten sollte. Und die Povidon-Jod-Wischtücher, die ich benutzt habe, dürften auch die letzte Spur Pheromon, die Sie noch an sich hatten, beseitigt haben. Sie brauchen nicht mehr ständig über die Schulter zu blicken. Allerdings sollten Sie irgendwann einen Bluttest durchführen lassen, um mögliche Infektionen auszuschließen, deren Entwicklung langsamer verläuft. Aber soweit ich feststellen kann, sind Sie okay.«

Mehr Sorge bereitete mir der Schaden, der bereits angerichtet worden war. So hatten mich also die beiden *loup-garous*, Po und Zucker, auf der *Thames Collective* gefunden, und danach in der Church Street in Kensington. Und letztendlich auch auf der Straßenüberführung in Hammersmith. Diese Bastarde mussten mich zwei ganze Tage lang rund um die Uhr beschattet haben. Glücklicherweise war ich die meiste Zeit auf der Jagd nach irgendwelchen Phantomen im Kreis herumgerannt, so dass sie sich am Ende für ihre Mühe allenfalls ein leichtes Schwindelgefühl eingehandelt hatten.

»Danke«, sagte ich abermals ziemlich lahm. »Das weiß ich zu schätzen.«

Er winkte ab. »Ich habe nur einem Freund einen Gefallen getan«, sagte er.

»Doc Forster?«

»Aye, richtig. Wenn er gekonnt hätte, wäre er selbst gekommen. Aber er kann nicht ganz frei über seine Zeit verfügen.«

Das Verhalten des Mannes veränderte sich – er zögerte und wurde vorsichtig. »Dieses kleine Mädchen – kann ich irgendwie helfen? Ich meine – als Arzt?«

Die Frage traf mich unvorbereitet. »Welches kleine Mädchen?«

»Als ich diese Wunde säuberte und versorgte, sprachen Sie von einem kleinen Mädchen. Und von einem Blutfleck. Ich konnte mir darauf keinen Reim machen, aber es klang ziemlich schlimm.«

Ja, dachte ich mit einem flauen Gefühl im Magen. Und vor Gericht würde es sicherlich noch übler klingen. »Nein«, sagte ich schroff. »Sie können nicht helfen. Was sie jetzt braucht, ist kein Arzt.«

Er war um den Tisch herumgekommen und nur ein paar Schritte von mir entfernt stehengeblieben. Seine Stirn war nachdenklich gerunzelt. Ich erkannte, dass dies nicht die Antwort war, die er hatte hören wollen. Es war eindeutig, dass er gerade überlegte, ob er nicht soeben einem Kindermörder geholfen und seine Hilfe angeboten hatte.

»Sehen Sie«, sagte ich, »das Mädchen ist – auf gewisse Weise – eine Klientin. Sie wissen doch, womit ich meinen Lebensunterhalt verdiene, oder?«

»Nein. Tut mir leid. Das weiß ich nicht.«

»Ich bin Exorzist. Das Mädchen ist tot, und ich wurde engagiert – es klingt verrückt, aber es ist die Wahrheit –, um ihren Geist zu suchen.«

Der Mann nickte verstehend, als ergebe das für ihn einen Sinn. Aber dann dachte er ein wenig darüber nach und fand sofort die Ungereimtheiten. »Engagiert von wem? Wer stiehlt einen Geist? Wer möchte einen Geist zurückholen?«

»Wer ihn stiehlt? Wahrscheinlich ihr leiblicher Vater. Wer ihn zurückholen will, weiß ich nicht, denn diese Leute haben mir eine Menge Blödsinn erzählt. Vielleicht irgendwelche geisteskranken Satanisten. Aber ich werde weiter nach ihr suchen, weil ich glaube, dass sie in Schwierigkeiten ist.«

Der kleine Mann lachte freudlos. »In größeren Schwierigkeiten, als tot zu sein, meinen Sie?«

»Ja.« Laut ausgesprochen klang es seltsam, aber ich wusste, dass es zutraf. Ich erkannte, dass ich es schon seit einer Weile wusste – noch bevor Basquiat mir gezeigt hatte, wie Abbie gestorben war. »In größeren Schwierigkeiten, als tot zu sein.«

Der Arzt verarbeitete diese Information in unbehaglichem Schweigen. »Nun, ich hoffe, dass sich am Ende alles aufklärt«, sagte er schließlich mit dem Blick eines Mannes, der entschlossen war, sich wieder nur um seine eigenen Angelegenheiten zu kümmern. »Sie sollten Ihren linken Arm eine Weile schonen. Solange der Muskel noch entzündet ist, können Sie sich leicht eine Verletzung zuziehen, zum Beispiel einen Muskelfaserriss.«

»Ich werde mich in Acht nehmen«, versprach ich und nahm Matts Autoschlüssel aus der Obstschale, in der Pen sie deponiert hatte.

»Möglich, dass Sie noch ein wenig unsicher auf den Beinen sind«, sagte der kleine Mann mit einem besorgten Stirnrunzeln. »Falls Sie Probleme haben, den Wagen zu lenken, sollten Sie anhalten und ein Taxi nehmen oder mit der U-Bahn fahren.«

Was seine Fürsorge betraf, wurde er mir allmählich ein wenig lästig. Ich hatte dem Mann einiges zu verdanken, aber ich hatte schon immer eine Abneigung gegen Belehrungen, Moralpredigten und Gesundheitstipps. »Keine Angst«, murmelte ich, während ich zur Tür ging. »Es ist der Wagen meines Bruders.«

✪

Der Himmel verdunkelte sich zügig, viel zu schnell für den Frühling. Es war wie eine Nacht, die schon vor langer Zeit hätte enden müssen, die jedoch die Krater der Ewigkeit verstopft hatte und sich jetzt ins Tageslicht drängte. Entweder dies, oder ich hatte länger geschlafen, als ich annahm.

Die Türen von Saint Michael's waren immer noch geschlossen und verriegelt, desgleichen das überdachte Friedhofstor. Das bremste mich für allenfalls zwanzig Sekunden. Das Tor selbst war eher ein schmückendes Beiwerk als ein echtes Hindernis und bot mir – so schwach ich immer noch war – genügend Vorsprünge und Griffe für Füße und Hände. Meine Landung auf der Friedhofsseite der Mauer war jedoch ein wenig unsanft, und ich stürzte auf die Hände und zog mir einige leichte Hautabschürfungen zu.

Ich ging an der Friedhofsmauer entlang, bis ich die Hintertür der Sakristei sehen konnte. Sie stand offen. Dann wagte ich mich hinaus ins Freie und ging darauf zu, wurde jedoch, ehe ich zehn Schritte zurückgelegt hatte, durch ein atemloses Kichern gestoppt. Ich erstarrte und schaute mich auf der Suche nach seiner Quelle um.

Ein Mann lehnte an der hinteren Friedhofsmauer. Sein Kopf hing auf die Brust herab. Er hatte langes, dünnes Haar und trug einen fleckigen Regenmantel. Er sah aus wie ein Betrunkener auf dem Nachhauseweg von der Kneipe und auf der Suche nach einer Möglichkeit, seine Notdurft zu verrichten, aber ein zweiter, weniger oberflächlicher Blick schloss diese Möglichkeit mehr oder weniger aus. Die Flecken auf dem Regenmantel waren dunkel und unregelmäßig verteilt. Im schwachen Licht konnte ich mir nicht sicher sein, aber sie sahen aus wie Blut. Die eine Seite seines Schädels war eingedrückt, und einer seiner Arme hing nutzlos herab wie ein Pendel und schwang hin und her, als er von einem Fuß auf den anderen trat.

Ein Zombie – und dazu noch einer, der seinen sterblichen Überresten sehr viel weniger Aufmerksamkeit und Fürsorge gewidmet hatte, als Nicky es zu tun pflegte.

Irgendein Verdacht, den ich mir selbst nicht richtig erklären konnte, ließ mich die Richtung ändern und auf ihn zugehen. Vielleicht kam er mir von irgendwoher bekannt vor. Vielleicht wollte ich auch nur, dass er sich nicht hinter mir befand, während ich die Kirche betrat.

»Ist alles okay, Kumpel?«, fragte ich beiläufig, während ich mich ihm näherte. Ich suchte in meiner Tasche nach dem Myrtenzweig, aber ich fand ihn nicht. Ich musste ihn bei Imelda zurückgelassen haben, die ihn wahrscheinlich behandelt hatte wie eine tote Ratte: mit Kehrblech und Besen, die sie nachher sterilisiert haben dürfte, um jeden direkten Kontakt zu vermeiden.

Der Mann hob den Kopf, um mich mit dem einen Auge, das er noch übrig hatte, anzustarren. Er grinste auch, obgleich es durch das verfilzte Dickicht seines Bartes nur schwer zu erkennen war. Ja. Ich konnte ihn jetzt einordnen. Er war der Kerl in der Mall, der Juliet in die Brust geschossen hatte und den sie mit einem Tritt rückwärts durch ein Fenster befördert hatte. Seinem Aussehen nach zu urteilen hatte ihm diese Behandlung nicht besonders gutgetan.

»Wann wird es kommen?«, fragte mich der Mann. Seine Stimme klang leise und hatte einen abstoßend klebrigen Unterton. Er grinste und zeigte dabei zersplitterte Zähne, die an eine Bambusfallgrube erinnerten. »Wann wird es hier sein?«

»Verrate mir, was es ist, und ich nenne dir eine Ankunftszeit«, bot ich an. »Auf was wartest du?«

Er erschauerte. »Das Ding, das mich verschlungen hat«, murmelte er und ließ wieder den Kopf hängen. Nach längerem Schweigen fügte er, nur für sich selbst bestimmt, hinzu: »Sie muss beendet werden ... Die Sache muss beendet werden. Kann mich nicht einfach ... verschlingen und mich dann wieder ausspucken.«

Hin- und hergerissen zwischen Mitleid und Übelkeit, wandte ich mich wieder zur Kirchentür um. In diesem Moment griff er mich an.

Er war groß, und er war mir gewichtsmäßig überlegen. Er erwischte mich wie ein Elektrobus, schwerfällig und nicht besonders schnell, aber im Großen und Ganzen unmöglich zu stoppen. Als ich stürzte, landete er auf mir, griff mit klauenartig gekrümmten Fingern seiner heilen Hand nach mir und lachte kehlig, als sei das Ganze ein grandioser Witz.

Ich riss den Kopf hoch und rammte ihn gegen seine Nase. Ich hörte den Knochen mit einem matschigen Geräusch brechen wie faules Holz. Kein Blut strömte. Er hatte kein Herz mehr, womit es durch seinen Körper gepumpt wurde, und wahrscheinlich war es auch gar nicht mehr flüssig.

Er legte die Finger um meinen Hals und begann mich zu würgen. Sein Kopf kam mir entgegen. Sein Mund bewegte sich hektisch, als wollte er mich, während er mich tötete, gleichzeitig fressen. Der säuerliche Gestank seines verwesenden Fleisches legte sich auf meine Schleimhäute, und vor meinen Augen drehte sich alles. Allmählich geriet ich in Panik, wälzte mich auf die Seite und bohrte ihm meine Faust mit aller Kraft in die Magengrube. Er war zu schwer, als dass ich ihn hätte wegschieben können, und er reagierte gar nicht. Auch seine Nerven funktionierten nicht mehr.

Aber er hatte nur einen Arm, der noch funktionierte, und ich hatte beide Hände frei. Ich kam mir ziemlich mies vor, als ich nach seinem Gesicht tastete, während die Umgebung um mich herum verschwamm, und das andere Auge mit dem Daumen aus seiner Höhle drückte.

Er nahm ruckartig den Kopf zurück, schlug um sich. Um mich abzuwehren, doch es war zu spät. Ich zog beide Knie bis an die Brust und trat dann mit beiden Beinen zu, so dass er rückwärts gegen einen Grabstein flog. Dort blieb er wie ein Lumpenbündel liegen. Seine Finger krallten sich matt in sein Gesicht. Dabei jaulte er wie ein Tier. Krämpfe liefen durch seinen Körper, und seine Beine bewegten sich abwechselnd, als ob er glaubte, er stünde und ginge herum. Er erinnerte mich an einen Spielzeugroboter, den ich als Kind besaß. Made in Honkong, wurde er von einem Uhrwerkmotor angetrieben, der bis zum Stillstand auslief, selbst wenn man den Roboter umwarf und er sich nicht mehr vom Fleck rühren konnte.

Ich stand auf und stolperte zu dem Zombie hinüber. Ich stützte mich auf den Grabstein und schaute auf ihn hinab. Wenn der Schaden groß genug war, würde sein Geist sich nicht länger an sein totes Fleisch klammern. Aber es konnte noch längere Zeit dauern. Und so lange war er dort drin gefangen: geblendet, verängstigt, der unsterbliche Geist an das halb verweste Gehirn gefesselt und ständig bemüht, es wieder in Gang zu bringen.

Ich hatte keine andere Wahl. Ich holte mit zitternden Händen die Tin Whistle hervor und setzte sie an die Lippen. Unsere kleine Rauferei zwischen den Grabsteinen hatte mir einen hinreichend präzisen Eindruck von seinem Wesen geliefert. Auf jeden Fall genug, um darauf aufbauen und anfangen zu können. Die Töne stiegen hinauf zum sich verdunkelnden Himmel, schwach und zögernd, aber belebt von einem unbeabsichtigten Vibrato. Der tote Mann starrte mich mit blicklosen Höhlen an, die einst seine Augen gewesen waren. Sein Mund öffnete und schloss sich und erzeugte eine Folge zusammenhangloser Laute, die dumpf mein Spiel untermalten, als versuchte er mitzusingen. Dann verstummte er, und welcher Funke auch immer ihn noch belebt haben mochte, zog sich endgültig aus ihm zurück.

Ich wollte die Flöte wegstecken, überlegte es mir jedoch anders. Ich behielt sie spielbereit in der Hand und überquerte die Rasenfläche zur Sakristeitür.

Sie hing nur noch an einer Angel. Ohne Susan Book, die sie ihr hätte aufschließen können, in Reichweite, musste Juliet sie einfach mit einem Fußtritt geöffnet haben. Als ich eintrat, überfiel mich die eisige Kälte, als sei ich durch einen Vorhang getreten, der zwar unsichtbar, trotzdem deutlich zu spüren war.

Die Kirche war dunkel. Natürlich, was sonst. Licht hätte hier sowieso kaum eine Chance gehabt. Ich hatte keine Fackel und keine Lampe mitgebracht, da ich nicht wusste, ob mir beides genutzt hätte.

Der Herzschlag war jetzt deutlich zu hören: eine langsame Geräuschfolge, die gegen meine Trommelfelle brandete wie Wellen, die gegen Felsklippen schlugen.

Ich machte einen langsamen Schritt nach dem anderen, ließ die Füße über den Boden gleiten, anstatt sie zu heben, damit ich nicht über irgendetwas in der Dunkelheit stolperte und mich unsanft auf den Hintern setzte. Die kalte Luft war vollkommen still. Das Einzige, woran ich erkannte, dass ich das Ende des

Querschiffs erreicht hatte und das größere Mittelschiff betrat, war der veränderte Klang der Echos, die meine Schritte erzeugten. Mein Arm stieß irgendwo an, und ein hallender Lärm erklang, als etwas zu Boden fiel und unsichtbare Objekte über den Boden rollten. Es war der Tisch, auf dem die Votivkerzen standen. Ich ignorierte dieses kleine Malheur und setzte meinen Weg fort.

Etwa ein Dutzend Schritte weiter berührte meine Fußspitze etwas auf dem Boden. Ich ging vorsichtig auf die Knie hinunter und untersuchte seine Konturen ein wenig eingehender. Es war ein menschlicher Körper, der sich nicht bewegte.

Ich musste jetzt die Flöte wirklich wegstecken, obgleich ich sie die ganze Zeit umklammert hatte wie ein Taucher seine Rettungsleine. Ich schob die Hände an Schultern und Knien unter den Körper und hob ihn hoch. Ich nehme an, ich hatte erwartet, dass Juliet schwer war, weil sie stets einen so starken Eindruck hinterließ. Das lag wahrscheinlich daran, dass ihre Körperlichkeit um vieles dichter und intensiver erschien als die anderer Personen. Andererseits durfte man nicht vergessen, dass ihr Körper aus etwas anderem als aus Fleisch bestand. Bei dieser Gelegenheit erschien sie fast gewichtslos.

Während ich sie anhob, spürte ich, wie die Präsenz, die in den Steinen der Kirche wohnte, mir ihre allumfassende Aufmerksamkeit zuwandte. Kein Laut, keine Schwingung war in der stillen Luft wahrzunehmen. Sie teilte sich mir lautlos und mit unendlicher, rachsüchtiger Amüsiertheit mit.

Ich kehrte mit schwankenden Schritten auf dem Weg zurück, auf dem ich hereingekommen war. Aber ich verirrte mich in der Dunkelheit und prallte gegen eine Wand. Dieser Wand musste ich folgen, stieß alle paar Meter mit der Schulter dagegen, um die Richtung nicht zu verlieren, bis ich an die Stelle kam, wo das Querschiff begann. Ich trat auf eine der zu Boden gefallenen Kerzen, und mein Fuß knickte zur Seite, so dass ich beinahe gestürzt wäre. Das Gebaude warf mir alles entgegen, das ihm zu Verfügung stand, um mich festzuhalten, während mir die Kälte mehr und mehr zusetzte. Meine Zähne begannen, klappernd aufeinanderzuschlagen, und meine Brust schmerzte, als atmete ich scharfkantige Eiskristalle ein.

Aber ich schaffte es bis zur Tür und taumelte hinaus in die fortschreitende Nacht. Beim Hineingehen hatte sie sich noch kalt angefühlt. Jetzt hingegen war es, als träte ich hinaus in einen sonnigen Tag und als spürte ich die warme Brise auf meinen Wangen.

So richtig sicher fühlte ich mich noch nicht, jedenfalls nicht so nahe bei diesen mit geistiger Präsenz durchsetzten Steinen. Ich stolperte über den schmalen Kiesweg und bettete Juliet zwischen zwei Gräbern behutsam ins hohe Gras. Dann verharrte ich für einen Moment, lehnte mich mit gesenktem Kopf gegen einen Grabstein, atmete mühsam und wartete darauf, dass sich die Kälte aus meinen Knochen zurückzog.

Im Schlaf sah Juliet völlig anders aus. Immer noch schön, aber nicht gefährlich. Es war eine Art von Schönheit, vor der ich mir hohl und entmannt vorkam, als wäre ihre Schönheit ein Licht, das meine eigene schäbige Unzulänglichkeit entlarvte.

»Scheiße«, murmelte ich düster in die Nacht.

Ich konnte mir endlich alles zusammenreimen, jetzt, da es zu spät und niemandem mehr von Nutzen war. Weshalb ich das Gefühl gehabt hatte, die flüchtige Präsenz zu erkennen, die ich gespürt hatte, als ich zum ersten Mal hierhergekommen war – und wenig später abermals, als ich sie in den besessenen armen Teufeln in der Mall in Whiteleaf antraf. Das einzige Überraschende war, dass ich sie nicht schon erkannt hatte, als ich mit Susan Book sprach, denn sie war ganz eindeutig genauso schwer infiziert wie jeder andere, der am vergangenen Samstag die Kirche besucht hatte.

Es war Asmodeus. Dies war der Grund, weshalb er Rafi plötzlich aus seiner Gewalt entlassen hatte, und dies war der Ort, wo er sich danach gezeigt hatte.

Juliet hatte soeben mit einem der ältesten und schlimmsten Vertreter der Hölle einen Streit vom Zaun gebrochen. Und sie hatte verloren.

Wohin jetzt?

14

Ich brachte Juliet zurück zu Pens Haus und legte sie in mein Bett. So wie es aussah, würde ich selbst es in nächster Zeit wohl nicht benutzen. Aber Pen war darüber nicht glücklich; ganz und gar nicht.

Sie war derart gutgelaunt von Rafis Interview zurückgekommen, dass sie beinahe in Euphorie ausbrach und geradezu einen Freudentanz aufführte, weil Rafi völlig ruhig und vernünftig geblieben war und bei beiden Ärzten einen überzeugend guten Eindruck hinterlassen hatte. Sie hatten Webb sogar so etwas wie einen Rüffel dafür erteilt, dass er das Verfahren so lange hinausgezögert hatte.

Aber als sie Juliet in meinem Bett liegen sah, totenbleich wie eine Statue, die aus einer Leichenhalle gestohlen worden war, bekam ihre Stimmung einen nachhaltigen Dämpfer.

»Sie ist das Ding, das dich töten wollte.«

»Ja«, gab ich zu. Ich glaubte nicht, dass Pen sich Juliets Gesicht eingehender angesehen hatte, da sie zu jenem Zeitpunkt mit einer Luftpistole auf sie gezielt und sie von hinten mit Rosenkranzperlen beschossen hatte. Aber ich dachte, wenn man Juliet einmal richtig gesehen hatte, egal aus welchem Blickwinkel, blieb einem dieser Eindruck auf Dauer im Gedächtnis haften.

»Fix, sie ist böse.« Ein leichtes Zittern lag in Pens Stimme, was ich gut verstehen konnte. »Sie ist so schön, aber sie … alles an ihr … Sie ist wie eine Giftschlange, die einen hypnotisiert, damit man still stehenbleibt, während sie zubeißt.«

»Genau das ist sie«, pflichtete ich ihr bei. »Aber sie beißt nicht mehr, Pen. Wir haben einige Grundregeln festgelegt.«

Pen war nicht beruhigt. Es war nicht ihre physische Sicherheit, um die sie sich die meisten Sorgen machte. »Sie darf nicht hier sein. Dieses Haus ist ein Schrein, Fix. Das weißt du. Ich habe wirklich große Mühen aufgewandt, um dieses Haus zu einem Ort zu machen, der chthonische Mächte anlockt. Mächte der Natur und des Lichts. Wenn sie hierbleibt, spüren sie den Makel. Sie verlassen diesen Ort, und ich kann sie vielleicht nie mehr zurückholen.«

Sie weinte fast. »Die Mächte scheinen mit mir ganz gut zurechtzukommen«, sagte ich und begann ein wenig zu verzweifeln. »Sie können unmöglich derart wählerisch sein.«

»Sie haben dich überprüft und abgewogen«, sagte Pen. »Und du wurdest für okay befunden.«

»Nun, können sie das Gleiche nicht auch mit Juliet tun?«

Sie zögerte. Pen hasste es, jemanden zu verurteilen. Ich konnte erkennen, dass sie gegen ihren Instinkt ankämpfte, und kam mir plötzlich ganz mies vor, weil ich ihr im übertragenen Sinn den Arm umdrehte.

»Es ist schon gut«, sagte ich und lud mir das Leichtgewicht wieder auf die Arme. »Ich bringe sie woandershin.«

Aber ich spuckte in den Wind. Wieder zurück im Wagen und unterwegs in die Stadt, zermarterte ich mir das Gehirn mit der Suche nach einem Woanders, das Sinn machte. Juliet lag auf dem Rücksitz und verströmte sogar in ihrem bewusstlosen Zustand einen widerlich süßen Geruch, der versuchte, sich zwischen mein Rautenhirn und die analytischeren Bereiche grauer Materie zu drängen und meinen Geist mit unauslöschlichen sinnlichen Bildern füllte. Ob schlafend oder wach, sie war immer noch eine Venusfliegenfalle. Es gab keinen Ort, an dem sie sicher war.

Während mein Gehirn mehr oder weniger auf Automatikbetrieb umgeschaltet hatte und ich derweil gegen den Geruch und meine geheimsten Wünsche ankämpfte, lenkte ich den Wagen nach Westen: nicht nach Acton, sondern nach Paddington. Was ich dort zu tun hatte, würde nicht allzu lange dauern. Vielleicht würde Juliet, wenn ich sie mit meinem Mantel zudeckte, unbemerkt bleiben. Ich hatte sowieso kaum eine andere Wahl. Ringsum gab es so viele tickende Uhren, dass ich Probleme hatte, mich auf meine Gedanken zu konzentrieren. Das Ding in der Saint Michael's Church wurde stärker; die Kirchgänger, die Köpfe verseucht mit giftigem Mist, waren noch immer irgendwo da draußen; Basquiat wühlte sich durch die Bürokratie, damit sie mich wegen Mordes verhaften konnte, und die Anathemata hatten mir eine letzte Warnung zukommen lassen. Meine einzige Möglichkeit, mich aus dieser ausweglosen Schlucht zu befreien, bestand darin, unbeirrt meinen Weg weiterzuverfolgen, während die Wände ständig näher aufeinander zurückten. Ich musste Dennis Peace und Abbie Torringtons Geist finden, und vielleicht ergäbe sich dann alles von selbst. Aber wirklich nur vielleicht. Anderenfalls würden wir alle wohl den Bach runtergehen.

Ich parkte so nahe an der Station Lancaster Gate, wie die gelben Halteverbotslinien es zuließen. Ich wollte nicht, dass der Wagen auffiel, solange ich ihn sich selbst überließ, daher war es durchaus sinnvoll, alle Vorschriften einzuhalten. Den Rest des Wegs zur Praed Street und durch die stets offenen Tore dessen, was früher als Urogenitalklinik, kurz Syph-Tempel, gedient hatte, legte ich zu Fuß zurück. Seit sieben Jahren beschäftigte man sich dort mit einem esoterischeren Zweig der Medizin, nämlich mit metamorpher Ontologie.

Jenna-Jane Mulbridge hatte diesen Begriff geprägt und ihm dann Bedeutung verliehen, indem sie in etwa zwei Dutzend Monografien und drei umfangreichen Studien – eine über Werwesen, eine über Zombies und eine über Geister allgemein – dafür die Trommel gerührt hatte. Am Ende hatte sie ein Klima geschaffen, das sie brauchte, um Erfolg zu haben und Universitätskliniken überall im Land zu zwingen, ihre Vorbehalte aufzugeben und sich mit Phänomenen auseinanderzusetzen, die nicht als medizinisch betrachtet wurden, bevor sie sich damit näher befasst hatte. Durchaus verständlich, denn wie sollte man Tote kurieren?

Ja, wie sollte und könnte man Tote kurieren, gab Jenna-Jane die Frage zurück. Nun, das konnte man natürlich nicht. Aber wenn eine tote Seele einen lebendigen Wirt besetzte, dann entstand etwas, nennen wir es einen Zustand oder ein Leiden, das beobachtet und behandelt werden konnte. Und wenn eine tote Seele in ihre eigene fleischliche Hülle zurückkehrte und bewirkte, dass sie sich wieder bewegte und wieder redete und dachte, wie sollte man dann den Begriff Tod schlüssig und eindeutig definieren?

Wie bei kampferprobten Karrieristen üblich, hatte es sich in höchstem Maße ausgezahlt. Die meisten großen Krankenhäuser hatten MO-Abteilungen eingerichtet, und die Leitung des größten und besten, in der Praed Street, riss Jenna-Jane an sich. Sie wusste auch sofort, was sie tun musste. Sie rief gleich zu Beginn alle Londoner Exorzisten als Berater zusammen, ließ sich von ihnen alles beibringen, was sie wussten, zerpflückte es dann und fügte es mit derart skrupelloser, scharfer Intelligenz zusammen, dass schon nach kurzer Zeit wir es waren, die von ihr lernten. Es war eine unglaubliche Zeit, eine Zeit, in der die Grundlagen eines neuen Wissenschaftszweigs mit einem Tempo festgelegt wurden, das jeden davon abhielt, die Richtung, in die sich alles entwickelte, infrage zu stellen, oder gar gefahrlos von dem Zug abzuspringen, sobald er sich in Bewegung gesetzt hatte.

Den meisten von uns kamen im ersten Jahr Zweifel, was die Eignung Jenna-Janes betraf, aber wir blieben danach noch für eine ganze Weile an Bord. Es schien noch immer, als leisteten wir nützliche Arbeit, auch wenn wir für eine ichbesessene, aufgeblasene Faschistin tätig waren. Dann begannen wir nach und nach, das moralische Fazit zu ziehen und zu überprüfen, was am Ende herauskam. Ob es für den wissenschaftlichen Fortschritt oder für den Aufstieg von Jenna-Jane Mulbridge geschah. Einige der Dinge, die in der Praed Street stattfanden, gehörten in die Kategorien grausam und ungewöhnlich und weckten die Skrupel sogar der abgebrühtesten und konsequent einfallslosen Geisterjäger.

Rosie Crucis war der Tropfen, der mein Fass zum Überlaufen brachte. Anfangs klang es völlig harmlos. Warum waren alle wiederauferstandenen Toten erst vor Kurzem verstorben, hatte Jenna-Jane gefragt. Ihre eigenen Recherchen hatten ergeben, dass kein Geist bekannt geworden war, dessen Todestag vor dem Jahr 1935 lag. Auf Grund von Aussagen anderer Exorzisten ließ sich die Datumsgrenze um zwanzig Jahre weiter zurückschieben, etwa bis in die Mitte des Ersten Weltkriegs. Was war mit den Millionen und Abermillionen von Geistern aus früheren Zeiten, die eigentlich die Straßen Londons wie eine unsichtbare Flut hätten füllen müssen?

Sobald man anfängt, Fragen wie diese zu stellen, hat man plötzlich das Gefühl, dass man wenigstens eine halbe Antwort hören möchte, ehe man nachts wieder ruhig schlafen kann. Und für Jenna-Jane zählte in solchen Situationen immer nur das Prinzip des »Learning by Doing«. Sie trommelte ungefähr ein Dutzend von uns zusammen: mich, Elaine Vincent, Nemo Praxides und ein paar andere große Namen aus Edinburgh, Paris, Locarno und Gott weiß woher. Sie versammelte uns alle in einem Raum mit nichts darin außer zwölf Stühlen und einem Tisch, auf dem ein großer Pappkarton stand. Als alle eingetroffen waren, schloss sie die Türen ab und öffnete den Karton.

Meine Vermutung lief auf einen abgetrennten Schädel hinaus, aber es zeigte sich, dass der Inhalt weitaus weniger dramatisch war. Der Karton enthielt eine Menge Dinge, die sehr alt waren, ohne besonders schön zu sein: ein mit kunstvollen Stickereien verzierter Fächer, dessen Farben mit zunehmendem Alter zu Braun- und Grautönen verblichen waren; ein handgeschriebenes Gebetbuch; eine farbige Glasflasche, die wahrscheinlich einst mit Parfüm gefüllt gewesen war; ein Taschentuch mit dem sorgfältig gestickten Buchstaben A in einer Ecke; eine einzelne Seite eines Briefs ohne Gruß oder Anrede.

»Seht zu, was ihr tun könnt«, forderte Jenna-Jane uns auf. Und wir machten uns an die Arbeit.

Praxides versetzte sich sofort in Trance, schloss die Augen und war weg vom Fenster. Elaine Vincent versuchte es mit automatischem Schreiben. Sie holte ihr Skizzenbuch heraus und begann zu kritzeln. Ich holte meine Tin Whistle hervor, ein anderer trommelte mit den Fingern einer Hand einen leisen, komplizierten Rhythmus auf die Innenfläche der anderen Hand. Wir alle taten das, was wir gewöhnlich taten, wenn wir einen Geist wecken oder binden wollten.

Und dann erschien der Geist. Aber irgendetwas fühlte sich seltsam an. Die Spur, die er hinterließ, war zugleich stark und unendlich schwach. Es war, als ginge man an einem indischen Restaurant vorbei und erhaschte nur einen ganz schwachen Hauch von frischem Kardamom. Gleichzeitig weiß man jedoch, dass wenn man die Tür öffnet, die Sinne total überwältigt werden, und dass es nur der Duft des reinen Gewürzes ist, der durch das doppelte Mauerwerk des Gebäudes und das olfaktorische Spektrum der Straße zu einem gelangt.

Wir bemühten uns zwei Stunden lang und wussten, dass unser professioneller Stolz auf dem Spiel stand. Zuerst bekamen wir den Geist nicht zu fassen, doch dann dachten wir uns ein paar Tricks aus, auf die wir niemals gekommen wären, wenn wir unabhängig voneinander an dieses Problem herangegangen wären. Der Typ mit den trommelfreudigen Fingern entwickelte einen speziellen Rhythmus zu meiner Melodie, und Elaine zeichnete die Klangmuster auf, die wir erzeugten. Wir verbanden unsere Talente und schufen ein Zentrum gezielten, drängenden Rufens, das aus dem Raum hinaus und in Gefilde vordrang, die wir nicht beschreiben, geschweige denn mit Namen belegen konnten.

Auch das funktionierte. Der Geist erhob sich mühsam, bewegte sich ziellos auf uns zu wie ein Ballon, dessen Schnur ein Kind, das in der Unterwelt herumspazierte, zufällig losgelassen hatte. Wir schnappten sie uns, drehten sie um, fixierten sie und spannten sie zwischen uns wie einen Schmetterling auf einer Fläche aufgeladener Luft auf.

Anfangs konnte sie nicht sprechen. Das lernte sie später. Sie war so lange tot gewesen, hatte so lange im ausgeweideten Haus ihrer Knochen geschlafen, dass sie vergessen hatte, wer sie war. Verängstigt und zornig zugleich bewegte sie ihren Mund, als wollte sie uns etwas mitteilen, aber nichts kam heraus. Sie zog sich zurück, zog die Fesseln unseres Willens um sich noch enger, so dass jede Bewegung sie stärker lähmte.

Sie war so winzig. Eine erwachsene Frau – eine reife Frau, gezeichnet von Krankheit und vom Leben an sich – nicht größer als ein zehnjähriges Mädchen. Es war grotesk, ich weiß. Dabei war bereits an den Gegenständen, die J-J uns zur Verfügung gestellt hatte, damit wir die Spur aufnehmen konnten, zu erkennen gewesen, dass wir es mit einer sehr alten Seele zu tun hatten. Als ich sie dann tatsächlich sah, traf mich das tiefer und schmerzlicher, als ich erwartet hatte. Ich hatte mit Religion nicht viel am Hut, und ich hatte noch nie von einem Gott gehört, dessen Gegenwart ich länger als die erste Hälfte der himmlischen Cocktailstunde ertragen könnte, trotzdem empfand ich das Ganze als Blasphemie. Und weil sie so klein und zerbrechlich war, kam es mir außerdem vor wie Kindesmisshandlung.

Aber ich konnte nicht einfach aufhören zu spielen. Mitten in einer Melodie abzubrechen ist in etwa das Gleiche, als würde man aus einem mit siebzig Meilen in der Stunde dahinrasenden Automobil aussteigen. Eine ganze Latte unangenehmer Folgeerscheinungen kann als sicher angenommen werden. Daher führte ich den Prozess so behutsam wie möglich zu Ende, und alle anderen taten das Gleiche. Wir zogen den rasenden, verängstigten, sich heftig wehrenden Fisch, in den wir alle unsere Haken geschlagen hatten, an Land.

Jenna-Jane war euphorisch. Sie hatte nicht erwartet, gleich beim ersten Versuch ein derart spektakuläres Ergebnis zu erzielen. Ehe wir uns darüber klar werden konnten, wie wir uns fühlten, oder darüber reden konnten, was wir soeben getan hatten, schickte sie ein zweites Team ins Gefecht. Diesmal keine Exorzisten, sondern Medien und Sensitive, ebenso eklektisch und wertneutral handelnd, wie unsere Truppe es getan hatte. Wir wurden beiseitegedrängt, weil unser Job erledigt war.

Kurz danach stieg ich aus dem Praed-Street-Projekt aus und zeigte J-J die kalte Schulter, als sie versuchte, mich für eine Wiederholung zu gewinnen. Wenn man sich ihre Äußerungen genauer ansah und zwischen den Zeilen las, plagte zahlreiche andere Exorzisten, die an diesem Tag dabei gewesen waren, nachher ebenfalls ein schlechtes Gewissen und ein Gefühl der Scham. Sie hatte es danach nie mehr geschafft, derart viel geballtes übersinnliches Talent in einem Raum zu versammeln, und Rosie Crucis blieb etwas Einmaliges.

Der Name war J-Js ganz persönlicher Insiderwitz und spielte auf subtile Art und Weise auf die wahre Identität des Geistes an, den wir gerufen hatten – während er gleichzeitig verhinderte, dass seine Identität durch eine unbedachte Bemerkung enthüllt wurde. Das war wichtig, denn – um bei der Angel-Metapher zu bleiben – nun, da Rosie sicher an Land gebracht worden war, hatte J-J nicht im Entferntesten die Absicht, sie wieder ins Wasser zu werfen.

Der Plan war, Rosie zu gestatten – oder vielleicht zu veranlassen – einen der Sensitiven zu besetzen, so dass ihr Geist in der Welt der Lebenden einen festen Halt fand. J-J hatte zu diesem Zweck die reichhaltigste Auswahl an Medien bereitgestellt, die sie finden konnte: beiderlei Geschlechts, jeden Alters und jeder Rasse, jeder philosophischen Denkrichtung und jeden Glaubens vom klassischen Spiritisten über den beknackten Millenaristen bis hin zum asketischen Swedenborgianer und schaumbedeckten Blavatskianer.

Rose widersetzte sich allen Erwartungen und suchte sich J-J aus. Sie lebte (in Ermangelung eines besseren Worts) zwanzig Tage und einundzwanzig Nächte in ihr, an deren Ende sich J-J auf Grund einer Dauermigräne und heftiger psychosomatischer Muskelschmerzen in einem fast halbtoten Zustand befand. Es war eine süße Rache, wenn es wirklich eine war. Aber damals wusste Rosie eigentlich noch nicht, wem sie ihre lange hinausgezögerte und unerwartete Wiederauferstehung zu verdanken hatte, daher war es wahrscheinlich ein reiner Zufall.

Auf jeden Fall ließ sich Rosie am einundzwanzigsten Tag in einen jungen Mann namens Donnie Collett aus Cambridge versetzen, und das war der Beginn eines ständigen, auf der Stelle stattfindenden Staffellaufs, der noch nicht zu Ende war. Freiwillige aus MO-Abteilungen überall im Land wie auch aus Philosophie- und Theologie-Kursen an den Universitäten, die J-J noch nicht als das durchschaut hatten, was sie war, meldeten sich für Aufenthalte bis zu einer Woche an, beschworen Rosie und boten ihr ein fleischliches Heim, so dass die Praed-Street-Ontologen hinsichtlich unseres Wissens über Leben und Tod und die Punkte, an denen beide sich über die Trennmauer hinweg die Hände reichen, bis an die Grenzen gehen konnten.

Und dann gab es noch eine völlig andere Helfergruppe. Es waren die Leute, die vorbeikamen, um sich mit Rosie zu unterhalten und sie zu beschäftigen. Da sie tot war, konnte sie nicht schlafen. Die Person, die sie jeweils beherbergte, schlief und wachte stets erfrischt und energiegeladen auf, als hätte sie einen einwöchigen Kuraufenthalt hinter sich. Rosie selbst brauchte ständige geistige Anregung, und da J-J sich immer kategorisch geweigert hatte, ihr zu gestatten, die Abteilung zu verlassen, musste ihr diese Anregung an Ort und Stelle geboten werden. Sie schaute sich sehr oft DVDs an (Live-TV war verboten), las viele Bücher und unterhielt sich endlos mit jedem, der ihr zuhörte, wobei im Hintergrund ständig ein digitales Aufnahmegerät mitlief.

Ich hatte ab und an zu dieser Helfergruppe gehört, und das einige Jahre lang. Vielleicht hatte ich das Gefühl, ich müsste mich dafür entschuldigen, Rosie aus der Dunkelheit des Todes geholt zu haben, ohne sie vorher um Erlaubnis zu fragen, aber ich liebte auch ihre Gesellschaft und benutzte sie manchmal als Resonanzboden für meine eigenen Theorien und Ideen. Wer und was immer sie zu Lebzeiten gewesen war – sie behauptete, sich daran nicht erinnern zu können –, auf jeden Fall hatte sie einen messerscharfen, geradlinigen Verstand. Der Tod hatte bei ihr nichts anderes bewirkt, als die Hülle zu vernichten.

Ich hatte jedoch meine Besuche zeitlich immer dergestalt geplant, dass sich Jenna-Jane nicht in der Abteilung aufhielt und sich entweder auf einer ihrer Vortragsreisen befand oder unterwegs war, um bei Wohltätigkeitseinrichtungen mit nicht genau definierten Hilfsaufgaben weitere Gelder aufzutreiben.

Von meinen Maulwürfen im Krankenhaus wusste ich, dass sie anwesend war, daher führte der einzige Weg, an Rosie heranzukommen, über J-J.

Und das erste Problem bestand darin, überhaupt an sie heranzukommen. Die gesamte Anlage ähnelte mehr als je zuvor einer Festung. Am Haupteingang befand sich nun tatsächlich ein Wachtposten, dem ich mein Anliegen vortragen musste, um darauf zu warten, dass ich die Erlaubnis erhielt einzutreten. Dann, als ich durch die Flure mit ihrem vertrauten Geruch nach altem Urin wanderte, bemerkte ich Alarmknöpfe, die mit kurzen Zahlenfolgen versehen waren. Ein Hinweisschild neben jedem Knopf erinnerte alle Besucher daran, dass bei einer auch nur kurzen Missachtung der Sicherheitsvorschriften das Gebäude sofort zu verlassen sei und dass das frei patrouillierende Sicherheitspersonal im Fall einer akuten Sicherheitsstörung am Ort der Alarmmeldung zusammenkommen sollte, während sich das übrige Personal direkt zu den ihm zugewiesenen Sammelpunkten begab. Das alles rief in mir die schlimmsten Erinnerungen an das Butlin's Ferienlager in Skegness wach, nur dass es hier etwas weniger Stacheldraht gab.

Jenna-Jane hielt sich im kleineren ihrer beiden Büros auf. Es war das Büro mit Blick auf den offenen Arbeitsbereich der Abteilung und erinnerte an ein Bahnwärterhaus inmitten eines Labyrinths von Rangiergleisen.

Auf dem Weg dorthin hatte ich über eine passende Formulierung meiner Bitte nachgedacht. Nicht allzu lange vorher konnte ich einfach vorbeikommen und Rosie ohne langes Palaver hallo sagen. Doch dann hatte J-J einen der Besucher dabei erwischt, wie er Nachrichten Rosies hinausgeschmuggelt hatte, und sie hatte die Kontrolle erheblich verstärkt. Mittlerweile hatte sie in ihrer Freak-Show eine ganze Reihe anderer preiswürdiger Akteure, aber Rosie war immer noch die erste und das Juwel in ihrer Krone: ein Geist, der nach mehr als fünfhundert Jahren immer noch auf der Erde existierte. Daher überwachte J-J jeden, der von Rosie kam oder zu ihr wollte mit misstrauischen Augen, die sich, wie Rosies, niemals schlossen.

Ich klopfte an die Tür, und J-J blickte von einem dicken Stapel Papiere auf, die sie soeben bearbeitete. Sie reagierte mit einem Lächeln – ein strahlendes, bedeutungsloses Lächeln, das verkünden sollte, dass sie außer sich vor Freude war, mich zu sehen. Es vermittelte auch diesen Eindruck, aber ansonsten war es trotz der viel zu aufdringlich gezeigten Zähne eine einzige Lüge.

»Felix«, sagte sie voller Wärme, stand auf und kam um den Schreibtisch herum. Ich bemühte mich, einen Hautkontakt zu vermeiden, aber davon wollte sie offenbar nichts wissen. Sie küsste mich nach Franzosenart auf die rechte Wange und sicherheitshalber auch gleich noch auf die linke. Das hatte zur Folge, dass ich mit Hilfe meines sechsten Sinns einen kurzen Blick in die Schlangengrube ihres Geistes werfen konnte. Das war etwas, worauf ich wirklich gerne verzichtet hätte.

Jemand hatte mir mal erzählt, dass J-Js richtiger Name Müller und nicht Mulbridge laute und dass sie in den Ruinen der Stadt Essen zur Welt kam, während das Dritte Reich im Todeskampf die letzten Zuckungen vollführte. Wenn das stimmte, dann hatte sie die beste Imitation eines altmodischen, harmlosen, für die gehobene Mittelkasse oder den verarmten Adel typisch englischen Akzents, die ich je gehört hatte. Wie das Meiste an Jenna-Jane war auch dies eine Täuschung, die einen nahe genug an sie heranlocken sollte, damit sie mit dem Messer zustechen konnte.

Sie hatte sich kein bisschen verändert. Sie war immer noch zierlich und adrett und alterslos reizend. Sie musste mittlerweile sechzig sein, aber ihr Körper hatte anscheinend entschieden, dass sie mit Mitte vierzig ganz gut aussah, und sich entsprechend gehalten. Ihr Haar war grau, aber das war es schon immer gewesen, und bei ihr schien es weniger ein Zeichen von Alter zu sein als vielmehr das, was man zu sehen bekam, wenn man von einem Schlachtschiff die Farbe abkratzte. Und wie bei einem Schlachtschiff war ihre äußere Hülle nichtssagend, glatt und undurchdringlich. Sie trug einen weißen Arztkittel, aber darunter sah ich Jeans und ein kariertes Hemd. J-J wusste, wie man sich in angemessene Schale warf, wenn man sich damit einen Vorteil verschaffen konnte. Die restliche Zeit war sie eine einfache Frau aus dem Volk.

»Du kommst mich gar nicht besuchen«, sagte sie mit einem vorwurfsvollen Unterton. »Es müssen an die zwei Jahre sein.«

Sie drückte mich in einer Weise auf einen Stuhl, der man unmöglich widerstehen konnte, und nahm dann auf der anderen Seite des Schreibtisches Platz. Sie benutzte gesellschaftliche Umgangsformen wie ein Ninjakämpfer. Die Begrüßung war freundlich und sehr persönlich gewesen, doch sobald ich mich hingesetzt hatte, war es gleichzeitig ein formeller Besuch, und sie konnte – bedauernd und sich wortreich entschuldigend – jederzeit auf die Vorschriften verweisen.

»Ich war ein paarmal hier«, sagte ich, »aber du warst niemals anzutreffen.«

Sie nickte, immer noch lächelnd. »Ja, das hörte ich. Ich fing schon an, mich zu fragen, ob du mir bewusst aus dem Weg gehst. Aber jetzt bist du hier.«

Ja. Da war ich.

»Und wie läuft es so?«, fragte ich, da ich der Meinung war, dass »Ich muss mit Rosie reden, also hallo und tschüs« ein wenig knapp gewesen wäre.

Jenna-Jane zuckte bescheiden die Achseln. »Die Abteilung wächst ständig«, sagte sie. »Wir haben mittlerweile ein sehr gutes Expertenteam zusammen. Einige echte Überflieger, die ihr Studium auf den kontinentalen Universitäten absolviert haben und hierhergekommen sind, um in der Praxis Erfahrung zu sammeln. Ich glaube nicht, dass dir irgendwelche Namen bekannt sind, weil du dich eigentlich nie besonders für die Fachliteratur interessiert hast, aber glaub mir ruhig, wenn ich behaupte, dass es in Deutschland und Amerika Universitätsvertreter gibt, die Gift und Galle spucken, wenn sie meinen Namen hören.«

»Das glaube ich dir glatt, J-J«, versicherte ich ihr und meinte es durchaus ernst.

Sie verzog säuerlich das Gesicht.

»Bitte, benutz diesen Spitznamen nicht, Felix«, sagte sie. »Du weißt, wie ich ihn finde. Also ja, hier läuft alles hervorragend. Das Team ist mittlerweile so stark, dass sie mich irgendwann nicht mehr brauchen.« Ihre Augen glänzten, als sie das sagte. Auch wenn es als Scherz gemeint war, brachte sie es nicht ohne einen scharfen Unterton heraus. Als ob sie jemals ihr kleines Reich aufgeben würde, ohne auf den Wänden Blutspuren und mit Haaren bewachsene Hautfetzen zu hinterlassen.

»Was unsere Neuerwerbungen betrifft«, fuhr sie aufgeräumt dort, »haben wir zurzeit drei *loup-garous* – darunter einen, der die Fähigkeit hat, Insekten als Wirte zu benutzen und zu verformen. Die identischen Zombie-Zwillinge aus Edinburgh sind jetzt bei uns. Es war ein ziemlich heftiger Kampf, aber es gelang mir doch, den Vorstand des Krankenhauses davon zu überzeugen, dass wir ihnen eine viel bessere Betreuung bieten können. Wir können außerdem Molekül für Molekül ihren Verfall anhand der CAT-Bilder verfolgen und beobachten, inwieweit er bei den beiden Kadavern parallel verläuft.«

»Solange die Post-mortem-Rechte auch nach der dritten Lesung nicht in Kraft treten«, sagte ich. Ich konnte der Versuchung nicht widerstehen. Diese Bemerkung bot sich zwingend an.

J-J ließ sich jedoch nicht provozieren. Sie fuhr mit der Hand durch die Luft und schob dieses unwillkommene Thema energisch an den Rand. »Ich kenne viele Leute in Westminster, Felix«, erklärte sie mir. »Dieses Gesetz wird auf keinen Fall angenommen. Nicht in dieser Form und nicht in dieser Sitzungsperiode. Es wäre das reinste Chaos. Oh ja, irgendwann werden die Toten einen legalen Status erhalten. Es wurde bereits angeregt, mich beim nächsten Gesetzesvorschlag als Beraterin hinzuzuziehen, wenn der aktuelle Entwurf endgültig abgeschmettert wurde.«

Ich hätte beinahe schallend gelacht. *Können wir Sie zu diesem Schaf-Problem um Rat fragen, Doktor Wolf?* Stattdessen sagte ich: »Du glaubst demnach, es wird niedergestimmt?«

»Es wird *ausgesessen*«, sagte J-J mit einem Anflug böswilliger Genugtuung. »Sie haben nur zwei Tage für die Debatte reserviert, und vom House of Lords kommen siebenundvierzig Änderungsanträge. Die Regierung wird in einer derart umstrittenen Angelegenheit sicher nicht versuchen, das Parlament in seiner gesetzgeberischen Funktion zu beeinflussen, daher wird ihnen die Zeit knapp, und sie legen die Angelegenheit bis zum Winter auf Eis. Glaube mir, das Ganze wird endlos dauern. Und wenn sie sich schließlich auf ein Gesetz geeinigt haben, dann wird es eine Form haben, die uns erlaubt, so weiterzumachen wie bisher, ohne rechtliche Einschränkungen befürchten zu müssen. Das ist sowieso immer eines der Hauptanliegen jeder Form von Gesetzgebung: Die Regierung will zuallererst vermeiden, dass ihr unter Umständen die Hände gebunden werden.«

»Und welche Umstände sollten das sein, Jenna-Jane?«

»Der Zeitpunkt, an dem die Toten in unüberschaubarer Anzahl auferstanden sind und alles darauf hinweist, als würden sie von den Dämonen der Hölle gesteuert.«

Ich zuckte die Achseln. Das war eine Theorie von vielen. Ich kannte sie alle. »Ich dachte immer, die Dämonen gehen dorthin, wo sie frische Nahrung wittern.«

»Ich weiß, was du denkst, Felix. Wir haben schließlich mehrfach darüber diskutiert. So wie ich es sehe, hast du die gefährliche Tendenz, die potentielle Bedrohung, die von den Toten ausgeht, zu unterschätzen. In der Vergangenheit wurde diese Tendenz durch deinen Professionalismus gefördert. Ich meine damit deine Fähigkeit, dich nicht von irrelevanten Dingen ablenken zu lassen, während du mit einer speziellen Aufgabe befasst warst. Nach dem was ich gehört habe, hat diese Fähigkeit in den vergangenen Monaten … ein wenig gelitten.«

Sie musterte mich prüfend und hielt inne. Offenbar erwartete sie, dass ich auf diese Anschuldigung reagierte.

»Es tut gut zu wissen, dass du dich noch immer für mich interessierst«, sagte ich vage.

»Das tue ich doch immer, Felix.«

»Hör mal, Jenna-Jane.« Ich hatte mich lange genug an die Spielregeln zwanglosen Geplauders gehalten, daher fand ich, dass ich allmählich auf den Punkt kommen konnte. »Ich muss mit Rosie sprechen. Es gibt da etwas, das ich sie fragen muss.«

J-J hob die Augenbrauen. Ich wusste, dass sie es tat, weil die Falte auf ihrer Stirn kurz erschien und gleich wieder verschwand. Die Augenbrauen selbst waren grau wie das Haar auf ihrem Kopf, und bleistiftstrichdünn, so dass man sie nur erkennen konnte, wenn man ganz dicht herantrat.

»Ich setze dich auf die Warteliste«, sagte sie sanft.

»Ich meinte heute noch.«

J-J setzte ein verkniffenes, gequältes Lächeln auf. »Das dürfte ein wenig schwierig sein. Wir haben mittlerweile ein formelles Buchungssystem eingeführt, und die Termine für heute sind dicht. Der frühestmögliche Zeitpunkt, den ich dir nennen könnte, wäre in drei oder vier Tagen.«

»Ich brauche nur zwei Minuten. Könntest du mich nicht dazwischenschieben, wenn jemand sich verspätet oder gar nicht erscheint?«

Sie schüttelte den Kopf mit einem Gesichtsausdruck, der von aufrichtigem Bedauern nicht zu unterscheiden war. »Ich fürchte nein, Felix«, sagte sie. »Jeder Besuchsantrag läuft durch eine der Aufsichtskommissionen, und über deren Entscheidungen kann ich mich nicht hinwegsetzen. Nicht einmal für einen Freund.« Sie hielt inne, runzelte für einen Moment nachdenklich die Stirn, und ich wartete auf die nächste Hiobsbotschaft. »Bei einem Kollegen hingegen«, sagte sie, »wäre es etwas anderes. Wenn du in irgendeiner engen Verbindung zu der Abteilung stehen würdest, meine ich. Ich könnte Fünfe gerade sein lassen und einigermaßen sicher sein, dass die Kommission mir anschließend nicht auf die Finger klopft.«

Es war eine bittere Pille, die ich schlucken müsste, aber wenn sie sich nichts anderes wünschte als irgendein Versprechen, konnte ich mindestens ebenso überzeugend unaufrichtig sein wie sie. »Nun, ich habe zurzeit viel zu tun«, sagte ich, »aber wenn sich bei mir ein freier Termin ergibt, könnte ich rüberkommen und dir ein wenig Arbeit abnehmen.«

Jenna-Jane nickte begeistert. »Hervorragend«, sagte sie. »Es gibt da eine Sache, die du für uns tun könntest.«

»Und das wäre?« Ich war bereits aufgestanden und versuchte, das Ganze ein wenig zu beschleunigen, aber gerade in Sachen unbeweglicher Objekte und unwiderstehlicher Kräfte war J-J eine Meisterin darin, beide Seiten gegeneinander auszuspielen.

»Du kannst deinen Freund Rafael Ditko davon überzeugen, sich in unsere Obhut zu begeben.«

Mein Gesicht erstarrte, und mein Körper tat es ebenfalls mitten in der Bewegung zwischen Hinsetzen und Aufstehen. Am Ende entschied ich mich für Aufstehen, denn damit gewann ich ein wenig zusätzliche Distanz von ihr.

»Tut mir leid«, sagte ich. »Das steht nicht zur Debatte.«

»Wirklich nicht?« Ihre Frage klang völlig unschuldig. »Ich wurde vor ein paar Tagen von Doktor Webb angerufen. Er schien der Meinung zu sein, dass es für Mister Ditko besser wäre, sich in einer Umgebung aufzuhalten, die dem Problem, mit dem er sich herumschlägt, besser und schneller Rechnung tragen kann.«

»J-J, nimm's mir nicht übel, aber hier drin wäre Rafi das Problem. Du verwechselst die Trägerwelle mit dem Signal.«

Jenna-Jane war offenbar verletzt. »Das ist ein ziemlich undurchsichtiger Vergleich, Felix. Und er ist weit von der Wahrheit entfernt. Ich weiß, dass Ditko und der Dämon in ihm zwei unterschiedliche Entitäten sind. Wahrscheinlich ist mir viel deutlicher klar als dir, was das bedeutet, und wahrscheinlich kann ich auch die Mechanismen besser verstehen, die dem zu Grunde liegen. Ich würde deinen Freund niemals mit dem Passagier verwechseln, den er leider mit sich führt.«

»Nein? Du würdest nicht in Versuchung geraten, nur des Versuchs wegen Rafi mit einer Mistgabel anzustechen, um zu sehen, ob Asmodeus blutet?«

Jenna-Janes schauspielerische Fähigkeiten waren so gut wie perfekt, daher war in ihrem Gesicht kein Zeichen von Wut oder Enttäuschung zu erkennen. Sie schüttelte lediglich den Kopf, als ob diese harsche Bemerkung nur der letzte Beweis dafür war, dass es ihr eigentlich niemals bestimmt gewesen war, in einer derart grausamen und gefühllosen Welt wie dieser zu leben.

»Meine erste Sorge wäre Ditkos Wohlergehen«, sagte sie feierlich.

»Dieser Punkt ist nicht verhandelbar, Jenna-Jane.«

»Dann gilt das auch für Rosie, Felix. Ich setze dich auf die Warteliste, und du wirst innerhalb der nächsten Tage angerufen. Es sei denn, natürlich, jemand in der Aufsichtskommission äußert irgendwelche Zweifel hinsichtlich deiner Eignung für einen solchen Besuch.«

»Und gehörst auch du zu dieser Aufsichtskommission, Jenna-Jane?«, fragte ich.

»Ja. Natürlich. Ich bin eins von vier Mitgliedern der Abteilungsleitung, der drei weitere Angehörige ...«

Ich hob die Hand, um ihren Redefluss zu stoppen. »Danke«, sagte ich, »ich verstehe. Grüß von mir alle von der alten Truppe, die du noch gelegentlich triffst.«

»Natürlich.«

»Und fall die Treppe hinunter und brich dir dabei das Genick. Wenn ich das nächste Mal vorbeikomme, hoffe ich, dich im dauerhaften Wachkoma anzutreffen.«

»Felix!« Bei diesem vorwurfsvollen Tonfall machte ich kehrt und ging hinaus – es war der gleiche, den ich beim Hereinkommen gehört hatte. Ich wollte den Gesichtsausdruck nicht sehen, der damit einherging.

Was ich jedoch auf dem Rückweg zum Wachtposten sah, war einer dieser Alarmknöpfe mit den strikten Anweisungen. Er brachte mich auf eine Idee, der ich nur schwer widerstehen konnte. Ich zertrümmerte mit dem Ellbogen die Glasscheibe und drückte auf den Knopf. Sofort erklang überall ein lautes aus zwei unterschiedlich hohen Tönen bestehendes Signal. Ich ging weiter und versuchte mich an die Raumaufteilung des Gebäudes zu erinnern. Eigentlich müsste vor mir ein Korridor nach rechts abzweigen.

Tatsächlich, so war es. Ich folgte ihm und sah zahlreiche Leute, die mir im Laufschritt entgegenkamen. Von ihnen trugen einige die blauen Uniformen des Sicherheitspersonals. Ich wappnete mich für irgendwelche misstrauischen Fragen, aber sie rannten an mir vorbei, ohne mich auch nur zu beachten. Eine zweite Welle Wachpersonal folgte einhundert Meter weiter, dann bog ich ab in einen kurzen Korridor, an dessen Ende sich eine einzige Tür befand.

Sie war abgeschlossen. Ich hämmerte dagegen und brüllte

»Aufmachen!«, so laut ich konnte, um den Lärm im Korridor und das Blöken des Alarms zu übertönen. Das Geräusch eines Riegels, der zurückgezogen wurde, erklang, und ein überraschtes Gesicht erschien im Spalt, als die Tür aufgezogen wurde. Es gehörte einem Mann in Uniform, fünf Zentimeter größer als ich und um einiges schwerer.

»Sie muss weggebracht werden«, rief ich und deutete an ihm vorbei in die Krankenstation.

»Weggebracht?« Er war überrascht und beunruhigt. Er ging mir jedoch nicht aus dem Weg. Er war nicht bereit, die Brücke zu betreten, ohne sich vorher genau die Konstruktionszeichnungen angesehen zu haben. »Wohin? Was ist eigentlich los?«

»Hinaus auf den Hof. Es brennt.«

Er sah noch weniger überzeugt aus. »Es brennt? Dies ist der Alarm für unbefugtes Eindringen und nicht der …«

Genug ist genug. Ich bohrte mein Knie in seine Magengrube, drehte mich, während er zusammensackte, führte einen Rundumschlag aus und erwischte ihn mit einem Treffer hinterm Ohr, der ihn auf die Bretter schickte. In einer Nische rechts neben der Tür befand sich ein Feuerlöscher. Ich nahm ihn von der Wand und hielt ihn einsatzbereit für den Fall, dass er wieder hochkam, aber er hatte sich einstweilen ins Land der Träume verabschiedet. Ich hatte den Anflug eines schlechten Gewissens, denn er machte nur seinen Job. Aber andererseits bewegte sich jeder, der sich in Jenna-Janes Umgebung aufhielt und diese Erklärung als Entschuldigung benutzte, auf so dünnem Eis, dass es bereits unter einem warmen Atemhauch schmolz.

Ich zog ihn hinein und schloss die Tür, nachdem ich noch einen Blick in den Korridor geworfen und zu meiner Erleichterung festgestellt hatte, dass er leer war. Lange würde er das nicht bleiben.

Rosie lächelte, als sie mich sah – es war ein träges, lüsternes Grinsen.

»Felix Castor«, sagte sie. »Ich hatte geträumt, wir seien verheiratet.«

»Das wäre für dich ein Hundeleben, Rosie. Ich bin nicht domestiziert.«

»Ah, aber in dem Traum war ich der Mann, und du warst die Frau.«

»Das würde auch nichts ändern. Ich würde herumhuren. Ich kenne meine Schwächen.«

Ich zog einen Stuhl neben ihr Bett. Der Körper, in dem sie sich gerade befand, war mir neu, aber das überraschte mich nicht. Wie ich schon erwähnte, war es schon eine Weile her, seit wir uns das letzte Mal sahen. Es war ein junger Mann mit dunklem, lockigem Haar und heftiger Akne auf der linken Wange. Er war vollständig bekleidet und lag auf der Bettdecke. Vielleicht folgte er auf irgendeiner Ebene der Unterhaltung, aber Rosie saß hinterm Lenkrad. Das tat sie immer.

Anders als Dämonen können Geister niemals lebendige menschliche Wirte besetzen. Deshalb suchen *loup-garous* sich stets Tiere aus, trotz der gesellschaftlichen Peinlichkeiten, die sich daraus ergeben können. Rosie schaffte es, denn die Menschen, in die sie sich versetzte, waren außerordentlich empfangsbereit und außergewöhnlich kooperativ, aber auch dann konnte es für beide unangenehm eng und ungemütlich sein.

Ich drehte den Stuhl um, so dass ich die Arme auf die Rückenlehne legen konnte, als ich mich setzte. »Wahrscheinlich kommt der Traum daher«, sagte ich und deutete mit einem Kopfnicken auf ihren Körper. »Du ziehst schon wieder eine Transvestitennummer ab, du verdorbenes Stück.«

Rosie grinste noch immer. Mein Besuch schien ihr wirklich

Freude zu machen. Vielleicht war es auch der laute Alarm und das, was sie von dem Kampf an der Tür mitbekommen hatte. Nach sieben Jahren an diesem Ort gefiel ihr alles, das eine Abwechslung von der täglichen Routine darstellte. »Die Jungen mag ich am liebsten«, gestand sie mir. »Manchmal streichle ich sie, um zu sehen, ob ich ihre Männlichkeit zum Stehen kriege.« Sie seufzte wehmütig. »Aber es ist genauso, wie wenn man sich selbst mit dem Finger kitzelt. Irgendwie funktioniert es nicht richtig.«

»Ich wünschte, ich hätte dich kennengelernt, als du noch einen Körper hattest, Rosie.«

»Ich auch, mein Lieber, ich auch. Es gab mal einen Schatz, und ich hätte dir die Erlaubnis gegeben, ihn vollständig zu plündern.«

»Rosie, ich habe den Alarm ausgelöst, um kurz mit dir reden zu können. Jenna-Jane wollte mich nicht zu dir lassen.«

»Nervtötende Schlampe!«

»Ich hätte es nicht besser ausdrücken können. Und die Uhr tickt. Wenn sie schnallt, dass ich es war, und das wird sie wohl spätestens in einer halben Minute, kommt sie schäumend vor Wut hereingerauscht.«

»Dann fasse dich lieber kurz, Felix.«

»Das werde ich. Ich suche einen Freund von dir – Dennis Peace.«

Sie runzelte die Stirn. »Ah, Dennis«, sagte sie. »Der wildeste meiner Jungs. Der wird sich noch mal selbst ins Unglück reiten, wenn er es nicht schon längst getan hat.«

»Wann war er das letzte Mal hier, Rosie?«

»Vor ein paar Tagen. Am Sonntag, denke ich, oder am Montag. Er sagte, es könnte einige Zeit dauern, bis wir uns wiedersehen, aber ich solle mir keine Sorgen machen. Er habe einiges zu erledigen. Es gehe um Schulden, sagte er, die bezahlt werden müssten, und einige wären sehr hässlich und müssten mit Blut anstatt mit Geld beglichen werden. Aber er wisse, was er tue, er sei in Sicherheit.«

»Wo in Sicherheit?«

Rosie sah mich mit den Augen des jungen Mannes seltsam an. »Was interessiert es dich, Fix? Du bist doch nicht etwa einer von denen, die er auszahlen muss, oder? Ich fände es schlimm, wenn es zwischen euch Streit gäbe.«

»Ich habe keinen Streit mit ihm«, versicherte ich ihr, »und will nicht mit ihm kämpfen. Aber ich muss mit ihm reden. Ich stecke in fast genauso großen Schwierigkeiten wie er, und meine Probleme hängen auf sehr komplizierte Art und Weise mit seinen eng zusammen. Vielleicht können wir einander helfen. Durchaus möglich, dass wir nur Informationen austauschen und anschließend jeder seiner Wege zieht.«

Sie schwieg längere Zeit. »Ich weiß nicht, wo er ist«, sagte sie schließlich, und mein Mut sank. Dann hob sie einen Finger, als wolle sie mich auffordern, einen Moment Geduld zu haben. »Nicht mit so vielen Worten. Aber er sagte …«

Hinter mir ertönte ein lauter Knall. Ich drehte mich um und sah Jenna-Jane und drei Wachmänner in der Türöffnung stehen. »Entfernt ihn«, schnappte Jenna-Jane, und die Wachmänner strafften sich, während sie auf mich zukamen. Es hatte keinen Sinn, sich zu wehren. Sie waren groß und kräftig genug, um mich wie einen Liegestuhl zusammenzufalten.

Rosie brachte ihren Mund dicht an mein Ohr. »Er sagte, er sei bei Mister Steiner«, flüsterte sie schnell, als sich schwere Hände auf meine Schultern legten und mich vom Stuhl herunterrissen. Sie drehten mich zu J-J um, die mich mit einem Ausdruck erstaunten Bedauerns ansah.

»Du enttäuscht mich wirklich, Felix«, informierte sie mich.

»J-J«, erwiderte ich, »das sagst du doch nur, um mir eine Freude zu machen.«

Einer der Wachmänner boxte mich in den Magen, um seine Einsatzbereitschaft zu bekunden, und während ich unter einem schmerzhaften Atemzug nach vorne einknickte, schalt Jenna-Jane ihn ebenso sanft, wie sie mich gescholten hatte. »Keine Gewalt«, sagte sie. »Dies ist ein Ort des zivilisierten Umgangs miteinander. Begleitet ihn nur nach draußen und bringt mir dann die Bänder von dieser Sitzung, nachdem sie gewechselt wurden. Ich will wissen, worüber sie geredet haben. Es tut mir leid, dass du belästigt wurdest, Rosie.«

»Es war ziemlich aufregend«, sagte Rosie. »Komm bald wieder, Felix.«

»Ich fürchte, Mister Castor gehört nicht mehr zu denen, die bei uns erwünscht sind. Es ist sehr unwahrscheinlich, dass er noch einmal hierherkommt.«

»Verlass dich auf mich, Rosie«, keuchte ich.

Die Wächter demonstrierten mir noch ein wenig zivilisierten Umgang auf dem Weg zur Tür, aber nichts, was irgendwelche Spuren hinterließ.

Während ich ein wenig wacklig zum Wagen zurückging, wiederholte ich in Gedanken Rosies Worte. *Er ist bei Mister Steiner.* Da Peckham Steiner tot und begraben war, während der Typ, den ich an Bord der *Collective* kennengelernt hatte, ganz eindeutig und zweifelsfrei lebte, gab es nur eine verblüffende Möglichkeit, bei deren weiterer Untersuchung Nicky mir helfen musste.

Und vielleicht – man möge mir diese Formulierung verzeihen – konnte ich zwei Fliegen mit einer Klappe *erschlagen*.

15

Seh’ ich so aus?«, fragte Nicky und breitete die Arme aus. »Wie ein verdammter Puff? Betten für alle und zusätzliche Decken nur auf ausdrücklichen Wunsch?«

»Es ist doch nur für einen oder zwei Tage, Nicky. Vielleicht sogar noch kürzer. Sie könnte jeden Moment aufwachen und aus eigener Kraft verschwinden.«

»Bring deine Dämonenschlampe woandershin, Castor. Du hast mein Leben für eine Woche schon genug durcheinandergebracht.«

Wir befanden uns im Hauptsaal des Kinos, wo Nicky die Pumpe und die Generatoren für seine Klimaanlage aufgestellt hatte. Ich bin nie hinter die Geheimnisse seiner Energiequellen und seines Stromabzapfens gekommen, aber irgendwie schaffte er es, etwa eintausend Kubikmeter Luft bei gründlich gekühlten vier Grad Celsius zu halten, ohne dass im nationalen Stromnetz irgendeine Anzeigenadel zitterte oder ein Stromzähler lief. Ich glaube, irgendwo im Haus war ein Hamster, der sich in seinem Rad seine winzige Seele aus dem Leib rannte.

Aber an diesem Tag hatte das System eine Art Schluckauf, und Nicky lag unter dem Pumpenmechanismus und wühlte mit einem Schraubenzieher und einem Gasschweißbrenner in seinen Eingeweiden herum. Der Schweißbrenner sah aus wie eine Kragenechse, denn Nicky hatte eine Ablenkplatte an ihm befestigt, die die Wärme, die von der Flamme auf seinen Körper abstrahlte, absorbieren sollte. Er hatte Imeldas heilende Hände kurz vorher verlassen, aber dennoch – ein oder zwei Grad hier und dort mehr an künstlicher Kälte drückten sich am Ende in einer höheren Lebenserwartung aus. Einer Lebens-nach-dem-Tod-Erwartung sollte ich lieber sagen.

Ich versuchte es auf eine andere Art. »Sieh mal, sie kann es sich wahrscheinlich leisten, dich zu bezahlen. Sagen wir einen Hunderter pro Nacht. Ich sorge dafür, dass sie bezahlt, sobald sie aufgewacht ist.«

»Ja? Es wäre billiger, mich an meinen eigenen Eingeweiden an einer Fußgängerbrücke aufzuhängen, nicht wahr? Du vergisst, dass ich für dich in dieser Angelegenheit recherchiert habe. Ich weiß mehr als du darüber, wie gefährlich Ajulutsikael ist. Gib mir mal das Abdeckband rüber.«

Ich beförderte die Rolle mit einem Fußtritt über den Fußboden bis in seine Reichweite. Er griff danach, ohne sich zu bedanken.

»Einhundertfünfzig pro Nacht«, bot ich an.

»Du verstehst es nicht, oder, Castor? Ich traue ihr nicht, und ich will sie nicht in meiner Nähe haben. Ich nehme meine physische Sicherheit sehr ernst. Glaubst du, ich würde es gut finden, wenn irgendeine psychotische Dämonenhure ausgerechnet in meinem Gästezimmer schlecht gelaunt aufwacht?«

»Du hast sogar ein Gästezimmer, Nicky?«

»Nein. Aber gutes Argument.«

»Vielleicht könnte sie dich mit Informationen bezahlen.«

»Über was, Castor?«

Die Inspiration segelte wie eine Staubflocke in der eisigen Luft an mir vorbei und ich fing sie ein. »Über das, was als

Nächstes kommt«, sagte ich. Es war grotesk manipulativ, aber allmählich war ich die Art leid, wie die Leute auf meine Fragen und Bitten nein sagten.

Nicky rollte sich unter der Pumpe hervor und starrte mich mit einer Mischung aus ernsthaftem Interesse und tiefem Misstrauen an. »Wie bitte?«

Ich blies die Backen auf und zuckte die Achseln. »Nun, was ich sagen wollte, du schiebst das Unvermeidliche hinaus, Nicky – niemand macht es besser als du –, aber früher oder später ist für dich Schluss. Möchtest du nicht wissen, wo du dann höchstwahrscheinlich landest?«

Er fand eine Rolle Küchenkrepp, riss ein Blatt ab und fing an, seine verschmierten Finger abzuwischen. Er achtete nur auf das, was er gerade tat, wohl wissend, dass sein Pokergesicht nicht allzu überzeugend war. »Ich hätte immer noch Angst, dass sie mir die Eier abreißt und als Ohrschmuck trägt«, sagte er säuerlich.

»Hast du einen Vorratsraum mit einer soliden Tür und einem Vorhängeschloss?«

»Ja. Und?«

»Sie braucht nichts zu essen oder trinken, und sie benutzt auch nie eine Toilette. Du könntest sie einschließen, bis ich wieder zurück bin.«

Ein langes Schweigen setzte ein, während Nicky seine Säuberungsbemühungen fortsetzte. »Ja«, sagte er schließlich so beiläufig wie möglich. »Okay. Es läuft folgendermaßen. Du bringst sie in den Keller und schließt sie im Filmlager ein. Wenn du deine Angelegenheiten erledigt hast, holst du sie ab. Ich brauche sie in der Zwischenzeit nicht zu berühren oder mich in ihre Nähe zu begeben. Wenn sie dann später aufwacht, unterhalten wir uns, wobei du auf sie aufpasst. Ich kriege …

sagen wir, fünf Fragen. Mit klaren Antworten. Und ich definiere, was unter einer klaren Antwort zu verstehen ist. Ist das fair?«

Ich nickte. »Das ist fair«, sagte ich. »Ich gehe sie holen.« Ich machte kehrt und eilte den Mittelgang hinauf.

»Hey, ich habe gelesen, wo sie die Leiche des Kindes gefunden haben«, rief Nicky mir nach. »Du hattest am Ende doch recht – die Kleine war tatsächlich schon die ganze Zeit tot. Sie hätten dich nicht rufen sollen, um einen Geist zu suchen. Eine Sache weißt du vielleicht noch gar nicht, weil sie in einer geschlossenen Datei vermerkt ist, in die ich mich gehackt habe, als ich in der Nähe war.«

Ich blieb stehen und blickte den Mittelgang hinunter und schaute ihn an. Sämtliche Sitze waren schon vor längerer Zeit entfernt worden, daher sah ich auf allen Seiten lange Reihen von Schraubenbolzen, die den Eindruck eines Ackers vermittelten, der anstatt mit Getreide mit Eisenschrott bepflanzt war.

»In welcher Nähe?«, fragte ich.

»In der Nähe von Mapstack – der von der Metropolitan Police benutzten internen Version des großen Datenaustauschsystems von Interpol. Gewöhnlich lohnt sich ein Blick hinein, und wenn auch nur, um sich ein wenig zu amüsieren. Diese Leute haben keine Ahnung, wie die Welt funktioniert – wie kleine Details sich zu einem großen Bild verbinden. Sie versuchen Verbindungen zwischen Verbrechen herzustellen, aber sie benutzen ausschließlich gerade Linien, daher entgeht ihnen alles. Ihnen entgeht alles außer der verdammten Methodik. Als ob die echten Verbrecher – ich meine diejenigen, die so groß sind, dass man sie niemals zu Gesicht bekommt – ihre Vorgehensweise nicht variieren könnten.«

»Abbie Torrington«, erinnerte ich ihn und stoppte diese paranoide Tirade, ehe sie richtig Fahrt aufnehmen konnte.

Nicky schaute unter der Pumpe hervor. Er war offensichtlich verärgert, weil ich ihn unterbrochen hatte. »Der Körper wurde nach Eintritt des Todes manipuliert. Etwa eine Minute nachher, als sie noch blutete. Jemand hat sie so heftig im Nacken gekratzt, dass die Haut verletzt wurde.«

Ich ließ mir das probeweise durch den Kopf gehen, obgleich in meinem Kopf derart viel Mist kursierte, dass ich Schwierigkeiten hatte, mich darauf zu konzentrieren. »Du meinst, dass jemand irgendetwas über ihren Hals gezogen hat? Etwas mit einer rauen Oberfläche?«

»Ja, so ähnlich. Über den Nacken und an der linken Halsseite hoch bis dicht unters Kinn.«

Ein zweiter Akt mit dem Messer? Abtrennen des Kopfs nach dem Stich ins Herz? Das war möglich. Doch dann kam der große Mann mit der Maschinenpistole hereingestürmt, und auf allen Seiten stürzten menschliche Leiber zu Boden. Vielleicht hatte er keine Zeit mehr, sein Vorhaben in die Tat umzusetzen, und alles was ihm blieb, war eine gepunktete Linie mit der Aufforderung HIER SCHNEIDEN.

Ich schüttelte den Kopf. Nein. Nicht so. Auf eine Sache konnte man sich bei verrückten Anhängern von Satanskulten stets verlassen, nämlich dass ihre Werkzeuge immer makellos scharf gehalten wurden. Wenn man ein Menschenopfer beging, dann holte man nicht irgendein Brotmesser aus der Küchenschublade und hoffte, dass die Schneide es schaffte, Knochen zu durchtrennen. Die Messer waren ein Teil des Rituals. Man herzte und küsste und streichelte sie mit einem Wetzstein, bis die Schneide vor Schärfe sang.

»Irgendetwas wurde ihr vom Hals gerissen«, sagte ich zu Nicky. »Etwas, das sie dort trug.«

»Was soll das gewesen sein?«

»Ein Medaillon an einer Kette.«

»Das würde ebenfalls passen. Es muss allerdings mit erheblicher Kraft abgerissen worden sein.«

Ich erinnerte mich an Dennis Peaces Faust, die sich auf der *Thames Collective* nur wenige Zentimeter neben meinem Kopf durch das Holzpaneel gebohrt hatte.

»Ja«, sagte ich. »Das wurde es.«

Ich ging hinaus und holte Juliet aus dem Wagen. Dabei ließ ich mir alles durch den Kopf gehen. Es war ein logischer Seitwärtssprung – oder vielleicht sogar mehrere parallele Sprünge –, aber ich hatte das Gefühl, als wüsste ich in etwa, was vorgefallen war. Peace suchte das Versammlungshaus zwecks einer Rettungsaktion auf. Irgendwie hatte er herausgefunden, was dort stattfinden sollte und wer daran beteiligt war – möglicherweise hatte er es aus Melanie Torrington herausgeprügelt, ehe er sie tötete. Aber er kam zu spät. Abbie war bereits tot.

Zu spät? Oder gerade noch rechtzeitig?

Peace zielte auf den Kreidekreis auf dem Fußboden. Zertrümmerte gut ein Drittel zu einem Splitterhaufen. Dann, während die Satanisten schrien und herumrannten oder taten, was immer ihnen in diesem Moment einfiel, ging er hin und riss Abbie die Kette mit dem Medaillon vom Hals.

Wenn er den Körper schon nicht retten konnte, konnte er wenigstens ihren Geist bewahren. Er brauchte etwas Greifbares, woran der Geist sich festhalten konnte.

Ich war wohl schon zu lange an diesem Spiel beteiligt, weil das alles für mich durchaus so etwas wie einen Sinn ergab. Für einen Exorzisten, der daran gewöhnt war, sich mit spirituellen Dingen zu beschäftigen, als ob es kalte, harte Fakten wären, lag in allem eine klare und kompromisslose Logik. Die meisten Geister hatten einen Anker. Sie konnten auch ohne ihn überleben, wie ich bewiesen hatte, als ich die toten Kinder im Charles Stanger Hospital beschworen und befreit hatte, damit sie sich ungehindert bewegen konnten. Aber in der namenlosen Panik dieses Augenblicks – dem Augenblick ihres Todes – an einem unbekannten Ort, umgeben von Fremden, hatte Abbies Seele sich an etwas geklammert, das sie kannte. Peace war sehr gut in seinem Job. Entweder hatte er dieses Etwas auf Anhieb identifiziert, oder er hatte gewusst, wie er es beeinflussen konnte.

Der Rest war reine Mechanik, denn diese Entscheidung zu treffen nahm weniger Zeit in Anspruch als die Dauer eines Herzschlags. Niemand würde wollen, dass die Seele seines Kindes sich weiterhin in der Nähe der Mistkerle aufhielt, die es soeben getötet hatten. Und es war durchaus möglich, dass man sie vor noch Schlimmerem bewahrte.

Weil die Satanisten noch immer nach Abbie suchten, obgleich sie tot war. Offenbar hatte etwas nicht wie geplant funktioniert. Irgendetwas, das begonnen hatte und abgeschlossen werden musste – und was immer es war, es war groß und bedeutend genug, dass die katholische Kirche ihre mächtigen exkommunizierten Helfer aufgeboten hatte.

Das war, was ich mir in jenem Moment zusammenreimen konnte. Ich hatte noch immer das Gefühl, als fehlte mir etwas, das sich direkt vor meiner Nase befand und wahrscheinlich das Verbindungsstück war, welches Rafi und Asmodeus und die Saint Michael's Church mit all dem verband, aber ich hatte in diesem Moment Wichtigeres zu tun. Ich trug Juliet gemäß Nickys Anweisungen hinunter in seinen Keller und dort in einen Wandschrank von der Größe eines Flugzeughangars. Er war mit allen möglichen Dingen gefüllt, die Nicky im Laufe der Jahre erworben und zusammengetragen hatte. Darunter befanden sich Gemälde und Skulpturen, seine wertvolle Schallplattensammlung und, aus Gründen, die ich nicht verstand, weil Zombies nichts essen, eine Riesenmenge Lebensmittelkonserven. Vielleicht hatte er die Absicht, sie nach irgendeinem zukünftigen Holocaust als Tauschmittel zu benutzen.

Er breitete zwei Decken übereinander auf dem Fußboden aus und ich bettete Juliet so sanft wie möglich darauf. Nicky starrte sie verblüfft an.

»Ich habe keinerlei Hormone mehr, Castor«, sagte er zu mir in einem Tonfall, der ein wenig angespannt und unsicher klang. »Kein Adrenalin, kein Testosteron, kein Dopamin … Nichts. Die wichtigen Organe haben allesamt ihre Arbeit eingestellt und bringen nichts mehr hervor. Ganz zu schweigen davon, dass mein Blut geronnen ist.«

»Ich weiß. Und?«

»Wie kommt es dann, dass ich einen Ständer kriege, wenn ich sie ansehe?«

»Reine Magie, vermute ich. Das ist das Dämonische, das sie bewirkt.«

Er warf mir die Schlüssel zu, dann entfernte er sich rückwärtsgehend, wobei er die Hände schützend vor seinen Schritt hielt. »Schließ hinter ihr die Tür zu«, murmelte er, machte kehrt und entfernte sich.

Ich kniete mich neben Juliet und senkte den Kopf, bis mein Mund fast ihr Ohr berührte. »Halte durch da drin, Jules«, flüsterte ich.

Ich ging hinaus und schloss die Tür. Ich musste mich mit der Schulter dagegenstemmen, um abzuschließen. Dieser Wandschrank, wenn man ihn so bezeichnen konnte, war früher ein Filmlager gewesen, und da altes Filmmaterial kaum weniger explosiv war als schwitzender Plastiksprengstoff, waren die

Wände und die Tür feuer- und sprengsicher. Es war als Aufbewahrungsort für Juliets Körper ideal, bis auch der Rest ihrer Person zu ihm zurückkehrte. Daran müsste ich so bald wie möglich arbeiten.

Ich traf Nicky oben im Projektionsraum an, wo er gerade den pH-Wert der Blumenerde seiner Grünpflanzen überprüfte. Ich beachtete ihn nicht, sondern ging gleich zum Kartenschrank, in dem er seine Pläne und Bücher aufbewahrte. Als Verschwörungsfanatiker besaß er einen umfangreicheren Referenzapparat als die British Library, und ich wusste bereits, dass er auch einen vollständigen Satz von 1:1000er-Karten von London und Umgebung besaß. Ich holte die Ealing-Acton-Karte heraus und breitete sie auf dem Schrank aus, nachdem ich zwei Bücher und ein Newton-Pendel hinunter auf den Fußboden gewischt hatte.

Nicky sprang aus seiner knienden Position neben dem Klärtank hoch und durchquerte den Raum fast im Laufschritt. »Hey, Castor!«, protestierte er. »Lass die Finger von meinen Sachen!«

»Ich dachte, wir könnten ein kleines Spiel machen, Nicky«, sagte ich und schob die Karte zurecht, so dass der Teil, den ich brauchte, genau in der Mitte lag.

»Mir ist nicht zum Spielen zumute. Ich hatte soeben eine physiologische Reaktion, die ich seit meinem Tod nicht mehr hatte. Mein Schwanz hatte Besuch von der anderen Seite des Grabes – von deiner Seite – und ich versuche, mich davon zu erholen. Ich will, dass du jetzt gehst.«

Ich ignorierte ihn. Ich wusste nämlich, sobald ich ihm erklärte, was wir taten, wäre er dabei. Ich musste ihm meine Idee nur schmackhaft machen.

»Peckham Steiner«, sagte ich, »träumte von einem ganzen Netz von Schutzhäusern. Von kleinen, autonomen Festungen im Herzen der Städte, wohin die Lebenden flüchten konnten, wenn die Toten sich jemals miteinander verbünden und einen Umsturz versuchen sollten.«

Nicky war unbeeindruckt. »Steiner war ein hoffnungsloser Spinner«, schnappte er. Er riss die Karte vom Tisch und begann mit zitternden Händen, sie zusammenzurollen. Juliet hatte ihn offenbar auf einer Ebene erwischt, die ihm schreckliche Angst einjagte.

»›Das wesentliche Element, um die Toten am Vordringen zu hindern, ist Wasser‹«, zitierte ich. »Erinnerst du dich? An den Brief, den er an sämtliche Stadtbezirksverwaltungen schickte? ›Aber Schutzwälle aus Erde und Luft sind ebenfalls nützlich, um ihre Augen zu blenden und ihre Kraft zu brechen.‹«

»Warum erzählst du mir das?« Nicky stopfte die Karte zurück in die Schublade und schloss sie mit einem Knall. Er wirkte jetzt ängstlicher und unsicherer als seinerzeit, als er die Pistole auf mich gerichtet hatte, denn in diesem Moment hatte er sich deutlich weniger unter Kontrolle.

»Weil es ein Riesenwitz ist, klar? Jeder lacht sich darüber kaputt, wie spektakulär Steiner den Verstand verlor, und die Schutzhäuser sind der spaßigste Teil. Nun, jetzt kommt die Pointe: Er hat tatsächlich eins gebaut. Mitten in London.«

Nickys Reaktion erfolgte spontan und heftig. »So ein Quatsch«, empörte er sich. »Das hat er verdammt noch mal nicht.«

»Wie kannst du dir sicher sein?«

»Weil ich davon erfahren hätte. Ich weiß über alles Bescheid, was in London passiert. Wenn ein Spatz furzt, erfahre ich davon. Und dann willst du mir erzählen, mir wäre so etwas Auffälliges entgangen?«

»Es war als etwas anderes getarnt«, sagte ich.

Nicky musterte mich lange prüfend. Dann öffnete er die Schublade und holte die Karte wieder heraus. Er rollte sie mit einer heftigen Geste auf dem Tisch aus und deutete dann auf die engen braunen Linien auf dem vergilbten Papier.

»Wo?«, fragte er.

Ich schüttelte den Kopf. »Äh-äh. Wie ich sagte, es ist ein Spiel. Du musst es für mich suchen.«

»Dann ist das alles also Unfug. Du weißt überhaupt nicht, ob es ein solches Schutzhaus gibt?«

»Dennis Peace hat Abbie Torringtons Geist an sich gebracht – wahrscheinlich steckt er in dem Medaillon, das sie trug, als sie starb. Und als ich versuchte, Abbie mit einer Melodie zu wecken, wurde der Kontakt unterbrochen. Erst war sie da, dann – peng – war sie verschwunden. So etwas war mir noch nie zuvor begegnet. Es gibt viele Gründe, weshalb ich möglicherweise einen Geist nicht aufspüren kann, aber ich habe noch nie erlebt, dass er sich derart von mir zurückzieht, nachdem ich ihn identifiziert und geortet habe.

Dann war ich heute bei Rosie Crucis, ehe ich zu dir kam, und sie meinte, Dennis Peace habe ihr erzählt, er sei ›bei Mister Steiner‹. Das hat für mich nur eine einzige Bedeutung. Er hat Steiners Schutzhaus gefunden. Steiner sagte, das Haus könne die Augen der Toten blenden. Vielleicht kann es auch jemanden blenden, der die Toten sucht.«

»Das klingt alles verdammt vage«, sagte Nicky.

»Dann hilf mir weiter, Nicky.«

Er verdrehte die Augen und zuckte die Achseln: die am wenigstens überzeugende Demonstration von gelangweilter Gleichgültigkeit, die ich seit langem gesehen hatte. »Na schön, wie auch immer. Versuchen wir's mal. Ich habe im Augenblick sowieso nichts Wichtiges zu erledigen. Okay, was wissen wir?«

Ich beugte mich über die Karte. »Ich habe dreimal für Abbie gespielt«, sagte ich. »An drei verschiedenen Orten. Und jedes Mal hatte ich einen vagen Eindruck von einer Richtung. Das erste Mal geschah es hier.« Ich fand Harlesden auf der Karte und deutete darauf. »Dort fühlte es sich an, als befände sie sich südlich und westlich von mir. Irgendwo da draußen – etwa dort. Dann versuchte ich es abermals in der Scrubs Lane, und wieder hatte ich das Gefühl, als wäre sie im Westen gewesen. Fast genau in Richtung der untergehenden Sonne.«

»Das wäre Südwesten«, korrigierte Nicky mich oberlehrerhaft.

»Und dann von der Straßenüberführung in Hammersmith war es Nordwesten.«

»Ealing. Ealing Broadway. Oder Hanger Hill. Oder Scotch Common. Oder hinter West Acton oder weiß der Teufel wo.«

»Heiliger Boden auf allen vier Seiten«, zitierte ich aus dem Gedächtnis.

»Weißt du, wie viele Kirchen es in London gibt, Castor? Das ist etwa genauso nützlich, als würde man sagen, dass man mit dem Bus hinfahren kann.«

»Schon verstanden. Aber dann sind da diese Schutzwälle aus Wasser. Ich vermute, dass dieser Ort einen hohen Grundwasserspiegel hat oder dass zumindest der Keller bis hineinreicht.«

»Eher dürfte man dort eine Art Graben antreffen.«

»Ein Graben lässt sich nicht so leicht tarnen oder verstecken, Nicky.«

»Vielleicht hat er das Haus mitten im Brent Reservoir gebaut.«

»Möglich. Aber ich denke, dass Steiner wollte, dass die Schutzhäuser von außen völlig unauffällig aussehen. Sie wurden gebaut, um einer Belagerung standzuhalten, und nicht, um eine herauszufordern.«

»Okay.« Nickys Blick sprang jetzt kreuz und quer über die Karte. »Es müsste auf einem eigenen Grundstück stehen. Ich wüsste nicht, ob man ein Reihenhaus mit Schutzwällen aus Erde und Luft umgeben kann.«

»Gut. Und es darf nicht zu weit draußen stehen. Steiner betrachtete es als etwas wie die Thames Barrier – als einen Service für London und die Londoner.«

»Wenn man nach Westen geht, steigt das Gelände an«, murmelte Nicky. »Demnach müsste man tiefer graben, um den Grundwasserspiegel zu erreichen. Steiner war selbst ein West-Londoner, nicht wahr? Aus Perivale? Und er meinte immer, dass er sich irgendwo da draußen zur Ruhe setzen wollte.«

Er verstummte, während seine Finger über die Linien auf der Karte wanderten und sein Gesichtsausdruck sich zu Konzentration und dann zu etwas Beharrlicherem, Trotzigerem veränderte.

»Denk mal um die Ecke, Nicky. Es muss etwas sein, das sich direkt vor unserer Nase befindet.«

Sein Zeigefinger stieß auf den Castlebar Hill hinab.

»Du hast recht«, sagte er. »Das ist es. Das verdammte Oriflamme.«

Für einen kurzen Moment raffte ich es nicht. »Aber das Oriflamme ist …« Ich brach mitten im Satz ab.

»Ich meine nicht diesen beschissenen Gothic-Schuppen im Soho Square, Castor. Ich meine das ursprüngliche Oriflamme. Das abgebrannt ist.«

16

Als das Oriflamme erbaut wurde, war es eigentlich als Museum geplant und stand am unwahrscheinlichsten Ort, den man sich vorstellen konnte: in der Mitte eines Kreisverkehrrondells auf der B455 kurz vor Castlebar Hill. Demnach waren meine Vermutungen hinsichtlich Abbies derzeitigem Aufenthaltsort, die ich mit Hilfe ihrer Puppe angestellt hatte, verdammt präzise gewesen: südwestlich von Harlesden, ziemlich genau westlich der Du Cane Road.

Aber das Museum hatte auf Grund der unausweichlichen Gesetzmäßigkeiten freier Marktwirtschaft seine Tore geschlossen. Vor allem weil die Beliebtheit eines Museums, das man nur erreichen konnte, wenn man drei von dichtem Londoner Verkehr exzessiv benutzte Fahrspuren überquerte, eher gering war – zumal es ein Industriemuseum war und die meisten Exponate lediglich als dürftig kaschierte Werbung für Hoover und Hawker-Siddeley betrachtet werden mussten.

Demnach machte Peckham Steiner ein Schnäppchen, das er an Bourbon Bryant weiterreichte, der uns – für kurze Zeit – das Oriflamme schenkte. Und dann brannte es bis auf die Grundmauern ab. Das war alles, was ich über seinen historischen Werdegang wusste, bis auf Nickys verrückte Verschwörungstheorien. Aber als ich gegen zwei Uhr morgens durch den

Cleveland Park marschierte mit nichts als Dunkelheit im Rücken, wünschte ich mir irgendwie, mehr darüber in Erfahrung gebracht zu haben.

Genau vor mir, als ich die Kuppe des Hügels erreichte, war das Oriflamme – oder genauer: die kleine erhabene Insel in der Mitte des Verkehrsrondells. Das Gebäude selbst wurde durch eine kleine Baumgruppe am Rand der Insel verdeckt. Als ich näher herankam, konnte ich ein Hinweisschild und den Beginn eines Wegs durch die Bäume erkennen. Das Schild trug die Inschrift SIR NORMAN TEBBITT MUSEUM Of LOCAL INDUSTRY. Bryant hatte es weder verändern noch entfernen lassen, weil er es witzig fand, allerdings hatte er mir niemals die Pointe erklärt und sie hatte sich mir niemals erschlossen.

Ich überquerte die Straße, die um diese Uhrzeit verlassen war, und betrat den Weg. Er war höchstens zehn Meter lang. Nur wenige Schritte brachten mich auf einen freien Platz in der Mitte der Insel, wo die Überreste des Oriflamme standen. Ich war seit Jahren nicht mehr hier gewesen, aber jetzt kam alles wieder zurück.

Ein ringförmiger Erdwall, etwa anderthalb Meter hoch, umgab das Gebäude. Seine Existenz verdankte er einem Graben, der innerhalb des Rings ausgehoben worden war. Bryant, oder vielleicht auch Steiner selbst, hatte den Grund des Grabens pflastern und den kleinen künstlichen Hügel mit Blumen bepflanzen lassen. Es erschien wie ein kluger und kunstvoller Weg, den Verkehrslärm auf ein erträgliches Maß zu reduzieren. Ich erkannte jedoch in diesem Moment, was ich wirklich vor mir hatte: Wälle aus Erde und Luft. Nicky hatte es auf Anhieb erkannt. Aber diese Schutzwälle hatten das Oriflamme nicht vor dem vierten Element beschützen können. Wie die böse

Fee, die niemals zur Taufe eingeladen wurde, hatte Feuer den Ort zerstört.

Das Gebäude war dunkel, wie ich es auch erwartet hatte. Falls Peace sich in seinem Innern aufhielt, wäre es von ihm sicherlich nicht sehr klug gewesen, durch Licht oder was auch immer darauf aufmerksam zu machen. Ich ging zur Tür, die ich nicht sehen konnte, weil die gesamte Gebäudefront in tiefem Schatten lag. Die Straßenlampen standen auf der anderen Seite der Baumgruppe, und nur ein schwacher, orangefarbener Schein drang bis auf den freien Platz in der Inselmitte.

Es gab keine Tür, lediglich ein gähnendes Loch, das im Mauerwerk klaffte. Aber als ich weiterging und einen vorsichtigen Schritt nach dem anderen tiefer in die Dunkelheit vordrang, trafen meine Hände auf etwas in Brusthöhe, das sich kalt und glatt und feucht anfühlte. Ich erforschte es vorsichtig und stellte fest, dass es sich nach oben und unten und zu beiden Seiten erstreckte. Es war ein Plastikvorhang, der vor dem Eingang aufgespannt war, um den Wind abzuhalten. Feucht vom Morgennebel, war er unangenehm kalt und klamm.

Wenn ich hindurchging, kündigte ich jedem, der sich im Haus aufhielt, meine Ankunft an. Angesichts der Art und Weise, wie Peace auf mein Erscheinen an Bord der *Collective* reagiert hatte, und seines Versprechens, was geschehen würde, wenn wir einander das nächste Mal begegneten, war das keine gute Idee.

Stattdessen ging ich um das Gebäude herum und hielt Ausschau nach einer anderen Möglichkeit, hineinzugelangen. Ich musste aufpassen, wohin ich trat. Nach Löschen des Feuers war alles, was von der Inneneinrichtung noch übrig war, herausgeholt und dort abgelegt worden, wo Platz war. Müllnomaden hatten seitdem den Platz genutzt, um ihre Abfälle abzuladen, daher besaß die Ruine des Oriflamme nun einen zusätzlichen Schutzwall aus verrostetem Metallgerümpel und faulenden Matratzen.

Das verschaffte mir jedoch gewisse Vorteile, denn als ich zur Rückseite des Gebäudes gelangte, fand ich einen möglichen Weg, um hineinzukommen. Der Abfall türmte sich dort an der Hauswand bis zu einer Höhe von etwa drei Metern auf – und der höchste Punkt befand sich in direkter Nähe eines Fensters im ersten Stock, das ebenso wie die Tür herausgesprengt worden und nur noch ein gähnender Schlund war und der Nacht freien Zugang gewährte. Die einzige Frage war, ob der Berg aus schwarzen Abfallsäcken, ausrangierten Kühlschränken und radlosen Fahrradrahmen mein Gewicht tragen würde.

Ich erstieg vorsichtig die unteren Ausläufer der Müllhalde und wünschte mir im Stillen, eine Taschenlampe mitgenommen zu haben, damit ich sehen könnte, wohin ich trat. Die Abfallsäcke gaben nach und quietschten unter mir, aber sie rutschten nicht weg, und ich konnte das Gleichgewicht halten. Schritt für Schritt, sehr langsam und mich seitwärts bewegend, so dass ich stets auf einem Bein festen Stand hatte, erklomm ich die Steilwand. Es gab einen heiklen Moment, als die gesamte Masse unter meinem Gewicht einige Zentimeter nachgab und ich beinahe ausrutschte. Aber zu diesem Zeitpunkt hatte ich mich der Gebäudewand bereits so weit genähert, dass ich mich vorbeugen und mit den Händen für einen Moment an ihr abstützen konnte, bis der Abfallberg sich erneut ausbalanciert hatte.

Danach gelangte ich ohne weitere Verzögerung zum Fenster, setzte mich auf die Fensterbank, schwang die Beine über den Sims und war im Haus.

Ich wollte schon von der Fensterbank rutschen und in den

stockdunklen Raum dahinter treten, als natürliche Vorsicht mich zuerst ein Bein senken ließ, um den Boden zu testen. Dies erwies sich als kluge Vorsichtsmaßnahme, denn es gab nichts, worauf ich hätte stehen können. Der Fußboden des Raums musste während des Feuers eingestürzt sein, daher gab es unter mir nichts anderes als einen vier Meter tiefen Abgrund und möglicherweise einen gebrochenen Fußknöchel. Oder zwei.

Ich blieb auf dem Sims sitzen und wartete, bis meine Augen sich an die Dunkelheit gewöhnt hatten. Die Dunkelheit war natürlich nicht vollkommen. In dieser Höhe drang mehr Licht von den Straßenlampen durch die Bäume, und das Innere des Raums hellte sich nach ein oder zwei Minuten mit einem matten, orangefarbenen Licht auf. Es reichte aus, um mir zu zeigen, dass die Tragbalken überlebt hatten, die Bodenbretter jedoch nicht. Ich konnte auf einem Balken zur Tür balancieren und nachschauen, ob es noch Treppen in dem Haus gab.

Es war trotzdem keine allzu angenehme Aussicht, aber ich hatte keine besseren Ideen. Während ich mein Gewicht auf einen Tragbalken verlagerte, ließ ich die Fensterbank los und konnte mich im Gleichgewicht halten. Diese Expedition entwickelte sich allmählich zu einer Lachnummer.

Der Raum war nicht sehr groß. Drei Schritte brächten mich zur Türöffnung und zur tiefen Dunkelheit dahinter. Ich machte den ersten Schritt ohne Komplikationen, dann den zweiten. Der dritte wurde problematisch, weil der Balken unter mir hörbar knackte und sich ein wenig verlagerte. Ich strich Plan A und machte einen Satz in Richtung Tür, fand Halt am Türrahmen, als der Balken in der Mitte brach und begleitet von einem prasselnden Regen verkohlter Holzsplitter in die Tiefe stürzte.

Auch auf der anderen Seite der Türöffnung hatten sich die Bodenbretter in Wohlgefallen aufgelöst, so dass ich mich an einen dicken Pfosten klammerte, in der Mitte verkohlt, aber offensichtlich noch stabil und tragfähig, während meine Beine über einem Abgrund baumelten.

»Du kannst loslassen«, sagte eine barsche Stimme von unten. »Etwa zweieinhalb Meter unter dir ist ein Zementboden. Solange du auf den Füßen landest, sollte für dich alles okay sein. Wenn du dein Gewicht ungünstig verlagerst, brichst du dir schlimmstenfalls ein Bein, aber ich denke, das ist der Preis, den du fürs unbefugte Betreten zahlen musst.«

»Meinen Sie – Sie könnten mir helfen?«, keuchte ich leicht außer Atem. Ich bemühte mich um äußerste Höflichkeit.

Die Stimme erzeugte einen kehligen Laut, der wohl ein Lachen sein sollte. »Ich denke, du solltest tun, was man dir geraten hat«, sagte sie. »Wenn du noch länger dort herumhängst wie eine chinesische Laterne, verhelfe ich dir zu ein paar Löchern, damit mehr Licht herausdringt.«

»Welches Licht?«, brachte ich mühsam hervor, während ich mich weiterhin krampfhaft festhielt.

Die Stimme seufzte, lang und tief und leicht aufgeraut. Dann sagte eine andere Stimme, bei deren Klang sich die Haare in meinem Nacken aufstellten: »Gib ihm etwas Licht, Dad.« Es war die Stimme eines kleinen Mädchens, wie aus weiter Ferne und leise, aber absolut klar. Abbies Stimme. Ich drehte den Kopf zur Seite, um über die Schulter zu blicken, aber es war noch zu dunkel, um im Raum unter mir irgendetwas erkennen zu können.

Etwas kratzte scharrend an etwas anderem, und ein Neonstrich wurde in die Dunkelheit gezeichnet und blühte abrupt zu einer Zündholzflamme auf. Das Licht wurde kleiner, flackerte und wurde für einen kurzen Moment von zwei gelbweißen Augen reflektiert. Dann, als die Kerze aufflammte und ihr matter Schein die Szene erhellte, schnippte Peace das Zündholz weg. Es erlosch, während es zu Boden fiel.

Er lag ein paar Schritte links von mir auf dem Boden unter einer Decke, die über ihn gebreitet war. Und er zielte mit dieser verdammten Pistole auf mich. Vielleicht erleuchtete die Kerze das ein oder andere Detail des Raums unter mir, doch aus irgendeinem Grund achtete ich ausschließlich auf die Pistole.

»Lass dich fallen«, forderte Peace mich abermals auf. »Ich verliere hier unten allmählich die Geduld.«

Ich ließ mich fallen, mehr oder weniger in gerader Haltung, und schaffte es, das Gleichgewicht zu behalten, als ich landete. Die Pistole blieb die ganze Zeit auf mich gerichtet, zumindest nahm ich an, dass sie es tat. Auf jeden Fall zielte sie genau auf meine Brust, als ich mich aufrichtete und zu Peace umdrehte, um ihn wieder anzusehen.

Seiner äußeren Erscheinung nach war es ihm offenbar seit unserer Begegnung an Bord der *Collective* sehr schlecht ergangen. Eine Wunde mit ausgefransten Rändern teilte sein Gesicht. Sie verlief von seiner linken Schläfe über den Nasenrücken zur rechten Wange. Sie war wie ein heraldischer Schrägbalken und in einem derart tiefen Rot, dass es bei dem herrschenden Licht schwarz erschien. Das restliche Gesicht um die dunkle Linie war milchweiß. Die Hand, die die Pistole hielt, schien leicht zu zittern, als kostete es ihn große Mühe, mit der Waffe zu zielen.

Abbie stand hinter ihm, teilweise im Schatten verborgen. Sie war selbst wenig mehr als ein Schatten. Das Kerzenlicht drang durch sie hindurch und brach sich an der rauen Oberfläche der Backsteinwand mit ihren körnigen weißen und rußschwarzen Linien. Sie sah mich neugierig an – aber völlig ruhig, ohne ein Anzeichen von Furcht. Angesichts der Art und Weise ihres

Todes war es beeindruckend. Viele Geister konnten sich nicht von den Emotionen befreien, die sie empfanden, wenn sie die Grenze überschritten. Der Moment ihres Todes besiegelte ihr Schicksal und sorgte für ihre ewige Ruhe. Oder auch nicht.

Weil ich danach suchte, entdeckte ich das goldene Funkeln an Peaces Handgelenk. Ich konnte die Umrisse nicht genau erkennen, aber ich wusste, was es war. Wie auch schon vorher trug er Abbies goldenes Medaillon als Armband am rechten Handgelenk. Er ging kein Risiko ein, wieder von ihr getrennt zu werden.

Der Raum war völlig ausgeweidet, die Wände und der Fußboden schwarz verkohlt. Er war völlig leer bis auf die nötigsten Biwak-Utensilien, die Peace aufgestellt hatte: einen Calor-Gaskocher, einen Reisekoffer und einen Eimer als Latrine. Ein säuerlicher Geruch nach altem Schweiß und frischem Schmerz lag in der Luft. Darüber, aber ohne ihn völlig zuzudecken, schwebte der Duft von Sandelholzrauch.

Ich hob die Hände mit gespreizten Fingern, um zu zeigen, dass sie leer waren.

»Sie wissen, wer mich engagiert hat?«, fragte ich.

»Wahrscheinlich besser als du«, antwortete Peace mit harter Stimme. In diesem Punkt hatte er mir wirklich etwas voraus.

»Ich arbeite nicht mehr für diese Leute.«

Die Pistole und die Hand, die sie festhielt, zitterten immer noch kaum wahrnehmbar wie ein kräftiger Ast an einem windigen Tag. Aber sie war noch immer auf mein Herz gerichtet. »Genau das würde wahrscheinlich auch ich sagen«, stellte Peace fest, »wenn ich dort stünde, wo du gerade stehst. Da ich gerade davon rede, ich denke, du solltest dich hinsetzen. Und zwar auf deine Hände. Und wenn ich es mir richtig überlege, zieh zuerst deinen Mantel aus und wirf ihn rüber zur Wand. Ich fände es nicht so toll, wenn du irgendwelche Überraschungen hervorzauberst, während wir uns unterhalten.«

Ich schlüpfte langsam und so wenig bedrohlich wie möglich aus dem Mantel. Ich hatte mittlerweile genug über Peace gehört, um zu wissen, dass er seine Drohungen ernst meinte. Abbie beobachtete alles in absolutem Schweigen – einem Schweigen, das nur Tote zustandebringen, da sie nicht atmen und nicht herumzappeln. Der Ausdruck ihrer dunklen Augen war ernst und aufmerksam. Sie war ein sehr ungewöhnlicher Geist. Ich hoffte, dass ich lange genug am Leben blieb, um sie ein wenig näher kennenzulernen.

»Meinen Sie, ich wäre allein gekommen«, sagte ich, während ich den Mantel auf den Boden legte und mit dem Fuß von mir wegschob, »wenn ich immer noch die Absicht hätte, Sie zu meinen Auftraggebern zu bringen? Das ergäbe doch keinen Sinn. Ich würde erzählen, ich hätte Sie gefunden, würde mein Honorar fordern und meiner Wege ziehen.«

»Könnte sein.« Peaces Gesicht verzerrte sich für einen Moment vor Schmerzen, was er so gut wie möglich zu kaschieren versuchte. »Wenn du wirklich sicher wärest, uns gefunden zu haben. Und wenn du ganz sicher wärest, dass sie ihren Teil eurer Abmachung einhalten.«

»Ich mache keine Geschäfte mit Dämonen. Oder ihren tätigen Gesellschaftern.«

Peace lächelte grimmig. »Tut mir leid, mein Freund. Aber so wie es aussieht, hast du genau das getan. Setz dich.«

Abermals achtete ich darauf, genau das zu tun, was er von mir verlangte. Ich war mir ziemlich sicher, dass diese Decke etwas viel Schlimmeres verbarg als die Verletzung in Peaces Gesicht, und ich dachte allmählich voller Sorge daran, was er tun würde, wenn er das Bewusstsein verlieren sollte. Ganz sicher würde er nicht zulassen, dass ich als potentielle Bedrohung zurückblieb. Dieser Punkt machte es umso dringlicher, ihn zu überzeugen.

»Als ich Ihre Kontaktperson im anderen Oriflamme bat, Ihnen eine Nachricht zu übermitteln«, sagte ich, »war das ernst gemeint. Ich habe nichts anderes gesucht als eine Gelegenheit, mit Ihnen zu reden.«

»Carla? Ja, das war ganz schön pfiffig. Aber als sie mich anrief, wusste ich bereits, dass ein Exorzist hinter mir herschnüffelte. Ich habe dich kommen sehen, erinnerst du dich? Du hast versucht, mit Abbie Kontakt aufzunehmen, und ich habe dich gestoppt.«

»Dreimal«, bestätigte ich. »Gut gemacht. Beim zweiten Mal haben Sie mir fast das Gehirn aus dem Schädel geblasen. Wie haben Sie das geschafft?«

»Wir sind keine Hausfrauen, die Kochrezepte austauschen«, entgegnete Peace ungehalten. »So wie ich es verstehe, suchst du nach Gründen, dass ich dich nicht töten soll. Nur damit du es weißt, bisher beträgt dein Kontostand in dieser Hinsicht null Punkte.«

»Okay«, sagte ich. »Dann lassen Sie mich wissen, ob ich richtigliege. Erstens, Sie wurden ziemlich schwer verletzt – wahrscheinlich, als die beiden Werwölfe Sie fanden – und Sie brauchen Hilfe. Ich glaube, dass Sie außerdem seit Samstag kein Auge mehr zugetan haben, um Ihre psychischen Abwehrmaßnahmen aufrechtzuerhalten, damit niemand Abbie findet, so wie ich es geschafft habe. Deshalb brauchten Sie die Aufputschpillen von Carla. Früher oder später werden Sie zusammenbrechen, und zwar total. Ich würde auf früher wetten. Wenn Sie mir nicht trauen, müssen Sie trotzdem jemanden finden, dem Sie trauen können – und das muss schnell geschehen. Zweitens, nachdem Sie versucht haben, mich auf der *Collective* als Sprungmatte zu benutzen, sahen Sie, wie ich Ihnen den Rücken von den *loup-garous* frei hielt. Dieser Jeep, der durch den Zaun brach und den großen von den Füßen holte – das war ich. Wie passt das zu dem Bild, dass ich der böse Feind bin? Die Wahrheit ist, dass ich bereits Scheiße witterte, als ich diesen Job annahm. Seitdem versuche ich herauszukriegen, was wirklich im Gange ist.«

Ich hielt inne, um Luft zu holen. Peace hatte während meiner ganzen Rede die Miene nicht bewegt. Ich konnte ihn nicht überzeugen.

»Gibt es ein Drittens?«, fragte er.

»Ja«, sagte ich, »es gibt ein Drittens. Sie haben einen schlimmen Ruf, Dennis. Alle finden, dass Sie ein harter Bursche sind, der sich eine ganze Menge üble Dinge geleistet hat. Sogar Bourbon Bryant hat mich gewarnt, mich mit Ihnen anzulegen, und er hat noch nie über Dritte etwas Negatives gesagt.« Peace starrte mich an, und ich erwiderte seinen Blick. »Aber verraten Sie mir eines«, sagte ich ganz ruhig. »Wollen Sie wirklich vor Abbies Augen einen Unbewaffneten töten, und sie dabei zuschauen lassen, wie er verblutet? Denn wenn Sie das vorhaben, dann gibt es nichts mehr, womit ich Sie daran hindern könnte.«

Wir setzten unser Blickduell für weitere ein oder zwei Sekunden fort, aber ich hatte nichts mehr zu sagen, daher ließ ich ihn gewinnen. Jetzt war Peace an der Reihe. Ich schaute in das schwarze Nichts jenseits des trüben Lichtkreises, den die Kerze erzeugte, und wartete auf seine Entscheidung. Nach langem Schweigen ließ er den Arm sinken und legte die Pistole auf den Boden. Ich sah ihn wieder an. Ein Lächeln breitete sich auf seinem Gesicht aus. Es war ein düsteres, mühsames Lächeln, dessen Anblick schmerzte.

»Du hast wirklich Mut, Castor«, sagte er.

Peace versetzte der Pistole einen Schubs, und sie rutschte auf dem Boden zu mir herüber. Sehr weit kam sie nicht. Der verrußte Zement war zu rau und uneben. Aber sie gelangte über die magische Grenzlinie, so dass ich sie eher erreichen könnte als er – vorausgesetzt, er konnte sich bewegen.

Ich stand auf, machte einen Schritt über die Pistole und kam zu ihm hinüber. Ich ging neben ihm in die Hocke, Abbie gegenüber, die auf der anderen Seite der Decke stand und uns schweigend beobachtete. Ich spürte ihre ernsthafte, stille Aufmerksamkeit wie eine Berührung kalter Fingerspitzen in meinem Nacken.

Peace blickte mir ins Gesicht, das von einer einzigen Kerze von unten beleuchtet ein wenig unheimlich ausgesehen haben musste.

»Du hast ja auch einen gewissen Ruf«, sagte er und ließ den Kopf nach hinten auf die zusammengerollte Jacke sinken, die ihm als Kissen diente. »Mal sehen, ob du ihm gerecht werden kannst.« Aus dieser Nähe betrachtet, sah sein Gesicht viel bleicher und erheblich leidender aus. Aber vielleicht war es auch nur so, dass er sich nicht mehr verstellte. Ein Schweißfilm auf seiner Stirn und seinen Wangen glänzte matt im Kerzenlicht.

»Was ist Ihnen zugestoßen?«, fragte ich.

»Du hast es ja schon gesagt. Diese Wer-Scheißer haben mich ein paar Meilen weiter eingeholt – entschuldige meine drastische Sprache, Abbie. Einen von ihnen erwischte ich mit einem Messer. Ein raffiniertes kleines Instrument, das ich in Algier gefunden habe, mit einer Silberbeschichtung auf der Schneide. Er wird für einige Zeit nicht sehr viel Spaß an seinem Leben haben. Aber ich musste ganz dicht an ihn heran, um ihn zu erwischen, und er …« Peace deutete auf sein ruiniertes Gesicht.

»Ist dies das Schlimmste?«, fragte ich.

»Nein«, murmelte er. »Das Schlimmste ist das hier. Schau mal weg, Abbie.«

Der Geist Abbie Torringtons schüttelte den Kopf, aber eher aus Protest, als dass sie sich weigerte zu gehorchen. Sie wandte uns den Rücken zu, wobei auch diesmal ihre Bewegungen völlig geräuschlos erfolgten. Sobald sie zur Wand blickte, schlug Peace die Decke zurück. Anfangs war es schwierig, genau zu erkennen, was sich vor meinen Augen befand. Für einen Moment sah es aus wie ein Muskelshirt aus den Siebzigerjahren mit einem verschlungenen Muster darauf. Dann erst erkannte ich, dass ich nacktes Fleisch vor mir hatte. Wenn auch nicht völlig nackt, denn sein Oberkörper war mit halb verheilten Wunden und mit abblätterndem Schorf und verkrustetem Blut bedeckt. Rot war die vorherrschende Farbe, aber ich sah auch gelbe Flecken dazwischen. Einige Wunden hatten sich bereits entzündet und fingen an zu eitern.

»Mein Gott«, stieß ich unwillkürlich hervor.

»Ja, sprich auf jeden Fall auch einen Segen darüber. Vielleicht hilft das sogar.«

Das war jedoch reines Wunschdenken. Religiöse Geheimrezepte entwickelten gelegentlich eine gewisse Wirkung gegen Dämonen und die Untoten, aber nur wenn sie von jemandem eingesetzt wurden, der aufrichtig an sie glaubte. Ein Gebet von mir wäre in etwa genauso nützlich gewesen wie die kleinen Klebemarken mit dem Jesusbild darauf, die gewöhnlich in der Sonntagsschule an fleißige Kinder verteilt wurden. Die Royal Mail akzeptierte sie nicht als Briefmarken, daher wurde die betreffende Nachricht auch nicht weiterbefördert.

»Sie brauchen keinen Segen«, klärte ich Peace auf. »Sie brauchen einen Arzt.«

Peace drehte sich von mir weg, um den Geist seiner Tochter

anzublicken. »Abbie«, brummte er streng, »wage bloß nicht, heimlich zu gucken – was wir hier machen, ist kein Spiel.«

Dann wandte er sich wieder zu mir. »Keinen Arzt«, sagte er heftig, versuchte sich aufzurichten, schaffte es jedoch nicht richtig. »Du hast keine Ahnung, womit du es zu tun hast. Jeder Notruf wird aufgezeichnet – ebenso jeder Anruf in einer Arztpraxis. Selbst wenn du jemanden finden solltest, der hierherkommt und keine Fragen stellt, würde er sofort Bescheid wissen und hätte mich am Arsch, ehe er mir das verdammte Rezept ausgestellt hätte.« Eine kurze Pause entstand, und dann, während er den Kopf auf seine zusammengerollte Jacke sinken ließ, fügte er hinzu: »Entschuldige meine drastische Ausdrucksweise, Abbie.«

Er zog die Decke hoch, um die grässliche Kraterlandschaft seiner Wunden zu verhüllen. »Du kannst dich wieder umdrehen, Liebling«, murmelte er, aber Abbie hatte ihn anscheinend nicht gehört. Ihre körperlose Gestalt, in der Dunkelheit kaum zu erkennen, blieb abgewandt und starrte in die Ecke des Raums, wo der Schatten am tiefsten war. Ich wollte nicht darüber spekulieren, was sie dort sah.

Ich dachte an meine eigene Infektion. Sie war durch einen einzigen Schnitt ausgelöst worden und hatte mich umkippen lassen wie einen nassen Sack. Es war ein Wunder, dass Peace überhaupt noch bei Bewusstsein war. Das brachte mich zu der Frage, weshalb die *loup-garous* seiner Witterung nicht genauso hatten folgen können wie meiner. Vielleicht hatte dieser schwache Weihrauchgeruch etwas damit zu tun, aber ich war eher bereit, darauf zu wetten, dass Peace sie hatte überlisten können, so wie er mich überlistet hatte. Er war ein raffinierter Hund, kein Zweifel, aber jetzt saß er in der Falle, und ihm gingen die Möglichkeiten aus.

»Peace«, sagte ich, »was die Aufzeichnung der Anrufe betrifft, haben Sie recht, aber glauben Sie mir, es wird eher schlimmer als besser. Ich denke, dass Sie sehr wahrscheinlich sterben werden, wenn Sie sich nicht von irgendjemandem behandeln lassen.«

Er hörte schweigend zu und ließ sich das Gehörte durch den Kopf gehen.

»Carla«, murmelte er schließlich. »Geh zu Carla. Besorge mir mehr Speed. Ich stehe das durch.« Er schloss die Augen, und für einen Moment sah es aus, als sinke er in einen leichten Schlaf, doch dann entblößte er die Zähne in einer schmerzhaften Grimasse und atmete rasselnd aus. »Nein«, sagte er, »das werde ich wohl nicht schaffen, oder?« Er schlug wieder die Augen auf und fixierte mich mit einem beschwörenden Blick. »Ich darf nicht sterben, Castor. Dazu darf es nicht kommen. Wenn ich sterbe, dann werden sie …« Er zögerte, während sein Blick zu Abbie sprang und dann zurück zu mir. »Ich darf sie nicht im Stich lassen.«

Ich nickte. »Okay«, sagte ich. »Ich kann Ihnen vielleicht verschaffen, was Sie brauchen, ohne mich an ein Krankenhaus oder einen praktizierenden Arzt zu wenden. Darf ich mein Mobiltelefon benutzen?«

»Um wen anzurufen?« Ich sah, wie er die Fäuste ballte. Sogar ohne seine Waffe und in dem angegriffenen Zustand, in dem er sich befand, musste man ihn als Gegner ernst nehmen. Ich hatte keine Lust, mich mit ihm zu streiten.

»Eine Freundin«, sagte ich. »Eine sehr alte Freundin. Genauso genommen meine Vermieterin. Die zufälligerweise gerade mit einem Arzt ins Bett steigt. Sie hat es selbst mit den heilenden Händen und praktiziert Ganzheitsmedizin. Sie kriegen also sozusagen zwei für den Preis von einem.« Diese Formulierung erinnerte mich an Susan Book – sie hatte etwas

Ähnliches über Juliet und mich gesagt – und für einen Moment kamen mir gewisse Bedenken.

Peace hingegen entspannte sich ein wenig, als er eine Chance witterte, das Unmögliche zu schaffen.

»Und kann man ihr trauen?«

»Absolut. Sie ist nicht einmal fähig zu lügen. Das verbietet ihre Religion.«

»Eine Gottesanbeterin?« Peace entblößte die Zähne in einem spöttischen Lächeln und fuhr mit einer Hand über seinem Bauch durch die Luft, um anzudeuten, was die Decke wieder verhüllte. »Das haben mir diese verdammten Katholiken angetan.«

»Nein, Pen hat sozusagen ihre eigene Religion, die nur für sie gilt«, sagte ich. »Glauben Sie mir, sie wird Sie nicht an die Anathemata verraten.«

Peace nickte bloß und ließ diesen Punkt auf sich beruhen, als wäre er zu schwach, noch länger darauf herumzuhacken. »Na schön«, sagte er. »Ruf sie an. Aber mach ihr klar, dass sie darauf achten soll, dass ihr niemand folgt. Wenn sie dir so nahesteht, wird sie vielleicht ebenfalls beobachtet.«

Ich rief Pen zu Hause an. Das Rufzeichen erklang sechsmal, und dann schaltete sich der Anrufbeantworter ein. »Hi, hier ist Pamela Bruckner. Ich kann zurzeit nicht selbst ans Telefon kommen …« Pen nahm zu meiner Erleichterung den Hörer ab, während die Nachricht lief. »Hallo?«, sagte sie mit verschlafener Stimme.

»Pen, ich bin's. Tut mir leid, dass ich dich geweckt habe, aber dies ist so etwas wie ein Notfall.«

»Fix? Wo bist du? Es ist …«

»Zwei Uhr nachts. Ich weiß, ich weiß. Hör zu, du erinnerst dich doch an den Zustand, in dem ich mich befand, als du mich vor deiner Tür fandest, oder? Nun, ich habe hier jemanden, den die gleiche Geschichte noch schlimmer erwischt hat, und ihm geht es richtig schlecht. Hat dieser kleine schottische Typ einen Rest von seinen Antibiotika zurückgelassen?«

»Ich glaube nicht. Aber ich kann Dylan anrufen. Wo bist du?«

»Weit draußen im Westen. Ruf ihn an, und dann ruf mich zurück, okay?«

»Okay.«

Sie legte auf. Pen begriff schnell, Gott sei Dank, und sie verlor nie viele Worte. Ich wandte mich wieder an Peace. »Wollen Sie, dass ich sie woanders treffe?«, fragte ich. »Sie kann mir die Medikamente übergeben, ohne zu erfahren, wo Sie und Abbie sich aufhalten.«

»Sie sagten, Sie könne selbst vielleicht auch etwas Gutes bewirken«, erinnerte er mich.

»Ja, das sagte ich.«

»Dann lassen Sie sie hierherkommen.«

Peace schloss wieder die Augen. Sein Atem ging jetzt schnell und flach. Er hatte mit reiner Willenskraft so lange durchgehalten, und die ließ jetzt nach, nachdem er sein Schicksal bereitwillig in meine Hände gelegt hatte. Das war nicht gut. Ganz und gar nicht gut.

Ich hatte plötzlich das Gefühl, als würde meine Haut mit kleinen Nadeln bearbeitet, und ich schaute hoch und gewahrte Abbies Gestalt, die neben mir schwebte. »Wird mein Dad sich wieder erholen?«, fragte sie, und ihre Stimme traf auf mein Ohr, ohne die stille Luft in Bewegung zu setzen.

»Ich weiß es nicht«, antwortete ich ehrlich. »Ihm geht es sehr schlecht. Es sind nicht so sehr die Verletzungen, sondern er hat eine Infektion.«

»Machen Sie ihn gesund«, flüsterte Abbie und klang viel jünger als vierzehn Jahre. Sie würde auch nicht älter werden.

»Ich tue, was ich kann«, versprach ich ihr, und meine Stimme war kaum lauter als ihre.

Das Telefon klingelte und riss mich aus meinen nicht sehr erfreulichen Gedanken. Es war Pen. Ich wandte mich von Peace und Abbie ab, um das Gespräch entgegenzunehmen.

»Dylan sagte, er wolle selbst kommen«, informierte sie mich. »Er ist zu Hause. Er hat auch Vancomycin im Haus, aber er will es nicht abgeben, ohne vorher den Patienten gesehen zu haben. Wenn du mir verrätst, wo du bist, kann ich es ihm weitergeben, und er kommt zu dir.«

Stille Post ist bestenfalls ein lausiges Spiel. Peace hatte gemeint, es sei okay, Pen aufzuklären. Er hatte mir nicht ausdrücklich erlaubt, eine dritte Partei hinzuzuziehen.

Ich schaute mich um. Peace hatte noch immer die Augen geschlossen.

»Peace«, rief ich. Er antwortete nicht. Ich rief abermals, aber er schien zu schlafen. Jedenfalls blieben seine Augen geschlossen.

Ich ließ mir das Szenario durch den Kopf gehen und entschied, dass ich keine Wahl hatte. Ohne Antibiotika würde er die Nacht nicht überstehen. Ich hielt das Telefon wieder ans Ohr.

»Okay«, sagte ich. »Kennst du Castlebar Hill?«

»Nein.«

»Vielleicht kennt Dylan sich hier aus.«

»Wenn nicht, kann er im Stadtplan nachsehen. Wo genau auf dem Castlebar Hill bist du?«

»Dort ist ein Kreisverkchr. Da bin ich.«

»Auf dem Rondell?«

»Ja. Es ist groß. Man muss in einer der Nebenstraßen parken und zu Fuß hingehen. Dort steht ein Gebäude – beziehungsweise seine Überreste. Es ist vor ein paar Jahren abgebrannt.«

»Und dort bist du gerade? Um zwei Uhr morgens?«

»Fang jetzt nicht damit an.«

»Okay. Ich habe ihm gesagt, es sei ein Notfall. Er kommt so schnell er kann.«

»Wir rühren uns nicht vom Fleck. Danke, Pen.«

»Du kannst dich revanchieren, indem du mir die ganze Geschichte erzählst.«

»Wenn ich am Leben bleibe, tue ich das ganz sicher.«

Sie legte wieder auf, und ich ließ mein Mobiltelefon in der Tasche verschwinden. Dann setzte ich mich neben Peace auf den Fußboden, da ich jetzt nur noch warten konnte. Das tote Mädchen kam herüber und blieb vor mir stehen, wobei ihre Füße den Boden nicht ganz berührten. Für die meisten Geister lief alles nur auf Erinnerung und Routine hinaus. Sie verhielten sich, als existierten sie noch immer in Fleisch und Blut, dabei hatten sie nichts anderes mehr als ihre Gewohnheiten. Sie blickte auf ihren Vater hinunter, der selbst mehr tot als lebendig erschien, und der Ausdruck ihres Gesichts war schwer zu ertragen.

»Hilfe ist unterwegs«, sagte ich.

Abbie nickte. »Er darf nicht sterben«, flüsterte sie. »Ich will nicht, dass ihm irgendetwas zustößt.«

Ich konnte nichts anderes tun, als zustimmend zu nicken.

Peace regte sich, wachte aus seinem Halbschlaf auf und sah mich für einen Moment irritiert an. Er schien die Situation nicht auf Anhieb zu begreifen und wollte nach seiner Pistole greifen. Dann fiel ihm anscheinend wieder ein, wer ich war und was meine Anwesenheit zu bedeuten hatte. »Da hinten ist Kaffee«, murmelte er schwerfällig und deutete auf einen kleinen Stapel Pakete und Gläser vor der Wand neben dem Gaskocher. »Und Mineralwasser.«

Ich bereitete Kaffee, nur um überhaupt irgendetwas zu tun. Während das Wasser zu kochen begann, hob ich meinen Mantel vom Boden auf. Die Nacht war nicht kalt, aber ich habe meine Tin Whistle gerne in Reichweite, falls ich sie mal eilig brauche. Geistesabwesend überprüfte ich den Inhalt der einzelnen Taschen, fand alles dort, wo es sein sollte. Und einen fremdartigen Gegenstand, den ich nicht erkannte, bis ich ihn ans Licht holte. Es war der Porzellankopf von Abbies Puppe, leicht beschädigt, aber wie durch ein Wunder immer noch in einem Stück. Ich ließ ihn schnell wieder in der Versenkung verschwinden. Ich hatte keine Ahnung, welche Erinnerungen er bei ihr wecken würde, und hatte wenig Lust, es in diesem Moment zu erfahren.

Natürlich gab es nur Instantkaffee, aber ich kippte einen kräftigen Schluck aus meinem Flachmann in jede Tasse, um dem Gebräu mehr Würze zu verleihen. Ich brachte eine Tasse zu Peace hinüber und stellte sie neben ihm auf den Boden. Er bedankte sich mit einem Kopfnicken.

»Wie lautet denn nun die Geschichte?«, fragte ich und ließ mich auf dem Koffer nieder, der das Einzige war, das halbwegs als Sitzgelegenheit zu benutzen war.

Peace seufzte und schüttelte den Kopf. »Keine Geschichte. Geschichten ergeben immer irgendeinen Sinn. Mein Leben … es sind nur Dinge. Dinge, die passieren. Ich wusste eigentlich nie, was ich eigentlich wollte.« Er sah müde und alt aus, obgleich ich vermutete, dass er nur wenige Jahre älter war als ich.

»Ich meinte die Geschichte mit Abbie«, sagte ich geradeheraus. »Sie nennt Sie Dad. Ist das nur irgendein Wort, oder waren Sie tatsächlich an ihrer Entstehung beteiligt?«

Er starrte mich düster an. »Was glaubst du denn?«, fragte er schließlich.

»Ich denke, es gibt in Burkina Faso eine Geburtsurkunde, aus der hervorgeht, dass Sie der Vater eines Kindes sind, das dort geboren wurde. Aber laut den polizeilichen Akten war das Mädchen, das am vergangenen Samstag in Hendon starb, die Tochter eines Mannes namens Steve Torrington.«

»Ja? Nun, dann solltest du Stephen Torrington deine Fragen stellen. Du wirst aber deine Tin Whistle brauchen. Wahrscheinlich muss man ihn ein wenig anstupsen, damit er redet.«

»Und ihre Mutter war eine Frau namens Melanie – aber danach wird es ein wenig verworren, weil sie offensichtlich ihren Nachnamen genauso oft wechselt wie andere Leute ihre Unterwäsche.«

»Als ich sie kennenlernte, lautete er Melanie Jeffers.«

Ich wollte das Thema fallen lassen, aber ich dachte, dass es Peace vielleicht guttun würde, reden zu können. Mir würde es auf jeden Fall guttun zuzuhören. »Peace«, sagte ich sanft. »Ich habe gerade drei Tage lang in einer Whitehall-Farce gelebt, wo in jeder Ecke ein Cop, ein Katholik oder irgendein verrückter Satanist gelauert hat. Ich könnte zehn Jahre allein schon dafür kriegen, dass ich wusste, dass Abbie längst tot war, während die Polizei noch glaubte, sie sei am Leben. Meinen Sie nicht, Sie könnten versuchen, sich unter diesen Umständen ein wenig ausführlicher zu äußern?«

»Es ist mein Leben, Castor.«

»Meins auch.«

Wir starrten einander an. Diesmal kapitulierte er zuerst.

»Ja«, murmelte er. »Warum nicht? Aber gib mir vorher einen Schuss von dem Brandy. Ich hasse es, den ganzen Scheiß noch einmal aufzuwärmen. Ich hasse den Wichser, der ich war, als ich diesen Mist gemacht habe.«

Peace schien die Hemmungen verloren zu haben, vor Abbie zu fluchen – aber sie hatte es anscheinend gar nicht bemerkt, daher war es wahrscheinlich nicht das erste Mal. Ich reichte ihm den Flachmann und nahm an, er würde seinen Kaffee damit taufen. Stattdessen setzte er ihn an die Lippen und leerte ihn, dann gab er ihn mir mit einer anerkennenden Grimasse zurück.

»Das Zeug hat es in sich«, sagte er.

»Es macht Ihnen aber offenbar nicht viel aus.«

»Ich hab's jetzt gebraucht. Abbie?«

»Ja, Dad?«

»Dies ist auch deine Geschichte, und du hast jedes Recht, sie mit anzuhören. Aber nicht alles. In der Mitte kommt ein Stück, da schicke ich dich schlafen, denn – denn da kommen Dinge zur Sprache, von denen ein Kind in deinem Alter noch nichts wissen sollte, okay?«

Der Geist nickte langsam. Schlafen schicken? Das musste ich mir genau anschauen. Wenn Peace Geister sowohl aufrufen wie auch wegschicken konnte, und das ohne Risiko, sie vollständig zu exorzieren, dann hatte er von der Filigrantechnik meines Gewerbes mehr Ahnung, als ich je gehabt hatte. Ich erinnerte mich an die psychische Niederlage, die er mir bei meinem zweiten Versuch, mit Abbie Kontakt aufzunehmen, verpasst hatte. Vielleicht konnte ich von ihm noch etwas lernen – vorausgesetzt, er lebte lange genug, um es mir beizubringen.

✪

»Wahrscheinlich hast du mittlerweile eine Menge über mich gehört«, sagte Peace, »und du kannst dich darauf verlassen, dass das Meiste davon stimmt. Es gibt auch noch Schlimmeres. Dinge, die niemals bekannt wurden, weil ich darauf geachtet habe, mit wem ich redete. Ich erspare dir die Einzelheiten, aber du weißt ja, wie so etwas ist. Ich meine, ich war ziemlich groß für mein Alter – mit fünfzehn schon größer als so mancher Erwachsene –, daher kam ich mit verdammt vielen Dingen sehr viel früher in Berührung und habe mir einige üble Sachen angewöhnt.

Ich will mich nicht mit faulen Entschuldigungen herausreden. Ich habe schlimme Dinge getan, weil ich dumm und unreif und mir eigentlich alles egal war. Wenn ich sage, dass ich zu jung war, macht mich das in meinen Augen nicht weniger schuldig, und ich wüsste nicht, weshalb du es anders sehen solltest.«

Peace zögerte, als läge ihm eine Enthüllung auf der Zunge, zu der er noch nicht vollkommen bereit war. »Ich bin kein Heiliger«, sagte ich zu ihm, um die Dinge zu beschleunigen. »Und ich bin auch nicht Ihr Beichtvater.«

Er nickte, aber die Pause dehnte sich noch ein wenig, ehe er weiterredete. »Es war so, dass ich mich auf alles einließ, nur um zu sehen, was ich herausholen konnte. Ich habe die Leute betrogen und ausgetrickst und mir nichts dabei gedacht, denn jeder, der nicht auf sich selbst aufpassen kann, hat es verdient, dass man ihn aufs Kreuz legt. So läuft es nun mal auf der Welt.

Ich musste etwa zwölf gewesen sein, als ich feststellte, dass ich eine spezielle Gabe habe. Ein Talent für den Exorzismus, meine ich. Ich hatte schon immer gespielt und gewettet – auf Pferde, Hunde, hab an Automaten gespielt –, aber mein Lieblingsspiel war Poker, und darin konnte mich niemand schlagen. Ich saß mit vier oder fünf Typen am Tisch, und ich sah sie an und dachte – ja, jetzt weiß ich, was du auf der Hand hast. Zweimal die Acht, nicht wahr, und du hoffst auf die dritte, die noch im Stapel liegt. Der dort hat einen König plus Bube und nur Dreier, und Mister Cool da drüben hat gar nichts, also kann ich gewinnen.

Aber nach einer Weile fand ich heraus, dass ich noch zu viel mehr fähig war. Anstatt nur die Karten zu erraten, die meine Gegner in der Hand hielten, begann ich die Personen selbst als Karten zu betrachten – als Kartenhand, als Kombination von Karten. Ob lebendig oder tot, es gab eine bestimmte Kartenfolge, die die jeweilige Person in meinen Gedanken darstellte. Das ist die Art und Weise, wie ich Geister binde – ich teile die entsprechenden Karten aus und mische sie dann wieder in den Kartenstapel. Und peng – schon sind sie verschwunden.

Wie ich vorhin sagte, war für mich alles nur ein Mittel zum Zweck. Ich habe Geister für Geld verbannt, klar – so wie ich um Geld gespielt habe. Und manchmal, wenn ich auf einen Geist traf, der noch frisch und mehr oder weniger ansprechbar war, versuchte ich, aus ihm herauszukitzeln, was er bei seinem Tod hinterlassen hatte und was ich mir holen könnte. Zum Beispiel wie seine Kontonummern lauteten oder ob er zu Hause irgendwelches Bargeld als Notvorrat für schlechte Zeiten versteckt hatte, von dem keiner seiner lebenden Angehörigen etwas wusste.«

Peace musterte mich eindringlich, was ich wahrscheinlich genauso mit ihm tat. »Ich habe damals niemanden ausgelassen«, sagte er. »Ob Mann, Frau oder Kind war mir völlig egal. Ich tat es wegen des Geldes, denn ich brauchte damals verdammt viel Geld, und ich tat es einfach so. Weil ich es konnte.«

Er schien auf eine Reaktion zu warten – vielleicht Entrüstung oder heftige Anschuldigungen –, aber nachdem ich mit Nicky über dieses Thema ausgiebig gesprochen hatte, gab es nicht mehr viel, womit er mich hätte überraschen können. Ich zuckte die Achseln. »Okay«, sagte ich, »Sie waren ein schlechter Mensch. Vielleicht sogar der schlechteste. Gehen wir einfach davon aus.«

Peace lachte bitter und schüttelte den Kopf. »Gib mir eine Chance, Castor. Ich war nicht der schlimmste, bei weitem nicht. Vielleicht hatte ich mir das eingeredet, aber verglichen mit einigen anderen Leuten, die ich damals kannte, war ich der reinste Musterknabe.

Wie dem auch sei, ich ging auf Reisen, weißt du. Zuerst mit dem 45. Regiment und dann nach meiner Entlassung. Ich wollte die Welt sehen. Ich war noch keine zwanzig, und Watford wurde mir zu eng und der Boden dort zu heiß, um mich festzuhalten. Ich ging nach Europa, Südostasien, in den Mittleren Osten. Wanderte von Ort zu Ort mit ein paar Habseligkeiten in einem Rucksack, lebte von den Leuten, die ich traf und nahm jeden Job an, der sich anbot. Nachdem ich die Armee verlassen hatte, arbeitete ich als Söldner – aber nicht sehr lange. Ich stellte fest, dass ich für dieses Spiel noch nicht ausreichend verdorben war. Dann lernte ich ein paar Gangster kennen und transportierte eine Weile Drogen für sie – vorwiegend als Kurier, gelegentlich auch als Dealer.

So gelangte ich nach Ouagadougou. Ich machte eine Lieferung und wurde ausgeraubt. Der Empfänger meinte, er habe bereits bezahlt, und als ich mich weigerte, ihm die Ware auszuhändigen, holte er ein paar von seinen Kumpels und prügelte mich halbtot. Am Ende lag ich ohne einen Penny auf der Straße und musste auch noch in Deckung bleiben, weil die Typen, die mich angeheuert hatten, nicht interessierte, wie ich ihre Ware losgeworden war – sie wollten nur ihr Geld, das ich ihnen nicht geben konnte, weil ich es nicht hatte.

Schlimmer hätte es mich nicht treffen können. Burkina Faso war damals das Ende der verdammten Welt – die letzte Grenze. Sie hatten soeben den korrupten Bastard Sankara aus dem Amt gejagt, und niemand wusste, ob es zu einem Staatsstreich kommen, oder ob ein Bürgerkrieg ausbrechen würde, daher waren die Menschen bereit, irrsinnige Risiken einzugehen und ihr Geld auszugeben, ehe es nichts mehr wert war, und sich gehen zu lassen. In einiger Hinsicht ein Ort, wie geschaffen für mich, wenn man außer Acht lässt, dass alle bettelarm waren und dass einem schon für einen Dollarschein die Kehle durchgeschnitten werden konnte.

Ouagadougou war die Hauptstadt, aber davon war nicht viel zu erkennen. Ein paar Blocks protzige Bauten im Zentrum, und dann bog man um eine Ecke und stand wieder zwischen den beschissensten, armseligsten Hütten. Sehr seltsam das Ganze.

Eines Abends war ich in einer Bar, und drei besoffene Penner fingen an, eine weiße Frau anzumachen, die allein an einem Tisch saß. Etwas an ihr war ein wenig seltsam. Sie war sehr elegant gekleidet, sogar für ein normales Geschäftsviertel, aber wir befanden uns dort am Arsch der Welt. Cocktailkleid, jede Menge Make-up, obgleich sie es nicht nötig hatte. Das Haar hochgesteckt und eine Halskette, die dort wahrscheinlich einige Jahreslöhne gekostet hätte. Diese Typen versuchten, sie anzubaggern, und sie meinte, sie sollten sich verpissen, woraufhin sie unangenehm wurden.

Ich stand auf und ging hinüber, um ihr zu helfen. Die Kerle waren nicht halb so toll, wie sie glaubten, und jeder konnte sehen, dass die Frau gut bei Kasse war – und gut aussah. Hochgewachsen, tolle Figur, absolute Klasse. Die Augen vielleicht ein wenig kalt. Blauäugige Blondinen sind eigentlich nie mein Ding gewesen, wenn ich es mir aussuchen konnte, aber dennoch – ich dachte, wenn ich mich an dieses Prachtstück ranmachen könnte, ergab sich vielleicht etwas Günstiges. Vielleicht ein Bett für die Nacht und 'ne schnelle Nummer, vielleicht sogar viel mehr.

Aber sie brauchte meine Hilfe nicht, wie sich herausstellte. Ehe ich an ihrem Tisch war, forderte sie einen der Kerle auf, seine schmierigen Finger bei sich zu behalten, und er reagierte – war wohl ein Witzbold –, indem er ihr an die Brust fasste. Seine Kumpels brachen in brüllendes Gelächter aus, und er genoss es. Aber nur für drei oder vier Sekunden. Dann holte die Lady eine Pistole aus der Handtasche und schoss ihm ein Loch in die Gurgel.«

Peaces Stimme hatte einen leicht verträumten Klang angenommen, und seine Augen blickten in eine völlig andere Dunkelheit, in eine andere Nacht vor fast fünfzehn Jahren. Dann riss er sich zusammen, kehrte in die Gegenwart zurück und schüttelte den Kopf mit einem Ausdruck schmerzlicher Verwunderung.

»Das war deine Mutter, Abbie«, sagte er und schaute fast entschuldigend zum Schatten seiner Tochter hoch. »Das war Mel.«

17

Abermals trat eine längere Pause ein. Peace atmete zitternd aus, als litte er unter heftigen Schmerzen. Abbie betrachtete ihn mit sorgenvollem Blick aus dunklen, unergründlichen Augen.

»Vielleicht sollten Sie den Rest der Geschichte für später aufsparen«, schlug ich vor.

Er schüttelte kurz und heftig den Kopf. »Es muss sein«, murmelte er. »Ich fühle mich sicher besser, sobald ich alles losgeworden bin.« Er hatte den Blick immer noch auf Abbie gerichtet. »Liebling«, sagte er, »ich muss dich jetzt einschlafen lassen. Gleich kommen einige Dinge zur Sprache … die du lieber nicht …«

Er beendete den Satz nicht und verstummte, aber Abbie nickte bereits. »Mach's nicht zu lang«, sagte sie, und ihre Stimme klang, als käme sie von weit her. »Ich möchte bei dir sein. Falls irgendetwas passiert.«

Peace verlagerte sein Gewicht, damit er unter die Decke greifen konnte. Anspannung und Schmerz glitten abwechselnd über sein Gesicht, und seine Bewegungen waren langsam und mühsam, aber als er die Hand wieder hervorzog, befand sich darin ein Kartenspiel, das mit einem Gummiband zusammengehalten wurde. Er schnippte das Band einhändig mit dem

Zeigefinger weg und legte den Kartenstapel neben seinem Kopf auf den Boden.

»Das kann eine Weile dauern«, murmelte er.

Ich schaute ihm fasziniert zu. Viele Exorzisten benutzen einen Rhythmus, um ihre spezielle Tätigkeit auszuüben, so dass es schon fast ein Schock ist, jemanden zu treffen, der sich einer völlig anderen Art und Weise der Strukturierung bedient. Ich hatte noch nie zuvor jemanden getroffen, der dazu ein Kartenspiel verwendete.

Peace begann, indem er den Kartenstapel durchsuchte, und zwar nur mit der linken Hand. Anscheinend war es ein reguläres Kartenspiel, außer dass die Karten markiert waren – sehr deutlich sogar mit verschiedenfarbiger Tinte und an einigen Stellen mit Farbklecksen. Auf den meisten Karten befanden sich handgeschriebene Wörter und ganze Wortfolgen sowie gelegentliche Linien und Kreuze durch einige der Satzfragmente. Das Gesicht der Herzkönigin war herausgerissen worden, so dass in der Mitte der Spielkarte ein Loch prangte, durch das man den kleinen Finger stecken konnte.

Aber es war die Pikdrei, die Peace herausangelte und auf den Kartenstapel legte – zuerst mit dem Gesicht nach oben, doch dann drehte er die Karte um, tippte darauf und starrte sie eindringlich an. Als er sie wieder umdrehte, kam ein Ass zum Vorschein. Und Abbie erlosch wie eine Straßenlaterne bei Sonnenaufgang.

Peace steckte das Kartenspiel in die Tasche, beziehungsweise ließ es wieder unter seiner Decke verschwinden.

»Jetzt zu Mel«, sagte er mit sachlichem Gleichmut. »Mel ist schlecht. Durch und durch und von Natur aus schlecht. Jemanden wie sie hatte ich noch nie zuvor kennengelernt. Mittlerweile schon, aber wie ich schon sagte, ich war damals noch ein halbes Kind. Ich meine, ich kam mir ziemlich krass vor, bis ich sie kennenlernte.« Er grinste, aber vielleicht zeigte er auch nur seine Zähne. »Die Schlampe zog perfekt diese Femme-fatale-Nummer ab. Die meisten Männer lieben ein richtig verdorbenes, böses Mädchen. Zumindest so lange, bis es schließlich zu ihnen böse ist.«

Dem hätte ich früher sicherlich widersprochen. In diesem Moment musste ich jedoch an Juliet denken, und ich sagte nichts.

»Diese Typen schreckten sofort zurück. Der Mann, auf den sie geschossen hatte, war erstaunlicherweise noch nicht tot. Er umklammerte mit den Händen seinen Hals und versuchte, das Blut zu stoppen oder es wenigstens aufzuhalten, aber er konnte noch atmen, daher nahm ich an, dass sie seine Luftröhre, oder wie immer man es nennt, verfehlt hatte. Aber seine Beine gaben nach, und seine Füße rutschten hin und her und es war offensichtlich, dass er jeden Augenblick umkippen würde, daher packten ihn seine beiden Kumpel an den Armen und zogen ihn weg in Richtung Tür. Dabei stießen sie heftige Flüche aus, aber zu Handgreiflichkeiten hatten sie offenbar keine Lust mehr.

In diesem Moment bemerkte ich, dass der Barmann einen Polizeischlagstock in der Hand hatte. Keinen simplen Knüppel für Streifenpolizisten, sondern einen dieser schweren Konfliktregler, die eingesetzt werden, wenn Ergebnisse gefordert sind und keine Gefangenen. Er hatte ihn aus irgendeiner Nische unter der Theke hervorgezaubert, und er schlich sich von hinten an Mel heran, hielt das Ding unterm Arm und war bereit, damit auszuholen und ihr den Schädel aufzuschlagen.

Ich griff nach der Bierflasche und ließ sie fliegen. Das Geschoss erwischte ihn am Mund und streckte ihn fast zu Boden.

Dann fuhr Mel herum, sah ihn und kam ihm mit der Pistole zuvor, ehe er aufstehen und den Schlagstock einsetzen konnte. Sie erhob sich, drückte die Pistolenmündung seitlich gegen seinen Kopf und befahl ihm sich hinzuknien. Sie nahm ihm mit der linken Hand den Schlagstock ab und presste gleichzeitig weiterhin die Pistolenmündung gegen seine Schläfe.

›Wolltest du mich mit diesem Ding schlagen?‹, fragte sie ihn. ›Weil deine Freunde mir an die Wäsche wollten und ich nicht mitgespielt habe?‹ Er plapperte irgendwas, sagte, es täte ihm leid oder dass er keinen Ärger wolle oder was auch immer. Mel schüttelte den Kopf. Keine Entschuldigungen. Keine Gnade.

Sie hob die Pistole und wackelte damit vor seinem Gesicht herum wie eine Lehrerin, die einem Schüler mit dem Finger droht. Dann holte sie mit dem anderen Arm aus und brachte ihn ruckartig nach unten. Sie schlug ihm mit dem Schlagstock auf den Mund, und zwar verdammt hart. Es knirschte.« Peace vollführte eine lebhafte Geste. »Überall Blut und Zähne. Er kippte um, schrie wie ein Baby, schlug die Hände vors Gesicht und rollte sich auf dem Boden von ihr weg. Aber sie hatte ihren Spaß gehabt. Sie warf den Schlagstock hinter die Theke und wandte sich zu mir um, als hätte sie mich erst in diesem Moment bemerkt. ›Wir sollten lieber von hier verschwinden‹, sagte sie. ›Die Polizei wird wahrscheinlich für ihn Partei ergreifen.‹

Aber sie verließ den Schauplatz nicht sofort. Sie blickte wieder auf den Barkeeper hinab, der stöhnend und wimmernd vor ihren Füßen lag. Es schien ihr zu gefallen. Sie versetzte ihm einen gezielten Tritt in die Eier und drehte sich dabei in der Hüfte, so dass sie eher mit dem Absatz traf. Ich denke, so lag mehr Kraft hinter dem Tritt, da sie Schuhe trug, die vorn offen waren.

Danach ging sie hinaus, und ich folgte ihr.«

»War das die Nacht, in der Abbie gezeugt wurde?«, wollte ich wissen und unterbrach mit meiner Frage eine weitere nachdenkliche Pause.

Peace schüttelte den Kopf und wechselte nur mit Mühe von einer lebhaften Vergangenheit in die schmerzliche Gegenwart. »Nein. Wir verbrachten die Nacht gemeinsam, aber Abbie – das kam später. Viel später.

Mel wohnte im Independence, und sie nahm mich dorthin mit, obgleich der Portier, als er sah, wie ich gekleidet war, die Miene verzog, als hätte er auf eine Zitrone gebissen.

Sie war im Bett unglaublich, sogar ein wenig furchterregend. Nicht nur ungehemmt, sondern total zügellos. Sie stand auf Bondage – Erniedrigung, Unterwürfigkeit, Herr-und-Sklavin-Nummern –, und sie hatte ein paar Sachen drauf, die ich mir in den wildesten Träumen nicht vorgestellt hätte. Sie nahm außerdem Drogen, und wir waren total high, während wir fickten. Diese Nacht werde ich so schnell nicht vergessen. Ich wünschte, ich könnte es – in mancherlei Hinsicht.

Ich blieb zwei Wochen mit ihr zusammen. Genau fünfzehn Tage und ein paar Stunden. Und ich erfuhr einiges mehr über den bizarren Scheiß, den sie trieb. Es hörte nicht bei Sexspielen auf. Ich denke, der bizarre Sex war nur ein Nebeneffekt der anderen Dinge.«

»Der anderen Dinge?« Ich dachte, dass ich wusste, was er meinte. Ich wollte es nur genau hören, denn es sah so aus, als kämen wir endlich zum entscheidenden Punkt.

»Schwarze Magie. Sie war eine Geisterbeschwörerin. Und als sie erfuhr, dass ich dieses Festhalten und Loslassen beherrschte, konnte sie von mir nicht genug kriegen. Sie ließ mich Geister rufen, damit sie zusahen, während wir … du weißt schon. Während wir im Bett waren oder wo immer sie es treiben wollte. Sie war von Natur aus sensitiv, daher sah sie sie immer. Es brachte sie immer zum Höhepunkt – unweigerlich. Es waren Orgasmen, von denen man nur träumen kann.«

Peace schloss für einen Moment die Augen und massierte sie mit den Handballen. Sein Kopf war wieder nach hinten auf das Behelfkissen gesunken, und er sah noch blasser und erschöpfter aus als vorher.

»Es wurde alles ein wenig heftig«, seufzte er. Die Untertreibung des Jahrhunderts, wenn man mich fragt. »Ich meine, es hat Spaß gemacht. Die meiste Zeit. Aber sie war für meinen Geschmack ein wenig zu wild, und ich mochte die Leute nicht, mit denen sie gelegentlich herumhing. Es gab da speziell einen Typ, der mir richtig Angst machte. Ein großer blonder Kerl mit unheimlichen violetten Augen. Er hieß Anton, Anton Fanke …«

Er verstummte, als er sah, wie ich auf den Namen reagierte. Für einen kurzen Moment huschte ein misstrauischer Ausdruck über sein Gesicht. »Kennst du ihn?«, fragte er.

»Nein«, antwortete ich. »Aber ich habe schon von ihm gehört. Vor Kurzem erst. Ein Freund suchte Informationen über Sie und stolperte über seinen Namen.«

»Ja«, meinte Peace mit grimmiger Miene. »Das überrascht mich nicht. Fanke war in den Kreisen, in denen Mel sich bewegte, eine ganz große und besondere Nummer. Er benahm sich auch so, als wüsste er das. Ein arrogantes Arschloch. Durchaus charmant, aber du kennst ja diese Art von Charme, die jemand draufhat, um andere Leute in den Arsch zu ficken. Sie denken nur an das, was für sie von Vorteil ist, und sehen zu, dass sie es auf die eine oder andere Art auch kriegen. Und wenn der Charme verfliegt, weil irgendetwas nicht läuft wie gewünscht, möchte man das nicht miterleben, denn dann wird es blutig.

Aber man kam nicht um ihn herum. Mit Mel zusammen zu sein bedeutete, dass man auch Fanke ertragen musste. Ich dachte anfangs, dass sie auch mit ihm schlief, aber ich glaube nicht, dass seine Laster auch nur halbwegs normal waren. Er war ihr Priester, nicht ihr Freund, und damit klarzukommen, war verdammt viel schwieriger. Nach zwei Wochen hatte ich ganz einfach genug.«

Peace schaute wieder hoch und begegnete meinem Blick, als wollte er mich abermals auffordern oder sich dagegen wehren, dass ich ein Urteil über ihn fällte. »In Anbetracht dessen, was ich dir über meine typische Verhaltensweise erzählt habe«, sagte er mit einem spöttischen Lächeln, »was, glaubst du habe ich als Nächstes getan?«

Ich zuckte die Achseln und trank einen Schluck von meinem Kaffee und brauchte nicht lange nachzudenken. Der Kaffee war nur noch lauwarm, aber der Alkohol verlieh ihm noch ein wenig Geschmack. »Sie sind vor ihr aufgewacht«, sagte ich, »und haben sich schadlos gehalten. Sie schnappten sich die Halskette und alles an Bargeld, was sie finden konnten, und machten die Fliege.«

Peace nickte. »Du hast den Nagel auf den Kopf getroffen«, gab er zu. Diesmal klang seine Stimme ein wenig düster. »Sie hatte fast zweitausend Dollar, und der Schmuck war einem der Hehler in der Banfora Street genauso viel wert. Ich nahm außerdem ihren Vorrat an Stoff mit. Steckte alles ein und verduftete und dachte dabei, was für ein hinterhältiger, cleverer kleiner Bastard ich war. Schnappte mir das Mädchen und das Geld genauso wie James Bond.

Ich kehrte in die schäbige Absteige zurück, in der ich hauste, und legte mich hin, um ein wenig Schlaf nachzuholen. Viel davon hatte ich in Mels Bett nicht gefunden. Das Nächste, woran ich mich erinnere, war, dass die Polizei die Tür eintrat und mich wegen Drogenhandels verhaftete.

Ich habe die Frage, wie es dazu kommen konnte, niemals beantworten können. Höchstwahrscheinlich war es ein reiner Zufall – oder die Typen, mit denen ich zusammenarbeitete, hatten eine subtilere Methoden gefunden, es mir heimzuzahlen, als ich ihnen zugetraut hätte. Vielleicht hatten sie mich beobachtet und darauf gewartet, dass ich nach Hause zurückkam, und dies war eine Falle, die schon eher zugeschnappt wäre, wenn ich nicht vorübergehend anderweitig beschäftigt gewesen wäre. Aber zu diesem Zeitpunkt machte es mich verdammt nachdenklich. Es passte so gut: Ich hatte ihr eins verpasst, sie verpasste mir eins und zwar doppelt so heftig.

Die Cops kassierten jeden Penny, den ich bei mir trug, daher hatte ich am Ende nichts mehr, womit ich den Richter hätte bestechen können. Sie haben mich für zwei Jahre verknackt. Es hätte schlimmer kommen können. Als Einheimischer wäre ich wahrscheinlich aufgehängt worden.

Am Ende war es sowieso egal. Mel erschien und kaufte mich aus, ehe ich eine Woche von meiner Strafe abgesessen hatte. Aber das geschah gerade rechtzeitig, denn ich befand mich bereits in Schwierigkeiten. Ich war der einzige Weiße auf dem Gefängnishof und zu dämlich, um Streit aus dem Weg zu gehen. Ich war jeden Tag, den ich dort war, mindestens einmal verprügelt worden, und als sie mich endlich herausholte, konnte ich kaum aus eigener Kraft gehen.«

»Jeder braucht gelegentlich einen Schutzengel«, stellte ich fest und trank den Rest meines mittlerweile fast kalten Kaffees.

Peace lachte. »Ja. Den braucht jeder. Gott behüte, dass du am Ende meinen kriegst.«

»Brauchen Sie noch etwas zu trinken?«, fragte ich ihn, denn

er war wieder verstummt, während sein Gesicht einige unschöne Erinnerungen widerspiegelte.

»Hast du keinen Schnaps mehr?«

»Nein.«

»Dann vergiss es. Wo war ich stehengeblieben?«

»Sie hatten gerade erzählt, wie Sie aus dem Gefängnis in die Freiheit gelangt sind.«

»Von Freiheit konnte kaum die Rede sein, Castor. Ich hatte bei Mel schon einmal die Auswurftaste gedrückt, und sie wollte irgendwie nicht zulassen, dass ich es ein zweites Mal tat. Oder vielleicht war es Fanke gewesen, der die ganze Geschichte inszeniert hatte, ich weiß es nicht. Jedenfalls so wie es lief, war es nicht so, als kriegte ich einen Straferlass. Eher hatten sie mich gepachtet, und Mel machte mir klar, dass sie mich jederzeit zurückschicken konnten, wenn ich mich nicht anständig benahm und jeden Abend vor dem Zubettgehen mein Gebet sprach.

Ich sagte bereits, dass sie etwas für Sklavenspiele übrighatte. Beim ersten Mal war sie die Sklavin gewesen. Doch jetzt war ich an der Reihe, und sie legte los und brachte das volle Programm. Wenn jemals ein Mann hatte Scheiße fressen müssen, dann war ich es.«

Ich wollte eine Zwischenfrage stellen, verkniff es mir jedoch lieber. Es war besser, einfach anzunehmen, dass er es nur metaphorisch gemeint hatte. Ich schaute auf die Uhr. Zwanzig Minuten waren verstrichen, seit ich Pen angerufen hatte. Ich rechnete mit mindestens weiteren zwanzig Minuten, bis Dylan aufkreuzen würde.

»Erzählen Sie mir von Abbie«, bat ich Peace. Allmählich hatte ich genug von den ausführlichen Berichten über sein Sexleben. Aber ich erkannte an seinem Gesichtsausdruck, dass er das Ganze nicht aus einem übersteigerten Sinn für Dramatik so ausführlich schilderte. Es gab offensichtlich in seiner Vergangenheit einen Ort, den er absolut nicht wieder aufsuchen wollte, und wir waren fast dort angekommen.

»Ich dachte, Mel sei nur eine Art seltsamer Lebensform, die sich von Sex und Schmerzen ernährt«, murmelte er. »Ich hätte niemals angenommen, dass sie irgendeinen Plan verfolgte, sondern dass ihr nur wichtig war, was gerade geschah. Aber ich hatte sie unterschätzt. Und zwar gewaltig.«

Peace machte einen weiteren zitternden Atemzug. Seine Stimme wurde schwächer, und seine Worte kamen mehr mühsam gehaucht als gesprochen über seine Lippen, was mir gar nicht gefallen wollte. »Fanke redete ständig von etwas, das er eine Opfer-Farm nannte«, fuhr er fort. »Es war eine Idee, die ihm während der Lektüre verschiedener mittelalterlicher Zauberbücher gekommen war. Er hatte jeweils die Übersetzungen gelesen, sich danach jedoch die Texte noch einmal in der Originalsprache vorgenommen – vorwiegend Latein und Hochdeutsch –, und wenn es etwas gab, das ihn ganz besonders interessierte, dann war es diese Opfer-Idee. Ich weiß das so genau, weil ich es mir jedes Mal anhören musste, wenn Mel ihn und ihre anderen verrückten Freunde bei sich zu Hause versammelte.

Wenn man einem Gott ein Opfer bringen will, sagte Fanke – egal welchem Gott –, dann muss das Opfer schon lange vorher ausgewählt und entsprechend behandelt werden. Es hat einen besonderen Status, und es lebt getrennt von den anderen. Bis der Zeitpunkt gekommen ist.

Immer wieder hat er davon gesprochen, aber ich hörte nicht zu. Ich habe einfach nicht zugehört.«

Irritierenderweise begann Peace zu weinen. Ich konnte seine Augen noch immer nicht sehen. Die einzelne Kerze warf tiefe

Schatten, und der größte Teil seines Gesichts lag im Dunkeln. Aber eine Wange befand sich im Licht, und ich sah, wie die Tränen sich in einem Rinnsal einen Weg über die pockennarbige Haut suchten.

»Eines Nachts«, erzählte er nun, »meinte Mel, diesmal sei ich wieder an der Reihe, oben zu sein. Und diesmal sei es etwas ganz Besonderes. Denn dieses Mal würden wir ein Baby zeugen, und wir würden es auf eine völlig neue Art und Weise tun.

Sie benutzte sehr oft das Wort *grenzüberschreitend*. Wir würden eine Grenze überqueren und damit die Gesetze der Natur brechen. Diese Vorstellung erregte sie noch mehr, als Zuschauer es getan hätten, aber als ich von ihr wissen wollte, was wir genau tun würden, wurde sie richtig verlegen.

Begleitet wurde das Ganze von einer ganzen Menge anderem magischem Krimskrams und lauten Gesängen und Beschwörungen. Es wurde zunehmend lauter und intensiver und schwoll stetig an und schien zu keinem Ende zu kommen. Irgendwann schlaffte ich im wahrsten Sinne des Wortes ab und schlief beinahe ein, aber sie versetzte mir mehrmals einen Klaps und weckte mich. Das war ein Teil unseres üblichen Vorspiels, wenn wir Sex hatten. Doch dann änderte sie den gewohnten Ablauf. Sie stach sich in den Bauch und benutzte dafür einen affigen kleinen Silberdolch, dessen Klinge von oben bis unten mit Runen beschriftet war, und dann verlangte sie von mir, dass ich diese Wunde benutze anstatt den normalen Weg.

Ich meinte, dass sie auf diese Art und Weise niemals schwanger werden könne. Es sei nicht grenzüberschreitend, sondern ganz einfach blödsinnig und krank. Und es sei eine unglaubliche Schweinerei. Das war ihr egal. Sie wolle es so. Sie wolle es mehr als alles, was sie je gewollt hatte.

Und sobald wir fertig waren, ging sie schwankend zur Tür

und öffnete sie, und herein kam Fanke mit zwei Typen in weißen Arztkitteln. Sie brachten Mel weg, und Fanke meinte zu mir, ich könne gehen. Einfach so. Genau genommen war es eher wie auf die Plätze, fertig, los. Er meinte, er habe seinen Schutz von mir abgezogen. Die Cops suchten mich als Kautionsschuldner, und ich sollte lieber zusehen, dass ich das Land schnellstens verlasse, sonst müsste ich meine Strafe ohne Aussicht auf vorzeitige Entlassung im Maison d'Arrêt absitzen.«

Peace hob die Hand, in der das goldene Medaillon matt glänzte. Er ließ den Verschluss auf- und zuschnappen, ein nervöser Tic, den ich, wie mir plötzlich bewusst wurde, schon vorher mehrmals bei ihm beobachtet hatte, während er redete.

»Also ging ich«, sagte er ohne sicht- oder hörbare Gefühlsregung. »Wie sind wir in der Zeit, Castor?«

»Wir haben noch eine Weile. Peace, soll das heißen, dass Abbie auf diese Art und Weise …?«

Ich ließ die Frage offen. Er nickte langsam.

»Damals hatte ich noch keine Ahnung. Sie feuerten die Startpistole ab, und ich rannte los. Aber ich will mir nichts vormachen. Ich wäre auch abgehauen, wenn ich gewusst hätte, dass Mel schwanger war. Ich bin nicht gerade der fürsorgliche Typ.«

Peaces Stimme bekam jetzt einen hektischen Klang, und sein Gesicht spannte sich wie die Leinwand auf einem Bilderrahmen. Es war ein erschreckender Anblick. Fast war es so, als löste er sich bei diesem kathartischen Selbstbezichtigungsprozess schrittweise auf, so dass er sein Ende im gleichen Moment fand, in dem er seine Geschichte abschloss. Ich versuchte erneut – zum letzten Mal – diesen Vorgang zu stoppen.

»Peace«, sagte ich, »den Rest kann ich mir selbst zusammenreimen. Versuchen Sie jetzt zu schlafen. Ich wecke Sie, wenn Sie Ihre Medizin nehmen müssen.«

»Bilde dir bloß nichts ein, Castor«, murmelte Peace. »Du hast nicht die leiseste Ahnung. Hör einfach zu, und danach kannst du reden, okay?«

Ich hob die Hände in einer beschwichtigenden Geste. »Okay. Okay, aber ich war auch nicht untätig, wissen Sie. Lassen Sie mich wenigstens erzählen, was ich bereits herausgefunden habe – dann können Sie sich ein wenig von Ihrem wertvollen Atem für etwas anderes aufsparen.«

Er verdrehte ungeduldig die Augen, aber ich hatte bereits begonnen. »Irgendwann haben Sie erfahren, dass Sie ein Kind hatten«, sagte ich. »Und vielleicht wurde Ihre Neugier geweckt. Sie haben Melanie in New York aufgestöbert und sind hingereist, um sie zu besuchen. Abbie dürfte damals acht Jahre alt gewesen sein. Sie trafen sie, lernten sie kennen und –«, jetzt musste ich raten, hatte jedoch das Gefühl, richtigzuliegen, » – und machten ihr ein Geschenk. Das Medaillon.«

Peace knurrte ungehalten. »Erstaunlich, was Sie alles wissen, Holmes. Jetzt brauchen Sie mir noch zu erzählen, welche Kleidung ich getragen habe.«

»Ich vermute, das war das erste Engagement, aus dem Sie nicht so leicht aussteigen konnten, wie Sie eingestiegen sind«, sagte ich, ohne auf seine spöttische Bitte einzugehen. »Am Ende haben Sie vor Gericht um Abbie gekämpft. Sie wollten ihr Vater sein und nicht nur der Erzeugername auf ihrer Geburtsurkunde.«

Ich hielt inne, weil er ungeduldig mit der Hand hin und her wedelte, um mich zu stoppen. »Ich sagte doch, du hast nicht die geringste Ahnung«, meinte er schwer atmend. »Diese Gerichtssache war nur ein weiterer Schwindel. Mel war noch immer mit Fanke zusammen, und Fanke war damals eine ganz große Nummer und dazu noch Multimillionär. Er hatte die

First Satanist Church von Amerika gegründet – er war ein Guru, wie Maharishi, mit Steuervergünstigungen und Limousinen mit Chauffeur und allem Mist, der dazugehörte. Und er und Mel lebten wie ein Ehepaar zusammen und zogen Abbie auf, als sei sie ihr Kind. Ich traf in Rio einen alten Kumpel und erfuhr von ihm die ganze Geschichte, und ich dachte, dass sich sicherlich der Versuch lohnen würde, ihnen ein wenig harte Währung aus der Tasche zu ziehen. Das war damals alles, was Abbie für mich bedeutete, Castor. Sie war lediglich ein verdammtes Lotterielos.«

»Bis Sie mit ihr zusammentrafen.«

»Bis ich mit ihr zusammentraf. Ja. Damals war es mir nicht klar, aber mich auf den Prozess einzulassen, bedeutete, dass ich mich mit allen möglichen Dingen herumschlagen musste, die ich nicht umgehen konnte. Eidesstattliche Aussagen, prozessuale Eingaben und Anträge, Gott weiß was alles. Wenn ich gewusst hätte, wie viel Zeit mich das Ganze kosten würde, hätte ich niemals damit angefangen.

Aber wie dem auch sei, dazu gehörten auch persönliche Treffen. Treffen, die dokumentiert werden mussten, weil man zuerst mal an Güteterminen teilnehmen muss, ehe man vor Gericht gehen kann. Und da war sie. Mel redete in einem fort, wie immer, und Abbie saß einfach da und sah so traurig und verloren aus. Als befände sie sich in einer dunklen, einsamen Straße und wartete auf den Bus und als hätte sie ihr ganzes bisheriges Leben lang nichts anderes getan.«

Peace starrte mich gequält an. Kein Wunder, dass er sich so locker über seine Jugendsünden geäußert hatte. Diese Sache lastete wirklich auf seinem Gewissen, und sie musste ihn von innen aufgefressen haben.

»Ich fing an, mit ihr zu reden. Teils weil ich sehen wollte, ob ich sie aufmuntern könnte, teils weil ich Mel damit richtig wütend machte. Ich kaufte ihr das Medaillon und ein paar andere Dinge und erzählte ihr irgendwelchen Blödsinn, womit ich meinen Lebensunterhalt verdiente.

Und ich begann mich zu fragen – wenn Mel zu ihr so verdammt kalt war und sie noch nicht einmal Fankes Kind war, weshalb behielten sie sie dann? Etwa nur wegen dieser Grenzüberschreitung? Weil Mel es geschafft hatte, ein Baby in etwas Obszönes und Abnormes zu verwandeln? War Abbie so etwas wie eine Trophäe? Irgendwie ergab es für mich keinen Sinn.

Da war ich nun, in einer fremden Stadt, zum Bleiben verdammt durch diesen bescheuerten Gerichtsprozess, den ich noch nicht einmal gewinnen wollte – den ich nur vom Zaun gebrochen hatte, um Fanke dazu zu bringen, mir einen Haufen Geld zu zahlen, damit ich wieder verschwinde. Ich hatte alle Zeit der Welt und nichts zu tun. Daher begann ich, ein wenig zu graben.

Die Satanistenkirche ist da drüben eine ganz große Sache. Sie hat ihre eigene Website, ihre eigenen Buchläden, T-Shirts, Autoaufkleber, alles, was dazugehört. BITTE HUPEN, WENN AUCH SIE DEN LICHTBRINGER GESEHEN HABEN. Verdammte Idioten. Es gab jede Menge, und es war nicht schwer zu finden.

Auf der Website fanden sich Links zu Artikeln, die Fanke geschrieben hatte. Zu Reden, die er gehalten hatte. Alles war öffentlich zugänglich – er versteckte nichts. Er äußerte sich noch immer über Opfer-Farmen und die Zauberbuch-Tradition und darüber, weshalb mittelalterliche Alchimisten allesamt auf dem Holzweg waren. Sicher, sagte er, sie haben es geschafft, Kommunikationswege mit den Dämonen zu öffnen, und die Dämonen lieferten ihnen alles, was sie brauchten, um diesen ersten Kontakt zu einer ernsthaften, regelmäßigen Verbindung auszubauen. Nur verstanden sie die Details völlig falsch. Es war, laut Fanke, eine Kommunikationsstörung. Dämonen beherrschen alle Sprachen, die Menschen sprechen und je gesprochen haben und jemals sprechen werden, aber nicht fließend. Deshalb hörte man von ihnen ständig den gleichen Verkäuferjargon: Man könne die ganz Bösen aus der Hölle rufen, man könne in einer neuen Weltordnung ganz oben stehen und so weiter. Sie diktierten, was zu tun sei, verdammt noch mal. Aber diese Figuren aus dem Mittelalter – diese coolen Faust-Typen – sie lägen völlig daneben.

Sie seien alle auf dem falschen Dampfer, sagte Fanke. In all den Dingen, die wirklich wichtig seien, sowieso. Und wo sie total danebenlägen – im wichtigsten Punkt, der die ganze Geschichte erst richtig in Gang setzte –, das sei dieses Opferkonzept. Albertus Magnus äußerte sich ausführlich zu Böcken, die absolut makellos sein müssten, und Giordano Bruno widmete ein ganzes Kapitel den Fragen, ob man das Opfertier trägt oder an einem Strick zum Altar führt und welche Farbe sein Fell haben sollte und was es gefressen haben sollte und was man mit seiner Scheiße tun müsse, falls es während der Zeremonie nicht an sich halten kann und so weiter und so weiter, wie in einer Betriebsanleitung, die von einem Scheißholländer vom Japanischen ins Lateinische übersetzt wurde, wobei offenbar der gesamte Sinn – sozusagen das Fleisch – bei der Übersetzung flöten ging.

So lautete Fankes Heilsbotschaft, die er im Internet verbreitete, weil der Berg Ararat verdammt weit weg war: Um einen Dämon zu rufen, braucht man ein Opferwesen, das bereits bei seiner Geburt den Mächten der Finsternis geweiht werden müsse. Eigentlich schon vor seiner Geburt. Es – sie muss bereits durch die Art der Zeugung mit der Hölle verbunden sein. Spirituell und physisch – vorbereitet – geschaffen ...« Er suchte nach dem richtigen Wort.

»Abbie.«

»Wie kommst du verdammt noch mal darauf?« Peaces Stimme steigerte sich zu einem wütenden Fauchen, ging jedoch dann in ein Husten über, und er krümmte sich und versuchte die Krämpfe in seinem Hals zu überstehen, ohne sein Zwerchfell zu belasten. »Ja, Abbie«, sagte er, als er wieder reden konnte und starrte mich mit dem Ausdruck eines gegen niemanden speziell gerichteten Hasses an. »Diese Schweine haben sie in diese Welt geholt, um sie zu töten – zur richtigen Zeit, am richtigen Ort und mit der richtigen verdammten Waffe, nachdem Fanke und seine Genossen sie vorher gesegnet und mit Weihwasser und Pferdepisse geweiht hätten.« Er hustete abermals, und diesmal musste er eine Hand auf den Mund pressen, um zurückzuhalten, was immer in seiner Kehle hochstieg.

»Okay«, sagte ich sanft – obgleich die Wut, die aus ihm heraussickerte wie Teer aus Raucherschweiß, förmlich auf meiner Haut brannte. »Und da ist noch eine andere Lücke, die ich selbst füllen kann. Sie haben den Prozess verloren.« Er nickte, das Gesicht immer noch zur Hälfte von seiner Hand bedeckt. »Und Sie haben eine ganze Masse Geld verloren, weil Fanke eine Gegenklage angestrengt hat.«

»Nur damit ich meine Klage zurückzog«, keuchte Peace und wischte sich den Mund mit dem Handrücken ab. Ein Speichelfaden hing von seinem Kinn herab, jedoch bemerkte er ihn nicht. Seine Worte waren kaum mehr zu verstehen. »Er forderte mich auf zu verschwinden. Insgeheim boten mir seine Anwälte einhunderttausend Dollar an, wenn ich bereit wäre, eine Erklärung zu unterzeichnen, dass ich auf jeden weiteren Versuch verzichtete, als Abbies Vater anerkannt zu werden. Ich dachte auch ernsthaft daran, diese Abmachung zu unterschreiben, das Geld zu kassieren und einen Teil davon dafür auszugeben, dass er aus dem Weg geräumt wurde. Aber an Multimillionäre war nur schwer heranzukommen. Und als ich mir die ganze Sache durch den Kopf gehen ließ, erkannte ich, dass ich einen großen Vorteil hatte, den sie mir ohne eine weitere, langwierige Auseinandersetzung nicht wegnehmen konnten.

Nämlich das Besuchsrecht, Castor. Ich durfte sie besuchen.

Meine Gefühle hatten sich mittlerweile verändert. Ich wollte Zeit mit Abbie verbringen. Ich wollte einiges bei ihr gutmachen, denn es war meine Schuld, dass sie sich in einer derart schlimmen Lage befand. Ich hatte die Saat gesät und war wie der verdammte Lone Ranger in den Sonnenuntergang geritten. Es war falsch gewesen. Und auch wenn es zu spät war, um etwas gutzumachen, musste ich es zumindest versuchen. Ich musste versuchen, alles soweit es ging wieder in Ordnung zu bringen.

Fast zwei Jahre blieb ich in New York und sah sie jedes zweite Wochenende dank der Entscheidung der vorsitzenden Richterin Harmony Gilpin im zweiten Bezirk des amerikanischen Berufungsgerichts. Sie konnten mich nicht aufhalten oder zum Schweigen bringen. Sie richteten mich finanziell zugrunde, nicht dass das verdammt hart war, zerrten mich mindestens zweimal jeden Monat wegen irgendwelcher Vergehen vor Gericht, schickten mir die Cops wegen irgendeiner lächerlichen Beschwerde auf den Hals und ließen sie meine Wohnung aufbrechen und verwüsten. Aber sie konnten mich nicht aufhalten.

Ich lernte Abbie immer besser kennen, und ich … ach, sie war ein gutes Kind. Ein wirklich gutes Kind. Sie war bisher aufgewachsen wie ein Tier in einem Käfig. Hatte nie eine

Schule besucht. Sie sollte eigentlich Privatlehrer haben, aber dazu war es außer auf dem Papier nie gekommen. Es gab zahlreiche Grundschullehrer in der Satanistenkirche, und sie unterschrieben bereitwillig alles, was ihnen von Fanke vorgelegt wurde. ›Ja, ich bin dreimal in der Woche bei dem Mädchen und unterrichte es in Geschichte, Gehirnchirurgie und Hauswirtschaft.‹ ›Ja, ich trainiere sie in Beachvolleyball.‹ Ich habe versucht, den ganzen Laden kontrollieren zu lassen, aber ich hatte keinen guten Anwalt. Er war der beste, den ich für mein Geld kriegen konnte, doch was ich ausgeben konnte, war herzlich wenig. Das Einzige, womit ich ein wenig verdienen konnte, waren gelegentliche Exorzismen auf dem Schwarzmarkt.

Fanke hatte so viele Anwälte, dass er einen Bus brauchte, um sie zum Gericht zu karren. Er hätte mich für immer kaltstellen können – oder mit ein paar seiner Freunde arrangieren können, dass ich in irgendeinem Betonfundament landete. Aber ich glaube, die ganze Publicity machte ihm ziemlich zu schaffen. Jedenfalls entschloss er sich eines Tages umzuziehen und verpisste sich nach Europa.

Ich konnte nichts tun, um ihn daran zu hindern. Abbie stand nicht unter gerichtlicher Vormundschaft. Rein theoretisch hatte ich noch immer mein Besuchsrecht, aber das war nichts wert, wenn ich nicht herauskriegen konnte, wo er sich aufhielt.

Ich kam völlig abgebrannt nach London zurück. Die *Thames Collective* nahm mich auf, daher hatte ich ein Dach über dem Kopf, und dann fing ich an, mir eine Basis aufzubauen. Ich engagierte einen Detektiv, um Fanke zu suchen und seine Adresse festzustellen. Er war in Liechtenstein. Er hatte dort eine Burg gemietet und war dort mit seinen Limousinen und den Lakaien und dem gesamten Zirkus eingezogen. Ich begab mich dorthin, aber sie wollten mich nicht reinlassen. Und ehe ich irgendwelche juristischen Schritte unternehmen konnte, zogen sie wieder um.

Das entwickelte sich dann zu einem Verhaltensmuster. Sie blieben niemals lange genug an einem Ort, dass ich Zeit gehabt hätte, ihnen auf die Pelle zu rücken, und nach einer Weile gelang es ihnen auch immer besser, sich unauffällig zu verhalten, so dass es für mich immer schwieriger wurde, ihnen auf den Fersen zu bleiben. Ich hielt die Augen offen und die Fühler ausgestreckt. Und dann, kurz nach Neujahr – vor etwa vier Monaten – kamen sie nach London.

Ich hatte meine Hausaufgaben gemacht, Castor. Ich wusste, weshalb sie Abbie nicht getötet hatten. Und ich wusste, weshalb sie hierhergekommen waren. Alles fügte sich zusammen, und ich hatte schreckliche Angst, es nicht rechtzeitig stoppen zu können.

Sie mussten warten, bis sie ihre erste Periode hatte. Das ging aus Fankes Vorschriften hervor, die er ebenfalls den Zauberbüchern entnommen hatte. ›Sie wird rein sein, sie wird befleckt sein. Sie wird heil sein, sie wird verwundet sein. Sie ist Frau, sie ist Kind.‹ Das sei damit gemeint, sagte er.«

»Und warum London?« Noch während ich die Frage stellte, kannte ich bereits die Antwort. Und ich hatte sie nur deshalb nicht schon früher gesehen, weil ich ihr so nahe war.

»Weil er sich in London befand. Der Dämon, den sie beschwören wollten. Nur dass er bereits halb aus der Hölle aufgestiegen war, weil irgendein anderer Scheißer zwei Jahre zuvor versucht hatte, ihn zu rufen, und dabei Mist gebaut hat, so wie es immer passiert, wenn Amateure sich an so etwas versuchen, meinte Fanke.«

Asmodeus. Peace brauchte den Namen gar nicht mehr auszusprechen. Die letzten fehlenden Stücke fügten sich in das

Bild ein, als ich schließlich die Verbindung herstellte, die mein Unterbewusstsein bereits zwei Tage vorher geknüpft hatte. Ja, irgendetwas anderes war tatsächlich am Samstag geschehen. Rafi hatte seinen Schub gehabt, als Asmodeus aus seinem Verließ gekommen, gegähnt und sich gereckt hatte.

Ein Bild erschien vor meinem geistigen Auge: Rafi, als er vor Schmerzen schrie, den Kopf zurückgeworfen, und auf nichts anderes achtete als auf das, was ihn in diesem Moment peinigte.

»Sie haben sie sabotiert«, sagte ich. »Sie haben das Ritual gestört, ehe sie es vollzogen hatten.«

»Aber nur ganz knapp«, knurrte Peace bitter. »Ich brauchte verdammt lange, um herauszukriegen, wo sie Abbie festhielten. Und als ich zu dem Haus kam, war es schon zu spät – sie hatten sie bereits abgeholt. Aber ich erwischte Mel und irgendeinen Arsch, der ihren Ehemann spielte. Und ich war schneller als sie.«

»Stephen Torrington«, sagte ich. »Der echte Stephen Torrington. Ihm gehörte das Haus, richtig? War er ein englischer Satanist, den Fanke als Tarnung benutzt hatte?«

»›Benutzt hatte‹ ist die richtige Formulierung«, fauchte Peace. »Ich glaube, seinen Schädel wieder zusammenzusetzen dürfte schwieriger sein, als Humpty Dumpty nach seinem Sturz von der Mauer zu reparieren.«

»Sie haben zwei Menschen getötet, Peace. Das ist nicht witzig.«

Er starrte mich mit einem Ausdruck von Verärgerung an. »Wovon redest du? Ihn habe ich getötet, ja. Mel – sie habe ich geschlagen. Daran erinnere ich mich genau. Denn ich musste sie zwingen, mir zu verraten, wo Abbie war. Ich musste das Ganze stoppen, ehe es zu weit fortgeschritten war. Vielleicht glaubte sie, ich würde sie töten, denn ich muss ausgesehen haben wie ein Wahnsinniger. Aber dazu hatte ich nicht den Mumm.«

»Aber – da war die Leiche einer Frau. Gefesselt, misshandelt und dann in den Bauch geschossen …«

Aber mit einer anderen Pistole. Mir fiel plötzlich dieses seltsame Detail in Nickys Bericht ein. Mit einer anderen Pistole und vielleicht sogar erst drei Stunden später. Das ergab überhaupt keinen Sinn. Es sei denn …

»Hat sie Ihnen alles verraten, was Sie wissen mussten?«, fragte ich Peace.

»Ja. Sie fanden in Hendon ein altes Versammlungshaus der Quäker, das verlassen und mit Brettern vernagelt war. Es war genau das, was sie brauchten: ein Ort, wo Menschen gebetet und Kirchenlieder gesungen oder was auch immer getan hatten, was Quäker zu tun pflegen, wenn sie unter sich sind und sich gehen lassen. Auf jeden Fall ein Ort, wo Menschen jemandem gehuldigt hatten, denn das ist mit das Wichtigste bei all dem Theater, das sie veranstalten. Ich ließ sie gefesselt auf dem Stuhl zurück. Wenn ich sie hätte töten können, hätte ich es auch getan. Auf jeden Fall hatte ich sie dafür genug gehasst. Es war nur so – genau betrachtet konnte ich einfach nicht abdrücken, während sie mich ansah. Ich dachte dauernd an Abbie. An Abbie, die in ihr herangewachsen war. Es machte mich schwach.«

»Sie brauchen sich nicht selbst zu kasteien«, sagte ich grimmig. »Fanke hat beendet, was Sie angefangen haben. Als die Polizei zu dem Haus kam, fanden sie zwei Leichen, eine männliche und eine weibliche, und sie identifizierten die Frau als Melanie Torrington. Ich nehme an, er hat sich zusammengereimt, wie Sie an diese Adresse herangekommen sind – und ich vermute mal, dass er darüber nicht gerade erfreut war. Daher war es für ihn ganz günstig, dass Sie sie gefesselt zurückgelassen haben. Auf diese Weise blieb ihm ein unschönes Handgemenge oder eine lästige Rangelei erspart.«

Es bedeutete außerdem, dass die blonde Frau, die er in mein Büro mitgebracht und dann weggeschickt hatte, damit sie ihr traumatisches Erlebnis nicht auffrischen musste, die Blutergüsse nicht von Peace gehabt hatte. Sie war geschlagen worden, um überzeugend auftreten zu können und die nötige Vorarbeit zu leisten, damit Fanke an mein Mitgefühl appellieren konnte.

Peace hörte sich die Neuigkeiten in benommenem Schweigen an. Das war vielleicht auch ganz gut so. In diesem Moment empfand ich mindestens ebenso viel Zorn und Hass auf ihn wie auf Fanke. Peace mochte seine Tochter beschützt haben, aber die beiden hatten einander lange genug in diesem langsamen, einschmeichelnden Tanzrhythmus umkreist, wobei viele unschuldige Menschen zu Schaden kamen, weil sie zwischen sie geraten waren.

»Sie hatte den Tod verdient«, sagte Peace mehr zu sich als zu mir. »Nach allem, was sie getan hatte …«

»Vielleicht hat sie es«, sagte ich müde. »Vielleicht war sie aber auch nur ein naiver Bondage-Freak, den Fanke sich genauso geködert und unter seine Kontrolle gebracht hat wie Sie, Peace – weil sie etwas hatte, das er brauchte. In ihrem Fall war es ein potentieller Mutterleib und eine grundsätzliche Bereitschaft zu sexuellen Praktiken, bei denen auch mal Blut fließen konnte. In Ihrem Fall war es fortpflanzungsfähiges Sperma. Um Himmels willen, Peace, haben Sie sich tatsächlich derart täuschen lassen? Haben Sie geglaubt, sie ist Ihre Feindin? Mir kommt es vor, als seien Sie beide von einem Experten ausgetrickst worden.« Und ich ebenfalls, rief ich mir ins Gedächtnis. Ich hatte keinen Grund, mich überlegen zu fühlen. Ich hatte das Stöckchen geholt, mich dann auf den Rücken gewälzt und mich wie alle anderen tot gestellt.

Peace gab seinem Zorn nach, und das war ein Fehler, weil er wieder einen Hustenanfall bekam und die Schmerzen für fast eine Minute, in der er keuchte und zischte wie ein unter Druck stehender Dampfkessel, jegliche Kommunikation unmöglich machten. Allerdings stiegen keine Dampfwolken auf. Peaces Feuer waren schon ziemlich weit heruntergebrannt.

»Sie war eine hinterhältige, selbstsüchtige Schlampe«, sagte er, als er wieder reden konnte. »Sie hat ihr Schicksal verdient. Fäll bloß kein Urteil über mich, Castor. Und versuch nicht, mir Schuldgefühle einzuimpfen, denn das funktioniert nicht. Ich bedauere einzig und allein, dass ich es nicht geschafft habe, Fanke zu erwischen.«

»Fanke war in dem Haus?«

»In der Versammlungshalle, du Schwachkopf.«

Womit sich der Kreis schloss, dachte ich. Und da er noch immer nicht schweigen wollte, konnte ich mich genauso gut vergewissern, ob ich richtiglag, was das Finale dieser Affäre betraf. »Sie kamen zu spät«, sagte ich. »Die Zeremonie – das Ritual –, was immer sie taten, hatte bereits begonnen.«

»Es war schon beendet. Bis auf die Anrufung. Eine halbe Minute früher – nur dreißig jämmerliche Sekunden – und ich hätte sie vielleicht aufhalten können. Wenn Mel mir sofort gesagt hätte, wo Abbie war, anstatt mich anzulügen und sich zu winden und noch mehr zu lügen. Und dann wollen Sie, dass es mir leidtut, sie gefesselt zu haben, so dass sie getötet wurde? Scheiß drauf. Mir tut höchstens leid, dass ich es nicht schon am ersten Abend getan hatte, als wir uns kennenlernten.

Alle waren kostümiert. Ganz in Schwarz bis auf Fanke, der einen roten Fummel und eine Art Krone auf dem Kopf trug.

Das machte ihn zum perfekten Ziel, nur – nur sah ich Abbie dort liegen, in dem Kreis, und ich drehte durch. Ich brüllte wie am Spieß und begann sofort zu schießen. Mischte mich unter sie und peng, peng, peng. Wenn einer von ihnen die Geistesgegenwart besessen hätte, mir mit einem Kelch oder einer ihrer verdammten Requisiten eins über den Schädel zu ziehen, wäre mein Auftritt beendet gewesen. Aber stattdessen drängten sie sich um Fanke, als hätte ich die Absicht, einen Freistoß auszuführen und er wäre das Tor. Sie schützten ihn und achteten darauf, dass ich seine perfekte Frisur nicht mit einer .45er Patrone durcheinanderbrachte. Dann tauchte seitlich von mir eine andere Gruppe auf. Sie hatten wohl den Haupteingang bewacht oder was auch immer. Daher wandte ich mich um und nahm stattdessen sie aufs Korn.

Ich erwartete nicht, lebend dort herauszukommen, Castor. Und Abbie war tot, daher war mir völlig egal, was passierte, solange ich nur so viel Schaden wie möglich anrichten konnte. Aber in diesem Moment geschah etwas anderes, und es überraschte sie genauso, wie es mich überraschte.

Etwas erschien im Innern des Kreises. Es hatte anfangs keine fest umrissene Form. Es war wie ein Schatten, ohne dass etwas existierte, wodurch er hätte entstehen können. Wie – ich weiß nicht, wie ein Schatten im Winter, wenn die Sonne tief am Himmel steht und der Schatten unendlich lang und verzerrt ist. Dann bewegte es sich, und man konnte erkennen, dass es Hände besaß – Arme. Und es wurde dunkler. Und fester.

Die Satanisten fielen auf die Knie wie Marionetten, denen jemand die Schnüre durchgeschnitten hatte. Sie warfen sich auf den Boden und reckten die Arme hoch und schrien irgendwelches Kauderwelsch auf Lateinisch oder Griechisch oder es konnte auch die Titelmelodie des Disney-Clubs gewesen sein, aber ich habe ehrlich und wahrhaftig nicht zugehört.

Ich erstarrte. Ich wusste genau, was sie tun wollten, aber es mit anzusehen, war etwas völlig anderes. Es war ein Dämon: Asmodeus, einer der Soldaten der Hölle. Genau genommen einer ihrer verfickten Generäle. Er war nicht richtig anwesend – nicht physisch, meine ich. Ich konnte durch ihn hindurch die Nischen in der Wand sehen. Und Luftströmungen gingen ebenfalls durch ihn hindurch und zerfaserten seine äußere Form. Aber er beugte sich über Abbie und hatte einen Gesichtsausdruck, als wären Weihnachten und Ostern auf einen Tag gefallen.

Mir ging in diesem Moment schlagartig ein Licht auf, Castor. Die Worte auf Fankes Website blinkten vor mir wie eine Leuchtreklame. *Spirituell und physisch vorbereitet.* Er brauchte sowohl ihre Seele als auch ihren Körper. Er würde sie – verzehren, sie konsumieren, vor meinen Augen. Das konnte ich nicht zulassen. Ich *musste* es verhindern.

Was ich als Nächstes tat – nun, das tat ich, weil ich es für richtig hielt. Der Dämon glich eher einer Rauchwolke als allem anderen. Und Rauch kann man nicht erschießen. Und auf jeden Fall muss man auf den Ursprung des Feuers zielen. Daher schaltete ich auf Dauerfeuer und zielte auf das Pentagramm. Ich zerschoss ihren verdammten magischen Kreis.

Die Tavor ist bei Dauerfeuer kaum zu bändigen. Sie bockte in meinen Händen, und ich musste meine ganze Kraft aufwenden, um nicht rückwärts umgeworfen zu werden. Aber ich war bereits so nah an dem Ding dran, dass es genauso war, als benutzte ich einen Laserpointer auf einer Schreibtafel. Ich schwenkte den Lauf des Gewehrs in einem möglichst kleinen Kreis herum, und zwei Strahlen des Pentagramms wurden zerschmettert. Ich erwischte auch einige von den Kerlen drum herum. Ich traf ihre Beine, weil ich nach unten schoss – und ehe du fragst, ja, es war mir scheißegal.

Denn es funktionierte. Die Hölle brach los – und das meine ich nicht witzig. Der Dämon riss sein Maul auf, und heraus kam ein Ton, den ich hoffentlich nie wieder hören muss. Eigentlich war es kein Ton. Ich meine, der Dämon brüllte oder schrie nicht. Es war noch nicht einmal laut. Aber man spürte den Druck auf den Trommelfellen, auf der Haut, als wenn ein Flugzeug von einer Turbulenz erfasst wird und ein paar hundert Meter absackt, wenn man es überhaupt nicht erwartet. Es tat weh. Es war ein Schmerz, als würde etwas im Körper zerreißen.

Aber ich stand auf den Füßen, und die Satanisten lagen auf den Knien. Und ich wusste, was ich tun musste. Ich rannte los – musste über einen Typen springen, der auf meinem Weg auf dem Boden lag und den Rest seiner Kniescheibe umklammerte – und gelangte zum Kreis. Abbie lag noch immer dort, die Brust voller Blut und die Augen weit aufgerissen. Der Dämon, oder der Schatten des Dämons oder wie man es nennen will, zuckte herum wie ein Feuerwehrschlauch, der jemandem aus der Hand gerutscht war, peitschte hierhin und dorthin und wieder zurück und stieß ständig diese stummen Schreie aus.

Ich hatte mein Kartenspiel nicht bei mir, und ich hätte ganz sicher nicht die Zeit gehabt, eine Kartenfolge zusammenzustellen. Das Einzige, was ich tun konnte, war, Abbie zu rufen und zu hoffen, dass sie dem Ruf folgte und zu mir kam. Ich ergriff ihr Medaillon, rief ihren Namen so laut ich konnte – wahrscheinlich »Komm mit mir!« oder so etwas Ähnliches – und zog. Ich meine, ich habe nicht laut gebrüllt. Ich *rief* sie, so wie man es tut, wenn man einen Exorzismus ausführt, für den man engagiert wurde. Ich rief sie ins Medaillon – zumindest in die

Haarsträhne, die darin eingeschlossen war. Ich machte die Strähne zum Anker, an dem sich ihr Geist festhalten und an den er sich binden konnte.«

Peace sah mich prüfend an, um sich zu vergewissern, dass ich ihn verstand. Ich nickte knapp, als ob ich unter den gegebenen Umständen das Gleiche getan hätte. Tatsache war, dass ich Schwierigkeiten hatte zu glauben, dass es überhaupt funktionierte. Einen Geist in ein physisches Objekt zu rufen und ihn daran zu binden? Ihn zu lenken, als ob der Geist Wasser wäre, dessen von der Schwerkraft bestimmte Fließrichtung man nach eigenem Gutdünken verändern konnte? Ich nahm an, das Haar war ein Teil Abbies, etwas, zu dem sie bereits eine Verbindung hatte, aber dennoch … Unter anderen Umständen hätte ich ihn nach Details gefragt und mir einige Notizen gemacht. So jedoch ließ ich ihn ungeachtet meiner kaum verhohlenen Verwunderung weiterreden.

»Ohne die Karten hatte ich keine Ahnung, ob es überhaupt funktionierte – und die verdammte Halskette war um einiges dicker und stabiler, als ich angenommen hatte. Ich musste sie um meine Hand wickeln und ziemlich heftig daran zerren. Das führte zum Ziel. Die Kette riss, und ich rannte mit dem Medaillon in der Faust zur Tür – in der anderen Hand noch immer das Gewehr, obwohl das Magazin mittlerweile leergeschossen war.

Trotzdem behielt ich es, denn einer dieser Typen, der ein wenig schlauer war als seine Freunde, versuchte mich von der Seite anzugreifen und aufzuhalten. Er bekam den Kolben des Tavor ins Gesicht, und ich rannte weiter.

Mein Wagen stand ein gutes Stück die Straße hinauf. Ihre Wagen parkten direkt vor dem Haus, und ich hatte nicht die Zeit, sie lahmzulegen. Ich dachte nur an Flucht, erreichte meinen Wagen, stieg ein und rauschte ab wie eine Katze, der man Pfeffer in den Arsch geblasen hatte.

Anfangs fiel mir gar nicht auf, dass sie mich verfolgten. Dann bemerkte ich Scheinwerfer hinter mir, und sie verschwanden nicht, auch wenn ich ziemlich rasant um einige Ecken bog. Erst dann wusste ich, dass sie mir im Nacken saßen, und ich musste versuchen, sie abzuschütteln.

Das Problem war, dass der Wagen an Leistung verlor. Ich trat das Gaspedal bis aufs Bodenblech durch, doch ich wurde immer langsamer. Es war, als zöge ich einen Anhänger voller Ziegelsteine hinter mir her. Oder einen toten Wal oder sonst was. Ich glaubte, dass der Motor kurz vor dem Verrecken war und wir irgendwann auf der Straße liegen bleiben würden, wo uns diese Schweine aufgreifen könnten.

Ich machte das Einzige, was mir in diesem Moment einfiel. Ich schaltete das Licht aus und nahm jede Kurve, zu der ich kam, um es für sie so schwierig wie möglich zu machen, mich im Auge zu behalten.

Ich war verzweifelt und fuhr wie ein Wahnsinniger. Am Ende der Scrubbs Lane, am Gefängnis, weißt du, bog ich nach rechts ab. Aber ich nahm die Kurve zu knapp. Ich rasierte an einer ganzen Reihe geparkter Wagen entlang, riss dabei die Stoßstange von meinem Schlitten ab und erwischte beinahe einen alten Sack, der gerade die Straße überquerte. Der Lärm war unglaublich, und ich dachte, wir wären endgültig geliefert.

Aber aus irgendeinem Grund erholte sich danach der Motor. Ich beschleunigte auf hundert Sachen, und wir rasten nach Westen. Kamen schließlich hierher, wohin ich eigentlich die ganze Zeit schon hatte fahren wollen. Es gibt in London keinen besseren Ort, um einen Geist zu verstecken. Eigentlich solltest du das mittlerweile ebenfalls wissen, Castor.«

Ich gab Peace darauf keine Antwort. Stattdessen fügte ich seine Geschichte mit dem zusammen, was ich bereits wusste.

Samstagabend. Das Ende der Scrubs Lane. Fünfzig Meter von den Türen der Saint Michael's entfernt, während gerade die Abendandacht begann. Es klang wie der reine Wahnsinn, aber die ganze Geschichte war von Anfang an von Wahnsinn geprägt. Peace hatte ein Beschwörungsritual für einen Dämon gestört. Für Asmodeus. Die Teufelsanbeter hatten die Absicht gehabt, Abbie mit Leib und Seele zu konsumieren, aber sie hatten nicht damit gerechnet, dass ihr Dad mit einem Sturmgewehr erscheinen würde, um es ihnen wie einen Schraubenschlüssel ins Getriebe zu werfen. Leib und Seele, aber sie hatten nur eines von beiden gekriegt.

Und Asmodeus?

Asmodeus war irgendwo zwischen dem Dort und dem Hier gestrandet. Mit einem Fuß in Rafis und einem in Abbies Seele. Das war die Last, die Peace hinter sich hergeschleppt hatte, als er flüchtete. Er hatte nicht nur einen Geist in dem Schmuckstück, sondern zwei – einen kleinen Fisch und einen Riesenkillerwal. Bis er um die Ecke bog und auf die lange, gerade Du Cane Road gelangte. Dann – was? Ich glaubte, es erraten zu können.

Wenn ein Teil von Asmodeus bei ihnen gewesen war, als sie flohen – mit Abbie verbunden oder wie ein unsichtbarer Drachen ohne Schleifenschwanz und ohne Schnur durch die Londoner Nacht hinter ihnen her fliegend – dann war der Dämon, als sie mit dem Wagen um die Ecke geschrammt waren, ihnen gefolgt und ebenfalls abgebogen. Wahrscheinlich ein wenig langsamer und in einem weiteren Bogen. Damit wäre er über den südwestlichen Teil der Saint Michael's hinweggesegelt.

Peace zog Asmodeus im selben Moment über geweihte Erde, als dort ein Gottesdienst stattfand. *Singet dem Herrn ein neues Lied.* Für einen Dämon musste es gewesen sein, als würde er durch einen Stacheldrahtverhau geschleift. Kein Wunder, dass Rafi schrie. Kein Wunder, dass er um sich schlug und andere Menschen verletzte. Er erlebte etwas, das man durchaus Hölle auf Erden nennen konnte.

Und schließlich wurde Asmodeus unverrückbar fixiert – gefangen im Mauerwerk der Kirche und im Netz der Gebete, die um ihn herum zum Himmel aufstiegen. Seine Verbindung mit Abbie wurde getrennt, und Peace fuhr weiter durch die Nacht, wurde schneller und ließ ein unsichtbares formloses Monster aus der Hölle im Gefüge der Saint Michael's zurück wie eine versteinerte Mücke in einem Bernsteinklumpen.

Außer dass Asmodeus alles andere als erloschen war. Sein heimtückischer Wille ergoss sich wie schwarzer Regen über die Kirchgänger der Saint Michael's, und ihre Seelen wurden infiziert.

Weitere Unschuldige im Kreuzfeuer. Ebenso wie Abbie. Ebenso wie Rafi.

Ich lenkte meine Gedanken in die Gegenwart zurück und versuchte mir ins Gedächtnis zu rufen, was Peace soeben gesagt hatte.

»Warum?«, fragte ich. »Warum speziell sind Sie hierher zurückgekommen? Was macht diesen Ort zu etwas Besonderem?«

»Die Schutzwälle«, antwortete Peace und klang trotz seiner Schmerzen ein wenig selbstgefällig. »Erde und Luft hast du gesehen, nicht wahr? Draußen? Aber richtig clever ist es mit dem Wasser geregelt. Die Mauern sind doppelt angelegt mit einem Hohlraum dazwischen, der mit Blei ausgekleidet ist. Er wird mit Wasser aus der Hauptleitung gefüllt, das durch eine Pumpe in Bewegung gehalten wird, aber mittlerweile gibt es alle möglichen Löcher, durch die es abfließt. Immer wenn ich spürte, dass du dich an Abbie heranmachen wolltest, habe ich die Pumpen eingeschaltet und zwischen ihr und dir eine Wasserwand errichtet. Und einmal habe ich dir sogar ein wenig Salz auf den Schwanz gestreut, um dich zu ärgern.«

»Ich erinnere mich«, sagte ich finster.

Peace brachte ein mühsames Lachen zustande. »Man muss nur den Bock zum Gärtner machen, nicht wahr? Nur funktioniert das nicht, es sei denn, man hat es mit einem besseren Bock als dem zu tun, den man sucht.«

»Und trotzdem«, erinnerte ich ihn, »bin ich hier.«

»Aber nur, weil mich jemand verpfiffen hat. Du hast mich nicht gefunden, weil du erfolgreich gesucht hast.«

Ich ging nicht näher darauf ein. Wenn Peace dieses Gefühl der Überlegenheit für sein Ego brauchte, wollte ich es ihm nicht nehmen. Jedenfalls glaubte ich, irgendwo draußen auf der Straße das Zuschlagen einer Wagentür zu hören – weit genug entfernt, so dass ich mir nicht ganz sicher war. Peace hatte es anscheinend nicht bemerkt, daher hatte ich mich möglicherweise auch geirrt.

»Ich werde Abbie wieder aufwecken«, sagte er. »Es sei denn, es gibt noch etwas anderes, das du mich fragen willst.«

»Nein«, sagte ich. »Das reicht mir eigentlich. Ich weiß alles, was ich wissen wollte.«

Ich stand auf, ging zur Tür und schaute hinaus. Nichts rührte sich im trüben Mondlicht. Hinter mir erklangen nur einige leise Laute, als Peace eine Kartenfolge auf dem Zementboden ausbreitete. Als ich mich wieder zu ihm umwandte, war Abbie zurückgekehrt und stand neben ihm, als sei sie nie weg gewesen. Ich musste widerstrebend zugeben, dass er wirklich so gut war, wie er sich vorkam. Sie unterhielten sich murmelnd, und ich hatte tatsächlich Hemmungen, sie zu stören.

Stattdessen trat ich hinaus in die Dunkelheit. Wäre ich Raucher gewesen, hätte ich mir eine Zigarette angezündet. Wenn von meinem Brandy noch etwas übrig gewesen wäre, hätte ich mir einen kräftigen Schluck gegönnt. So hingegen konnte ich nichts anderes tun als warten. Ich musste mich mit der Wagentür geirrt haben, denn nichts rührte sich draußen.

Doktor Feelgood hätte längst dort sein müssen. Nervös und gereizt holte ich wieder das Telefon heraus, um Pen anzurufen und sie zu bitten, sich zu beeilen. Diesmal bemerkte ich, was mir vorher entgangen war: Es gab vier nicht angenommene Anrufe, alle von derselben Nummer. Nicky Heaths Nummer.

Beim ersten und zweiten Mal hatte er keine Nachricht hinterlassen. Jedoch bei seinem dritten Anruf. Ich spielte die Nachricht ab.

»Irgendetwas stimmt hier nicht, Castor.« Nickys Stimme klang angespannt. Im Hintergrund war ein länger andauerndes scharrendes Geräusch zu hören, als ob er irgendetwas Schweres über den Fußboden schleifte. »Draußen sind ein Haufen Leute. Sie kamen in vier Wagen, und jetzt stehen sie herum, als warteten sie auf jemanden. Das Ganze gefällt mir verdammt noch mal überhaupt nicht. Wenn es mit dem Scheiß zu tun hat, in den du verwickelt bist, solltest du herkommen und dich gefälligst selbst darum kümmern, okay? Ruf mich an. Ruf mich verdammt noch mal an, klar? Und zwar sofort.«

Plötzlich war meine Kehle knochentrocken. Ich sprang zur letzten Nachricht.

»Das ist eine Belagerung, Castor!« Nickys Stimme war laut und schrie fast, was bedeutete, dass er sich verdammt angestrengt hatte, um seine nicht mehr funktionierenden Lungen mit Luft zu füllen. »Sie haben die Kameras zerschossen. Die verdammten Kameras! Ich bin blind, verstehst du mich? Sie könnten direkt vor meiner Tür stehen, und ich würde sie nicht – Oh, Scheiße!«

Ein Klicken erklang, dann folgte der schrille Ton, der das Ende der Nachricht anzeigte. Ich wählte mit zitternden Fingern Nickys Nummer. Für zehn oder zwanzig Sekunden nichts. Nur Stille. Einen Fluch murmelnd unterbrach ich den Anruf und begann erneut zu wählen, aber noch ehe ich die letzte Ziffer der Vorwahl eingegeben hatte, hörte ich Schritte, die sich auf dem kurzen Weg, der von der Straße zum Oriflamme führte, näherten.

Ich wandte mich in diese Richtung. Eine Sekunde später kam eine Gestalt in Sicht, trat aus den Schatten und gelangte in die schmale Öffnung zwischen den Erdwällen auf die Auffahrt.

»Hier drüben, Doktor Foster«, rief ich. Die Gestalt änderte die Richtung und kam ins Licht.

Als ich einen Blick auf das Gesicht des Mannes werfen konnte, hatte ich plötzlich das Gefühl, als stünde ich neben mir selbst. Dann machte mein Herz in meiner Brust einen Satz wie ein Testpilot in seinem Sicherheitsgeschirr. Ich hatte Dylan Foster niemals persönlich kennengelernt, aber dieses Gesicht kannte ich. Als ich den Kerl das erste Mal gesehen hatte, nur drei Tage zuvor in meinem Büro, hatte er sich mir als Steve Torrington vorgestellt. Und jetzt, in einem plötzlichen Aufblitzen elementarer Logik, wurde mir klar, dass von diesen beiden Namen der eine so gut wie der andere war, weil sein richtiger Name völlig anders lauten musste. Ich erkannte auch, weshalb er jemand anderen hatte zu mir schicken müssen, als ich in Pens Haus zusammengebrochen war. Zu diesem Zeitpunkt durfte er auf keinen Fall das Risiko eingehen, dass ich sein Gesicht sah.

Ich dachte an Peaces Glock, die auf dem Fußboden des Oriflamme lag. Aber sie hätte mir nichts genutzt, selbst wenn ich an sie herangekommen wäre. Der Bastard hatte das Ganze genau nach seinen Vorstellungen arrangiert. Er hatte bereits eine Pistole in der Hand und zielte damit auf meine Brust.

»Sie sollten auf dieses Ding aufpassen – es kann jederzeit losgehen«, sagte ich, weil ich irgendetwas sagen musste. Ich musste irgendeine Interaktion starten, um Zeit zu gewinnen, während ich nach einer Möglichkeit suchte, ihn abzulenken, zu entwaffnen und unschädlich zu machen.

Er schüttelte den Kopf. »Sie wird nicht gerade jetzt losgehen«, sagte er in fast gelangweiltem Tonfall. Seltsam, dass Pen niemals seinen weichen, halb verschliffenen mittelatlantischen Akzent erwähnt hatte. Das Grinsen, das um seine Lippen spielte, bestätigte, was ich längst wusste.

»Sie sind Anton Fanke.«

Er deutete eine Verbeugung an, um meinen sozusagen kurz vor zwölf erfolgten Sprung intuitiver Logik zu würdigen. »Wenn Sie das vor drei Tagen herausgefunden hätten«, sagte er mit einem kaum wahrnehmbaren Anflug von Spott, »wäre ich vielleicht beeindruckt gewesen. Durchsucht ihn nach Waffen.«

Die letzten Worte waren nicht an mich gerichtet, sondern gingen an mir vorbei in die Schatten neben dem Gebäude. Drei Männer mussten dort absolut still ausgeharrt haben und kamen jetzt aus der Dunkelheit, umringten mich und filzten mich mit außerordentlicher Gründlichkeit. Sie entsprachen nicht meiner Vorstellung von Satanisten. Sie sahen eher aus wie FBI-Agenten. Einer von ihnen hatte eine stupsnasige Pistole in der Hand, deren Mündung er gegen meinen Nacken presste.

Die anderen beiden nahmen sich synchron meine rechte und meine linke Seite vor und förderten meinen Dolch und meine

Tin Whistle zutage. Sie hielten beides hoch, damit Fanke einen Blick darauf werfen konnte.

»Jetzt gehen wir hinein«, sagte Fanke.

Ich machte einen Schritt auf ihn zu, doch die Männer rechts und links von mir traten dazwischen, um mich zu stoppen, und der Druck der Mündung auf meinen Nacken verstärkte sich. Ich wusste, dass ich es nicht schaffen konnte.

»Warum Pen?«, fragte ich mit zusammengebissenen Zähnen. »Wozu haben Sie sie gebraucht?«

»Das eigentliche Ziel war Rafael Ditko«, sagte Fanke und deutete mit einer ausholenden Armbewegung einladend auf die Eingangstür des Oriflamme. »Ich musste irgendwie in seine Nähe gelangen. Wir hatten alle Vorbereitungen getroffen, doch falls unser Plan fehlschlagen sollte – wäre es vielleicht nötig gewesen, Ditko aus der Stanger-Klinik zu entführen und zu töten, um Asmodeus' Geist zu befreien. In diesem Fall wäre Pamela uns sehr nützlich gewesen. Aber so wie es aussieht, denke ich, erreichen wir unser Ziel auch ohne sie. Wilkes, Sie können vorausgehen. Sie sind zu diesem Zeitpunkt ein wenig entbehrlicher als Mister Castor.«

Die Dinge gerieten aus den Fugen. Verzweifelt spannte ich mich, um mich auf Fanke zu stürzen, als er auf mich zukam. Er musterte mich und lächelte geringschätzig.

»Das wäre ein großer Fehler«, meinte er knapp. »Zurzeit sind Sie mir lebend lieber, weil Sie einen ziemlich guten Sündenbock abgeben, aber fordern Sie mich nicht heraus.«

Sowohl von ihm als auch von dem Kerl hinter mir in Schach gehalten, dachte ich kurz an eine tief angesetzte Attacke in der Hoffnung, dass beide reflexartig abdrückten und sich gegenseitig aus dem Weg räumten. Aber das hätte wahrscheinlich nicht einmal in einem Bugs-Bunny-Cartoon funktioniert.

Fanke beobachtete mich aufmerksam und konnte sofort den Moment bestimmen, als ich mir die Frage »Kämpfen oder fliehen?« selbst beantwortet hatte. »Hinein«, wiederholte er. Der Mann hinter mir tippte mit dem Pistolenlauf gegen meinen Nacken, und ich folgte dem Mann, den Fanke Wilkes genannt hatte, zurück ins Oriflamme. Ich hatte vage gehofft, dass Peace vielleicht etwas von der Entwicklung draußen mitbekommen und so etwas wie einen improvisierten Hinterhalt vorbereitet hatte. Aber so viel Glück hatte ich nicht. Sein Kopf zuckte herum, als er die Schritte mehrerer Personen hörte. Während Wilkes neben mich trat und der Kerl mit der Pistole an meiner anderen Seite erschien, um den Raum überblicken zu können, sprang Peaces Blick erst zu dem einen der beiden, dann zu dem anderen, dann zurück zu mir. In einem Reflex, den er nicht steuern konnte, zuckte seine Hand hoch, um nach Abbies Hand zu greifen – und drang durch ihre körperlose Gestalt. Abbie bemerkte es nicht einmal. Sie starrte in stummem Erschrecken auf die fremden Gesichter. Aber vielleicht waren sie ihr ja gar nicht fremd. Möglicherweise erinnerten die Gesichter sie an einen Moment fünf Tage zuvor. Vielleicht erkannte sie auch in Fanke den Mann, der ihr ein Messer ins Herz gestoßen hatte.

»Du Schwein, Castor«, sagte Peace in einem nahezu lautlosen Flüsterton. Was er sich danach überlegte, war besser. Er streckte die andere Hand aus und fächerte den Kartenstapel auf dem Boden auseinander. Abbie flackerte kurz und verschwand dann, noch während sie den Mund öffnete, um ihn zu rufen.

»Machen Sie es nicht schlimmer, als es sein muss«, sagte ich, und ehe mich jemand aufhalten konnte, machte ich einige Schritte vorwärts.

Meine Augen hatten nicht mehr Zeit als ihre gehabt, sich an die Dunkelheit im Oriflamme zu gewöhnen, aber ich wusste in etwa, wo Peaces Glock lag. Ich brauchte nicht einmal aus dem Tritt zu kommen. Ich musste den Fuß nur ein wenig nach links setzen, als wollte ich einen Pass im Strafraum abfangen, und mit der Schuhspitze auf den Schutzbügel am Abzugshebel treten.

Ich katapultierte die Pistole in die Luft, und ich hatte gut gezielt. Zahllose langweilige Nachmittage in der alten Turnhalle der Alsop's Comprehensive School for Boys, an denen ich nichts anderes gemacht hatte, als ständig einen Ball abwechselnd gegen die Wand zu kicken und zu köpfen, machten sich reichlich verspätet und völlig unerwartet bezahlt.

Peace streckte die Hand aus, fing die Glock aus der Luft und schoss, ohne lange zu zielen. Begleitet von einem lauten Knall raste etwas dicht an meinem Ohr vorbei, und ein Körper wurde rechts neben mir gegen die Wand geschleudert. Während er auf den Boden rutschte, knallte es abermals ohrenbetäubend in diesem Raum ohne weiche und unterbrochene Flächen, die den Lärm schlucken oder wegfiltern können. Links von mir zuckte Fanke zusammen, wie von einem aggressiven Insekt gestochen, dann hob er seine eigene Pistole, um das Feuer zu erwidern. Ich schlug ihm die Waffe mit der Faust aus der Hand.

Dann, als es so aussah, als liefe alles wie nach Wunsch, krachte etwas Hartes und Schweres und ekelhaft Kompaktes seitlich gegen meinen Kopf, und meine Beine knickten unter mir weg.

Ich versuchte aufzustehen, musste jedoch einen zweiten Schlag gegen meinen Nacken einstecken, der mir jeden Kampfeswillen austrieb. Lauter Donner wurde von einem schrillen Schrei unterbrochen, der nicht durch meine toten Ohren drang, sondern sich einen direkteren Weg in mein Gehirn suchte – oder vielleicht auch in meine Seele, falls ein Exorzist überhaupt über einen solchen Luxus verfügte.

Der Schrei klang wie »Daddy«. Es war das Wort, das Abbie hatte aussprechen wollen, als sie verblasste. Die Welt der Toten hatte eine sehr seltsame Akustik.

✪

Ich wehrte mich heftig gegen das Verlöschen des Lichts. In der Dunkelheit wild um mich schlagend, suchte ich einen Halt – irgendetwas, woran sich mein verwirrter Geist klammern konnte.

Ich kam langsam hoch. Besser ausgedrückt, ich raffte mich zusammen, denn es fühlte sich an, als kröche mein Geist zaghaft von vorne, von hinten und von den Seiten wieder herein, um sich in meinem Schädel zu vereinen, der offenbar total zerbeult und seiner ursprünglichen Form beraubt worden war.

Ich versuchte zu stehen und wurde ohne weitere Umstände auf die Knie hochgezogen, noch bevor meine Augen ihren Dienst ordnungsgemäß aufgenommen hatten. Verschwommen sah ich, wie eine Frau mein Blickfeld durchquerte, einen geringschätzigen Blick auf mich warf und weiterging.

Nur einen kurzen Moment später, während ich das Wunder der Tiefenwahrnehmung wieder entdeckte, durfte ich miterleben, wie Gary Coldwood in Sicht kam. Ich öffnete den Mund, um etwas zu sagen, dann klappte ich ihn ächzend wieder zu, als meine Stirn und meine Wirbelsäule von einer Schmerzwoge überrollt wurden. Abermals gaben meine Beine nach, aber ich wurde festgehalten.

»Da ist …«, versuchte ich erneut, mich verständlich zu machen, und deutete mit einer vagen Geste dorthin, wo Peace sein musste. »… Verwundet – braucht einen Arzt.«

»Machen Sie sich etwa Sorgen wegen des anderen Kerls,

Fix?« Coldwood klang müde und angeekelt. Ein Polizeibeamter erschien neben ihm, in der Hand ein Paar Handschellen, die Coldwood mit einem Kopfnicken an sich nahm. »Das brauchen Sie nicht. Sieht so aus, als hätten Sie gewonnen. Der andere Knabe ist tot.«

18

Sie brachten mich ins Whittington Hospital auf dem Highgate Hill, wo ich, wenn ich meinen Zustand der Deprimiertheit noch vertiefen wollte, durch das Fenster beobachten konnte, wie die Sonne über dem Grab von Karl Marx unterging. Es gab dort einen Sicherheitsflügel, in dem die Metropolitan Police Terroristen unterbrachte, die im Zuge ihrer Verhaftung angeschossen worden waren: Gitter vor den Fenstern, Polizisten vor der Tür und klumpigen Vanillepudding bis zum Abwinken.

Sie glaubten, dass es mich schlimmer erwischt hatte, als es tatsächlich der Fall war, denn der Schlag gegen meinen Schädel hatte ihn spektakulär geöffnet – und da es in der Kopfhaut von Blutgefäßen wimmelt, hatte ich geblutet wie ein Schwein. Als sie mich jedoch in einen Rollstuhl setzten und zwecks einer Kernspintomografie in die radiologische Abteilung karrten, stellte sich heraus, dass es keine erwähnenswerte Gehirnerschütterung und keine inneren Blutungen gab. Einige Menschen sind nun mal unter einem glücklichen Stern geboren, nehme ich an.

Wieder oben in der Sicherheitsabteilung, schoben sie mich an meinem Einzelzimmer vorbei und parkten mich ein Stück weiter im Flur, wo ich von zwei Polizisten bewacht wurde. Ich versuchte gar nicht erst, mit ihnen ein Gespräch in Gang zu bringen. Sicherlich war ihnen jegliches Fraternisieren untersagt, und ich hätte von ihnen sowieso nichts aufschnappen können, was sich für mich zu wissen gelohnt hätte.

Während ich dort in einem dieser Krankenhausnachthemden herumsaß, die immer den Arsch heraushängen lassen, ließ ich in Gedanken die Ereignisse der letzten paar Tage mit einem Gefühl düsteren Selbsthasses noch einmal Revue passieren. Fanke hatte mit mir sein Spiel getrieben. Offensichtlich hatte er sich längst in Position gebracht – indem er sich an Pen herangemacht hatte, um Rafi im Auge zu behalten, nicht mich. Aber als die Kacke am Dampfen und ihr geplantes Menschenopfer zum zweiten Mal ein Schlag ins Wasser war, hatte er blendend improvisiert.

Oder war es mehr als ein reiner Zufall, dass ich ihn nie als Dylan Foster kennengelernt hatte? Hatte er schon damals seine Fäden gesponnen und mich in Reserve gehalten für den Fall, dass er später einen Prügelknaben brauchte?

So oder so hatte er mich aus zwei Gründen und nicht nur aus einem engagiert, um Peace zu suchen. Der erste war, dass er jemanden brauchte, der sich in London auskannte, und in seiner Truppe gab es niemanden, der dieser Anforderung gerecht wurde. Sie mochten auf ihre Art knallhart sein, aber sie konnten keine Spuren lesen. Sie hätten wahrscheinlich mehrere Wochen gebraucht, um Peace aufzustöbern, und genau das musste viel schneller geschehen.

Und der zweite Grund war, dass er bereits für genügend Leichen gesorgt hatte, die sich zunehmend zu einem logistischen Problem entwickelten. Da waren die Satanisten, die Peace während der Opferfeier erschossen hatte, was schlimm genug war. Aber da waren auch noch die Torringtons, die tot in einem

Vorort herumlagen, was schlimmer war. Ob er Melanie eigenhändig getötet hatte, wie ich vermutete, oder sie auf irgendeine andere Art den Tod gefunden hatte, auf jeden Fall musste die Operation angefangen haben, verräterischer und bedeutsamer auszusehen, als ihm recht sein konnte. Also warum sollte er nicht einen dritten Beteiligten ins Spiel bringen – jemanden, den er durch Pen unter Kontrolle halten konnte, ohne jemals mit ihm direkten Kontakt aufzunehmen –, der am Ende alles würde ausbaden müssen, falls die Dinge sich in Richtung Desaster entwickelten?

Mich auszutricksen war von Anfang an geplant gewesen, und zwar lange bevor ich ihm persönlich begegnete.

Schritte, die sich durch den Korridor in meine Richtung bewegten, rissen mich aus diesen schmerzlichen, die Vergangenheit betreffenden Grübeleien in eine noch um einiges schmerzlichere Gegenwart. DS Basquiat und ihr fröhliches Faktotum DC Fields kamen durch den Flur auf mich zu. Basquiat hatte sich eine Handtasche, die nach Prada aussah, über die Schulter gehängt und trug unterm Arm eine Aktenmappe aus Manilapappe mit einem weißen Klebeetikett, dessen Aufschrift ich nicht entziffern konnte. Sie nickte dem nächsten Uniformierten zu, der die Tür aufschloss und sie aufhielt, während sein Kollege mich über die Schwelle schob.

Der Raum war klein und kahl. Nur ein Tisch, ein paar Stühle und ein Wandregal, auf dem ein ramponiertes Tonbandgerät stand. Ich erkannte das Arrangement auf Anhieb. Ich war schon früher in polizeilichen Verhörzimmern gewesen. Niemals in einem, das als Teil einer Krankenhausabteilung getarnt war, aber in diesem Kontext erschien es durchaus logisch.

Basquiat warf die Mappe, die sie trug, auf den Tisch, hängte ihre Jacke – schwarz, kurz geschnitten und sehr elegant –

über die Rückenlehne eines Stuhls und setzte sich. Aus der Handtasche angelte sie einen Kugelschreiber, den sie neben die Manilamappe legte. Fields lehnte sich ein paar Schritte von mir entfernt an die Wand. Die Polizisten gingen hinaus und schlossen die Tür hinter sich.

»Na los«, sagte Basquiat ein wenig ungeduldig zu Fields. »Licht an, Kamera läuft, Action.«

Er streckte die Hand aus und schaltete das Tonbandgerät ein. »Sicherheitsabteilung Whittington. Verhör Felix Castor«, sagte er mit pathetischer Stimme. »Vorgenommen von Detective Sergeant Basquiat unter Assistenz von Detective Constable Fields.« Er schaute auf die Uhr und fügte Datum und Uhrzeit hinzu.

»Ich verlange einen Anwalt«, sagte ich. »Bis man meine Forderung erfüllt, werde ich mich zu nichts äußern.«

Basquiat hob eine Augenbraue. »Sie sind bisher keines Vergehens beschuldigt worden«, sagte sie. »Meinen Sie nicht, dass Ihre Forderung ein wenig überstürzt ist?«

»Werde ich eines Vergehens beschuldigt?«, fragte ich.

»Natürlich werden Sie das, Castor. Sie werden des Mordes beschuldigt.«

»Wen soll ich ermordet haben?« Eine dämliche Frage, aber in diesem Moment überwog mein Bedürfnis, es zu erfahren, meinen Selbsterhaltungstrieb.

»Gute Frage«, meinte Fields höhnisch. »Kommen Sie schon mit dem Zählen durcheinander?«

Basquiat sah ihn an. Es war kein verärgerter Blick, aber ein langer, der andauerte, bis er wegsah. Die Bedeutung war unmissverständlich. Es war ihr Verhör, und seine Beiträge waren unerwünscht.

»Sie wurden in einem ausgebrannten Gebäude angetroffen«,

sagte sie und sah wieder zu mir, »in Gesellschaft einer Leiche. Bei der Leiche handelte es sich um einen Mann namens Dennis Peace – ein Mann, der offenbar dem gleichen Gewerbe nachging wie Sie. Dem Exorzismus. Er wurde in die Brust und in den Bauch geschossen. Er wies außerdem Verletzungen von einem vorher erfolgten tätlichen Angriff auf, aber es war der Schuss in die Brust, der noch vor der Bauchwunde seinen Tod herbeigeführt hat. Er ist an seinem eigenen Blut erstickt.«

Ich senkte den Kopf. Ich hatte gehofft, dass Peace irgendwie lebend aus der Sache herausgekommen wäre, aber das war von Anfang an eher unwahrscheinlich gewesen. Ich empfand aufrichtiges, bitteres Mitleid mit ihm, aber der eigentliche Tiefschlag war Abbie. Was hatte Fanke mit ihr getan? Hatte er das Medaillon gefunden? Natürlich hatte er das, verdammt noch mal. Er hatte nicht halb London durchquert und kaltblütig einen Mann ermordet, um nur halb verrichteter Dinge wieder abzuziehen. Er hatte sie in seiner Gewalt. Er hatte ihre Seele. Dank mir hatte er nun alles, was er brauchte, um abzuschließen, was er begonnen hatte.

»Wir haben seitdem mit einigen Leuten gesprochen«, fuhr Basquiat lebhaft fort. »Mit ehemaligen Kollegen und Kontaktpersonen. Reginald Tang und Gregory Lockyear, ihres Zeichens ebenfalls Exorzisten, die sich ihre Unterkunft mit Peace teilten, bestätigten bereitwillig, dass Sie den Mann während der vergangenen Tage gesucht haben. Und dass Sie mit ihm in eine tätliche Auseinandersetzung auf einem Hausboot – der *Thames Collective* – verwickelt waren. Eine Frau namens Carla Rees erklärt außerdem, dass Sie versucht haben, sich mit Peace zu treffen, und sie als Vermittlerin benutzt haben.« Sie hatte die Namen aus dem Ordner vor ihr auf dem Tisch. Doch nun schob sie ihn ein Stück von sich und lehnte sich in ihrem Stuhl zurück. Offensichtlich brauchte sie für den nächsten Akt keine Gedächtnisstützen.

»Natürlich«, sagte sie, »ist das alles nur von untergeordneter Bedeutung, auch wenn es dazu beiträgt, den Tatvorwurf zu untermauern. Der wesentliche Punkt ist, dass wir Ihre Fingerabdrücke auf der Tatwaffe und auf zahlreichen anderen Gegenständen in dem Raum gefunden haben. Auf einem Wasserkessel. Auf einigen Tassen. Auf einem leeren Flachmann. Für mich sieht es so aus, als hätten Sie ihn unter irgendeinem Vorwand aufgesucht, ihn betrunken gemacht und dann seinen willenlosen Zustand ausgenutzt und ihn getötet. Ist es so gelaufen, Castor? Haben Sie auf eine Gelegenheit zu einem Schuss in den Rücken gewartet, dann jedoch die Geduld verloren und ihn auf halbwegs anständige Art und Weise – nämlich von vorn – ins Jenseits geschickt?«

Es verstand sich von selbst, dass ich diese Frage nicht beantworten konnte. Ich hatte mich schon früher in der gleichen Situation befunden – wenn auch nicht unter einer Mordanklage, wie ich zugeben muss –, und ich wusste, wie das Spiel lief. Basquiat wollte mich zu irgendeiner Reaktion animieren, und je mehr sie mich in die Enge treiben konnte, desto größer war die Wahrscheinlichkeit, dass ich irgendetwas Dummes von mir gab, womit ich mich selbst belastete. Aber meine grundlegende Taktik, auf Nummer sicher zu gehen und gar nichts zu sagen, ließ sich aus einem ganz einfachen Grund nicht aufrechterhalten: Die Zeit arbeitete gegen mich. Ich musste erreichen, dass Basquiat mir glaubte oder mich zumindest ernst nahm. Ich konnte mir den Luxus, sie im Dunkeln tappen zu lassen, nicht leisten.

»Nein«, sagte ich. »So ist es nicht gelaufen. Basquiat, wie passt Ihre Version zu den Treffern, die ich abbekommen habe? Jemand hat mich von hinten angegriffen und geschlagen, richtig? Während ich Peace in die Brust schoss? Von vorn? Was stimmt nicht an diesem Bild?«

Basquiat schaute mich kurz an, als hätte sie erst in diesem Moment die Blutergüsse in meinem Gesicht bemerkt. Sie zuckte die Achseln. »Nichts, soweit ich sehen kann«, meinte sie kühl. »Ich habe nicht behauptet, dass Sie Peace beim ersten Versuch erwischt haben. Ich nehme an, Sie haben miteinander gekämpft, sich gegenseitig übel zugerichtet, und dann haben Sie ihn erschossen. Er war ein großer Mann. Er kann Ihnen durchaus zu den Blessuren verholfen haben, die in Ihrem Gesicht zu sehen sind.«

»Untersuchen Sie sie«, bot ich ihr an und bemühte mich, meine Stimme von jeglichem Anflug von Dringlichkeit frei zu halten. Wenn ich anfing, an Abbie und an das zu denken, was einige Meilen entfernt vielleicht in diesem Moment im Gange war, konnte ich keinen klaren Gedanken mehr fassen – und dann würde ich es niemals schaffen, mich aus dieser Zwangslage zu befreien. »Diese Spuren stammen nicht von einem Handgemenge. Ich wurde mit einem Pistolengriff bearbeitet.«

»Und?«

»Wer immer mich niedergeschlagen hat, war ebenfalls bewaffnet. Ich habe Peace nicht hinterrücks überfallen. Dort waren auch noch andere Leute. Ich wette, dass Sie außerhalb des Oriflamme entsprechende Spuren gefunden haben. Sie wissen, dass andere Leute dort waren.«

Basquiat lehnte sich zurück, drehte sekundenlang den Kugelschreiber mit dem Mittelfinger auf dem Tisch. Dann drückte sie die Mine heraus und notierte etwas in der Akte.

»Peaces Fingerabdrücke befanden sich ebenfalls auf der Waffe«, räumte Basquiat ein und legte den Kugelschreiber wieder aus der Hand. »Was das betrifft, glauben wir auch zu wissen, wo und wann er sie gekauft hat. Vor Kurzem erst, falls es Sie interessiert. Zur gleichen Zeit, als er die Tavor gekauft hat, mit der er in der Quäker-Versammlungshalle in Hendon um sich geschossen hat. Seit ich das letzte Mal Ihre hässliche Visage betrachten durfte, war ich nicht untätig. Ich habe an dem Fall gearbeitet, wie Sie sehen.

Mit welchem Ergebnis? Wir sind der Meinung, dass Sie beide bis zum Hals in der Sache drinsteckten, die in diesem Quäker-Haus im Gange war. Ob es ein Satanistenritual oder irgendeine Gaunerei war, interessiert mich nicht. Bei Ihrem – und seinem – Hintergrund könnte es durchaus beides gewesen sein. Aber es ist nicht gelaufen wie geplant, und am Ende gab es eine Menge Tote. Darunter auch Abbie Torrington, von der wir mittlerweile annehmen, dass sie Peaces Tochter war.

Peace flüchtete in die eine Richtung, Sie in die andere. Sie verloren ihn aus den Augen und verbrachten die nächsten Tage damit, ihn zu suchen. Sie waren dumm genug, vielen Leuten eine Menge Fragen zu stellen und Ihren eigenen Namen zu benutzen. Selbst wenn es Ihre Absicht gewesen wäre, hätten Sie keine deutlichere Spur hinterlassen können – dafür vielen Dank von unserer Seite. Aber wenn Sie mich fragen, ob es mir Kopfzerbrechen bereitet, dass Sie Peace mit seiner eigenen Waffe erschossen haben, dann muss ich sagen, nein, überhaupt nicht. Ein paar Schritte von Ihnen entfernt fanden wir auf dem Boden ein Messer mit Ihren Fingerabdrücken, daher nehmen wir an, dass Sie die Absicht hatten, es zu benutzen – aber dass sich dann für Sie etwas Besseres ergab und Sie die Gelegenheit wahrnahmen.«

Basquiat hob eine Augenbraue. »Oder hat er Sie als Erster bedroht? War es Notwehr? Über das Motiv können wir gerne diskutieren.«

Ich schlug mit der Hand auf den Tisch, woraufhin Fields herkam und sich wortlos, aber eindeutig drohend über mich beugte. »Verdammt!«, sagte ich lauter, als ich eigentlich beabsichtigt hatte. »Hat Reggie Tang Ihnen nicht erzählt, dass ich eingeschritten bin, um Peace zu helfen, als er auf dem Thamesmead Pier angegriffen wurde? Ich wollte mit ihm reden, nicht ihn töten.«

Zum ersten Mal huschte so etwas wie Interesse – ganz sicher kein Zweifel, noch nicht jedenfalls – über Basquiats Gesicht. Sie schaute zu Fields hoch.

»Hat Tang irgendwas in dieser Richtung erwähnt?«, fragte sie ihn.

»Kein Wort«, antwortete Fields verächtlich.

»Hören Sie«, sagte ich. »Ein Paar kam zu mir und gab sich als Abbie Torringtons Eltern aus. Sie wollten, dass ich …«

»Wann war das?«, unterbrach Basquiat mich.

»Am Montag. Vor drei Tagen. Sie baten mich, Abbie zu suchen. Sie erzählten, sie sei bereits gestorben, aber dass Peace ihren Geist entführt habe und dass sie ihn zurückhaben wollten. Dafür gibt es Zeugen. Einen Mann namens Grambass. Er betreibt ein Kebabrestaurant in der Craven Park Road. Er sah die beiden sogar noch vor mir. Er gab mir die Telefonnummer der beiden.«

»Am Montag waren die Torringtons tot. Sie waren zwei Tage vorher ermordet worden, am selben Abend, als Abbie starb.«

»Das weiß ich. Ich glaube, diese beiden waren die Mörder.«

»Das ist irgendwie lustig. Dafür hatte ich Sie und Peace auch auf der Liste.«

»Um Himmels willen, Basquiat!« Allmählich verlor ich die Fassung. »Wollen Sie mir am Ende sozusagen in einem Aufwasch auch noch Keith Blakelock und Suzie Lamplugh anhängen? Ich hatte nicht den geringsten Grund, die Torringtons zu töten, und Sie können noch nicht einmal beweisen, dass ich auch nur in ihrer Nähe war!«

»Daran arbeiten wir«, sagte Basquiat gelassen. »Wir wissen immerhin, dass Peace dort war. Wir haben jetzt seine Fingerabdrücke. Auf den Leichen und auf zahlreichen Gegenständen, die dort zerstört oder umhergeworfen wurden.«

»Er hat Abbie gesucht«, presste ich zwischen zusammengebissenen Zähnen hervor. Ich musste Basquiat dazu bringen, mir zu glauben, doch ich wusste nicht wie. »Aber er erfuhr, dass sie bereits weg war. Ich meine, sie wurde mitgenommen – zu diesem Versammlungshaus, wo sie geopfert werden sollte. Peace hatte die Adresse des Versammlungshauses von Melanie Torrington, und er machte sich sofort dorthin auf den Weg. Entweder hatte er das Sturmgewehr bereits bei sich oder er hat es sich unterwegs beschafft.«

»Weshalb hätte er das tun sollen?«, fragte Fields über meine Schulter hinweg, um zu zeigen, dass er immer noch zuhörte.

»Was glauben Sie denn?«, schnappte ich, ohne ihn eines Blickes zu würdigen. »Weil er wusste, dass er mit dreißig zu eins hoffnungslos in der Unterzahl war, deshalb. Und er hat Melanie Torrington am Leben gelassen«, fügte ich hinzu und angelte gierig nach jedem noch so winzigen Detail, das Basquiat dazu bewegen konnte, eine andere Möglichkeit zumindest in Erwägung zu ziehen. »Sie wurde später getötet, oder? Später als Steve, meine ich. Sie wurde von einem Mann namens Fanke ermordet. Anton Fanke. Er tötete sie, weil sie klein beigegeben und Peace verraten hatte, wo er Abbie finden konnte. Er ist derjenige, der in Wirklichkeit hinter allem steckt.«

Basquiat blähte die Wangen auf. »Und ist es dieser Fanke, der Abbie getötet hat?«

»Ja.«

»Und Peace?«

»Ja!«

»Und Suzie Lamplugh?«

Ich wollte etwas sagen, verzichtete jedoch ersatzlos. Ich erkannte plötzlich die Hoffnungslosigkeit der gesamten Situation. Es waren nicht nur die dienstlich verordneten polizeitypischen Scheuklappen, nein – Basquiat befand sich auf einem moralischen Kreuzzug. Sie wollte um jeden Preis, dass jemand für die Ermordung Abbie Torringtons bezahlte, und sie hatte bereits entschieden, dass ich derjenige sein würde.

Aber vielleicht war genau das der Punkt, an dem ich meinen Hebel ansetzen musste. Wenn ich sie dazu bringen könnte, nur für einen winzigen Augenblick die Möglichkeit in Erwägung zu ziehen, dass jemand anderer Abbie getötet haben könnte, dann schaffte ich es vielleicht, diesen gnadenlosen Arbeitseifer etwas Positives bewirken zu lassen.

»Die zweite Pistole«, sagte ich und zielte mit einem Finger auf Basquiat. Sie konnte sich mit diesem Finger absolut nicht anfreunden und gab Fields mit einem Kopfnicken ein Zeichen, woraufhin er meine Hand nahm und mit Nachdruck – vielleicht mit ein wenig zu viel Nachdruck – auf den Tisch legte. »Die Pistole, die Melanie Torrington getötet hat«, wiederholte ich und lehnte mich zur Seite, um an Fields' wenig attraktiver Figur vorbei den Blickkontakt mit dem weiblichen Detective Sergeant zu erhalten.

»Was ist damit?«

»Mittlerweile müssten sich die Kriminaltechniker eingehend damit befasst haben. Vergleichen Sie sie. Vergleichen Sie sie mit den Kugeln, die im Oriflamme verschossen wurden.«

»Was soll das beweisen?«, fragte Basquiat kühl.

»Das beweist verdammt noch mal gar nichts. Aber Peaces Pistole wird sich als die Waffe entpuppen, die Steve Torrington getötet hat. Ich wette, dass die zweite Waffe im Oriflamme zum Einsatz kam, und dass Sie Kugeln aus ihrem Lauf in der Wand hinter Peace finden werden. Oder vielleicht im Boden. Ich möchte nur, dass Sie mal darüber nachdenken. Mehr nicht. Lassen Sie sich meine Version des Geschehens nur mal durch den Kopf gehen. Okay, Sie werden mich unter Anklage stellen, ganz gleich, was ich sage. Aber sehen Sie sich die Ergebnisse der ballistischen Untersuchung an, und wenn sie zu dem passen, was ich beschrieben habe, dann überlegen Sie mal, ob ich wie ein Revolverheld im Wilden Westen mit zwei Pistolen auf Peace geschossen habe. Oder ob möglicherweise noch jemand anderer beteiligt war, und zwar sowohl im Haus der Torringtons als auch im Oriflamme, als Peace getötet wurde.

Und wenn Sie schon dabei sind, dann ziehen Sie doch gleich auch Erkundigungen über Anton Fanke ein. Bringen Sie in Erfahrung, ob er mit einem amerikanischen Pass eingereist ist. Er hat Abbie Torringtons Geist, und wenn Sie Ihren Job nicht richtig machen, wird er sie abermals töten – nur diesmal um einiges gründlicher. Diesmal hat er es auf ihre Seele abgesehen. Allein um die geht es in diesem Fall, Detective Sergeant. Also – denken Sie nur einmal darüber nach.«

Basquiat fixierte mich ein oder zwei Sekunden lang schweigend. Ich wartete. Es gab nichts mehr, was ich hätte tun oder sagen können.

»Detective Constable Fields?«, sagte sie schließlich.

»Ja, Sergeant?«

»Ich beschuldige diesen Mann – Felix Castor – des Mordes an Dennis Peace. Lesen Sie ihm seine Rechte vor.«

»Jawohl, Sergeant.«

Nun, mein Versuch hatte wenig Aussicht auf Erfolg gehabt. Richtig überrascht war ich nicht, sondern ich fühlte mich als totaler Versager und absolut hilflos. Basquiat stand auf, sammelte ihre Siebensachen ein und steckte den Kugelschreiber zurück in ihre Handtasche.

»Was ist mit meinem Telefonanruf?«, fragte ich ihren Rücken.

Sie drehte sich kurz um. »Dies ist ein Krankenhaus, Castor. Sie verfügen nur über ein einziges dieser mobilen Münztelefone auf Rädern, das sie durch die Abteilungen schieben. Ich sage einem der diensthabenden Polizisten Bescheid, dass sie darauf achten, wenn es in diese Richtung kommt. Sie kriegen Ihren Ihnen gesetzlich zustehenden Telefonanruf.«

»Denken Sie über meine Version des Tathergangs nach«, wiederholte ich noch einmal.

Das war ein Tick zu viel. Basquiat ließ die Aktenmappe, die sie sich gerade unter den Arm geklemmt hatte, wieder auf den Tisch fallen, wirbelte zu mir herum und raffte den dünnen Stoff meines Krankenhausnachthemds mit den Fäusten zusammen. Ihr Gesicht näherte sich meinem bis auf höchstens einen Zentimeter – was unter anderen Umständen vielleicht durchaus reizvoll hätte sein können, in diesem Moment jedoch nichts anderes als eine nackte Drohung war.

»Sagen Sie mir nicht, was ich zu tun habe«, fauchte sie. »In einer perfekten Welt wären Sie längst tot. Oder es gäbe in England Gefängnisse wie in Amerika, in denen Sie bereits an Ihrem ersten Tag zwei Dutzend Mal in den Arsch gefickt würden. Es gibt nichts, was Ihnen zustoßen könnte, das Sie nicht verdient haben. Absolut nichts. Also reizen Sie mich nicht noch mehr, als Sie mich verdammt noch mal schon gereizt haben. Oder ich bitte Fields, Ihren Kopf festzuhalten, während ich Ihnen die Zähne in den Hals trete.«

Detective Sergeant Basquiat ging hinaus, ehe ich mir eine zündende Erwiderung ausdenken konnte. Um ganz ehrlich zu sein, mir wollte auch nachher nichts Passendes einfallen.

✪

Wieder in der Sicherheitsabteilung ging ich meine Optionen durch und kam nicht weiter als bis null.

Ich befand mich im dritten Stockwerk, und alle Fenster waren vergittert. Das Türschloss war eine kinderleichte Angelegenheit, wenn ich mir einen Dietrich zurechtbog, aber die beiden Jungs in Blau, die davorstanden, waren ein echtes Hindernis. Und selbst wenn ich eine Möglichkeit fände, an ihnen vorbei zu kommen, würde mir das nicht viel helfen, sobald ich zur Fahndung ausgeschrieben wäre. Ich würde in einem weißen Krankenhausnachthemd um mein Leben rennen. Ohne Schuhe, ohne Unterhose, ohne Geld und ohne jemanden, den ich um Hilfe bitten könnte, wenn ich es denn schaffen sollte, zu Fuß dorthin zu kommen.

Es musste eine andere Möglichkeit geben. Und ich musste sie schnell finden.

Irgendwann im Laufe des Nachmittags hämmerte ich gegen die Tür und verlangte abermals mein Telefongespräch. Der Polizist, von dem ich es verlangte, sah so gelangweilt und desinteressiert aus, dass es mir wie ein Wunder vorkam, dass er überhaupt wach war. Er meinte, er würde sehen, was er tun könne. Eine halbe Stunde später unternahm ich einen zweiten Versuch – mit dem gleichen Ergebnis.

Eine halbe Stunde danach kam Basquiat zurück. Ohne Fields. Einer der Uniformierten schloss die Tür auf, und sie trat ein und nickte ihm kurz zu. Er schloss die Tür hinter ihr ab.

Ich saß auf dem einzigen Stuhl im Raum und las in einer zwei Jahre alten Ausgabe von *What Car?*. Ich klappte sie zu und warf sie aufs Bett. »Ford bringt den Escort wieder zurück auf den Markt«, meinte ich. »Das ist eine gute Nachricht für alle Familien mit zwei Komma vier Kindern.«

»Seien Sie still«, sagte Basquiat. »Okay, Sie hatten recht mit der anderen Pistole, und ich gebe zu, dass es ein wenig seltsam ist. Und was diesen Fanke betrifft, der soll sich angeblich in Belgien aufhalten, aber dort können wir ihn nicht ausfindig machen. Alles, was wir von einer Menge netter Leute zu hören kriegen, ist, dass er gerade abgereist sei oder jeden Moment eintreffen müsse.

Wir haben außerdem feststellen können, dass gestern noch mindestens vier andere Männer in dem ausgebrannten Club waren. Ich gehe bislang von der Annahme aus, dass sie allesamt Freunde von Ihnen waren – aber nur der Vollständigkeit halber erzählen Sie mir von Anton Fanke. Wenn möglich mit weniger als fünfzig Worten.«

»Er ist ein Satanist«, antwortete ich. »Er hat in Amerika eine Satanistenkirche gegründet. Er hat Abbie Torrington aufgezogen, um sie später als Menschenopfer darzubringen, aber Peace war der Vater und hatte etwas dagegen, als er erfuhr, was geplant war. Daraus ergab sich alles andere, was nachher geschah.«

»War Fanke in diesem – wie immer Sie es genannt haben? An dem Ort, wo wir Sie fanden?«

»Ja.«

»Waren Sie und Peace dort mit ihm verabredet?«

»Nein. Er hat mich als Spürhund benutzt.« Basquiat sah mich ausdruckslos an, daher verzichtete ich darauf, diesen Vergleich näher zu erläutern. »Meine Vermieterin, Pen Bruckner, hat ihn dorthin geschickt. Ich hatte sie angerufen und gebeten, Antibiotika für Peaces Verletzungen zu besorgen. Sie wandte sich an Fanke, der sich seinerzeit als Arzt ausgab. Vielleicht ist er auch tatsächlich Arzt. Ganz gewiss sind einige seiner Freunde offenbar in der Lage, ohne Probleme verschreibungspflichtige Medikamente zu beschaffen. Jedenfalls versprach er Pen, vorbeizukommen und zu helfen, und sie glaubte ihm. Sie führte Fanke direkt zu uns. Oder eher zu Peace, denn das war es, was er von Anfang an wollte.«

»Peaces Verletzungen.«

»Wie bitte?«

»Sie sagten, Sie brauchten Medikamente für Peaces Verletzungen. Wie kam es dazu?«

Ich zögerte. Ich hatte sie so weit, dass sie mich ernst nahm, zumindest ernst genug, um mir zuzuhören, und ich wollte ihre Bereitschaft, mir Glauben zu schenken, nicht über Gebühr belasten, indem ich ihr von katholischen Werwölfen erzählte.

»Einige Typen haben ihm außerhalb der *Thames Collective* aufgelauert«, sagte ich und äußerte mich nicht zum Wer und Warum und zu den Folgen. »Sie können Reggie Tang nach den Einzelheiten fragen. Er muss vom Boot aus einiges von dem beobachtet haben, was geschah.«

»Okay. Gehen wir davon aus, dass ich das Ganze halbwegs schlucke, zumindest einstweilen. Wo ist Fanke jetzt?«

Ich breitete die Arme aus. »Das weiß ich nicht«, gestand ich. »Setzen Sie ein paar Exorzisten darauf an, Basquiat. Mich natürlich nicht. Nehmen Sie jemanden, den die Metropolitan Police zu Mordfällen hinzuzieht. Verschaffen Sie sich irgendetwas, das Abbie gehört hat und sie auf ihre Spur bringt. Peace hatte mich im Dunkeln tappen lassen, weil das Oriflamme über eine wirksame Tarnung verfügte. Aber sie ist nicht mehr im Oriflamme, daher dürfte sie leichter zu finden sein, es sei denn …«

Ich beendete den Satz nicht. Es sei denn, es wäre bereits zu spät. Es sei denn, Abbie wäre für eine Wiederholung des Rituals vom vorangegangenen Samstag benutzt worden.

Basquiat hatte wieder das Wort ergriffen. Ich musste Überlegungen in diese irritierende Richtung vermeiden und mich auf das Nächstliegende konzentrieren. »Wissen Sie, wo wir etwas finden können, das Abbie besessen hat?«, fragte sie mich.

»Ja«, erwiderte ich. »Das tue ich. Und bedenken Sie, dass ich es Ihnen sicher nicht verraten würde, wenn ich schuldig wäre – denn das würde mich erst recht als Schuldigen dastehen lassen.«

»Reden Sie weiter.«

»In meinem Büro in der Craven Park Road – neben diesem Kebabrestaurant, das ich erwähnte. Dort befindet sich ein schwarzer Plastiksack voll Spielzeug und Kleidung. All das …«

»Wir haben Ihr Büro bereits überprüft«, unterbrach Basquiat und brachte mich mit einer Handbewegung zum Schweigen. »Die Tür war aufgebrochen, und alles wurde sehr gründlich durchsucht. Dort war nichts.«

Verdammt. Ich suchte nach einer Inspiration. »Mein Mantel«, sagte ich schließlich. »In einer Tasche befand sich der Kopf einer Puppe …« Basquiat schüttelte den Kopf. Es sah so aus, als hätte Fanke mich auf der ganzen Linie durchschaut und jeden meiner Schritte vorausgesehen.

Oder vielleicht auch nicht. Ich erinnerte mich an die goldene Kette, die um Peaces Handgelenk gewickelt war. Ziemlich fest sogar, und er hatte sie krampfhaft festgehalten, weil sie bereits gerissen war, als Peace sie in der Versammlungshalle vom Hals des toten Mädchens gezerrt hatte.

»Als Ihre Männer das Oriflamme auf den Kopf gestellt

haben«, sagte ich, »fanden sie irgendwelche Glieder einer goldenen Halskette?«

Basquiats Augen verengten sich kaum merklich. Sie schüttelte den Kopf.

»Dann schauen Sie noch einmal nach. Sie sind klein genug, um übersehen zu werden. Und vielleicht sind sie auch in einen Spalt im Holzfußboden gerutscht, oder sie haben sich in einer Naht von Peaces Kleidung verhakt. Die Kette hat ihr – Abbie – gehört. Sie hat sie zu Lebzeiten jeden Tag getragen. Und sie war zerrissen, daher können ein oder zwei Glieder bei dem Kampf …«

Die Detektivin stand eilig auf, ging zur Tür und schlug mit der Faust dagegen. »Ich gehe nicht so weit zu sagen, dass ich Ihnen glaube«, meinte sie über die Schulter zu mir. »Ich sage nur, dass ich es überprüfen werde.«

»Tun Sie es schnell«, riet ich ihr. »Beeilen Sie sich. Ich weiß, dass Sie Abbie bereits als verstorben verbucht haben. Aber was Fanke vorhat, ist für sie noch schlimmer.«

»Ich sagte, dass ich es nachprüfen werde.«

»Lassen Sie mich telefonieren!«, rief ich ihr nach. »Basquiat, lassen Sie mich verdammt noch mal endlich telefonieren!«

Die Tür fiel krachend ins Schloss.

Aber diesmal hatte sie zugehört – und eingelenkt. Kaum zehn Minuten später ging die Tür wieder auf, und ein Pfleger in weißem Kittel schob das Münztelefon auf einem Wagen herein. Er ging gleich wieder hinaus, und der Polizist, der die Tür geöffnet hatte, sah mich gespannt an.

»Ich habe kein Geld«, erinnerte ich ihn.

Er musterte mich trotzig. »Es gibt keine Vorschrift, die besagt, dass ich Ihnen helfen muss, Sie unverschämter Wichser«, knurrte er.

»Detective Sergeant Basquiat gibt Ihnen das Geld zurück«, versicherte ich ihm. »Und im Gegenzug wird sie Ihnen wahrscheinlich die Eier abreißen, wenn ihre Verhaftung in die Hose geht, weil Sie mir nicht zu meinen mir zustehenden Rechten verholfen haben.«

Der Cop wühlte in seiner Hosentasche und holte eine Handvoll Silbermünzen hervor, die er auf den Fußboden warf. »Bedienen Sie sich«, sagte er und ging hinaus. Der Schlüssel drehte sich im Schloss.

In einem Drahtkorb unter dem Telefon lag ein Branchentelefonbuch. Ich schaute unter »Römisch-katholische Kirchen« nach, fand dort nichts, wurde jedoch unter »Religiöse Organisationen« fündig. Es gab dort einige Adressen, die vielversprechend aussahen. Ich entschied mich schließlich für ein Seminar in Vauxhall. Ich wählte die Nummer, und die Stimme eines Mannes meldete sich. »Pater Braithewaite«, mit leicht affektiertem Tonfall.

»Guten Abend, Pater«, sagte ich. »Könnten Sie mir vielleicht behilflich sein? Ich brauche die Telefonnummer einer Bibelforschungsorganisation, die, soweit ich mich erinnere, in Woolwich residiert. Sagt Ihnen das irgendetwas?«

»In der Tat«, sagte Father Braithewaite sofort. »Das müsste die Douglas Ignatieff Stiftung sein. Die Telefonnummer kann ich Ihnen sicherlich nennen – in meinem Bücherregal stehen mehrere Publikationen der Stiftung. Warten Sie einen Moment.«

Ein Klappern erklang, als der Telefonhörer abgelegt wurde, gefolgt von Rascheln, Scharren, Poltern, das verdammt lange andauerte. Schließlich, als ich schon auflegen wollte, um mein Glück woanders zu versuchen, meldete sich der Geistliche wieder.

»Hier habe ich sie«, sagte er und gab mir eine Nummer durch. Da ich nichts zum Schreiben zur Verfügung hatte, bat ich ihn, die Nummer zu wiederholen, damit ich sie mir einprägen konnte.

Nachdem ich mich bei Pater Braithewaite bedankt hatte, unterbrach ich die Verbindung und wählte die neue Nummer. Es war die richtige Verbindung, aber alles, was ich zu hören bekam, war eine Tonbandansage und die Aufforderung, eine Nachricht auf dem Anrufbeantworter zu hinterlassen.

Nun, wer A sagt … »Hier ist Castor«, sagte ich, »und meine Nachricht ist für Father Gwillam von den Anathemata Curialis bestimmt. Er möchte bitte diese Nummer anrufen. So bald wie irgend möglich, denn die Uhr tickt. Falls er immer noch nach Dennis Peace suchen sollte, bestellen Sie ihm, dass die Spur erkaltet ist. Und zwar im wörtlichen Sinne. Der einzige Weg, an Abbie Torrington heranzukommen, führt jetzt über mich.«

Ich legte auf und war gespannt, wie lange ich wohl warten müsste, wobei ich hoffte, dass niemand käme und mir das Telefon wegnahm, ehe mein Anruf erwidert wurde. Und dass dies nicht eines jener raffinierten Münztelefone war, mit denen kein Anruf entgegengenommen werden konnte.

Meine Befürchtung war unbegründet. Nach etwa fünfzehn Minuten klingelte das Telefon, und ich nahm den Hörer nach dem ersten Klingeln von der Gabel. Wenn die Polizisten vor der Tür das Geräusch gehört haben sollten, so reagierten sie nicht.

»Hallo?«, meldete ich mich.

»Mister Castor?«

Ich erinnerte mich an die nüchterne Stimme. Vergessen hatte ich jedoch ihre geradezu unmenschliche, puritanische Gelassenheit.

»Ja.«

»Hier ist Gwillam. Was kann ich für Sie tun?«

Ich erklärte es ihm, und er lachte ohne einen Anflug von Humor. Es hörte sich an wie das Lachen einer Leiche.

»Haben Sie sonst noch einen Wunsch?«, fragte er, wobei die Ironie der Frage es nicht bis in die gnadenlos gleichförmige Stimme schaffte. »Sollen wir vielleicht für irgendeinen Ihrer verstorbenen Angehörigen ein gutes Wort einlegen? Oder sollen wir Ihnen von unterwegs eine Pizza …«

»Über die Einzelheiten reden wir später, Gwillam«, unterbrach ich ihn, da ich wenig Lust auf Smalltalk hatte. »Tun Sie einstweilen, um was ich Sie bitte, und lassen Sie die Hunde los.«

Ich legte so heftig auf, dass der Hörer einen Sprung bekam.

19

Ich kann nicht gut warten. Das konnte ich noch nie. Ich habe Leute kennengelernt, die können sofort in den Zen-Modus umschalten, wenn nichts im Gange ist, und sich mental in den Winterschlaf versetzen, bis der Toast aus dem Schlitz hüpft. Ich neige dazu, nach einer Weile Wände zu traktieren – oder, wenn keine Wände in der Nähe sind, andere Leute.

Basquiat hatte mir meine Uhr gelassen, was entweder ein seltenes Zeichen von Menschlichkeit oder die raffinierteste, hinterhältigste Art von Folter war. Ich schaute während der nächsten Stunden so oft nach der Zeit, dass das Uhrglas vom ständigen Daraufstarren löchrig geworden sein musste.

Der Tag schleppte sich dahin wie ein Gletscher, der sich mit den Fingernägeln mühsam einen Berghang hinabzieht. Ich konnte mich nicht schon wieder in die Autozeitschrift vertiefen, daher stützte ich mich mit den Ellbogen auf die Fensterbank und schaute rüber nach Highgate Hill, wo die Sonne in extremem Zeitlupentempo unterging und den Himmel über dem Grab von Karl Marx so rot aufleuchten ließ, dass sogar er seine Freude daran gehabt hätte.

Vielleicht war dieser rote Himmel eine Art Omen – mit der Deutung war ich jedoch eher vorsichtig. Kurz bevor die Sonne den Horizont berührte, ertönte so etwas wie ein göttliches

Händeklatschen, gefolgt von einem windspielartigen Klirren berstenden Glases.

Überall im Haus gingen die Feuermelder los und natürlich auch der vor meiner Tür, der jedes andere weiter entfernte Geräusch übertönte. Ich spürte jedoch die Schwingungen rennender Füße. Dann, unmittelbar danach, ertönten laute Rufe draußen im Korridor. Ich hörte irgendeine gebellte Drohung oder Warnung, die abrupt abgeschnitten wurde, als etwas mit genügend Wucht gegen die Tür prallte, um die obere Angel herauszubrechen.

Die Tür neigte sich ein paar Zentimeter nach innen, dann ließ ein zweiter heftiger Stoß sie in den Raum fallen und haarscharf an meinem Gesicht vorbei zu Boden krachen. Einer der uniformierten Polizisten begleitete sie auf ihrem Weg abwärts, offensichtlich bewusstlos, obgleich seine glasigen Augen noch halb geöffnet waren. Auch wenn es der Beamte war, der sein Kleingeld vor mir auf den Boden geworfen hatte, so dass ich auf allen vieren herumkriechen musste, um es einzusammeln, verspürte ich einen Anflug von Mitleid. Aber das ging schnell vorbei.

Die Werwölfe, Zucker und Po, stiegen über den Körper. Zucker hatte seine menschliche Form angenommen – oder das, was bei ihm als menschliche Form durchging. Po war ein monströser Fleischberg. Die Reste eines zerfetzten Hemds hingen hier und da in Streifen von seinem massigen Oberkörper herab. Eine unmögliche Ansammlung gelbweißer Fangzähne prangte in seinem Gesicht und zog meine Blicke derart zwingend an, dass alle anderen Merkmale verschwammen, während er an mir vorbeiging, um sich zu vergewissern, dass der unglückliche Cop in allernächster Zeit nicht mehr auf die Beine kam.

Zucker bedachte mich mit einem furchterregenden Grinsen.

»Wir waren gerade in der Nähe«, sagte er. »Ich dachte, wir schauen mal kurz herein.«

»Und ich habe keinen Kuchen, zu dumm«, murmelte ich.

»Wir essen keinen Kuchen. Musst du noch irgendetwas mitnehmen?«

Ich schüttelte den Kopf. Ich hätte liebend gern meine eigenen Kleider zurückgehabt, aber ich hatte keine Ahnung, wo Basquiat sie deponiert hatte. Ich musste wohl ohne sie auskommen.

Po beugte sich drohend über mich, und Zucker warf ihm einen warnenden Blick zu. »Kennst du diesen olympischen Wettbewerb, wo die Leute ganz schnell gehen?«, wollte er von mir wissen.

»Ich habe schon davon gehört.«

»Nun, genau das wirst du jetzt tun. Wenn du rennst, dann wird mein Freund dich niederstrecken, dir auf den Kopf treten und die Gedärme aus dem Leib reißen. So was macht er gern. Aber wir sind in Eile. Also – so schnell du kannst, aber ohne zu rennen.«

Zucker machte kehrt und verließ den Raum. Ich folgte, und Po bildete die Nachhut wie eine wandelnde Mauer. Außer dass Mauern meistens Graffiti und keine Wirbelsäulen, Fangzähne und geifernde Schnauzen haben.

Der andere Cop lag zusammengesunken im Korridor. Die verstreuten Seiten einer rosafarbenen Rennzeitung entlarvten seine laxe Dienstauffassung. Nicht dass seine Chancen viel besser gewesen wären, wenn er die *loup-garous* hätte kommen sehen. Ich hatte den Verdacht, dass man etwas in der Größenordnung einer Haubitze brauchte, um Po auch nur leicht abzubremsen.

Der Alarm übertönte noch immer alles andere. Von irgendwoher kam mir der Gedanke, dass es sich um ein routinemäßiges Notsignal handelte, aber als wir die kurze Treppe am Ende des Korridors erreichten, erkannte ich, dass das Gebäude tatsächlich in Flammen stand. Zumindest war das Stockwerk unter uns voller Rauch, der in sichtbaren Schwaden in der Luft lag, und es herrschte ein ätzender Geruch, der einem jede Freude am Atmen nehmen konnte.

Wir gelangten in einen offenen Bereich mit Stühlen und Sesseln – offenbar eine Wartezone für eine der Spezialabteilungen des Whittington. Zucker zögerte, dann deutete er zum anderen Ende des Raums und schlug diese Richtung ein. Ich folgte ihm halb rennend, halb gehend. Ich wollte nicht, dass Po mich von hinten niedertrampelte, und noch weniger wollte ich, dass er mich im Geiste als Gummiknochen betrachtete.

Vor uns erschienen drei Fahrstuhltüren. Zucker drückte bei allen auf den Abwärts-Knopf, und die mittlere Tür glitt sofort auf. Po versetzte mir einen Stoß und ich stolperte in die Kabine. Zucker schaute sichernd nach links und rechts, dann kam er rückwärtsgehend ebenfalls herein und drückte auf den Parterre-Knopf.

»Wenn der Strom ausfällt, werden wir hier drin geröstet«, sagte ich zu ihm, wobei sich mir bei dem Gedanken leicht der Magen umdrehte. Ich leide ein wenig unter Klaustrophobie, die ab und zu hervorbricht, wenn ich mich zusammen mit halbmenschlichen Ungeheuern, die riechen wie alte, feuchte Teppiche, in geschlossenen engen Räumen aufhalte.

»Kein Problem«, erwiderte Zucker knapp. »Vertrau mir.«

Die Türen glitten wieder auf, und wir verließen schnell die Kabine und gelangten in einen breiten Flur. Zucker hatte noch immer die Führungsposition. Das Parterre war fast so etwas wie eine Vision der Hölle. Der Rauch war hier dichter und beschränkte meine Sichtweite auf Armeslänge, und der ätzende Geruch war stärker. Außer dem Alarm waren zahlreiche andere Laute zu hören: Schreie, gebrüllte Befehle, das Scharren und Trommeln von Füßen in Stiefeln. Keine Schrittgeräusche hinter mir, dachte ich. Ich drehte mich um und sah, dass Pos Füße genauso nackt waren wie meine. Die letzten Reste seiner Kleidung waren abgefallen und mit ihnen das, was auch immer an lächerlich geringer Chance für ihn bestanden haben mochte, als Mensch betrachtet zu werden. Selbst wenn er sein umherirrendes Fleisch unter Kontrolle bekommen sollte, wäre er splitterfasernackt.

Ich kollidierte mit einem Rollstuhl, der mitten im Korridor stand, und fiel beinahe aufs Gesicht. Po knurrte warnend. Er verstand mein Straucheln offenbar als Provokation. »Wie kommen wir hier raus?«, rief ich hinter Zucker her, der ein paar Meter vor uns war, da er keine Angst haben musste, wichtige Gliedmaßen und Organe zu verlieren.

»Vertrau auf Gott«, empfahl er. Ich sah ihn fragend an, aber er setzte seinen Weg durch den Korridor fort, ohne einen Blick hinter sich zu werfen, so dass ich nichts anderes als seinen Hinterkopf sehen konnte. In seiner Stimme lag nicht eine Spur von Ironie.

»Das ist gewöhnlich keine Option für mich.«

»Aber jetzt bist du in seiner Hand.«

Eine Doppeltür erschien vor uns. Zucker öffnete sie mit einem Fußtritt und ging hindurch in eine Art Atrium. Die höhere Decke brachte die Dämpfe in hypnotischen Wirbeln zum Tanzen wie geronnene Milch in schwarzem Kaffee. In meinem Kopf drehte sich alles, mein Magen revoltierte. Keiner der *loup-garous* schien dadurch beeinträchtigt zu werden.

Ich verlor Zucker praktisch sofort aus den Augen, aber er war nicht weit gegangen. Als ich ihm folgte, schoss seine Hand aus dem Nebel und packte mein Handgelenk. Seine Stimme erklang dicht an meinem Ohr.

»Bleib schön in meiner Nähe«, murmelte er. »Wenn wir dich zurücklassen müssen, wäre es okay, dich zu töten, wurde uns gesagt. Po hofft, dass es dazu kommt, aber ich halte mich lieber so lange wie möglich ans Drehbuch.«

Ich fragte mich plötzlich, wie Zucker wohl aussah, wenn er seine Tiergestalt annahm. Offensichtlich verfügte er über eine bessere Selbstkontrolle als sein Partner. Ich entschied, dass ich lieber nicht in der Nähe sein wollte, wenn diese Selbstkontrolle plötzlich versagte.

Er zog mich hinter sich her durch das gewittergraue Halbdunkel. Ich nahm an, dass Po immer noch bei uns war, aber ich konnte ihn nicht mehr sehen. Ich konnte überhaupt nichts mehr sehen. Es schien, als brenne der gesamte Bau, obgleich mir schlagartig einfiel, dass ich bisher noch keine Flammen gesehen oder Hitze gespürt hatte.

Plötzlich tauchte ein Gesicht aus den Rauchschwaden auf: ein Wachmann in Uniform, der wirkungslos mit einer Taschenlampe herumfuchtelte, die nichts erhellte als wallenden Rauch. Der Wachmann sah uns, während wir ihn sahen, und öffnete den Mund, um etwas zu rufen.

Po machte einen Satz mehr oder weniger über meinen Kopf hinweg und landete auf der Brust des Mannes. Dieser ging wie vom Blitz getroffen zu Boden. Dann hatte sich Zucker schon auf Po gestürzt und rang mit ihm. »Lass ihn in Ruhe!«, schnappte er. »Lass ihn, Bruder! Gott soll ihn finden! Gott soll richten!« Ein Knurren erklang, dann ein Rascheln und Poltern und schließlich ein lauter Schrei von Po.

Für einen kurzen Moment dachte ich daran, ihnen zu entwischen. Das hätte mein Leben um einiges einfacher gemacht. Aber als ich in der stinkenden Düsternis zur Seite trat und der schrille Alarm meine Gedanken verwirrte, prallte ich gegen eine Mauer. Dann brach der Alarm ab, abrupt und völlig unvorbereitet, und hinterließ ein beängstigendes Vakuum der Stille, das sich sofort ausbreitete und jeden Winkel und jede Nische für sich beanspruchte. Nachhallende Echos erstarben und wurden von dem sämtlichen Schall erstickenden Nebel verschluckt.

Zuckers Hand krallte sich in meine Schulter, nachdem jeglicher Streit, den er mit Po gehabt hatte, vermutlich beigelegt war.

»Hier entlang«, sagte er mit einem warnenden Unterton.

Wir gingen weiter. Etwas Kaltes und Körniges befand sich unter meinen Füßen. Für einen Moment war ich nicht sicher, was es war, dann hörte ich ein Knirschen, das unter Zuckers Schuhsohlen hervordrang, und ich begriff, dass ich über Glasscherben lief. »Verdammt!«, protestierte ich. Zucker brachte mich mit einem Zischen zum Schweigen. Meine Stimme klang in der plötzlichen Stille unanständig laut.

Zwei Augen öffneten sich im Dunst vor uns. Leuchtende gelbe Augen, gut zwei Meter voneinander entfernt. Ein Motor kam auf Touren. Zucker winkte, und die Augen blitzten auf: Scheinwerfer, volle Leistung. Aber wir befanden uns noch immer innerhalb des Gebäudes.

Weitere, nicht eindeutig erkennbare Gestalten stolperten durch die Dunkelheit rechts von uns. Jemand rief etwas, und ich sah den nächsten Lichtstrahl aufflammen. Zucker schnippte mit den Fingern, und ehe ich begriff, dass es ein Signal war, hob Po mich hoch. Er rannte hinter Zucker her, zuerst nach links, dann an den Lichtquellen vorbei. Die Seitenwand eines Fahrzeugs erschien neben uns, mattweiß, und zwei metallische Klirrlaute erklangen kurz hintereinander. Dann wurde ich unsanft abgelegt, nicht auf den mit Glasscherben übersäten Boden des Atriums, sondern ins Heckabteil eines Lieferwagens, zumindest war das mein erster Eindruck. Die beiden *loup-garous* drängten sich nach mir herein, und wir setzten mit waghalsigem Tempo zurück. Zucker zog die Türen mit einem ohrenbetäubenden Knall zu, dann schwang das Fahrzeug mit quietschenden Reifen herum.

»Mach zwei«, bellte Zucker und schlug mit der Faust zweimal gegen das Wagendach.

Und wir starteten derart rasant durch, dass ich nach hinten geworfen wurde, als ich es gerade geschafft hatte, mich halbwegs auf Händen und Knien aufzurichten. Eine Sirene gab einen klagenden Ton von sich, während der Fahrer aufs Gaspedal trat und das Tempolimit zu einer vagen Erinnerung verblasste.

Ich drehte den Kopf und erblickte die Bahre mit ihren Rollsperren, die medizinischen Instrumente an der Wand, die Sauerstoffflaschen, die in ihren Halterungen festgezurrt waren. Wir befanden uns in einem Krankenwagen. Die hinterlistigen Kerle hatten einen Rettungswagen gekapert.

Auf einem Klappsitz neben der Bahre saß ein dritter Mann. Er war stämmig, hatte ein streitlustig gerötetes Gesicht und jene Art von Haar, das – obgleich lang und sogar üppig – gut fünf Zentimeter unterhalb der Schädeldecke begann und auf dem Schädeldach eine runde glänzende Landefläche für Mücken freiließ. Er trug eine Motorradjacke und zerschlissene Jeans, die aussahen, als wären sämtliche Risse zufällig entstanden und auf eine natürliche Ursache zurückzuführen und nicht künstlich in einer Fabrik erzeugt worden. In der Hand hielt er eine Pistole mit einem derart langen Schalldämpfer, dass man auf einen Hang zu verzweifelter Überkompensation tippen musste. Sie war auf meinen Kopf gerichtet.

»Ich bin Sallis«, sagte er mit einer Stimme so rau wie sein Gesicht. »Ich bin für heute Abend deine Stewardess, und wenn du auch nur die Andeutung einer einzigen falschen Bewegung machst, verpasse ich dir ein richtig langsames .22er Hohlspitzgeschoss in den Schädel. Danach müssen sie das, was von deinem Gehirn noch übrig ist, durch deine Nase ausgießen.«

»Welcher Film läuft im Bordkino?«, fragte ich ihn, und er stocherte mit dem Ende des Schalldämpfers an meiner Wange herum, als wollte er mir damit sagen, dass ihm gar nicht gefiel, dass ich auf seine Stegreif-Nummer einging.

»Bleib einfach liegen«, erklärte Zucker und klang ein wenig entspannter, da der schwierige Teil – für ihn jedenfalls – erledigt war. Der Krankenwagen schlingerte von einer Seite zur anderen, während wir uns durch die engen Straßen schlängelten, so dass sich der *loup-garou* an eine Haltestange klammern musste, um nicht umgeworfen zu werden. Irgendwie ließ ihn das um einiges menschlicher erscheinen. »Du redest mit niemandem hier drin, auch nicht mit mir. Reden ist dir nur gestattet, wenn dir eine direkte Frage gestellt wird. Okay? Nick einfach.«

Ich zuckte die Achseln. Es kam mir fast drollig vor, mit einer Pistole in Schach gehalten zu werden, während Po neben mir hockte wie ein Sack voller Muskeln mit einem Satz dekorativer Zähne.

»Das war kein Nicken«, sagte Zucker streng.

»Sie haben nicht ›Simon sagt‹ gesagt«, erklärte ich.

Sallis verpasste mir einen Fußtritt in die Rippen, aber trotz ihrer Drohungen und ihres betont brutalen Auftretens hatten sie eindeutig den Befehl, mich weder tot noch allzu ramponiert abzuliefern. Darauf verließ ich mich – nämlich auf die Tatsache, dass Gwillam mir noch einige Fragen stellen wollte, ehe er eine endgültige Entscheidung hinsichtlich meiner Beseitigung traf. Andernfalls hätte ich mehr auf mein Benehmen geachtet und versucht, einen besseren Eindruck zu hinterlassen.

✪

Ich hatte reichlich Zeit nachzudenken, während wir mit halsbrecherischem Tempo durch die einbrechende Dunkelheit rasten. Es hatte natürlich gar nicht gebrannt. Die *loup-garous* hatten lediglich ein paar Rauchgranaten aus dem Krankenwagen geschleudert, als sie durch die großen Panoramafenster in der Fassade des Gebäudeblocks mit der Notaufnahme gerauscht waren. Der ätzende Geruch stammte von einem Cocktail aus Formaldehyd und Kohlenmonoxid – und vielleicht auch Treibgasen, wenn sie die verdammten Dinger tatsächlich aus einem Granatwerfer abgefeuert hatten.

Eigentlich logisch. Die Anathemata würden niemals etwas so Unüberlegtes tun, wie ein Krankenhaus in Brand zu setzen – aber gezielt Panik zu erzeugen, gehörte durchaus zu ihrem Maßnahmenkatalog. Falls während der dadurch ausgelösten Massenflucht tatsächlich jemand den Tod finden sollte, würde Gwillam sicherlich das entsprechende Formular ausfüllen und veranlassen, dass für das oder die armen Opfer eine Messe gelesen würde. Worauf man sich bei den Katholiken stets verlassen konnte, war ihr organisatorisches Geschick.

Aber dies waren natürlich *Ex*-Katholiken: als Organisation geächtet und als Individuen exkommuniziert. Wozu machte sie das? Zum päpstlichen Äquivalent des *Mission Impossible*-Teams, vielleicht. Ganz sicher zu Fanatikern. Derart überzeugt, für das Gute zu kämpfen, dass sie wahrscheinlich die Befehle ihrer eigenen Anführer, den Kampf zu beenden, ignorieren würden. Das machte das, was ich hier tat, gefährlicher und zweifelhafter.

Fanatiker sind unberechenbar und tun gerne das, was man am wenigsten von ihnen erwartet. Sie betrachten die Welt unter einem völlig anderen Aspekt als diejenigen, die als normal gelten, und das muss man stets im Hinterkopf behalten, wenn man versucht, sich mit ihnen auseinanderzusetzen. Noch besser wäre es, man gibt sich von vornherein geschlagen und versucht es gar nicht erst.

Ich hatte Gwillam nur deshalb angerufen, weil mir keine anderen Möglichkeiten einfielen und weil ich Basquiat nicht gut genug kannte, um ihr zu trauen. Vielleicht war sie vernünftig genug, die Wahrheit zu erkennen, wenn sie ihr ins Gesicht sprang, aber vielleicht auch nicht. Auf jeden Fall würde ich mein Leben nicht darauf verwetten; oder Abbies Seele. Oder meinen eigenen Hintern, was das betraf. Auch ein cleverer Cop war immer noch ein Cop mit allem, was sich zwangsläufig daraus ergab.

Wir wurden langsamer, beschleunigten dann wieder. Dieser Prozess wiederholte sich während der nächsten Minuten mehrmals. Selbst mit der Sirene und dem Blaulicht, das wahrscheinlich eingeschaltet war, um uns Platz zu verschaffen, konnten wir gegen den Londoner Verkehr nur wenig ausrichten. Irgendwann, als wir in einen Stau gerieten, den wir auch mit unserer geliehenen moralischen Autorität nicht umgehen konnten und der uns ein nervtötendes Kriechtempo aufzwang, spannte Zucker sich plötzlich, und Po gab einen Laut von sich, der zwischen einem zähneknirschenden Fluch und dem gequälten Jaulen einer Katze angesiedelt war. Ich wusste, was es bedeutete, und es lieferte mir einen groben Hinweis darauf, wie weit wir gekommen waren. Es versetzte mich auch in Staunen, welche Qualen die *loup-garous* zu ertragen bereit waren, um ihren Auftrag ordnungsgemäß auszuführen. Wir überquerten den Fluss. Es musste für sie die reinste Folter sein. Fließendes Wasser ist für Werwesen so etwas wie ein intravenöses Säurebad, und sie ließen es stoisch ruhig über sich ergehen.

Nun, nicht ganz stoisch ruhig. Ich bemerkte, wie sich Pos Klauen in den Kunststoff der Antirutschmatten auf dem Wagenboden krallten und ihn zerfetzten. Er hatte den Kopf gesenkt, sein Atem kam in kurzen, harten Stößen. Zucker lehnte sich an die Bahre, hatte die Augen geschlossen und einen glänzenden Schweißfilm auf dem bleichen Gesicht.

Dies wäre eine gute Gelegenheit gewesen, eine tollkühne Flucht zu versuchen, aber der Bursche, der sich als Sallis vorgestellt hatte, war sich dessen genauso bewusst wie ich. Er rammte den Pistolenlauf zwischen meine Schulterblätter und behielt ihn dort, bis Zucker wieder auf dem Damm war. Ob es mir gefiel oder nicht, ich musste die Fahrt bis zum Ende mitmachen.

Ein paar Sekunden später ging es abrupt abwärts, begleitet von einer heftigen Erschütterung, da die Federung mit dieser Belastung nicht richtig fertig wurde, dann rumpelten wir über einige nicht passgenau eingesetzte Stahlgitter, die unter unseren Rädern quiekten wie ein Käfig voller Ratten, und kamen zum Stillstand. Zucker stieß die Türen auf. Er stieg als Erster aus, und das solide Geräusch, als er die Füße draußen auf den Boden setzte, hatte ein seltsames Echo. Die Dunkelheit war undurchdringlich. Po raffte sich auf und wälzte sich mit gespenstischer, lautloser Eleganz hinaus in die Nacht, dann drehte er sich um und sah mich an. Sallis wedelte mit der Pistole und teilte mir auf diese Weise mit, dass ich als Nächster dran sei.

Ich stieg aus dem Krankenwagen und schaute mich um. Meine Nachtsicht reichte noch nicht aus, um zu erkennen, in was ich stand, aber da war wieder dieses Echo von irgendwo aus nächster Nähe. Jedes Füßescharren auf Zement, jedes Knacken und Knarren aus dem Motor des Krankenwagens, der in der nächtlichen Kälte schnell abkühlte, hatte einen aufmerksamen Zwilling, der aus der Dunkelheit kam und sich mit ihm vereinte.

Ein Rechteck schmuddelig gelben Lichts öffnete sich vor uns, und mit seiner Hilfe konnte ich erkennen, was ich längst vermutet hatte. Wir befanden uns in einem düsteren Raum, der in seiner Ausdehnung enorm war, gleichzeitig jedoch so niedrig wie die Katakombe einer Kirche. Weiße Linien auf dem Boden, parallel verlaufend und mit jeweils gleichem Abstand, verrieten noch mehr. Es war keine unterirdische Kirche, sondern eine Tiefgarage. »Schafft ihn rein«, sagte eine kalte Stimme, die so tot und tonlos war, dass sie kaum ein Echo hervorrief. Eine Hand – wahrscheinlich Sallis' – packte meine Schulter von hinten, und ich wurde nach vorn gestoßen, während Zucker und Po mich in die Mitte nahmen.

Wir gingen durch eine Tür in ein Treppenhaus mit kahlen Betonwänden. Pater Gwillam schloss, wie ich erkennen konnte, eine Feuerschutztür und schob mit einiger Mühe, wie ich seinem gepressten Seufzer entnehmen konnte, den Riegel wieder vor. Dann drehte er sich zu mir um.

»Schön, Sie wiederzusehen, Castor«, murmelte er. »Endlich auf der Seite der Engel.«

»Noch bin ich unentschieden«, bremste ich ihn.

Gwillam lächelte – ein kurzes Aufflackern von Ausdruck,

der in seinem von jeglichen Empfindungen freien Gesicht keinen Halt fand und gleich wieder verflog – und nickte. »Alles ist oben vorbereitet«, sagte er zu unserer Gruppe allgemein. Es war eine Bemerkung, die mir nicht sehr gefiel, aber meine persönliche Ehrenwache nahm mich wieder in ihre Mitte, während Gwillam die Treppe hinaufstieg, daher hatte ich kaum eine andere Wahl, als ihm zu folgen.

Ich suchte nach Hinweisen, wo wir waren. In der Nähe der Themse, das wusste ich, aber wo hatten wir sie überquert? Sicher nicht so weit im Osten wie in Rotherite, oder? Auf jeden Fall war ich mir ziemlich sicher, dass ich den veränderten Motorenlärm gehört hätte, wenn wir durch den Tunnel gefahren wären. Aber vielleicht waren wir nach Westen gefahren. Eine letzte Sicherheit gab es nicht. Grob geschätzt konnten wir überall zwischen Wapping und Kew sein.

Aber als wir aus dem Treppenhaus in einen breiten, leicht geneigten Korridor mit blauem Teppichboden kamen, klingelte es bei mir. Ich war schon mal hier gewesen, und zwar vor langer Zeit. Ich erlebte ein kurzes Déjà-vu, das die vom Wahnsinn erfüllten starrenden Augen Nosferatus einschloss, und wusste es beinahe. Ein Kino? Hatten die Anathemata einen der stillgelegten Traumtempel Londons gefunden und waren dort eingezogen, so wie Nicky es drüben in Walthamstown getan hatte? Das wäre eine ziemlich makabre Ironie.

Aber nein. Wie sich herausstellte, hatten sie etwas Besseres gefunden. Gwillam stieß eine Tür auf und betätigte einen Lichtschalter. Lichtleisten flackerten nacheinander an einer Wand auf, die so lang war wie ein Fußballfeld. Eine schwarze Wand. Dazu schwarzer Fußboden, zerschrammt von zahllosen Füßen. Und direkt vor mir ragte etwas auf, das entfernt an einen Tyrannosaurus Rex erinnerte. Hergestellt aus Glas und schwarzem Stahl, war es etwa doppelt so groß wie ich. Aber es war kein T-Rex, sondern ein Zeiss-Projektor.

»Verdammte Scheiße!«, sagte ich beeindruckt, als der Penny fiel.

»Solche Kraftausdrücke mag Po ganz und gar nicht«, murmelte Gwillam und deutete die verstörende Möglichkeit an, dass er tatsächlich so etwas wie Humor besaß.

Er ging um den Zeiss-Projektor herum und ich folgte ihm, oder genauer: Ich wurde hinter ihm her getrieben. Eine große Fußbodenfläche am anderen Ende des Raums war nahezu leer außer einem geisterhaften Muster unausgebleichter Zonen auf dem Teppichboden, wo einst andere Objekte gestanden hatten: Schautafeln, Trennwände, alte Filmkameras, lebensgroße Dioramas aus berühmten Filmen. Die Anathemata hatten einen kleinen Bereich okkupiert. Dort saßen zwei Männer hinter Laptops, die auf Tischen standen und umgeben waren von dicken beschichteten Stromkabelschleifen, die an Stacheldrahtwälle erinnerten. Zwei andere Männer sprachen in Mobiltelefone, während einer von ihnen mit dem Finger einer Linie auf einer Organisationstafel folgte – einem riesigen Stadtplan von London, der an die Wand geheftet worden war, wie ich es bisher nur in den Polizei-TV-Serien der 1970er gesehen habe. Das war es auch schon. Das und eine ganze Menge freier Raum, der sich vor meinen Augen erstreckte.

»Sie sollten sich etwas Kleineres suchen, jetzt wo die Kinder erwachsen sind«, meinte ich und bemühte mich um einen lässigen Plauderton, den ich wohl um gut eine Meile verfehlte. »Wahrscheinlich zahlen Sie viel mehr Miete, als Sie müssten.«

Gwillam lächelte knapp. Er beobachtete mein Gesicht und zeigte ein geradezu klinisches Interesse an meinen Reaktionen. »Wer hat von Miete geredet? Man hat den Schlüssel unter der

Fußmatte deponiert, und wir haben uns selbst eingelassen. Ich nehme an, Sie wissen, was dies hier war, ehe es das Zeitliche segnete?«

»Klar«, antwortete ich. »Das weiß ich.«

Aber Gwillam hatte sich die Pointe so schön zurechtgelegt, und er wollte sie unbedingt bei mir loswerden. »Es war das Museum des bewegten Bildes.«

Allein schon die Worte weckten eine kleine Flut von Erinnerungen. Das Museum gehörte ebenso wie das National Theatre und die Festival Hall zum South-Bank-Komplex – aber es wurde erst später, nachdem alle anderen bereits erbaut worden waren, hinzugefügt, weil der Film der schmuddelige kleine Nachkömmling der Kunstwelt war und für sich selbst am Tisch der Großen mit den Ellbogen Platz schaffen musste. Ich war nur ein einziges Mal in meinem Leben dort gewesen – anlässlich eines Schulausflugs, als ich dreizehn war. Mit der Eisenbahn von Liverpool kommend und mit vier Schweinerollbraten-Sandwiches und einer Dose Vimto als Verpflegung für den Tag. Ich tat so, als fände ich alles beschissen, denn das war das, was meine Klassenkameraden über den Ausflug sagten, aber insgeheim hielt ich den technisch eher primitiven Horror der Laterna-magica-Shows für absolute Spitze und schlich mich zurück, um mir die Raumschlacht-Sequenz zwischen X-Wings und TIE Fighters aus *Star Wars* zweimal anzusehen.

Nun war es nur noch ein leeres Lagerhaus.

»Sie haben das Museum irgendwann Ende der 1990er geschlossen«, sagte Gwillam gedankenverloren. »Sie schickten die Ausstellung auf Tournee. In drei Jahren soll das Museum wiedereröffnet werden. In der Zwischenzeit … es bot sich als günstige Bleibe im West End geradezu an. Setzen Sie sich, Castor.«

Ich hatte den Stuhl noch nicht einmal gesehen. Er stand in einem Schlagschatten auf der anderen Seite der Organisationstafel, wo zwei Lichtleisten ausgefallen waren. Ein zusammengerollter Strick und eine kleine schwarze Arzttasche lagen neben ihm auf dem Boden. Ein Tisch stand ebenfalls dort. Es war ein kleiner runder Couchtisch mit fleckiger Kunststoffplatte, der aussah, als hätte er sich dorthin verirrt. Gwillam drehte den Stuhl zu mir um.

»Bitte«, sagte er im gleichen todernsten Tonfall.

»Ich stehe lieber.«

Gwillam seufzte und schürzte die Lippen, als begegnete er immer wieder diesem selbstsüchtigen und widerspenstigen Verhalten, ohne sich jedoch jemals daran gewöhnen zu können.

»Wenn Sie stehenbleiben«, erklärte er geduldig, »können Zucker und Sallis Sie nicht an den Stuhl fesseln.«

»Genau das denke ich auch«, pflichtete ich ihm bei.

»Und ich möchte, dass Sie an den Stuhl gefesselt sind, denn das macht einige Dinge, die ich mit Ihnen tun werde, um einiges einfacher.«

»Sehen Sie«, begann ich, »als besorgter Bürger bin ich nur zu gern bereit –« Aber Gwillam musste seinem Team so etwas wie ein Signal gegeben haben, wovon ich nichts mitbekam. Pos massige Hand schloss sich um meinen Hals, zog mich unsanft zum Stuhl hinüber, setzte mich wie eine Puppe darauf und hielt mich fest. Zucker und Sallis warteten schon mit dem Strick. Was Knoten betraf, so waren sie allenfalls begeisterte Amateure, doch sie machten an Masse wett, was ihnen an Raffinesse mangelte.

Während sie an der Arbeit waren, zog Gwillam einen zweiten Stuhl heran und stellte ihn vor mich. Dann, als sie respektvoll zurücktraten, nachdem sie ihr Werk vollendet hatten, nickte er zufrieden. »Sallis«, sagte er. »Sie bleiben hier. Mister Zucker, nach den Strapazen haben Sie und Mister Po vielleicht den Wunsch, der Kapelle einen Besuch abzustatten.«

»Vielen Dank, Vater«, sagte Zucker, und die beiden machten auf dem Absatz kehrt und verschwanden in der Dunkelheit. Po blickte mich über die Schulter an und entblößte für meinen Geschmack einfach zu viele Zähne. Sallis ging hinüber zur Wand, setzte sich mit dem Rücken zu ihr hin, richtete die Pistole nicht direkt auf mich, hielt sie jedoch einsatzbereit in der Hand.

»Ist das irgendein Euphemismus?«, wollte ich von Gwillam wissen.

Er sah mich ehrlich überrascht an.

»Nein«, erwiderte er. »Wo immer wir uns niederlassen, richten wir eine Feldkapelle ein, Castor. Unser Glaube ist uns sehr wichtig.«

»Ihr früherer Glaube.«

Gwillam hob eine Augenbraue. Er wirkte jedoch nicht verärgert. Die spitze Bemerkung war offenbar nicht so bissig gewesen, wie ich erwartet hatte.

»Wissen Sie, wie viele Katholiken es auf der Welt gibt, Castor?«, fragte er.

»Bevor Sie und Ihre Freunde den Marschbefehl erhielten oder nachher?«

»Es gibt mehr als eine Milliarde. Siebzehn Prozent der Weltbevölkerung. Fünfhundert Millionen allein in Amerika.

Daher muss der Heilige Vater notwendigerweise sowohl Staatsmann wie auch religiöses Oberhaupt sein. Er muss gleichermaßen das Schicksal der Menschen wie auch von Nationen im Auge behalten. Und das bedeutet, dass er manchmal kleine Ungerechtigkeiten durch größere Begünstigungen ausgleichen muss.«

»Heißt?«

»Kurz vor dem Tod Johannes-Pauls II. wurden den Anathemata Curialis umfangreiche Geldmittel zugesprochen. Dann befahl sein Nachfolger, Benedikt XVI., unter Androhung der Exkommunikation unsere Auflösung. Diese beiden Aktionen sollte man am besten als diastolische und systolische Phase eines Herzschlags betrachten. Die Kirche hat uns enteignet, ist aber weiterhin an unserem Wohlergehen interessiert.«

»Obgleich Sie Werwölfe als praktische Helfer einsetzen? Wie breit ist Ihr Toleranzbereich, Gwillam? Ich bin nur neugierig.«

Er kniete sich hin, nahm die schwarze Arzttasche und stellte sie auf den Tisch. Er öffnete den Schnappverschluss und kramte darin herum. Ich hatte die Tasche nicht vergessen. Tatsächlich übertreibe ich nicht, wenn ich sage, dass sie mir Angst machte.

»Unser Toleranzbereich«, sagte Gwillam, »ist schmal und klar umrissen. Wir schlagen die letzte Schlacht. Wir sind die Kämpfer des Herrn und wurden ins Kernland des Feindes geschickt, um uns ein Bild von seiner Stärke zu machen und um seine Streitmacht zu stören, während er versucht, sie in Stellung zu bringen.«

»Und der Feind ist …«

»Die Hölle, natürlich.«

Nacheinander entnahm er der Tasche eine Einweginjektionsnadel, eine Luftpolsterfolie mit einer kleinen Aufsteckampulle mit einer strohgelben Flüssigkeit, eine größere Flasche mit einer klaren, weißen Flüssigkeit und eine noch verschlossene Packung chirurgische Tupfer. »Mit der Auferstehung der Toten«, sagte er und schaute mir mit der tödlichen Gelassenheit des Fanatikers in die Augen, »wurden die Feindseligkeiten eröffnet. Die Hölle zieht in allen Bereichen, in jeder Nation auf der Erde gegen den Himmel zu Felde. Das wurde angekündigt und war vorauszusehen. Wir wurden nicht überrascht. Aber es gab in der Kirche einige, die wollten es nicht wahrhaben, obgleich sie es mit eigenen Augen sahen.«

Gwillam lächelte düster. Ich gewann den Eindruck, dass er sich an spezielle Unterhaltungen, an spezielle Auseinandersetzungen über Aktionen und Grundeinstellungen erinnerte. »Sie vergaßen ihre Pflicht, Vorbilder zu sein«, sagte er sanft. »Sie ließen sich durch die Annehmlichkeiten der Welt einlullen und vergaßen, dass die Welt immer und in alle Ewigkeit eine Schmiede ist. Man sitzt nicht gemütlich am Feuer Gottes. Man wird hineingeworfen, wird dadurch geformt und gefestigt.

Offenbar denken Sie, Castor, dass es zwischen unserem Kampf und den Waffen, die wir benutzen, einen Widerspruch gibt. Wir kämpfen gegen die Dämonen, die man als Generäle des Satans betrachten kann, und wir bedienen uns der Waffen, die Gott in unsere Hände legt. Wenn gläubige Katholiken von den Toten auferstehen, nicht weil sie mit dem Bösen konspiriert haben, sondern weil sich die Verhaltensregeln geändert haben, zeigen wir ihnen nicht die kalte Schulter. Po und Zucker haben sehr gelitten, und sie haben damit sehr viel Gutes erreicht. Sie gehören zu meinen vertrauenswürdigsten Offizieren.«

Er zählte die Gegenstände auf dem Tisch durch, deutete dabei mit dem Zeigefinger auf jeden, als wollte er sich vergewissern, dass er alles zur Verfügung hatte, was er brauchte. Dann nickte er zufrieden und fixierte mich wieder.

»Wo ist Abbie Torrington?«, fragte er mich.

»In einem Leichenschauhaus der Polizei in Hendon.«

Gwillam blinzelte einmal, zweimal. »Ich meine nicht ihre Hülle«, sagte er mit einem Ausdruck, der der Beschreibung

»verärgert« näher kam als alles, was ich je bei ihm erlebt hatte. »Ich meine ihr wahres Ich. Ihren Geist. Was zumindest Ihnen von allen Leuten klar sein müsste.«

Mir von allen Leuten? Ich schenkte mir einen Kommentar dazu.

»Ihre Seele befindet sich in einem geschlossenen Behältnis«, sagte ich. »Einem Behältnis aus Gold. Geformt wie ein Herz. Ihr Vater nahm es von ihrem Hals, kurz nachdem sie gestorben war. Ich denke, es enthält eine Haarsträhne von ihr, und dass sie sich daran klammert. Und dieses Herz hat Fanke jetzt. Er hat es von Peaces Leiche mitgehen lassen, nachdem er ihn im Oriflamme tötete.«

»Und wo ist Fanke?«

»Das weiß ich nicht. Gwillam, wenn Sie erkennen können, dass Abbies Geist dasselbe ist wie ihre Seele, wie können Sie dann davon reden, ihn zu vernichten?«

Er hob die Augenbrauen. »Ist es nicht genau das, was wir tun?«, fragte er. »Ist das nicht genau die Macht, die uns gegeben wurde?«

»Wir?« Ich weiß nicht, warum es für mich ein Schock war, das zu hören. Es war doch ziemlich offensichtlich angesichts der Tatsache, dass die Anathemata ihn ausgewählt hatten, diese Mission durchzuführen. »Sie sind ein Exorzist?«

Er nickte kurz. »Auf diese Weise erfuhr ich, dass Gott mich auserwählt hatte, für sein Anliegen zu kämpfen.«

»Lustig«, sagte ich. »Für mich war es so, dass mir dadurch klar wurde, dass ich niemals beim Bau würde arbeiten müssen. Was benutzen Sie? Einen Splitter vom wahren Kreuz?«

Gwillam musterte mich nachdenklich. Seine Hand verschwand in seiner Brusttasche und kam mit einem kleinen, in Leder gebundenen Buch wieder zum Vorschein.

»Die Bibel«, sagte er. »Diese Bibel. Ich lese laut daraus vor – Worte und Sätze aus willkürlich ausgewählten Kapiteln. Die Worte Gottes bilden einen Käfig für die Seelen der Sünder – wie man eigentlich erwarten könnte.« Er legte das Buch beiseite. »Ich sagte es Ihnen schon, Castor. Ich bin ein Soldat. Wenn ich das Kind retten könnte, würde ich es tun. Aber das kann ich nicht, und ich werde nicht zulassen, dass Abbies Seele als Mechanismus dient, mit dessen Hilfe der mächtigste Vertreter der Hölle einen Weg auf die Welt findet. Das Ritual, das in diesem Fall angewendet wurde, verlangt das Opfer von Körper und Seele. Daher kann es ohne die Seele des Mädchens nicht vollendet werden. Ich frage Sie abermals, wo ist Fanke?«

»Ich habe nicht den blassesten Schimmer«, sagte ich. Es traf zu, jedenfalls im engeren Sinn. Ich wusste nicht, wo sich Fanke in genau diesem Moment befand. Ich war mir ziemlich sicher zu wissen, wo er in allernächster Zukunft auftauchen würde, aber dieses kleine Bonbon behielt ich für mich. Vielleicht stellte Gwillam meine beste Chance dar, Fankes Kreise zu stören und einen Schraubenschlüssel ins Getriebe seiner Organisation zu werfen. Aber auf Kosten von Abbies Seele? Dazu durfte es nicht kommen. Jedenfalls nicht, wenn ich anschließend noch in der Lage sein wollte, in den Spiegel zu schauen.

Gwillam nickte Sallis zu, der neben mich trat. Er verstaute die Pistole in einem Schulterholster, das unter der Jacke quer über seine Brust geschnallt war, packte mit beiden Händen in mein Haar und zog meinen Kopf so weit es ging nach hinten. Ich spannte mich, um mich zu wehren, aber so, wie er mich überragte, konnte er weitaus mehr Druck ausüben, als ich an Gegendruck zustande bekam. Ohne Eile entkorkte Gwillam eine große Flasche und schüttete einen Teil ihres Inhalts auf einen der chirurgischen Tupfer. Der beißende Geruch eines

Desinfektionsmittels verteilte sich in der Luft. Gwillam wischte sorgfältig den Bereich ab, wo meine Schulter und mein Hals zusammentrafen, dann warf er den Tupfer auf den Tisch.

»Ich sage Ihnen alles, was Sie wissen wollen«, knurrte ich und hatte Schwierigkeiten, mit derart weit zurückgelegtem Kopf zu reden.

»Wir werden sehen«, sagte Gwillam knapp. Er riss die Luftpolsterfolie auf, lud die Injektionsspritze mit der Ampulle und drückte leicht auf den Kolben, bis ein dünner Flüssigkeitsstrahl aus der Spitze schoss. »Halten Sie ihn fest«, warnte er Sallis und beugte sich für einen Moment über die Arzttasche, so dass ich ihn aus den Augen verlor. »Wenn dies in seine Halsschlagader gerät, wird es ihn wahrscheinlich töten.«

Das war eine schlechte Nachricht, egal wie man es betrachtete. Aber selbst wenn ich diese Prozedur überlebte, war es offensichtlich, dass Gwillam mich mit irgendeinem Thiopentalderivat vollpumpen wollte, um eine detailliertere und offenere Diskussion zu gewährleisten. Konnte ich irgendetwas tun, um ihn aufzuhalten? Mir fiel verdammt noch mal nichts ein.

Was wusste ich über Wahrheitsseren? Nur was ich bei der Lektüre billiger Spionageromane aufgeschnappt hatte, aber das war genug, um zu wissen, dass sie nicht funktionierten. Sie hatten lediglich eine enthemmende Wirkung und trennten die Bremsleitungen des Unterbewusstseins, so dass man in den Freifahrtmodus umschaltete und sich über alles äußerte, was einem durch den Kopf schoss. Leute, denen Propofol oder Pentathol injiziert worden war, konnten nicht bewusst lügen, aber sie konnten eine Menge frei assoziierten Scheiß zusammenlabern, was sie auch taten. Das war der Grund, weshalb Wahrheitsdrogen nicht viel zu Tage förderten, nicht einmal in billigen Spionage-Thrillern.

Andererseits, wollte ich vor Gwillam über Asmodeus und Abbie und Juliet und die Saint Michael's Church frei assoziieren? Nein, das wollte ich nicht. Dies war ganz sicher ein geeigneter Moment, um meine Gedanken für mich zu behalten.

Und in diesem Moment kam mir von wer weiß wo eine Nebensächlichkeit in den Sinn, von der ich nicht einmal geahnt hatte, dass ich sie wusste. Ich erinnerte mich daran, zu welcher Kategorie Drogen das Wahrheitsserum gehörte – und das lieferte mir die allgemeinen Grundzüge einer Idee. Sehr vage und armselig, aber geringfügig besser als gar nichts. Auf keinen Fall konnte ein Versuch schaden. Der einzige Nachteil war, dass wenn es nicht funktionierte, ich wohl nicht mehr aufwachen würde. Ich fing an, schnell und tief zu atmen und so viel Luft wie möglich in meine Lungenflügel zu pressen.

»Wäre es besser, wenn er bewusstlos ist?«, fragte Sallis mit einem meiner Meinung nach unanständigen Ausdruck von Eifer.

»Wohl kaum«, schnappte Gwillam. »Wie soll er dann fähig sein, irgendwelche Fragen zu beantworten, wenn Sie ihm Ihre Faust in den Schädel rammen?«

Er gelangte wieder in mein Gesichtsfeld und hielt die Injektionsnadel einsatzbereit hoch.

»Gwillam!«, knurrte ich, wobei ich weiterhin schnelle, heftige Atemzüge machte. Ich musste ausgesehen haben, als stünde ich kurz vor einer schweren Panikattacke.

Gwillam zögerte. »Was ist?«, fragte er.

»Ich bin allergisch.«

»So, so. Gegen was genau?«, fragte Gwillam gefährlich ruhig.

Die Spritze konnte alle möglichen Substanzen enthalten. Ich konnte nur raten.

»Propofol«, sagte ich.

Gwillam zuckte die Achseln. »Dann können Sie sich wieder beruhigen«, meinte er. »Was ich hier habe, ist etwas anderes.«

Die Nadel senkte sich herab und näherte sich meinem Hals. Ich verrenkte mich plötzlich in Sallis' Griff, und Gwillam hielt inne. Er wollte mich nicht töten – zumindest nicht, bevor er seine restlichen Fragen gestellt hatte. »Halten Sie ihn fest«, befahl er mit rauer Stimme. Sallis legte einen Arm um meinen Hals und drängte sich massiv gegen mich, um meine Bewegungsfreiheit so weit wie möglich einzuschränken.

All dies geschah nur, weil ich Zeit gewinnen wollte. Ich atmete so schnell ich konnte und setzte meine Lungen ein wie Blasebälge bis zu dem Moment, in dem die Nadel in meine Haut eindrang und Gwillam den Kolben in den Zylinder drückte.

Ein roter Vorhang senkte sich auf meinen Geist herab, gefolgt von einem schwarzen eine halbe Sekunde später. Aber es waren keine Vorhänge, sondern es waren solide Mauern, und ich wurde so schnell ohnmächtig, dass ich tatsächlich spürte, wie ich dagegenprallte.

✪

Langsam und unter Schmerzen wachte ich auf. Blutige Gedankenfragmente flossen zusammen und vermischten sich wie Quecksilber und sammelten sich wie ultrakalte Tümpel in der fraktalen Ödnis meines Kleinhirns.

Das »Ich« kam zuerst, aber da war nichts, womit es sich hätte verbinden können. Nur ich. Was ich? Wo ich? Wen interessierte das, verdammt noch mal? Es konnte nicht von Bedeutung sein. Wer immer es war, er sollte warten. Irgendwo in der Nähe lauerte Schmerz, und ich wollte mich bedeckt halten, damit er mich nicht fand.

Eine Minute oder eine Stunde später tröpfelte von irgendwoher ein »bin« herab und hängte sich an das »Ich«. Ich bin. Daher denke ich.

Ob es mir gefiel oder nicht, aber das war ich, das wieder mal aus der Chemikalienbrühe das Anästhetikums hochblubberte, unter Schmerzen wiedergeboren in einem dunklen, kalten Raum, der anscheinend schief hing. Aber das war ich. Ich lag schief, eine Wange auf dem Boden, die Beine aufragend. Ich konnte mir keinen Reim darauf machen, daher beließ ich es dabei.

Auf jeden Fall war ich noch am Leben. Und ich dachte noch. Irgendein Hirnschaden? Wie sollte ich das entscheiden? Wenn man genug von seiner Hirnfunktion eingebüßt hat, so dass es sich bemerkbar macht, hat man wahrscheinlich auch die Fähigkeit verloren, es als Problem zu empfinden. Vielleicht war das entsetzliche Pochen in meinem Schädel ein gutes Zeichen. Dort mussten eine ganze Menge Nerven immer noch ihre Arbeit verrichten.

Wahrheitsseren sind allgemeine Anästhetika. Sie werden verabreicht, um das Bewusstsein beiseitezuschieben, damit der Körper ohne irgendeine vom Kleinhirn ausgehende Abwehrreaktion aufgeschnitten und zerteilt werden kann. Indem ich hyperventilierte, versuchte ich dafür zu sorgen, dass die Dosis in Gwillams Injektionsspritze bei mir ihre stärkstmögliche Wirkung entfaltete. Ich hatte gehofft, dass ich vom Wachzustand direkt in vollkommene Bewusstlosigkeit abstürzen würde. Vielleicht hatte es sogar funktioniert. Ich konnte mich jedenfalls nicht erinnern, geredet zu haben. Aber vielleicht war ein Loch in der Erinnerung bei diesen Dingen völlig normal.

Ich schlug die Augen auf, aber es gab nichts zu sehen. Entweder litt ich unter hysterischer Blindheit, oder ich befand mich in einem absolut dunklen Raum. Ich versuchte, mich zu bewegen, und konnte es nicht. Ich konnte jedoch den Kopf heben, aber das entpuppte sich als Fehler, denn dadurch verschlimmerte sich das schmerzhafte Pochen. Ich öffnete den Mund, um zu fluchen, und stellte fest, dass meine Zunge am ausgetrockneten Gaumen klebte.

Verspätet fiel mir ein, dass ich an einen Stuhl gefesselt worden war. Es schien, als sei ich das noch immer, aber der Stuhl war umgefallen und lag jetzt auf der Seite. Das erklärte die seltsame Haltung, die ich einnahm, und die Tatsache, dass ich mich nicht bewegen konnte.

Verdammter Mist! Hatte der Vatikan denn niemals die Genfer Konvention unterzeichnet? Sie hatten den Stuhl mit mir darauf zu irgendeinem Wandschrank geschleift oder gerollt und mich derart heftig oder unbeholfen hineingestoßen, dass er umgekippt war. Das war keine Art, Gefangene zu behandeln.

Während die Schmerzen allmählich nachließen, bearbeitete ich die Stricke. Sie fühlten sich ziemlich locker an. Die ursprüngliche Absicht hatte darin bestanden, mir meine Bewegungsfreiheit zu nehmen, während Gwillam mich ausfragte. Man wollte mich nicht für immer als Gefangenen behalten. Infolgedessen hatten Sallis und Zucker nicht darauf geachtet, dass sich die Knoten nicht in der Nähe meiner Hände befanden.

Gleichwohl brauchte ich lange – ich schätzte, mehr als eine Stunde –, um meine Hände zu befreien. Zu diesem Zeitpunkt waren meine Finger derart wund und abgescheuert von den steifen Sisalfasern, dass ich mich eine Weile ausruhen musste, ehe ich mit den Beinen weitermachte. Sie zu befreien, schaffte ich viel schneller, aber ich brauchte gute zehn Minuten, um sie zu massieren und Leben hineinzubringen, ehe ich wieder auf ihnen stehen konnte.

Okay, ich war frei. Aber wo zum Teufel befand ich mich? Ich startete von meinem Stuhl mit winzigen, behutsamen Schritten, die Arme vorgestreckt, bis ich auf eine Wand traf. Dann tastete ich mich daran entlang bis zur Ecke. Offensichtlich war es kein Schrank. Es war ein mittelgroßer Raum, obgleich die raue Oberfläche der Wände eher auf einen Lagerbereich als auf eine öffentliche Zone hindeutete.

Ich hatte die Absicht, den ganzen Raum zu umrunden, doch nach einem kurzen Stück der zweiten Wand stieß ich auf eine Tür – und auf deren höchst willkommenen Nachbarn, einen Lichtschalter. Ich sprach ein stummes Gebet und betätigte ihn. Drei Lichtleisten erwachten über mir flackernd zum Leben, so dass ich zuerst einmal im grellen Schein blinzeln musste.

Ich hatte richtig geraten: Dies war ein Lagerraum mit hoher Decke und tiefen Regalen, die sich über die gesamte Länge der gegenüberliegenden Wand erstreckten. Sie waren jedoch leer bis auf ein paar runde Dosen mit einem Durchmesser von knapp einem halben Meter, die wahrscheinlich alte Filmspulen enthielten. Als die Ausstellung auf die Reise ging, musste man so gut wie alles mitgenommen haben, was nicht niet- und nagelfest gewesen war. Entweder das, oder Gwillam hatte Befehl gegeben, mein Gefängnis auszuräumen, um sicherzugehen, dass ich nichts fand, was mir hätte zur Flucht verhelfen können.

Aber niemand ist perfekt. Als mein Blick die Runde beendete und ich auf die Wand genau gegenüber meinem Standort sah, stahl sich ein grimmiges Lächeln in mein Gesicht. Denn festgeschraubt an der Wand und leicht zu übersehen war eine kleine weiße Box mit einem roten Kreuz auf dem Deckel. Ein Erste-Hilfe-Kasten.

Mein Ticket in die Freiheit.

20

Der Inhalt eines Erste-Hilfe-Kastens variiert von Ort zu Ort, aber im Kern ist er immer gleich – Bandagen und Heftpflaster in einer Million unterschiedlicher Formate und Größen. Hinzu kommen gewöhnlich eine Flasche Desinfektionsmittel und einige Wattebäusche. Dieser enthielt sogar exotische Zutaten wie Savlon-Spray und Essig gegen Insektenstiche. Nichts davon war in diesem Moment sonderlich sinnvoll. Ich suchte nach Gegenständen, die entweder eine Spitze oder eine scharfe Kante hatten.

Ich hatte Glück. Ich fand eine kleine Schere, eine Splitterpinzette und ein halbes Dutzend Sicherheitsnadeln.

Die Tür besaß ein simples Einsteckschloss ohne den Namen des Herstellers auf der Platte. Ich legte die Pinzette wieder in den Kasten zurück. Wahrscheinlich war sie zu breit und nicht kräftig genug. Ich bog eine der Sicherheitsnadeln zu einem halbwegs geraden Stift und funktionierte dazu die Schere zu einer Art Zange um. Ich bog das spitze Ende zu einem Haken. Nach einer Haarnadel ist dies meine Version von einem improvisierten Dietrich, und dieses Werkzeug war für einen derart einfachen Job wie hier sicherlich bestens geeignet.

Ich brauchte nicht mehr als fünf Minuten, um die drei Sperrhebel in die Freigabeposition zu schieben, und hörte am

Ende, wie der dritte Hebel mit einem zufriedenstellenden Klicken nachgab. Ehe ich die Tür öffnete, knipste ich das Licht aus und wartete ab, bis sich meine Augen wieder an die Dunkelheit angepasst hatten. Unter der Tür drang kein Licht herein. Wenn das der Fall gewesen wäre, hätte ich es schon vorher, ehe ich das Licht einschaltete, bemerken müssen. Unter den gegebenen Umständen war das vordringliche Ziel, etwas zu sehen, ehe ich gesehen wurde. Ansonsten würde es für mich »Zurück auf Start« heißen.

Nach etwa einer Minute öffnete ich die Tür so behutsam und so leise ich konnte. Ich schaute hinaus und wartete, bis sich aus der dort herrschenden, intensiveren Dunkelheit die ersten Formen herausschälten, ehe ich mein Gefängnis verließ. Ich befand mich in einem anderen Teil des weitläufigen Ausstellungsbereichs, genauso düster und leer wie der, in dem Gwillam mich ausgefragt hatte. Ich war mir ziemlich sicher, dass es jede Menge Wege gab, die auf die Straße oder in andere Teile des South-Bank-Komplexes führten, die für die Öffentlichkeit noch zugänglich waren. Ich musste nur darauf achten, dass ich auf dem Weg nicht mit Gwillams fröhlicher kleiner Bande zusammenstieß. Im Falle Pos hieß das jedoch, dass ich nicht nur vermeiden musste, gesehen zu werden, sondern auch nicht zulassen durfte, dass er meine Witterung aufnahm.

Die Etage, in der ich mich befand, war anscheinend vollkommen verlassen, daher sah es für mich unter dieser Perspektive durchaus gut aus. Ich überlegte, mich für einige Minuten auszuruhen, ehe ich mich weiter vorwagte, aber die Zeit drängte. Ich hatte keine Ahnung, was ich möglicherweise gesagt hatte, als ich unter Drogeneinfluss stand, oder wie viel Gwillam mittlerweilc wusste. I Iinzu kam, dass ich noch immer nur mit einem Krankenhausnachthemd bekleidet war und wahrscheinlich schon bald an Unterkühlung leiden würde, wenn ich in dieser Aufmachung noch länger in der kalten Luft herumhing.

Nachdem ich für etwa eine Minute den Raum kreuz und quer abgesucht hatte, fand ich schließlich eine Treppe und folgte ihr abwärts, wobei ich mich in der totalen Dunkelheit vorsichtig von Stufe zu Stufe tastete, um zu vermeiden, Hals über Kopf hinunterzustürzen. Ich sagte mir, dass ich zumindest eine Tür zur Tiefgarage finden würde – von wo es sicherlich eine Verbindung zur Straße geben musste. Selbst wenn mich ein verschlossenes Sperrgitter erwartete, war ich mir einigermaßen sicher, dass ich es öffnen könnte und aus der Tiefgarage herauskäme.

Aber die Treppe endete vor einer Feuerschutztür, die in totaler Missachtung von gesetzlichen Vorschriften und Logik mit einem Vorhängeschloss und einer Kette gesichert war. Ich kehrte in das Stockwerk darüber zurück und versuchte mein Glück an der dortigen Tür. Sie gab nach, als ich dagegendrückte, daher hielt ich inne, als der Spalt etwa drei Zentimeter breit war, und spähte hindurch.

Keine vollkommene Dunkelheit. Irgendwo brannte Licht – ein matter, bläulicher Schimmer erhellte den Rand einer, wie mir schien, beweglichen Trennwand halb links vor mir. Ich lauschte. Kein Laut war zu hören bis auf das sehr leise Summen irgendwelcher Maschinen.

Ich trat über die Schwelle und schloss die Tür behutsam hinter mir. Früher oder später müsste ich das Treppenhaus sowieso verlassen, und je näher ich dem Parterre war, desto besser. Das South Bank Centre ist ein spektakuläres vertikales Labyrinth, auch wenn seine Beleuchtung eingeschaltet ist. Ich könnte eine Viertelstunde oder mehr damit vergeuden, in der Dunkelheit ziellos darin umherzuirren.

Ein paar Schritte brachten mich an die Kante der Trennwand. Indem ich mich zeitlupenhaft und nahezu lautlos bewegte, beugte ich mich vor, blickte um die Kante und suchte die Lichtquelle.

Ein Mann saß in einem billigen Kontursessel aus Plastik vor einem Computer-Terminal. Er wandte mir den Rücken zu, aber ich erkannte die kahle Stelle auf seinem Schädel. Es war Sallis. Er blätterte langsam einen zweispaltigen Text durch und schien auf nichts anderes zu achten. Die Pistole, nunmehr ohne Schalldämpfer, lag neben ihm auf dem Schreibtisch, auf dem der Computer aufgebaut war, zwischen einem Becher mit der Aufschrift »Republic of Coffee« und einer Burger-Box aus Styropor. Die Anathemata mochten sich für einen Krieg aufgerüstet haben, aber sie lebten so bescheiden wie Polizisten während einer Observierung.

Ich ging meine Möglichkeiten durch. Niemand sonst war zu sehen, und es gab keine weiteren Lichtinseln in dem weiten Raum. Sallis beschäftigte sich mit etwas, das ihn komplett aus der realen Welt entführt hatte. Ich könnte mich an ihm vorbeischleichen und vielleicht sogar zu einem anderen Ausgang gelangen, ohne dass er mich bemerkte.

Andererseits war da die Pistole. Und da waren die Kleider. Und da war das Geld, das er vielleicht in den Taschen hatte. Not kennt kein Gebot.

Ich machte einen Schritt rückwärts, dann einen weiteren und schließlich einen zur Seite. Ich musste mich auf mein Gedächtnis verlassen, es war das Beste, was ich tun konnte. Ich attackierte die Trennwand mit der Schulter zuerst und machte erst im letzten Moment einen Satz, so dass ich die Wand in der oberen Hälfte traf und mein gesamtes Gewicht dahinterlag, als sie umkippte und ich mit ihr zu Boden ging.

Sallis brüllte noch nicht einmal. Er gab irgendeinen Laut von sich, aber es war keiner, dem ich ohne spezielle Ausrüstung gerecht werden konnte. Sein Kopf war unter dem Gesamtgewicht der Trennwand und meines Körpers nach vorn geschleudert worden und mit einem soliden Bumms auf dem Tisch aufgeschlagen. Dann hatten die Tischbeine nachgegeben, und er tauchte in dem Trümmerhaufen unter und war nicht mehr zu sehen.

Ich machte zwei Rollen seitwärts, kam schnell hoch und wirbelte zu Sallis herum für den Fall, dass er noch bei Bewusstsein war und nach seiner Pistole griff. Aber ich hätte mir keine Sorgen zu machen brauchen. Er lag völlig still auf dem Boden, Kopf und Oberkörper unter der Trennwand vergraben. Ich schnappte mir die Pistole, untersuchte sie und fand den Sicherungsflügel. Danach schob ich das vordere Ende der Trennwand mit einem Fuß beiseite. Sallis war bewusstlos. Ein dünner Blutfaden sickerte aus einer oberflächlichen Stirnwunde. Er atmete, und der Schnitt in seiner Stirn war die einzige Wunde, die ich sehen konnte. Wahrscheinlich würde er nichts Schlimmeres als kurzzeitige Kopfschmerzen zurückbehalten.

Ich zog Sallis eilig aus und schlüpfte in seine Jeans, sein Hemd und seine Jacke. Im Großen und Ganzen passten mir die Sachen ganz gut, und der schwache Gestank seines schalen Schweißes war ein Preis, den ich bereitwillig bezahlte. Ich durchsuchte seine Taschen. Bingo: ein kleines Bündel Geldscheine, ein Kartenetui, sogar ein Satz Wagenschlüssel an einem Schlüsselanhänger mit Mitsubishi-Logo. Die Pistole steckte ich ebenfalls ein, da ich keine Möglichkeit sah, meine eigene Waffe zurückzubekommen.

Ich war hier fertig und musste zusehen, dass ich wegkam. Aber ich zögerte, weil mir blitzartig eine Idee gekommen war.

Eine weitere folgte auf dem Fuße. Alles andere als naheliegend und außerdem beunruhigend, weil sie bedeutete, dass ich auf dem Weg zurückgehen musste, auf dem ich gekommen war. Ich war mir nicht sicher, ob der Zuwachs an Material den Verlust an Zeit ausglich, aber so oder so konnte ich mir nicht den Luxus leisten, untätig herumzustehen und mir darüber den Kopf zu zerbrechen.

Eins nach dem anderen. Als ich in den Trümmern seines Schreibtisches herumkramte, fand ich einige Bögen Papier und einen schwarzen Kugelschreiber. Ich legte das Papier auf Sallis' Rücken und schrieb eine kurze Nachricht. Wahrscheinlich würde es nicht helfen, aber es konnte auch nicht schaden, also was sollte es? Ich faltete die Nachricht zusammen und schob sie hinter den Bund seiner Unterhose wie einen Fünfer ins Suspensorium eines Chippendales.

Dann kehrte ich in den Lagerraum zurück und sammelte etwa ein halbes Dutzend von den alten Filmdosen ein, wobei ich sie vorher schüttelte, um sicherzugehen, dass sie voll waren. Sie konnten Rohmaterial enthalten, mittlerweile nutzlos geworden, weil die Kameras, die dieses Filmmaterial verarbeiteten, schon vor Jahrzehnten verrostet und auf dem Schrotthaufen gelandet waren; oder es konnten verschollene Meisterwerke aus der Stummfilmära sein, die hier ihr geheimes Dasein fristeten. Ganz bewusst vermied ich es, die Etiketten zu lesen, weil sich, ganz gleich, was sich in den Dosen befand, ihr einziger Wert für mich daraus ergab, dass die feuersicheren Türen drüben in Nickys Behausung in meiner Erinnerung noch ganz frisch waren: Zelluloid ist genauso leicht entflammbar wie Benzin.

Es wurde Zeit aufzubrechen, und das im wahrsten Sinne des Wortes. Diesmal wurde ich nicht vom Vorhängeschloss am Fuß der Treppe aufgehalten, denn diesmal hatte ich Sallis' Pistole.

Der erste Schuss ging daneben, aber der zweite durchtrennte die Kette, und ich öffnete die Tür mit einem Fußtritt.

Ich befand mich wieder in der Tiefgarage, und sie war leer. Für den Fall, dass der unanständig laute Schusslärm Werwölfe oder Wachmänner angelockt hatte, beschleunigte ich meine Schritte und ging über die leicht ansteigende Rampe dorthin, wo sich hoffentlich die Ausfahrt befand. Auf halbem Weg stieß ich auf ein Motorrad, das auf eine schiefe Art und Weise an der Wand lehnte, war auf einen defekten Ständer schließen ließ. Am Ende der Rampe versperrte ein Schutzgitter den Weg. Jenseits des Gitters warteten Licht und Lärm und Leben. Theaterbesucher und Nachtschwärmer flanierten vorbei, auf selige Art völlig ahnungslos, welche düsteren Welten in ihrer nächsten Nähe lauerten. War es noch die alte oder bereits die nächste Nacht? Wie lange war ich weggetreten gewesen, nachdem Gwillam mir das Wahrheitsserum injiziert hatte? Die Antwort kam sofort. Wenn ich vierundzwanzig Stunden lang ohnmächtig gewesen wäre, hätte ich mich verdammt viel ausgetrockneter fühlen müssen. Es war immer noch Donnerstag, und ich hatte noch immer eine reelle Chance.

Für einen Moment hasste ich die Leute beinahe, die in einem unerbittlichen Sog der Normalität vorbeiströmten – nicht nur wegen ihrer glücklichen oder gleichgültigen Mienen und ihres sorgenfreien Geplappers, sondern weil ihre Anwesenheit in diesem Moment zur Folge hatte, dass ich die Pistole nicht noch einmal benutzen konnte. Ich rüttelte am Gitter. Es war nicht verriegelt. Als ich daran zog, glitt es mit durchdringendem Quietschen nach oben.

Dann machte ich einen Rückzieher, der unter anderen Umständen etwas Spaßiges hätte an sich haben können. Ich ging zurück zum Motorrad und unterzog es einer eingehenderen

Prüfung. Das Logo über dem Scheinwerfer zeigte die typischen im Dreieck angeordneten Rhomben der Mitsubishi Company. Das Motorrad besaß hinten zwei Packtaschen wie eine Kuriermaschine.

Ich erlebte einen kurzen Anflug von aufkommender Panik, während ich Sallis' Schlüssel aus der Tasche seiner Jacke fischte. Wenn dies funktionierte, dann bediente ich mich vom Glück eines anderen, denn mein eigenes konnte es unmöglich sein.

Während ich mich bemühte, für jeden, der von der Straße herüberschaute, so locker und lässig wie möglich zu erscheinen, verstaute ich jeweils drei Filmdosen in den beiden Taschen und schwang mich in den Sattel. Schnelle Schritte kamen hinter mir die Rampe herauf. Und ich hörte hinter mir laute Rufe. Ich drehte mich nicht um. Sich bei einem lauten Ruf umzuwenden, ließ einen schuldig erscheinen.

Der Schlüssel passte, und der Motor sprang bereits bei der ersten Drehung mit lautem Getöse an. Jetzt erst drehte ich mich um und atmete auf, als ich feststellte, dass die Verfolger Uniformen trugen – und vollständig aus menschlichem Fleisch und Blut bestanden.

Sie waren noch rund zwanzig Meter entfernt und ließen mir gerade noch genug Zeit, den Helm aufzusetzen, der an der Lenkstange hing – dunkelrot, wie das Motorrad, und mit dem Bild eines geflügelten Totenschädels verziert. Safety first. Dann gab ich Gas und ließ die drei laut protestierenden Nachtwächter in meiner Abgaswolke zurück.

✪

Ich war mir nicht sicher, wie ich ins Stanger Care Home hineingelangen sollte. War ich mittlerweile ein gesuchter Krimineller? Der motorisierte Überfall auf ein Krankenhaus in Nordlondon hatte sicherlich seinen Weg in die Nachrichten vom Tage gefunden. Die Frage war, ob sie den Schutt schon so weit durchgesiebt hatten, um sicher feststellen zu können, dass ich nicht daran beteiligt war – und wenn nicht, ob sie bereits die Öffentlichkeit gewarnt oder zumindest eine Fahndungsmeldung herausgegeben hatten.

Wenn ja, konnte ein Besuch im Stanger, als sei nichts passiert, zur Folge haben, dass ich sofort wieder in polizeilichen Gewahrsam wanderte. Andererseits befand sich etwas im Sanatorium, das ich brauchte, und ich sah keinen anderen Weg, es in meinen Besitz zu bringen.

Aber während ich noch immer unschlüssig in der dunklen Tiefgarage auf dem Motorrad saß, half mir die Vorsehung in Pauls Gestalt. Er kam durch den Haupteingang herausgeschlendert, lehnte sich gegen den Krankwagen, wo wir uns vor ein paar Tagen unterhalten hatten, und zündete sich eine Zigarette an. Er stieß durch die Nasenlöcher eine Rauchwolke aus, die in dünnen Schwaden in der Luft hängenblieb wie eine Art Runeninschrift, die ins Fleisch der Nacht geritzt worden war.

Als ich vom Motorrad abstieg und auf ihn zuging, schaute er in meine Richtung und schaute dann ein wenig länger und genauer hin. Wegen des Motorrads hatte er mich für einen Fremden gehalten, aber ich sah, wie sich ein Ausdruck des Zweifelns in seinem Gesicht abzeichnete und wie er sich spannte. Mittlerweile hatte ich mich ihm so weit genähert, dass er mich hören konnte, ohne dass ich meine Stimme zu sehr erheben musste. Ich nahm den Helm ab und ging weiter.

»Hey, Paul«, begrüßte ich ihn.

Er schob die Unterlippe in trotziger Verwirrung vor. »Hey, Castor. Ich dachte, Sie seien vor der Polizei auf der Flucht.«

Ich nickte lässig, kam zu ihm und lehnte mich gegen den Krankenwagen. Den Helm hatte ich unter den Arm geklemmt, und meine freie Hand steckte in der Tasche von Sallis' Jacke. »Das ist richtig«, sagte ich und schnippte mit dem Daumen gegen den Helm. »Deshalb diese raffinierte Verkleidung.«

»Bewaffnet und gefährlich, habe ich gehört.«

»Bewaffnet, ja.« Ich zeigte ihm die Pistole und steckte sie schnell wieder weg. »Gefährlich wäre ich nur, wenn ich halbwegs geordnet und logisch vorginge. Wie geht es Rafi?«

Paul zog an seiner Zigarette und atmete mehr Rauch aus. Der Anblick der Pistole hatte einen gequälten Ausdruck auf sein Gesicht gezaubert, doch er war davon weder überrascht noch eingeschüchtert. »Ihm geht es gut«, sagte er. »Rafael ist wirklich okay. Besser als je zuvor. Wenn Sie die Wahrheit wissen wollen, ich kann verdammt noch mal kaum glauben, dass er derselbe Mensch ist.«

»Wenn Sie die Wahrheit wissen wollen, das ist er nicht. Paul, ich muss irgendwie zu ihm.«

Er lachte leise und schüttelte den Kopf. Dabei grinste er wie über einen guten Witz. »Nichts zu machen, Mann«, sagte er. »Ihr Gesicht war im Fernsehen – jeder im Haus spricht darüber. Diejenigen, die der Meinung waren, dass Sie schon immer einen verschlagenen Blick hatten, gewinnen gerade.«

»Sie brauchen mein Gesicht nicht zu sehen.« Ich hielt den Sturzhelm hoch. »Lassen Sie mich nur rein, Paul. Es ist wichtig. Und nachher können Sie erzählen, ich hätte Sie mit der Pistole bedroht.«

»Tun Sie das, Castor?«

»Tue ich was?«

Paul sah mir in die Augen, völlig ruhig und kühl. »Mich mit der Pistole bedrohen?«

Ich schüttelte heftig den Kopf. »Verdammt, nein. Ich habe niemanden getötet, Paul, und ich habe nicht die Absicht, jetzt damit anzufangen. Aber ich muss mit Rafi reden, und ich dachte, Sie könnten mir dabei behilflich sein. Wenn Sie das nicht wollen, dann kann ich Sie wohl nur darum bitten, mit dem Alarmschlagen eine Weile zu warten.«

Er ließ den letzten Zentimeter seiner Zigarette auf den Asphalt fallen und trat die Glut aus. »Das wird Doktor Webb ganz schön wütend machen«, stellte er fest. »Das lässt ihn verdammt dumm aussehen.«

»Ja«, sagte ich. »Vermutlich.« Ich berechnete im Geiste Entfernungen und Risiken. Wenn ich einfach von der Straße hereinkäme und in Richtung Anbau ginge, wo sich Rafis Zelle befand, ohne mich am Empfang anzumelden, würde die diensthabende Schwester Alarm schlagen. Ich käme bis zu Rafi, aber käme ich ohne Schlüssel auch in seine Zelle? Und käme ich nachher wieder raus?

»Das«, sagte Paul nachdenklich, »würde ihm sicherlich den Tag verderben. Ein gesuchter Mann kommt von der Straße rein, umgeht sämtliche Sicherheitssperren und wandert unbehelligt wieder raus. Das ist etwas, das sich dem Verwaltungsrat kaum plausibel erklären lässt.«

Er straffte sich wie ein Mann, der nach einer wohlverdienten Pause wieder ins Getümmel zurückkehren will.

»Also tun wir's.«

Paul ging voraus, mit den Armen locker pendelnd und einen leicht gelangweilten, gleichgültigen Ausdruck im Gesicht. Ich folgte ihm, den Helm auf dem Kopf und das Visier geschlossen, in der Hand eine der Filmdosen, denn sie war das einzige Requisit, das ich zur Hand hatte.

Die Schwester am Empfang schaute hoch und erkannte

Paul. Dann, als sie gerade im Begriff war, sich wieder der Lektüre ihres Romans zu widmen, bemerkte sie die andere, fremde Gestalt hinter ihm. Sie starrte erst mich an und dann mit erwachendem Interesse auf das, was ich in der Hand hielt.

»Wo ist Doktor Webb, Lizzie?«, wollte Paul von ihr wissen. »Dieser Knabe –«, er deutete mit einem Daumen über seine Schulter, » – braucht eine Unterschrift, und zwar die vom großen Boss persönlich.«

»Ich glaube, er ist in seinem Büro«, sagte die Schwester und schaute wieder zu Paul. »Soll ich ihn anfunken?«

»Nee, ich bring' ihn hin. Aber Sie müssen sich zuerst eintragen«, sagte er streng zu mir. »Dies ist ein absolut dämlicher Zeitpunkt für eine Lieferung. Kommen Sie schon, beeilen Sie sich. Es gibt Leute, die müssen arbeiten.«

Die Schwester reichte mir einen Kugelschreiber, und ich trug mich im Besucherbuch als Frederick Cheney LaRue ein, ein Name, der mir im Gedächtnis haften geblieben war, seitdem ich das Buch über den Watergate-Skandal von Woodward und Bernstein gelesen hatte.

»Hier entlang«, sagte Paul und spazierte den Flur hinunter. Ich winkte der Schwester zu, wobei der Helm diese Geste eher militärisch als zivil ausfallen ließ, und ich folgte ihm. Ich wollte mich umdrehen, zwang mich jedoch weiterzugehen. Ich hoffte zu meinen Gunsten, dass das Kapitel in dem Buch, das Lizzie gerade las, interessanter war als ein seltsamer Fremder, der aus der Nacht hereinkam, um ihrem Boss eine Filmrolle zu bringen.

Webbs Büro lag rechts, wenn man den Anbau erreichte. Wir gingen nach links in Richtung der Sicherheitszellen. Paul öffnete das kleine Sichtfenster, um sich zu vergewissern, wo Rafi sich befand – eine aus langer Gewohnheit geborene Sicherheitsmaßnahme –, und schloss dann die Tür auf. Ich trat ein, und er folgte mir dicht auf den Fersen und drückte die Tür zu. Als ich ihn fragend ansah, zuckte er die Achseln. »Wie soll ich glaubhaft erklären, Sie hätten mich mit einer Waffe in Schach gehalten, wenn ich als Ausguck draußen bleibe, Castor?«

»Das ist natürlich richtig«, gab ich zu.

Rafi lag auf einer Stahlrohrpritsche – ein Neuzugang in seiner Zelle, die insgesamt ein lebhaftes Zeugnis dafür war, wie sehr er sich in den letzten Tagen verändert hatte. Als Asmodeus noch beherrschenden Einfluss hatte, war die Zelle weitgehend leer und kahl gewesen, da man nie voraussehen konnte, wann sich die Stimmung des Dämons von ruhig zu mörderisch verspielt verschob. Zu viele Angehörige des Personals waren in der Anfangszeit misshandelt worden. Webb hatte sich von Pen eine Vormundschaftserklärung unterschreiben lassen, und die Zelle war mehr oder weniger zu einem eintönigen Stahlkäfig reduziert worden.

Im Gegensatz zu jenen schlimmen Tagen machte sie jetzt einen beinahe gemütlichen Eindruck. Außer dem Bett gab es ein Poster an der Wand – ein Kunstdruck von Van Goghs Sonnenblumen – und eine Schubladenkommode mit Bleistift und Papier darauf. Genug für Asmodeus, um damals ein veritables Chaos auszulösen.

Rafi schlief, sehr tief sogar. Ich schaute von ihm zu Paul, dessen Grinsen fast einem Zähnefletschen glich. »Doktor Webb sagt, dass Mister Ditko weiterhin seine Medikamente nehmen muss, bis wir die Ergebnisse der neuen Bewertung kennen. Zur gleichen Zeit, in gleicher Dosis. Als er nicht allein hier drin war, konnte er anscheinend die Wirkung der Medikamente neutralisieren, wann immer er es für notwendig hielt. Nun hingegen hauen ihn die beiden Temazepam-Kapseln, die er um neun Uhr abends schlucken muss, bis zum Morgen total um.«

Das überraschte mich nicht, denn das war Webb, wie er leibte und lebte – ein Bastard durch und durch von der Art, sich stur an die Regeln zu halten und sich damit zu entschuldigen, dass ihm die Hände gebunden seien. Da niemand anwesend war, dem ich meine Absicht erklären musste, begann ich ohne Einleitung das zu tun, weshalb ich dorthin gekommen war. Indem ich die Schere aus dem Erste-Hilfe-Kasten im South Bank Centre zückte, schnitt ich Rafi behutsam eine Haarsträhne ab, ohne ihn zu wecken.

»Wofür brauchen Sie sein Haar?«, fragte Paul, wobei sein Gesicht so etwas wie Abscheu widerspiegelte.

»Es ist ein Köder«, sagte ich grimmig. Pauls Abscheu konnte bei Weitem nicht so gründlich sein wie meiner. Ich kannte die Wahrheit. Es wäre die letzte Option, sagte ich mir. Ich würde mich ihrer erst dann bedienen, wenn alles andere versagte. Andererseits würde ich ohnehin nicht nahe genug an ihn herankommen, um die Strähne einzusetzen. Und das Timing musste absolut perfekt sein, daher war durchaus damit zu rechnen, dass ich diesen kleinen Abstecher völlig umsonst machte.

Das betete ich mir zumindest dreimal vor. Doch ich fühlte mich deswegen keinen Deut besser.

Ich steckte die Schere in die Tasche und wickelte das Haar um den Ringfinger meiner linken Hand, wo ich es nicht verlieren konnte. Dann, ein wenig unbeholfen, weil Paul noch immer dicht hinter mir stand und auf meinen Rücken starrte, ging ich auf den Fußboden hinunter und schlug die Beine über Kreuz. Mit gesenktem Kopf und geschlossenen Augen begann ich leise zu pfeifen.

Ohne Instrument war es ungleich schwieriger, aber nicht völlig unmöglich. Damals, als es noch absolut wahnsinnig und schlimm und tödlich war, Juliet zu kennen, und sie im Begriff war, mich mit Haut und Haar und Seele zu verschlingen, konnte ich mich aus den Fängen des Todes (tatsächlich war es ein anderer Teil der Anatomie des Todes, aber wir sollten uns nicht mit solchen Dingen aufhalten) befreien, indem ich mit der Hand einen Rhythmus trommelte. Alles, was wir Geistbrecher tun, ist lediglich eine Metapher – sichtbar oder hörbar oder was zur Hölle auch immer – für etwas, das sich in unserem Geist abspielt. Die Grenzen bestimmen wir selbst.

Ich pfiff eine alte Melodie, die unter zahlreichen Titeln bekannt war – einer lautete »The Flash Lad«. Es war eine Ballade von einem Straßenräuber und datierte aus dem achtzehnten Jahrhundert, und wenn man sich den Text genau anhörte, hatte sie ein trauriges Ende. Allerdings hatte sie eine hübsche Melodie und schien für das geeignet zu sein, was ich zu tun versuchte.

Damals, als Asmodeus das erste Mal in Rafis Körper eindrang, hatte ich spektakulär dabei versagt, ihn vollständig zu erkennen. Deshalb hatte ich die Sache gründlich vermasselt und Rafis Seele unlösbar mit dem Wesen des Dämons verbunden. Aber ich hatte seitdem einige hundert Mal für Rafi die Tin Whistle gespielt und den Dämon eingeschläfert, damit mein Freund sich für einige Stunden von der Hölle erholen konnte, die ich auf ihn herabbeschworen hatte. Daher kannte ich Asmodeus diesmal ganz gut. Ich spürte ihn in meinen Fingern, wusste, wie er in meinem Geist klang. Ich kannte seine Melodie.

Ich tastete mich an die Andeutung eines Rufs heran und spürte, wie der Dämon reagierte. Schwach – unendlich schwach –, aber unverwechselbar. Schnell änderte ich den Rhythmus und die Tonlage. Ich konnte den Kontakt nicht einfach abbrechen, aber ich konnte mich behutsam zurückziehen wie ein Angler, der die Spannung der Schnur verringert, damit der Fisch sich befreien und flüchten kann. Ich wollte Asmodeus nicht noch einmal in dieser engen Zelle gegenübertreten. Unter gar keinen Umständen. Aber ich wollte sichergehen, dass er zugegen war. Und obgleich die Masse seines monströsen Ichs in die kalten Steine der Saint Michael's Church eingebettet war, krallte sich ein Zipfel von ihm noch immer an Rafael Ditkos Seele.

Ich hatte, was ich brauchte, und Rafi hatte sich nicht ein einziges Mal gerührt. Ich ließ die Melodie ausklingen und verstummen und erhob mich, wobei mich ein scharfer Schmerz in meinem Bein zusammenzucken ließ. Es fühlte sich an, als hätte ich dort eine Prellung erlitten – wahrscheinlich bei der Gelegenheit, als Gwillam und seine Werwölfe mich in den Lagerraum gestoßen hatten, während ich bewusstlos war.

In diesem Moment schlug Rafi die Augen auf. Für ein oder zwei Sekunden konnte er nichts erkennen – oder vielleicht schaute er auch an mir vorbei auf etwas aus seinen Träumen, das er immer noch sehen konnte. Dann zwinkerte er, als sich ein Schimmer des Erkennens bemerkbar machte.

»Fix«, murmelte er schwerfällig.

»Hallo, Rafi«, sagte ich.

»Das war verdammt unheimlich. Ich habe gerade mit dir geredet.«

»Hast du?«

»Muss ich wohl geträumt haben. Alles okay?«

»Alles bestens, Rafi.«

Er schloss die Augen wieder, und nach einer Sekunde verkündete eine Veränderung in der Art seines Atmens, dass er wieder eingeschlafen war.

»Danke, Paul«, sagte ich und wandte mich zu dem stämmigen Krankenpfleger um, der mir mit einer Art mürrischer Faszination zugeschaut hatte.

»War es das? Haben Sie, was Sie wollten?«

»Mehr oder weniger. Haben Sie ein Mobiltelefon bei sich?«

»Klar.«

»Darf ich das mal haben?«

»Sicher. Aber es ist ziemlicher Mist.«

Er griff mit einer großen Hand in die Tasche und holte einen zierlichen silbernen Apparat heraus, den er als Ohrring hätte tragen können. Ich nahm ihn entgegen und überprüfte den Ladezustand der Batterie, ehe ich ihn einsteckte.

»Und Ihr Feuerzeug«, bat ich.

Paul atmete übertrieben genug aus, um es als Seufzer zu werten. Aber er reichte mir das Feuerzeug ebenfalls.

Ich musterte ihn prüfend. »Soll ich Sie hier mit einschließen, damit Sie eher aussehen wie ein Opfer und weniger, als hätten Sie mitgespielt?«, fragte ich ihn.

Er winkte ab. »Ja, machen Sie nur«, sagte er. »Um ehrlich zu sein, ich denke schon länger daran, mir einen neuen Job zu suchen. Einen Job, wo ich mir nicht so viel Schwachsinn anhören muss. Kommen Sie gut raus, Castor.«

»Danke, Paul. Dafür bin ich Ihnen etwas schuldig.«

»Nicht nur dafür. Verraten Sie mir, wo Sie trinken, dann komme ich an irgendeinem Abend rüber, um zu kassieren.«

»Das Jerusalem in der Britton Street sieht mich ziemlich regelmäßig.«

»Okay. Dann treffen wir uns dort bei Gelegenheit.«

Ich ließ mich raus und dachte vorher daran, die Filmdose unter Rafis Bett zu deponieren, damit es so aussah, als hätte ich tatsächlich geliefert. Das Fatale am Lügen ist, dass es zur Gewohnheit werden kann wie alles andere.

Man muss nur daran denken, irgendwann damit aufzuhören.

21

Nachts mit halsbrecherischem Tempo auf einem Motorrad durch die Straßen einer belebten Stadt zu fahren ist deswegen so toll, weil es einen davon abhält, an irgendetwas anderes zu denken. Wenn man seinem Geist auch nur für eine Sekunde gestattet, einen kleinen Abstecher in andere Gefilde zu machen, macht man so gut wie sicher derart intim Bekanntschaft mit einer Mauer, dass einen nichts außer einem Spatel und einem Eimer wieder herunterholen kann.

Das konnte mich jedoch nicht aufhalten. Ich befand mich in einem seltsamen Gemütszustand, bereit zu einem Kampf, der vielleicht niemals stattfinden würde – oder der längst vorbei war. Wenn Fanke weitergemacht und sein Beschwörungsritual vollendet hatte, dann war Abbies Seele wie ein Zündholz verglüht und benutzt worden, um Asmodeus – nach zwei ungeplanten Zwischenstationen in Rafi Ditko und in der Saint Michael's Church – den Weg auf die Welt der Menschen zu leuchten. Oder falls Fanke sich in der Saint Michael's Church etabliert hatte, jedoch von Gwillam und seinen haarigen katholischen Helfern gestört worden war, dann wären die Satanisten sicherlich längst tot – das wäre prima –, aber Abbie wäre von Leuten exorziert worden, die sich selbst als die Guten betrachteten – das wäre schlimm. So oder so war sie für immer verschwunden, und das Versprechen, das ich Peace gegeben hatte, verwehte zusammen mit den Antworten auf Bob Dylans nette kleine Rätsel im Wind.

Nein, es gab nur eine Hoffnung und ich konnte nur dann etwas bewirken, wenn Fanke noch nicht mit dem Ritual begonnen hatte und die Anathemata nicht wussten, wo es stattfinden würde. Ich musste beides hoffen, nämlich dass einerseits die Logistik des Satanismus um einiges komplizierter war, als es schien, und dass ich das Bewusstsein verloren hatte, bevor Gwillams Injektionsnadel mir zu sehr die Zunge gelockert hatte.

Ich fuhr direkt an Saint Michael's vorbei, so dass ich einen Blick darauf werfen konnte, ohne mich zu irgendetwas zu verpflichten. Kein Licht und kein Anzeichen von Leben. Entweder war alles längst vorbei, oder sie hatten noch nicht angefangen. Oder Fanke zog es vor, in der Dunkelheit zu arbeiten, was wiederum einen gewissen Sinn ergeben würde.

Ich ließ das Motorrad drei Blocks entfernt stehen und ging zu Fuß zurück, den Stapel Filmdosen unter einem Arm und die andere Hand in der Tasche der Lederjacke, wo sie die Pistole umklammerte. Verzweiflung würde mich schwächen, daher versuchte ich das, was ich empfand, in Wut zu verwandeln – was wiederum ganz eigene Probleme mit sich brachte, was Vorplanung und das Bewahren eines klaren Blicks auf die Dinge betraf.

Hier müsste es sein. Wenn es nicht bereits geschehen war, wäre dies der Ort, an dem Fanke erscheinen würde. Ich musste ihn aufhalten, ehe es ihm gelang, Asmodeus anzurufen. Ehe er das übersinnliche Gift, das die Kirchgänger von Saint Michael's bereits geschluckt hatten, in der ganzen Stadt verbreitete – und bevor er die Seele von Abbie Torrington verschlang.

Meine Chancen, das zu schaffen, schätzte ich etwa genauso hoch ein wie weiße Weihnachten, das Jüngste Gericht und die Wiedervereinigung der Beatles (und zwar der lebenden wie der toten) an ein und demselben Tag.

Das überdachte Friedhofstor der Kirche war wie immer verschlossen. Ich schaute schnell die Straße hinauf und hinunter, um zu sehen, ob jemand den Ort observierte, dann kletterte ich hinüber und gelangte auf der anderen Seite auf den Friedhof. Angesichts einer mondlosen Nacht und der Tatsache, dass die Kirche selbst völlig dunkel war, standen mir genügend natürliche Deckungsmöglichkeiten zur Verfügung, so dass ich mir keine Sorgen machen musste, frühzeitig aufzufallen. Ich suchte mir lediglich einen Platz, von dem aus ich das Pfarrhaus beobachten konnte, ohne selbst gesehen zu werden.

Unter einer alten Eiche sitzend, den Rücken an ihren Stamm gelehnt, bereitete ich mich auf eine lange Wartezeit vor. Aber wie sich herausstellte, wurde meine mittlerweile fadenscheinige Geduld nicht allzu stark beansprucht. Kaum eine Stunde, nachdem ich eingetroffen war, lenkte das Klirren einer Kette meine Aufmerksamkeit von der Kirche zurück zum Friedhofstor. Dem Klirren folgte gut eine Sekunde später das knirschende Geräusch eines Bolzenschneiders, der sich durch dicken Stahl fraß. Das Tor schwang auf, und drei Gestalten gingen schweigend hindurch. Eine von ihnen warf die Kette und das Vorhängeschloss kurz hinter dem Tor achtlos auf den Boden.

Dort wo ich saß, wurde ich vom Schatten des Baums und der undurchdringlichen Schwärze der Nacht vollkommen verborgen. Nicht nur fehlte das Licht des Mondes, sondern auch der Himmel war völlig klar, daher gab es keine Wolken, die das vielfältige matte Licht der Straßenbeleuchtung reflektiert hätten. Im Gegensatz zur allgemein üblichen Auffassung kann man bei reinem Sternenschein nicht allzu viel erkennen.

Zwei der drei Männer – zumindest legte ihre Körpergröße die Vermutung nahe, dass es Männer waren – gingen zur Tür der Sakristei. Der dritte baute sich am Friedhofstor auf, entweder als Wache oder um irgendeine zeremoniellere Funktion auszuüben.

Die Männer hatten Brechstangen mitgebracht, aber sie brauchten sie nicht, da die Tür zur Sakristei nach Juliets Attacke am vorangegangenen Tag immer noch an nur einer Angel hing. Sie drückten sie vollends auf und gingen hindurch.

Mittlerweile kamen weitere Leute durch das Tor vorbei an dem Mann, der Wache hielt. Einige von ihnen trugen Sporttaschen und Schultertaschen. Einer hatte sich einen langen Kasten auf den Rücken geschnallt, der aussah, als enthielte er eine Angelrute. Allem Anschein nach war es ein völlig reguläres Jäger- und Anglertreffen.

Ich zählte etwa zwei Dutzend von ihnen, während sie innerhalb der nächsten zehn Minuten zu zweit oder zu dritt herein schneiten. Sie mussten ihre Ankunft entsprechend aufeinander abgestimmt haben, damit jemand, der zufällig auf der Straße vorbeikam, nicht sofort auf sie aufmerksam wurde. Genauso hatten sie es wahrscheinlich eine Woche zuvor bei ihrem Treffen im Versammlungshaus der Quäker inszeniert. Diskretion war die Parole des modernen Geisterbeschwörers. Man durfte auf keinen Fall die Nachbarn stören, sonst wurde man nie mehr eingeladen. Ich fragte mich flüchtig, welche Art von Leuten es für eine tolle Idee hielt, ihre Wochenenden mit dem Ermorden von Kindern zu verbringen, um die Herrschaft der Hölle auf Erden heraufzubeschwören, aber ich gab ziemlich schnell auf. Je weniger ich über sie wusste, desto lieber war es mir.

Fanke selbst war, als er eintraf, unverwechselbar. Es war nicht so, dass er eine auffällige Statur hatte. Es war die hündische Ergebenheit der Männer, die an seiner Seite gingen oder eher ein paar Schritte hinter ihm auf beiden Seiten, und die Art, wie der Wächter am Tor sich tief verbeugte, als sie ihn passierten. Er ließ sich nicht dazu herab, diesen Akt der Selbstkasteiung durch eine Reaktion zu würdigen. Er marschierte einfach weiter, wobei ihn seine Arroganz umgab wie ein weithin sichtbarer Glorienschein. Ich streichelte wieder die Pistole. Wenn ich mir hätte sicher sein können, dass Fankes Tod das Ritual verhindert hätte, und wenn ich mehr auf meine Zielgenauigkeit hätte vertrauen können, hätte ich jede Kugel im Magazin auf ihn abgefeuert. Aber es wäre zu deprimierend gewesen, wenn ich es versucht und ihn verfehlt hätte und danach hätte hilflos zuschauen müssen, wie diese Bastarde ihr teuflisches Werk fortsetzten. Nein, die Pistole war in meiner Hand als Abschreckungsmittel weitaus wirksamer. Solange ich sie nicht benutzte, würde niemand bemerken, was für ein lausiger Schütze ich war.

Als die letzten Nachzügler hereingekommen waren, zog der Wächter das Tor zu und band es mit einem Strick oder vielleicht auch einem Draht fest – von meinem Standort aus konnte ich es nicht genau erkennen. Ich hoffte und erwartete, dass er sich zu seinen Freunden vor dem Altar gesellte, aber das tat er nicht. Er lehnte sich an die Mauer und blickte durch den Spalt, wo sich eine Torangel gelockert hatte, hinaus auf die Straße. Als ich zur Sakristei schaute, glaubte ich in den tiefen Schatten an der Tür eine Bewegung wahrzunehmen. Dann flammte die Beleuchtung im Kirchenschiff auf, und der Mann, der an der Tür stand, war deutlich zu erkennen.

Zwei Wächter. Keine Sichtverbindung zwischen ihnen, aber ich konnte mich keinem der beiden nähern, ohne dem anderen gleichzeitig meine Position zu verraten. Ich wollte wirklich nicht, dass Fanke von meiner Anwesenheit erfuhr, ehe ich bereit war, ihm gegenüberzutreten. Daher musste ich diese beiden Kerle ausschalten, leise, ohne in der Kirche einen Alarm auszulösen – und es musste schnell geschehen, ehe das Ritual zu weit fortgeschritten war, um gestoppt zu werden.

Ich dachte über verschiedene Varianten des Steinewerfens und verschiedene Ablenkungsmanöver nach, ehe ich schließlich bemerkte, dass es einen Weg auf das Dach der Sakristei gab. Von dort, wo ich mich befand, konnte ich weit nach rechts schleichen, mich auf die hintere Friedhofsmauer schwingen und von dort das abfallende Schieferdach erreichen. Sofern es mein Gewicht trug, konnte ich mich dem Mann an der Tür nähern, ohne dass der Torwächter mich kommen sah.

Okay, das war der Plan – falls man es so nennen konnte, ohne gegen die Warenbezeichnungsvorschriften zu verstoßen. Ehe ich ihn jedoch in die Tat umsetzte, musste ich noch etwas anderes tun. Ich holte Pauls Mobiltelefon hervor und gab im Dunklen eine Nummer ein, indem ich den erhöhten Punkt auf der Fünf als Orientierung für meinen tippenden Daumen benutzte. Das Rufzeichen erklang laut und deutlich in meinem Ohr – aber nur dort, Gott sei Dank.

»Notrufzentrale. Wohin möchten Sie verbunden werden?« Eine Frauenstimme. Aufgeräumt und unpersönlich.

»Die Polizei«, murmelte ich kehlig.

»Sie werden durchgestellt.«

Ich wartete. Nach etwa zehn Sekunden wurde die Stille durch ein weiteres Rufzeichen unterbrochen. Ein Mann meldete sich. »Polizeirevier Bowater Street. Wie kann ich Ihnen helfen?«

»Sie können mich mit der Uxbridge Road verbinden«, knurrte ich.

Eine kurze Pause entstand. »Es tut mir leid, ich habe Sie nicht verstanden. Wie kann ich Ihnen helfen?«

»Verbinden Sie mich mit der Uxbridge Road«, wiederholte ich. »Dies ist ein Notfall.«

Ich wartete wieder. Dies war zwar nicht der Weg, den Notrufe nehmen sollten, aber ich wusste, dass die Zentrale jeder Telefonvermittlung eine direkte Leitung zu allen anderen schalten konnte. Falls der Typ weitere Informationen von mir wollte, brauchte ich ihm nur einige Details zu nennen. Anderenfalls …

»Hier ist Uxbridge Road. Haben Sie ein Problem, Sir?«

»Ich habe eine Nachricht«, antwortete ich, »für Detective Sergeant Basquiat. Bestellen Sie ihr, sie komme von Felix Castor. Ich befände mich in der Saint Michael's Church in der Du Cane Road, und dass Anton Fanke ebenfalls dort ist. Sagen Sie ihr, sie solle sofort hierherkommen – und reichlich Kollegen mitbringen.«

Ich unterbrach die Verbindung und steckte das Telefon ein. Ich hatte jetzt zwei Joker ins Spiel gebracht, und das müsste eigentlich in jedem Fall ausreichen. Ganz gleich, was als Nächstes geschah und was mir dabei zustoßen sollte, ich konnte mich damit trösten, dass Fanke und seine religiös fehlgeleiteten Freunde erhebliche Probleme haben würden, das Gebäude lebend oder ungehindert zu verlassen.

Ich stand so langsam und gleichmäßig auf, wie ich konnte, und schlich mit gebeugten Knien zwischen den Grabsteinen hindurch, damit mein Kopf vor dem Himmel nicht zu erkennen war. Auf den ersten zehn Metern war ich für beide Männer deutlich zu sehen, falls sie sich zufällig umdrehten. Ich verließ mich darauf, dass die dichten Schatten meine Aktionen verbargen und dass der ferne Straßenlärm jeden Laut erstickte, den ich möglicherweise erzeugte. Trotzdem bewegte ich mich so vorsichtig wie möglich, hob kaum einen Fuß vom Boden, damit ich nicht auf einen Zweig oder eine leere Getränkedose trat und damit meine Anwesenheit verriet.

Sobald ich weit genug gelangt war, dass mir die Sakristeimauer die nötige Deckung lieferte, entspannte ich mich ein wenig. Ich richtete mich auf, steigerte mein Tempo und erreichte die Mauer mit ein paar fast normalen Schritten. Sie in der Dunkelheit zu ersteigen war schwieriger, als ich erwartet hatte, denn auch wenn ich unten einen festen Stand fände, könnte ich immer noch zwei oder drei Meter höher festhängen, mich mit ausgebreiteten Armen an die Mauer klammernd wie eine schlechte Jesus-Christus-Kopie. Einmal löste sich ein loser Stein unter meinem Fuß und landete mit einem deutlich hörbaren dumpfen Laut unter mir auf dem Erdboden. Ich erstarrte, lauschte auf sich nähernde Schritte, aber niemand kam. Ich kletterte mit zusammengebissenen Zähnen weiter und musste plötzlich daran denken, dass mich auf der Mauerkrone vielleicht Stacheldraht oder einzementierte Glasscherben oder sonst irgendein Mist erwarteten, Dinge, die ich bei Tageslicht zwar gesehen, jedoch nicht bewusst registriert oder schlichtweg vergessen hatte.

Nichts dergleichen. Die Steine bildeten eine unebene Fläche, jedoch war die Mauerkrone breit genug, so dass ich problemlos darauf stehen und gehen konnte. Und das Dach bot überhaupt keine Schwierigkeiten. Die Regenrinnen waren alt und bestanden aus solidem Metall anstelle des sonst üblichen PVC-Materials und trugen mein Gewicht, ohne merkbar nachzugeben.

Während ich mich gegen die Neigung der Dachziegel lehnte, bewegte ich mich von der Rückseite der Sakristei zur Vorderfront. Jetzt konnte ich mich umsehen und nach unten schauen und sah den Eingang unter mir als matten Lichtschein, der herausdrang und auf dem Kiesbelag ein blassgoldenes verzerrtes Rechteck erhellte. Innerhalb dieser beleuchteten Fläche verriet mir ein dunkler Fleck unweit des Mittelpunkts, wo Fankes Türwächter stehen musste. Den Mann selbst konnte ich jedoch nicht sehen.

Jetzt war nicht der Zeitpunkt für raffinierte Bluffs, für Feinheiten oder besondere Cleverness. Alles, was mir in diesem Moment einfiel, war, die Hand auszustrecken und mit dem Lauf der Pistole gegen die Mauer zu schlagen. Das erste Mal erzielte ich keine Reaktion, ebenso wenig beim zweiten Mal. Der Verkehrslärm von der Straße überdeckte das leise Geräusch. Beim dritten Mal hatte ich Erfolg. Unter mir in der Dunkelheit erschien eine schwarze Gestalt, und ein bleiches Gesicht schaute zu mir hoch. Ich sprang einfach ins Leere.

Der Knabe wusste nicht, wie ihm geschah, und vielleicht würde er niemals aufwachen, um es zu erfahren. Während ich auf ihm landete, schlug ich mit dem Pistolengriff zu und nutzte die Schwerkraft und meinen Schwung, um dem Schlag zusätzliche Wucht zu verleihen. Der Pistolengriff traf seinen Schädel mit einem soliden, leichte Übelkeit erregenden Laut, und der Mann brach unter mir zusammen und verhalf mir zu einer weitaus weicheren Landung, als ich erwartet hatte.

Ich kostete sie jedoch nicht lange aus. Ich rollte mich zur Seite, kam hoch und huschte an der Rückwand der Kirche entlang bis zu dem Punkt, wo das Friedhofstor stand. Meine Füße knirschten auf dem Kies, aber das konnte ich nicht vermeiden. Ich musste annehmen, dass der Mann am Tor meine Landung gehört hatte und wissen wollte, was zum Teufel diese Unruhe zu bedeuten hatte.

Ich erreichte die Ecke des Gebäudes im selben Moment, als er dahinter zum Vorschein kam. Das funktionierte ganz gut, denn ich erwartete ihn, und er rechnete überhaupt nicht mit mir. Er rechnete auch nicht mit der Faust, die sich in seine Magengrube bohrte. Mit einem erstickten, abrupt gekappten Grunzen brach er zusammen. Ich drehte ihn mit einer Hand auf seiner Schulter um und rammte seinen Kopf einmal, zweimal und ein drittes Mal gegen einen günstig platzierten Grabstein. Nach dem dritten Kontakt verlor er jedes Interesse an der Auseinandersetzung. Ich ließ ihn los, und er sackte wie eine Gummipuppe zu Boden.

So weit, so gut. Ich drehte ihn, die Pistole schussbereit in der Hand, auf den Rücken, um mich zu vergewissern, dass er nicht bluffte. Er war wirklich bewusstlos, und aus einem Winkel seines schlaffen Mundes rannen Blut und Speichel in einem dünnen Rinnsal. Auch auf seinem Schädel glänzte Blut.

Egal. In Anwesenheit des Herrn müsste die Rache eben mein sein.

Ich ging zu »meiner« Eiche und sammelte die Filmdosen ein, dann kehrte ich zur Sakristeitür zurück und machte dabei einen Bogen um den ersten Wächter. Ich spielte kurz mit dem Gedanken, die beiden Körper aus dem Weg zu schaffen und zwischen die Gräber zu schleifen, aber in meinem Kopf tickte eine Uhr. Die Fenster der Kirche bestanden aus buntem Glas. Niemand würde die außer Betrieb gesetzten Männer sehen, es sei denn, Leute kämen durch das überdachte Tor und hätten die Absicht, die Kirche durch die Hintertür zu betreten. Und wenn das geschähe, wären sie mir gegenüber ohnehin im Vorteil.

Ich lauschte für einen Moment an der Tür, dann schlüpfte ich hinein. Der Chorraum selbst war leer, wie ich es erwartet hatte. Ich ging weiter zur anderen Tür, die in die Kirche führte.

Sie stand offen. Ein fernes Stimmengemurmel drang hindurch sowie das leise Klappern widerhallender Schritte, doch von meinem Beobachtungspunkt aus war nichts zu sehen. Der Altarraum war verlassen, wie ich gehofft hatte. Wenn mir das Glück gnädig war, fand das, was im Augenblick geschah, im Kirchenschiff in der Nähe des Hauptaltars statt.

In der Sakristei lag ein Teppich für weiche priesterliche Füße. Bevor ich hinausging in den Altarraum, streifte ich meine Schuhe ab. Ich wollte nicht, dass mich die hervorragende Akustik der Saint Michael's Church verriet, ehe ich Gelegenheit hatte, meine Vorbereitungen zu treffen.

Der Steinboden war so kalt, dass ich mich beinahe peinlicherweise selbst verraten hätte, indem ich einen lauten Schrei ausstieß. Es fühlte sich an, als würde eine parasitäre Pflanze der gefrorenen sibirischen Tundra ihre Schösslinge durch meine Fußsohlen in meine zitternden Beine schieben. Ich bedauerte sofort, die Schuhe ausgezogen zu haben, aber jetzt war es zu spät, diese Entscheidung rückgängig zu machen.

Ich stahl mich durch den Altarraum bis zu dem Punkt, wo er auf den Mittelgang des Kirchenschiffs traf. Das Licht kam von einem Ende des höhlenartigen Raums – vom Altarende, wie ich vermutet hatte. Satanisten haben einen Hang zur Sünde, zu Grenzüberschreitungen, Regelverstößen. Sie sind so verdammt berechenbar, dass es noch nicht einmal spaßig ist. Dort, wo ich mich befand, herrschte tiefer Schatten, und ich konnte mich einigermaßen sicher darauf verlassen, dass ich, wenn ich hinter der Wand hervorspähte, nicht gesehen wurde.

Sie waren noch in die Vorbereitungen vertieft. Die mit langen Gewändern bekleideten Gestalten schoben Stühle hin und her, um unterhalb des Altars eine freie Fläche zu schaffen. Einer der Männer – Fanke selbst, dem roten Gewand nach zu urteilen, das Peace mir bereits beschrieben hatte – kniete in der Mitte der Fläche, und ein kratzendes, schabendes Geräusch lieferte mir einen deutlichen Hinweis darauf, was er tat: Er zeichnete den Kreis des Bösen.

Demnach waren die Kiddies auf die eine oder andere Art und Weise beschäftigt. Wenn sie bereits damit begonnen hätten, in einem Ring zu tanzen und zu singen, hätte ich irgendjemandem einen Warnschuss in den Rücken gejagt und wäre wie ein Donnerschlag dazwischengefahren – es wäre eine Wiederholung von Peaces ruhmreichem Auftritt vor einer Woche geworden – aber so wie es aussah, hatte ich Zeit genug, um mein Ass im Ärmel in Position zu bringen. Ich ging auf alle viere hinunter, oder genauer, auf alle drei, denn ich drückte die Filmdosen mit dem linken Arm an meine Brust, und das mit einiger Kraft, damit sie nicht klapperten und mich verrieten. Im Krebsgang verließ ich den Schatten des Altarraums, gelangte zur ersten Bankreihe und schlängelte mich so leise wie möglich hinein. Dann setzte ich meine Last mit äußerster Behutsamkeit ab und packte aus.

Wie bereits angedeutet, ist altes Filmmaterial der wahrscheinlich brennbarste Stoff auf Erden. Für einen Molotow-Cocktail braucht man eine Flasche, einen Stoffstreifen und alle möglichen anderen Utensilien. Zelluloidfilm brennt einfach und verwandelt sich augenblicklich in siedenden Kunststoff, beißenden Rauch und blauweißes Feuer wie die Flamme eines Schneidbrenners. Man braucht nur ein brennendes Zündholz daraufzuwerfen und sollte dann zusehen, dass man möglichst weit weg ist, wenn die Flamme überspringt.

Als Zünder benutzte ich eine Votivkerze, die ich auf dem Weg durchs Querschiff aufgehoben hatte. Es war eine der Kerzen, die heruntergefallen waren, als ich am Abend vorher den Tisch umgestoßen hatte. Die Kerze war gut drei Zentimeter dick, aber ich zerbrach sie mit den Händen und erstickte das Geräusch in meiner Jacke. Ich entfernte die festen, beinahe durchsichtigen Bruchstücke, so dass nur noch der glänzende Docht übrig blieb – eine improvisierte Lunte, steif und mit Wachs getränkt.

Die Geräuschkulisse, die aus dem vorderen Teil der Kirche an meine Ohren drang, hatte sich mittlerweile verändert. Die Schritte waren verstummt und ein rhythmischer Sprechgesang hatte eingesetzt. Ich hoffte, dass die satanistische Liturgie genauso weitschweifig war wie die reguläre. Ich brauchte noch zwei Minuten.

Ich öffnete die Filmdosen, suchte den Anfang des jeweiligen Films, zog jedes Ende etwa dreißig Zentimeter weit aus der Dose heraus und verknotete die Enden miteinander wie die fünf verschlungenen Schwänze des Rattenkönigs aus den alten Volksmärchen. Das untere Ende meiner Lunte schob ich dazwischen und sorgte dafür, dass sie aufrecht stand. Dann zündete ich sie am oberen Ende an. Zuerst brannte sie hell und ruhig, dann wurde die Flamme kleiner, als sich die Kälte und der Hass in den Kirchenmauern auf den kleinen Lichtpunkt konzentrierten. Ich beobachtete die Flamme sekundenlang mit wachsendem Zweifel, aber sie stabilisierte sich. Ich konnte nicht sicher sein, ob sie es schaffte, bis zu den verknoteten Filmstreifen herunterzubrennen, aber es war das Beste, was ich unter diesen Umständen zustande bekam.

Eine einzelne Stimme hatte sich über die gemurmelten Antworten der Altarhelfer erhoben. Fankes Stimme, leise und erregend und ernst. Ich rechnete mit irgendwelchem mittelalterlichem Mumpitz von der Art, dass Luzifer ein guter alter Junge ist und gerne den Ruf der Betenden erhören und ihm folgen wolle, aber dies klang älter – und meine klassischen Griechischkenntnisse reichen nur bis »Wo geht es zur Toilette?« und »Ich möchte Retsina zum Essen«.

»Aberamenthô oulerthexa n axethreluo ôchnemareba«, deklamierte Fanke, und seine Stimme wurde lauter und dröhnender. »Iaô Sabaôth laeô pakenpsôch pakenbraôth saberbariaôth sabarbatianê sabarbaphai. Satana. Beeözebub. Asmode.«

Ich hätte mir keinen besseren Moment für meinen Auftritt aussuchen können. Ich erhob mich von den billigen Plätzen, feuerte einen Schuss in die Decke, und der Lärm tobte durch den Raum wie die Stimme Gottes. Die Satanisten fuhren mit offenem Mund herum, und Fanke stockte in seinem Vortrag. Ich trat aus der Bank in den Mittelgang und richtete die Pistole auf seine Brust.

»Hey, Anton«, sagte ich und schlenderte ohne Eile auf ihn zu. »Steve. Dylan. Wie immer Sie sich heute nennen. Wie läuft's so? Falls es Sie interessieren sollte, ich weiß, wie das hier endet. Ihre nächsten Worte lauten ›Ich ergebe mich‹. Danach drehen Sie sich um, legen die Hände auf das Altargeländer, spreizen die Beine und verhalten sich still.«

Die Altarhelfer wichen auf beiden Seiten vor mir zurück. Als sie das letzte Mal einem selbstgerechten Irren mit Pistole gegenübergestanden hatten, hatten sie eine Metamorphose von Chorsängern zu beweglichen Zielen durchgemacht, und diese Erfahrung hatte offensichtlich ihre Spuren hinterlassen. Fanke stand hingegen seinen Mann, und der Ausdruck seines Gesichts änderte sich nicht, außer dass eine Prise abfälliger Verachtung der eisigen Überlegenheit, die schon jetzt seine Miene prägte, hinzugefügt wurde. Das brachte mich ein wenig auf die Palme.

»Gehen Sie von dem Kreis weg«, sagte ich, nachdem ich nahe genug herangekommen war, so dass ich die Stimme nicht mehr erheben musste. Ich versuchte die Strohmänner halbwegs im Auge zu behalten für den Fall, dass sie in ihren Taschen herumwühlten und ihre Eier wiederfanden. Aber die erste Kugel war auf jeden Fall für Fanke bestimmt, und die zweite, die dritte und die vierte ebenfalls, wenn es nicht anders ging.

Er rührte sich nicht. Seine Körperhaltung war ein wenig steif, die linke Schulter knapp höher als die rechte. Ich erinnerte mich, dass er spastisch zuckte, als Peace seinen zweiten Schuss abgefeuert hatte. Fanke hatte sich eine Kugel eingefangen, entweder in der Schulter oder in seinem rechten Oberarm. Aber er war ein Soldat, und die Show musste weitergehen.

»Castor«, sagte er mit einem Tonfall mitleidiger Herablassung. »Ich habe Ihnen das Leben geschenkt. Sicher, ich habe Ihnen eine ganze Menge anderer Dinge weggenommen, aber unterm Strich, so dachte ich, dürfte die Bilanz ausgeglichen sein. Und jetzt tauchen Sie hier auf. Und vielleicht passt es ja trotz allem ganz gut, dass Sie hier sind, um meinen Herrn, Asmodeus, zu begrüßen, wenn er erscheint.«

»Er hat seinen Zug verpasst«, schnappte ich. »Er bat mich, seine Grüße zu überbringen. Und jetzt gehen Sie von dem verdammten Kreis weg, Fanke, oder ich schwöre beim Grab meiner gesegneten Mutter, dass ich Ihnen so viele Löcher verpasse, dass man durch sie die Darstellung Christi auf dem mittleren Bild hinter ihnen betrachten kann.«

»Nein.« Fanke schüttelte den Kopf und schaute zu Boden, als meditiere er über die menschliche Torheit. »Das tun Sie nicht. Patience?« Ich verstand das letzte Wort als eine Art arroganten Ratschlag, bis eine Frau rechts von mir mit zitternder Stimme antwortete: »Ja, Magister?«

»Sag Mister Castor, wie viele Opfer wir für heute Abend vorbereitet haben.«

»Drei, Magister. Es sind drei.«

»Und in welcher Reihenfolge?«

»Zuerst das Ki…, den Geist. Der Geist, der bereits geweiht wurde. Dann der Dämon. Zuletzt die Frau.«

Augen links, nur ganz kurz und mit dem Finger am Abzug, so dass ich, wenn Fanke sich überhaupt einen Deut bewegte, sofort auf ihn feuern konnte. Dieser schnelle Blick reichte aus, um zu bestätigen, was ich mehr oder weniger längst wusste. Die Frau, die antwortete, hatte ich ein paar Tage zuvor in meinem Büro kennengelernt – es war die Frau mit dem schrecklich zugerichteten Gesicht, die mir als Melanie Torrington vorgestellt worden war. Dann schaute ich wieder zu Fanke, der den Kopf hob und meinen Blick erwiderte. Er wirkte eigentlich nicht selbstgefällig. Seine Miene drückte aus, dass er mich zu durchschauen nicht als besondere Leistung empfand.

»Diesmal wollte ich ganz sichergehen«, murmelte er. »Der Geist des Kindes sollte die Beschwörung abschließen und meinen schrecklichen Herrn von diesem … Ort befreien. Aber nur für alle Fälle hielt ich es für sinnvoll, es mit einem Hecateum zu versuchen – einer dreifachen Gabe, die Lebenden und Toten, Männern und Frauen, Geist und Fleisch gerecht wird.«

Ich machte einen weiteren Schritt auf ihn zu und tippte mit dem Pistolenlauf tatsächlich gegen seine Brust. Diesmal gab er nach, nur sehr leicht, und sein Rücken stieß gegen das Altargeländer. Ich war froh, bei ihm endlich so etwas wie eine Reaktion ausgelöst zu haben.

»Zeigen Sie sie mir«, forderte ich ihn auf.

»Nein. Nehmen Sie die Pistole runter.«

Ich hielt seinem Blick stand und wiederholte mit Nachdruck: »Zeigen Sie sie mir. Oder Sie und ich fahren ein wenig früher als erwartet in die Hölle hinab.«

Fanke drehte sich zu der Frau um. »Bring sie her«, sagte er. Sein Befehl klang so gleichgültig und lebensüberdrüssig, als wäre ihm jetzt wirklich alles egal. Er hatte in meinen Augen erkannt, dass ich bereit war zu schießen, und er hatte es sich offenbar anders überlegt und verzichtete darauf, mich bluffen zu wollen. Das wollte etwas heißen.

Hektische Aktivität brach aus, als Gestalten in langen Gewändern sich beeilten, seine Befehle auszuführen. Wenn ich jemals einem Kult beiträte, dann mindestens in der Führungsebene. Am unteren Ende der Leiter erwartet einen einfach zu viel Fußarbeit.

Ich verfolgte die Aktivitäten aus dem Augenwinkel. Pen und Juliet waren noch nicht einmal in einem anderen Raum, sondern sie lagen im Schatten der Kanzel nebeneinander auf dem Boden. Juliet befand sich noch immer im Koma oder in Trance oder in was auch immer und reagierte nicht, während sie herbeigetragen und halb rechts hinter Fanke abgelegt wurde. Pen war gefesselt, geknebelt, bei Bewusstsein und raste vor Wut. Sie schaffte es, einem Satanisten in einen Körperteil zu treten, den er wahrscheinlich dem Dunklen Herrn geweiht hatte. Er knickte mit einem unmännlichen Jaulen nach vorn ein und ließ ihre Beine fallen. Zwei andere Männer traten vor und halfen, sie herbeizuschaffen, damit ich sie betrachten konnte. Sie legten sie links neben Fanke auf den Boden, so dass er aus meiner Sicht von zwei wohlgestalteten Geiseln eingerahmt wurde.

Dann, mit einem perfekten Gespür für Theatralik, streckte er mir die geballte Faust wie zu einem Salut entgegen, ehe er sie öffnete, um mir Peaces Medaillon zu zeigen – an einer neuen Kette –, das an seinem Zeigefinger baumelte. »Veni, puella«, murmelte er. Abbies Geist materialisierte sich ziemlich abrupt um seine Hand und war sichtlich erschrocken und verängstigt.

Sie ließ den Blick hin und her springen, schaute von Gesicht zu Gesicht, nahm den Anblick der in dichten Reihen gestaffelten Satanisten in sich auf und fixierte mich über den magischen Kreis hinweg. Auf mir ruhte ihr Blick am längsten, aus großen Augen und voller Hass.

»Ich lüge nicht um der Optik willen, Castor«, sagte Fanke durch ihren durchscheinenden Körper zu mir. »Ich lüge, um genau umrissene Ziele zu erreichen. In diesem Fall habe ich, wie Sie sehen können, die Wahrheit gesagt. Sie können die Waffe jetzt herunternehmen – es sei denn Sie denken, dass mein Ableben Pamelas Tod aufwiegt. Denn mein Tod ist alles, was Sie im günstigsten Fall erreichen können. Die Zeremonie wird auf jeden Fall fortgesetzt und abgeschlossen.«

»Wo ist Ihr Mann?«, wollte ich wissen und versuchte noch immer, Zeit zu gewinnen.

Fanke lächelte tatsächlich. »Ich habe keinen«, gab er zu. »Ich hatte vor, Ihren Zombie-Freund zu benutzen – Nicholas Hearth. Ja, ich weiß von ihm. Ich weiß über Ihr Leben alles, was man wissen muss. Ich bin schließlich schon lange dicht an Ihnen dran. Aber als meine Leute den Zombie holen wollten, fanden sie diese andere Kreatur und konnten der Versuchung nicht widerstehen. Mein Gott hat für Succubi nicht viel übrig. Es erscheint irgendwie passend, ein Exemplar dieser Art der Flamme zu übergeben, die ihn aus seinem Gefängnis befreien soll.«

Seine Augen fixierten mich, spöttisch und bösartig. Es waren die Augen eines Mannes, der sich verdammt sicher war, sämtliche Trümpfe in der Hand zu haben.

»Ein männliches Wesen wäre trotzdem nützlich«, sagte er, »und wenn auch nur wegen des Gleichgewichts. Aber das liegt ganz an Ihnen. Sie können diese *Film-noir*-Illusion bis zum bitteren Ende ausleben, wenn Sie wollen. Oder Sie nehmen Pamela Bruckners Platz ein und sterben in unserem Kreis. Das gestatte ich. Wenn Sie die Pistole auf der Stelle herunternehmen und sich bei mir für Ihre Respektlosigkeit entschuldigen.«

Ich zögerte. Er log, natürlich, aber andererseits spielte ich auf x verschiedenen Ebenen auf Zeit.

»Wo ist Nicky jetzt?«, fragte ich und verschaffte mir ein paar weitere Sekunden. Ich vermutete, dass das Wachs an diesem Kerzendocht dicker war, als ich angenommen hatte. Ich vermutete weiter, dass Basquiat nicht angerufen hatte, um sich zu erkundigen, ob Nachrichten für sie hinterlassen worden seien, und ich vermutete, dass mein Glück sich am Ende erwartungsgemäß erschöpft hatte.

Fanke runzelte die Stirn. »Ich glaube, Ihren toten Freund gibt es noch«, sagte er. »Aber die Details sind ein wenig abstrus. Er hatte sich in einen Raum im ersten Stock des Kinos eingeschlossen. Als meine Leute versuchten, die Tür zu öffnen …« Er hielt inne, als er mich grinsen sah. »Nun, wahrscheinlich kennen Sie seine Sicherheitsvorkehrungen bereits. Ich habe eine Anzahl wertvoller Kollegen verloren, ohne den Zombie aus seinem Loch ausräuchern zu können. Aber der Succubus war ein mehr als akzeptabler Ersatz. Sie zu engagieren, war die beste Entscheidung, die ich je getroffen habe, Castor. Damals dachte ich, dass ich die Dinge innerhalb der Familie halten sollte – aber es brachte so viele unerwartete Vorteile mit sich. Zurzeit jedoch halten wir den Ablauf auf, und er wurde lange genug aufgehalten. Bitte – entscheiden Sie sich.«

Fanke sah mich erwartungsvoll an, und ich konnte in seinen Augen erkennen, dass er – im Gegensatz zu mir – überhaupt nicht hatte bluffen müssen. Er würde diese Sache durchziehen, selbst wenn es zur Folge hätte, dass ich seine Innereien mit Hilfe einiger Hohlspitzgeschosse ein wenig umarrangierte. Auf die eine oder andere Art und Weise würde die Show weitergehen.

Indem ich Abbie, deren toter Blick mich immer noch aufspießte, zu ignorieren versuchte, nickte ich.

»Na schön«, sagte ich. »Lassen Sie Pen gehen, geben Sie ihr fünf Minuten, um von hier wegzukommen, danach übergebe ich Ihnen die Pistole.«

»Nein«, sagte Fanke knapp. »Sie geben mir jetzt die Pistole und vertrauen auf mein Ehrenwort, dass ihr kein Leid zugefügt wird. Keine weiteren Verzögerungen. Entscheiden Sie sich.«

Ich wartete vergebens auf eine Explosion in den hinteren Bänken oder auf ein Hämmern des Türklopfers und den Ruf »Hier ist die Polizei!« vom Haupteingang der Kirche. Die Stille, hinter der Asmodeus' feindselige Aufmerksamkeit lauerte wie ein unterschwelliger Infraschall, wurde nicht gestört.

Nach einer langen Pause und gerade als Fanke Anstalten machte, etwas zu sagen – zu seinen Untergebenen, nicht zu mir, denn sein Kopf fuhr zu ihnen herum –, drehte ich die Pistole um und reichte sie ihm mit dem Griff zuerst. Er nickte, mit der Entwicklung sichtlich zufrieden, und nahm sie mir ab. Dann gab er sie weiter an einen hochgewachsenen, leichenblassen Helfer, der plötzlich hinter ihm erschien.

»Und die Entschuldigung?«, fragte Fanke und sah mich an wie ein Schulmeister, der einem widerspenstigen Schüler gut zuredet, weil er nicht den Rohrstock benutzen will.

»Nur wenn Sie lieb Bitte sagen«, sagte ich. »Sie wissen doch, wie man Bitte sagt, oder? Und immer schön lächeln.«

Er schenkte mir das kälteste Lächeln, das ich je gesehen habe.

»Grip, halte Mister Castor ständig in Schach«, sagte er, »und bring ihn zum Kreis. Jemand soll ihm lieber auch noch eine Schlinge aus Klavierdraht um den Hals legen, um zu gewährleisten, dass er auch genau dort bleibt, wohin man ihn platziert. Er sieht aus wie jemand, der sein Wort nicht halten will.«

Die Gefolgsleute in ihren langen Mänteln drängten sich von allen Seiten heran, und viele Hände fanden mich. Ich wurde zum Rand des Kreises geschoben, den ich nun zum ersten Mal ungehindert betrachten konnte. Er war anscheinend mit dem identisch, den ich in der Quäker-Versammlungshalle gesehen hatte. Dieser allerdings war vollständig und nicht unterbrochen von zertrümmerten Fußbodenbrettern. Er war außerdem auf Stein aufgezeichnet worden – und zwar mit der Spitze einer Messerklinge anstatt mit Farbe oder Kreide. Verschiedene halb ausgeformte Rettungspläne, die mir durch den Kopf geisterten, wurden durch den Anblick entmutigt und verabschiedeten sich.

Der Mann, den Fanke Grip genannt hatte, rammte mir die Pistolenmündung nachdrücklicher als nötig ins Kreuz und hielt sie dort, während eine andere Gestalt in langem Mantel – eine große, korpulente Frau – sorgfältig eine Schlinge aus Klavierdraht um meinen Hals legte. Dabei galt ihre Hauptsorge der Unversehrtheit ihrer eigenen Finger. Sobald die Schlinge an Ort und Stelle war, zog sie sie zu, und ich spürte, wie sie unterhalb meines Adamsapfels ins Fleisch schnitt. Die beiden freien Enden waren um Holzklötze gewickelt worden. In jeder Hand hielt sie einen Holzklotz wie ein Sanitäter die Leiterplatten eines Defibrillators, nur war das, was sie in der Hand hielt, die Durchziehschnur einer Guillotine. Wenn ich mich von dieser Position entfernte, würde mein Kopf dort bleiben, während mein Körper versuchen würde, Störtebeker zu imitieren.

Fanke ging um den Kreis herum und blieb mir gegenüber stehen. Abbie begleitete ihn und schwebte gewichtslos in der Luft neben ihm. Seine geballte Faust umschloss den Punkt, an dem sich ihr Herz befunden hätte, wenn sie noch am Leben und im Besitz eines solchen Organs gewesen wäre. Sie in diesem Zustand der Verwirrung und Angst sehen zu müssen, war grässlich.

Die ernst und andächtig dreinblickenden Helfer – außer Grip und der Frau am Klavierdraht – nahmen ihre Positionen in einem größeren Kreis ein, der vom Altargeländer bis zum unordentlichen Stapel weggeräumter Stühle und zu den Quergängen auf beiden Seiten reichte. Mit mindestens vierzig Personen waren sie zahlreicher, als ich angenommen hatte. Einige von ihnen mussten durch den Haupteingang hereingekommen sein, nachdem die anderen alles vorbereitet und die Türen für sie geöffnet hatten. Das erklärte auch, weshalb ich nicht gesehen hatte, wie Pen und Juliet hereingebracht wurden. Einer der Helfer war der kleine Arzt mit dem schottischen Akzent, der mir meine Tetanusinjektionen verpasst hatte, nachdem ich in Pens Hausflur zusammengebrochen war.

Der gekreuzigte Christus blickte auf uns herab und verfolgte das Geschehen mit irritiertem Blick.

»Am liebsten würde ich mit Ihnen anfangen«, sagte Fanke ohne die geringste Feindseligkeit. »Genauso wie Pamela sind Sie hier ein wenig fehl am Platze. In vieler Hinsicht entsprechen Sie nicht der Würde dieses Anlasses. Aber der Geist des Kindes muss freigesetzt werden. Das kann nicht warten. Irgendein anderes Opfer darzubringen, ehe das, welches meinen Herr geweckt hat, abgeschlossen wurde, wäre unklug. Daher müssen Sie warten, bis Sie an der Reihe sind, Castor. Und Sie werden mit ansehen müssen, wie Ihre Bemühungen und

Taschenspielertricks erfolglos bleiben, ehe sie dem Tod in die Arme sinken dürfen. Sie müssen verstehen, dass dies kein Ausdruck von Grausamkeit meinerseits ist. Sondern es ist reine Logistik.«

»Nun, wenn es reine Logistik ist, habe ich nichts dagegen«, erwiderte ich. »Ich fing schon an zu denken, dass Sie mich nicht mögen.« Der Klavierdraht um meinen Hals wurde fast unmerklich enger.

»Marmarauôth marmarachtha marmarachthaa amarda maribeôth«, deklamierte Fanke mit Singsang-Stimme. Die Helfer stimmten in den Gesang ein. »Satana! Beelzebub! Asmode!« Sie streckten die Arme aus, zogen sie wieder zurück und falteten die Hände in einer rituellen Geste.

»Iattheoun iatreoun salbiouth aôth sabathiouth iartherath Adônaiai isar suria bibibe bibiouth nattho Sabaoth aianapha amourachthê. Satana. Beelzebub. Asmode.« Mehr Armestrecken und Händefalten. Ein Helfer an Fankes linker Seite hielt eine Kerze hoch, und ein Helfer rechts von Fanke zündete sie mit einem Fidibus an. Fanke nahm sie in die linke Hand, ohne in seiner Beschwörung innezuhalten. »Ablanathanalba, aeêiouô, iaeôbaphrenemoun. Aberamenthô oulerthexa n axethreluo ôthnemareba.« Obgleich der größte Teil des Raums bereits in totale Dunkelheit getaucht war, schien sich der Bereich in unserer direkten Umgebung noch stärker zu verdunkeln. Ich machte den Fehler, nach oben zu blicken, als ob die Kirche eine eigene innere Sonne besaß, die verfinstert wurde. Etwas hing im Dunkel über uns – etwas wie schwarzer Rauch, außer dass er durchsetzt war mit sich verzweigenden Fasern in einem tieferen Schwarz, die an Venen und Kapillare erinnerten. Der Ausgangspunkt dieser Wucherung befand sich sechs bis sieben Meter über Fankes Kopf und senkte sich auf uns herab. Oder eher auf Abbie, die sie auf sich zukommen sah und sich dagegen wehrte wie eine Fliege in einem Spinnennetz, doch ihre heftigen Bewegungen halfen ihr nicht. »Bitte nicht!«, flüsterte sie. »Oh, bitte nicht!«

Von mittelalterlichen Holzschnitten hatte ich ihn viel kleiner in Erinnerung, aber ich wusste, wen wir vor uns hatten: Asmodeus, der sich in Reaktion auf Fankes Beschwörungen aus dem Mauerwerk schälte. Mit ihm kam die Kälte, die sich mit einer Plötzlichkeit und Intensität um uns verdichtete, dass ich deutlich spürte, wie sich die Haut in meinem Gesicht spannte.

Fanke hielt das Medaillon in der rechten Hand in gleicher Höhe mit der Kerzenflamme. »Phôkensepseu earektathou misonktaich«, sagte er. »Uesemmeigadôn Satana. Uesemmeigadôn Beelzebub. Uesemmeigadôn Asmode, Asmode atheresphilauô.«

Er führte die Hände zusammen, damit das Medaillon mit der Flamme in Berührung kam. Oder zumindest versuchte er es, aber dazu kam es nicht. Abbie stemmte sich gegen nichts und warf sich nach hinten gegen ihn, und obgleich seine Hand zitterte wie ein Blitzableiter bei einem Einschlag, rührte er sich für einen Moment nicht mehr. Sein rechter Arm war der geschädigte – es war der Arm, den Peace mit einem Schuss getroffen hatte – und ich hatte schon vorher gesehen, dass die Bewegungen mit diesem Arm und der Hand steif und ruckartig aussahen. Vielleicht vermittelte das dem Geist den Eindruck, sich erfolgreich wehren zu können. Ganz gleich was es war, Fanke erschrak. Er starrte Abbie wütend an und verstärkte seine Bemühungen. Seine Hand zuckte einmal, zweimal, und bewegte sich wieder.

Aber ehe Medaillon und Flamme aufeinandertrafen, streckte ich meine Hand aus und hielt den Ringfinger dicht an die Kerzenflamme. Rafis Haarsträhne, die mit einem festen Knoten darumgewickelt war, begann knisternd zu verglühen.

»Amen«, knurrte ich und biss die Zähne vor Schmerzen zusammen, so dass es aussah, als amüsierte ich mich über einen Witz, den nur ich verstand.

Der Klavierdraht zog sich um meinen Hals zusammen, und die Kirche explodierte.

22

Der Lärm war unbeschreiblich. Wenn man sich vorstellt, dass ein vollzähliges Blasorchester seine Instrumente mit TNT vollgestopft hat und sich nach dem letzten Takt des Floral Dance selbst in die Luft sprengt, dann kommt das in etwa hin. Aber das war nur Hintergrundlärm. Das und das Geräusch, als die Filmdosen zerfetzt und ihre rotglühenden Trümmer gegen die Mauern geschleudert wurden und über unsere Köpfe hinwegsichelten, während die brennenden Filmspulen Feuer- und Gasfontänen in die Luft schleuderten, die sich zu schnell ausdehnten, um ihnen ausweichen zu können.

Es war Asmodeus' Schrei, der diesen Moment zu etwas Ungewöhnlichem machte.

Dennis Peace hatte versucht, es zu beschreiben, als er mir erzählt hatte, was im Quäker-Haus geschehen war, aber er hatte dem nicht gerecht werden können. Es war, als hörte man den Schrei durch jeden Quadratzentimeter seiner Haut mit einer Lautstärke, die die inneren Organe zum Vibrieren brachte und aus Mitleid in den Schrei einstimmen ließ; als habe man sich in eine straff gespannte Membran verwandelt, auf die Glasscherben herabregnen und eine Melodie erzeugen, indem sie die Haut willkürlich schmerzhaft durchlöchern.

Ich hielt meine Hand für eine Sekunde oder auch ein wenig

länger in die Flamme, bis der Schmerz unerträglich wurde. Dann wich ich zurück, was eigentlich mein Ende hätte zur Folge haben müssen – aber die Frau am Klavierdraht hatte ebenfalls die Orientierung verloren und presste die Hände vergeblich auf die Ohren. Die Holzklötze an beiden Drahtenden fielen herab, und ihr Gewicht ließ den Draht ein wenig tiefer in meinen Hals einschneiden, aber dieser Schmerz ging in dem Ganzkörpermigräne-Effekt von Asmodeus' hinausgebrülltem Schmerz und Zorn völlig unter.

Fanke verharrte auf seinem Platz auf der anderen Seite des Kreises und hatte den Mund geöffnet, als riefe er irgendetwas. Von Abbie war nichts zu sehen. Ich war mir nicht sicher, wann sie sich zurückgezogen hatte, aber sie schmiegte sich nicht länger um seine geballte Faust. Alle anderen fielen auf die Knie oder versuchten auf Beinen zu fliehen, die plötzlich nachgaben, als seien sie aus Gummi. Eine Wolke ölig-schwarzen Qualms wallte im Mittelschiff hoch und öffnete sich, als sei sie lebendig, und hungrige Flämmchen flackerten wie blinzelnde Augen gelegentlich in ihr auf.

Ich blickte hinauf zu Asmodeus – ich meine, zu dem wallenden Schattending, das sich über unseren Köpfen verdichtete. Auf andere Art und Weise, das wusste ich, war das ganze Gebäude Asmodeus. Das Ding krampfte sich arhythmisch zusammen, indem die aderngleichen Ranken zum Herzen und hineingezogen und dann wieder peitschenartig ausgespuckt wurden und sich dabei hörbar knisternd spannten. Das bedeutete, dass wenigstens meine Ohren wieder funktionierten. Auf Grund des ersten Schocks nach der Explosion der Filmdosen hatte ich befürchtet, dass meine Trommelfelle geplatzt waren.

Aber eins nach dem anderen. Ich befreite mich von dem Klavierdraht, spürte seinen Zug, dann sein Nachgeben, und entfesselte einen Regen winziger Blutstropfen, wo er sich ins Fleisch meiner Kehle eingegraben hatte. Während er zu Boden fiel, beugte ich mich über den magischen Kreis, holte aus und erwischte Fanke mitten im Gesicht. Ein stechender Schmerz zuckte durch meine angesengten Finger, aber der Treffer ließ ihn rückwärts gegen das Altargeländer taumeln. Ich machte einen Satz über den Kreis, ließ einen Tiefschlag folgen, so dass Fanke in der Taille einknickte und Abbies Medaillon fallen ließ. Das passte prima. Ich hob das kleine goldene Herz vom Steinboden auf. Indem ich mich aufrichtete, rammte ich als Zugabe mein Knie gegen Fankes Nase. Damit müsste er genug Stoff zum Nachdenken haben, während ich mich um Pen und Juliet kümmerte, dachte ich.

Wie ich zwei Frauen aus einem brennenden Gebäude hinaustragen sollte, war natürlich eine Frage, über die ich nicht lange genug nachgedacht hatte, um zu irgendwelchen klaren Antworten zu gelangen. Als ich mich jedoch umdrehte mit dem Medaillon in der verletzten linken Hand, stellte ich fest, dass dies vorerst kein akutes Thema sein würde. Trotz der Flammen, die im hinteren Teil der Kirche bis zur Decke hochschlugen, und der Rauchschwaden, die durch die Gänge zwischen den Bankreihen krochen, hatten Fankes Gefolgsleute sich gesammelt und beeilten sich, ihrem Meister zu Hilfe zu kommen. Der erste erreichte mich im gleichen Moment, als ich mich umdrehte, und führte einen unbeholfenen Schlag gegen mich, den ich ebenso unbeholfen abblockte. Ich erwischte ihn, als er erneut ausholte, mit einem Kopfstoß, den er niemals kommen sah. Der zweite Fanke-Jünger hatte ein Messer, und er ging um seinen angeschlagenen Kollegen herum, damit er es einsetzen konnte. Aber zwei andere Gestalten in langen Mänteln stürmten hinter ihm heran und brachten ihn aus dem

Gleichgewicht. Dadurch konnte ich mich elegant über das Altargeländer schwingen und dem Angriff zumindest für einen Moment entgehen.

Sie folgten mir, verteilten sich auf der gesamten Breite des Geländers, so dass es für mich nichts mehr gab, wohin ich mich hätte wenden können. Dies war wirklich der letzte Ort, an dem wir sein wollten, falls sich das Feuer ausbreitete und uns den Weg zum Haupteingang abschnitt, aber Fankes Anhänger waren offensichtlich mehr daran interessiert, das Ritual zu vollenden, als an ihrer eigenen Sicherheit. Das habe ich bei keiner Religion verstanden: diese reizlose Kombination von Altruismus und Wahnsinn. Da ist mir jeder zynische, egoistische Bastard lieber. Wenigstens kann man ihn zur Mutprobe auffordern und weiß, dass er sich an die Regeln halten wird.

Ich sprintete zum Altar, aber nur, weil es nichts gab, wohin ich sonst hätte sprinten können. Es war ein lausiger Ort für das letzte Gefecht, wie der gekreuzigte Christus bereits hatte erfahren müssen. Ich versuchte mit einem Sprung hinaufzugelangen, aber da meine linke Hand außer Betrieb war, musste ich meine rechte benutzen, die ich jedoch als Linkshänder bei Weitem nicht so wirkungsvoll einsetzen konnte. Ich schaffte es nicht ganz auf den marmornen Altartisch, der zehn Zentimeter über seine Basis hinausragte. Stattdessen blieb ich mit dem Knie daran hängen, rutschte weg und stürzte rücklings zu Boden.

Die Satanisten drangen auf mich ein. Sie waren zu zahlreich, um den Kampf gegen sie zu riskieren, und zu dämlich, um ihnen Angst zu machen. Dann, verblüffenderweise, anstatt mich niederzutrampeln und mich auf die traditionelle Weise aller religiösen Fanatiker zu zerreißen, zögerten sie, kamen stolpernd zum Stehen und blickten an mir vorbei zum Altar.

Weshalb, sah ich einen Moment später, als etwas über seine glatte Oberfläche kratzte und schlitterte, und ein Satz langer, schlanker Klauen sich um die Tischkante über meinem Kopf legte.

Dann landete das Ding, das über mir erschienen war, mit einem mächtigen Satz mitten zwischen den Satanisten. Anfangs erinnerte sein Aussehen an einen Windhund – aber auch nur, weil die beiden ersten flüchtigen Eindrücke aus einem grauen Fell und dürren Gliedmaßen bestanden. In seiner Art sich zu bewegen lag nichts Windhundhaftes. Es krümmte sich wie eine zustoßende Schlange, wischte mit Händen nach links und rechts, aus denen Klauen ragten, die wie liebevoll nach Größe arrangierte Skalpelle erschienen. Einer der Satanisten schrie auf, aber der Schrei wurde durch Blut, das aus seiner aufgeschlitzten Kehle sprudelte, abrupt abgeschnitten. Ein anderer taumelte rückwärts und schlug beide Hände vors Gesicht. Blut quoll zwischen seinen gespreizten Fingern hervor. Ein dritter hatte bereits eine Pistole in der Hand und feuerte, doch der Schuss ging daneben und brach dem Christus über dem Altar einen Arm ab. Er krachte hinter mir auf den Boden.

Die Satanisten wichen zu beiden Seiten auseinander, als das graue Ding wie ein Derwisch zwischen ihnen hin und her tanzte. Ich sah sein Gesicht, und das vermittelte ein ganz spezielles Grauen sogar inmitten dieser Sinfonie des Horrors – teils wegen der missgestalteten Schnauze, die von zu langen Fangzähnen zu einem Irrsinnsgrinsen verzerrt wurde, jedoch hauptsächlich weil es Zuckers Gesicht war und ich den Menschen im Tier erkannte.

Ich verstärkte meinen Griff um das Medaillon, aber meine versengten Finger wollten sich nicht vollständig schließen, und der Blick des *loup-garou* war bereits vom unerwarteten goldenen Glanz in meiner rußgeschwärzten Hand angelockt worden. Er spannte sich, um mich anzuspringen, aber in diesem Moment feuerte der Mann mit der Pistole abermals, und eines der Beine der Bestie knickte unter ihr ein. Zucker stieß einen jaulenden Schrei aus und wandte sich zu der neuen Bedrohung um. Ihre Neutralisierung war bereits im Gange, als Po – in menschlicher Erscheinungsform – aus dem Qualm auftauchte, den Kopf des Schützen mit beiden Händen erfasste und drehte, bis das Gesicht in Richtung Nacken blickte.

Ich folgte dem Beispiel der meisten überlebenden Satanisten und rannte was ich konnte. Unglücklicherweise rannten wir mitten ins Verderben. Fankes Anhänger fielen wie gemähter Weizen, während draußen vor der Kirche eine wilde Schießerei einsetzte. Beschossen zu werden war ihnen anscheinend lieber als das, was sich hinter ihnen befand. Mehrere von ihnen zückten eigene Pistolen und schossen zurück. In den wallenden Rauchschwaden machte ich schemenhaft schwarz gekleidete Gestalten aus, die sich aus dem hinteren Teil der Kirche nach vorne arbeiteten und den Scheiterhaufen in der Mitte, wo die Filmdosen explodiert waren, umrundeten. Dann pfiff eine Kugel dicht an meiner linken Seite vorbei, stanzte ein faustgroßes Loch in die Rückenlehne der Kirchenbank, und ich ging auf Tauchstation.

Ich rechnete mir die Vorteile aus, wenn ich dort ausharrte, bis sich alles geklärt hatte. Fanke konnte ohne das Medaillon nichts tun, und das befand sich sicher in meiner angekokelten Hand. Aber Gwillams Kirchenkrieger waren hinter demselben Ding her, und wenn sie es in die Finger bekämen, würden sie Abbie, ohne lange zu fackeln, exorzieren. Zu dieser Chance wollte ich ihnen auf keinen Fall verhelfen. Zugegeben, es war meine Schuld, dass sie hier waren. Mit der Nachricht, die ich im South Bank Centre in Sallis' Unterhose steckte, hatte ich sie zu einem informellen Gespräch und einem kleinen Dschihad eingeladen. Ich hatte gehofft, dass ihr – oder Basquiats – Eintreffen zu einem Zeitpunkt stattfand, an dem mir ein Ablenkungsmanöver nutzen würde. Ich hatte schon immer etwas für die Taktik übrig, andere für mich kämpfen zu lassen.

Aber dies hier wurde mir doch um einiges zu heiß – und zwar sowohl im übertragenen wie auch im wahrsten Sinne des Wortes. Pen und Juliet waren immer noch irgendwo da draußen, wo sie jeden Moment von einer verirrten Kugel getroffen werden konnten, und selbst ohne diese Möglichkeit verriet der sich verdichtende Rauch, dass sich das Feuer zusehends ausbreitete. Egal was geschah, ich konnte mir den Luxus des Abwartens nicht leisten.

Wenigstens lieferte mir der Rauch ein wenig Deckung. Er brachte meine Augen zum Tränen und meine Lungen zum Brennen und verursachte bei jedem Atemzug Krämpfe, aber man kann nicht alles haben. Auf allen vieren kroch ich zum Ende der Kirchenbank und sprintete dann zum Außengang, wo eine Säulenreihe solideren Schutz bot, hinter dem ich mich verstecken konnte. Ich schlängelte mich von einer Säule zur nächsten und bewegte mich in Richtung des freien Raums vor dem Altar, wo Pen und Juliet lagen.

Der Rauch war dicht genug, so dass ich mir keine Sorgen wegen eines geeigneten Verstecks machen musste. In der Kirche hallten immer noch Schüsse, aber falls mich eine Kugel treffen sollte, dann nur durch einen unglücklichen Zufall. Niemand konnte bei diesen Verhältnissen genau zielen, nicht einmal mit einem Nachtsichtgerät. Durch ein Nachtsicht-Zielfernrohr betrachtet wäre die Kirche sicher nicht mehr gewesen als ein einziger riesiger Fleck, so rot wie Blut.

Ich fand Pen zuerst. Sie war bewusstlos, was mich keineswegs überraschte. Ich schob die Hände unter ihre Achselhöhlen und schleifte sie dorthin, wo sich meiner Erinnerung nach die Türen befanden. Ich hatte mich um ein paar Meter verrechnet, doch entlang der Außenmauer verlief ein rauchfreier Korridor, erzeugt durch eine verrückte Temperaturgrenze, so dass ich, sobald ich die Zone erreicht hatte, sehen konnte, wo ich mich befand und wohin ich mich wenden musste. Ich schleifte sie zum Kirchenvorraum – eine Art Lobby, die kaum drei mal drei Meter maß – und hinein. Danach entspannte ich mich erst einmal nach der tödlichen Gefahr, der ich in der Kirche vorher ausgesetzt gewesen war, obgleich ich mich an einem Ort von geradezu klaustrophobischer Enge befand.

Wenn ich darüber nachgedacht hätte, wäre mir natürlich klar geworden, dass jemand in Gwillams Truppe die Türen beobachtet haben musste. Es hätte absolut nicht zu ihm gepasst, sich eine solche Nummer entgehen zu lassen. Während ich Pen mit dem Kopf zur Tür auf den Boden legte, wo saubere, atembare Luft von draußen hereindrang, kam Po schwerfällig aus der wogenden Schwärze, von hinten angestrahlt von den Flammen der Hölle, und versperrte mir den Rückweg ins Kirchenschiff. Er war nicht einmal mehr entfernt menschlich, sondern er hatte die Gestalt des Hyänenwesens, das ich auf der *Thames Collective* und danach im Whittington Hospital gesehen hatte. Seine vorderen Gliedmaßen waren doppelt so lang wie die hinteren, so dass er aufrecht ging wie ein Menschenaffe.

Er kam grinsend auf mich zu. Dieses Grinsen war kein Ausdruck seines Amüsements, sondern es war eher eine Art Blankziehen seines bevorzugten Waffenarsenals, das wie ein Satz Steakmesser aus seinen Kiefern ragte. Ich beobachtete ihn genau und spannte mich, um im gleichen Moment zu springen wie er, aber in dem kleinen Vorraum reichte der Platz nicht aus, um mehr zu tun als mich zu ducken. Egal in welcher Richtung ich auswich, es wäre nicht weit genug, um aus seiner Reichweite zu gelangen.

Dann erschien eine zweite Gestalt hinter ihm und schritt ohne Eile aus dem tobenden Inferno auf ihn zu. Sie sah – nun, in diesem Moment sah sie so gut aus, dass ich sicherlich geweint hätte, wenn mir nicht bereits wegen des Qualms die Augen geträntt hätten.

»Du hättest mich wecken sollen, Castor«, sagte Juliet vorwurfsvoll mit einem rauen Krächzen in der Stimme. »Beinahe hätte ich alles verpasst.«

Po zuckte zusammen und machte gleichzeitig einen Satz. Dabei stieß er ein entsetzliches Gebrüll aus. Er prallte mit Juliet zusammen wie ein mit Klauen und Reißzähnen bewehrter Meteorit und riss seine muskulösen Hinterläufe von unten hoch, um sie zu zerfleischen, während seine Fangzähne ihren Kopf packten.

Jedenfalls war dies seine Absicht. Sie duckte sich unter ihn, geschmeidig und elegant, fing ihn mit den Händen auf und warf ihn, indem sie seinen Schwung ausnutzte, in die nächste Bankreihe. Er kam sofort wieder hoch, aber Juliet war schneller. Als er Anstalten machte, sie erneut anzugreifen, hob sie eine der Kirchenbänke hoch und balancierte sie perfekt aus, als stellte ihr Gewicht keinerlei Problem dar. Dann schmetterte sie die Bank so schnell auf seinen Schädel und seine Schultern, dass sie vor den Augen verschwamm.

Erstaunlicherweise war von Pos Kampfeswillen noch immer einiges vorhanden. Es wäre sicherlich mehr gewesen, wenn er nicht so viel von dem Qualm hätte einatmen müssen. Er kam mit ihr auf Tuchfühlung, und sie gingen beide zu Boden, während sie von einer Wolke aus Rauch und Flammen eingehüllt wurden und nicht mehr zu sehen waren.

Ich kümmerte mich nicht weiter um Juliet, wohl wissend, dass sie das sehr gut selbst konnte. Nachdem das Ritual gescheitert war, hatte sich anscheinend jeglicher Zwang verflüchtigt, den Asmodeus auf sie hatte ausüben können. Ich vermutete, dass in der Kirche mittlerweile von ihm nichts mehr übrig geblieben war. Und wenn doch, dann sicherlich nicht in kampfbereitem Zustand.

Ich kehrte zu Pen zurück, öffnete die Kirchentüren mit einem Fußtritt und zog sie nach draußen auf den gepflasterten Vorplatz. Danach sank ich neben ihr auf die Knie und sog die kalte Luft in meine Lungen, als wäre sie ein exquisiter Wein. Und wie Wein machte sie mich benommen und bewirkte, dass ein Gefühl unendlicher Leichtigkeit meine gepeinigte Brust füllte.

Diese Blase platzte, als plötzlich die Mündung einer Pistole gegen meinen Kopf gedrückt wurde.

»Her mit dem Medaillon«, keuchte Fanke mit einer Stimme, die wegen des unterschwelligen Blubberns, das auf schwere innere Verletzungen hinwies, noch furchterregender klang. Ohne mich umzudrehen und ihn anzuschauen, wusste ich, dass dieser Mann nur noch wenig zu verlieren hatte.

»Ich habe es nicht«, sagte ich.

»Aufstehen. Arme ausbreiten. Sofort, Castor.«

Vielleicht bin ich ja nur paranoid, aber mir kam es in diesem Moment so vor, als wäre meine Lebenserwartung exakt so lang, wie ich Fanke im Ungewissen halten konnte. Sobald er das Medaillon hätte, würde er sich gewiss für sein fehlgeschlagenes Opferritual und sein stark in Mitleidenschaft gezogenes gutes Aussehen revanchieren wollen. Ich ging vor seinen Augen ein Risiko ein und ließ das Medaillon aus meiner Hand in die

Lücke zwischen Pens Arm und Körper rutschen. Dann erhob ich mich sehr langsam, streckte die Arme zu beiden Seiten aus und spreizte die Finger.

Fankes Hände klopften meine Taschen ab. Sein Atmen zu hören, war eine Qual. Es war ein unstetes, schwerfälliges Pfeifen, begleitet von einem feuchten Rasseln, das auf lebenswichtige Säfte an Orten hinwies, wo sie nichts zu suchen hatten. Er inspizierte meinen Mantel, danach meine Hosentaschen. Als seine Suche keinen Erfolg hatte, drückte er die Pistolenmündung ein wenig stärker gegen meine Wange.

»Wo ist es?«, wollte er wissen.

»Ich glaube, ich habe es drinnen zurückgelassen«, log ich. »Auf dem Altar.«

Der Pistolenlauf schrammte über meine Wange, als Fanke mit dem Daumen den Sicherungsflügel umlegte. »Dann sind Sie ein toter Mann«, knurrte er mühsam.

Für einen von uns beiden galt das ganz sicher. Ein Geräusch wie von reißender Seide erklang, und die Pistole fiel klappernd auf das Pflaster. Indem ich mich halb umdrehte, konnte ich beobachten, wie Fanke erstarrte, die Augen vor Überraschung weit aufriss und einen Schritt rückwärts machte. Er starrte auf seinen Leib. Sein rotes Gewand kaschierte die Flecken perfekt, aber Blut begann darunter hevor zu tröpfeln und dann zu fließen, sich zwischen den Pflastersteinen zu sammeln und danach in den Fugen zu verteilen, so dass ein glänzendes rotes Gitter auf schwarzem Untergrund entstand. Fanke griff sich mit zitternder Hand an die linke Seite. Dort war sein Zeremonienmantel durch mehrere parallel verlaufende Risse zerfetzt, die wie durch Zauber aus dem Nichts erschienen waren. Aber das Blut verriet die Wahrheit. Sie waren soeben durch seinen Körper hindurch erzeugt worden.

Fanke gab so etwas wie ein ungläubiges Lachen von sich, und dann bewegten sich seine Lippen, als er etwas murmelte, das wie ein tiefer Seufzer an meine Ohren drang. Vielleicht war es das satanistische Äquivalent eines »Allmächtiger Gott, in Deine Hände gebe ich …«. Er faltete sich zusammen wie ein Akkordeon – obwohl das ein ziemlich lausiger Vergleich ist, denn wenn man ein Akkordeon zusammenschiebt, rinnt kein arterielles Blut aus jeder Falte. Er kippte nach vorn auf die Pflastersteine, und sein Kopf schlug mit knochenbrechender Wucht auf, aber das machte ihm nicht mehr viel aus.

Zucker, immer noch in Tierform, humpelte um den Körper herum und starrte mich mit wahnhaft glänzenden Augen an. Er konnte nur eine seiner Vordertatzen benutzen. Die andere lag auf seiner Brust. Er musste auf den Hinterbeinen gekauert haben, als er Fanke von hinten angegriffen hatte – indem er unterhalb der Rippen durch den Oberkörper des Mannes schlug und seine inneren Organe in grobes Hackfleisch verwandelte.

Ich machte einen Schritt nach rechts und lenkte Zucker von Pen weg. Er folgte mir, Geifertropfen im Mundwinkel und am Kinn. Er war in übler Verfassung, und das lag nicht nur an der Schusswunde. Seine Klauen, grässliche Waffen im Kampf, rutschten über das Kopfsteinpflaster, als schaffte er es nur mit Mühe, aufrecht zu stehen. Aber er stieß ein kehliges Fauchen aus, während er zu mir aufholte, und seine Augen verengten sich in Vorfreude auf den Akt des Tötens.

Ich setzte meinen Rückzug fort, wechselte ständig meine Position, so dass er sich hin und her wenden musste, um mich im Auge zu behalten. Seine Bewegungen wurden deutlich langsamer und fahriger. Seine Brust hob und senkte sich wie ein Blatt Papier, das im Wind flatterte, jedoch so gut wie lautlos, abgesehen von einem Knirschen, als ob seine Fangzähne in den Mundwinkeln aneinanderscheuerten.

»Wissen Sie, welche Firma das meiste Silber auf der ganzen Welt verbraucht?«, fragte ich Zucker im Plauderton. Er gab keine Antwort. Sein heiles Bein gab unter ihm nach, und er sank zu Boden, als machte er vor mir einen Hofknicks.

»Eastman Kodak«, sagte ich sanft. »Das ist das, was Sie die ganze Zeit eingeatmet haben.«

Seine Augen schlossen sich, aber seine Brust pumpte heftig weiter. Möglich, dass er das Gift verarbeitete und das Ganze überstand, aber was diesen Kampf betraf, war er wohl am Ende.

Ich ging zu Pen zurück. Dort musste ich mich wieder hinknien und gleichzeitig eine schwarze Woge abwehren, die aus dem Nichts kam und mich zu überrollen drohte. Ich befand mich noch in dieser Position und fing gerade an, dem mehrmals um Pens Handgelenke gewickelten Klebeband zu Leibe zu rücken, als Juliet aus der Kirche heraustrat. Halb rechts und halb links von ihr folgten in einigem Abstand zwei von Gwillams Männern. Sie hatten Maschinenpistolen auf sie gerichtet, machten jedoch keinerlei Anstalten, sie zu benutzen. Möglicherweise hatten sie mit angesehen, was Juliet mit Po gemacht hatte, und wenn sie es gesehen hatten, dann, so konnte man mit einiger Sicherheit annehmen, schätzten sie ihre eigenen Chancen gegen sie nicht sehr hoch ein.

Aber in diesem Moment sah Juliet auch nicht gerade aus wie das blühende Leben. Sie hatte ebenfalls Silber eingeatmet, und es bekam ihr nicht besser als Zucker. Natürlich hatte sie im Gegensatz zu Zucker kein Metall im praktischen .45mm-Hohlspitz-Format abbekommen, daher war sie noch auf den Beinen. Aber in ihrem Gang lag ein Schwanken, das nicht ganz freiwilligen Ursprungs war, und zwischen ihren halb geöffneten Lippen waren ihre zusammengebissenen Zähne zu erkennen.

Sie kam zu mir herüber und schaute auf Pens gefesselte Gestalt hinab.

»Ist das ein neues Hobby?«, fragte sie mich.

»Das finde ich gar nicht witzig«, krächzte ich mit einer Stimme so rau wie die meiner Mutter frühmorgens, als sie noch bei dreißig Zigaretten täglich war. »Ist da drin noch jemand am Leben?«

Juliet blickte zurück zur Kirchentür, durch die Qualm in dichten, ungleichmäßigen Schüben herauswallte wie Venenblut aus einer Wunde. »Die in den Priestermänteln sind alle tot«, sagte sie. »Der Werwolf ebenfalls. Die meisten von denen –«, sie deutete mit einem Kopfnicken auf Gwillams Männer, » – haben anscheinend überlebt. Wer sind sie?«

»Die Barmherzigen Schwestern«, sagte ich matt. »Nun, auf jeden Fall eine dieser kirchlichen Organisationen.«

Juliet entblößte die Zähne in einem bösartigen Grinsen. Sie hatte für Religion genauso wenig übrig wie ich.

Fußgetrappel näherte sich auf dem Pflaster, und ich hob den Kopf und sah Gwillam, flankiert von zwei weiteren Männern mit Maschinenpistolen, auf uns zukommen. Er vollführte eine Geste, die so etwas wie ein Segen hätte sein können, es aber nicht war. Es war ein Befehl an die Männer auszuschwärmen, damit sie, falls sie auf uns schießen müssten, ein möglichst weites Schussfeld hatten. Sie gehorchten schweigend, wobei die Mündungen ihrer gedrungenen, hässlich aussehenden Waffen ständig auf mich und Juliet gerichtet blieben. Letztere beobachtete das Geschehen gleichgültig. Ich hingegen, muss ich zugeben, kam mir ein wenig bedroht und ungeschützt vor.

Gwillam selbst marschierte an uns vorbei dorthin, wo Zucker auf dem Pflaster lag. Er ging neben der Leiche, die klein und armselig und würdelos aussah wie wir alle, wenn wir tot sind, in die Hocke und legte eine Hand auf ihre Stirn. Seine Lippen bewegten sich stumm, und ich versuchte nicht, etwas von ihnen abzulesen.

Dann erhob er sich wieder und wandte sich zu mir um.

»Du bist kein Mensch, nicht wahr?«, fragte Gwillam, und ich begriff, dass er in Wirklichkeit mit Juliet redete.

»Nein.« Sie schüttelte den Kopf. »Und was ist mit dir?«

Gwillams Stirn legte sich in Falten. »Nenne mir deinen Namen und deine Herkunft«, schnappte er. »In nominibus angelorum qui habent protestatem in aere atque …« Er brach ab, als Juliet in schallendes, anzügliches Gelächter ausbrach. Entweder erholte sie sich von ihrer Silbervergiftung schneller, als ich für möglich gehalten hatte, oder sie verstellte sich gekonnt. Aber das tat sie eigentlich immer.

»Ich war schon alt, als deine Religion noch jung war, oh Mann«, murmelte sie kehlig. »Ich fürchte deinen Gott nicht, und ich komme nicht hechelnd angerannt wie eine Hündin, wenn du mich rufst, ganz gleich ob du meinen Namen kennst oder nicht.«

»Dann befehle ich meinen Männern zu schießen«, meinte Gwillam.

»Und ich schreite durch den Kugelhagel, reiße den Männern die Herzen aus der Brust und verschlinge sie«, sagte sie. »Aber dich werde ich auf die Weise töten, die meiner Art entspricht, denn ich bin ein Succubus und Mazzikim. Wenn ich es will, wirst du mich lieben und untergehen.«

Gwillams Gesicht wurde totenblass, und ich konnte erkennen, dass die Drohung angekommen war. Ich wunderte mich jedoch, dass Juliet überhaupt die Drohung aussprach, anstatt sofort zur Tat zu schreiten. Zurückhaltung war in der Regel nicht ihre starke Seite. Ich fragte mich, ob das Silber, das sie eingeatmet hatte, und Asmodeus' Gewalt sie mehr geschwächt hatten, als der äußere Anschein vermuten ließ.

Mit einiger Mühe und nur langsam lenkte Gwillam seine Aufmerksamkeit auf mich.

»Haben Sie die Kleine getötet?«, fragte er. »Ihren Geist ausgelöscht? War das der Grund, weshalb das Ritual fehlschlug?«

»Verraten Sie es mir«, sagte ich.

Seine Augen verengten sich und starrten auf meine Hände, während ich das Medaillon aus seinem provisorischen Versteck im Winkel von Pens Achselhöhle hervorholte.

»Nein«, sagte er. »Noch ist sie da.«

»Wenn er nach seiner Bibel greifen sollte«, sagte ich zu Juliet, ohne sie anzusehen, »kannst du ihm, wenn du möchtest, die Kehle zerfetzen.«

Ich erhob mich langsam.

»Wenn ich Ihnen beweisen kann, dass Abbie Torrington keine Bedrohung mehr darstellt, verschwinden Sie dann?«, wollte ich von Gwillam wissen.

»Wenn Sie das beweisen können – ja«, antwortete er sofort. »Sie haben mein Wort, Castor. Ich würde niemals eine unschuldige Seele ohne gewichtigen Grund auslöschen.«

Ich nickte. Das reichte mir.

»Asmodeus hat bereits einen menschlichen Wirt«, sagte ich.

»Das weiß ich«, erwiderte Gwillam. »Wir haben diese Situation bereits vor zwei Jahren analysiert und entschieden, dass es besser sei, nichts zu unternehmen. Rafael Ditko zu töten, hätte möglicherweise Asmodeus dazu verholfen, unter den Menschen ungehindert sein Unwesen zu treiben.«

»Und ihn zu töten, hätte erhebliche Mühe gemacht«, rief ich

ihm ins Gedächtnis. Mich ärgerte sein herablassender Tonfall. »Da Asmodeus an seinen Körper und seinen Geist gebunden war, wäre seine Auslöschung alles andere als ein Spaziergang gewesen.«

Gwillam räumte diesen Punkt mit einer verärgerten Geste ein.

»Ich habe eine Strähne von seinem Haar abgeschnitten«, sagte ich und zögerte ein wenig, weil ich davor zurückschreckte, es auszusprechen – zu offenbaren, was ich getan hatte, und es genau zu beschreiben, so dass jeder sich ein Bild davon machen konnte. »Rafis Haar. Ich habe es um meinen Finger gewickelt. Und als Fanke seine Beschwörung beendet hatte – als er Asmodeus herbeigerufen hatte, damit er sich das Opfer innerhalb des Kreises holte –, war ich zuerst dort. Es war Rafis Haar, das verbrannte, nicht Abbies. Es war Rafis Seele, die geweiht und geopfert wurde, und es war Rafis Seele, von der Asmodeus sich einen Happen holte, als er herunterstieg, um zu fressen.«

Gwillam fixierte mich schweigend und wartete darauf, dass ich fortfuhr. Juliet musterte mich ebenfalls mit undeutbarer Miene.

»Asmodeus hatte Rafi niemals vollständig verlassen. Ein Teil von ihm steckte in den Mauern und wartete darauf, durch das Opfer von Abbies Seele befreit zu werden. Die andere Hälfte befand sich noch immer dort, wo sie sich während der letzten zwei Jahre aufgehalten hatte – sie steckte wie ein Granatsplitter in Rafi Ditkos Körper und Geist.«

Gwillams Miene signalisierte einen tiefen Schock. »Demnach hat der Dämon …?«

»… begonnen, sich selbst zu verzehren. Es ist wie eine sehr hässliche Version des viel zitierten Versuchs, sich am eigenen Schopf aus dem Sumpf zu ziehen. Wenn Asmodeus Rafis Seele anstatt Abbies verschlang, würde ihn das Ritual, das ihm die Freiheit schenken sollte, gleichzeitig aufzehren. Er hatte keine andere Wahl, als sich zurückzuziehen, selbst wenn ein Aussteigen mitten im Ablauf das Ritual abbrach und alles zerstörte, was Fanke bis zu diesem Zeitpunkt hatte erreichen können. Deshalb ist da drin alles auseinandergefallen. Und deshalb ist Abbie jetzt nicht mehr von Bedeutung – zumindest als Waffe für Ihren beschissenen heiligen Krieg. Asmodeus hat die Verbindung gekappt und hat sich in das Gefängnis zurückgezogen, aus dem er sich eigentlich hatte befreien wollen.«

»Rafael Ditko.«

»Rafi Ditko«, bestätigte ich. Mein Freund, den ich soeben zum zweiten Mal verraten hatte. Und um die ganze Sache noch schlimmer zu machen, als sie bereits war, sah ich, dass Pen die Augen aufgeschlagen hatte und alles mithörte. Der Knebel, der mit Klebeband in ihrem Mund fixiert worden war, verhinderte, dass sie diese Information lautstark kommentierte, außer mit ihren Augen – aber die sprachen Bände.

Gwillam war anscheinend beeindruckt. »Ich muss Sie beglückwünschen, Castor«, sagte er mit einem ernsten Unterton. »Sie wären tatsächlich rücksichtslos genug, um bei den Anathemata mitzumachen, wenn das Licht auch Sie jemals erleuchten sollte. Aber ...« Er zögerte und massierte seinen Nasenrücken, als käme er so taktvoll wie möglich auf ein besonders delikates Thema zu sprechen. »Warum sollte dies meine Meinung über Abbie Torringtons Seele ändern? Sie wurde Asmodeus geweiht. Was sollte irgendeinen anderen Adepten, so skrupellos und gleichgültig gegenüber menschlichen Empfindungen wie Fanke, davon abhalten zu beenden, was er begonnen hat?«

Die Frage brachte mich aus dem Konzept, aber ich improvisierte so gut ich konnte. »Niemand weiß von ihr«, sagte ich.

»Sie haben soeben Fankes gesamte Truppe getötet, und Zucker selbst hat Fanke erledigt.«

»Das ist richtig. Aber was hat er darüber über seine Nachrichtenkanäle verbreitet? Wen hat er davon in Kenntnis gesetzt? Was werden seine … Gemeindemitglieder in der Satanistenkirche tun, wenn sie von seinem Scheitern erfahren? Nein, Sie haben das akute Problem sehr clever gelöst, aber auf lange Sicht bleibt die Bedrohung bestehen. Die Seele des Mädchens ist wie ein Zünder auf der Suche nach der richtigen Bombe. Gebt dem Kaiser, was des Kaisers ist. Gebt Gott, was Gottes ist.«

Ich wollte Gwillam sagen, er solle sich seinen frömmelnden Scheiß irgendwohin stecken, wo niemand ihn hörte, und sich selbst daran ergötzen, aber er war noch nicht ganz fertig. »Joshua!«, fuhr er fast mit Singsangstimme fort. »Joshua, aller Menschen König und aller Menschen Bruder, ich lobe Dich und lebe in Deiner Gnade! Der Gefäße gibt es viele, eins anders als das nächste. Was sollen wir laut Gesetz mit ihr tun? Und als der Morgen graute, ging Er fort. Sogar zum Haus des Simon Petrus.«

Ich reagierte zu spät. Ich hatte keine Ahnung, was Gwillam tat, bis ich zur Seite auf Juliet schaute und erkannte, dass in ihrer Ruhe etwas Angespanntes lag. Sie stand stocksteif aufgerichtet, rührte sich nicht, jedoch zeichneten sich die Muskeln an ihrem Hals wie Stricke unter ihrer Haut ab.

»Das war der Zauberspruch, der sie fesselt«, sagte Gwillam. »Soll ich auch den Zauber sprechen, der sie vernichtet?«

Ich machte unwillkürlich einen Schritt auf ihn zu. Die Mündungen der Maschinenpistolen richteten sich auf mich wie Schlangenaugen, die von einer Bewegung angelockt wurden. Ich hielt inne und begriff, dass ich nicht lebend an ihn herankäme.

»Soll ich den …?«

»Nein«, sagte ich. »Nicht. Tun Sie das nicht.«

Niemals hätte ich angenommen, dass er sie so schnell einschätzen würde. Aber ihre Macht lag darin, einem die Augen, die Nase und den Geist mit ihrer Essenz zu füllen. Wenn man mit einem Exorzisten zu tun hat, ist das eine sehr riskante Strategie. Entweder macht man kurzen Prozess mit ihm und schaltet ihn sofort aus oder man liefert ihm sämtliche Munition, die er braucht.

»Dann geben Sie mir das Medaillon«, verlangte Gwillam.

Ich blickte auf das Medaillon in meiner Hand, tat jedoch nichts. Für die Dauer von etwa drei Herzschlägen erstarrte die Szene zu einem Standbild.

»Castor …«, murmelte Gwillam warnend.

»Wenn Sie das Medaillon haben, gehen Sie dann?«

»Anstatt Sie und Ihre dämonische Hure zu töten, was ich jederzeit tun könnte? Ja. Greifen Sie zu. Es ist das beste Angebot, das Sie kriegen.«

Da hatte er wohl recht. Ich warf ihm das Medaillon zu, und er fing es mit einer Hand auf. Juliets Augen verengten sich, aber das war die einzige Bewegung, die sie machte – die einzige Bewegung, die sie machen *konnte*.

Gwillam gab seinen Männern ein Zeichen – ein Kreisen mit dem Zeigefinger im Uhrzeigersinn, das offenbar »Zelte abbrechen« heißen sollte. Sie entfernten sich in geordneter Weise, wobei zwei Männer Zucker trugen, als im gleichen Moment die bunten Glasfenster rechts und links der Kirchentür explodierten und als Glaskonfetti auf den Boden regneten, während Wolken aus Rauch und Feuer in die Nacht wallten.

Gwillam wandte sich als Letzter zum Gehen, und er hielt für einen Moment inne, als falle ihm noch etwas Wichtiges ein.

»Ich erzählte Ihnen, dass wir vor zwei Jahren gegen Ditko ermittelten – sehr kurz nachdem Sie ihn in die Charles-Stanger-Klinik brachten«, sagte er.

»Ja. Das haben Sie erzählt.«

»Vielleicht fühlen Sie sich ein wenig besser, was Ihr Mitwirken bei dieser Angelegenheit betrifft, wenn ich Ihnen etwas mitteile, das wir damals herausgefunden haben.« Ich sagte nichts, das man als »Oh, ja, erzählen Sie« hätte interpretieren können, aber Gwillam fuhr trotzdem fort, während er mich nachdenklich ansah. »Fanke hatte damals eine Geliebte – mittlerweile verstorben. Bei seinen sexuellen Beziehungen hat er stets die Jungen und Dummen bevorzugt. Er scheint – schien, sollte ich lieber sagen – ein gewisses Vergnügen dabei zu empfinden, Personen seinen Willen aufzuzwingen, die zu schwach oder zu beschränkt waren, sich dagegen aufzulehnen.

Ihr Name lautete Jane – einfach nur Jane –, aber sie hat sich in Guinevere umbenannt, als sie in die Satanistenkirche eintrat. Offenbar lebte sie eine ganz persönliche romantische Phantasie aus. Die meisten Leute nannten sie weiterhin Jane, trotz all ihrer Einwände, aber sie wurde Rafael Ditko als Guinevere vorgestellt, und er verkürzte den Namen gewöhnlich zu Ginny.«

Die Erinnerung streifte mich wie ein Lastwagen. *Hat Ginny all das gesehen? Wo ist sie? Wartet sie draußen?*

»Mein Gott!«, stieß ich hervor.

Gwillam nickte, als er sah, dass ich die Verbindung hergestellt hatte. »Als Ditko damals Asmodeus anrief, war es ein Spielzug – in einem Spiel gegen Gott. Abbie Torrington war ebenfalls ein solcher Spielzug. Vielleicht sollte sie auf einem anderen Altar, einem anderen Teufel geopfert werden. Aber Ditko versagte, und Sie … nun, Sie taten, was Sie taten. Er wählte seinen eigenen Weg, natürlich, aber für Sie wurden die

Entscheidungen schon früher getroffen, Castor. Auch Sie sind einer der Soldaten des Himmels, ob Sie es glauben oder nicht. Sie sind die Fackel, die er aus dem Feuer reißt, um damit seine Feinde zu vernichten. Vielleicht bleibt, wenn er mit Ihnen fertig ist, noch etwas übrig, das sich zu retten lohnt.«

»Ach ficken Sie sich doch«, schnaubte ich. Was schlagfertige Antworten angeht, muss ich zugeben, fehlte der Erwiderung einiges. Tatsächlich fehlte ihr so gut wie alles.

Gwillam machte kehrt und entfernte sich, wobei seine Schritte auf dem Pflaster zu hören waren, bis sie vom Heulen sich nähernder Sirenen übertönt wurden. Es klang, als habe Detective Sergeant Basquiat ihre Nachrichten am Ende doch noch abgehört.

Ich hatte meine Tin Whistle nicht bei mir, aber die brauchte ich auch nicht. Ich pfiff ein paar Takte zwischen den Zähnen für Juliet, ein wenig zittrig und verhalten. Es waren die Töne, die die Fesseln sprengten, die Gwillam ihr angelegt hatte. Als sie wieder dazu in der Lage war, drehte sie sich zu mir um und betrachtete mich ernst und prüfend.

»Die Erklärungen kommen später«, sagte ich. »Alles absolut ohne Hintergedanken. Im Augenblick würde ich an deiner Stelle zusehen, dass ich schnellstens verschwinde.«

Juliet schaute zum ersten Streifenwagen, der um die Ecke bog und auf uns zuraste. Dann, im grellen Licht der Scheinwerfer, warf sie mir einen letzten Blick zu und nickte ein Mal, als wollte sie sagen, dass sie auf einigen Antworten bestehen würde.

Als die Wagen auf dem Kopfsteinpflaster ratternd rechts und links von mir stoppten, war ich sozusagen der letzte Rest vom Schützenfest.

23

In der Sicherheitsabteilung im Whittington Hospital hatte ich wenigstens eine Illustrierte – sowie ein Telefon auf einem Rollwagen, das Kleingeld, das ich vom Fußboden aufheben konnte, und ein von Werwölfen gestaltetes Kabarettprogramm. In den Arrestzellen der Uxbridge Road Polizeistation hingegen waren die Kleider, die ich am Leib trug, minus Gürtel und Jacke alles, was ich hatte.

Die Graffiti an den Zellenwänden waren abwechslungsreich und phantasievoll, aber auch sie verloren nach einer Weile ihren Reiz. Gegen die Tür zu treten rief auch keine Reaktion hervor, außer den gedämpften Flüchen des Kerls in der Zelle nebenan, der zwischendurch in verschiedenen Tonlagen vor sich hin schimpfte und fluchte. Sogar die Kakerlaken, in der Wildnis aufgewachsen und gewöhnlich temperamentvoll und unternehmungslustig, weigerten sich zu rennen. Nach drei Stunden begann ich zu begreifen, weshalb sie mir den Gürtel abgenommen hatten. Wäre er in meinem Besitz geblieben, hätte ich mich damit erhängt. Wäre andererseits die Pritsche mit einem Laken bezogen gewesen, hätte ich geschlafen.

Basquiat erschien irgendwann gegen Morgen mit Fields im Schlepptau, damit er ihren Mantel festhielt und ihr Stichworte und Informationen lieferte. Der diensthabende Wärter schloss für sie die Tür auf und trug sie ins Besucherbuch ein, dann stellte er eins der Tonbandgeräte auf den Fußboden und ging, wobei er ihr respektvoll zunickte.

Sie ließ das Tonbandgerät jedoch wo es war, forderte mich auf, mich auf meine Pritsche zu setzen, während sie die Tischkante nahm und Fields, von niemandem beachtet, an der Tür stehen blieb.

»So«, sagte sie.

Ich wartete auf etwas Greifbareres, um mich zu äußern.

»Wir haben eine brennende Kirche voller Toter in schwarzen Gewändern. Dann einen weiteren Toten in rotem Gewand draußen vor der Kirche. Und wir haben Sie neben einer Frau kniend, die mit Klebeband gefesselt wurde.«

»Ich gebe zu, dass es auf den ersten Blick ein wenig verdächtig aussieht«, sagte ich.

Basquiat lächelte eisig. »Nur ein wenig, ja. Aber dann sollten wir uns mal das Kleingedruckte ansehen. Der Typ in Rot entpuppt sich als Anton Fanke, daher vermute ich, dass es ihm in Belgien langweilig geworden ist.«

»Jemand, dem es in Belgien langweilig wird …«

»Riskieren Sie bloß keine dicke Lippe, Castor. Ich mag Sie viel lieber, wenn sie verängstigt und verzweifelt sind. Und außerdem bin ich noch gar nicht bis zum guten Teil der Geschichte gekommen. Wir fanden bei Fanke eine Pistole, die meine Freunde in der Ballistik wie eine gute alte Freundin begrüßt haben. Es ist die Pistole, die Melanie Torrington getötet hat. Und eine der Leichen in der Kirche hatte ein Messer mit Abigail Torringtons Blut an der Klinge bei sich. Sowie zahlreiche Fingerabdrücke inklusive Fankes – aber nicht Ihre.

Demnach steht mein Tatvorwurf gegen Sie wegen der früheren Morde auf wackligen Füßen. Ich halte Sie natürlich noch immer wegen Peace fest – Sie waren am Tatort, und Ihre Fingerabdrücke waren an der Waffe, durch die er den Tod fand. Aber diese mit Klebeband gefesselte Frau hat uns alle möglichen Dinge über den verstorbenen Mister Fanke erzählt. Dinge, die Sie niemals glauben würden.«

Die Erwähnung Pens verursachte mir beinahe körperliche Schmerzen. »Ich denke, das Meiste würde ich glauben«, sagte ich.

»Ja, vielleicht würden Sie das. Wie dem auch sei, es sieht so aus, als suchte er bereits vor Ihnen nach Peace und zwar an denselben Orten wie in diesem Club im Soho Square. Daher könnte es sein, dass Ihre Geschichte, von ihm angeheuert worden zu sein, um ihm die Laufarbeit abzunehmen, ein wenig an Sinn gewinnt.«

Das Erste, das Bourbon Bryant zu mir sagte, als ich ihn nach Peace fragte, war: »Es scheint, als sei er plötzlich in Mode gekommen.« Weshalb, zum Teufel, hatte ich die Verbindung nicht hergestellt und ihn gefragt, wer sonst noch hinter ihm her schnüffelte?

»Und er hatte wirklich ein Motiv, denn er und Peace hatten vor ein paar Jahren eine Art Rechtsstreit, und wie sich jetzt herausstellte, hat Peace ihn seitdem quer durch Europa gejagt. Es hatte irgendetwas mit elterlichen Besuchsrechten bei einem kleinen Mädchen namens Abigail Jeffers zu tun. War das …?«

»… Abigail Torrington. Ja, das war sie.«

»Das dachte ich mir. Anderenfalls hätten wir es mit einer Reihe höchst sonderbarer Zufälle zu tun. Demnach hat Fanke Abbie ermordet, aber Peace … was? Da ist mir einiges schleierhaft.«

»Der Plan ging weiter, als sie nur zu töten, Basquiat. Sie sollte aufgezehrt werden, mit Leib und Seele, Haut und Haar, um den Dämon Asmodeus auf die Ebene der Sterblichen zu rufen. Aber Peace griff ein, ehe Fanke das Ritual abschließen konnte – er durchbrach den Kreis und holte Abbie heraus und nahm sie mit. Ihren Geist, meine ich. Das war es, was Fanke suchte. Und das war es auch, was er an sich nahm, nachdem er Peace getötet hatte.«

»War demnach das, was letzte Nacht in der Saint Michael's Church ablief, so etwas wie ein Action Replay, eine Wiederholung?«

»So könnte man es nennen.«

»Ich nenne es so, Castor. Die Frage ist, wie würden Sie es nennen?«

»Nun, da beide Versionen mit einem blutigen Fiasko und einer Menge Toten endeten, denke ich, dass die Bezeichnung ›Action Replay‹ so gut wie jede andere ist.«

Basquiat verzog mürrisch das Gesicht. Dieses um den heißen Brei Herumreden passte ihr gar nicht. Sie wollte etwas sagen, aber ich kam ihr zuvor. »Ja, Fanke versuchte zu beenden, was er begonnen hatte. Er hatte das Medaillon mit Abbies Haarsträhne darin – den physischen Anker für ihren Geist. Er wollte diesen Anker verbrennen, in einem anderen magischen Kreis. Das hätte ausgereicht.«

»Aber dazu kam es nicht.«

»Nein.«

»Weil …?«

Eingehender wollte ich mich eigentlich nicht dazu äußern. »Es kam zu einer Unterbrechung«, sagte ich mit todernster Miene. »Eine Gesangs- und Tanzunterbrechung, wie Sie sicher mittlerweile wissen. Ungefähr ein Dutzend Männer mit Maschinenpistolen, zwei außerordentlich streitsüchtige *loup-garous* und der größte Teil des Ensembles von *The Producers* drüben in der Drury Lane. Ich weiß nicht, wie viele Tote Sie gefunden haben …«

»Zweiundvierzig«, warf Basquiat halblaut ein.

»… aber ich bin sicher, dass es genug waren, um Sie davon zu überzeugen, dass es keine Ein-Mann-Show war.«

Basquiat blies nachdenklich die Wangen auf. »Immer diese Anspielungen aufs Showbusiness. Wollen Sie vielleicht den Beruf wechseln?«

»Träumen kostet nichts.« Allmählich gewann ich den Eindruck, als ob die Polizistin von mir eine bessere Meinung hatte. Auf die eine oder andere Art und Weise hatte sie anscheinend entschieden – wie Gwillam, wenn auch aus anderen Gründen –, dass ich am Ende wohl doch zu den Engeln gehörte.

Aber sie musste trotzdem ihren Job erledigen. Sie erhob sich von der Tischkante und nickte Fields zu. Er spannte die Muskeln auf eine Art und Weise, die für einen Moment wie eine offene Drohung erschien, dabei tat er nichts anderes, als das Tonbandgerät hochzuheben und auf die Tischmitte zu stellen.

»Zweiundvierzig Tote«, wiederholte Basquiat und klang beinahe, als wollte sie sich dafür entschuldigen. »Ich muss das Ganze streng nach den Vorschriften durchziehen. Aber wenn Sie nichts ausgesprochen Dämliches tun, so wie ein Geständnis abzulegen, sind Sie morgen irgendwann im Laufe des Tages draußen.«

Fields drückte auf die Aufnahme-Taste, daher konnte ich als Antwort lediglich nicken.

»Verhör von Felix Castor«, betete Fields herunter. »Durchgeführt von Detective Sergeant Basquiat und Detective Constable Fields am Freitag, dem zwölften Mai, um sechs Uhr zweiunddreißig morgens.«

Und das machten sie gut eine Stunde lang, aber im Wesentlichen war es harmlos. Zweimal wäre ich beinahe eingenickt. Nur einmal wurde es ein wenig heikel, als nämlich darüber gesprochen wurde, wie ich es geschafft hatte, die Sicherheitsabteilung im Whittington Hospital zu verlassen. Zwei Cops waren bei dem Tumult schwer verletzt worden, und dann war da noch der Wachmann, den Po ausgeschaltet hatte. Glücklicherweise hatte Zucker eingegriffen, ehe dieser spezielle Vorfall außer Kontrolle geriet. (An diesem Punkt meldete sich mein Gedächtnis, und ich sah im Geiste Po mit dem Kopf eines Satanisten zwischen den Reißzähnen, und abermals dankte ich dem Gott, an den ich nicht glaube.) Außerdem hatte es einigen Sachschaden gegeben, und einer ganzen Menge Leute war ein heilloser Schrecken eingejagt worden. Aber die militärisch anmutende Operation, die Gwillam in der Saint Michael's inszeniert hatte, veranlasste Basquiat, mir die Geschichte abzukaufen, dass die Aktion im Krankenhaus eher eine Entführung als eine Rettung gewesen war, daher machte sie mich nicht mehr direkt dafür verantwortlich.

Als sie mit mir die letzten sieben Tage meines Lebens durchgingen und ich mich von jeder Last befreit hatte, schaltete Fields das Tonbandgerät aus und entnahm ihm die Kassette, die er beschriftete und in die Tasche steckte. Basquiat ging zur Tür und hämmerte dagegen. Sie wandte sich zu mir um, während sich der Schlüssel im Schloss drehte und die Tür aufschwang.

»Kann ich Ihnen irgendetwas besorgen?«, fragte sie.

»Meine Tin Whistle, falls Sie die noch haben«, sagte ich. »Sie müsste bei den Sachen sein, die ich bei mir hatte, als Sie mich zum ersten Mal verhafteten.«

Sie verzog das Gesicht und zuckte die Achseln. »Bei all dem, was da drüben passiert ist, glaube ich nicht, dass sie jemals angefordert wurde. Sie müsste demnach noch dort sein – zusammen mit Ihrer Kleidung und allem anderen –, aber nur der Himmel mag wissen wo. Ich habe keine Zeit, danach zu suchen, und niemanden, den ich hinschicken könnte.«

»Nicht schlimm«, sagte ich. »Ich komme auch ohne zurecht. Danke für alles, Detective Sergeant.«

»Auch dafür, dass ich Sie in den Arsch getreten habe, als wir uns zum ersten Mal begegneten? Gern geschehen, Castor. Ich wünsche Ihnen einen schönen Tag.«

Basquiat ging hinaus, und Fields segelte hinter ihr her wie ein breiter Lastkahn hinter einem Schleppboot. Ich lauschte ihren Schritten im Flur und dann der Tür zum Zellenblock, die auf ihren Rollen zuglitt.

Sobald ich sicher sein konnte, dass sie nicht zurückkamen, bückte ich mich und schob eine Hand in eine Socke. Es war leicht, die kleine Haarsträhne zu finden, denn sie juckte wie die Hölle, seit ich sie dort versteckt hatte. Das war in der Kirche gewesen, etwa zur gleichen Zeit, als die ersten Kugeln flogen. Ich hatte mich zwischen die Kirchenbänke geworfen, während die Satanisten und Gwillams Kreuzzügler aneinandergeraten waren, und ich hatte gedacht, dass dies eine günstige Gelegenheit für Abbie sei, sich von dem Medaillon zu trennen. Leer könnte das Medaillon für mich genauso nützlich sein wie eine pendelnde Taschenuhr für einen Hypnotiseur: etwas Hübsches und Glänzendes, das die Trottel ablenkt, während man tut, was getan werden muss.

Und als Gwillam seine Nummer durchzog, erhielt ich die Bestätigung. Ich hatte ein Riesenglück, dass er sich die Ware nicht ansah, ehe er verschwand – wahrscheinlich wegen der Sirenen, die sich näherten.

Wie ich bereits angedeutet habe, fielen mir meine kleinen

Partytricks leichter, wenn ich eine Tin Whistle zur Hand hatte. Aber die Flöte war nur der Kanal. Die Musik selbst kam aus mir, und ich konnte sie auch ohne Hilfsmittel erklingen lassen, wenn ich musste. Vor allen Dingen wenn ich, wie in jenem Moment, mit einem Geist zu tun hatte, den ich ganz gut kannte.

Auf dem Rand meiner Pritsche sitzend schloss ich die Augen und pfiff eine Melodie, die, für mich, mit Abbie gleichbedeutend geworden war. Ich begann leise und ließ den Klang von selbst wachsen, peu à peu, aber unaufhaltsam. Mein Nachbar in der Zelle nebenan protestierte lautstark, aber er befand sich außerhalb der Realität, die mich mit dieser Melodie verband, daher traf das, was er von sich gab, auf taube Ohren und zerfiel dann in bedeutungslose Sprachfetzen.

Abbie materialisierte sich vor mir, etwa dreißig Zentimeter über dem Fußboden schwebend, und so langsam, dass sie mir zuerst vorkam wie eine Täuschung – etwa wie eines jener zufällig erscheinenden Objekte, die man nur bei einem bestimmten Lichteinfall erkennen konnte. Das überraschte mich nicht. Nach allem, was sie in ihrem Leben und dann nach ihrem Tod ertragen musste, konnte ich verstehen, dass sie nicht noch einmal gegen ihren Willen in die Gegenwart gezerrt werden wollte. Als sie mich sah, verstärkte sich ihr Widerstand. Sie wehrte sich gegen meinen Ruf, verblasste immer wieder zu nahezu völliger Unsichtbarkeit, kam jedoch jedes Mal etwas schärfer definiert, ein wenig lebendiger und sichtbarer zurück, während sich mein Gespür für sie verfestigte und ich ihre Seele immer besser in den Griff bekam.

»Lass mich los!«, klagte sie mit einer dünnen Stimme, die aus unendlicher Ferne zu mir drang. »Lass mich los!«

Schließlich hörte ich auf zu pfeifen und hielt für ein oder zwei Sekunden inne, um wieder zu Atem zu kommen. Es war mit einer Ausnahme die schwierigste Melodie gewesen, die ich je gespielt hatte, und ich war in diesem Moment nicht in der Lage, an Rafi zu denken.

»Das ist meine Absicht, Abbie«, versicherte ich ihr. »Aber zuerst möchte ich dir erzählen, wie dein Vater gestorben ist. Was du versäumt hast. Damit du verstehst.«

Sie starrte mich an, ihre durchscheinenden Fäuste voller Anspannung und Trotz geballt. Ich schilderte ihr, wie der Überfall aufs Oriflamme abgelaufen war und wie Dennis Peace den Tod gefunden hatte, als er sie gegen ihren bösen Stiefvater verteidigt hatte. Sie sah nicht aus, als glaubte sie mir – schließlich war sie mir bei den letzten beiden Gelegenheiten begegnet, als ich unter Umständen, die zum Himmel stanken, anscheinend einträchtig neben Fanke stand.

Dann erzählte ich Abbie von der Kirche und weshalb ich meine Hand ins Feuer gehalten hatte. Ich zeigte ihr meine versengten Finger, um meinen Bericht zu unterstreichen, und ich denke, dass sie mir vielleicht in diesem Moment Glauben schenkte. Auf jeden Fall vergaß sie ihren Hass und ihre Angst und trauerte um ihren Vater – mit trockenen Augen, denn Geister können nicht weinen. Manchmal können sie Tränen imitieren, die sie in ihrem Leben vergossen haben, aber sie produzieren selbst keine Feuchtigkeit, keine Nässe mehr.

»Vielleicht siehst du deinen Vater wieder«, sagte ich zu ihr und ließ ihr damit den einzigen Trost zuteilwerden, der mir einfiel. »Wenn es nach diesem Leben und nach diesem Tod etwas gibt, dann wird er allein von allen anderen dich dort finden. Bisher hat er sich durch nichts aufhalten lassen.«

Abbie antwortete nicht. Indem sie sich leicht drehte wie in einem Windhauch, den ich nicht spürte, schaute sie sich in der engen Zelle um. Es war nicht das erste Gefängnis, das sie in ihrem kurzen, reduzierten Leben gesehen hatte, mit ein wenig Glück wäre es das letzte.

Ich begann wieder zu pfeifen. Diesmal nicht die Melodie der Beschwörung und nicht des Exorzismus, sondern der Losbindung. Ich pfiff die Töne, die sie von der Haarsträhne befreiten, so dass sie gehen konnte, wohin sie wollte, unbehelligt von den Fankes und Gwillams dieses sublunaren Drecklochs.

Aber Abbie entfernte sich nicht. Ich vermutete, dass sie in diesem Moment nicht wusste, wohin sie sich hätte wenden sollen, dass sie keinen Ort kannte, an dem sie sich sicher oder erwünscht hätte fühlen können. Der Einzige, der sie je geliebt oder versucht hatte, ihr ein wenig Glück zu vermitteln, war tot. Sie konnte zum Oriflamme zurückkehren und dort auf ihn warten, aber nicht jeder steht wieder auf, und wenn, kann man nicht immer genau sagen, wohin er sich begibt. Sie konnte es nur vermuten. Genau genommen war alles, was ihr geblieben war, reine Vermutung.

Ich ging ihre Möglichkeiten durch. Man konnte nicht mit einem glücklichen Ende rechnen, wenn man tot war. Es ging nur um Schadensbegrenzung.

»Auf Wiedersehen, Abbie«, sagte ich, stand auf und wandte mich nach Osten. Nicht nach Mekka, sondern zu etwas völlig anderem auf der anderen Seite der Stadt. »Auf Wiedersehen und viel Glück. Ich hoffe, dass sich für dich alles zum Guten wendet.«

Ich begann wieder zu pfeifen, diesmal eine Melodie, die ich lange nicht mehr gespielt hatte: »Henry Martin«. Ein Prickeln wie elektrischer Strom lief durch meine Arme bis in die Fingerspitzen.

Die Charles-Stanger-Klinik war einige Meilen weit weg, aber Geister müssen sich – wenn sie überhaupt reisenderweise den Ort wechseln – nicht auf Lichtgeschwindigkeit beschränken. Trotzdem spielte ich das Lied zweimal vollständig und hatte es bereits zum dritten Mal angestimmt, ehe ich ihre Präsenz spürte, als sie sich aus einer Richtung näherten, die nichts mit Norden, Süden, Osten oder Westen zu tun hatte. Ich schaute mich nicht um. Ich hatte auf seltsame Art und Weise das Gefühl, als würden die Mädchen an Abbie keinen Gefallen finden, wenn sie mich mit ihr reden sahen – als ob der Makel des Lebens an ihr haftete und sie zu einem Fremdkörper machte.

Ein Flüstern war zu hören, das nicht aus Worten bestand, die ich verstehen konnte. Dann herrschte Stille, und die Stille dehnte sich aus. Das Gefühl ihrer Nähe zu mir verblasste und wurde durch das akute Bewusstsein der eisigen Kälte des Steinfußbodens unter meinen Strümpfen ersetzt. Außerdem bemerkte ich, wie abgestanden die Luft in der Zelle war.

Als die letzten Töne der Melodie verhallt waren und meinen Geist verlassen hatten, drehte ich mich wieder um.

Ich war allein in der Zelle – und so müde wie noch nie zuvor.

24

Basquiat hielt ihr Versprechen. Die Anschuldigungen wurden fallen gelassen, und ich wurde im Laufe des Samstagnachmittags entlassen. Die Kleider, die im Whittington Hospital geblieben waren, waren nicht wieder aufgetaucht, daher musste ich mich weiterhin mit dem schicken Outfit begnügen, das ich Sallis abgenommen hatte. Mittlerweile roch es noch würziger als zu dem Zeitpunkt, als ich es übernommen hatte.

Zuerst fuhr ich raus nach Walthamstow, um nach Nicky zu sehen, denn ich glaubte Fankes nichtssagenden Behauptungen nicht, dass seine Anhänger meinen Lieblingstoten heil und in einem Stück gelassen hatten. Aber Nicky sah kein bisschen mitgenommen aus und reagierte sogar ein wenig blasiert – obgleich der größte Teil des Kinos, abgesehen von seinem innersten Heiligtum oben im Projektionsraum, gründlich zerlegt worden war.

»Sieh mal, Castor«, erklärte er. »Ich habe hier alles doppelt und dreifach versichert, und ich habe bereits die Schadensmeldungen eingereicht – durch Tarnfirmen natürlich. Ich muss zusehen, dass ich nicht zu viel Aufmerksamkeit auf mich lenke. Auf jeden Fall wird der Wiederaufbau zehnmal besser. Scheiß auf das Air-Conditioning. Ich habe bei einem Laden in

Deutschland, der unsere Krankenhausleichenhallen ausrüstet, einen Kühlraum bestellt. Du wirst diese Hütte nicht wiedererkennen.«

Ich betrachtete die Außenseite der Tür zum Projektionsraum. Das Holz war mit Brecheisen und Äxten gespalten und zertrümmert worden – aber dabei war lediglich der stählerne Kern zum Vorschein gekommen.

»Es muss eine schlimme Belagerung gewesen sein«, sagte ich.

Nicky zuckte die Achseln, und ein Teil seiner guten Laune verflüchtigte sich. »Ja, es war schon verdammt beängstigend. Ich musste zusehen, als sie alles zertrümmerten. Dann entdeckten sie die Kameras und legten sie lahm. Noch nicht einmal das konnte ich verhindern. Es war … ich weiß nicht … als hätte man die Krätze oder so etwas, als müsste man zuschauen, wie winzige Insekten unter der eigenen Haut herumkriechen.«

Er runzelte die Stirn. »Hey, das mit deiner Freundin tut mir leid. Verstehst du? Wenn ich irgendetwas hätte tun können, hätte ich es ganz sicher getan. Sie haben verdammte Schneidbrenner mitgebracht, um Himmels willen. Sobald sie mich hier drin isoliert hatten, waren sie durch nichts mehr aufzuhalten. Ich habe mehrmals versucht, dich anzurufen, als sie sie kassierten, aber gleichzeitig schoben sie einen dieser Telefonstörsender herein, daher hörte ich nur Rauschen.«

Er zögerte, als würde er zu spät begreifen, dass er diesen Teil unseres Gesprächs vielleicht an die erste Stelle hätte setzen sollen. »Geht es ihr gut?«

»Juliet?«

»Ajulutsikael. Du darfst sie nicht vermenschlichen. Damit wirst du irgendwann bösen Ärger kriegen.«

»Vermenschlicht sie nicht schon längst der Gebrauch eines weiblichen Pronomens?«, fragte ich.

Nicky machte ein finsteres Gesicht. »Jeder, der einem toten Mann zu einer Erektion verhilft, hat dieses Pronomen verdient, Castor. Betrachte es als Ehrentitel.«

»Es geht ihr gut, Nicky. Danke der Nachfrage. Sicher ist sie mittlerweile wieder ganz die Alte.«

»Und mein Honorar? Du weißt, die fünf Fragen.« Er sah mich hoffnungsvoll an.

Ich zuckte die Achseln. »Alles, was ich tun kann, ist, sie fragen. Die Abmachung war, dass du für ihre Sicherheit sorgst, Nicky. Es könnte sein, dass sie der Meinung ist, dass du den Vertrag gebrochen hast.«

»Den Vertrag gebrochen?« Er geriet in Rage. »Hey, ich wurde überfallen, Castor. Ich habe meinen Teil der Abmachung eingehalten, aber mindestens um das Zehnfache.«

Da hatte er nicht ganz unrecht. Ich versprach, mich wieder bei ihm zu melden. Als ich ihn verließ, blätterte er in einem Katalog für Thermostatventile. Auf diesem Sektor gab es neuerdings einige sehr schöne Modelle.

✪

Zu meiner nicht allzu großen Überraschung fand ich bei Pen meine gesammten weltlichen Besitztümer in der Auffahrt liegend vor. Ich steckte den Schlüssel ins Haustürschloss, und fast wie erwartet passte er nicht. Schnelle Arbeit unter den gegebenen Umständen.

Ich klingelte, und Pens Schwester Antoinette öffnete. Sie verschränkte die Arme in einer *no pasarán*-Geste, was bei ihr recht überzeugend aussah, obgleich sie höchstens drei Zentimeter größer war als Pen. Sie war in vieler Hinsicht Pen sehr ähnlich, ging jedoch in die Politik, bewarb sich um einen Platz im Stadtrat, verlor dreimal die Wahl und handelte sich damit ein Raubvogelgesicht ein, das niemals lächelte.

»Hey, Tony«, sagte ich. »Kann ich sie sprechen?«

»Wenn sie mit dir reden wollte, Castor, hätte sie nicht die Türschlösser ausgetauscht.«

»Warum fragst du sie nicht?«

»Weil ich keine Lust habe, sie nach einem weiteren hysterischen Anfall beruhigen zu müssen. Warum schickst du ihr keine E-Mail?«

»Kein Computer.«

»Dann benutz einen Heliographen.«

Ich schaute zum bedeckten Himmel hoch. Antoinette tat es ebenfalls.

»Sieht so aus, als wärst du in den Arsch gekniffen«, stellte sie fest und schloss die Tür.

✪

Drüben im Stanger-Sanatorium war Rafi mit starken Betäubungsmitteln ruhiggestellt worden, nachdem er den Kopf so lange gegen die Zellentür geschlagen hatte, bis fast sein halbes Gesicht zerstört war. Davon würde er sich natürlich erholen. Asmodeus war wieder eingezogen, daher hatte er großes Interesse daran, dass sich sein Ausweichquartier stets in bestem Zustand befand.

Aber unter den gegebenen Umständen war das vorgeschriebene Nachfolgegespräch, um zu entscheiden, ob Rafis isolierte Unterbringung aufrechterhalten werden müsse oder nicht, auf unbestimmte Zeit verschoben worden.

»Das bedeutet, dass Sie die Angelegenheit im Auge behalten müssen«, übersetzte Doktor Webb hilfsbereit. »Sie haben jetzt einundzwanzig Tage Zeit, Castor. Wenn Sie in diesem Zeitraum nicht mit irgendeinem Vorschlag rüberkommen, werde ich wohl Professor Mulbridge konsultieren mit dem Ziel, Ditko in die MOU im Paddington zu verlegen.«

»Dann schauen Sie immer hinter sich«, empfahl ich ihm.

Er begriff offenbar nicht und drehte sich reflexartig um. Wir standen im Hauptflur des Stanger vor Rafis Tür und der Flur war leer. Webb wandte sich leicht verärgert wieder zu mir um, als hätte ich ihm einen albernen Streich gespielt.

»Ich meinte«, erklärte ich geduldig, »Sie sollten darauf achten, was hinter ihnen vorgeht, wenn Sie Rafi Jenna-Jane zum Fraß vorwerfen. Denn wenn Sie das tun, werde ich Ihnen beide Arme und Beine brechen.«

Ungläubig sah Webb die beiden Krankenpfleger an, die ihn rechts und links flankierten – seine übliche Begleittruppe. »Ich habe Zeugen«, sagte er, »die deutlich hören konnten, wie Sie mir gedroht haben.«

»Ich bin sicher, dass ihre Aussagen von unschätzbarem Wert sein werden«, gab ich zu. »Aber Sie sind dann immer noch ein Querschnitter.«

Vielleicht war das ein wenig taktlos, aber in vieler Hinsicht war dies ein langer und ziemlich stressiger Tag gewesen. Und im Raum stand immer noch die Frage, wo ich diese Nacht schlafen würde.

✪

Juliet und ich trafen uns in einem Straßencafé unweit der Unterkunft, in der sie wohnte. Sie verspätete sich, ohne sich dafür zu entschuldigen. Eine der anderen Bewohnerinnen habe Probleme mit einem gewalttätigen Ehemann, erzählte sie mir.

Dieser Typ sei plötzlich aufgetaucht und habe versucht, seine Frau zu zwingen, mit ihm nach Hause zurückzukehren. »Daher musste ich einschreiten und helfen.«

»Wie, du meinst, du hast ihn verschlungen?«, fragte ich.

»Vor aller Augen? Nein, natürlich nicht. Ich will dort noch für einige Zeit wohnen, Felix.«

»Was dann?«

Sie trank ihren Espresso in einem Schluck und wischte sich die Lippen mit dem Handrücken ab. »Ich habe der anderen Frau gezeigt, wie sie es machen muss.«

»Wie muss sie was …?«

»Einem Mann ihren Willen aufzwingen.«

»Aha.« Ich wollte mehr wissen, angefangen mit dem, worin Juliet am Besten ist. »Indem sie ihre weiblichen Reize einsetzt?«

»Nein, ihre Schuhe vorwiegend. Und ich glaube, irgendwann kam auch eine leere Flasche ins Spiel.«

»Richtig, richtig.« Gewalt, natürlich. Das war das andere Gebiet, auf dem Juliet sehr gut war.

Irgendetwas beschäftigte sie, das konnte ich sehen. Etwas, das auszusprechen ihr schwerfiel. Ich versuchte, es ihr zu erleichtern. »Danke dafür, dass du mir den Werwolf vom Hals geschafft hast«, sagte ich. »Mir verdirbt es immer den Tag, wenn mir jemand die Wirbelsäule durch die Kehle rausreißt.«

»Es war mir ein Vergnügen«, erwiderte Juliet, und das meinte sie durchaus ernst. »Ich …« Sie zögerte und tastete sich um zwischenmenschliche Nettigkeiten herum, die für sie keinerlei Bedeutung hatten. »Ich glaube, ich sollte mich auch bei dir bedanken. Die Vorstellung, dass ich mich selbst aus dem Verkehr gezogen habe – dass ich mich vollständig in Asmodeus' Gewalt begab –, ist schwer zu ertragen. Aber du hast mich beschützt, so weit du es konntest. Und hast mich zurückgeholt.«

»Das war brillant improvisiert«, sagte ich bescheiden. »Schließ mich in deine Memoiren ein. Und in dein Testament.«

»Und in meine Vagina?«

Ein Mundvoll Caffè Latte nahm nach bester Hollywoodkomödienmanier den Weg in die falsche Richtung. Indem ich mich weigerte, auch die Klischeereaktion aus Husten und Spucken hinzuzufügen, lief ich im Gesicht rot an und wartete darauf, dass das Gefühl, mir die Gurgel verbrüht zu haben, allmählich nachließ.

»Hätte ich denn anschließend noch meine Seele?«, fragte ich sie keuchend, sobald der Schmerz ein wenig abgeklungen war.

Juliet überlegte. »Wahrscheinlich«, sagte sie langsam. »Das kommt eigentlich nur darauf an, wie viel Selbstkontrolle ich aufbringen könnte. Zumindest würden ein paar Bissspuren zurückbleiben.«

Was ist das Leben wert, wenn man nicht bereit ist, einige Risiken einzugehen? Ich öffnete den Mund, um ja zu sagen, aber Juliet redete weiter.

»Wir müssen damit jedoch eine Weile warten«, sagte sie. »Heute probiere ich etwas Neues aus.«

»Etwas Neues?«, wiederholte ich und hatte Mühe, den Unmut und die Enttäuschung aus meiner Stimme fernzuhalten. »Du hast den siebzehntausendsten Geburtstag schon einige Zeit hinter dir, Juliet. Gibt es da wirklich noch etwas Neues?«

Sie grinste. »Für den größten Teil dieser Zeit«, erinnerte sie mich, »kam ich nur auf Geheiß von Magiern auf die Erde, die stark oder dumm genug waren, mich zu rufen. Sie haben mich entweder benutzt, um ihre eigenen Begierden zu befriedigen – wobei sie gewöhnlich ihr Leben verloren, ganz gleich welche Schutzmaßnahmen sie ergriffen – oder um ihre Feinde zu vernichten, woraufhin andere Menschen starben. Aber wenn sie die Absicht hatten, eine Frau zu zerstören, waren es meine Vettern, die Incubi, die gefragt waren. In der ganzen Zeit wurde ich niemals gegen eine Frau gehetzt. Oder von einer Frau beschworen.«

Ich erkannte plötzlich, in welche Richtung sich das Ganze bewegte.

»Nun, beteiligt sind vorwiegend die gleichen Hormone in unterschiedlicher Konzentration«, sagte ich beiläufig. Der gelangweilte Tonfall kostete mich jedoch unendliche Mühe. Das Gefühl der Leere begann in meinem Magen, wanderte weiter in meinen Schritt und sank weiter in Richtung Süden.

»Für mich«, sagte Juliet, »ist es anders. Oder zumindest nehme ich an, dass es anders sein könnte. Wollust zu empfinden – reine Wollust – ohne den störenden Impuls, zu jagen und zu töten und zu fressen …«

»Woher willst du wissen, dass er sich nicht bemerkbar macht?«, fragte ich und betrachtete meine Fingernägel, als interessierte mich ausschließlich ihre mangelnde Sauberkeit.

»Ich weiß es nicht. Aber ich denke, ich möchte es mal versuchen.«

»Na schön, dann versuch's«, sagte ich verzweifelt. »Aber muss es ausgerechnet in diesem Moment …«

»Was für ein nettes Lokal«, sagte eine Stimme hinter mir. Während ich mich umdrehte und mir auf die Zunge biss, holte Susan Book einen Stuhl von einem der anderen Tische und stellte ihn zwischen uns. »Wie schön, dass man im Freien auf der Straße essen kann. Es ist so europäisch, so kontinental. Gibt es etwas Besseres, Mister Castor?«

Ich bestätigte, unaufrichtig, dass es nichts gab, was mir lieber sei, als auf der Straße zu speisen. Ich fügte nicht hinzu, dass ich wahrscheinlich auch dort schlafen würde.

Susan sah aus, als sei sie wieder ganz die Alte: schüchtern und unsicher und um Nachsicht bittend für eine ganze Menge Dinge, an denen sie nicht schuld war. Sie erzählte uns vom Stand ihres Gerichtsverfahrens und dass ihr Rechtsanwalt mit Hilfe eines Antrags auf Anerkennung eingeschränkter Schuldfähigkeit auf Grund zeitweiliger Unzurechnungsfähigkeit ein erheblich milderes Urteil würde herausschlagen können. Es sei schließlich ein allgemeiner Tumult gewesen. Die meisten Beteiligten wären unbescholtene Bürger, die keinerlei Vorstrafen aufwiesen.

»Keinerlei Vorgeschichte«, wiederholte sie verträumt. »Als er diese Formulierung benutzte – über mich –, erkannte ich plötzlich, dass er recht hatte. Ich hatte überhaupt keine Geschichte. Keine Vergangenheit, weil ich niemals den Mut hatte, hinauszugehen und eine Gegenwart zu haben.«

»Und was ist mit Ihren religiösen Ansichten? Mit Ihrem Glauben?«, fragte ich. Ich weiß, wie das klang. Man muss mir einfach glauben, wenn ich behaupte, dass der Tonfall nicht so abfällig war wie die Worte.

»Ich glaube noch immer an Gott«, versicherte sie mir mit ernsthafter Miene. »Aber – ich glaube nicht, dass ich zu einem kirchlichen Amt berufen bin. Ich kehre in meinen vorigen Job zurück und versuche, ein wenig intensiver an der Welt teilzuhaben.«

»Und welchen Job hatten Sie früher?«, fragte ich.

»Ich war Bibliothekarin in Stepney.«

Gewöhnlich wäre ich niemals auf etwas derart Spießiges eingegangen. Aber irgendwie war dies ein Tag, der völlig aus dem Rahmen fiel. »Ja«, pflichtete ich ihr bei. »Das ist in der Tat …«

»Wir sollten jetzt gehen«, sagte Juliet.

Sie erhob sich, und Susan folgte ihr mit einem Lächeln hingebungsvoller Bewunderung.

»Wir sehen uns, Felix«, sagte Juliet.

»Klar.«

»Gute Nacht, Mister Castor.«

Diesmal nickte ich nur. *Meine wird nicht halb so gut sein wie eure,* dachte ich düster.

Sie entfernten sich Arm in Arm. Überall auf der Straße, so weit ich ihnen nachschauen konnte, rannten Männer gegen Häuserwände und rempelten einander an und gerieten beinahe unter Automobile, während sie sich neugierig nach ihnen umdrehten.

Es heißt, wenn man in diesem Leben viel Leid erfährt, sei man im nächsten etwas viel Besseres.

Ich komme sicher als Gott zurück.

25

Ein paar Monate später sah ich sie noch einmal. Nicht Juliet. Ich meine Abbie.

Ich kam von einem ausschweifenden Abend in Farringdon nach Hause zurück. Ich glaube, es war der Abend, an dem Paul endlich mal ins Jerusalem kam, um meine Einladung anzunehmen, aber vielleicht war es auch ein ganz anderer Anlass. Jedenfalls ging ich gegen ein Uhr nachts durch die Old Street, stockbetrunken und mit der Welt mehr oder weniger im Reinen.

Ein junges, wildes Geisterquartett brach kreischend und kichernd vor mir durch eine Ladenfront, sah, dass ich es betrachtete, und blieb stehen. Es waren Mädchen zwischen zehn und sechzehn Jahren. Sie versuchten, ihre Gesichter in die Gewalt zu bekommen wie lebendige Mädchen, die plötzlich von einem strengen Lehrer oder einem furchteinflößenden Schuldirekter angehalten werden und es wie lebendige Mädchen nicht so richtig schafften. Eine von ihnen brachte die anderen wieder zum Losprusten, und sie flüchteten mit einem zwitschernden Lachen wie Vögel, überquerten die Golden Lane und bogen in eine enge Gasse zwischen zwei Bürobauten ein. Drei von ihnen lösten sich in plötzlich aufflackernde Lichtpunkte auf. Abbie verharrte einen Moment, den Kopf gesenkt, als fechte sie einen inneren Kampf aus. Ich hoffte, dass sie sich vielleicht umdrehte, damit ich ihr winken konnte. Aber ich vermute, sie wollte nicht zurückgelassen werden. Sie beschleunigte ihre Schritte und verschmolz mit der Dunkelheit.

Nicht jeder findet das Ende, das er verdient hat. Rafi hätte es verdient, dass sein böser Zwilling herausgerissen und mit Knallfröschen am Schweif in die Hölle zurückgejagt wird. Pen verdiente Rafi. Pater Gwillam verdiente es, als Märtyrer verehrt zu werden. Irgendjemand da oben oder vielleicht auch da unten teilt Schicksale aus, ohne uns die Chance zu geben, beim Mischen zuzuschauen oder die Karten abzuheben. Das ist nicht fair. Aber andererseits hat auch niemand je behauptet, dass es das sein würde.

Ich flüsterte ihren Namen wie einen Zauberspruch.

Abbie Jeffers.

Fanke.

Torrington.

Peace.

-ENDE-

DANKSAGUNG

Die üblichen Verdächtigen haben diesmal sogar noch mehr geholfen. Darren, Meg, George, Gabby, Nick, Bella – vielen, vielen Dank. Dank auch an Ade dafür, dass sie mir so vieles über London verraten hat, das ich noch gar nicht wusste, sowie auch dafür, dass sie einen wesentlichen Teil der Tonspur dieses Romans lieferte. Und immer wieder Dank an Lin dafür, dass sie stets da war, wenn ich sie brauchte, und weil sie es geschafft hat, mich in der Spur zu halten, ohne mich auf ein starres Gleis zu zwingen.

Mike Carey

Felix Castor

Den Teufel im Blick

Roman

Cool, cooler, Felix Castor – der abgefahrenste Exorzist Londons ermittelt!

Felix Castor ist einer der besten Exorzisten Englands. Als er einen Geist aus einem Museum in London vertreiben soll, hört sich das zunächst nach einem leichten Job an. Doch schon bald sind sämtliche Bewohner der Geisterwelt hinter ihm her, um ihm das Leben zur Hölle zu machen. Irgendjemand scheint im Hintergrund die Fäden zu ziehen – und er hat es auf Castor abgesehen.

544 Seiten, broschiert
€ 12,99 [D]
ISBN 978-3-8025-8359-9

Band 2:
Ein Höllenhund kommt selten allein
ca. 520 Seiten, broschiert
€ 12,99 [D]
ISBN 978-3-8025-8360-5

Mira Grant

Feed

Viruszone

Roman

Im Jahr 2014 entweichen künstlich hergestellte Viren aus einem Labor und erwecken die Toten zum Leben. Millionen Menschen sterben, als eine Flut von Zombies die ganze Welt überrennt. Zwanzig Jahre später sind die Internetblogger Georgia und Shaun Mason auf der Suche nach den Hintergründen der Epidemie. Eine gefährliche Jagd beginnt ...

Band 1 der Serie
512 Seiten, broschiert mit Klappe
€ 12,99 [D]
ISBN 978-3-8025-8416-9

Band 2: Deadline – Tödliche Wahrheit
512 Seiten, broschiert mit Klappe
€ 12,99 [D]
ISBN 978-3-8025-8417-6

Band 3: Blackout – Kein Entrinnen
544 Seiten, broschiert
€ 12,99 [D]
ISBN 978-3-8025-8418-3

www.egmont-lyx.de

LYX
EGMONT

Gefällt mir
Werde Teil unserer
LYX-Community bei Facebook
Unser schnellster Newskanal:
Hier erhältst du die neusten Programm-
hinweise und Veranstaltungstipps
Exklusive Fan-Aktionen:
Regelmäßige Gewinnspiele,
Rätsel und Votings
Bereits über 12.000 Fans tauschen sich
hier über ihre Lieblingsromane aus.
JETZT FAN WERDEN BEI:
www.egmont-lyx.de/facebook